DR. KARL
VOGELFANG

FELIX UND ANASTASIA VON MAUNZ

SYNDIKUS SEIDIG

NATASCHA KILLMAUSKI

Inspektor Mouse und der Gang in die Tiefe

MIX
Papier | Fördert gute Waldnutzung
FSC® C014496

1. Auflage 2023

ISBN 978-3-7641-7141-4

Lektorat: Emily Huggins
Umschlag- und Innenillustrationen: Caroline Ronnefeldt
Satz: Greiner & Reichel, Köln

Druck und Bindung: GGP Media GmbH, Pößneck
Gedruckt auf Papier aus geprüfter nachhaltiger Forstwirtschaft.
www.ueberreuter.de

Das weiße Mondlicht war kalt und
klar wie die Gerechtigkeit,
die wir erträumen und nie finden.

Raymond Chandler »Das hohe Fenster«

»Im Mai sind alle Blätter grün,
Im Mai sind alle Kater kühn
Und alle Jüngelinge,
Und wer ein Herz hat, fasst sich eins,
Und wer sich keins fasst, hat auch keins;
Singe, mein Kater, singe!«

Otto Julius Bierbaum »Maikaterlied«,
vertont von Kurt Weill für Gesang und Klavier

Dramatis Feles

DIE KRATZBURGER KRIMINALPOLIZEI:

Inspektor Selwyn Mouse, ein gut aussehender Thai-Siamkater mit tiefblauen Augen

Polizeipräsident Ignatius Puschel, ein cremefarbener Heilige-Birmakater, Spitzname **»der Heilige Bimbam«**

Katinka Fellreich, seine Sekretärin und verlässliche rechte Pfote, eine Ragdoll-Katze

Kriminalrat Cornelius Katerfreund, ein älterer Karthäuserkater

Oberinspektor Grobian Murr, ein fetter, schwarz-weißer Kater mit asymmetrischer Blesse und einem abgeknickten linken Ohr

Sergeant Jerry Fischgrät, ein junger rostfarbener Tigerkater mit rosa Nase

Dr. Karl Vogelfang, genannt **»der rote Charlie«,** ein hagerer roter Tigerkater, Leiter der KTU (Krumme-Touren-Untersuchung)

Professor Lorenz Forens, Chef der Gerichtsmedizin, schneeweißer Norwegischer Waldkater

Polizeihauptwachtmeister Silvester Stumpfkralle

Polizist Toby Pratze, ein grauer Tiger von imposanter Größe

Polizist Kasimir Bart, ein wortkarger Schildpattkater

MÄUSEMIXFABRIK MUSCULUS:

Firmendirektor Felix von Maunz, ein stattlicher, rauchgrauer Perserkater

Seine Frau **Anastasia von Maunz**, geborene Killmauski, ebenfalls rauchgrau

Ihre Nichte **Natascha Killmauski**, eine prussischblaue Schönheit aus St. Grätenburg

Johann G. Hinze, der Butler der Familie von Maunz, älterer silbrig getupfter Kurzhaarkater

Syndikus Tigerius Seidig, der Anwalt der Firma, eleganter Bengale mit blassgrünen Augen

Prokurist Moritz Kralle, ein gepflegter Tigerkater in den besten Jahren
Mimi Stubenrein, seine Sekretärin, schwarz-grau gestromte Katze mittleren Alters
Wachmann Marusch Schwänzel, ein alter schwarz-weißer Kater
Luis Pelzig, Gewerkschaftsführer, ein zäher und listiger grau-brauner Tigerkater
Jack Katzowski, Vorarbeiter an der zentrifugalen Mäusemischmaschine, junger weißer Kater mit rötlich getigerten Flecken und einem zweifarbigen Augenpaar
Fritz MacSchlapp, plattohriger Mischlingskater (zur Hälfte Schottisch Faltohr)

DIE SCHLITZERBANDE:

Bakrus Ole Tyvson, genannt »**der Schwarze Ole**«, ein großer Norwegischer Waldkater mit zottigem schwarzem Pelz
Garstigmann Räudig, alias Sandyman Krauley, ein riesiger Maine Coon
Zahlreiche Bandenmitglieder, skrupellose Kriminelle und brutale Schlitzer

DIE BAR »ZUR SCHARFEN KRALLE«:

Inhaberin **Trixie Belinda Musch**, schokoladenfarbene Angora, die Dame hinter dem Spiegel
Carlo Koloss Putzig, ihr Türsteher und Rausschmeißer, ein ehemaliger Schiffskater
Mitzi Schnurre, Garderobiere, eine zierliche schwarze Katze
Morpheus C. Matt, ein grauer Tigerkater, Barmixer
Manni Leisegang, ein dürrer schwarz-weißer Kater, Hausmeister

STÄDTISCHES KRANKENHAUS AN DER HIPPOKRATZESSTRASSE:

Oberschwester Kreszentia Kratzig, eine silbergraue Kittisch Kurzhaar mit regelmäßigem weißem Dreieck im gestrengen Gesicht
Schwester Millicent, Abessinierkatze, erliegt dem Charme eines kurzfristigen Patienten

Auszug aus einem Leitartikel der

KRATZBURGER CHRONIK

vom Winter des Vorjahres von Eugen Alwin Zisch, Chefreporter

Im Prinzip wäre die Anzahl der in der alten Hafenstadt an der Albis begangenen Kapitalverbrechen unter der entschlossenen Leitung des Kratzburger Polizeipräsidenten als seit Jahren rückläufig zu bilanzieren, wären da nicht die gewissenlosen Raubkatzen der gefährlichen Gangsterbande um den legendären Norwegischen Waldkater Bakrus Ole Tyvson, genannt der Schwarze Ole. Dieser hätte eigentlich noch eine Dekade seiner fünfzehnjährigen Haftstrafe für schweren Raub mit Verdacht auf Körperverletzung und Mord im Bau sitzen müssen, und zwar in der als ausbruchssicher geltenden Strafanstalt der berüchtigten Gefängnisinsel St. Leonhart in der wilden See des Katzegatts. Die sich um den skatzinavischen Kriminellen rankenden Gerüchte und Legenden gehen so weit, ihm übernatürliche Kräfte anzudichten, u. a. dass Tyvson dazu in der Lage sei, wenn nötig mit seinen messerscharfen Krallen senkrecht die Wände hochzugehen – eine Fähigkeit, die in einem festungsartigen Kerkerbau wie St. Leonhart von großem Nutzen sein kann. Wie es dem berühmten Häftling vergangenen Sommer dann tatsächlich gelungen ist, unbemerkt die massiven Gitterstangen seines Zellenfensters so weit zu lockern, dass er sie herausziehen konnte, bleibt für die gleich den Wärtern blamierte Gefängnisleitung ein Rätsel. Genauso, dass der Schwarze Ole es anschließend schaffte, wie ein Katzendämon die steile, regennasse Festungsmauer hinabzuklettern und bei meterhohem Wellengang in einer winzigen Nussschale ans Festland zu entkommen. Zweifellos ein echtes Bravourstück, das die Fama um den unheimlichen Bandenchef – schließlich entstammt er einer alten Rasse von Wikingerkatzen – noch verfestigen wird. Die nationale und bald auch über die Landesgrenzen ausgedehnte Fahndung nach Tyvson verlief entgegen aller polizeilichen Anstrengungen ergebnislos. Selbst nach fünf Jahren Einzelhaft scheint sich der Schwarze Ole noch immer auf ein funktionierendes Netz von Helfern und Helfershelfern im Rotlichtmilieu verlassen zu können, um nach seinem Ausbruch so spurlos unterzutauchen, als wäre er mit seinem lächerlichen Boot in Wirklichkeit gekentert und läge als Fischfutter auf dem Grund des Katzegatts. Dass er im Gegenteil quicklebendig in Freiheit agiert, verriet nur kurze Zeit später die Wiederaufnahme der schändlichen Aktivitäten der für ihre Grausamkeit und skrupellose Härte bekannten Schlitzerbande, einer mit Tyvson in Verbindung stehenden Gang aus üblen Streunern, Schlägern und Diebesgesindel, die auch vor dem Schlimmsten nicht zurückschreckt. Besonders ausgeklügelte Raubzüge verraten seit Kurzem wieder die Handschrift des in Freiheit agierenden Meisters. Von irgendeinem gut verborgenen Rattenloch aus zieht Bakrus Ole Tyvson offenbar geschickt die Fäden und hat seine Pfoten immer dann im Spiel, wenn es besonders viel zu holen gibt.

1. Kapitel

Kratzburg lag in tiefem Schlummer. Der Mond stand hoch am Himmel und schickte sein bleiches Licht über die Dächer der Hafenstadt, in der die Bewohner friedlich in ihren Betten lagen und von jüngst genossenem Mäusespeck, gebuttertem Rattenragout, Forellenflips, geschäumter Dosenmilch und anderen Köstlichkeiten träumten. Kein Wunder, denn bis gestern hatte ganz Kratzburg ein Jubiläum der besonderen Art gefeiert: das hundertjährige Bestehen der alteingesessenen Mäusemixfabrik Musculus, ein Traditionsbetrieb von Weltruf, der neben dem Hafen zu den Hauptarbeitgebern der Stadt zählte.

Direktor Felix von Maunz ließ sich die festliche Angelegenheit etwas kosten und lud die Kratzburger an jenem Wochenende im Mai mit bester Wettervorhersage kurzerpfote zu einem zweitägigen Festmahl auf das Fabrikgelände im ehemals berüchtigten Gängeviertel in Hafennähe ein. Von hier aus wurden seit nunmehr einem Jahrhundert zahllose Paletten mit Dosen von bestem Mäusemix in allen Geschmacksrichtungen (von deftiger Hausmauskost bis Spitzensorten wie getrüffelter Waldmaus oder Haselmaus in Aspik) in die ganze Welt verschifft. Da die Geschäfte dank seiner geschickten Leitung insbesondere durch die jüngste Expansion der Handelsbeziehungen bis ins prussischblaue Katzarenreich als nichts weniger denn glänzend zu bezeichnen waren, gab es für von Maunz in diesen Feierstunden keinen Grund zu sparen; weder an der üppigen Bewirtung seiner lieben Kratzburger noch am Extralohn der fleißigen Fabrikarbeiter, die seiner Familie und Kratzburg so viel erfreulichen Wohlstand bescherten. Und deshalb durften die fleißigen Arbeiter in dieser milden Frühlingsnacht bis zum demnächst herandämmernden Montagmorgen nicht nur von Mäusemix und Forellenflips träumen, sondern vor allem von der bevorstehenden Auszahlung einer Sonderprämie von sage und schreibe fünfhundert Goldmäusen pro Kopf. Punkt zehn Uhr sollte es so weit sein. In der großen Werkshalle würden in einer extra dafür angefertigten vergoldeten Riesenmausefalle die siebenhundertfünfzig Bündel mit jeweils fünf fetten Banknoten der Kratzburger Karthäuserbank bereitliegen und in Anwesenheit der Familie von Maunz durch den Prokuristen der Firma, Moritz Kralle, und seine reizende Sekretärin Mimi Stubenrein an die Belegschaft verteilt werden. Bei Katzenmusik und Freibier – aber für jeden nicht mehr als ein Krug, und Chatpagner nur für die Familie –, denn so oder so sollte ab Mittag wieder gearbeitet werden.

Seit dem vergangenen Abend ruhte also im Tresor des Direktorenzimmers im ersten Stock des Fabrikkontors das schlanke Sümmchen von dreihundertfünfundsiebzigtausend souris d'or, sprich französischen Goldmäusen. Neben wichtigen Firmenakten und Wertpapieren und noch dazu einem Viertel des Familienschmucks, weil die werte Gemahlin des Direktors, Frau Anastasia von Maunz, ihre Preziosen auf mehrere sichere Aufbewahrungsorte zu verteilen pflegte.

Um sieben Uhr dreißig am Montag des vierzehnten Mai war es dann allerdings mit der feiertäglichen Hochstimmung vorbei, als Prokurist Kralle, ein gepflegter Tigerkater in den besten Jahren, beim Betreten des Kontorgebäudes mit einem Blick erkannte, dass hier etwas ganz und gar nicht stimmen konnte.

Dass die Eingangstür halb offen stand, mochte gerade noch angehen, obwohl es ungewöhnlich war. Vielleicht hatte der alte Marusch, der als Nachtwächter gegen halb acht seinen Dienst beendete, versehentlich die Tür nicht richtig geschlossen. Allerdings sah ihm das wenig ähnlich und so war es dann ja auch nicht. Denn schrecklicherweise sollten es Maruschs Blutspuren sein, die Moritz Kralle den Weg wiesen. In aufreizend grellem Rot auf den Fliesen des Korridors verschmiert, führten sie ihn in wenigen Schritten bis zu der kleinen Wachstube neben dem Eingang, von wo aus der Alte seine Runden startete.

Der arme Kerl, ein magerer schwarz-weißer Hauskater, lag geknebelt und an das Heizungsrohr gefesselt mit dem Kopf und verklebtem Fell in einer Blutlache. Man hatte ihm mehrmals beide Ohren geschlitzt, das unverkennbare Zeichen der Schlitzerbande. Wer in der Halbwelt jemals auf die Idee gekommen war, sich dieses schrecklichen Mahnmals für eigene Zwecke zu bedienen, schwamm wenig später mit den Kanalratten in irgendeinem brackigen Hafenbecken, allerdings Schnauze nach unten. Nein, niemand wagte mehr, das Original zu kopieren, weil sich die sauberen Methoden dieser Gangster in Windeseile herumgesprochen hatten.

Also war auch Prokurist Kralle auf der Stelle klar, wer den alten Wachmann so zugerichtet hatte. Ebenso, dass dies unmöglich alles sein konnte, was sich nächtens auf dem Maunz'schen Fabrikgelände ereignet haben musste. Wobei augenscheinlich kein Kampf stattgefunden hatte; Marusch war von den Schlitzern gleich im Erdgeschoss unschädlich gemacht worden und dann war man zur eigentlichen Tat geschritten. Kralle schwante Übles. Ein Stockwerk höher, im Büro des Direktors, stand der große, schwarz glänzende Tresor.

Der bestürzte Prokurist löste den Wachmann aus seinen Fesseln und Knebeln. Vorsichtig lehnte er ihn mit dem Rücken gegen die Wand. Nachdem er ihn mit einem Napf Wasser und einem Schluck Lebenselixier, Marke Dicker Kater, aus dem eigenen Silberflakon fürs Erste so weit versorgt hatte, um ihn einen Moment allein lassen zu können, überlegte Moritz Kralle, ob er nicht lieber gleich die Polizei rufen sollte. Allerdings waren für den Nachtwächter die Lichter so früh ausgegangen, dass ihm der Alte nicht hatte verraten können, was eigentlich geschehen war. Eine letzte Hoffnung, dass es doch glimpflicher als gedacht enden würde, lag für Kralle in dem brandneuen dreifach gesicherten Tresor der Sicherheitsfirma Schleicher & Söhne, den der Herr Direktor auf Anraten seiner Versicherung kurz vor Weihnachten angeschafft hatte. Auf leisen Pfoten und mit starr aufgerichteten Schnurrhaaren schlich der Prokurist klopfenden Herzens Stufe für Stufe die Treppe empor.

Nur anderthalb Minuten später verlor er bei dem atemberaubenden Anblick, der sich ihm bot, so vollends die Nerven, dass er zweimal nach Luft schnappte, um danach zu Herrn von Maunz' Schreibtisch zu stürzen, wo sich links unter der Platte der Alarmknopf befand. Er presste noch immer die Pfote dagegen, als schon längst das gesamte Fabrikgelände und die anliegenden Straßen und Gassen vom schrillen Heulen des Notrufs erschüttert wurden. Die auf dem Dach installierte Sirene heulte, als sei an diesem Montagmorgen ein das Gängeviertel verzehrender Brand ausgebrochen.

*

Bereits eine Dreiviertelstunde nach Auslösen des Alarms hatte ein halbes Dutzend Uniformierter unter Leitung von Polizeihauptwachtmeister Silvester Stumpfkralle alle Pfoten voll zu tun, die vor dem Kontor rasch anwachsende Katzenmenge in Schach zu halten, damit die Ermittler der Kratzburger Kriminalpolizei ungehindert zum Tatort gelangen konnten. Noch war nicht nach außen gedrungen, was eigentlich passiert war, doch dass es sich bei dem Dröhnen der Werkssirene weder um eine Übung noch um einen Fehler handelte, stand nach Eintreffen mehrerer hochrangiger Beamter und einiger Techniker der Krumme-Touren-Untersuchung, kurz KTU, wohl außer Zweifel.

Die Kette der Polizisten wurde in vorderster Front von Arbeitern und Angestellten der Firma Musculus bedrängt, deren Arbeitstag für gewöhnlich um acht Uhr begann. Dank der Sirenenklänge strömten mit ihnen auch Schaulustige aus den umliegenden Vierteln in den immer voller werdenden Fabrikhof und schon bald begannen wilde Gerüchte die Runde zu machen. Von der brutalen Misshandlung eines Wachmanns war die Rede, die in null Komma nichts zu Mord avancierte, sowie einer schweren Explosion im Direktorenzimmer, obwohl sich niemand daran erinnern konnte, einen entsprechenden Knall gehört zu haben, weder in der Nacht noch in den frühen Morgenstunden. Doch vor allem, heiliger St. Baldrian, sorgte man sich hinter vorgehaltener Pfote um die fünfhundert Goldmäuse pro Kopf; schließlich sollte in knapp zwei Stunden die heiß erwartete Provisionsauszahlung mit einer feierlichen Rede des Herrn Direktors beginnen. Dessen dunkle Limousine war zwar gerade in die Hofeinfahrt eingebogen und der Chauffeur im Schritttempo darum bemüht, Felix von Maunz so weit vorzufahren wie möglich. Auffällig blieb jedoch, dass er nun ohne Gattin auftauchte, stattdessen aber der langjährige Anwalt der Firma, Syndikus Seidig, mit im Fond saß.

In manchen Spitzohren, vielleicht sogar in denen des Herrn Direktor, klang es daher fast spöttisch, dass Hunderte kleiner Fähnchen mit dem Firmenmotto »Musculus – welch ein Genuss!« in den über den Werkstoren befestigten Girlanden wild und ausgelassen in der frischen Frühlingsbrise flatterten. Dahinter lag die mit Blumen, Lampions und Pappmachémäusen in Gold dekorierte Fabrikhalle in kühler Stille, während die nahe Feierstunde einen deutlichen Sprung hatte und sich wie in einem Zerrspiegel auf dem Jahrmarkt in etwas Groteskes und Monströses verkehrte. Denn wo großzügig hatte gegeben werden sollen, war in großem Stil genommen worden. Und nicht nur einer, der viel hatte, wurde beraubt, sondern Hunderte, die wenig besaßen und für die diese Prämie die mühevoll verdiente Anerkennung jahrelanger Schufterei bedeutete.

»Das muss möglichst lange unter dem Deckel gehalten werden, zumindest bis der Hof geräumt ist«, hatte sich Tigerius Seidig nach einem unbehaglichen Blick aus dem Wagenfenster an von Maunz gewandt, »sonst kippt die Stimmung und die werden uns hier noch renitent, denn zwischen fünfhundert Mäusen und gar nix liegt ein begreiflicher Anlass zur Empörung.«

Dicht an der Stoßstange der Maunz'schen Limousine klebend, schnurrte ein cremefarbenes Coupé Marke Ozelot durch die Hofeinfahrt und nutzte die von dem großen Wagen geschaffene Gasse. Es parkte aber statt vor dem Kontor schon viel früher neben einer

Baracke zur Linken und ein Fahrer stieg aus, der einen hellen Trenchcoat trug. Neben seinem flotten Wagen stehend, betrachtete er mit kritischer Miene den überfüllten Hof. Dann bahnte er sich dank seiner auffälligen Erscheinung mühelos den Weg durch die vor ihm auseinanderweichende Menge. Ein großer, gut aussehender Thai-Siamkater mit ausgeprägter dunkler Gesichtsmaske und tiefblauen Augen, deren Blicke vor allem die Damen nicht so leicht vergaßen. Dabei verfügte dieses außergewöhnliche Augenpaar über eine ganze Reihe von Farbnuancen, von eiskalt und frostig wie türkisfarbenes Gletschereis bei Gefahr und Bedrohung, über geschäftsmäßig stahlblaue Härte im Alltag bis zu veilchenfarbenem Schmelz für die besonderen Momente im Leben eines Katers von Welt.

Jetzt zeigte sich darin eine gewisse kobaltblaue Verdrossenheit.

»Warum ist noch niemandem eingefallen, das Fabriktor zu schließen, Fischgrät?«, knurrte er grußlos den jungen rostfarbenen Tigerkater an, der ihm aus Richtung der Eingangstür mit aufgeregter und zugleich erleichterter Miene entgegenkam.

»Guten Morgen, Inspektor Mouse. Ein Glück, dass Sie so schnell herkommen konnten, so kurz nach Ihrer Auslandsreise«, sagte Sergeant Fischgrät mit der für ihn typischen offenherzigen Freundlichkeit, für die er im ganzen Dezernat geschätzt wurde. Aber nicht unterschätzt, denn Jerry Fischgrät war ein äußerst findiger Kerl, der zum vielversprechenden Beginn seiner Laufbahn in grenzwertigen Situationen schon mehrmals zupackenden Mut bewiesen hatte.

Das wusste auch Inspektor Mouse, der den pfiffigen Sergeant durchaus mochte. Aber jetzt hatte er schlechte Laune, denn erstens war er gestern sehr spät in der Nacht nach einem kabbeligen Flug über den kittischen Kanal nach Kratzburg zurückgekehrt und zweitens sah das Durcheinander, das sich ihm hier auf den ersten Blick bot, ganz nach der unkoordinierten Vorgehensweise seines unmittelbaren Vorgesetzten, Oberinspektor Grobian Murr, aus.

»Murr schon da?«, fragte Mouse betont unbeteiligt und blickte zum Kontor hinüber, wo sich vor der geschlossenen Tür zwei Uniformierte mit grimmiger Miene und verschränkten Pfoten aufgebaut hatten.

»Klaaar, Murr ist schon da«, antwortete Jerry gedehnt und mit einem schrägen Grinsen, das nicht vom allergrößten Respekt gegenüber seinem eigentlichen Chef kündete.

Viel lieber wäre er der ständige Assistent des verwegenen Selwyn Mouse gewesen, der nicht selten von oberster Instanz mit geheimen Sondermissionen beauftragt wurde – sehr zum Ärger des hochrangigeren Murr, der die Abteilung immer dann mit seinem offenkundigen Neid auf den schneidigen Einzelgänger traktierte, wenn Mouse mal wieder zu einem mysteriösen Himmelfahrtskommando aufgebrochen war. »Irgendjemand hält schützend die Hand über diesen dreimal gebürsteten Salonlöwen«, war eine von Murrs Lieblingsdiagnosen der Hintergründe für die exponierte Stellung des Inspektors.

Seine Eifersucht auf Mouse hielt Murr nicht davon ab, ihn aus schäbigem Kalkül höchstpersönlich auf die gefährlichsten Einsätze zu schicken. Anschließend wurde seine Erbitterung umso größer, wenn der aalglatte Stenz die unlösbare Aufgabe so glänzend gemeistert hatte, dass er, Murr, am Ende somit selbst dazu beitrug, den Ruhm des verhassten Thai-Siams noch zu mehren. Trotzdem änderte er sein Verhalten nicht, sondern versuchte es wieder und wieder, sobald sich die Gelegenheit dazu bot, Mouse auf solch niederträchtige Weise loszuwerden.

Doch der Fall Musculus war offenbar zu brisant, als dass der unbeliebte Oberinspektor allein das Sagen gehabt hätte, nicht einmal zu diesem taufrischen Stand der Ermittlung.

»Das scheint eine ganz große Nummer zu werden – kein Wunder«, meinte Jerry vieldeutig.

Mit einem lässigen Kopfnicken lenkte er Mouses Aufmerksamkeit auf vier abseits des Kontors im Schatten einer großen Katzanie parkende Wagen, zu der sich auch die dunkle Limousine gesellt hatte. Erst jetzt hielt der elegante Chauffeur, der in eine mit silbernen Litzen veredelte Livree im Maunz'schen Rauchgrau gekleidet war, für die beiden dem Fond entsteigenden Kater den Schlag auf. Sogleich wurden sie von weiteren und wie aus dem Nichts herbeieilenden Polizisten umringt, die sie auf ihrem kurzen Weg zur Tür vor den eigenen Arbeitern schützen sollten. Der wartenden Menge war diese Ankunft nicht entgangen: der Herr Direktor und sein seidiger Leib- und Magenanwalt für die wirklich wichtigen Angelegenheiten von Firma und Familie. Die beiden mussten im Kokon des luxuriösen Gefährts noch etwas besprochen oder sich nicht so leicht ins Freie getraut haben; man konnte das so oder so interpretieren. Dabei war Felix von Maunz alles andere als ein Schwächling, sondern ein stattlicher Perserkater mit rauchgrauer Mähne, der sich unter allen Umständen Respekt zu verschaffen wusste.

Rufe ertönten, die von Unruhe und Unmut kündeten. Die Stimmung blieb angespannt. »Was ist denn passiert? Wir verlangen eine Erklärung, Herr Direktor!«, war zu hören, aber schon wurde das bedrohlich konkrete »Was ist mit unserer Provision? Was geschieht um zehn Uhr?« laut und lauter.

Von Maunz blieb plötzlich stehen und starrte unter buschigen Brauen über die Uniformierten hinweg auf die wogende Masse aus dicht gedrängten Leibern und Katzenköpfen.

»Um zehn schlägt zehnmal die Uhr. Bong, bong, bong!«, grollte er wie ein strenger Lehrer, der auf dem Schulhof für Ordnung zu sorgen hat. Von seiner jovialen Jubiläums-Feierlaune des Wochenendes war nicht ein Fitzelchen mehr übrig. Dann fischte er eine große silberne Taschenuhr aus der Weste und las mit nicht nachlassender Stentorstimme für alle die Zeit ab.

»Acht Uhr sechsunddreißig!«, verkündete er. »Soweit ich mich hier auskenne, ist das eine gute halbe Stunde nach Arbeitsbeginn. Einerlei, was los ist, werde ich in den nächsten Minuten veranlassen, dass man die Tore der Werkshalle öffnet, und es wird gearbeitet, bis es bong, bong, bong, zehn Uhr schlägt. Dann komme ich zu euch hinunter und halte eine Rede.«

»Bong, bong, bong«, sagte Jerry neben Inspektor Mouse und kräuselte die rosa Stupsnase. »Was die schnieke Festrede wohl für einen Inhalt haben wird? Ich wünsche dem Herrn Direktor eine goldmäusig geschmeidige Katzenzunge.«

Sie waren stehen geblieben, um das Geschehen zu verfolgen. Es zeigte sich, dass von Maunz' Autorität außer Frage stand. Die Rufe ließen auf der Stelle nach, Gemurmel erfüllte den Hof. Wenig später strebte der Großteil der Belegschaft tatsächlich den Fabriktoren zu, über denen die bunten Fähnchen noch immer boshaft und keck im Wind wisperten.

Ohne sich weiter um das Geschehen und die Schaulustigen jenseits der abriegelnden Polizeikette zu kümmern, verschwanden von Maunz und sein Syndikus hinter der für sie kurz geöffneten Tür des Kontors. Bevor er ihnen folgte, sah sich Inspektor Mouse noch einmal nach den unter der Katzanie abgestellten Fahrzeugen um. Eines war unverkennbar der hässliche senffarbene Schmauch von Oberinspektor Murr, daneben ein Katerschaftstransporter der Kratzburger Polizei und ein Krankenwagen. Hinter der Limousine des Direktors, dessen Chauffeur gegen die Kühlerhaube gelehnt in all seiner rauchgrauen Eleganz gelangweilt eine Zigarette rauchte, parkte mit einem schwarzen Miezcedes Benz ein zweites stattliches Schlachtschiff.

»Der Polizeipräsident ist zugegen?«, erkundigte sich Mouse bei Sergeant Fischgrät mit einiger Überraschung.

»Ja, der Heilige Bimbam höchstpersönlich und Kriminalrat Katerfreund«, bekam er zur Antwort. »Ich sage ja, ganz große Sache und wenn Sie erst gesehen haben, was oben …«

»Wer wurde verletzt?«, wurde Jerry vom Inspektor grob unterbrochen, dem zweifellos eine Maus über die Leber gelaufen sein musste, wenn nicht zwei.

Statt sich etwas anmerken zu lassen, gab der lebenskluge Sergeant seinem Vorgesetzten lieber die verlangte Auskunft.

»Marusch, der alte Wachmann. Den armen Kerl hat es schwer erwischt, zumal es ein besseres Ehrenamt ist, was er da mit nichts als einer armseligen Taschenlampe bewaffnet Nacht für Nacht wie ein zahnloser Tiger verrichtet. Natürlich war er ihnen wehrlos ausgeliefert. Zuerst haben sie ihn brutal zusammengeschlagen und ihm dann auch noch die Schnurrhaare abgeschnitten. Wochenlang wird er nicht Abstand halten können, bis sie nachgewachsen sind. Was aber viel schlimmer ist: Sie haben ihm beide Ohren geschlitzt und das ist das grausame und typische Erkennungszeichen der Schlitzerbande.«

»Der Schlitzerbande?«, wiederholte Inspektor Mouse abrupt und sah sich nach Jerry um.

Zum ersten Mal an diesem gründlich schief gewickelten Morgen schenkte er seinem jungen Kollegen einen dieser legendär blitzblauen Blicke voll intelligenter Schärfe und Willenskraft.

»Ja, eben die.« Nun klang der Sergeant fast schüchtern. »Aber was sie im Direktorenzimmer angerichtet haben, ist selbst für die Schlitzer ein starkes Stück.«

»Bakrus Tyvson, der Schwarze Ole!«, zischte Mouse so verächtlich, dass Jerry ein Schauder den rostroten Rücken hinablief. »Lassen Sie uns nach oben gehen, Fischgrät.«

2. Kapitel

Wie Türsteher eines Halbweltclubs standen die beiden Posten, die Polizeihauptwachtmeister Stumpfkralle unterstellt waren, vor der Tür des Kontors. Ihrer Körpersprache nach waren sie noch immer durchaus dazu bereit, den Eingang, wenn nötig, mit Zähnen und Klauen gegen Unbefugte zu verteidigen, obwohl sich die Menge auf dem Hof nach der Ansage des Direktors weiter zerstreut hatte. Mit einem neuen Ansturm war kaum mehr zu rechnen. Als Mouse mit Jerry vor ihnen auftauchte, tippte sich der eine, ein grauer Tiger von imposanter Größe und mit einem feschen weißen Latz unter der dunkelblauen Uniform, respektvoll an die Dienstmütze.

»Moin, moin, Inspektor. Gut, Sie dabeizuhaben.«

Mit einem knappen »Moin, Sergeant« begrüßte er danach auch Fischgrät, der ihm freundlich zunickte. Toby Pratze war ein gutmütiger Riese, den alle mochten. Bis auf jene, mit denen er sich aus beruflichen Gründen anzulegen hatte, denn sein Übermaß an Kraft machte Toby in pfotengreiflichen Situationen zu einem äußerst durchsetzungsstarken Gegner, weshalb er in den zwielichtigen Vierteln des Hafens nicht selten auf Streife geschickt wurde.

»Danke, Toby«, sagte Mouse und: »Morgen, Bart.«

Als sei dies sein Stichwort, öffnete ihnen daraufhin der zweite Posten, ein breitschultriger Schildpattkater namens Kasimir Bart, die Tür. Wortkarg ließ er die ranghöheren Polizisten an sich vorbei. Der Korridor war leer bis auf einen Techniker der KTU, der sich auf der Schwelle der Wachstube nach ihnen umdrehte. Die auf den Bodenfliesen verwischten Blutspuren des unglücklichen Marusch erzählten eine finstere Geschichte über dessen nächtliches Martyrium.

»Sind alle oben«, nuschelte sich der Techniker noch in die schütteren Schnurrhaare, als der Inspektor mit Jerry im Schlepptau schon in großen Schritten die Treppe hinaufeilte.

Auf dem mit edlem Kratzbaumholz getäfelten Flur der Maunz'schen Geschäftsräume ging es deutlich belebter als im Erdgeschoss zu. Überall war Personal der verschiedenen Abteilungen des Kommissariats mit irgendwelchen Dringlichkeiten beschäftigt.

Ein älterer Karthäuserkater steckte seinen gedrungenen blaugrauen Schädel aus einer auffälligen, mit dem Zeichen der Firma Musculus versehenen Doppeltür. Kaum dass er die beiden Neuankömmlinge mit einem kurzsichtigen Zwinkern seiner bernsteinfarbenen Augen erkannt hatte, kam Kriminalrat Cornelius Katerfreund in all seiner liebenswürdigen Molligkeit auf dicken Pfoten aus dem Direktorenzimmer getapst.

»Selwyn, endlich!« Wie auf einen verlorenen Sohn steuerte Mouses alter Gönner im Olymp der Kratzburger Ordnungsmacht erleichtert auf den Inspektor zu und nahm ihn erst mal beiseite. »Lass dir sagen, dass die Sache mehr als kritisch ist und der immense Schaden noch gar nicht zu ermessen«, erklärte Katerfreund ohne Umschweife. »Da ist erstens die auf ihren versprochenen Zuschlag wartende Arbeiterschaft, der in weniger als einer Stunde eine halbwegs zufriedenstellende Ansage gemacht werden muss, sonst droht am Ende noch Streik. Zweitens kann es sein, dass angesichts der vertrackten Lage da drinnen«, er wies mit dem Kinn in Richtung der einen Spalt offen stehenden Doppeltür, »die Versicherung der Firma für den Verlust möglicherweise nicht aufkommen wird.«

Just in diesem Moment drang der knurrige Bariton des Direktors aus dem Zimmer, laut genug, dass auf dem Flur jedes Wort zu verstehen war. Von Maunz klang, als sei er am Telefon, auch weil keine anderen Stimmen zu hören waren.

»Soll sofort herkommen und sich das ansehen«, verlangte er ungeduldig. »Ja, selbstverständlich jetzt gleich, Donner und Angoria! Ich will schließlich wissen, woran ich bin.«

Grußlos knallte er den Hörer so hart auf die Gabel, dass dem Gesprächsteilnehmer am anderen Ende der Strippe ordentlich die Ohren klingeln mussten.

»Und drittens wäre, besser gesagt, *war* da der kostbare Schmuck der Frau Direktor«, schickte sich Kriminalrat Katerfreund draußen vor der Tür an, seine Aufzählung zu vollenden. »Weder von Maunz noch sein Anwalt Seidig haben uns bis jetzt darüber aufgeklärt, was den Herren offenbar gewaltige Sorgen macht. Aber der Heilige Bimbam bleibt dran und wird es ihnen sicher bald aus der Nase ziehen.«

Der Karthäuser war derart in seine Schilderung vertieft, dass es ihm gar nicht auffiel, den ehrenwerten Polizeipräsidenten im Eifer des Gefechts bei seinem in den unteren Rängen in hohem Gebrauch stehenden Spitznamen genannt zu haben. Inspektor Mouse überging den kleinen Fauxpas geflissentlich. Ebenso, dass Sergeant Fischgrät sein spontanes Kichern in ein künstlich klingendes Hüsteln verwandelte, das so schnell erstarb, wie es gekommen war.

»Schau dir die Bescherung am besten selber an, Selwyn«, schloss Katerfreund. Als gestattete er nun endlich den Eintritt ins Weihnachtszimmer, wies er mit einer fast einladenden Geste auf die verheißungsvolle Pforte zum Tatort. »Eins noch, Junge, halte dich gegenüber dem Oberinspektor ein bisschen zurück. Murr hofft nämlich, dass seine große Stunde schlägt«, gab der Kriminalrat Mouse zuletzt halblaut mit auf den Weg.

Der stieß bereits die Flügel der Doppeltür auf. Dann bot sich ihm und Jerry ein derart bizarres Bild, dass es nicht nur dem jungen Sergeant, der heute schon einmal hier gewesen war, die Sprache verschlug.

In dem eleganten Büro, an dessen Wänden sich die dunkle Täfelung des Korridors fortsetzte, fiel der Blick zuerst auf den dem Eingang gegenüber stehenden Schreibtisch des Direktors, hinter dem sich ein von schweren rauchgrauen Samtportieren umrahmtes Bogenfenster erhob. Ein Sonnenstrahl fiel von draußen ein. In seiner schrägen Lichtbahn tanzten auffällig viele Partikel von Staub und Schmutz, aufgewirbelt durch einen spürbaren Luftzug von links. Mit den Örtlichkeiten dank früherer Termine so weit vertraut, hatte Mouse exakt an der Stelle, von wo es nun wehte, den großen Tresor erwartet, wenn auch aufgebrochen und in einem Zustand gravierender Verwüstung. Stattdessen schockierte ihn dort gähnende Leere im wahrsten Sinne des Wortes. Denn wo bis vor wenigen Stunden der unbezwingliche Panzerschrank mit seiner massiven Präsenz die hohen Sicherheitsvorkehrungen der Firma Musculus auswies, klaffte im Mauerwerk der aufgerissenen Wand ein riesiges Loch, wie der sperrangelweit geöffnete Schlund eines gefräßigen Monstrums kühlen Hauch ausatmend. Selbst der Inspektor war im ersten Moment so perplex, dass er sich danach umsah, ob nicht irgendein Herkules der Kratzburger Unterwelt den Tresor nur in eine andere Ecke verschoben hatte.

›Eigentlich schwer vorstellbar‹, wie Mouse sich in seinen blitzartig arbeitenden Gedanken sofort korrigierte, bis sich eine Sekunde später die Erkenntnis verfestigt hatte, dass das Spitzenfabrikat von Schleicher & Söhne wirklich und wahrhaftig samt Inhalt verschwunden war. Immerhin nicht spurlos – nein, das ganz und gar nicht, sondern »ab durch die Mitte der Wand«, so wie es aussah. Ehrlich beeindruckt pfiff Mouse durch die Zähne.

»Teufel auch, ein starkes Stück«, sagte er und ging an einem Quartett aufgeregt disputierender ranghoher Herren vorbei und zu der riesigen Öffnung hinüber, vor welcher der Leiter der KTU mit zwei Mitarbeitern damit beschäftigt war, Spuren zu untersuchen.

»Hallo, Charlie«, begrüßte der Inspektor den obersten Techniker, einen Schlacks von einem mageren Kater mit feuerrotem Fell. »Ganz nettes kleines Mauseloch. Wo ist denn der dicke, fette Käse hin?«

»Mindestens drei Stockwerke tiefer«, sagte der Rote und versuchte, sich mit der linken Pfote Ziegelstaub und zerbröselten Putz aus dem Gesicht zu wischen, mit mäßigem Erfolg. »Diese gewaltige, mit Gold gefüllte Kanonenkugel hat dank der Fallgeschwindigkeit, die sie bei ihrem Gewicht entwickeln konnte, sogar das Kellergeschoss durchschlagen und ruht nun vermutlich am Mittelpunkt der Erde oder in der Hölle. Wollen Sie mal sehen?«

Inspektor Mouse folgte ihm an den Rand des Lochs, vor dem links und rechts Stative mit Scheinwerfern standen. Einer von Charlies Untergebenen machte ihnen bereitwillig Platz. Der rote Kater ließ Mouse den Vortritt und so schlug der Inspektor neben den schartigen Rändern der Öffnung die Krallen in die Wand. Wagemutig beugte er sich über einen scheinbar bodenlosen Abgrund, denn das Lampenlicht reichte nur ein begrenztes Stück in die Tiefe.

Grabeskälte wehte ihn von dort an. Der Thai-Siam blickte in einen quadratischen alten Kamin – denn dass es sich darum handelte, verriet ihm das rußige Mauerwerk –, der einen Durchmesser von etwa zwei Metern hatte. In die richtige Position gebracht, musste es für den Maunz'schen Tresor darin so rasend abwärts gegangen sein wie in einem Aufzugsschacht die Kabine eines Lifts, die sich aus ihrer Halterung gelöst hatte. Mouse sah im Radius der Scheinwerferkegel kaum Schleifspuren an den Wänden. Das war bemerkenswert, denn die große Frage war, wie es das Diebespack geschafft hatte, den Metallkoloss so passgenau in den Kamin zu befördern, dass er senkrecht nach unten stürzte, ohne sich bei dem begrenzten Platz zu verkeilen und stecken zu bleiben.

»Von echten Könnern meisterhaft geplant und ausgeführt«, hörte Mouse die heisere Stimme des Chefs der KTU neben seinem rechten Ohr.

Sogleich stemmte er sich aus der Öffnung heraus und nahm den roten Charlie mit einem stechend blauen Blick ins Visier.

»Wenn Sie wissen wollen, wie das zu schaffen war«, fuhr dieser auf die unausgesprochene Frage des Inspektors hin fort, »würde ich sagen, dass es etwas Hydraulisches gewesen sein muss. Irgendeine im Prinzip genial einfache und an Ort und Stelle schnell zusammengeschraubte Vorrichtung, die es ihnen ermöglichte, den Tresor wie am Lastenarm eines Krans so präzise in Stellung zu bringen, dass er anschließend als reifer Apfel vom künstlichen Baum fallen konnte. Die Gangster nahmen die Schwierigkeit in Kauf, das wie auch immer geartete Ding hierherzubefördern, aufzurichten, zu benutzen, danach wieder auseinanderzubauen und abzutransportieren. Ein beträchtlicher Aufwand, der sich aber mehr als gelohnt hat, wie wir nun wissen.«

Nachdenklich fuhr er sich über den Nasenrücken und hinterließ darauf eine graue Mehlspur.

»Leider wissen wir aber nicht, wo das bleischwere Monstrum geblieben ist«, verriet er Mouse nach einem kleinen erschöpften Seufzer. »Es hat, wie gesagt, auch den Boden des Kellergewölbes so glatt passiert wie ein Messer die Butter. Wir waren eben unten und haben uns das angesehen. Ein paar meiner Jungs sind noch dabei zu untersuchen, was es damit auf sich hat. Aber schon jetzt ist klar, dass unsere saubere Kundschaft gewusst haben muss, dass der Kellerboden dünn ist und sich darunter ein weiterer Hohlraum befindet.«

»Die Gänge der Kanalisation. Das Labyrinth unter der Stadt«, sagte Mouse mit einer gewissen Faszination. Er hatte gleich verstanden, worauf Charlie hinauswollte. »Also dahin führt die Spur. Und sie hatten genug Zeit, den Tresor in ein irgendwo in der Tiefe liegendes Rattenloch von einem Versteck zu bringen, um ihn dort in aller Ruhe auseinanderzunehmen.« Er pfiff ein weiteres Mal durch die Zähne. »Auf seine finstere Art ist der Schwarze Ole ein Meister des Verbrechens, ein Phantom der Unterwelt mit scheinbar überkätzischen Kräften«, sinnierte der Inspektor.

Der rote Charlie sah ihn überrascht an. Dabei lag in Mouses Worten bei aller fachlichen Anerkennung nicht ein Hauch von Respekt, den sich Tyvson auf der falschen Seite des Lebens verdiente. Der Kopf der Schlitzerbande war ein brillanter, aber ruchloser Gegner, zu dessen Repertoire nicht nur ausgetüftelte Einbrüche gehörten, sondern auch gewissenloses Vorgehen und sinnlose Gewalt, die selbst vor einem so schwachen Opfer wie dem Wachmann Marusch und dessen nun geschlitzten Ohren nicht haltmachte.

»Ein Phantom, das wir jagen und dingfest machen werden«, knurrte Mouse. »Da er sich seit Neuestem offenbar gern in unterirdischen Gängen herumtreibt, mag Tyvson, sobald wir ihn haben, ein für alle Mal im tiefsten Verlies von St. Leonhart verschwinden.«

»Vielleicht hätten Se die Güte, uns an Ihren verwegenen Zukunftsvisionen teilhaben zu lassen, Mouse«, meldete sich hinter ihnen eine unangenehm schnarrende Stimme.

Weder der Angesprochene noch Charlie mussten sich erst umdrehen, um zu wissen, dass ein fetter schwarz-weiß gefleckter Hauskater auf sie zukam. Seine asymmetrische Gesichtszeichnung zauberte ihm entgegen seiner vorherrschend miesepetrigen Gemütslage ein schräges Dauergrinsen auf die breite Visage – passend zum abgeknickten linken Ohr, einem Andenken aus Straßenkämpfen, als Grobian Murr als junger Wachtmeister Streife lief. Zeiten, die, Gottkater sei Dank, der Vergangenheit angehörten.

Allerdings genügte die Gegenwart noch nicht seinen hohen Ansprüchen, auch wenn er es inzwischen zum Oberinspektor gebracht hatte und einem weiteren Aufstieg in der kriminalpolizeilichen Hierarchie eigentlich nichts im Wege stand. Gedanklich sah Murr daher gern in die Zukunft und sich selbst in der Beletage des Polizeipräsidiums: im weitläufigen Büro des Heiligen Bimbams höchstpersönlich, auf seinem Stuhl mit der hohen Lehne und den Löwenköpfen hinter dem billardfeldbreiten Schreibtisch aus Eiche. Vor solch verheißungsvollen Ausblicken tauchte wie ein nicht zu entfernender Fussel auf der Linse dieser verfluchte, blauäugige Schnösel auf, ein Störfaktor auf dem langen, allzu langen Weg aus den Niederungen der Murr'schen Karriere bis zum Gipfel.

Der Oberinspektor war sich dessen bewusst, dass ihn mit Selwyn Mouse etwas nicht Kalkulierbares verband, was vielleicht nur ihm selbst auf Dauer schaden würde. Denn als Protegé von Cornelius Katerfreund, diesem dicklichen Trottel von einem Kriminalrat, und noch höherer Persönlichkeiten, die lieber unerkannt im Hintergrund blieben, verfügte die beste Spürnase des Dezernats über eine Narrenfreiheit, die Mouse in Murrs Augen schamlos ausnutzte. Wie in einer Dauerfehde fühlte sich der Oberinspektor durch den arroganten Stutzer immer wieder aufs Neue herausgefordert. Was nicht etwa daran lag, dass Mouse etwas tat, um ihr unerklärtes Duell in Gang zu halten, sondern weil er im Gegenteil gar nichts tat. Geschmeidig im Umgang, dabei aufreizend desinteressiert, suchte er weder Streit noch Wettkampf noch Auskunft. Nein, er übersah seinen Vorgesetzten, wenn möglich, beschränkte ihren beruflichen Austausch auf ein gerade noch vertretbares Minimum und zeigte ihm, Murr, die kalte, elegant gewölbte Schulter. Wenn etwas ein »Katz- und Mausspiel« zu nennen war, dann dieser demütigende Schwebezustand, in dem einer ganz sicher nicht die Maus war und zwar jener, der ihren Namen trug.

»Guten Morgen, Oberinspektor«, begrüßte ihn die Maus, nein, Inspektor Mouse in einem Ton, der an formvollendeter Höflichkeit nichts zu wünschen übrig ließ. Und dennoch mochte darin versteckter Sarkasmus liegen, denn Murr hatte vorhin nicht gegrüßt, sondern wie so oft gleich gemosert.

Den Inspektoren und dem Chef der KTU näherten sich in Begleitung von Sergeant Fischgrät jetzt jene vier Kater, die bis eben in eine mehr als angeregte Unterhaltung vertieft gewesen waren, was ihre angespannten Mienen verrieten.

»Murr hat mich aufgehalten«, gelang es Jerry, Mouse hinter vorgehaltener Pfote anzuvertrauen, als er wieder an seine Seite schlüpfte.

Falls der Sergeant dem noch etwas hatte hinzufügen wollen, sparte er sich das für später auf, denn alle Aufmerksamkeit galt nun einer imposanten Gestalt von unverkennbarer Autorität. Es handelte sich um Ignatius Puschel, den Kratzburger Polizeipräsidenten, einem großen, cremefarbenen Heilige Birmakater mit einem wahren Löwenhaupt, umrahmt von einem flauschigen Backenbart. Väterlicherseits aus einer alten hausgenossischen Familie stammend, überdies Träger des Flohbandordens Erster Klasse, war sich Puschel seiner gravitätischen Ausstrahlung durchaus bewusst, die weniger von abgehobener »Heiligkeit« als einer sehr zupackenden Bodenständigkeit kündete, was jedoch nichts an seinem ihm hartnäckig anhaftenden Spitznamen änderte. Sollte noch jemand daran gezweifelt haben, dass es sich aktuell um eine schwerwiegende Angelegenheit allerhöchster Priorität handelte, wusste sich ein solcher Ignorant spätestens durch die Anwesenheit des Heiligen Bimbams eines Besseren belehrt.

Blaue Blicke wechselten von links nach rechts, als die ultramarinfarbenen Augen des Birmakaters sich mit denen des Thai-Siams trafen und in einem fast unmerklichen Moment einen erstaunlich vertrauten Umgang jenseits aller Hierarchien bekundeten. Der Moment verging, nun blickte Puschel mit strenger Miene in die Runde, die in respektvollem Schweigen darauf wartete, wie sich Seine Exzellenz zum Ernst der Lage äußern würde.

Außer dem Präsidenten hatte die vierköpfige Gruppe aus Direktor von Maunz, Syndikus Seidig und Prokurist Kralle bestanden. Inzwischen war auch Kriminalrat Katerfreund zugegen und sah sich mit dem für ihn typischen, treuherzigen Gesichtsausdruck um. Ein probates Mittel, fälschlicherweise nicht für voll genommen zu werden – doch wehe dem, der sich so irrte.

»Also«, knurrte der Polizeipräsident und strich sich mit seiner dicken birmanischen Pfote in reinstem Weiß über die hellbraune Samtwestenbrust eines teuren Dreiteilers. »Halten wir mal fest, was wir bis jetzt haben. Deshalb denke ich, verehrter von Maunz, sollten zuvor Sie oder Sie, werter Seidig, da wir hier so nett und vollzählig beisammen sind, endlich, wie sagt man doch so treffend, die Katze aus dem Sack lassen. Verzeihen Sie mir den vulgären Ausdruck, aber Schweigen nützt hier niemandem und schon gar nicht Ihnen.«

Angesichts dieses überraschenden präsidialen Auftakts kniff Inspektor Mouse die Augen zusammen und musterte die beiden Angesprochenen aus schmalen blauen Schlitzen. Demnach hatte die Aufregung der Herren, die ihm schon eben im Vorbeigehen aufgefallen war, wohl darin bestanden, dass der Vorstand von Musculus der Polizei irgendeine wichtige Auskunft vorenthielt. Etwas noch Verborgenes war hier im Gange, ganz so, wie es der gute Katerfreund auf dem Flur angedeutet hatte.

Von Maunz machte fast den Eindruck, als sei noch Schlimmeres geschehen als der Raub der Provisionsgelder. Keinem war entgangen, dass der prachtvolle Schnurrbart des grauen Persers bei Puschels Aufforderung heftig erzitterte. Und entgegen seiner Profession wirkte selbst das schmale, seriöse Bengalengesicht seines Syndikus ungewöhnlich bestürzt, die Leopardenflecken auf dem elfenbeinfarbenen Pelz schienen zu changieren, ein exotisches Anzeichen großer Nervosität. Prokurist Kralle sah so blass und angespannt aus, als hätte er sich von dem Schreck in der Morgenstunde bislang nicht erholt.

Dennoch schwieg von Maunz, genau wie sein Anwalt.

Präsident Puschel räumte beiden noch eine kurze Gnadenfrist ein. »Na gut, dann lassen *Sie* erst mal hören, Murr«, verlangte er von seinem Oberinspektor.

Ein Stichwort, das diesen so auffällig Haltung annehmen ließ wie ein übereifriger Musterschüler, den es in der ersten Reihe zwanghaft nach Meldung und Selbstbeweis drängt.

»Der abgängige Tresor stand vor einem stillgelegten Kamin, watt sich, wie wir nun wissen, als bodenloser Leichtsinn erwiesen hat. Ich betone *bodenlos*«, legte sich Murr schadenfroh ins Zeug, in Kauf nehmend, dass er mit seiner Häme nicht weit kommen würde, doch direkter Angriff schien ihm schon immer das beste Mittel der Wahl.

»Erlauben Sie mal, was heißt in diesem Zusammenhang *Leichtsinn*?«, ging Tigerius Seidig sogleich dazwischen. »Der Panzerschrank stand vor einer geschlossenen, verputzten Wand.«

»Jeder, der et schafft, einen Gebäudeplan des Kontors zwischen die Krallen zu bekommen, watt wohl nich datt Schwierigste auf der Welt sein wird, kann darauf ablesen, datt hinter dem schmächtigen Mauerwerk ein alter Schacht liegt«, hielt Murr mit seiner Kodderschnauze unverzagt dagegen. »Übrigens auch an vielen anderen Stellen im ganzen Haus; da herrscht an günstigen Einstiegsmöglichkeiten kein Mangel. Wie die Versicherung datt wohl findet?«

Um die vornehme oder auch taktische Zurückhaltung des Herrn Direktors war es geschehen. Ganz so, wie es Murr und wohl auch Präsident Puschel beabsichtigt hatten.

»Verflucht noch eins, Sie unverschämter Schlaumeier!«, schnauzte von Maunz dünnhäutig. Seine kupferfarbenen Augen versprühten Funken in Richtung der ihm in ihrer schwarz-weißen Schrägheit feixend vorkommenden Visage des Oberinspektors. »Was wollen Sie damit andeuten? Der Einbau unserer hochmodernen Heizungsanlage geschah durch das bekannte Architekturbüro Katz & Haus, das die baulichen Gegebenheiten sinnvoll zu nutzen wusste. Teilweise gelang es den Ingenieuren sogar, die neuen Rohre durch die alten Schächte zu verlegen, die mit Wärme aus dem zentralen Heizraum im Keller beschickt werden. Was das elende Holz- und Kohleschleppen durch alle Stockwerke ein für alle Mal beendete.«

»Gelegenheit macht Diebe«, provozierte Grobian Murr mit ungetrübter Miene weiter. »Sparen Se sich Ihre Werbeveranstaltung für bullernde Öfen! Mich beeindruckt datt weit weniger als die Findigkeit der Gangster, die für ihre Zwecke ebenso doll und sinnvoll geplant haben wie die geschniegelten Schreibtischkratzer von Katz & Haus.«

Sergeant Fischgrät bemerkte, dass neben ihm Mouse sacht erbebte, als befiele den Inspektor bei Murrs bekannt pfotenfesten Umgangsformen allmählich ein leises Schaudern. Jerry sah zur Seite, doch das gemeinhin so ausdrucksvolle Gesicht des Siams war leer wie eine Geldkatze zum Monatsende.

Derweil nahm Murr unter Volldampf einen weiteren Anlauf. Sein abgeknicktes Ohr ließ ihn im Scheinwerferlicht verschlagen und halbseiden aussehen. »Entweder hätte man diese Schächte einfach zuschütten sollen«, überlegte der fette Hauskater laut, ohne sich um jegliche architektonische Expertise zu kümmern, »oder sie doppelt und dreifach versiegeln, damit da nix durchkommt.«

»Dann würde aber auch keine Wärme durchdringen, Herr Oberinspektor«, meldete sich die pingelig klingende Stimme von Prokurist Kralle, der sich plötzlich bemüßigt fühlte, für seinen Chef in die Bresche zu springen. Schließlich wusste er, wie stolz von Maunz auf die behutsame Modernisierung der traditionellen, noch aus Gründungszeiten stammenden Firmengebäude war, die teilweise unter Denkmalschutz standen. Was sich dieser abstoßend gewöhnliche Beamte allein durch seinen Ton herausnahm, war in den Augen und Ohren von Moritz Kralle infam. Man musste sich wundern, dass dies in Anwesenheit der ranghöchsten Vertreter des Dezernats geschah.

»Statt Wärme war et der Vorschlaghammer eines ausgekochten Ganoven der Schlitzer. 'ne echt brandheiße Angelegenheit würde ich sagen«, schnarrte Murr.

»Meine Herren, ich darf wohl bitten!«, schaltete sich ein weiteres Mal Syndikus Seidig ein. »Bleiben wir doch sachlich und vernünftig. Der heutige bedauerliche und verlustreiche Vorgang hat wohl kaum eine Unterlassung der Firma Musculus zur Ursache. Denn seien wir ehrlich: Wer wäre vorher darauf gekommen, dass innerhalb eines geschlossenen Gebäudekomplexes ein stillgelegter Kamin für etwas so Abstruses wie diesen brachialen Einbruch genutzt würde?«

Noch während er sprach, sah der Anwalt zum x-ten Mal mit nervöser Scheu zu dem klaffenden Loch in der Wand hinüber, als verhöhne dies böse Gähnen nicht nur die Würde der Firma, sondern die somit offenkundige Naivität ihrer Leitung.

»Einer *ist* darauf gekommen, womöglich lange bevor Katz & Haus überhaupt mit der Planung begonnen hat«, meldete sich eine kühle, kompetent klingende Stimme. Damit vermasselte Mouse dem auf den nächsten verbalen Grobeinsatz lauernden Murr erst mal die Tour. »Leider sollte man immer mit den ebenso schändlichen wie genialen Einfällen von Bakrus Ole Tyvson rechnen. Der von irgendwo aus dem Untergrund und selbst aus dem Gefängnis scharf beobachtet, abwägt und, falls ihn seine Erkenntnisse zu einem Plan inspirieren, so lange tüftelt, bis er weiß, unter welchen Vorkehrungen er diejenigen losschicken muss, die ihm bedingungslos folgen.« Inspektor Mouse begegnete seinem nächsten Vorgesetzten mit einem beinahe arglos zu nennenden Blick. »Ich schließe mich der kompetenten Einschätzung von Oberinspektor Murr an, wonach es sich bei den Tätern um niemand anderen als die Schlitzerbande unter besagtem Führer handelt, der für diesen komplizierten und aufwändigen Einbruch verantwortlich ist«, fuhr er so geschliffen wie ein Kristallglas fort.

Der mit kollegialer Anerkennung bedachte Murr schnappte nach Luft.

»Das bezeugen ja auch die grausamen Verletzungen Ihres Wachmanns«, wandte sich Mouse direkt an den Firmendirektor, was dem Oberinspektor in Anwesenheit zweier polizeilicher Schwergewichte wie Puschel und Katerfreund weiterhin keine Gelegenheit gab, Mouse gewohnt unverfroren in die Schranken zu weisen, um endlich selbst wieder zu Wort zu kommen. Aber dessen nicht genug, war es nun, als hätte dieser routiniert und selbstverständlich die Leitung eines Verhörs übernommen, bei dem die Murr'schen Holzhammermethoden versagten. Mit den zu befragenden Herren musste offenkundig eine feinere Klinge geführt werden, um durch schneidende Fragen geschickt freizulegen, was bislang ungesagt geblieben war.

Am Ende sah Murr das sogar ein und überließ dem siamesischen Schniegelburschen innerlich vor Wut kochend das Feld, hatte er doch gerade einen unauffälligen, aber für ihn deutlich zu verstehenden Blick des Heiligen Bimbams empfangen, der den Oberinspektor durchaus wohlwollend, aber entschieden zurück in die zweite Reihe beorderte.

Nach dem ungeschlachten Einstieg, der bereits eine gewisse verstörende Wirkung zeigte, war auch in Puschels Augen auf den letzten Metern Feinarbeit erforderlich. Im vorbereiteten Terrain ließ Selwyn Mouse, souverän wie immer, die Bombe platzen.

»Syndikus Seidig, wollen Sie oder der Herr Direktor uns nun bitte mitteilen, was sich außer der umfänglichen Summe von dreihundertfünfundsiebzigtausend souris d'or im Tresor befunden hat?«, lautete die Aufforderung der angenehmen, dabei so distanziert klingenden

Stimme, als erübrige sich die Verweigerung einer zügigen Antwort von vornherein. »Der Schwarze Ole hätte bei einem Einbruch in die Karthäuserbank sicherlich mehr Geld erbeutet«, führte Mouse weiter aus. »Da es nach Lage der Dinge ganz danach aussieht, dass es Tyvson gelungen ist, die verzweigten Gänge der Kratzburger Kanalisation für seine üblen Zwecke zu nutzen, hätte er genauso gut versuchen können, in die Keller der Bank einzudringen, doch das hat er nicht getan. Deshalb möchte ich wissen, was *hier* aufbewahrt wurde, das so kostbar und begehrenswert sein muss, dass es die Schlitzer und ihren kühl kalkulierenden Chef zu diesem Fischzug reizte. Also, meine Herren, lassen Sie mal hören. Wir sind alle ganz Ohr.«

3. Kapitel

Die abschließende Einschätzung des Inspektors entsprach unbedingt den Tatsachen, denn *alle* im Direktorenzimmer merkten bei seinen Worten auf, vom Polizeipräsidenten und den anwesenden Kriminalern bis zu den an der Tür postierten Wachtmeistern und den beiden Mitarbeitern der KTU, die auf Anweisung des roten Charlie dabei waren, die Scheinwerfer neu zu justieren, um, wenn möglich, noch tiefer in den Schacht hineinzuleuchten. Jeder, wirklich jeder, war auf der Stelle *ganz Ohr*.

Direktor von Maunz, sonst selten um eine schlagfertige Entgegnung verlegen, wandte sich schweigend und mit einem betretenen Blick an Syndikus Seidig, der neben ihm stand und für einen letzten Moment der Sammlung nachdenklich ins Leere starrte. Weil aber diese Leere aus dem entsetzlichen Loch in der Wand bestand, ergab sich der Anwalt der Eloquenz des schneidigen Inspektors.

»Tatsächlich gäbe es da noch eine Mitteilung zu machen, wenn Sie darauf bestehen«, begann Seidig vage.

»Ach, wirklich?«, knurrte Murr, um nicht ganz in Vergessenheit zu geraten. »Wurde aber auch langsam Zeit.«

»Verflixt noch mal, halten Sie sich gefälligst zurück, Murr«, hielt ihn ein erstaunlich rabiat klingender Kriminalrat Katerfreund von weiteren Einschätzungen ab.

»Besten Dank«, meinte Syndikus Seidig, als wüsste er Katerfreunds Eingreifen mindesten so sehr zu schätzen, wie er den fetten Oberinspektor verabscheute. Der Blick seiner blassgrünen Augen wurde scharf und kühl wie Katzenminze. »Herr Direktor von Maunz wäre bereit, die gewünschten Informationen zu erteilen«, sprach der Anwalt zuerst Mouse an und sah dann von ihm zum Polizeipräsidenten hinüber, »vorausgesetzt, dass dies in einem deutlich kleineren Kreis geschieht und wir uns die Herren aussuchen werden, die dabei zugegen sein dürfen.« Jetzt hatte Seidig sich wieder sicher im Griff und klang entsprechend entschieden. »Da Herr von Maunz nicht verpflichtet ist, Sie in einen eher privaten Sachverhalt einzubeziehen, der nur bedingt mit dem Raub an der Firma Musculus zusammenhängt, müssen wir darauf bestehen«, schloss er hochnäsig.

»Heiliger Katzendreck, gut gebrüllt Löwe«, hörte Mouse Jerry neben sich leise maunzen. »Ob sich der Heilige Bimbam das gefallen lässst?«

Die Antwort Ignatius Puschels ließ nicht auf sich warten.

»Dass Sie es sich herausnehmen, uns Bedingungen zu stellen, obwohl Sie auf die Unterstützung der Polizei dringend angewiesen sind, vermerke ich hiermit fürs Protokoll«, sagte der große Birmakater gelassen. »Teilen Sie uns doch gleich mit, wem Sie Ihr privates Problemchen anzuvertrauen gedenken, mein guter Seidig, und dann lasse *ich* Sie wissen, ob mir das passt.« Seine anfangs so gleichmütig klingende Stimme ging in ein drohendes Grollen über.

Der Syndikus wich zurück und trat von Maunz versehentlich auf die Pfote. »Verzeihung«, murmelte er verdattert, aber der Direktor schenkte ihm schon keine Beachtung mehr.

»Lass es gut sein, Ignatius, keiner will hier Ärger machen, denn Ärger gibt es bereits mehr als genug«, wählte der Perserkater eine überraschend vertraute Anrede, als er sich mit schicksalsergebener Miene an Puschel wandte. Aber schließlich war man ja eigentlich per Du, verkehrte seit Jahren im gleichen Club und spielte zusammen Mizigolf. Zum zweiten Mal an diesem Morgen zückte von Maunz die große silberne Taschenuhr und sah nach der Zeit.

Bei dem bereits vertrauten Anblick kamen Mouse und Jerry unabhängig voneinander auf die Idee, ob der Herr Direktor nun nicht ein weiteres »bong, bong, bong« anstimmen würde, um nach der Belegschaft auch die ihn bedrängenden Kriminaler zur Ordnung zu rufen.

»Neun Uhr zweiundzwanzig«, verkündete von Maunz mit penetranter Genauigkeit, »in einer guten halben Stunde muss ich meinen Arbeitern Rede und Antwort stehen und mir bis dahin irgendetwas einfallen lassen, wie ich sie für den Ausfall von fünfhundert Goldmäusen entschädigen kann. Also lassen Sie uns schnell machen. Damit die Polizei fürs Erste einen Überblick über die *gesamte* Lage erhält, darf ich nun außer Syndikus Seidig folgende Herren ins kleine Kabinett bitten: selbstverständlich den Herrn Präsidenten und Kriminalrat Katerfreund, desgleichen Inspektor Mouse.« Danach sprach er seinen Prokuristen an und behielt den gewohnten Befehlston bei, in den er sich warm redend schnell zurückgefunden hatte. »Kralle, wollen Sie so gut sein, schon einmal nach unten zur Belegschaft zu gehen? Vielleicht könnte Sie der durchsetzungsstarke Oberinspektor begleiten. Das schafft den nötigen Respekt.«

Er schlug dies vor, obwohl jeder merkte, wie sehr Murr noch daran zu knabbern hatte, dass ihn von Maunz bei der eben getroffenen Auswahl ohne mit dem Schnurrhaar zu zucken überging und statt seiner – wie konnte es anders sein? – diesen feinen Pinkel von Inspektor einbestellte.

»Oberinspektor Murr gehört nicht zum Personal der Firma Musculus«, meldete sich Kriminalrat Katerfreund, doch ohne darauf zu dringen, ihn im Kabinett mit dabeihaben zu wollen, worauf leider auch Präsident Puschel nicht bestand und schon gar nicht Inspektor Mouse.

Dennoch wusste Murr mit sicherem Instinkt, dass dies nicht der richtige Moment war, um sich darüber zu beschweren. Nicht in dieser labilen Situation mit einem offenbar in noch größere Kalamitäten verstrickten Firmenvorstand in der oberen Etage und der um ihr Geld gebrachten Arbeiterschaft ein Stockwerk tiefer.

Das Büro des Direktors begann sich zu leeren. Alle strebten dem Ort ihres nächsten Wirkens zu, einige enttäuscht, um ein Katzenhaar nicht erfahren zu haben, welchen Schatz der Tresor außer einer Menge Geld noch enthalten hatte. Sergeant Fischgrät, der von Murr knurrend dazu aufgefordert worden war, sich mit ihm und Prokurist Kralle in die Werkshalle zu verfügen, waren aufgrund der verpassten

Gelegenheit für einen kurzen Augenblick die aufgeweckten Gesichtszüge entglitten.

»Lassen Sie nur, Fischgrät«, sagte Inspektor Mouse und legte ihm aufmunternd die Pfote auf die Schulter. »Etwas sagt mir, dass Ihre Stunde in dieser vertrackten Geschichte noch schlagen wird. Nur die Ruhe und ein bisschen Geduld.«

Damit wandte er sich ab, um der kleinen Prozession zu folgen, die sich unter Führung von Felix von Maunz auf den kurzen Weg zu der unauffälligen Tür in der Wandtäfelung rechts vom Schreibtisch gemacht hatte.

Jerry sah ihm nach. Auf seinem rostfarbenen Tigergesicht war alle Betrübnis einem stolzen Lächeln gewichen.

»Kannste dir was drauf einbilden, Junge«, meinte der rote Charlie, der mit seinem Team am Tatort zurückblieb. »Inspektor Mouse scheint dich wirklich zu mögen.«

Mit einem so wohligen Gefühl in der Magengegend, als hätte er gerade eine Schale lauwarme Milch geschlabbert, verließ der Sergeant leichtpfotig das Maunz'sche Büro, was weder zum Ernst der Lage recht passen wollte noch zu dem ihm aus dem Korridor entgegenschallenden herben Anraunzer Grobian Murrs »sich, himmeldonnerwetternochmal, gefälligst zu beeilen«.

*

Das kleine Kabinett, das sie soeben nur noch zu fünft betraten, diente ganz offensichtlich der Bequemlichkeit des Herrn Direktors. Ein rundum vertäfeltes Schmuckkästchen von einem intimen Ruheraum, mit einem samtbezogenen Canapé, daneben ein Rauchtischchen, auf dem ein edler kleiner Humidor von Schmauch & Fauch stand und eine Flasche alter Cognac aus der Châtrente. Hinter einem halb zugezogenen Vorhang befand sich ein Waschbecken aus blassblauem Porzellan (Mouse bemerkte Barbierzeug), über dem ein ovaler Spiegel hing, in dem sich der zierliche, venezianische Kronleuchter widerspiegelte. Funkelnd erstrahlte er, sobald sich die Tür öffnete, denn das Kabinett hatte kein Fenster.

»Allerliebste kleine Denkerklause, das muss man dir lassen, Felix«, stellte Präsident Puschel anerkennend fest. »Hier werden wohl die ganz speziellen Delikatessen von Musculus ausbaldowert oder die Aktienkurse studiert.« Schon umwölkte sich seine kurzfristig aufgehellte Miene wieder, der Heilige Bimbam betrachtete den alten Bekannten mit Skepsis und Strenge. In dem plötzlich eng wirkenden Raum stand man sich dicht gegenüber, was den Eindruck eines konspirativen Treffens noch verstärkte.

»Im Namen der Familie von Maunz muss ich auf absolute Diskretion bestehen«, verlangte Syndikus Seidig von den drei Kriminalbeamten. »Von dem, was Sie gleich zu hören bekommen, darf nichts an die Öffentlichkeit dringen. Ich rechne auf Ihr Verständnis. Spätestens, sobald Sie erfahren, um was es sich handelt.«

»Dann wollen wir mal hoffen, dass sich nicht auch hinter diesen Paneelen ein Hohlraum befindet, in dem jemand mithören könnte«, entgegnete Präsident Puschel trocken.

Der Direktor und sein Anwalt gingen auf den kleinen Scherz nicht ein, doch von Maunz begann mit gesenkter Stimme zu sprechen, als gäbe es wahrhaftig keine Garantie, dass die Wände nicht doch Ohren hätten. Nach dem heutigen Morgen schien so einiges möglich.

»Meine Frau ist, wie Sie vielleicht wissen, eine geborene Killmauski, einem alten Adelsgeschlecht aus St. Grätenburg im prussischblauen Katzarenreich«, sagte er.

Das war eine so unerwartete, ja fast absurd anmutende Eröffnung, dass Inspektor Mouse für einen kurzen Augenblick Schwierigkeiten hatte, die Contenance zu wahren und nicht laut herauszuplatzen. Am leichten Zucken der präsidialen Schnurrhaare und der bemüht stoischen Miene von Katerfreund konnte er ablesen, dass es den beiden wohl ähnlich erging.

Felix von Maunz bemerkte nichts, als er gedrängt fortfuhr: »Anastasia pflegt ihren Schmuck, der aus kostbaren Erbstücken ihrer berühmten Sippe besteht, an verschiedenen Orten aufzubewahren. Allen, mit denen wir vertrauten Umgang pflegen, ist dies durchaus bekannt. Auch Prokurist Kralle weiß, dass eine der Schatullen im Firmentresor verwahrt wird. Meine Gattin war stets davon überzeugt, dass im Falle eines Einbruchs wenigstens nur ein Teil abhandenkäme, womit sie, wie wir nun leider wissen, durchaus recht hat. Als die Firma Ende letzten Jahres den neuen Tresor anschaffte, war nicht nur Anastasia von dessen vorzüglichen Sicherheitsstandards sehr beeindruckt – ich stehe da in gleicher Verantwortung –, was zu dem folgenschweren Entschluss führte, ihm ein ganz besonderes Stück anzuvertrauen …«

›Aha‹, dachte Mouse, ›allmählich, Nachtigall, hör' ich dich singen – flöt' mal schön weiter.‹

Die rauchgraue Nachtigall in Gestalt des sichtlich geplagten Direktors drang gerade zum Kern der Sache vor: »… ein außergewöhnliches Juwel, das meiner Frau als Leihgabe für eine begrenzte Dauer in Verwahrung gegeben wurde. Was eingedenk dessen, wem dieser Schmuck in Wirklichkeit gehört, eine ganz besondere Ehre bedeutet und nun eine Katastrophe.«

Der stattliche Perserkater sah plötzlich kläglich aus.

»Ein Kleinod als eine Art Wanderpokal für Damen der Gesellschaft?«, wunderte sich Ignatius Puschel. »Irgendwie glaube ich, so etwas schon einmal gehört zu haben. Ich meine sogar, erst kürzlich hätte meine eigene Frau mir etwas Entsprechendes aus einem Artikel in Kater's Bazaar vorgelesen. Sapperlot, ich war wohl mal wieder ein wenig unaufmerksam.«

»Herr Direktor, bitte fahren Sie fort. Wir verlieren kostbare Zeit.« Mouse war nah daran, die Geduld zu verlieren.

»*Kostbar*«, pickte von Maunz aus seinem Satz das eine Wort und schmeckte ihm nach, als sei es etwas Ungenießbares. Dann nahm er den finalen Anlauf. »Es war das Grüne Auge von Katzinopel, das Anastasia erst im letzten Monat dem Tresor anvertraute. Der berühmte Smaragd der Katzaren!«

Jetzt stöhnte auch der Polizeipräsident, bevor es im Kabinett mäuschenstill wurde. Dann war es Kriminalrat Katerfreund, der als Erster das Schweigen wieder brach.

»Das kann doch nicht wahr sein«, maunzte er indigniert und kratzte sich ratlos den runden Schädel. »Ist der Stein gut versichert?«

»Ja, natürlich. Allerdings hilft uns dieser Umstand derzeit nur wenig«, schaltete sich wieder Syndikus Seidig ein, denn sein Arbeitgeber schien eine kurze Pause zu brauchen.

Die Formulierung des Anwalts wirkte auf die drei Kriminaler einigermaßen rätselhaft.

»Der Smaragd ist Teil eines Perlencolliers«, fuhr dieser fort zu erklären, »welches beim nächsten großen Empfang im prussischblauen Konsulat unbedingt getragen werden muss. Da die Killmauskis nach einigen Verwerfungen im Katerreich über die ganze Welt verstreut sind, ist dies eine Ehrbezeugung, die ihre alte Verbundenheit mit den Katzaren beweist und umgekehrt eine große Gunst. Denn das Grüne Auge gehört in Wirklichkeit niemand anderem als seiner Hoheit Katzewitsch Alexander Balkonski höchstpersönlich.«

Ignatius Puschel stöhnte erneut, diesmal lauter. Mouse schüttelte ungläubig den Kopf, während Katerfreund einen bernsteinfarbenen Blick zur getäfelten Zimmerdecke sandte.

»Dieser Empfang findet schon Anfang nächsten Monats statt«, ergänzte von Maunz und zog diesmal nicht die silberne Uhr, sondern ein großes blütenweißes Taschentuch aus der Weste, mit dem er sich die Stirn betupfte. »Unsere Nichte Natascha ist bereits aus St. Grätenburg angereist. Anastasia hat entschieden, dass sie es sein soll, die das Collier zu dem besonderen Anlass tragen und sich damit öffentlich zeigen wird, bis es ein Sicherheitskommando der Krone wieder mit zurücknimmt, um es danach einem anderen Mitglied der Sippe der Killmauskis für eine gewisse Zeit zu überlassen. Was nun alles nicht mehr möglich ist, denn ausgerechnet die Familie von Maunz hat das in sie gesetzte Vertrauen bitter missbraucht«, schloss er mit einem Anflug von Verzweiflung. »Verstehen Sie deshalb, meine Herren, hohe Versicherung hin oder er, es ist der unerhörte Skandal, den ich fürchte!«

»Und hoffentlich den berechtigten Zorn Ihrer Arbeiter«, erlaubte sich Mouse einzuwenden. »Ist Ihnen da schon Ersatz eingefallen oder geht es hier vor allem um Kronjuwelen?«

»*Katzen, hört die Signale!* Na, na, Inspektor, Sie klingen ja schon fast wie der rote Charlie«, meinte Präsident Puschel mit mildem Tadel und unter Hinweis auf den Chef der KTU, dessen Kämpferherz für die Gewerkschaft schlug. »Zu Ihrer Beruhigung, Mouse, die Kratzburger Polizei wird, zumal sie ja nicht einmal offiziell mit der Wiederbeschaffung des Grünen Auges von Dingsbums betreut ist, alle Kräfte auf die Suche nach dem Tresor, besser gesagt seines goldigen Inhalts verwenden. Falls es gelingt, Täter samt Beute zu stellen, wäre es mehr als wünschenswert, wenn auch nicht unbedingt wahrscheinlich, dass der Schmuck mit dabei ist.«

»Nein, ganz gewiss nicht«, stimmte ihm Mouse zu. »Für meine Begriffe war einzig und allein der in vieler Hinsicht wertvolle Stein der dicke Braten, den der Schwarze Ole gerochen hat. Man kann damit nämlich ganze Regierungen unter Druck setzen. Das Geld ist da wenig mehr als der Beiguss, mit dem er seine Leute bezahlen kann.«

»Da Sie ja nun Bescheid wissen, was haben Sie in dieser hochsensiblen Angelegenheit vor zu tun?«, erkundigte sich Syndikus Seidig, dem eigenen Namen mit seinem geschmeidigen Ton alle Ehre machend.

»Bescheid wissen über hochsensible Angelegenheit?«, wiederholte Puschel seinerseits im Schnauzton. »Ich könnte mich jetzt fein dafür bedanken, dass Sie überhaupt so gütig waren, uns zu informieren, und Sie danach diesem Wirrwarr aus Gesellschaftsgedöns, diplomatischen Verwicklungen, der Einschätzung Ihrer Versicherung sowie den prussischblauen Sicherheitsagenten überlassen. Stattdessen, weil mir die weitreichende Bedeutung dieser speziell zu behandelnden Sache durchaus klar ist und nicht zuletzt aus alter Verbundenheit mit Direktor von Maunz, der sich wie seine ganze Familie um das

Wohl von Kratzburg verdient gemacht hat, was wir erst gestern noch gebührend gefeiert haben … Kurzum, aus all diesen vielschichtigen Gründen werde ich zur Fahndung nach dem verschwundenen Juwel meinen besten Ermittler abstellen.«

Im Kabinett gab es keinen, der sich fragte, um wen es sich dabei handelte, nicht einmal der Gemeinte selbst.

»Das riecht nach einem Fall für Sie, Mouse«, fühlte sich Cornelius Katerfreund dennoch bemüßigt zu sagen. »Sei es gepriesen und gepfiffen.«

»Heiligster St. Baldrian, nur ein Einziger? Sind Sie noch bei Trost und Verstand?«, empörte sich Seidig.

»Zwei«, meldete sich der Inspektor selbst. »Preisen und pfeifen können wir unter Umständen später, sollten wir das Glück haben, erfolgreich zu sein. Fürs Erste würde mir reichen, diesmal als persönlichen Assistenten Sergeant Jerry Fischgrät für meine Ermittlungen hinzuziehen zu können. Und nur Ihnen, Katerfreund, und dem Herrn Präsidenten will ich unterstellt sein und ansonsten völlig freie Pfote haben«, verlangte Mouse.

»Einverstanden, Inspektor«, konnte Ignatius Puschel gerade noch von sich geben, als jemand so donnernd anklopfte, dass es das ganze Kabinett erschütterte.

Die Tür öffnete sich, ehe von innen Einlass gestattet oder verweigert wurde, und wie ein Rammbock drängte sich der bullige schwarz-weiße Kopf Grobian Murrs durch den Spalt. Schon im nächsten Moment füllte seine ausladende Gestalt den Eingang.

»Eine dringende Meldung, die nich warten kann«, knurrte der Oberinspektor mit sichtlicher Genugtuung, aus einem triftigen Grund ins Allerheiligste vordringen zu dürfen. »Bedaure, datt Tät-à-tät unterbrechen zu müssen«, konnte sich Murr trotz Anwesenheit von Präsidenten und Direktoren nicht verkneifen, »aber soeben wurde die Nachricht gekabelt, datt heute in aller Frühe, allerdings schonn weit hinter Kratzburg, eine verdächtige dunkle Limousine gesichtet wurde. Die Karre soll verteufelte Ähnlichkeit mit dem legendären schwarzen Rolls Royce Phantom des nicht minder schwarzen Oles haben. Datt kann an diesem Morgen wohl kaum ein Zufall sein, erlaube ich mir anzumerken.«

»Bestimmt nicht«, sagte Mouse, als Puschel im gleichen Moment ein sonores »Sieh mal einer an!« von sich gab.

Selbstredend wandte sich die Aufmerksamkeit zuerst dem Präsidenten zu, dessen anschließende Frage lautete: »Was hat man bereits zur Verfolgung unternommen, Murr?«

»Vier motorisierte Streifen ham sich sofort auffen Weg gemacht, aber wie et scheint, isses diesem Gespensterschiff von einem Automobil gelungen, sie abzuschütteln, bisset später nochma woanders auftauchte, leider schonn etliche Kilometer weiter. Watt zusätzlich dafür spricht, datt es sich um Tyvson handelt, der sich schonn früher plötzlich unsichtbar machen konnte, obwohl man ihm dicht auf der Spur war. Wir müssen zusätzliche Kräfte rausschicken und überall Straßensperren aufbauen, damit uns die verschlagene Ratte nich wieder entwischt.«

»Ja, ist das etwa noch nicht geschehen? Worauf warten Sie denn?«, konnte der Syndikus sich nicht zurückhalten. Unklar blieb, ob er Murr oder Puschel danach fragte. »Es liegt doch auf der Pfote, dass sich der wichtigste Teil der Beute in genau diesem Fahrzeug befindet, das vom Kopf der Bande zur Flucht benutzt wird. In welcher Gegend sagten Sie gleich, ist der Wagen zuletzt gesehen worden?«, wandte er sich voller Ungeduld nun eindeutig an den Oberinspektor.

»Rein gar nix habbich bisher darüber gesacht«, konterte dieser, »aber von mir aus können Se ruhig wissen, datt es ganz danach aussieht, als wäre der Rolls auf dem Weg zur Grenze von Nordwolland.«

»Sehen Sie?«, rief Seidig schrill und alarmiert. »Sie sind längst dabei, sich ins Ausland abzusetzen – erst quer durch Wolland und dann per Schiff über den kittischen Kanal.«

»Hmm«, machte Puschel nachdenklich, während Inspektor Mouse im Hintergrund leise aufstöhnte, als würde ihm etwas ziemlich gegen den Strich gehen.

»Ich weiß zwar auch nicht, warum du zögerst, Ignatius«, verfiel Direktor von Maunz kurzfristig wieder in den privaten Umgang von eben, »hoffe aber, dass du in jedem Fall weißt, was du tust oder nicht tust. Ich jedenfalls muss nun hinunter in die Fabrikhalle und meinen Arbeitern Rede und Antwort stehen, wünsche mir Glück … Seidig, ich erwarte Ihre Begleitung und von den Herren der Polizei, dass Sie mich darüber informieren, welche Schritte Sie als Nächstes einzuleiten gedenken. Anschließend möchte ich stündlich über den Stand der Dinge auf dem Laufenden gehalten werden.« Den Oberinspektor energisch beiseite drängend, drehte er sich im Türrahmen noch einmal um. »Ich muss wohl bei niemandem aufs Neue unabdingbare Verschwiegenheit anmahnen«, rief der rauchgraue Perser mit stramm aufgerichtetem Schnurrbart, »und stehe, sobald mit der Belegschaft alles geregelt sein wird, zu weiteren Konsultationen zur Verfügung. Vielen Dank!«

»Gern geschehen«, meinte der Polizeipräsident lakonisch. Doch da war der Direktor im Sturmschritt schon auf und davon, mit dem Syndikus in seinem Windschatten.

Puschel, Katerfreund, Mouse und Murr blieben im Kabinett zurück. Letzterer überging geflissentlich, dass er eigentlich von Maunz und Seidig wieder in die Werkshalle hätte folgen sollen, wo er gewesen war, als ihn die Nachricht über Tyvsons Phantom ereilte und glücklicherweise zurück in den ersten Stock bugsiert hatte. Im Kreis der hohen Kriminaler gedachte Murr nun auch zu bleiben, wo er von Amts wegen hingehörte, sicherlich mehr als dieser impertinente Mouse. Sollten sich unten doch die diensthabenden Scharen von Hauptwachtmeister Stumpfkralle falls nötig um randalierende Arbeiter kümmern. Fiel sowieso mehr in ihr Metier als in seines, und benötigte von Maunz ein Kindermädchen, das ihm während seiner Rede die Pfote hielt, konnte er sich ja an diese schleimige Sardine von seinem Anwalt wenden. Murr stand indes für neue Instruktionen bereit, um Maßnahmen zur zügig zu organisierenden Suche nach der Gangsterlimousine sowie einer von Kratzburg ausstrahlenden, flächendeckenden Fahndung einzuleiten.

»Was hat Ihnen denn eben nicht gepasst, Selwyn? Hab ich doch an Ihrem Blick gesehen«, hörte er stattdessen wieder das enervierende Gesäusel, mit dem sich der alte Schmuse-Katerfreund an seinen Lieblingsinspektor zu wenden pflegte.

»Nur die Kleinigkeit, dass ich nicht glaube, dass sich die Beute auch nur für eine Minute in dem Rolls befunden hat«, kam dessen Antwort wie aus der Pistole geschossen und klang dennoch lässig und beiläufig. Der Schuss war ein glatter Volltreffer.

»Wie bitte?«, fuhr Ignatius Puschel auf, während Oberinspektor Murr nur ein volkstümliches »Watt?« über die Lippen kam.

Cornelius Katerfreund hingegen schenkte der Spürnase seines Vertrauens einen langen, nachdenklichen Blick. »Dann lass mal hören«, verlangte er ruhig.

»Vielleicht nicht mehr das gesamte Geld, aber doch das meiste befindet sich genau jetzt irgendwo tief unter uns in den Gängen der Kanalisation«, sagte Mouse. »Der Schwarze Ole wäre schön blöd, ein so grandioses Versteck wie dieses Labyrinth vor der Zeit zu verlassen, wo er dort doch wie ein schlauer Fuchs im Bau in aller Ruhe darauf warten kann, was sich oben unter den Jägern tut. Denn dafür hat er seine Getreuen, die sich in den Flüsterkneipen des Hafens umhören, um ihm unten zu berichten. Ich würde einiges darauf verwetten, dass am Steuer des ausgerechnet in diesem heiklen Moment auftauchenden Phantoms einer der Schlitzer sitzt und die Polizei zielsicher auf die falsche Fährte und ins Leere lockt.« Wenn möglich, wurde in dem dunklen Gesicht das blitzblaue Augenlicht noch eine Spur intensiver. »Überlegen Sie doch mal, meine Herren«, forderte der Inspektor seine drei Vorgesetzten auf, als hätten sie das Denken bisher unterlassen. »Was würde es wohl für einen Sinn machen, das Diebesgut mit der Polizei im Nacken quer durchs Land bis zu irgendeiner Grenze zu bringen und sei es bis zum kittischen Kanal? Schließlich ist Kratzburg die Stadt mit dem landesgrößten Hafen. Nach einer angemessenen Wartezeit unter Tage wird sich hier sicher ein Schiff finden lassen, dessen Kapitän gegen einen großzügigen Obulus dazu bereit wäre, den Schwarzen Ole mit einem netten kleinen Koffer aufs weite Meer hinauszubringen. Danach werden wir *richtig* lange nichts mehr von ihm hören. Denn ich wette ebenfalls mit Ihnen, dass Tyvson sich nicht bloß auf die Catzoren absetzen wird, sondern für uns unerreichbar bis nach Übersee.«

»Watt Se nich sagen, Sie siamesische Intelligenzbestie!«, ging Murr angriffslustig auf Mouse los, ohne sich einen Deut um die beiden anderen Kater zu kümmern. »Spüren Sie etwa unter den feinen Samtpfoten, watt sich im Bauch der Stadt tut, oder verfügen Sie über den blauen Röntgenblick? Watt macht Sie sonst so sicher, dass Tyvson ein paar Klafter unter uns hockt, statt sich mit seinen Schlitzern nach dem gelungenen Coup aus dem Staub zu machen?«

»Hetzen Sie dem flüchtigen Phantom nur hinterher, Murr. Es wird Ihnen zwischen den Krallen entgleiten wie Quecksilber«, entgegnete ihm der Inspektor. Zum ersten Mal lag Schärfe in seiner Stimme. »Das ist es doch, weshalb der berüchtigte Schlitten jetzt auftaucht. Die dicke Maus, die von dem Loch ablenkt, wo der Speck und der Käse tatsächlich gebunkert sind.«

»Ja, würden Sie die schwarze Limousine denn einfach davonfahren lassen?«, erkundigte sich Präsident Puschel bei Mouse. Sein würdevolles Birmesengesicht sah einigermaßen ungläubig aus.

»Natürlich nicht«, bekam er zur Antwort. »Aber so, wie Murr Hundertschaften weißer Mäuse hinterherschicken will, würde ich gleichzeitig mehr als eine Abteilung ins Abwassersystem einsteigen lassen. Besonders in die alten, nicht mehr benutzten Kanäle, um sich da mal gründlich umzusehen.«

»So viele Leute stehen uns nicht zur Verfügung, Selwyn«, wandte Katerfreund bedauernd ein. »Die müssten wir erst von außerhalb anfordern und ich schätze, es sollten noch dazu Spezialisten sein, um sich in diesen Irrgängen zurechtzufinden.«

»Statt uns mit dem Wagen in die Irre zu führen, könnte Tyvson datt weit besser, indem er mindestens ein Viertel der Kratzburger Einsatzkräfte dank Ihres tollen Ratschlags unter die Erde lockt«, knurrte Murr verächtlich. »Wo se dann auf Nimmerwiedersehen verschwinden, weil hinter jeder Ecke und Tunnelbiegung ein böser scharfkralliger Schlitzer hockt.«

»Da ist was dran, Mouse«, meinte Puschel, »das lässt sich nicht leugnen.«

»Vielleicht scheut der Herr Oberinspektor einfach, sich den schwarz-weißen Pelz in dunklen, brackigen Kanälen nass zu machen?«, fragte der große Thai-Siam mit kuschelweicher Stimme. »Man erzählt sich über diese weitverzweigten Tunnel ja die tollsten Spukgeschichten. Wofür nicht zuletzt der Schwarze Ole selbst gesorgt haben wird, sogar von St. Leonhart aus.«

»Halten Se Ihr freches Schleckermaul im Zaum, Mouse!«, schnauzte Murr aufgebracht. »Mit einem verzogenen Milchbubi wie Ihnen nehme ich es noch alle Tage auf! Vorschlach zur Güte«, meinte er dann völlig unerwartet und kniff das linke Auge zusammen, als er den Inspektor neu taxierte. Sein abgeknicktes Ohr machte die Bewegung mit einem leichten Zucken mit. »Da Se ja vermutlich wie immer auf eigene Kappe unterwegs sein werden, sondieren Sie doch erst mal das Feld oder besser gesagt die Grube, bevor wir alle gemeinsam hineinfallen. He, he, he«, lachte er über den eigenen prächtigen Scherz. »Falls sich Tyvson, wie Se behaupten, tatsächlich dort unten versteckt halten will, bis sich oberirdisch die Aufregung so weit gelegt hat, datt er für eine Flucht per Schiff freie Bahn hätte, gibt es ja genuch Zeit, um datt erst vorsichtig auszukundschaften.« Fast schmatzte der fette Kater jetzt vor Genugtuung. »Ganz ohne Zweifel ist datt ’ne Aufgabe für keinen anneren als unseren Inspektor«, griente er. »Sollte er dort unten tatsächlich fündich werden, kommen wir, ohne zu zögern, mit großer Verstärkung hinterher und räuchern datt Rattenloch aus. Aber erst mal ist Mission Schleichkater angesagt. Datt finde ich getz auch klar wie Hühnerbrühe!«

Was Murrs Vorgesetzte und Mouse selbst von diesem durchsichtigen Manöver hielten, blieb einstweilen ungesagt. Gedämpft drang der Lärm einer empörten Katzenmenge in den ersten Stock hinauf. Bis in das Büro des Direktors, der wohl gerade dabei war, eine Rede zu halten, die seinen Arbeitern durchaus nicht gefallen wollte.

4. Kapitel

»Zwanzig nach zehn«, stellte Mouse mit einem Blick auf seine Armbanduhr fest, »schätze, der Weihnachtsmann hat soeben die entscheidende Ansage, besser gesagt Absage gemacht, dass die schöne Bescherung heute leider ausfallen muss«, schloss er wenig respektvoll.

»Ja, wahrlich ein trauriger Montag nach dem festlichen Jubiläumswochenende«, formulierte Präsident Puschel in angemessener Würde und als Verweis für den ungebührlichen Sarkasmus seines Inspektors. »Die Firma Musculus und ihr Vorstand können einem leidtun.«

»Oh, der wird es wohl besser verschmerzen als das Fußvolk, das jetzt unten krakeelt«, konnte es sich Mouse nicht verkneifen anzumerken, obwohl er wusste, dass er Gefahr lief, den Bogen zu überspannen.

Auf der elfenbeinfarbenen Stirn des Heiligen Bimbams hatte sich bereits eine steile Falte der Missbilligung gebildet. Bei aller Toleranz war Seine Exzellenz ein durchaus standesbewusster Herr und mit Felix von Maunz seinesgleichen zu Schaden gekommen. Aus Selwyn Mouse, der zwar in ähnlichen Kreisen aufgewachsen war, sprach mal wieder die rebellische Sprache der Jugend, beschloss Puschel für sich und die Kerbe zwischen seinen buschigen Brauen glättete sich ein bisschen.

»Gehen wir nach unten und sehen dort mal kurz nach dem Rechten«, übernahm Katerfreund nun die Führung.

Inzwischen wurde der wie Brandungsbrausen anmutende Lärm nicht von Möwenschreien, sondern den grellen Ordnungspfiffen der polizeilichen Trillerpfeifen durchschnitten: Stumpfkralles Leute begannen, disziplinarisch in das Geschehen einzugreifen.

Inspektor Mouse verließ als Letzter das Maunz'sche Kabinett.

»Werde mir gleich noch den Keller ansehen«, informierte er den Chef der KTU, als er wieder an der durchbrochenen Wand und dem dort noch beschäftigten Team vorbeikam. Am Tatort schien alles unverändert, bis auf Charlies Miene, die sich aufgrund der unüberhörbaren Geräuschkulisse deutlich verfinstert hatte.

»Werde zur Stelle sein«, gab der rote Tiger knapp zurück. Dann senkte er die Stimme, aber nur ein wenig. »Was die da unten angeht, kratzt doch wieder keinen von den Aristokatern und Hochwohlgeborenen. Oder was gab es in der hölzernen Luxuskabine zu tuscheln?«

»Nichts, was für die Lauscher der einfachen Bevölkerung bestimmt wäre. Schon gar nicht für die Spitzohren gegen den Strich gebürsteter Straßenkater«, beschied ihn Mouse schon im Hinausgehen.

Ohne das Gesicht des Inspektors sehen zu können, wusste Charlie, dass dieser grinste, und weil dieses Grinsen solidarisch und aufmunternd gemeint war, erhellte sich sein eigenes feuriges Tigergesicht für eine halbe Minute.

»Unerträglich, so etwas Hundsgemeines!«

Mit einem Kraftausdruck größtmöglicher Abscheu stürzte eine schwarz-grau gestromte Hauskatze mittleren Alters den vier Kriminalbeamten auf dem Hof entgegen, der scheinbar so unschuldig in der Morgensonne lag wie eine türkische Wasserkatze am Strand – wäre da nicht das aufgeregte Gefauche gewesen. Es drang aus dem offenen Tor der Werkshalle, die bereits den Großteil von Stumpfkralles Truppe verschluckt hatte. Die sich rasch nähernde fassungslose Dame trug auf dem wohlgenährten Leib ein schlichtes mausgraues Kostüm und hielt sich ein milchweißes Taschentuch vor die rotbraune Nase. Auf Höhe des Polizeipräsidenten angekommen, brach sie laut schluchzend in Tränen aus, während hinter ihrem bebenden Rücken die von einer frischen Brise gezwirbelten Jubiläumsfähnchen einen geradezu boshaft wirkenden Tusch knatterten.

»Aber meine Gnädigste, kann man Ihnen helfen?«, nahm Puschel die Sekretärin von Prokurist Kralle halb in den Arm, die sich ihm daraufhin an die breite Samtwestenbrust warf.

»Ach, dieser Undank, dieser entsetzliche Undank …«, schniefte sie dort für einen Augenblick verharrend. Dann löste sich Mimi Stubenrein mit einem gemurmelten »oh, Verzeihung« schon wieder aus der doch eher peinlichen Nähe. Ihr Kummer verwandelte sich in den heiligen Zorn der loyalen Angestellten. »Sie führen sich auf, als ob jedem von ihnen die fünfhundert souris d'or von Amts wegen zustünden!«, fauchte sie erbittert. »Einzig und allein der einmaligen Großzügigkeit des Herrn Direktors hätten sie diese Prämie zu verdanken gehabt, und jetzt so ein Gezeter! Diese Ignoranten gebärden sich, als würde Herr von Maunz den Tresor selbst entwendet haben, um ihnen die Auszahlung vorzuenthalten. Als hätte die Firma und damit ihr Lohn- und Brotgeber nicht den allergrößten Verlust erlitten! Und die Aufmüpfigsten sind wie immer am lautesten! Es ist eine Schande, denn nun muss sich der Herr Direktor bei all dem Elend auch noch mit den Scharfmachern von der Gewerkschaft herumschlagen!«

Einmal in Fahrt gekommen, hätte sie wahrscheinlich eine Weile so weitergemacht, doch passend zu ihrer Schilderung brach jetzt eine neue Welle aufgebrachter Schreie aus dem immer chaotischer wirkenden Lärm.

»Wollen doch mal sehen …«, grollte der Polizeipräsident.

Allmählich selbst in Wallung kommend, winkte er einen sehr jung aussehenden Uniformierten heran, der sich, noch etwas unentschlossen vor dem Tor herumlümmelnd, nach den ranghohen Herrschaften umgedreht hatte. Immerhin brachte es ihm ein, von dem sich kritisch entwickelnden Einsatz durch Ignatius Puschel höchstpersönlich abgezogen zu werden.

»Kümmern Sie sich gefälligst um die Dame!«, knurrte der große Birmakater.

Puschels mächtige Gestalt schien sich vor dem schmächtigen Polizeianwärter zu verdoppeln, in dessen Richtung er die überraschte Sekretärin schob, noch bevor der junge Kater bei ihr angekommen war. Der Präsident stürmte indes schon weiter. Mit einem über die Schulter zurückgeworfenen »Meine Herren!« wurde Katerfreund, Mouse und Murr knapp der Befehl erteilt, ihm durch das mit Girlanden geschmückte, sperrangelweit offen stehende Tor in die brodelnde Werkshalle zu folgen. Und obwohl der Eingang von einer unübersichtlichen Menge aus Arbeitern und Polizisten so verstopft war wie das Vestibül vom Kaufhaus Katzstadt im Schlussverkauf, öffnete sich vor Seiner Exzellenz wie von Zauberpfote eine breite Schneise. Wen es im allgemeinen Getümmel gerade noch wütend, angestrengt, ordnend oder nur deshalb nach vorne gedrängt hatte, weil er aus dem Geschiebe nicht ohne Weiteres herauskonnte, strebte nun in einer deutlich ruhigeren Wellenbewegung nach links und rechts.

Wo sich das Meer aus Katzenleibern und -köpfen teilte, schritt Ignatius Puschel mit gestrenger Miene wie der Kater Moses vom Berge in Begleitung dreier recht unterschiedlicher Getreuer. Durch die in der Vorwärtsbewegung innehaltende Menge bildete sich eine Passage, an deren Ende im Dunst der aufgeheizten Halle die überdimensionale Riesenmausefalle so unwirklich wie ein ferner goldener Altar schimmerte.

Inspektor Mouse fühlte sich in seiner Rolle des Gefolgsmanns der Autoritäten eher unbehaglich. Zumal an seiner Seite der Oberinspektor in einer Haltung ausschritt, die Murrs Bereitschaft verriet, sofort und gerne zuzuschlagen, sollte der Burgfrieden nicht halten. Vor dem wertlosen Fetisch, der ratzekahl leeren Mausefalle, befanden sich wie eine aufgescheuchte Priesterschaft die Herren von Maunz, Seidig und Prokurist Kralle mit ein paar Angestellten aus der Verwaltung auf dem Podest, das wiederum von einem Ring sie schützender Uniformierter unter Leitung von Hauptwachtmeister Stumpfkralle umstanden wurde. Über dieser theatralisch wirkenden Szenerie vervollständigte eine meterbreite, zwischen zwei Pfeilern gespannte rauchgraue Banderole das festliche, nun aus den Fugen geratene Arrangement. In Anlehnung an die verbrüdernde Parole aus einem berühmten Roman über vier tapfere und königstreue Muskelkater stand darauf in breiten goldenen Lettern zu lesen: »Seit 100 Jahren:

Einer für alle – alle für einen. Die Firma Musculus ehrt ihre emsige Arbeiterschaft.«

Im Vorbeigehen sah Mouse flüchtig in die angespannten Gesichter derer, die beidseitig in der ersten Reihe standen und in einem Schweigen, das ein bisschen wie Atemholen vor der nächsten Eskalation wirkte, dem Einzug der vier Kriminaler unter Führung des Präsidenten beiwohnten. Ignatius Puschel war in Kratzburg eine bekannte Größe, der man sich nicht so ohne Weiteres in den Weg stellte.

Jedenfalls musste Fräulein Stubenrein eben zum Verlassen der Halle irgendeinen Nebenausgang benutzt haben, überlegte der Inspektor. Sie hätte sich wohl kaum durch das Gedränge der ihr offenbar suspekten Proletarier gearbeitet. Als sich Mouse auf der Suche nach einer entsprechenden Tür kurz umwandte, sah er, dass sich die Schneise hinter ihnen wieder geschlossen hatte. Die Leere war sogleich von den Nachdrängenden ausgefüllt worden, die wussten, dass sich der nächste Akt des Dramas auf der Festbühne abspielen würde. Schließlich befanden sich dort die Hauptakteure, die trotz allem Protest das Sagen hatten. Die breite Masse war allenfalls Komparserie und die meisten davon traten als bloße Statisten auf, ohne Stimme und Handlung. Es sei denn, sie versuchten, die Regie zu übernehmen.

Der Schauplatz wirkte einigermaßen bizarr: Von rechts fiel das helle Licht des fortschreitenden Vormittags wie in einer feierlichen Katzedrale in schrägen Bahnen durch sechs hohe Industriefenster, während zur Linken, hinter der in der Mitte versammelten Belegschaft, merkwürdige Maschinen zwischen langen Förderbändern wie Megalithen herausragten. Man befand sich in Werkshalle 7, eine der letzten Stationen im Fertigungsprozess von der rohen Maus bis in die appetitlich etikettierten Dosen der breiten Warenpalette der Firma Musculus. Mouse glaubte für einen Augenblick, den charakteristisch süßlichen Geruch eines fleischverarbeitenden Betriebs in der Nase zu haben.

›Unsinn, Selwyn‹, schalt er sich innerlich, ›du alter Kostverächter riechst schon Gespenster.‹

Tatsächlich schien alles, was man von der Umgebung auf die Schnelle mitbekam, in einem tadellos sauberen Zustand. Es blitzten die gekachelten Wände ebenso wie die hellen Fliesen des Fußbodens und der glänzende Chrom kompliziert aussehender Röhrengedärme an einigen Maschinenmegalithen, während an anderen blinkende Armaturen wie Brillanten am langen Hals einer metallenen Katzenstatue prangten. Nicht wenige der aus weiteren Abteilungen und Hallen zum Festakt herübergekommenen Arbeiter und Arbeiterinnen trugen blütenweiße Kittel und Gummischürzen und auf dem Kopf ein hygienisches Häubchen. Nur den daran befestigten Mundschutz hatten sie sich einstweilen aus dem Gesicht geschoben.

»Als seien hier Dutzende Ärzte und Krankenschwestern versammelt«, raunte Kriminalrat Katerfreund ein wenig atemlos dem Inspektor zu, »wollen wir hoffen, dass die noch anstehende Operation unblutig über die Bühne geht.«

Der alte Karthäuser wies mit der Nase nach vorn, denn jetzt war Puschel, gefolgt von Murr, vor der Polizeikette angekommen, die das Quartett der eintreffenden Größen selbstverständlich sogleich passieren ließ. Während die Posten wieder ihre Pfoten ineinander verschränkten, um den privilegierten Bereich erneut abzuriegeln, überwand der Polizeipräsident in dynamisch federndem Laufschritt die wenigen Stufen des rauchgrau gestrichenen Aufbaus. Kaum, dass er neben Direktor von Maunz, Syndikus Seidig und den anderen oben versammelten Herren zu stehen kam, drehte sich Ignatius Puschel auf dem Absatz um und ließ den Ehrfurcht gebietenden Blick eines gereizten Löwen über den nun unter ihm liegenden Meeresspiegel der wogenden Katzenköpfe gleiten. Ein Raunen strich durch die Halle, ein sich leise erhebender Wind, dessen an Stärke gewinnende Böen möglicherweise Schaden anrichten oder aber ins Leere verwehen würden.

»Rrrrrruhe!«, grollte der nunmehr als Windfang fungierende Heilige Bimbam, bevor noch jemand auf die gewagte Idee käme, ihn zu unterbrechen oder gar niederzuschreien. »Rrrrrruhe und Rrrrespekt«, wiederholte er nicht minder volltönend, »vor der schwierigen Lage, in der wir uns alle gemeinsam befinden und die Ihnen Direktor von Maunz sicherlich verständlich genug auseinandergesetzt haben wird, als dass es jetzt hier Ärger geben müsste.«

»Keinen Ärger, aber dafür Ersatz«, meldete sich eine unerschrocken klingende Stimme, die es an Durchsetzungskraft mit der des Präsidenten mühelos aufnehmen konnte. »Ersatz für eine Provision, die uns bereits vor einem halben Jahr zugesichert wurde, weshalb wir auf die berechtigte Forderung nach höheren Löhnen guten Glaubens verzichtet haben. Guten Glaubens, dass der Vorstand von Musculus zu seinem einmal gegebenen Wort stünde. Da wir nun weiterarbeiten sollen, als sei nichts geschehen, verlangen wir auch die uns zugesicherte Prämie, als sei rein gar nix passiert, denn die Firma ist ja wohl versichert.«

Der Sprecher endete. Beifälliges Gemurmel erhob sich rundum, weiter hinten wurden wieder anfeuernde Rufe und gellende Pfiffe laut, die nicht aus Polizeipfeifen stammten.

»Wir fordern jetzt Ersatz, sonst gibt's was vor den Latz!«, skandierten vereinzelte Sprechchöre, die in der Menge nicht auszumachen waren.

Der Ruf vervielfältigte sich in der hohen Halle zu einem bedrohlich wirkenden Echo. Neue Unruhe begann sich auszubreiten. In vorderster Front zwischen Arbeitern und Polizisten stehend, sah der Redeführer von eben, ohne auch nur mit der Braue zu zucken, in furchtloser Direktheit zur Bühne hinauf, als würde es allmählich Zeit für einen konstruktiven Vorschlag von dort. Mouse blickte auf einen zäh und listig aussehenden grau-braunen Tigerkater herab, mit einer langen weißen Blesse in seinem Luchsgesicht und großen, schartigen Ohren, die anzeigten, dass ihr Träger auch vor pfotengreiflichen Auseinandersetzungen nicht zurückschreckte. An seiner Seite hielt sich ein junger muskulöser Katerkerl, dessen weißes Fell nur vereinzelt rötlich getigerte Flecken aufwies. Schräg über der Stirn trug er eine

Schlägermütze, unter deren Schirm ein blaues und ein grünes Auge hervorblitzten, mit denen der auffällige Mischling so herablassend um sich blickte, als gäbe es rein gar nichts, das ihm Respekt einflößte. Den konnte der Polizeipräsident so lange knurrend einfordern, wie er meinte, den Oberpuschel markieren zu müssen. Jack Katzowski kratzte das herzlich wenig.

»Der bräunliche Tiger mit der großen weißen Schnauze ist Luis Pelzig, der clevere Führer der IG Krawall«, sagte eine leise Stimme neben Inspektor Mouse, »und der junge Typ daneben mit dem unegalen Blick und der Mütze sein bester Vorarbeiter, der seit Monaten den Akkord an der zentrifugalen Mäusemischmaschine hält.«

»So so, Fischgrät, Sie sind ja gut unterrichtet«, meinte Mouse anerkennend, ohne die unbestechlich blauen Augen von den beiden Katern abzuwenden, die ihm der Sergeant gerade genauer geschildert hatte.

Fischgrät, der irgendwo auf der Bühne gestanden haben musste, fuhr sogleich eifrig fort: »Ein Cousin von mir arbeitet bei Musculus in der Abteilung für neue Geschmacksrichtungen. Manchmal treffen wir uns auf einen Milchpunsch und dann erzählt er mir gern den neuesten Tratsch aus der Firma. Der grün-blaue Jack soll in Ordnung, wenn auch etwas wild sein. Aber manchmal pflegt er wohl nicht den allerbesten Umgang.«

»Scheint mir fast auch so«, murmelte Mouse, dem einige zwielichtige Gestalten aufgefallen waren, die dem Vorarbeiter über die Schulter blickten, darunter der grau-weiße Klotzkopf eines vierschrötigen Katers, dessen Ohren so dicht an seinem wuchtigen Schädel anlagen, als hätte er gar keine.

»An diesen Adonis kann ich mich der Beschreibung nach gut erinnern«, gab Jerry noch mehr von seinem Wissen preis, da er bemerkte, wem der Inspektor aktuell seine Aufmerksamkeit schenkte. »Fritz MacSchlapp, sein Vater stammt aus Schottland.«

Er brach ab, weil in diesem Moment Direktor von Maunz erneut bis zum Bühnenrand vortrat und sich neben Ignatius Puschel aufbaute. Hinter den beiden Katern von Rang und Namen schimmerte die inhaltslose Riesenmausefalle wie ein fleischloses Gerippe aus Gold.

»Ich habe euch eben schon gesagt, dass es unmittelbar nach dem heutigen Vorfall viel zu früh ist, um neue Zusagen zu treffen«, wandte er sich in vertraulicher Anrede an seine Arbeiter, ohne dabei im Mindesten zuvorkommend zu klingen. »Angesichts des immensen Schadens, den die Firma und damit wir alle erlitten haben«, hier machte er eine kleine, bedeutungsvolle Pause, »kann man ein bisschen Geduld und Zurückhaltung wohl erwarten. Insbesondere weil es sich bei *eurem* Verlust um eine *außerordentliche* Prämie handelt. Sozusagen ein ideeller Wert, der mit den normalen Lohnzahlungen rein gar nichts zu tun hat, die trotz dieser plötzlichen Krisis selbstverständlich gesichert sind.«

»So gesehen, hat die Belegschaft außer dem belebenden Anreiz einer pekuniären Vorzugsbehandlung eigentlich gar nichts verloren«, sprang Syndikus Seidig der Maunz'schen Betrachtungsweise in professioneller Spitzfindigkeit bei. Wie ein dienstbarer Schatten glitt er an des Direktors Seite. »Die möglicherweise sogar noch einzulösen wäre, falls die Polizei zügig und entschlossen vorginge, aber vor allem die Produktion der Firma Musculus so reibungslos fortgesetzt wird, dass sich in Zukunft die Auszahlung einer zweiten Provision vor den Aktionären überhaupt rechtfertigen ließe.«

»Hä?!«, machte Gewerkschaftsführer Pelzig und schien plötzlich so überaus ratlos, als sei er schwer von Kapee. Doch dann kniff er die Augen mit einem lauernden Ausdruck zusammen, als säße er vor einem Loch, in dem sich gerade eine besonders fette Maus gezeigt hätte. »Ich glaub wohl, ich träume und das denkbar schlecht«, sagte er und sah dabei mehr als ausgeschlafen aus. »Was heißt hier *zweite Provision*, wenn es eine erste gar nich gegeben hat? Bei aller Liebe zum Metier, uns können'se nich für doof verkaufen, Herr Anwalt. Und mit Verlaub, Herr Direktor, dass Sie es zulassen, dass Ihr feiner Pinkeladvokat das auf diese beschämend plumpe Weise versucht, gereicht Ihnen und dem Ruf Ihrer altehrwürdigen Firma, um den'se doch alle so sehr bemüht sind, nich gerade zur Ehre«, wandte er sich zuletzt in schneidender Eloquenz direkt an von Maunz, dem vor Ärger allmählich das persische Grauhaar zu Berge stand.

»Was ist das eigentlich für ein Ton, den Sie da anschlagen?«, platzte dem Heiligen Bimbam noch vor seinem Mizigolfpartner der Kragen. »Reißen Sie sich mal alle schön zusammen und gehen wieder an die Arbeit. Dies ist ein schlimmer Tag für Musculus und auch für unsere schöne Stadt. So wie ich Ihnen in meiner Verantwortung an der Spitze der Kratzburger Polizei das Versprechen gebe, dass diese alles tun wird, die flüchtigen Verbrecher samt Beute so schnell wie möglich zu stellen, ist zu erwarten, dass Sie sich jetzt schleunigst an Ihre Plätze verfügen und lieber über sachdienliche Hinweise nachdenken als an zusätzliche Behinderungen der ausführenden Organe.«

»Wir hier sind auch ausführende Organe! Mindestens so ausführend wie ihr da oben«, schaltete sich Jack Katzowski mit einem herausfordernden Grinsen in die Diskussion ein, ohne dabei besonders amüsiert auszusehen. »Ohne uns läuft nix, schon gar nich die Bänder von Musculus.«

Als hätte sie ein Signal oder auch mehrere gehört, begann es in der Menge nach der dreisten Ansage des Vorarbeiters gehörig zu grummeln. Vor der Bühne tauchte inmitten anderer Uniformierter die kräftige Figur von Hauptwachtmeister Stumpfkralle auf, der die ihm unterstellten Katerschaften in unmittelbare Bereitschaft versetzte. Oberinspektor Murr krempelte in froher Erwartung die Hemdsärmel auf, da sich die aufgeheizte Stimmung wohl in den nächsten Augenblicken in irgendeiner Weise entladen würde.

Syndikus Seidig schien das geradezu herbeimaunzen zu wollen. »Eine Unverfrorenheit! Das ist ja offener Aufruf zum Streik!«, rief der Bengale. Seine Augen versprühten wie das besagte Feuer hellgrüne Funken.

»Wenn ich mal kurz unterbrechen dürfte, um einen möglichen Ausweg vorzuschlagen …«

Über das sich rasch steigernde Durcheinander sowohl vor als auf der Bühne erhob sich mühelos eine so entspannt klingende Stimme, dass sie fast unbeteiligt wirkte.

»Da es von wild entschlossenen Herrschaften ja auf sämtlichen Rängen nur so wimmelt«, sagte Inspektor Mouse und blickte mit jener herzerfrischenden Lässigkeit um sich, über die nur unabhängige Geister verfügen, »ist mir da eine Idee gekommen, die alle zweckdienlich auf Trab bringen könnte.«

Die gut aussehende Erscheinung des hoch gewachsenen Thai-Siams im hellen Trench, auf die nun auch noch dank der Regie des Zufalls ein melodramatischer Sonnenstrahl fiel, wirkte in diesem kritischen Moment wie der entscheidende Lichtblick in einer quälend festgefahrenen Handlung. An einem sichtlich irritierten Polizeipräsidenten und dem vor Wut kochenden Murr vorbei, winkte Cornelius Katerfreund die doch recht anmaßende Unterbrechung seines Inspektors durch.

»Nur zu, Selwyn, sagen Sie, was Sie zu sagen haben.«

Jetzt wurde es mucksmäuschenstill.

»Es würde sich für alle um eine Art Ansporn handeln«, sagte Mouse. »Wir haben Mitte Mai. Wie wäre es also, wenn sich der Firmenvorstand dazu durchringen könnte, einen Teil des Junilohns, um genau zu sein, fünfhundert knusprige souris d'or, bereits in den nächsten Tagen an die daraufhin sicher besonders gut arbeitende Belegschaft auszuzahlen?! Ganz so, als wäre das Prämiengeld gar nicht geraubt worden. Wenigstens die Arbeiter können nämlich rein gar nichts dazu, was heute Nacht, ich sage mal leichtsinnigerweise, geschehen ist.« An dieser Stelle nahm Mouse die unweit von ihm stehenden Herren von Maunz und Seidig mit einem Blick ins Visier, der wohl ebenso funkelte wie das gestohlene Juwel. »Die Belegschaft hätte den versprochenen Bonus«, fuhr er fort, »und die Polizei ab heute zwei Wochen Zeit das entwendete Geld sicherzustellen, bevor der nächste Lohn fällig wäre. Der Vorstand samt Aktionären würde damit zwar in Vorleistung gehen, hätte aber bei Wiederbeschaffung der dreihundertfünfundsiebzigtausend Goldmäuse keinerlei Verlust erlitten.«

Der Thai-Siam hielt lange genug inne, um rundum in viele verdutzte Gesichter zu sehen, wobei die Überraschung, die er mit seinem ungewöhnlichen Vorschlag ausgelöst hatte, in verschiedenen Nuancen zum Ausdruck kam. Sie rangierte von angenehm überrascht unter den Arbeitern (darunter schon jetzt zustimmend nickend Luis Pelzig und der freche Jack) bis zu vollkommen überrascht bei seinen Kollegen von der Polizei sowie einer herben und sogar bösen Überraschung, die Selwyn Mouse dem Herrn Direktor und seinem Anwalt bereitet hatte, in genau dieser Zuordnung.

»Schön und gut, Inspektor«, meinte Felix von Maunz so vage, dass jeder merkte, dass er sich plötzlich im Zugzwang befand. »Doch handelt es sich hier wohl um bedeutend mehr als bloß ein gewagtes Spiel mit denkbar hohem Einsatz. Selbst wenn sich die Firma darauf einließe: Was geschieht, wenn das Geld *nicht* wieder auftaucht und alles, wirklich alles verloren ist?«

»Schon weil der Gegner der Schwarze Ole ist«, erwiderte Mouse, ohne auch nur eine Sekunde zu zögern, »gedenke ich, dieses Spiel zu gewinnen.«

Unter diesem vorläufigen und in den meisten Köpfen noch lange nachhallenden Schlusswort beendete die Lichtregie des Zufalls ahnungsvoll die Beleuchtung des Helden. Draußen musste sich eine Wolke vor die Sonne geschoben haben, was möglicherweise nichts Gutes verhieß.

5. Kapitel

Natürlich endete die Verhandlung damit nicht sofort, doch Inspektor Mouse wusste, dass ihm das spontane Manöver tatsächlich gelungen war. Schon öffnete sich der Ring der Polizisten um die Bühne und gefolgt von einigen Arbeitern schlurfte Gewerkschaftsführer Pelzig seelenruhig die Stufen hinauf, um sich ab jetzt mit den Herren vom Vorstand auf Augenhöhe zu verständigen. Dabei standen beiderseitig nur noch ein paar gesichtswahrende Details zur Debatte, bevor die Umsetzung eines Vorschlags in Angriff genommen werden konnte, der die Stimmung in der Halle fast augenblicklich entschärft hatte. Für Mouse gab es keinen Grund, weitere kostbare Zeit zu verplempern, nachdem er dem Schwarzen Ole offiziell den Kampf angesagt hatte. Höchste Eisenbahn, sich im Keller umzusehen.

»Da geht's längs, Fischgrät«, wies der Thai-Siam in die gemeinte Richtung.

Aus der Entfernung hatte er unweit der Bühne an der Fensterseite die Tür entdeckt, die dem entrüsteten Fräulein Stubenrein zuvor den Weg ins Freie entscheidend verkürzt haben musste. Neben ihm glühte der junge rostrote Tiger noch immer vor Bewunderung für des Inspektors unglaublichen Schneid und aus ganz eigener Freude. Soeben hatte dem Sergeant nämlich nicht der ihm vorgesetzte Murr, sondern Kriminalrat Katerfreund eröffnet, dass er für den laufenden Einsatz ab sofort und bis auf Weiteres niemand anderem als Inspektor Mouse unterstellt sein würde. Während bei Jerry die Sonne aufgegangen war, hatte sich die Miene des gutmütigen Karthäusers wieder verdunkelt.

»Mein lieber Herr Gesangsverein, gewagte Nummer, das eben«, hatte er Mouse noch schnell angesprochen. »Das hättest du auch gut in den Katzensand setzen können, Selwyn. Den Heiligen Bimbam muss ich jetzt erst mal beruhigen. Da läuten die Glocken noch Sturm nach diesem kackfrechen Vorstoß.«

Als würden sich damit alle weiteren Worte erübrigen, hatte sich der Blick des Inspektors zu tiefgründigem Lapislazuli verschleiert. ›Was denn? Hat doch geklappt‹, schien dieser Blauton seinem alten Gönner zu bedeuten und eine beruhigende Wirkung auf Katerfreund tatsächlich nicht zu verfehlen.

»Also ab durch die Mitte!«, hatte er Mouse und Fischgrät mit einer Pfote fortgewedelt. »Ich werde veranlassen, dass in Kratzburg jeder Stein umgedreht wird. Du kümmerst dich mit dem Sergeant um die Kanalisation, während sich Murr die Landstraßen vornimmt. Alles Weitere bei der nächsten Besprechung im Präsidium in spätestens vier Stunden.«

Als die beiden, nachdem sie die Werkshalle verlassen hatten, das kurze Stück bis zum Kontor zurückliefen, wirkte die Stille auf dem Fabrikhof wie Balsam für ihre Ohren, die vom Brausen der aufgeregten Katzenmenge noch halb taub waren. Stattdessen tirilierte ein Amselmännchen im pistazienfarbenen Frühlingsgrün der Katzanie, als würde es dafür bezahlt, während in ihrem Schatten der rauchgraue Chauffeur noch immer zwischen der Maunz'schen Limousine und den übrigen Wagen herumlungerte und rauchgrauen Qualm der x-ten Zigarette in die milde Maienluft blies.

Aus der Entfernung setzte sich neuer Lärm durch. Vor der mittlerweile verschlossenen Hofeinfahrt verlangte eine Horde Journalisten Einlass und Informationen. Beides wurde ihr durch drei Posten verwehrt, darunter der magere Kater, dem Puschel die Sekretärin anvertraut hatte. Von dieser war nichts mehr zu sehen; der junge Uniformierte musste irgendeinen Weg gefunden haben, die aufgeregte Dame rasch loszuwerden. Vor der Tür des Kontors wachten nach wie vor Toby Pratze und der wortkarge Bart, wobei es Letzterer war, der dem Inspektor und Jerry kurz zublinzelte. Vielleicht auch nur, weil ihn das Sonnenlicht blendete, das im raschen Wechsel von Hell und

Dunkel zwischen den segelnden Wolken hervorbrach. Mouse und Jerry, die den Eingang diesmal links liegen ließen, gingen bis zu einer ebenerdigen, unscheinbaren Tür in der Schmalseite des Gebäudes. Auch hier stand ein Posten, der grüßend die Pfote an die Mütze tippte, bevor er sie einließ.

Hinter der Tür lag ein Gang, der unter das Erdgeschoss des Kontors führte, von wo aus Treppen in tiefere Keller hinabstiegen. Schon hier oben strahlten die Ziegelmauern klamme Kühle ab, die nach einem feuchten Aufnehmer roch, der nicht rechtzeitig zum Trocknen aufgehängt worden war. In regelmäßigen Abständen fiel aus vergitterten Deckenleuchten bleiches, grob gerastertes Licht über den Steinboden. Inspektor Mouse und Jerry kamen an vielen verschlossenen Türen vorbei. In der Nähe einer, die nagelneu aussah, war es deutlich wärmer und ein leises, strömendes Rauschen zu hören. Die Erklärung dafür fand sich auf einem Emailschild mit der Aufschrift *Heizungsraum*, was zwar die trockenere Luft plausibel machte, nicht aber den modrigen Geruch, der, je weiter sie gingen, immer stärker zu werden schien.

»Unangenehme Witterung, irgendwie brackig«, befand Fischgrät und rümpfte die rosa Nase. »Den Architekten von Katz & Haus ist beim Umbau wohl nicht aufgefallen, dass in den Grundmauern des Kontors der Schimmel sitzt. Oder man riecht hier schon die Nähe zum Hafen.«

Während sie ihren Weg fortsetzten, bemerkte Mouse mit einem Blick zur Seite amüsiert, dass der tapfere Sergeant von einem leichten Schaudern ergriffen wurde.

»Die Gänge und Gewölbe unter der Stadt ziehen sich endlos hin«, bemühte sich Fischgrät um Haltung und sachdienliche Information. »Es heißt, man könne unterirdisch ganz Kratzburg durchqueren. Von einem Keller in den nächsten und immer so weiter mit Abstechern in die alte Kanalisation und andere tote Tunnel, die einen tiefer und tiefer führen oder als Sackgasse vor den Mauern des Hafenbeckens enden.«

»Meine Rede. Ein besseres Versteck kann es für jemanden, der ernsthaft etwas zu verbergen hat, kaum geben«, sagte Mouse. »Er ist dort nämlich gleich doppelt geschützt. Einmal durch den komplizierten Verlauf der Gänge an sich, aber ebenso durch all die Gruselgeschichten, die darüber im Umlauf sind. Zum Beispiel, dass sich da unten lichtscheues Gesindel der übelsten Sorte herumtreibt, was momentan sogar der Wahrheit entsprechen mag. Zwar sind die Lagepläne dieses Gängesystems auf dem städtischen Katatzeramt für jeden einsehbar. Aber wer würde eine Exkursion in die Unterwelt planen, wenn irgendwo der Fürst der Finsternis sitzt?«

Den pointierten Abschluss hatte er mutwillig gewählt, sein junger Begleiter reagierte mit beredtem Schweigen und einer möglichst ausdruckslosen Miene. Mouse grinste in sich hinein. Jerry Fischgrät war so beherzt und unerschrocken wie kaum einer der Jungen auf dem Revier. Doch jetzt schien es, als ginge der unter den Kratzburgern weit verbreitete Aberglaube auch an ihm nicht ganz spurlos vorüber.

»Willkommen im Untergrund, Robin Hood«, sagte eine heisere, körperlose Stimme aus dem vor ihnen liegenden Halbdunkel, wo mehrere der trüben Deckenlampen ihren Geist aufgegeben hatten.

Sergeant Fischgrät schrak so heftig zusammen, dass er um ein Haar die steile Treppe hinunterstürzte, die sich nun unmittelbar vor ihnen auftat. Vielleicht wäre er aufgefangen worden, denn auf einer der oberen Stufen stand eine Gestalt, deren verzerrter Schatten gemeinsam mit einem Lichtkegel das Gemäuer hinauf- und hinabhuschte. Dann gab es für Jerry ein erlösendes Aufatmen – bei der geisterhaften Erscheinung handelte es sich um den Chef der Krumme-Touren-Untersuchung, der eine Taschenlampe in der Pfote hielt.

»Verzeihung, Sie hatte ich hier nicht erwartet, Dr. Vogelfang«, sprach ihn Jerry verdattert mit seinem Titel an.

»So? Wen denn sonst? Wohl eher den Schwarzen Ole als den roten Charlie?«, erkundigte sich dieser belustigt. »Da muss ich dich leider enttäuschen, Junge. Doch *Robin Hood* gilt dem edlen Schützer der Arbeiter, dessen Ruf ihm sogar bis in die Tiefe der Erde vorauseilt.«

»Und? Hat Ihnen das etwa eine vorbeischwirrende Fledermaus zugeflüstert?«, brummte Mouse.

»Die brauchte es gar nicht«, entgegnete Charlie, »so kurz es auch her ist, dass Sie sich um das Wohl der Belegschaft in einem Maße verdient gemacht haben, dass ich Ihnen einen Orden verleihen könnte! Ich hab's von einem Arbeiter, der vor zehn Minuten auftauchte, weil ich nach jemandem geschickt hatte, der sich hier unten ein bisschen auskennt.« Mit der Absicht, ihnen auf der Treppe Platz zu machen, lehnte er sich gegen die Wand. »Dann darf ich die Herren noch ein paar Stufen weiter abwärts bitten«, sagte er und wies mit einer Pfote so einladend die düstere Treppe hinab, als ginge es dort in eine kuschelige Bar im Souterrain. »Es erwartet Sie ein Kerker von einem Kohlenkeller, dessen Decke jüngst so sauber durchschlagen wurde, als wäre ein Meteor in senkrechtem Sturzflug vom Himmel gefallen. Allerdings hat da jemand nachgeholfen.«

Charlie hatte nicht zu viel versprochen. Die Szenerie, die sie empfing, war unwirklich. Schon das riesige Loch im Büro des Direktors wirkte wie einem bizarren Albtraum entliehen, doch nun schien es Mouse und Fischgrät, als tauchten sie in die beklemmende Atmosphäre eines katzkaesken Romans ein. Zwischen umherliegenden Trümmern tappten sie unter Charlies Führung vorsichtig bis zu der Stelle, wo sich in dem finsteren Gelass eine wie ausgeschnitten quadratische Öffnung im Boden befand. Der Inspektor und der Sergeant blickten in trübes, bräunliches Wasser, das in etwa zwei Metern Tiefe mit der unangenehmen Trägheit einer gehaltvollen Brühe an die Wände eines alten Abwasserkanals gluckste. Exakt darüber klaffte in der niedrigen Decke des Kellers ein schwarz geränderter Durchbruch, der den Tresor auf seinem Weg durch die Speiseröhre des Kontors zuletzt wie einen schwer verdaulichen Brocken in den bewässerten Abgrund ausgeschieden hatte, verschwunden wie in einer …

›Geschenkt‹, dachte Mouse, ›man muss sich nicht jedes Bild, das einem durchs Hirn wischt, bis zum Ende ausmalen. Dieses allerdings drängt sich hier auf.‹

Wie Jerry hielt er sich ein Taschentuch vor Mund und Nase, während Charlie und seine Techniker, die auch diesen Tatort im Licht eines Scheinwerfers untersuchten, professionelle Atemmasken trugen. Der Arbeiter, von dem sich die KTU ein paar Auskünfte erhoffte, war ebenfalls zugegen. Er hatte sich ein Halstuch über die untere Hälfte seines Gesichts geschoben und hinter den Ohren verknotet. Eine behelfsmäßige Schutzmaßnahme, die nicht lange halten konnte, denn die Silhouette seines bulligen Kopfes schien ohrenlos.

»Sehen Sie nur ... das ist ja MacSchlapp.«

Der Hinweis hatte den Inspektor so gedämpft erreicht, wie es Fischgräts gesenkte Stimme durch sein rot kariertes Schnäuztuch zuließ. Mouse nickte bloß, weil sich ein weiterer Austausch mit dem Sergeant zunächst erübrigte, den in diesem Moment das große Würgen ergriff. Hatte es im oberen Kellergang »nur« schlecht gerochen, stank es hier wie aus einer Kloake. Was kein Wunder war, schließlich handelte es sich weiter unten um genau das. In die atemberaubenden Ausdünstungen mischte sich zudem ein strenger Öl- und Brandgeruch, der die rußigen Spuren an den Bruchkanten der Öffnung über ihren Köpfen erklärte.

»Wir gehen davon aus, dass sie die Kellerdecke für die Rutschpartie des Geldschranks präpariert haben«, murmelte Charlie in seine Maske hinein und zeigte in die Höhe. »An passendem Werkzeug hat es ihnen offenbar nicht gefehlt, was ein weiteres Indiz dafür ist, dass der Coup von langer Pfote vorbereitet wurde. Hier kamen zuerst ein Steinbohrer und danach ein Flammenwerfer zum Einsatz. Damit haben sie die aus Holz und Ziegeln bestehende Decke perforiert und in einem viereckigen Ausschnitt so porös gemacht, als würde dieser mit einer gigantischen Stichsäge ausgesägt. Vorher mussten sie den alten Wachmann aus dem Verkehr ziehen; er hätte den aus der Tiefe dringenden Lärm gehört. Dann wird alles ganz fix gegangen sein, weil jeder Pfotengriff saß. Nachdem man den Tresor in den Schacht gehievt hatte, sauste er wie durch eine senkrechte Abschussrampe in die Tiefe, wo er dank erwähnter Vorbereitung ziemlich mühelos durch die Decke brach. Zuletzt gab es erst recht kein Halten mehr, denn in diesem nicht mehr benutzten Kohlenkeller mussten sie nur noch eine alte Falltür öffnen und hui! flog ihnen der schwarze Trumm in den Schoß.«

»Oder in den von Mutter Erde«, unterbrach ihn Inspektor Mouse, »denn ich würde mindestens hundert goldige Mäuse darauf verwetten, dass es da unten noch staubtrocken war, als der Kaventsmann aufschlug. Wie sie das Ding anschließend fortgebracht haben, ist ein Rätsel, das noch zu klären ist. Jedenfalls steht für mich fest, dass sie den alten Tunnel erst danach geflutet haben, als keine Gefahr mehr bestand, mit der fetten Beute abzusaufen. Für uns war somit die Verfolgung von hier aus von vornherein ausgeschlossen. Tyvson, diese Intelligenzbestie, hat nicht nur an alles gedacht, mit den Profis der Schlitzerbande hat es leider auch wie am Schnürchen geklappt, diesen Jahrhundertplan umzusetzen.«

»Seit wann weiß man, dass es diese alte Luke gibt?«, wandte sich Charlie nach dem gedrungenen Grau-Weißen um. »Von Prokurist Kralle habe ich erfahren, dass es eine ganze Weile her sein muss, seit die letzten Kohlenvorräte entfernt wurden. Unter einem der Haufen kam dieser nette kleine Katzenschlupf damals zum Vorschein und Sie sollen mit dabei gewesen sein, als man hier Ordnung schaffte.«

Der Arbeiter namens MacSchlapp zuckte betont gleichgültig die Achseln. Mit dem Halstuch vor seiner zwielichtigen Visage wirkte er wie ein Bandit aus dem Western.

»Na und? Ich war einer unter vielen«, antwortete er maulfaul und in einer so kratzigen Sprechweise, als hätten seine Stimmbänder Borsten.

»So? Unter *wie* vielen denn, wenn es ein bisschen genauer sein darf?«, schaltete sich Mouse ein und seine Augen hatten plötzlich dieses gefährliche eisblaue Funkeln.

»Fuffzehn, zwanzig vielleicht. Genuch halt, um den schwatten Dreck hier wegzuschippen. War 'ne echte Plackerei …«

»Sie Ärmster«, meinte der Inspektor trocken, »und jetzt mal ein bisschen lebhafter, bevor wir an diesem unwirtlichen Ort noch alle einnicken. War es vorher bekannt, dass es diese Falltür gibt? Durch die es, wie wir ohne Zweifel sehen und riechen können, ins alte Abwassersystem geht.«

»Hat jedenfalls keiner watt von gesacht«, antwortete MacSchlapp nur geringfügig munterer. »Vorher nich und nachher nich. War doch eh schnurzpiepe, weil hier ja nix mehr passieren sollte, nachdem die Kohlen wech waren.«

»Aber jetzt sind die Mäuse weg«, sagte Mouse so zuvorkommend wie ein Schmusekater auf einem Katzenkränzchen. »Vielleicht sollte ja genau *das* passieren, nachdem hier ein so inspirierender Ausgang entdeckt wurde. Manchmal braucht ja nur irgendein Schlaukopf einem anderen etwas zu erzählen, damit der zündende Funke überspringt, und danach brennt die Lunte wie von selbst von einer tollen Idee zur nächsten, aus der am Ende – Kawumm! – der ganz große Plan entsteht.«

»Hä?«, fragte der fast ohrenlose Fritz, als könne er tatsächlich schlecht hören. »Wo is'n da der Zusammenhang? Kralle und einer von diesen Bauheinis haben damals von uns verlangt, hier klar Schiff zu machen, obwohl datt eigentlich nich zu unserer Arbeit gehört. Na, hören Se mal, meinen Se etwa, einer von denen …?«

Jetzt wirkte er listig und durchtrieben.

»Wohl kaum«, stieß Sergeant Fischgrät unter seinem Taschentuch leicht keuchend hervor. »Ich finde, allmählich treiben Sie es ein bisschen zu weit, mein Bester.«

»War doch nich' meine Idee, sondern die vom Herrn Inspektor.« MacSchlapp schien vollkommen unbeeindruckt. »Und die Lagepläne, wie datt hier alles so aussieht und verläuft, im Gebäude und noch weiter unten, hatten doch nich wir vonner Belegschaft, sondern die.« Damit wandte er sich wieder an Mouse und ergänzte seine Reibeisenstimme um einen nörgelnden Unterton. »Is schon putzig, in welche Richtung mal wieder ermittelt wird. Der feinen Spürnase nach immer nach unten, denn weit oben is wohl die Luft zu dünn, um watt Übles zu riechen, auch wenn et noch so gen Himmel stinkt.« Weil ihm seine Rede so schön gelungen war, setzte MacSchlapp gleich noch einen drauf: »Sehn Se, Herr Inspektor? Ich kann's auch schön wortreich und lyrisch, wenn nötich – datt is mein schottisches Erbe vom Vatter. Zur Hälfte bin ich ein Sänger vor dem Herrn ...«

»Und zur anderen Hälfte ein Schläger und vielleicht sogar ein Schlitzer!«, brannte bei Fischgrät die Sicherung durch. »Nicht nur Ihr schlechter Ruf ist aktenkundig, MacSchlapp!«

»Alte Katzenscheiße, datt muss ich mir nich' gefallen lassen«, fauchte der und sein Halstuch verrutschte. Das Gesicht, das darunter zum Vorschein kam, sah wütend und gemein aus. »Ab getz beantworte ich nur noch Fragen zum Bau und zwar keinem anneren Schwanz außer dem hier. Wie et abgemacht war.« Mit spitzer Kralle zeigte er auf den roten Charlie.

»Ach, rutschen Sie uns doch den Buckel runter, Sie lyrisches Großmaul«, schlug ihm Mouse in so liebenswürdigem Ton vor, als würde er MacSchlapp damit ein wunderbares Angebot machen. »Falls wir von Ihnen demnächst ernsthaft was wissen wollen, bekommen wir die Information so flüssig, wie Sie mit Vatters Sackpfeife Dudelidö spielen. Einstweilen reicht uns Ihre reizende Art wie auch die Begehung dieses aufschlussreichen Tatorts. Von beidem habe ich gerade die Nase voll. Dann wollen wir mal, Fischgrät.«

Und mit einem »Nix für ungut, Charlie, wir sehen uns auf dem Präsidium. Robin Hood findet alleine raus«, kehrte Mouse der Versammlung im ehemaligen Kohlenkeller den Rücken zu, mit dem Sergeant an seiner Seite.

»Der Kerl ist doch mehr als verdächtig. Den hätten wir mitnehmen sollen und ausquetschen wie eine Gummimaus«, maunzte Fischgrät aufgebracht eine Minute später auf der Treppe.

»Regen Sie sich ab, Sergeant«, meinte Mouse entspannt. »Diese Katznaille lassen wir in freier Wildbahn und dem Glauben, ein schlappohriger Ole im Westentaschenformat zu sein. Das führt bei solchen Typen am ehesten zu Leichtsinn und Fehlern und uns auf die richtige Spur.«

Zwanzig Minuten später parkte das cremefarbene Coupé des Inspektors auf dem Parkplatz des städtischen Krankenhauses in der Hippokratzesstraße. Dem Ozelot entstiegen Mouse und Fischgrät. Letzterer hatte die flinke Fahrt aus dem Hafenviertel in die City mit der Nase im erholsam frischen Fahrtwind genossen – sowie das große Glück, an der Seite seines heimlichen Vorbilds eigene Wege der Ermittlung zu gehen, die sie jetzt auf einen Katzensprung ans Krankenbett des alten Maruschs führen sollten und danach zu einem delikateren Termin. Denn zur Mittagszeit stand ein Besuch in der Maunz'schen Villa an, wo die gnädige Frau höchstselbst, Direktorengattin Anastasia von Maunz, und ihre jüngst aus St. Grätenburg zugereiste Nichte, Fräulein Natascha Killmauski, dem Inspektor ein präzises Bild des abhandengekommenen Juwels geben würden, auf Anweisung des Herrn Direktors.

Auf der Fahrt von der Fabrik zum Hospital hatte Mouse seinen jungen Partner darüber aufgeklärt, was neben den Provisionsmäusen ungleich schmerzlicher vermisst wurde. Angesichts dieser für ihn neuen Dimension des Falls war Jerry zuerst aus dem Staunen gar nicht herausgekommen, dann lauschte er den Ausführungen des Inspektors mit stolzgeschwellter Brust. Da bahnte sich eine bedeutsame Affäre auf internationalem Niveau an, welche ihm die unverhoffte Gelegenheit bot, sich auch als unbekannter junger Sergeant profilieren zu können.

»Aber bitte, Fischgrät, vor lauter Eifer nur nicht übermütig werden und zu viel auf einmal wollen«, hatte ihn Mouse aus seinen schönen Träumen geweckt, als könne er seine Gedanken lesen. »Auch wenn Ihnen das Fell vor lauter Ehrgeiz so juckt wie eben im stinkigen Keller, rate ich Ihnen, das Blatt nicht zu früh aufzudecken. Lieber mit Pokerface bluffen, vor allem bei solchen Tricksern wie MacSchlapp.«

Jerry dachte daran, als er der schlanken Gestalt im Trenchcoat folgte. Der Inspektor eilte mit geschmeidigen Schritten den blendendweißen Krankenhausgang entlang, nachdem man ihnen am Empfang mitgeteilt hatte, Wachmann Marusch Schwänzel läge in Zimmer 214 im dritten Stock auf der Inneren. Vor der geschlossenen Tür des Krankenzimmers saß ein Uniformierter auf einem Holzstuhl und las in einem Extrablatt der WILD-Zeitung, die über die skrupellose Tat bereits mittags ausführlich berichten konnte. Jedenfalls dem Anschein nach, denn eigentlich stand auf der Titelseite wenig mehr als eine einzige Schlagzeile, die in blutroten und marktschreierisch riesigen Lettern verkündete:

**SENSATIONELLER RAUB BEI MUSCULUS –
GEFUNDENES FRESSEN FÜR DEN SCHWARZEN OLE??!!**

Sobald er die beiden Kriminaler auf sich zukommen sah, ließ der Posten die Zeitung sinken, sprang auf und grüßte.

»Ich nehme an, Sie sind auf Order von Kriminalrat Katerfreund hier«, sagte Inspektor Mouse. Als dies der Wachhabende bejahte, nickte er anerkennend. »Eine umsichtige Vorsichtsmaßnahme, aber jetzt machen Sie ruhig eine halbe Stunde Mittagspause, solange der Sergeant und ich ein bisschen mit dem alten Marusch plaudern.«

Der Posten dankte, klemmte sich seine gehaltvolle Lektüre für ein schnelles Mittagessen unter den Arm und verschwand den Flur hinab in Richtung Katzeteria. Von dort zog ein weißes Schlachtschiff mit von Wäschestärke straff geblähten Segeln in Angriffsformation heran. Kaum dass Mouse seine Pfote auf die Türklinke gelegt hatte und schon im Begriff war, sie hinunterzudrücken, erschallte wie ein erster Schuss vor den Bug ein donnerndes: »Moment bitte!«

Der Thai-Siam ließ die braune Pfote auf der Klinke ruhen und schenkte der Oberschwester einen Blick voll kornblumenblauem Schmelz. »Inspektor Selwyn Mouse und Sergeant Jerry Fischgrät von der Kriminalpolizei«, schnurrte er und zückte mit der anderen Pfote seine Marke. »Guten Tag, Schwester …?«

»Oberschwester Kreszentia Kratzig«, ertönte es so scharf wie die nächste Salve.

»Oberschwester Kratzig«, wiederholte Mouse mit ehrerbietigem Respekt. Er hörte sich an, als wüsste er um die schwere Bürde ihres Amtes, einer sich im Dienst der Kranken abrackernden Katze, die selbstlos mitten im Leben steht – mit einem Herz aus Gold in einer Stahlfassung. »Wir möchten Wachmann Schwänzel kurz befragen. Es wäre möglich, dass seine Aussage für die Ermittlung sehr wichtig sein könnte.«

»Warten Sie hier«, schnarrte die Oberschwester.

Sie war eine silbergraue Kittisch Kurzhaar mit einem so regelmäßigen weißen Dreieck im strengen Gesicht, dass dies vortrefflich zu dem ebenfalls dreieckigen Häubchen passte, das zwischen Kreszentia Kratzigs kurzen Ohren so fest wie ein Helm saß. Offenbar war sie immun gegen den Charme eines auffallend gut aussehenden Katers von Welt, denn schon wendete die Fregatte und segelte stärkeknisternd von dannen.

»Heiliger St. Katzetan, die erinnert mich an meine Großtante Tigris«, staunte Fischgrät beeindruckt, »vor der musste man sich als Kind auch höllisch in Acht nehmen. Selbst heute noch, da beißt die Maus kein' Faden ab.«

Bis zu ihrer Rückkehr ließ Oberschwester Kratzig ausreichend Zeit verstreichen, um klarzumachen, wer hier in Wahrheit das Sagen hatte.

»Nach Rücksprache mit dem behandelnden Arzt kann ich Ihnen nicht mehr als fünf Minuten gewähren«, maunzte sie, indem sie sich zum zweiten Mal vor den beiden Ermittlern aufbaute. »Für eine längere Befragung ist der Patient noch zu geschwächt.« Sie schnappte sich die kleine Uhr, die ihr wie ein Medaillon vor der schneeweißen Schürzenbrust baumelte und starrte aus schwefelgelben Augen auf das Zifferblatt. »Tick tack, tick tack! Fünf Minuten und nicht länger! Ich achte darauf.«

Mit dieser Ankündigung gab sie zuletzt die Tür frei und gestattete dem offenkundigen Filou von einem Inspektor und seinem naseweisen Sergeant den Eintritt ins Krankenzimmer. Die kratzige Oberschwester entfernte sich auf dem Korridor und schien die ungnädig gewährte Frist aus der Distanz überwachen zu wollen.

»Bong, bong, bong! Tick tack, tick tack! Was haben es die Leute bloß alle so wichtig mit ihren Uhren?«, wunderte sich Fischgrät, bevor Mouse endlich die Klinke hinunterdrückte.

»Wem die Stunde schlägt«, sagte der Inspektor leise, als sie das Krankenzimmer betraten.

6. Kapitel

Der in die Jahre gekommene Hauskater, dessen schmächtiger Körper sich unter der Decke des Krankenhausbettes abzeichnete, war in einem jämmerlichen Zustand. Sein bandagierter Kopf, der auf dem Kissen ruhte, sah bizarr aus, so als trüge eine uralte Katze, die es gern muckelig warm hat, eine voluminöse Nachtmütze, um ihre Ohren vor Durchzug zu schützen. Doch das allein war es nicht, weshalb die beiden Besucher, die jetzt auf leisen Pfoten näher traten, sich vom Anblick des dicken Verbands kaum losreißen konnten. Wie Blüten auf zwei verschneiten Spitzgiebeln erzählten blasse Blutflecken eindringlich davon, dass die Wunden der übel zugerichteten Ohren von Wachmann Marusch Schwänzel unter den vielen Mullschichten ziemlich tief sein mussten.

Nicht selten ist es ja schlimmer, vom Ausmaß einer wie auch immer gearteten Verheerung statt der ganzen Wahrheit nur so wenig zu sehen, dass man fast zwanghaft dazu neigt, sich den Rest in fantasievollen Details auszumalen.

Inspektor Mouse war es nicht entgangen, dass Sergeant Fischgrät neben ihm hörbar die Luft einsog. Er selbst verspürte ein irritiertes Kribbeln unter dem dichten Pelz, als wimmelte es auf seiner Haut von Ameisen.

»Heiligste Gertrud, diese blutrünstigen Raubkatzen!«, stöhnte Jerry erschüttert. »Es hätte doch völlig gereicht, den armen alten Kerl niederzuschlagen, statt ihn auch noch so zuzurichten. Was haben diese Verbrecher bloß davon?«

»Angst und Schrecken zu verbreiten, indem sie ihr Markenzeichen hinterlassen, damit niemand auf die Idee kommt, sich mit ihnen anzulegen oder es ihnen gleichzutun«, knurrte Mouse mit abgrundtiefer Verachtung. Seine Augen waren zu Brocken aus blauem Eis geworden. »Die Schlitzer bedienen sich einer besonderen Grausamkeit, um ungestört ihre schlimmen Taten begehen zu können. Wobei ich leider annehme, dass es manchen von ihnen eine dämonische Freude bereitet, jemandem Schmerzen zuzufügen und sich an Schwächeren zu vergehen.«

»Auf Befehl des Schwarzen Ole?«, fragte der Sergeant und ein Schaudern durchrieselte sein rostrotes Fell.

»Ich glaube, Tyvson lässt sie gewähren, weil es ihm nützt. Mit Kleinkram wie geschlitzten Ohren, gezogenen Krallen und gebrochenen Schwänzen gibt der sich nicht ab«, sagte der Inspektor düster. »Dafür hat er seine Brutalos, die fürs Grobe zuständig sind, während er selbst fein ziselierte Pläne austüftelt. Die lange Haft in St. Leonhart war für ihn wohl eher eine schöpferische Pause statt einer entbehrungsreichen Zeit der Strafe. Vermutlich wälzt er seitdem noch zig andere Ideen zu krummen Touren der Extraklasse in seinem klugen kranken Hirn.«

Inzwischen standen die beiden wie zwei Schutzengel links und rechts des Krankenlagers und blickten ebenso bedauernd wie ratlos auf den regungslosen Patienten hinab. Seit ihrer Ankunft hatte Marusch nicht die Augen geöffnet. Also würden sie unverrichteter Dinge wieder abziehen müssen, denn ihn zu wecken, verbot sich von selbst.

»Tick, tack, tick, tack. In fünf Minuten wird er wohl kaum aufwachen«, flüsterte Fischgrät.

»Wir werden nach der Audienz am Maunz'schen Hofe hier noch mal vorbeischauen«, schlug Mouse mit gesenkter Stimme vor. »Vielleicht hat Oberschwester Nichtsnutzia bis dahin ihre Schicht beendet und man gewährt uns mehr Zeit.«

Sie wollten gerade den Rückzug antreten, als eine weiße Pfote an einem mageren schwarzen Vorderlauf unter der Decke hervorkam. Mit spröder Kralle wies sie in Richtung des verbundenen Kopfes.

»Sie müssen ein bisschen lauter sprechen«, stieß Marusch angestrengt hervor. »Mit so 'ner Hochzeitstorte über den Ohren kann ich verdammt wenig verstehen. Bloß das Gefauche von diesem Krankenhausdrachen in Weiß, aber da stell ich mich meistens taub. Die Herren hätten nich vielleicht ’ne heilsame Fluppe für ’nen alten geschlagenen Krieger wie mich?«

»Würde ich dir von Herzen gern gönnen! Aber ich denke, darauf musst du zu deinem eigenen Besten noch ein Weilchen verzichten, bis du wieder in Form bist«, rief Inspektor Mouse mit deutlich gesteigerter Lautstärke, kaum dass er sich von der Überraschung erholt hatte, die ihnen der schwerhörige Lazarus bereitete. »Fein, dich nach dem entsetzlichen Angriff munterer als gedacht zu sehen«, fügte er freundlich hinzu.

Der alte Kater, den jeder duzte, der ihn kannte, grinste, ob er nun verstanden hatte oder auch nicht.

Dunnerlittchen, so übel man ihm mitgespielt hatte, war das ja fast zu viel der Ehre, ging es Marusch durch den umwickelten Brummschädel. Von links beugte sich ihm der berühmte Inspektor entgegen, rechts brachte sich ein eifriger Milchbart von einem Sergeant in eine ähnlich engagierte Position. Solchermaßen umrahmt, nahm Wachmann Schwänzel sich vor, so gut wie möglich zu beantworten, was sie von ihm wissen wollten, obwohl er sich am liebsten nie mehr daran erinnert hätte, was in der letzten Nacht geschehen war.

»Katzenkraut vergeht nich«, warf er sich maunzend in die Brust, als trügen auch die beiden Polizisten Ohrenschützer. Seine Stimme ging mit rasselndem Husten unter, was ihm Tränen in die hellgrünen Augen trieb, nachdem sie vorher ungesund geglänzt hatten.

›Hoffentlich nicht vom Wundfieber‹, dachte Mouse besorgt und beschloss, sich so kurz zu fassen, wie es die kratzige Drachenschwester von ihnen verlangt hatte. Aus gegebenem Anlass – das sah er jetzt ein.

Mit behutsamen, aber pfotenfesten Griffen schob der Inspektor dem Verletzten das Kissen tiefer in den Nacken und hielt ihm einen Becher Wasser unter die Nase, der auf einem Tischchen neben dem Bett gestanden hatte. Kaum dass sich der Husten legte, trank

Marusch gierig. Dann sank er erschöpft ins Kissen zurück, dessen stramm mit Daunen ausgestopfte Zipfel neben den Dreiecken seiner bandagierten Ohren in grotesker Dopplung abstanden.

»Danke«, murmelte er und verdrehte die Augen von links nach rechts. Was denn die Herren von ihm zu erfahren hofften?, war in seinem ermatteten Blick zu lesen.

»Das Einzige, was ich heute von dir wissen will«, erklärte der Inspektor laut und langsam wie zum Mitschreiben, »ist, ob du dich an irgendetwas erinnern kannst, das darüber hinausgeht, was du schon am Tatort zu Protokoll gegeben hast. Kurz nach halb zwei hattest du auf dem Flur ein verdächtiges Geräusch gehört, das dich aus der Wachstube lockte«, beeilte er sich danach fortzufahren, um dem alten Wachmann die Wiederholung seiner Aussage zu ersparen, die er und Fischgrät bereits kannten. Sie besagte, dass das Opfer, kaum dass es von mehreren, nicht identifizierbaren Kapuzenträgern überwältigt worden war, wieder zurück in das Kabuff gezerrt wurde, wo sein Martyrium begann.

Nein, Marusch würde heute nicht zum zweiten Mal schildern müssen, wie sie ihm, schon am Boden liegend, den Kopf brutal nach hinten gerissen hatten, bevor dann diese große klauenartige Pfote so dicht vor seinen entsetzten Augen auftauchte, dass sie sein Gesichtsfeld zur Gänze ausfüllte – aus zottigem nachtschwarzen Fell blitzten rasiermesserscharf geschliffene Krallen hervor! Als sie wie ein grausamer Kamm, dessen Zinken Blut harkten, immer wieder schlitzend durch seine Ohren fuhren, war er von einer Ohnmacht in die nächste gesunken. Aus der letzten erwachte er gnadenvollerweise so lange nicht, bis ihn Prokurist Kralle fand.

Das war in etwa, was Mouse und Fischgrät an schockierenden Fakten parat hatten, ohne sie aus Rücksicht auf Marusch noch einmal auszusprechen. Gleichzeitig war es das, was er, obwohl sie ihn schonten, aus seinen Gedanken nicht mehr vertreiben konnte. Es sei denn, er spräche darüber, befand der Kranke in rascher Eigendiagnose und sah zu den beiden Ermittlern auf.

»Da is noch was«, ächzte er und strich, weil er sonst nichts tun konnte, um seine aufkommende Angst zu bezwingen, mit beiden Pfoten in fahrigen Bewegungen über die Decke. »Ich hab's vorhin beim besten Willen nich ausspucken können. War einfach zu doll ...«

Mouse und Fischgrät strafften sich. Der alte Wachmann bügelte weiter das Bettzeug.

»Bin mir aber nich sicher ... es war, es war ... wie ein böser Traum.«

»Nur zu«, ermunterte ihn der Inspektor mit einem Nicken.

»*Das Ganze* war ein Albtraum«, sagte der alte Kater. Nun bearbeitete er die Baumwolle mit ausgefahrenen Krallen. Seine Augen fixierten dabei die gegenüberliegende Wand und wurden allmählich starr. »Es tat höllisch weh. All das Blut, das mir die Ohren hinunterlief. Mein Fell wurde immer nasser von meinem eigenen Blut!«

Jetzt gab auch der Sergeant ein leises Ächzen von sich. Jerrys nette rosa Nase war sehr blass.

»Sobald ich zu mir kam, schrie ich vor Schmerzen«, maunzte Marusch weiter, während sich sein angespanntes Gesicht kläglich verzerrte, »aber die Kerle waren still wie die Totengräber. Sie verrichteten ihr Schlitzerwerk stumm und gründlich. Miauauaua, es war entsetzlich! Ich dachte, jetzt kommt der Tod und dann kam er wirklich ...«

Dem Wachmann stockte der Atem. Im Zimmer war es still genug, dass durch die geschlossene Tür sich nähernde Schritte zu hören waren. Von Pfoten, die energisch auftraten.

›Bitte, nur noch eine verdammte Minute‹, sprach Mouse innerlich ein Stoßgebet.

Obwohl es recht unfromm klang, half es auf der Stelle gegen Oberschwestern, denn draußen auf dem Gang wurde Kreszentia Kratzig in diesem Augenblick von einem Arzt aufgehalten.

»Sie nagelten mich mit ihren spitzen Krallen am Boden fest«, redete Marusch weiter. Jetzt klang seine Stimme wie unter Zwang. »Ich lag an der Heizung, sie fesselten mich dran. Für einen Moment sah ich die offene Tür zum Flur. Da stand einer, riesengroß und mächtig, mit hohen, spitzen Ohren und hochgewölbten Schultern, als wäre er bereit zum Sprung. Schwärzer als die Nacht, er war wie ein Loch in der Finsternis, aber jeder wusste, dass er da war. Selbst die, die mich quälten, schienen vor ihm Angst zu haben, obwohl noch immer niemand nich einen Mucks von sich gab.«

Mouse blickte auf, weil er die verstörte Fassungslosigkeit spürte, mit der ihn der junge Sergeant über das Bett hinweg ansah. Stumm forderte Fischgrät ihn auf, es jetzt zu beenden. Aber noch durfte es nicht vorbei sein. Wortlos schüttelte der Inspektor den Kopf und widmete sich wieder dem Alten, der sich in Trance zu reden schien.

»Er starrte auf mich hinunter, ich sah seine furchtbaren Augen«, keuchte Marusch, gefangen in der Erinnerung oder einer Wahnvorstellung, geboren aus Angst und Schmerz. »Sie waren bleich und kalt wie Mondlicht. Gnadenlos, unerbittlich und bitterböse. Er wirkte nicht kätzisch und nicht einmal richtig lebendig, sondern wie, wie, wie … ein Teufel vom Dach der großen Katzedrale oder aus der Unterwelt.«

Jetzt quietschte er auf einmal wie ein winziges Kätzchen, das verzweifelt nach seiner Mutter schreit. Er hörte damit auch nicht auf, als ihn die beiden erschütterten Kater zu beruhigen versuchten.

»Was ist denn hier los?«, fragte eine entrüstete Stimme aus Richtung der Tür, von der niemand bemerkt hatte, dass sie geöffnet worden war. »Was fällt Ihnen ein, dem Patienten so zuzusetzen? Entfernen Sie sich augenblicklich aus seiner Nähe oder ich rufe den Oberarzt!«

Statt eines finsteren Unholds fegte Kreszentia Kratzig wie ein entfesselter Schneesturm herein und Mouse und Jerry hinweg vom Bett des jammernden Marusch.

Der soeben vom Mittagessen zurückgekehrte Uniformierte steckte seinen bemützten Kopf ins Zimmer und maunzte überflüssigerweise ein: »Alles in Ordnung?«

»Raus, alle miteinander!«, fauchte die Oberschwester über die Schulter zurück, während sie sich über den Kranken beugte. Mit der linken Pfote drückte sie eine am Kopfende des Bettes baumelnde Klingel. »Und seien Sie sich sicher, Inspektor, dass dies ein Nachspiel haben wird, denn ich werde mich an oberster Stelle über Ihr verantwortungsloses Vorgehen beschweren!«

»Kann ich dir in diesem Fall nicht verübeln, Schwester«, murmelte Mouse schuldbewusst an sich selbst adressiert.

Sein Sergeant bekam es trotzdem mit.

Sie wussten beide, dass die Sache elendiglich aus dem Ruder gelaufen war, ein echtes Glanzstück in fünf Minuten! So sachte, als sei sie aus katzinesischem Porzellan, ließ der Inspektor die Tür ins Schloss fallen, was für die dick verbundenen Ohren des alten Wachmanns nur von symbolischer Bedeutung war. Marusch kämpfte weiter mit den Dämonen seiner Erinnerung und so, wie es sich beim Rausgehen anhörte, nach wie vor auf verlorenem Posten, als nähme für ihn die Nacht kein Ende.

»Glauben Sie etwa, dass da was dran ist, oder hat Schwänzel vor lauter Angst Gespenster gesehen?«, erkundigte sich Fischgrät. »Wäre ja kein Wunder, nach dem, was er durchgemacht hat.« Der Sergeant wirkte noch mitgenommen. Das Gefiepe des verstörten Alten war ihm ernsthaft an die Nieren gegangen, mehr als die Schauergeschichte, welche er davor zum Besten gegeben hatte.

»Ich weiß nicht so recht«, sagte Inspektor Mouse. »Für mich hört sich das nach einem echten Erlebnis an. Selbst wenn der bedrohliche Eindruck, den dieser Satansbraten auf Marusch gemacht haben muss, sich in seiner Erinnerung wohl noch gesteigert hat.«

»Ob das eine Beschreibung des Schwarzen Ole war?«, fragte Fischgrät. »Als er nach dem Ausbruch untergetaucht ist, hat er sein Aussehen möglicherweise verändert. Er scheint den eigenen Ruf noch in den Schatten stellen zu wollen, wenn er aktuell auch nur im Ansatz so wirkt, wie ihn der Zeuge geschildert hat.« Dann schüttelte ihn plötzlich ein bitteres Lachen. »Wir könnten ja ein Phantombild danach anfertigen lassen. Es würde dem Begriff diesmal ganz wörtlich gerecht werden und Kratzburg in Angst und Schrecken versetzen, gingen wir damit an die Öffentlichkeit.«

Sie standen nebeneinander an den Ozelot gelehnt und rauchten in der sich gegen Mittag steigernden Sonnenwärme. Mouse hatte aus seinem Zigarettenetui zwei schlanke Maunzoli spendiert. Eine kleine Denk- und Schaffenspause schien nach der jüngsten Erfahrung an diesem aufreibenden Morgen angebracht, bevor sie zur nächsten Szene mit eklatant anderer Besetzung aufbrechen würden.

»Für meine Begriffe war das nicht unbedingt Tyvson«, meinte der Thai-Siam, bevor er einen eleganten Rauchkringel, der wie ein Nebelschweif seinem dunklen Gesicht entstieg, in die milde Maienluft schickte. »Ich habe ihn nur einmal bei seiner letzten Verhandlung gesehen«, erzählte Mouse, »und das ist Jahre her, aber es gibt natürlich Pfotos von ihm, die im Gefängnis gemacht wurden. Er ist ein großer, imposanter Norwegischer Waldkater in schwarzem Pelz, mit einer grauen Mähne und 'ner Visage wie aus der Geisterbahn für Erwachsene. Und ich würde durchaus zugeben, dass seine fuchsklugen schrägen Grünaugen Furcht einflößend wirken, so wie seine ganze Erscheinung.«

Der Inspektor schwieg, um wieder an seiner Maunzoli zu ziehen, aber diesmal blies er den Qualm schnörkellos durch die Nase.

»Was Marusch da eben gefaselt hat«, fuhr er nachdenklich fort, »passt irgendwie nicht richtig ins Bild. Als spröder Nordländer hat Tyvson für melodramatische Auftritte bislang wenig übrig gehabt und überlässt die atmosphärischen Effekte, wie bereits erwähnt, seinen schlitzenden Spießgesellen.«

»Dann halten Sie den Finsterling also doch für eine fixe Idee in extremer Lage?«, fasste Fischgrät nach. »Vielleicht etwas, das einem während einer Ohnmacht erscheint?« Heftig zog er an der Zigarette, dass die Glut so grell aufglühte wie sein rostfarbenes Fell in der Sonne.

»Ich kann nicht sagen, was einem während einer Ohnmacht erscheint«, entgegnete Mouse mit mildem Spott. »Aber wenn der Kerl in der Tür echt war, hat sich innerhalb der Schlitzerbande womöglich ein neues Naturtalent durchgesetzt. Jemand, der so eindrucksvoll ist, dass es ihn unter diesem Abschaum bis ganz nach oben gespült hat. In den unmittelbaren Dunstkreis des Schwarzen Ole, ihrer aller Herr und Meister.«

Zuletzt verdüsterte sich das hübsche Gesicht des Inspektors und er schnippte die noch nicht aufgerauchte Zigarette mit einem Anflug von Ekel in die nächste Rabatte mit Katzengras.

»Egal, was die Lösung des Rätsels ist und am Ende werden wir es herausbekommen, geht der Angstschub des Nervenbündels da oben auf meine Kappe«, stieß er rau hervor. »Dafür könnte ich mich im Nachhinein ohrfeigen. Aber lassen Sie sich nicht täuschen, Sergeant, das sind leider nichts als schnöde Worte, die dem armen Alten gerade herzlich wenig nützen.«

*

Eine gute Viertelstunde nachdem sie vom Krankenhaus aufgebrochen waren, glitt das Coupé wie zu einem Sonntagsausflug unter den hohen Bäumen einer breiten Allee dahin. Schattenareale wechselten mit goldenem Licht, das genauso edel und gediegen wirkte wie die schmiedeeisernen Gitterzäune, hohen Mauern und dichten Hecken, hinter denen sich altehrwürdige und neue mondäne Anwesen auf den teuersten Grundstücken Kratzburgs vor den neugierigen Blicken des einfachen Volkes verbargen.

»Schoßallee 242, da ist es«, verkündete Jerry bei ihrer Ankunft an der richtigen Adresse.

Was nicht nötig gewesen wäre: Die Einfahrt zur Maunz'schen Villa, die durch ein drei Meter hohes, glänzendes Tor in Silber und Schwarz verwehrt wurde, flankiert von zwei turmartigen Granitpfosten, war allgemein bekannt, weil in der Anmutung ungefähr so zurückhaltend und einladend wie das Mausoleum eines Operettenfürsten. In luftiger Höhe prunkte auf jedem der Pfosten jeweils eine steinerne Maus im Format eines dicken Bibers. Die beiden hatten sich auf ihre Hinterfüße erhoben und schienen außer sich vor Freude über diesen Standort, um dort zu Ehren der mäuseverarbeitenden Familie von Maunz eine die Zeiten überdauernde Pirouette zu drehen.

Inspektor Mouse lenkte das Coupé ein Stück vom Tor entfernt an das im Gegensatz zur ausladenden Fahrbahn nur pfotentuchschmale Trottoir. In dieser exklusiven Ecke Kratzburgs hatte man es nicht nötig, zu Fuß zu gehen. Er parkte im Schatten einer Wand aus düsteren Rhododendren, die sich auf der anderen Seite des Gitterzauns bis zu dessen Silberspitzen wölbten. Es musste sich um eine früh blühende Art handeln, denn die vom ersten Fabrikherrn von Musculus angepflanzten hundertjährigen Sträucher hatten ihren rosa- und elfenbeinfarbenen Blütenschmuck Mitte Mai weitgehend abgeworfen. Die beiden Ermittler stiegen aus dem Wagen und gingen die paar Schritte zum Tor zurück. Mouse fragte sich, wie es wohl wäre, wenn man hier als Anwohner tagtäglich in stinknormalen Angelegenheiten unterwegs sein müsste. Sogleich verwarf er diesen Gedanken. Wer hier residierte, hatte wahrscheinlich keine stinknormalen Angelegenheiten und wenn ja, kümmerte sich darum das Personal, das dafür sicher eine separate Pforte nutzte.

Dennoch gab es im linken Mäusepylonen einen Klingelknopf, diskret in eine silberne Rosette eingebettet. Der Inspektor betätigte ihn. Falls nun ein Glockenklang oder sonst wie geartetes Signal erschallte und im Inneren der Festung anzeigte, dass jemand vor den Toren Jerichos Einlass begehrte, war für denjenigen zunächst nichts davon zu merken.

Irgendwo im Rhododendron zwitscherte ein Rotkehlchen aus voller Kehle. Im Hintergrund fuhren ein paar Limousinen vorbei, die aus ähnlich schattigen Einfahrten mit ihren langen, glänzenden Kühlerschnauzen auf die Schoßallee geschnurrt waren, um in Richtung Innenstadt aufzubrechen. Ansonsten herrschte gepflegte Stille. Als Mouse schon die Pfote erhoben hatte, um zum zweiten Mal den lautlosen Knopf zu drücken, näherte sich auf der anderen Seite des Zaungitters ein leises Rascheln. Ein schneeweißer Kater erschien in einer rauchgrauen Uniform, die der Livree des Maunz'schen Chauffeurs ähnelte. Er steckte den mit einer silberbetressten Mütze bedeckten Kopf hinter dem Pfeiler hervor, linste zwischen den verschnörkelten Stäben hindurch und erkundigte sich mit professionell misstrauischer Stimme nach dem Anlass dieses Besuchs.

»Kriminalpolizei, Inspektor Mouse und Sergeant Fischgrät«, erklärte Mouse und zeigte seine Marke und eine Karte vor. »Der Anlass ist vertraulich, aber, wie ich an diesem sonnigen Morgen fast annehme, Ihnen bereits bekannt.«

Der Torwächter verzog keine Miene, schnappte sich aber die Karte und griff nach dem Hörer eines Telefons, das offenbar in die Rückseite des Pfeilers versenkt war.

»Ob der im Gebüsch versteckt darauf lauert, dass jemand hier reinwill?«, fragte Jerry, »Oder ist der aus dem Pfeiler gekommen wie Catzanova aus einer Tapetentür?«

Bevor er noch von Mouse oder sonst wem eine Antwort darauf erhielt, wurde das große Tor von einem Zittern ergriffen, als würde es unter Strom gesetzt. Es folgte ein solitäres metallisches Knirschen und dann begannen die beiden Torflügel wie von Geisterhand gezogen auseinanderzugleiten. Sobald der sich öffnende Spalt weit genug war, betraten der Inspektor und Sergeant Fischgrät den privaten Grund und Boden der Familie von Maunz.

»Folgen Sie einfach dem Weg bis zum Haus hinauf. Sie werden oben erwartet.«

Der weiße Kater in Grau wies nach links und auf einen mit hellen Steinplatten gepflasterten Weg, der sich in den Rhododendrenwald aufmachte. Er kürzte vermutlich die große Schleife stark ab, mit der sich die eigentliche Auffahrt der Villa näherte. Kaum dass Mouse und Jerry den empfohlenen Pfad eingeschlagen hatten, kamen sie an einem winzigen, spitzgiebeligen Torhaus vorbei, das wie die Spielzeugunterkunft eines vereinsamten Zinnsoldaten zwischen den Sträuchern versteckt lag. In der offen stehenden Tür, die fast die ganze Fassade ausfüllte, stand ein Klappstuhl, dessen Sitzfläche von einem bunten Häkelkissen bedeckt war. Auf dem Kissen lag die Extraausgabe der WILD-Zeitung, die im Krankenhaus schon ein anderer Wachmann studiert hatte.

»Sag ich doch: Der Anlass unseres Kommens ist bereits bekannt. Jedenfalls die Fakten der offiziellen Version in den üblichen groben Zügen«, bemerkte Inspektor Mouse.

Während er mit Fischgrät in die dunkelgrüne Schattenkühle eintauchte, vermeldete ihnen der scheppernde Akkord in ihrem Rücken, dass sich die beiden Torflügel wieder in Bewegung gesetzt hatten. Als sich Jerry daraufhin umwandte, erhaschte er einen letzten Blick auf den Torwächter. Zurück auf seinem Häkelkissen verschwand dieser hinter dem reißerischen Aufmacher, der den Schicksalsschlag seiner Pfötchengeber in einer Mischung aus anbiedernder Anteilnahme und Sensationslust abhandelte.

Der durch die Rhododendren mäandernde Pfad entließ pfotenläufige Besucher über ein Stück gepflegten Parkrasens in einen von hohen Buchsbaumhecken umfassten Rosengarten. Ab hier wurden die Steinplatten zu einem Sandweg, der zwischen sorgsam bepflanzten Beeten hindurchführte. Spätestens im nächsten Monat, wenn an den Stöcken und Ranken unzählige Knospen erblühten, würde sich dieser von außen uneinsehbare Rückzugsort in eine exquisite Augenweide verwandelt haben. Auf der auch verwöhnte Schnuppernasen sinnlich nicht zu kurz kämen: Süßer Rosenduft mischte sich dann mit dem strengen Katergeruch der Bosketten. Und dennoch blieb auch im Juni am spektakulärsten, was sich auf deren exakt waagrecht getrimmten Oberflächen abspielte. Denn dort verfolgten einander dreißig kunstvoll aus dem Buchs geschnittene Mäusefiguren – Schnäuzchen am Schwanz der nächsten – in einer ewigen Hetzjagd rund um die Maunz'schen Rosen.

»Alle Wetter, was hätten die ins Grünzeug geschnitzt, wenn Musculus durch Ungeziefervertilgung reich geworden wäre? Fette Zecken und hüpfende Flöhe?«, überlegte Fischgrät laut.

»Vermutlich sich windende Spulwürmer«, sagte Mouse. »Für den Gärtner ein Klacks, weil um einiges schlichter in der Darstellung.« Nach den steinernen Tanzmäusen am Tor und ihren über die Hecken tollenden grünen Kameraden musste man sich im Inneren der Villa wohl auf Mäuse in allen Formen und Materialien gefasst machen.

Das von Balustern gesäumte Flachdach des großen grauen Hauses blitzte zwischen den Wipfeln der Baumriesen hervor, die über die Rasenfläche verstreut standen. Als die beiden Kriminaler den Rosengarten hinter sich gelassen hatten, fanden sie sich ziemlich unvermittelt vor der steil aufragenden Fassade eines überraschend schnörkellosen alten Kastens wieder, der auf den ersten Blick hauptsächlich aus Fenstern bestand. Vom Haupttor heraufführend, landete die lange Auffahrt in einem letzten großzügigen Schwung vor einem Säulenportikus. Er beschirmte eine Flügeltür, die für eine Kirche auch nicht zu klein gewesen wäre.

Mouse und Jerry, die bis zum Eingang nur noch wenige Meter zu gehen hatten, schauten unwillkürlich nach oben. Während der Dekoration des Portikus musste der Architekt eine asketische Krise durchgemacht haben: das Vordach war mäusefrei und nichts als das Maunz'sche Familienwappen zierte den Giebel. Weit darunter erschien auf der Schwelle ein älterer, silbrig getupfter Kurzhaarkater. Sein schwarzer Anzug saß tadellos, passend zum Fell trug er einen dezent getupften silbernen Binder über einem altmodischen Katermörderkragen. Er wirkte so vornehm und würdevoll, als käme gar nichts anderes infrage.

»Guten Tag, meine Herren. Bitte treten Sie ein«, sagte er mit näselnder Stimme, die in etwa so steif und förmlich klang, wie sein Kragen aussah.

7. Kapitel

Der silbrige Kater, bei dem es sich um den Butler handelte, fügte ein »Nach Ihnen!« hinzu und ließ Inspektor Mouse und den Sergeant höflich an sich vorbei.

Eine große, stille Halle nahm sie auf, in der man bequem eine vierzügige Kutsche oder einen Laster hätte parken können und in der selbst leise Pfotentritte auf dem polierten Marmorboden einen leichten Hall verursachten.

Im Hintergrund führte eine breite Treppe auf eine im ersten Stock umlaufende Galerie. Bis zu dieser Höhe waren die Wände mit einer älteren und feineren Ausgabe der edlen Kratzbaumtäfelung bedeckt, die Felix von Maunz für sein Büro gewählt hatte. Gemälde in pompösen goldenen Rahmen hingen darauf, Porträts bedeutender und weniger bedeutender Ahnen derer von Maunz aus verflossenen Jahrhunderten. Schweres Mobiliar, das kaum einen anderen Zweck erfüllte, als nobel und gediegen in großen, stillen Hallen herumzustehen, reihte sich neben geschlossenen Türen auf sowie offenen Durchgängen, die tiefer ins Haus hineinführten. Das repräsentative Heer der nutzlosen Möbel umfasste ein gutes Dutzend mit rauchgrauem Chintz und bunterem Brokat bezogene Stühle und Hocker, auf denen nie jemand Platz nahm. Ferner drei Sideboards, die es an Umfang und Massigkeit mit dem geraubten Tresor aufnehmen konnten, und an prominenter Stelle, dem Eingang genau gegenüber, ein voluminöser ovaler Tisch, in dessen Intarsien, wie in den Feldern der fernen Katzettendecke, endlich die unvermeidlichen Mäuse auftauchten.

Nachdem sich Mouse vom Silberbetupften der Form halber aus dem Trench helfen ließ und Fischgrät an Garderobe nichts abzulegen hatte, folgten sie ihrem distinguierten Führer. Er geleitete sie durch dämmrige, mit orientalischen Läufern ausgelegte Passagen, bis sie auf der Südseite des Hauses vor der Tür des Gartenzimmers angekommen waren.

Der Butler klopfte zurückhaltend und durchdringend zugleich, was echte Maßarbeit im Anklopfen bedeutete. Von drinnen erklang, ebenfalls höchst kultiviert, ein im vornehmen Ungefähren zwischen Frage und Bestätigung changierendes: »Ja, bitte!«

Wie zuvor an der Haustür beugte sich der Butler vor, öffnete und ließ Mouse und Fischgrät den Vortritt, um nach ihnen als dienstbarer, unauffälliger Geist in die Weitläufigkeit eines sehenswerten Salons zu huschen. Die Örtlichkeit empfing die Polizisten mit verschiedenen eindrucksvollen Aussichten.

In gleißendem Licht drängte sich der Panoramablick auf, durch vier hohe Fenster über Eck. Das Zimmer lag im Hochparterre und doch war der blaue Himmel mit den dicken Wattewolken erstaunlich nah, weil sich keine Bäume davorschoben. Nachdem sich die Augen an die blendende Helligkeit gewöhnt hatten, war zu erkennen, dass die tennisplatzgroße, sich vor den Fenstern erstreckende Rasenfläche abrupt vor einem steinernen Geländer endete. Es wurde von zwei Pfosten begrenzt, auf denen sich ein weiteres Mäusepärchen ein distanziertes Stelldichein gab.

Obwohl sie die Kratzburger Lebensader nicht sehen konnten, wussten Mouse und Fischgrät, dass die Albis zwanzig Meter unterhalb des Gartens in ihrem breiten Bett dahinfloss. Wie alle auf der Schokoladenseite der Schoßallee Ansässigen genoss die Familie von Maunz aus den oberen Etagen einen phänomenalen Blick auf den Fluss und den regen Schiffsverkehr, der nicht zuletzt auch die Dosenpaletten von Musculus in die weite Welt hinaus transportierte.

Die Aussicht auf das opulente Frühstücksbuffet, an der rechten Wand unter einem Ölschinken mit einer Seeschlacht aufgebaut, war appetitanregend, doch aktuell zu vernachlässigen. Denn obgleich es zwei Damen waren, die sich in diesem bekömmlichen Ambiente – Einbruch hin oder her – zu einem späten Katzenfrühstück eingefunden hatten, galt die ungeteilte Aufmerksamkeit der beiden Kriminaler von Anfang an nur einer. Ganz so, wie es jedem Kater erging, der das unverschämte Glück hatte, Natascha Killmauski einmal persönlich zu begegnen.

Sergeant Fischgrät las so gut wie nie den Gesellschaftsteil der einschlägigen Gazetten, der Inspektor durchaus. Dennoch stockte nun beiden gleichermaßen der Atem. Jerry staunte, dass eine Katze so schön sein konnte, und Selwyn Mouse darüber, dass sie in Wirklichkeit noch viel schöner war als auf den Hochglanzpfotos der Hautevolee.

In absichtslos perfekter Pose stand sie am Kamin, die rechte Samtpfote lässig auf den Sims gelegt. Die Linke verschwand in den Falten eines türkisen Morgenkleids, das wie Quellwasser an ihrer schlanken, langbeinigen Gestalt herabfloss. Obwohl so viel natürliche Anmut es nicht nötig gehabt hätte, unterstrichen winzige, auf die Seide gestickte Perlen den für ihre Rasse typischen geheimnisvollen Silberschimmer ihres blaugrauen Fells. Sie wandte das ausdrucksvolle Gesicht gelassen den Eintretenden zu, ohne einen der Kater ausdrücklich anzusehen. Ihre mandelförmigen Augen waren smaragdgrün und so tiefgründig wie ein Glas Absynth. Der geraubte Klunker konnte auf keinen Fall exquisiter sein.

›Erhaben, königlich, aber auch einfach zum Anbeißen‹, dachte Mouse hungrig und hingerissen. Dann holte ihn ein Räuspern vom Kronleuchter, das ohne Zweifel ironisch gemeint war.

Ein wenig benommen, so als hätte man ihn gerade aus einem angenehmen Traum geweckt, sah der Inspektor in die Richtung, aus welcher der Laut gekommen war. Er bemerkte eine zweite Dame, die vor Kopf an einer weiß gedeckten Tafel saß, wo sie soeben ihr Frühstück beendet hatte. Im Zenit ihrer mittleren Jahre angekommen, war sie noch immer eine eindrucksvolle Erscheinung. Aus der gleichen prussischblauen Sippe stammend, hatte sie in der Jugend an die Schönheit ihrer Nichte zwar nicht herangereicht, war schon immer stämmiger gewesen und ihr Pelz von einem blassen Rauchgrau, so als hätte Felix von Maunz sie einst gefreit, weil er sich in eine Katze der besten Gesellschaft in seiner Lieblingsfarbe verguckte. Dabei fing sich der Glückspilz mit dieser Braut unendlich viel mehr ein, denn der kantige Kopf, der auf den molligen Schultern saß, war klug und eigensinnig. Anastasia von Maunz hatte dem werten Gatten schon immer gezeigt, wo die Maus langlief.

»Guten Morgen, Inspektor Mouse, ich kenne Ihren Onkel Willow von den Mäuserennen in Catscot«, verriet sie ihm wie eine besondere Auszeichnung zur Begrüßung. Und hörte sich so liebenswürdig an, als handele es sich gar nicht um einen dienstlichen Termin aus ernstem Anlass, sondern um ein privates Vergnügen. Frau Direktor sprach mit leichtem Akzent und klang fast belustigt, als sie Mouse huldvoll die Pfote hinhielt, so als ob nichts, was sie tat, wirklich ernst gemeint sei.

»Auch Ihnen einen guten Morgen, Sergeant«, wandte sie sich lächelnd an Jerry, derweil sie den formvollendeten Pfotenkuss entgegennahm, zu dem sich der parkettsichere Thai-Siam genötigt sah. Fischgrät rieb sich angesichts dieser Szene die Augen.

›Da brat' mir einer einen Dorsch‹, dachte er, ›das ist mal ein Vormittag voller Gegensätze!‹

Hatte sich dieser Tausendsassa von einem Inspektor vor anderthalb Stunden noch für die Rechte der Arbeiterschaft verwendet, wickelte er nun die Herrschaft um seine Kralle.

»Sie scheinen meine Nichte, Fräulein Natascha Killmauski, bereits zu kennen«, stellte die Gnädigste fest und klang wieder ein bisschen ironisch. »Hinze?«, richtete sie dann das Wort an den Butler, der erst dadurch wieder ins Bewusstsein der beiden Ermittler rückte.

Ohne Zweifel übte der Silberbetupfte sein Metier in höchster Perfektion aus. Hinze trat aus dem Hintergrund und war sich über das aktuelle Anliegen längst im Klaren.

»Wünschen die Herren Kaffee oder Tee, oder gar etwas anderes?«, fragte er Mouse und Jerry.

»Danke, Hinze. Ich werde mich selbst um die Herren kümmern«, schnurrte eine dunkle Stimme, noch bevor sich die Kater zu ihren Getränkewünschen äußern konnten.

Geschmeidig löste sich die hinreißende Natascha aus ihrer statuenhaften Haltung vor dem Kamin, das Rascheln der kühlen Seide umschmeichelte ihre lautlosen Schritte. Es war, als käme eine erlesen gemalte Figur aus einem kostbaren Ölgemälde hervor, wodurch sie immerhin so wirklich wurde, dass es zart nach Chatnel N°5 duftete.

»Gerne einen Kopi Luwak«, sagte Inspektor Mouse mit der Unverfrorenheit des Kenners.

Einen Kopi was …? Den rostroten Kopf des jungen Tigers riss es schon wieder herum.

»Mit dem größten Vergnügen«, antwortete die Schöne, ohne mit der Braue zu zucken. »Und Sie, Sergeant Fischgrät, was darf ich Ihnen anbieten?«

»Bloß Kaffee. Mit viel Milch – danke sehr!«, brachte Jerry in einem seltsamen Staccato hervor und klang erst am Ende so höflich und wohlerzogen, wie er es beabsichtigte. Die Neugier, was sich der Inspektor kredenzen ließ, hatte ihn aus dem Konzept gebracht.

Wie eine silbrige Wolke wehte dieser Traum von einer Gastgeberin ans Buffet, während der von seinen Pflichten entbundene Hinze das Zimmer bereits verlassen hatte. Es verging keine Minute, bis sich Natascha ihnen wieder zuwandte, beladen mit einem Tablett, auf dem alles so malerisch bereitstand wie auf einem wolländischen Stillleben. Ein winziges Moccatässchen mit einem nachtschwarzen Schluck Kopi Dingsbums und ein appetitlicher Milchkaffee, sowie Knabbereien auf einer Schale, deren Sockel aus einer glitzernden Kristallmaus bestand.

Die elegante Prussin gab den Katern einen Wink mit der Pfote: »Nehmen Sie doch Platz.«

Erst nachdem sich Mouse und sein leicht absenter Sergeant unweit der Frau Direktor an der Tafel niedergelassen hatten, schwebte Natascha heran. Sie stellte das Tablett vor den beiden Kriminalern auf dem blütenweißen Tischtuch ab und reichte ihnen ihre Getränke mit zierlichen, routinierten Gesten.

Inspektor Mouse leerte sein edles Finkennäpfchen in einem Zug. Dann schenkte er der prussischen Schönheit einen veilchenblauen

Blick, der eine Schneekatze aus der Bahn geworfen hätte. Natascha Killmauski verzog keine Miene.

»Darf ich dir auch noch etwas bringen, Tante?«, erkundigte sie sich bei dieser.

»Danke, liebe Tascha, vielleicht ein wenig später, mein Schatz«, sagte Anastasia von Maunz.

Nur dem Anschein nach überlegte die liebe Tascha, ob sie sich neben ihre Tante setzen sollte, und kehrte dann doch zum Kamin zurück. Ein absichtsvoll strategischer Zug.

Mouse verkniff sich ein grimmiges Lächeln. Er hegte keinen Zweifel daran, dass sie ihn und Fischgrät während des zu führenden Gesprächs so scharf im Blick behalten würde wie eine Preisrichterin auf der Katzenshow. Der Thai-Siam beschloss, sie zu ignorieren – was durchaus gelingen konnte, wenn man dazu fähig war, die Anwesenheit der Göttin Bastet auszublenden.

»Gnädige Frau«, wandte er sich an die Tante der Göttin. »Ich nehme an, Sie wissen, warum wir hier sind.«

Die Dame des Hauses nickte.

»Ja, eine schreckliche Sache«, bestätigte sie und klang eher pflichtschuldig als am Boden zerstört. »Es macht einen fassungslos, dass sich dieses Unglück ausgerechnet zum Jubiläum ereignet hat. Vermutlich wurde der Termin ganz bewusst gewählt, weil alle abgelenkt waren. Jetzt wirkt der Einbruch fast wie ein zynischer Beitrag zu den Feierlichkeiten.«

›Diese reichen Leute haben sich wirklich im Griff, wenn's drauf ankommt‹, dachte Sergeant Fischgrät, ›oder die beiden hier sind einfach nicht aus der Abteilung Riechsalz. Das macht wohl die gute Kinderstube, diese piekfeinen Frolleins waren doch alle auf Internaten.‹

Seufzend dachte er für einen Augenblick an seine vier rotzfrechen Schwestern, mit denen er in einem kleinen Reihenhäuschen in der Vorstadt von Kratzburg aufgewachsen war und die bis heute mit ihm Tatzeles redeten.

Inspektor Mouse unterließ es, sein Beileid für den Verlust von Geld und Preziosen auszusprechen, wartete aber geduldig ab, ob da von selbst vielleicht noch ein wenig mehr käme.

»Mein Mann hat mir durch einen Anruf mitteilen lassen, dass Sie eine Beschreibung dessen benötigen, was entwendet wurde«, sagte die Gattin des Direktors.

Ein reichlich gezierter Satz, dabei so indifferent, als wäre bloß das Dienstmädchen mit dem Tafelsilber durchgebrannt. Wenn schon der Raub des Kronjuwels die gnädige Frau nicht sonderlich aus der Fassung brachte, war ihr der Verlust von dreihundertfünfundsiebzigtausend Goldmäusen womöglich egal.

»Nur die Beschreibung eines ganz bestimmten Teils der Beute; sozusagen das Chef d'œuvre des Clous«, ließ sich der Inspektor auf das Spielchen ein, die Dinge vornehm nicht beim Namen zu nennen, und fügte ein wenig unverfroren hinzu: »Wie ein Hundert-souris d'or-Schein aussieht, weiß ich schließlich.«

Sergeant Fischgrät zuckte bei dieser respektlosen Bemerkung zusammen, als wäre er mit der Pfote in der Sahne erwischt worden.

Anastasia von Maunz kräuselte nur kurz die rauchgraue Nase, vielleicht ein Anzeichen dafür, dass ihre damenhafte Nonchalance eine winzige Delle abbekommen hatte.

»Was Sie nicht sagen«, meinte sie und fixierte unweit ihres Gedecks einen üppigen Strauß Vergissmeinnicht in einer silbernen Vase. Als sie aufsah, fand sie es einigermaßen verwirrend, noch immer in ein ähnlich intensives Blau zu blicken. Der Sphinx am Kamin entging von alledem nichts.

»Lassen Sie uns nicht unnötig Zeit verlieren, gnädige Frau«, drängte Mouse, der beschlossen hatte, nicht länger wie der Kater um den heißen Brei herumzuschleichen. »Wir bräuchten von Ihnen eine gute Abbildung des Grünen Auges von Katzinopel. Am besten ein scharfes Pfoto des gesamten Colliers, in das der Stein gefasst ist, und dies, wenn möglich, jetzt gleich.«

Fast schien es kränkend, so deutlich zu werden, noch bevor die Bestohlene dazu selbst bereit war. Am Kamin entstand leichte Unruhe, als Natascha Killmauski ungehalten mit der Pfote auf den Sims zu pochen begann. Ihre manikürten Krallen machten auf dem Marmor ein tickendes Geräusch wie ein auf presto gestelltes Metronom oder eine Bombe.

Ihre Tante parierte den blauen Blick mit einem meergrünen Funkeln und setzte sich auf.

»Verzeihen Sie mein Zögern, Herr Inspektor«, sagte sie mit Würde. Da sie eine ganze Menge davon hatte, wirkte sie eindrucksvoll. »Es wäre mir wirklich lieber gewesen, wenn der Firmenvorstand von Musculus es nicht ganz so eilig gehabt hätte, der Polizei den sozusagen privaten Aspekt des begangenen Verbrechens mitzuteilen.«

Weder Mouse noch Jerry entging, dass sie es vermied, explizit ihren Mann zu erwähnen.

»So viel Diskretion würde den Täter sicher freuen«, entgegnete Mouse trocken. »Blieben Verbrechen eine Privatsache, wäre ihre Aufklärung überflüssig und die Polizei somit auch, worüber man in den unterschiedlichsten Kreisen wohl erfreut wäre. Doch wenn es Sie tröstet, gnädige Frau, kann ich Ihnen verraten, dass wir Ihren Gatten erst dazu drängen mussten, mit der ganzen Wahrheit herauszurücken«, fügte er hinzu und erhielt dafür ein kleines Lächeln vom Kopf der Tafel, aber nicht vom Kamin. »Was hätten Sie sich denn von einem Aufschub versprochen?«, fasste der Inspektor nach. »Für ein kostbares Juwel wird schließlich kein Lösegeld gefordert wie beim Catnapping. Das Einzige, was Sie mit Warten erreichen, ist, dass derjenige Zeit gewinnt, der sich damit aus dem Staub gemacht hat.«

»Vielleicht kommt eine solche Forderung ja noch. Das Grüne Auge ist ein Edelstein, der durchaus das Potenzial besitzt, mehr zu bewegen als immense Geldsummen. Viel mehr, denn eigentlich ist er unverkäuflich, es sei denn«, geriet Anastasia von Maunz ins Stocken und ihre Nase wurde um einiges blasser, »es sei denn, jemand würde das unerhörte Verbrechen begehen, den Smaragd zu zerschneiden. Heiliger Seraphim, das wäre ein Mord an einem Stein!«

Den letzten Satz stieß sie hervor wie einen Haarballen.

»Tascha, bitte ein Glas Wasser – nein, einen Sherry! Oder am besten beides.«

Jetzt hatte sie es eilig fortzufahren und wartete nicht darauf, bis ihre Nichte das Gewünschte vom Buffet brachte.

»Ich habe mir sagen lassen, dass der Kopf, der hinter diesem ruchlosen Raub steht, ein Skatzinavier sein soll. Von Norwegen bis ins Katzarenreich ist es nur ein Katzensprung über die Grenze. Wer kann mit Sicherheit sagen, dass der Schwarze Ole, wie er wohl heißt, nicht mit gewissen revolutionären Kräften in Verbindung steht, für die das Grüne Auge von Katzinopel ein wertvolles Pfand gegen die Krone wäre, oder die Killmauskis?«

Inspektor Mouse wurde davon abgelenkt, dass ihn ein neuer Hauch Chatnel N°5 erreichte, als Natascha, die Wunderschöne, sich zurück vom Buffet neben ihm über den Tisch beugte. Rein zufällig streifte der Ärmel ihres Seidenkleides seine Schulter. Chatnel N°5 allüberall und ein silberner Schimmer wie zu Weihnachten. Sie stellte ein gut gefülltes Sherryglas und eine Wasserkaraffe ab, woraus sie der Tante einschenkte. Wie ein Cherub blieb sie schützend an ihrer Seite und funkelte Selwyn Mouse böse an, weil sie sich darüber ärgerte, ihn ebenso attraktiv wie impertinent zu finden.

»Die Killmauskis sind eine Familie mit weitverzweigten Verbindungen in die ganze Welt«, erklärte Anastasia von Maunz in einem Ton, als wären die Reden zum Firmenjubiläum noch nicht alle gehalten. »Vor allem die Grätenburger Linie wartet mit einer eindrucksvollen Reihe von Geheimräten auf. Jeder von ihnen, darunter mein Vater und davor der seine, diente der prussischblauen Katzarenkrone in vertraulicher Weise, die über reine Diplomatie mitunter hinausgehen muss. Ich erzähle Ihnen da wohl nichts Neues, Inspektor Mouse, in Anbetracht dessen, wer Ihr eigener Onkel ist.«

Sie hielt inne, um endlich einen Schluck Wasser zu sich zu nehmen und danach ein wenig am Sherry zu nippen. Mouse entging nicht, dass sie ihrer Nichte einen verstohlenen Blick zuwarf. Natascha hatte bei der letzten Bemerkung ihrer Tante irritiert die perfekt geschwungenen Brauen gehoben. Der familiäre Hintergrund eines Polizisten hatte bislang nicht zu den Dingen gezählt, für die man sich in ihren Kreisen zu interessieren pflegte. Nach einer weiteren Stärkung aus dem Sherryglas stemmte Frau von Maunz die Pfoten gegen die Tischkante, als wäre sie auf dem Sprung.

»Selbst während dramatischer Zeiten«, fuhr sie fort, »wurde das Juwel in einer Art ehrenvollem Spiel unter Herrschenden und loyalen Gefolgsleuten über Landesgrenzen hin und her gereicht; als kostbares Pfand und Versprechen, dass die Verbindung so bleiben solle. Großer Basileus, dies endete womöglich mit dem gestrigen Abend.«

Sie bedachte Mouse und den, wie sie fand, rührend jungen Sergeant mit einem traurigen Lächeln.

»Doch *grün ist die Hoffnung*, nicht wahr, meine Herren? Leuchtend grün wie ein funkelnder Smaragd am schlanken Hals einer hübschen Killmauski fern der Heimat zu einem besonderen Anlass getragen. Als Bekenntnis der Treue zur Krone auf diskrete Art. So diskret, dass ich leider über kein aktuelles Pfoto verfüge. Alles, was ich tun kann, ist, Ihnen den Stein und das Collier genau zu beschreiben. Doch bin ich auf Ihre Bitte wenigstens ein bisschen vorbereitet.«

Mit diesen Worten zog sie einen Briefumschlag unter ihrem Teller hervor. Sie gab ihn dem Inspektor, der ein altes Pfoto daraus hervorholte. Es handelte sich um eine verblichene Schwarz-Weiß-Aufnahme von einem hochoffiziellen Empfang mit grimmig aussehenden Katern, die gewaltige Schnurrbärte und Galauniform oder Frack trugen, sowie Katzen in altmodischen Abendroben.

Mouse musterte die illustre Versammlung von anno Tobak und wusste instinktiv, dass Natascha die kleine Unterbrechung ausnutzte, um ihn ihrerseits anzustarren. Er spürte es, als striche eine sanfte, aber kühle Brise durch seinen Pelz. Es kostete ihn einige Standhaftigkeit, nicht aufzublicken.

»Bitte beachten Sie die Dame an der Seite des Herrn mit den vielen Orden«, empfahl ihre Tante den beiden Ermittlern wie bei einer

Museumsführung. »Es handelt sich um den damaligen Konsul von Wolland, meinen Großonkel Wassili Killmauski. Daneben Großtante Olga, die das Collier trägt.«

Der Inspektor und der Sergeant steckten die Köpfe über dem Bild zusammen, doch auch mit den schärfsten Augen war an der bewussten Stelle am Hals einer arrogant aussehenden Katze in einem tief dekolletierten Kleid nicht mehr als ein schmales, helles Gebilde mit einem dunkleren Mittelpunkt auszumachen. Der Schmuck war auf dem Pfoto in etwa so deutlich zu erkennen wie ein Pfotenkettchen in einem Dampfbad.

Jerry Fischgrät sah auf und stellte seine erste Frage.

»Wie lange verbleibt der Schmuck bei dem Familienmitglied, also der jeweiligen Dame, bevor er weitergegeben wird?«

»Das ist unterschiedlich und liegt im Ermessen der Krone«, antwortete Frau von Maunz. »Ich habe das Juwel seit anderthalb Jahren, doch in Kratzburg nur wenig Gelegenheit, es zu tragen.« Jetzt hörte sie sich so an, als hätte es sie dank ihrer Heirat in die tiefste Provinz verschlagen. Den Verlust der Provisionsgelder hatte sie bisher mit keinem Wort erwähnt.

»Hmm, das ist in der Tat ziemlich dürftig«, urteilte der Inspektor zweideutig. »Irgendwo wird doch wohl ein Bild zu haben sein, auf dem dieser Kiesel genauer zu sehen ist.«

»Gewiss, einige Aufnahmen wird es in St. Grätenburg oder Miezkwa wohl geben«, sagte die gnädige Frau, den Kiesel vornehm übergehend. »Aber habe ich mich denn nicht deutlich genug ausgedrückt? Würde ich dort darum bitten, wird im Pfotenumdrehen publik, was gestern Nacht geschehen ist. Überdies war die Ehre, das Grüne Auge auf dem kommenden wichtigen Empfang im hiesigen Konsulat zu tragen, aus einem bestimmten Grund meiner Nichte zugedacht, die dafür extra angereist ist, wie Sie wissen. Grundgütiger, ich dachte wirklich, dass das Juwel in dieser dicken, schwarzen Eisenkiste bestens aufgehoben sei«, stieß sie unerwartet heftig hervor. »Der entsetzliche Schlamassel, den ich damit angerichtet habe, das wesentlichste Stück meines Schmucks darin aufzubewahren, hat fast so viele Facetten wie der verschwundene Stein. Aber nicht glänzende, sondern düstere.«

»Vor allem für Onkels brandneue Verbindungen zum prussischblauen Reich!«, unterbrach sie Natascha und klang ziemlich herablassend. »Quel scandale, wenn nur ein paar Wochen nach diversen Vertragsabschlüssen Musculus etwas so Hochnotpeinliches passiert wie der gedankenlose Umgang mit Kronbesitz.«

»Aber Kind! Etwas mehr Mitgefühl wäre angebracht«, maunzte ihre Tante Anastasia verletzt. »Jung wie du bist, fehlt dir der Sinn für das Ausmaß der Katastrophe! Verzeihen Sie mir meine Offenheit«, wandte sie sich an den Inspektor, der ihr inzwischen das Kuvert mit dem nutzlosen Pfoto zurückgegeben hatte. »Am liebsten wäre mir, ich könnte den prussischblauen Geheimdienst einschalten, dessen Leitung neuerdings in den fähigen Pfoten eines schneidigen jungen Oberst liegt. Aber das ist in diesem delikaten Fall leider unmöglich, man wüsste nicht, was das nach sich zöge. Vorsicht ist geboten und größte Diskretion.«

Die Tante sah wieder die Nichte an, den blitzblauen Augen entging von alledem nichts. Fischgrät merkte, wie sich der Thai-Siam neben ihm straffte. Der Inspektor machte den Eindruck, als sei ihm angesichts so vieler Facetten, Kreise und sonstiger Manieriertheit nach etwas Stärkeren zumute als fermentiertem Katzenkaffee.

»Ich merke schon, meine Damen, nicht nur der Firmenvorstand und die Arbeiter von Musculus befinden sich in einem echten Dilemma«, sagte Mouse garstig. »Aber nur keine Angst, die örtliche Polizei verfügt über einige bescheidene Mittel. Es soll selbst ihr schon gelungen sein, hin und wieder etwas aufzuklären. Darunter sogar Fälle, die ein wenig komplexer waren als Pfotentaschenraub auf den Kratzburger Wochenmärkten, wenn auch nicht ganz so facettenreich wie auf internationaler Bühne. Vor diesem in Maßen hoffnungsvollen Hintergrund lassen Sie uns endlich zur Sache kommen: Wie sieht das gestohlene Collier aus und was macht das grüne Auge von Katzinopel unverwechselbar, falls sie es aus der Fassung gebrochen haben? Fischgrät, bitte machen Sie sich Notizen.«

Während die gnädige Frau ungnädig zu einer umständlichen Beschreibung ansetzte, traf ihn Natascha Killmauskis funkelnder Blick, als hätte der berühmte Smaragd Zwillingsgeschwister.

Zehn Minuten später trotteten sie hinter dem Butler dieselben teppichweichen Gänge entlang, die sie gekommen waren. Niemand sagte etwas auf dem gemeinsamen Rückweg. Verborgen in der Weitläufigkeit des Hauses setzte sich mit einem ersten silberhellen Ping der Gong einer großen Uhr in Bewegung und begann zwölf Uhr mittags zu schlagen. Das brauchte seine Zeit, derweil sich Inspektor Mouse gerne daran erinnert hätte, wie ihn die schöne Prussin mit einem gewinnenden Lächeln verabschiedete. Stattdessen hatte sie ihm betont höflich die kalte Schulter gezeigt.

»Auch ich danke Ihnen, dass Sie sich herbemüht haben, und wünsche einen guten Tag.«

›Wenn sie danach noch etwas sagt, ist sie interessiert‹, hatte der Thai-Siam ein altes Spiel mit sich selbst gespielt, als er hinter dem Sergeant über die Schwelle des Gartenzimmers trat. ›Komm, meine Schöne, sag schon was‹, forderte er sie in Gedanken auf.

Nichts geschah.

Dann hörte er in seinem Rücken die dunkle Stimme. »Waidmannsheil, Inspektor Mouse.«

»Waidmannsdank, Chérie«, sagte er zufrieden und sah sich nicht um.

8. Kapitel

Der Ozelot schnurrte stadteinwärts die Schoßallee hinunter. Die Sonne stand hoch im Mittag, ihr helles Licht und der dunkle Schatten der Alleebäume durchzischten in schnellem Wechsel die Fahrerkabine; von dem Geflirre verengten sich die Pupillen der beiden Insassen zu schmalen Schlitzen. Sie rauchten zum offenen Wagenfenster hinaus, der Inspektor schmiss eine weitere Runde Maunzoli. Vor einer Viertelstunde hatten sich Tür und Tor der Villa Maunz wieder hinter ihnen geschlossen; auf der anderen Seite der Rhododendronwälle blieb das große Haus in der Abgeschiedenheit seiner eigenen Welt zurück.

Mouse und Fischgrät waren von dem beflissenen Hinze in die Niederungen des normalen Daseins entlassen worden, in dem sich so hässliche Dinge ereigneten wie ein skrupelloser Raub zum Firmenjubiläum.

»So, jetzt wissen wir immerhin, dass das entwendete grüne Augäpfelchen in einem dreireihigen Perlencollier mit Diamantenschließe sitzt, sage und schreibe fast hundert Karat wiegt und tropfenförmig geschliffen ist, wie die Träne eines Drachen«, resümierte Mouse und ließ die Zigarette aufglühen. Den Rauch schnappte sich der Fahrtwind. »Außerdem muss der Klunker so makellos und strahlend sein, wie …«

»… die Augen dieser umwerfenden Schönheit«, vollendete Jerry den Satz. Träumerisch blinzelte er durch die Windschutzscheibe. »Madonna miau, die Braut ist nicht von schlechten Eltern.«

Mit diesen markigen Worten schien sich der Sergeant aus dem Zauberbann Natascha Killmauskis lösen zu wollen.

»Wohl kaum, bei so einem Stammbaum«, meinte Mouse sarkastisch und nach einem letzten Zug an der Zigarette: »Herrje, Fischgrät, jetzt reißen Sie sich mal zusammen.«

Dabei dachte er selber an diese geschmeidigen Bewegungen, das hochmütige Gesicht, das Rascheln der Seide und den Duft ihres teuren Parfums.

»Tut mir leid, Inspektor.«

»Schon gut«, sagte Mouse und schnippte seine Kippe schwungvoll über den Seitenspiegel. »Da kommen innerhalb weniger Stunden reichlich seltsame Fakten zusammen. An erster Stelle ein monströser Tresor, der durch die Kulisse verschwindet und dahinter so glatt in die Tiefe rutscht wie ein eingelegter Rollmops. Ferner ein Firmendirektor und sein öliger Syndikus, die spontan hoffen, einen Juwelenraub vertuschen zu können, der, scheint's, gravierender für die Firma Musculus ist als der dicke Batzen geraubten Geldes. Im Hintergrund die um ihre Provision gebrachte Belegschaft, von der mir wenigstens *ein* plattohriger Vertreter großmäulig, aber nicht ahnungslos vorkommt. Weitere Beteiligte: eine prussischblaue Aphrodite und eine reifere Dame der Gesellschaft in Nöten, weil das grün glänzende Beutestück Nr. 1 offenbar das Zeug dazu hat, für grenzenlosen Ärger zu sorgen. Als Dreingabe ein alter Wachmann, dem ein böser Geist und eventuell der Schwarze Ole erschienen ist (was ich persönlich nicht glaube) und last, not least unser Freund Murr, der passend dazu ein Phantom auf vier Rädern sucht. Ich muss schon sagen, seit dem Aufstehen und Zähneputzen ist das auf nüchternen Magen ein ganz nettes Sammelsurium an Kuriositäten.«

Dieser Liste war auf Anhieb nichts hinzuzufügen. Mit nachdenklicher Miene beförderte Jerry den Stummel seiner Maunzoli an die frische Frühlingsluft und sah nach rechts.

Dort waren die hohen Hecken und Mauern verschwunden. Vorgärten trennten gepflegte Häuser in Durchschnittsgröße von der Schoßallee, welche die feinen Viertel zügig hinter sich ließ. Abstände zwischen den Grundstücken erlaubten Aussichten auf den Fluss und den sich an seinen Ufern statt Marschland ausbreitenden Hafen. Hebekräne ragten in den Himmel und die Masten eines dicken Potts auf der Werft.

»Apropos *nüchtern*«, meinte Inspektor Mouse. »Wie wäre es mit einem Mittagessen, bevor es zur Lagebesprechung geht? Aber nicht in der Polizeikantine. Ich wüsste da zum schnellen Suppefassen ein kleines Fischrestaurant am Hafen, wo eine Bouillabaisse serviert wird, in der die Fischlein noch lebendig herumschwimmen, so frisch ist die. Stopfen wir erst mal das Loch im Magen, dann schließen sich vielleicht auch die Lücken im Kopf. Und sicher lässt sich Oberinspektor Murr besser ertragen, hat man mehr als sein Getöse zu verdauen.«

Ohne die Antwort des Sergeants abzuwarten, setzte er den Blinker nach rechts und bog in eine Straße ein, die steil zum Hafen hinabführte. Vor ihnen weitete sich der Blick, die Sonne glitzerte auf dem Wasser der Albis in der Hauptrinne und dem Labyrinth der Zufahrtskanäle.

Jerrys Magen machte einen Sprung, nicht nur aus Vorfreude aufs Mittagessen.

»Außerdem Lust auf ein nächtliches Abenteuer?«, fragte Mouse unvermittelt.

Der Ozelot legte sich in die Kurve, der Kopf des rötlichen Tigers flog nach links.

»Ich fürchte, leider nicht mit grünäugigen Ladies, aber wer weiß?«, maunzte der Inspektor frohgemut. »Ich habe vor, der Bar zur Scharfen Kralle zu später Stunde einen Besuch abzustatten, wenn dort die richtig netten Gäste einkehren. Womöglich lässt sich ja für eine Pfotevoll souris d'or herausfinden, ob nicht das eine oder andere interessante Gerücht aus der Unterwelt schon weiter nach oben gedrungen ist. Vielleicht sogar aus den Tunneln der Kanalisation. Sind Sie dabei?«

Fischgrät nickte, welch eine Frage. Die berüchtigte Animiezbar im Hafenviertel, ein heißer Umschlagplatz für kostenpflichtige Informationen, war ihm natürlich bekannt.

›Kommen Sie zur Polizei, es erwartet Sie ein durchgehend abwechslungsreicher Job‹, dachte er, als Mouse den Ozelot vor einem kleinen Lokal mit freundlich gestreifter Markise parkte.

Seeteufel und Kaisergranat, eine Stunde später wusste ein satter Sergeant, dass der Gourmet an seiner Seite mit dessen vorzüglicher Küche nicht übertrieben hatte.

Die Lagebesprechung im Präsidium erbrachte nichts wesentlich Neues, jedenfalls nicht für Inspektor Mouse, diente sie doch vor allem der weiteren Organisation jener Pläne, die man bereits im Maunz'schen Kabinett gefasst hatte. Die verdächtige Limousine blieb seit ihrem zweimaligen Auftauchen am Morgen wie vom Erdboden verschluckt, ganz wie der Tresor. Die Fahndung war landesweit ausgedehnt und die Bevölkerung zur Mithilfe aufgefordert worden. Zahlreiche Hinweise aus den unterschiedlichsten Gegenden gingen ein, als hätte sich der schwarze Rolls Royce mindestens verzehnfacht, aber bis jetzt ergab sich daraus keine heiße Spur. Knurrend verkündete Murr den unbefriedigenden Stand der Dinge.

»Und der Oberexperte der Polizei übernimmt wie immer die Feinarbeit, watt haben wir doch für ein Glück!«, stänkerte er mit einem abschätzigen Blick auf Mouse, als sich die Versammlung auflöste.

Der Inspektor tippte die ausgestreckte Kralle an die Stirn, ein Gruß unter alten Kombattanten. Dann begab er sich ins Allerheiligste des Polizeipräsidenten, wo er die Standpauke in Empfang nahm, die Ignatius Puschel dringend loswerden musste, weil sich Mouse wie ein Gewerkschaftler aufgeführt hatte. Nein, schlimmer noch, wie ein Arbeiterführer! Allerdings war es in der Werkshalle danach schnell zu einer Einigung gekommen; bereits gegen Mittag hatten sich die geheimnisvollen Megalithen der Fertigung wieder blinkend in Betrieb gesetzt. Alle Bänder liefen auf Hochtouren – bei Musculus ging die Arbeit so reibungslos weiter, wie es in der angespannten Lage nur die Aussicht auf eine baldige Auszahlung der Prämie hatte bewirken können: dank des beherzten Eingreifens von Inspektor Mouse.

Der Tadel des Heiligen Bimbam fiel entsprechend milde aus, wie der Gerügte anschließend Kriminalrat Katerfreund und Sergeant Fischgrät gleichmütig berichten konnte.

Gegen sieben verließ der Inspektor das Präsidium und stieg in seinen Wagen, nachdem er mit Fischgrät verabredet hatte, ihn um halb elf vor dessen Wohnung abzuholen. Bis dahin hatte Mouse ein erholsames Intermezzo in der Zurückgezogenheit der eigenen vier Wände eingeplant. Eine Katzenwäsche und ein frisches Hemd erschienen ihm ebenso verheißungsvoll wie ein kühler Drink. Danach würde er für den nächtlichen Einsatz bereit sein, der hoffentlich nicht bis in die Puppen dauerte.

Mouse bewohnte ein Appartement im vierten Stock eines Miezhauses in der Milchstraße im Museumsviertel. Das war eine gute Adresse und um einiges besser, als es sich selbst ein Oberinspektor für gewöhnlich leisten konnte. Aber weder Selwyn Mouse war gewöhnlich noch seine Stellung innerhalb, oder besser *außerhalb*, der Kratzburger Polizei.

Zu Hause angekommen, zog er den Trench aus sowie Anzug, Hemd und Krawatte und ließ sich mit dem Putzen ausgiebig Zeit. In einem taubenblauen Morgenmantel, den ihm eine Verehrerin geschenkt hatte, weil sie fand, dass dieser Ton seiner Augenfarbe schmeichelte, kehrte er aus dem Badezimmer zurück. Mouse warf einen Blick in die Kratzburger Abendnachrichten, die er auf der Rückfahrt vom Präsidium an einem Kiosk gekauft hatte. Natürlich widmete sich der Aufmacher ganz und gar dem nächtlichen Überfall. Die Höhe der erbeuteten Summe wurde so nachdrücklich und häufig erwähnt, als wolle der Bericht dezent die Frage aufwerfen, ob ein solches Prämiengeld, wenn auch auf viele verteilt, nicht grundsätzlich übertrieben war.

›Wenn der knauserige Schreiberling, der das verzapft hat, wüsste, was sonst noch so fehlt‹, dachte Mouse, erhob sich vom Sofa und schlenzte entspannt und mit leichtem Appetit, insbesondere auf Flüssiges, in die Küche.

Dort fand sich im Kühlschrank noch etwas kaltes Huhn in Aspik, aber vor allem eine halbe Flasche Gin, etwas Granatapfelsaft, eine Zitrone und im Gefrierfach frische Eiswürfel. Also konnte er sich eine Pink Lady mixen, oder eine White Lady, so es auch Orangenlikör gab. Die Krönung am Abend dieses Tages voller unterschiedlicher Begegnungen wäre sicherlich eine Lady in einer ganz anderen Farbe, falls man eine Flasche Blue Cukatzao zur Pfote hätte. Hatte man aber nicht, dann wurde Mouse das alles zu viel. Er schnappte sich das Huhn und ein Whiskersglas. Ein schnörkelloser Schluck aus der teuren Flasche, die ihm sein Onkel erst gestern Abend zum Abschied geschenkt hatte, war einfacher zu haben.

Zurück im Wohnzimmer, dessen Fensterfront nach Westen wies, stellte Mouse fest, dass sich die Sonne über den Dächern von Kratzburg zu einer melodramatischen Abschiedsvorstellung anschickte. Er ließ sich aufs Sofa fallen und tauchte ins rotgoldene Untergangslicht. Die Uhr auf dem Turm der naturkundlichen Sammlungen zeigte kurz vor neun. Schöne Aussichten, eine gute Stunde würde er noch seine Ruhe haben, bis es mit dem sich anbahnenden Ärger weiterging. Denn dass dieser Fall es in sich hatte, ahnte Mouse seit seinem Blick durch das klaffende Loch in den tiefen Schacht im Kontor.

Kaum, dass er mit dem Essen fertig war und der alte Malt warm in seiner Kehle brannte, klopfte es an der Wohnungstür. Da er mit keinem Besuch rechnete und jeder, der heute noch etwas von ihm wollte, vorher anrufen würde, blieb er einfach sitzen und hoffte, dass, wer auch immer auf dem Flur stand, sich wieder davonmachte. Möglicherweise war es der penetrante Hausmeister, der manchmal unter irgendeinem fadenscheinigen Vorwand beim Inspektor aufkreuzte, bereit zu einem kurzen Schnack unter Katern, gerne garniert mit einem kleinen Schluck.

Es klopfte wieder, nicht übertrieben laut, aber doch durchdringend genug, um nicht überhört werden zu können. Mouse erinnerte es an die perfekt ausgefeilte Technik des Butlers in der Villa Maunz und weil das so war, ritt ihn plötzlich der Teufel.

Eingedenk Hinzes rief er mit nasaler Arroganz: »Ja bitte?! Ach, treten Sie doch ein. Wobei es mir noch lieber wäre, wenn Sie einfach draußen blieben.«

Von dort, wo er saß, behielt er den Eingang genau im Blick. Mouse wusste, dass er nicht abgeschlossen hatte. Für mehrere Sekunden tat sich nichts. Lange genug, dass er schon annahm, den abendlichen Besucher mit seiner Albernheit erfolgreich vertrieben zu haben. Er war nicht neugierig, um wen es sich handelte; die wenigen privaten Momente des Tages waren ihm heilig.

Die Sonne setzte den violetten Himmel mit ihren letzten Strahlen in Brand, als sich die Korridortür schließlich doch noch öffnete. Die schlanke, hochbeinige Katze, die auf der Schwelle stand, wurde von Glut übergossen. Natascha Killmauski trug einen hocheleganten mitternachtsblauen Abendmantel, unter dem ihr seidiger Schwanz ungehalten hervorzuckte.

»Guten Abend, Inspektor«, sagte sie kühl. »Das sollte wohl witzig sein, nicht wahr?«

Verdutzt erhob sich der Thai-Siam vom Sofa. Trotz seiner Überraschung war er sich bewusst, dass er, als hätte er es darauf angelegt, ebenfalls in einem blauen Mantel dastand.

»Guten Abend, Gnädigste, ich dachte, es wäre der Vertreter für Bürsten und Fusselrollen«, brachte er schlagfertig zustande.

»Um diese Zeit?«, erkundigte sich die Schöne und schickte einen smaragdgrünen Blick von verhaltener Neugier in die großzügig geschnittene Wohnung des Inspektors. »Haben Sie in diesem Aufzug nicht eher Damenbesuch erwartet?«

Sie machte noch immer keine Anstalten, hereinzukommen.

»Sollte ich das getan haben, sind *Sie* ja nun da – quasi wie bestellt«, antwortete Mouse frech. Den Morgenmantel vor der Brust zusammenhaltend, hatte er das Whiskersglas auf der Fensterbank abgestellt, durchquerte das Wohnzimmer und kam auf sie zu. »Ich kann meine Aufforderung von eben nur wiederholen: Bitte kommen Sie doch herein.«

»Und was ist mit dem zweiten Teil? Dass es Ihnen eigentlich lieber wäre, wenn man draußen bliebe und wieder ginge?«, fragte Natascha und machte einen Schritt vorwärts.

»Das bezog sich auf den Bürstenvertreter«, meinte Mouse, der nun bei ihr war und sachte die Tür zudrückte, als die mitternachtsblaue Fee auf einer zarten Wolke aus Parfum vor ihm ins Wohnzimmer schwebte.

Ihre Silhouette, wohlgeformt und exquisit, hob sich wie in einer romantischen Theaterkulisse vor dem Ausklang des prächtigen Sonnenuntergangs ab, der es der Atmosphäre wegen hoffentlich nicht eilig damit hatte, ganz zu verschwinden.

Allerdings stand die Museumsuhr inzwischen auf zwanzig nach neun. Egal was die Dame herführte, schon jetzt verfluchte Mouse die unumstößliche Tatsache, dass er in einer knappen Dreiviertelstunde das Haus verlassen musste. Und das, wenn möglich, nicht im Morgenmantel.

»Ein kleidsamer Blauton übrigens, wenn auch ein bisschen feminin«, bemerkte Natascha und musterte den großen Kater mit einem süffisanten Blick.

»Ein Geschenk meiner Mutter«, entgegnete er, offenbar niemals um eine Antwort verlegen. Die Augen in seinem dunklen Gesicht waren wirklich sehr blau. »Was verschafft mir die Ehre eines privaten Besuchs? Darf ich Ihnen etwas anbieten?«

»Einen Kopi Luwak vielleicht?«, fauchte sie, plötzlich gereizt. »Wenn das heute Vormittag eine Art Prüfung war, bin ich heilfroh, sie bestanden zu haben, und natürlich auch, dass Sie ein so weltgewandter und kultivierter Bursche sind. Ist das neuerdings Voraussetzung bei der Polizei? Oder hat meine Familie einfach nur das große Glück, dass ausgerechnet *Sie* mit dieser delikaten Angelegenheit betreut wurden? Allerdings überschätzen Sie Ihre Wirkung doch etwas, wenn Sie annehmen, ich käme aufgrund unseres kurzen Kennenlernens auf einen privaten Katzensprung vorbei. Und danke, nein, ich möchte nichts trinken, sondern Ihnen lediglich etwas überreichen und gleich wieder gehen. Sie können dann in aller Ruhe in Ihrem himmelblauen Kimono auf wen auch immer warten, der Ihnen zum Feierabend das Fell bürsten soll.«

»Taubenblau«, korrigierte der Inspektor. »Das passt besser zu meinen Augen. Und da wir so nett über Mode plaudern, erlaube ich mir die Bemerkung, dass Ihnen dieser Mantel von Karl Katerfeld außerordentlich gut steht«, stellte er mit Kennerblick fest.

»Ach, das haben Sie erkannt?«, sagte die prussischblaue Schönheit mit ihrer dunklen Stimme, die nun wieder weich und verlockend klang. »Gehört die Miez Couture etwa auch zu Ihren Ermittlungsgeschäften?«

»Ich interessiere mich für alles und jeden, wenn mich das weiterbringt«, meinte Mouse.

»Und wenn nicht? Hört Ihr Interesse etwa auf, selbst wenn es Spaß machen könnte, eine scheinbar nebensächliche Sache weiterzuverfolgen?«, fragte Natascha Killmauski mit einem so hinreißenden Augenaufschlag, dass sogar dem Inspektor bei all seiner Erfahrung die Spucke wegblieb. »Das wäre aber eine recht begrenzte Sicht der Dinge, bei der Ihnen einiges entgehen wird. Wenn auch vielleicht nicht die Bösewichte, das gebe ich zu«, schloss sie gedehnt.

»Machen Sie sich darüber mal keine Sorgen, Verehrteste«, sagte Mouse. »Sie würden sich wundern, wie weit der Radius meiner Aufmerksamkeit reicht.«

»Ach ja?«, schnurrte sie weiter. »Dann ist es ja gut, denn auch unter einer Robe von Chatnel verbirgt sich so manches. Wie zum Beispiel dies hier.« Damit zog sie ein offiziell aussehendes Kuvert aus dem Mantel hervor und reichte es dem Inspektor.

Die gerade noch knisternde Stimmung war ebenso dahin wie das Abendrot am Himmel. Mouse erkannte den Briefkopf des Prussischblauen Konsulats mit dem ins Büttenpapier geprägten Wappen. Der Thai-Siam ging zu einer Stehlampe am Fenster und knipste sie an; im Lichtschein zog er ein Pfoto heraus, das der Umschlag enthielt. Es zeigte die gestochen scharfe Aufnahme eines überaus kostbaren, dreireihigen Perlencolliers. In dessen Mitte saß in einer von Diamanten und kleineren Perlen besetzten Fassung das größte Juwel, das Mouse je gesehen hatte, es sei denn im kittischen Kronschatz. Das echte

Funkeln und Glitzern des riesigen Smaragds musste märchenhaft sein; selbst auf dem Pfoto brach sich das Licht an den Kanten der zahlreichen Facetten seines exquisiten Schliffs. Vielleicht stammte das Grüne Auge von Katzinopel gar nicht aus einer Diamantenmine, sondern hatte im Gesicht eines Fabelwesens wie eines Drachen oder Zyklopen gesessen, so unwirklich wirkten Größe und Glanz und die satte Tiefe seiner Farbe.

Anerkennend pfiff Mouse durch die Zähne. Dies war in der Tat nichts, das der Schlitzerbande und ihrem ruchlosen Führer überlassen werden durfte, wobei er sich nicht sicher war, ob dieser Jahrhundertsmaragd in privaten Schatullen aufbewahrt sein sollte, statt in einem Museum von der Öffentlichkeit bestaunt werden zu können.

Natascha Killmauski studierte das Mienenspiel des Inspektors und sah, dass der ironische Ausdruck daraus verschwunden war, als er sie fragend anblickte. Ihr war jetzt auch nicht mehr nach Spitzfindigkeiten.

»Wo haben Sie das Pfoto auf die Schnelle her? Ist Ihnen plötzlich eingefallen, dass es im Nachttisch Ihrer Tante versteckt war?«

»Nein, daher stammt es selbstverständlich nicht«, erklärte sie. »Meine Tante hätte Ihnen eine solche Aufnahme gewiss nicht vorenthalten, wäre sie in ihrem Besitz gewesen. Aber auch ich verfüge über nützliche Beziehungen.«

»Im Prussischblauen Konsulat?«, fragte Mouse und schnippte mit den Krallen auf die Prägung des teuren Kuverts. »Oder gleich beim Geheimdienst? Mir war schon heute Morgen so, als sprächen die Blicke der verehrten Damen Bände, obwohl ich darin noch nicht lesen konnte.«

»Das brauchen Sie auch nicht. Wie es in meine Pfoten gelangte, ist völlig nebensächlich. Stattdessen könnten Sie mir danken, denn ganz einfach war es nicht, es zu bekommen, ohne Aufsehen zu erregen. Behalten Sie es, so es Ihnen hilft.« Ihr Ton begann einzufrieren.

»Vielen Dank für beides: für das Pfoto, aber vor allem die damit verbundenen Umstände«, sagte Inspektor Mouse galant und mit einer angedeuteten Verbeugung. »Ich weiß Ihre Mühe und Kooperation wirklich zu schätzen.«

Ob mit Absicht oder nicht, hörte er sich wieder unernst genug an, dass sie sich eiliger, als sie es vorgehabt hatte, zum Gehen wandte.

»Ich konnte Ihren Humor, oder was immer das sein soll, von Anfang an nicht leiden«, zischte sie mit blitzenden Smaragdaugen. »Er ist respektlos, wenn nicht unverschämt. Kein Wunder, nach allem, was man von Ihnen hört, denn ich habe mich über Sie erkundigt.«

»So?«, fragte Mouse. »Etwa dort, wo man Ihre Durchlaucht mit diesem prima Schnappschuss versorgt hat? Was haben Sie denn über mich in Erfahrung gebracht? Dass man meine Wohnung gefahrlos betreten kann, ohne in eine Mausefalle zu geraten?«

Zum bevorstehenden Abschied sehnte er sich nach einem erholsamen Schluck; seine Augen suchten nach dem Whiskersglas, das er auf der Fensterbank vergessen hatte. Im aufrechten Quader des Museumsturms leuchtete das Zifferblatt inzwischen in bleichem Phosphor. Der große Zeiger schickte sich an, das letzte Viertel zu durchwandern.

Die mitternachtsblaue Fee war seinen Blicken gefolgt.

»Nicht mehr lange bis zehn und Sie scheinen noch etwas vorzuhaben, genau wie ich«, stellte sie fest und schenkte ihm der Form halber ein frostiges Lächeln. »Dann will ich Sie nicht länger aufhalten und darf mich empfehlen. Einen angenehmen Abend und machen Sie sich bitte keine Umstände, ich finde selbst hinaus – sonst erkälten Sie sich auf dem Flur noch in Mutters Morgenmäntelchen. Adieu!«

Sie wartete nicht mehr ab, ob er etwas sagen würde. Die Wohnungstür fiel mit einem trockenen Krachen ins Schloss, danach war es so mucksmäuschenstill, dass es schmerzte. Außer der Aufnahme, die Mouse in der Pfote hielt, erinnerte nichts als ein ahnungsvoller Hauch von teurem französischem Parfum daran, dass sie gerade noch da gewesen war, in all ihrer Schönheit.

Der Inspektor seufzte, dann ging er zum Bücherschrank hinüber und steckte das Pfoto des Grünen Auges zwischen die Seiten der Brüder Katzamarow.

Er kehrte zum Fenster zurück und hatte das Glas geleert, als er vier Stockwerke tiefer eine Autotür schlagen hörte. Kurz danach konnte er im Licht der Gaslaternen sehen, wie sich auf der Milchstraße ein Taxi in den gemächlichen Verkehr des fortgeschrittenen Abends einfädelte. Mouse wartete, bis die roten Rücklichter von denen der anderen nicht mehr zu unterscheiden waren, dann drehte er sich um und ging ins Schlafzimmer, um sich anzuziehen.

9. Kapitel

Auf den ersten Blick war die Bar zur Scharfen Kralle eines jener Etablissements, wie es sie im Hafenviertel zu Dutzenden gab. Mit einprägsamen Namen auf schreiend bunten Schildern, beleuchtet von grellen Laternen und blinkenden Lichterketten versuchte jeder dieser Schuppen auf seine Art, die schlendernden Passanten einzufangen. Vom späten Abend bis zum Morgengrauen waren hier Scharen von umherstreunenden Katzen und Katern unterwegs. Örtliche Vergnügungssüchtige, Seeleute auf Landgang und Touristen von außerhalb, denn der Kratzburger Kiez erfreute sich eines gewissen Rufs.

Halbseidene Türsteher und leichtgewandete Miezen lockten die Nachtschwärmer aus den schummrigen Gassen ins ebenso schummrige Innere, aus dem so mancher Gast dank eines hünenhaften Muskelkaters in hohem Bogen auch wieder hinausflog. Etwa, weil er versuchte, die Zeche zu prellen, anderen auf den Schwanz getreten, einen über den Durst getrunken und deshalb das Fell auf Krawall gebürstet hatte. Oder einfach wegen seiner unegalen Visage, die weder in den piekfeinen Laden noch dem Rausschmeißer passte.

Hier wurde nicht lange gefackelt und es gab so einige Gründe, weshalb man sich im Pfoteumdrehen auf dem schmuddeligen Trottoir wiederfinden konnte. In einer Pfütze, in der sich die Leuchtreklame spiegelte, zwischen Kippen, leeren Flaschen und dem Flitter abgerissener Billets für zweifelhafte Glücksspiele in Hinterhöfen. Wo abgetretene Treppen in Keller hinabführten, in denen frivole Tanzvorstellungen hinter einschüchternd dicken Türen stattfanden, die nichts als einen Spion und eine Klingel besaßen, aber von außen keine Klinke.

Auch die Bar zur Scharfen Kralle gab sich diskret, ihre auf den ersten Blick für die Gegend dezente Front stach zwischen den auffälligen Lokalitäten nicht hervor. Bei genauerem Hinsehen war der verruchte Stil einmalig. Links und rechts der mit schwarzem Kunstleder gepolsterten Eingangstür hingen in den Fenstern blickdichte Vorhänge, die an vielen Stellen von martialischen Krallenspuren verunziert waren, die so tief gingen, dass sie den schweren Stoff durchtrennt hatten. Aus den Schlitzen quoll rotes Licht, als würden sie bluten.

Angeregt durch diese sinnliche Dekoration wurde das Leder der Tür von den Gästen bearbeitet: Hier legten alle Pfote an, die sich darin gefielen, zum Andenken an einen schönen Abend ihren persönlichen Tatzenschlag zu hinterlassen. Zwar musste die Inhaberin den Bezug im Halbjahrestakt wechseln, duldete den Verschleiß aber als ein Markenzeichen, das die Beliebtheit der Bar unter Beweis stellte. Sie lag zu ebener Erde am Ende einer sparsam beleuchteten Seitengasse der Rodelbahn, wie man Kratzburgs Amüsiermeile nannte, weil man hier so gerne mit den Leuten Schlitten fuhr; eigentlich hieß sie schlicht Hafenstraße.

Eine Minute nach halb elf stoppte der cremefarbene Ozelot vor Jerry Fischgräts Privatadresse. Der Sergeant wartete schon draußen auf der Straße, voller Energie und Tatendrang. Jener Teil seines Wesens, der sich wenig um Regeln scherte, hielt Inspektor Mouse davon ab, dem jungen Kollegen von seinem prussischblauen Überraschungsgast zu erzählen; er verschob es auf später. Unterwegs ins Hafenviertel fuhren sie an der Maunz'schen Fabrik vorbei, vor deren geschlossenem Tor ein Polizeiauto querparkte. Zwei Uniformierte wachten außerhalb des Scheins einer Straßenlaterne.

Mouse bremste und lehnte sich aus dem Wagenfenster. Einer der beiden Posten kam sofort näher. Erst als er den Fahrer erkannt hatte, entspannte sich die dienstliche Strenge seiner Züge. Der Inspektor und Fischgrät sahen, dass es sich wieder um Kasimir Bart handelte. Der im Hintergrund konnte allerdings kaum der starke Toby sein, denn die am Toreingang zurückgebliebene Gestalt wirkte klein und schmächtig.

»'n Abend, Bart«, sagte Mouse. »Langer Dienst für Sie.«

»Hatte ausreichend Pause«, meinte der Schildpattkater, der sich grüßend an die Mütze getippt hatte, was auch dem ihm zunickenden Sergeant auf dem Beifahrersitz galt. »Außerdem is hier eh nix los, wie zu erwarten«, verriet er ungewöhnlich gesprächig.

»Klar, ihr steht hier nur zur Sicherheit«, bestätigte Mouse. »Heute Nacht wird von der Bande keiner zurückkehren, weil er das Werkzeug oder sein Taschentuch am Tatort vergessen hat. Die große Nummer ist ja geglückt. Trotzdem irgendetwas gesehen?«

Bart schüttelte den Kopf.

»Nur ein aufgerüschtes Pärchen vor einer Viertelstunde, wohl auf dem Weg ins Sündenbabel, und dann is gleich danach noch ein alter Knacker hier durchgekommen. Der seinem Gang nach schon zu viel getankt hatte, um es bis auf die Rodelbahn zu schaffen.«

Auf dem Beifahrersitz beugte sich Fischgrät plötzlich vor. Angestrengt spähte er am Inspektor vorbei in Richtung der dunklen Fabrikgebäude. Dort huschte ein Lichtschein umher.

»Keine Sorge, das is nur die Stablampe von Pratze«, meinte der Posten daraufhin. »Drinnen sind auch noch zwei von uns abgestellt. Fand der Oberinspektor pure Verschwendung, aber Direktor von Maunz hat beim Heiligen Bimbam drauf bestanden. Murr hat vor Wut geschäumt.«

»Kann ich mir vorstellen«, sagte Mouse. »Unser Obermurr braucht volle Truppenstärke für die Straßen, auf denen sich noch nichts Neues ergeben hat. Na, dann gute Nacht«, sagte er zum Abschied, was sich einerseits wie ein Gruß, andererseits wie ein Kommentar anhörte.

Sich abermals an den Mützenschirm tippend, kehrte Kasimir Bart zu seinem Kollegen zurück und der Ozelot brauste davon.

Drei Blocks weiter parkte der Inspektor in einer Straße, von der es nur noch ein kurzer Gang bis zur Rodelbahn war. Dort herrschte für Montagabend erstaunlich dichtes Getümmel. Als Hauptattraktion des Wochenendes hatte die Jubiläumsfeier der Firma Musculus von hier viele Besucher abgezogen, die nun offenbar gewillt waren, ihr übliches Samstagabendvergnügen nachzuholen oder vorzuverlegen. In Licht und Lärm ließen sich Mouse und Fischgrät im Strom der Pfotengänger treiben, bis es Zeit war, in die bewusste Gasse abzubiegen.

›Wohin das Taxi wohl die schöne Natascha gebracht hat?‹, ging es Mouse durch den Kopf. ›Im mitternachtsblauen Mantel wohl kaum nur nach Hause in die Villa Maunz.‹

Er beendete die müßige Überlegung mit einem an sich selbst gerichteten, halblauten »Idiot! Halt dich zurück!«, was seinem jungen Kollegen nicht entging, Sergeant Fischgrät angesichts der verschlossenen Miene des Inspektors aber auch nicht auf sich bezog.

Niemand wachte *vor* der zerkratzten Ledertür. Doch sie schwang sofort auf, kaum dass Mouse seine Pfote auf den mittig angebrachten Knauf in Form einer geballten Tatze gelegt hatte, aus der nadelspitz eine einzige Kralle ragte. Der Umriss eines muskelbepackten Katers füllte den Eingang fast komplett aus. Das aus der Bar dringende rote Licht umgab den Trumm mit einem schmalen Saum, als glühe im Kamin ein gewaltiger Holzklotz. Er musste sich vorgebeugt haben, denn jetzt fiel aus der Gasse genug Helligkeit auf ihn, dass der beeindruckte Fischgrät das unbehagliche Gefühl hatte, einem ausgewachsenen Luchs gegenüberzustehen.

Der Türsteher der Scharfen Kralle, ein ehemaliger Schiffskater, war ein schlammfarbener Mischling, in dessen unbestimmbarer Ahnenreihe nur große Katzenrassen vertreten waren. Die Haarbüschel an der Spitze seiner Ohren verrieten, dass sich unter den in vielen Häfen der Welt ansässigen Vorfahren waschbärenstarke Maine Coon besonders durchgesetzt hatten. Er trug schwarze Hosen und ein Unterhemd, beides eng anliegend, was seine imposante Figur so richtig zur Geltung brachte. Über der breiten Brust baumelte eine bleiche Kralle an einer Goldkette.

»Mach Platz, Putzig«, sagte Mouse, der einen Kopf kleiner und doch selbst ein großer, hochbeiniger Kerl war. Der Thai-Siam trat vor, als bestünde die Möglichkeit, sich an dem Berg einfach vorbeizudrängen.

»Carlo, für Sie un alle – scheiß auf den Nachnamen«, grollte der Krallenträger melodiös wie eine Kegelrobbe. »Ich weiß schon, watt uns die Ehre des hohen Besuchs verschafft, Inspektor: 'nen Jahrhundertraub pünktlich zum Jubiläum. Fette Sache datt unnen dolles Ding.«

Er lachte dröhnend und ließ die Polizisten passieren, indem er sich an die Wand lehnte.

»Klasse Scherz, Sie Klotzkopf«, beschied ihn Mouse freundlich wie unter alten Bekannten.

»Immer gern un' nur rein in die gute Stube«, gab ihnen der Riese mit auf den Weg. Seine persönliche Duftmarke aus scharfem Kater- und kaltem Zigarettengeruch war nah und aufdringlich.

Ein dämmriger Gang nahm sie auf, dessen Wände mit Plüsch bezogen waren. Fischgrät suchte nach Krallenspuren, fand aber keine.

»Das war Carlo *Koloss* Putzig«, erklärte Mouse, »ziemlich unverkennbar für die Chefin der Kater fürs Grobe.«

Der putzige Koloss kam ihnen nicht hinterher, weil draußen neue Gäste aufgetaucht waren. Dem harschen Klang seiner Stimme nach, passten sie ihm nicht in den Kram, also ließ er sich lange bitten.

Der flauschige Tunnel entließ Mouse und Fischgrät in ein höhlenartiges Gelass, von dessen niedriger Decke Lampen mit schwarzen Schirmen herabhingen, die wieder geschlitzt waren. Das aus diesen Wunden hervordringende Licht verhalf dem Raum zu einem rötlichen Chiaroscuro. Die gesamte rückwärtige Wand wurde von einer Bar eingenommen, belagert von mehr als einem Dutzend Gäste. Hinter dem langen Tresen arbeitete sich ein graugetigerter Kater mit müdem Gesicht an einem Cocktailshaker ab, als trainiere er für den Wettkampf.

Eine zierliche schwarze Garderobenkatze tauchte neben den Ermittlern auf. Sie trug ein Kleid mit Leopardenmuster und verschwand mit ihren Mänteln, nicht ohne dem gut aussehenden Thai-

Siam verführerisch in die tiefblauen Augen zu blicken. Dem milchbärtigen Einfallspinsel, der ihn begleitete, warf sie einen Luftkuss zu, wovon das Herzchen eine dunkelrosa Nase bekam, während der Schönling locker zurückzwinkerte.

Mouse und Fischgrät sahen sich um. Die kleinen Tische in der Mitte des Raumes waren fast alle besetzt, wie auch die Nischen in der linken Wand, denen auf der anderen Seite eine halbrunde Bühne gegenüberlag. Ihr geschlossener Vorhang sah aus wie die vor den Fenstern; darüber schwebte eine rote Mondsichel aus Papier in Schleierwolken aus Zigarettenrauch.

Inspektor Mouse steuerte mit dem Sergeant im Schlepptau einen freien Meter an der Bar an und setzte sich dort auf einen Hocker, Fischgrät tat es ihm gleich.

Ungefähr auf ihrer Höhe hörte der Barkeeper damit auf, den Shaker wie eine Rumbarassel zu schütteln. Über den Tresen hinweg warf er ihnen einen misstrauischen Blick zu, schmal und blassgelb wie Mandelsplitter. Hatte er aus der Entfernung somnambul gewirkt, waren seine Augen von Nahem betrachtet hellwach.

Als Mouse ihn zu sich winkte, kam er sofort.

»'n Abend, Morpheus«, sprach der Inspektor ihn an. »Wie wäre es mit einem Schlummertrunk für zwei müde Krieger und dazu statt Knabberzeugs ein bisschen was von den neuesten Gerüchten? Wir sind da ganz Ohr und lassen Mäuse springen mit goldenem Fell.«

Mouse sagte es ruhig und gelassen, als sei daran gar nichts Besonderes. Verstohlen sah Fischgrät nach links und rechts, wo die Nächsten am Tresen lehnten. Gemischtes Publikum, ein paar Matrosen mit leichten Miezen, Kater auf Brautschau und Schmusekatzen in gewagter Aufmachung. Doch niemand hatte von der seltsamen Bestellung Notiz genommen und drehte sich nach ihnen um. Auch der Pegel des halblauten Gemaunzes blieb unverändert.

»Was darf's denn sein, *Inspektor*?«, fragte der Barkater, als ginge Mouse in der Krallenbar ein und aus und ihn selbst nur der erste Teil seiner Order etwas an.

Der Thai-Siam spielte für einen Augenblick mit dem Gedanken, sich die Blue Lady zu gönnen, die er daheim verpasst hatte, so oder so. Dann ließ er es bleiben.

»Für mich einen Katzerac«, verlangte er. »Und Sie, Fischgrät? Nur zu, genehmigen Sie sich einen. Heute Abend gehört das zur Tarnung.«

In seinem dunklen Gesicht sah der Sergeant zwei bläuliche Flämmchen hüpfen, unberechenbar und mutwillig.

»Na, gut, dann also das Gleiche für mich«, entschloss sich Fischgrät. Wie im Maunz'schen Frühstückszimmer wusste er wieder nicht, was da kommen würde.

Ohne weitere Nachfrage machte sich Morpheus mit den ausgeschlafenen Augen geschäftig an die Arbeit, während Mouse das Etui mit den Maunzoli aus seinem Jackett hervorkramte und Jerry eine daraus anbot. Weil auch das am heutigen Tag schon mehrmals geschehen war, musste er den jungen Kollegen dazu ermuntern, sich abermals zu bedienen. Kaum dass ihre Zigaretten brannten, kehrte der Barkeeper zurück und legte zwei Untersetzer vor sie auf den Tresen. Sie waren aus schwarzem Filz und in der Mitte geschlitzt, aus vier Rissen blitzte blutrotes Satinfutter hervor. Es sah wie ganz frische Kratzer aus, die verschwanden, als der Graugetigerte die Gläser mit dem kupfern schimmernden Inhalt darauf abstellte.

Mit einem »Schmollis!«, dem unter Katzen üblichen Trinkspruch, wandte er sich ab.

»Nicht ganz so hurtig, mein Bester«, hielt ihn der Inspektor auf, dann nahm er einen ersten Schluck.

Über den Rand des Glases traf Morpheus ein kristallfarbenes Funkeln, frostiger als alles Eis hinter der Bar. Mit zwei Krallen schnippte der Inspektor auf den wieder zum Vorschein gekommenen Filzdeckel.

»Ein erfrischendes kleines Detail und im wahrsten Sinne des Wortes eindringliches Emblem. In der Deko habt ihr wohl aufgerüstet«, sagte Mouse. »Sollte sich die Schlitzerbande in Kratzburg ein Clubhaus suchen, wäre sie in der Scharfen Kralle an der richtigen Adresse, denn das passende Ambiente ist schon vorhanden und vielleicht ja noch mehr.«

Fischgrät kam es so vor, als wären die Worte des Inspektors nicht nur an den Barkeeper gerichtet, sondern außerdem an jemanden, der sich unsichtbar im Hintergrund hielt. Ihn beschlich das Gefühl, dass auch andere in ihrer Nähe jetzt aufmerksam wurden. Plötzlich lag außer Gläserklirren, rauen und schrillen Stimmen und sehr viel Qualm eine noch ungreifbare Spannung in der Luft, die etwas Lauerndes an sich hatte.

»Nee, das is nix wirklich Neues. Die scharfe Kralle war schon immer das Markenzeichen des Hauses«, entgegnete Morpheus laut und entschieden. Seine finstere Miene war so abweisend, als sei damit alles gesagt, doch dann kam noch etwas mit gesenkter Stimme: »Für brisante Plauderstündchen mit *Tiefgang* issas hier nich die richtige Zeit, noch der richtige Ort, Inspektor. Unsereins hat, wie Sie sehen, alle Pfoten voll zu tun und manch eine Wand Ohren, der eine oder andere Gast keine … Noch Fragen?«

Er hielt dem durchdringenden Blick des Thai-Siams stand, der langsam und grimmig nickte.

»Allerdings so einige und jetzt erst recht.«

»In einer halben Stunde hätt' ich kurz Pause«, sagte der Barkeeper und gab sich viel Mühe, vor ihren Gläsern die glänzende Oberfläche des Tresens mit einem weißen Tuch zu polieren, als wäre das dringend nötig. »Heute hab' ich vor, mir die Beine im Hinterhof bei den Mülltonnen zu vertreten«, maunzte er.

»Capisco«, sagte Mouse und ließ mit einer seidenweichen Bewegung eine größere Goldmaus über den Tresen flitzen. »Behalten Sie bis dahin Ihre Beobachtungen für sich und hiervon den ganzen Rest. Wir sehen uns bei den Tonnen.«

Schneller als der Barkeeper die Platte putzte, war der knusprige Schein verschwunden. Von weiter links an der Bar krakeelte ein Matrose, dass er und seine Kumpane schon viel zu lange auf dem Trockenen säßen. Mit professionell ungerührter Miene machte Morpheus sich auf den Weg zu ihnen.

»*Keine Ohren!* Wer fällt uns denn dazu ein?« Fischgrät war wie elektrisiert. »MacSchlapp«, gab er sich selbst zur Antwort.

Der Inspektor nickte grimmig. »Ja, es kann kein Zufall sein, von dem halben Schotten gleich heute Abend wieder zu hören, nachdem er am Morgen im Kohlenkeller große Töne gespuckt hat. In irgendeiner Weise hat der Kerl seine Pfoten in diesem Katz- und Goldmausspiel. Und wir sind hier spontan an der richtigen Adresse, um mehr darüber herauszufinden.« Er tippte seinem Kollegen an die Schulter, dann wies er nach vorn. »Schauen Sie nur mal geradeaus, Jerry.«

Neugierig folgte der Sergeant dem Hinweis. Er starrte über den Tresen in den hohen Spiegel, der zwischen den mit Flaschen und Gläsern dicht bestückten Regalen einen Teil der hinteren Wand einnahm. In ihrem Rücken füllte sich die Bar. Koloss Putzig musste gerade einen großzügigen Lauf haben, ein steter Strom von Neuankömmlingen ergoss sich aus der flauschigen Eingangspassage.

Im nächsten Moment fragte sich Fischgrät, wie stark das feine Gesöff eigentlich war, das der Inspektor spendiert hatte. Denn nun schien es, als ob der gespiegelte Raum, im Halbdunkel diffus und mit all den Anwesenden verworren, leicht zur Seite kippte. Der junge Tigerkater zwinkerte zweimal, doch es blieb so. Ein Anflug von Schwindel stieg in ihm auf, als verlöre er auf seinem Barhocker die Balance und rutsche selbst in die Schräge wie auf einem Kahn mit Schlagseite.

»Der Spiegel – dahinter befindet sich eine Tür«, sagte Mouse.

Wie auf sein Stichwort schwang die reflektierende Fläche weiter auf. Beide sahen sie, dass eine Gestalt dahinter hervor- und direkt auf sie zukam, als wäre ihre Anwesenheit der Anlass, die Habachtstellung hinter dem Spiegel zu verlassen, von wo sie beobachtete, lauschte und wartete, bis es Zeit war, um in Erscheinung zu treten.

Es war eine Angorakatze; im rötlichen Dämmerlicht hatte ihr langes, seidiges Fell den Ton heller Vollmilchschokolade. Sie sah den beiden Polizisten mit einem stechenden Blick aus leuchtend gelben Augen entgegen. In ihrem pelzigen Gesicht wirkten sie doppelt so groß, denn sie trug eine Schmetterlingsbrille mit einem giftiggrünen Gestell, das mit Strass besetzt war. Ihr Kleid war schlicht und aus schwarzem Samt; quer über der Brust klafften die obligatorischen Kratzspuren und roter Satin schimmerte hervor.

»Das ist Trixie Belinda Musch, die Besitzerin. Man nennt sie auch die Dame im Spiegel«, raunte Mouse dem Sergeant zu, der darüber staunte, wie gut sich der Inspektor im Milieu auskannte. Als sie nur noch der Tresen von der Angora trennte, stieg ihnen ihr orientalisches Parfum in die Nase – süß, intensiv und schwer.

»Guten Abend, Madame, wir wollten gerade gehen, Sergeant Fischgrät und ich. Ist uns deshalb ein besonderes Vergnügen, Sie noch aus dem Hintergrund treten zu sehen«, begrüßte sie der Thai-Siam, als wüsste er, dass Trixie Musch sich meist im Verborgenen aufhielt, wie die Spinne im Netz.

Sie erwiderte seinen dunkelblauen Blick so herablassend, dass es an Verachtung grenzte. Der Strass an ihrer Brille blitzte. »Sparen Sie sich Ihr siamesisches Gesäusel«, schnarrte sie mit kalter Stimme. »Wenn Sie ausgerechnet nach *diesem* Wochenende hier sind, vermute ich, aufgrund des voreiligen und falschen Verdachts, wir pflegten hier gewisse kriminelle Verbindungen.« Vielsagend fuhr sie mit ihrer linken Pfote über die blutrot unterlegten Risse im schwarzen Samt. »Weil die Scharfe Kralle *dieses* Signet hat.«

»Ach wissen Sie, es ist eben so prägnant, dass sich der entlegene Gedanke einem schlitzweg, pardon, schlichtweg aufdrängt«, sagte Inspektor Mouse leichthin.

»Nachts sind alle Katzen grau, Inspektor«, erwiderte die Spiegeldame, »und haben scharfe, spitze Krallen, mit denen sie fest zupacken und sich zur Wehr setzen können, falls es nötig ist.«

Mouse legte die Pfoten auf den Tresen und lehnte sich zurück, um die Inhaberin der Bar genau ins Auge zu fassen. Sie hielt seinem eisblauen Blick stand, ohne mit der Braue zu zucken.

»Da ich dies als Drohung verstehe, werte Dame, passen Sie nur auf, dass Sie sich nicht verzockt haben«, schnurrte der Thai-Siam mit gefährlicher Freundlichkeit. »Die schlitzende Katze ist damit für mich aus dem Sack. Inwiefern Sie hier dubiosen Leisetretern geheime Hintertürchen offenhalten, hat mich schon immer interessiert. Ab jetzt brennt mir diese Neugier ein Loch in die Jacke.«

Die Angorakatze schwieg. Ein herausforderndes Lächeln trat in ihre Züge, als sei die Partie eines Spiels mit hohem Einsatz eröffnet und dies genau nach ihrem Geschmack. Sie musste dem Personal ein Zeichen gegeben haben. Morpheus stellte einen blutroten Miez Royal vor seiner Chefin ab. Gleich griff sie zu und trank einen ordentlichen Schluck.

»Sie zu fragen, ob hier in letzter Zeit ein international gesuchter Norwegischer Waldkater eingekehrt ist, erübrigt sich wohl?«, erkundigte sich Inspektor Mouse ohne weitere Umstände.

Das Lächeln der Barbesitzerin wurde maliziös.

»So viel Plumpheit hätte ich einem geschmeidigen Burschen wie Ihnen gar nicht zugetraut, aber vor Enttäuschungen ist man ja nie gefeit«, ätzte sie. »Welche Antwort erwarten Sie denn darauf? Dass der Schwarze Ole just in diesem Augenblick drüben in einer Nische sitzt, wie jeden Montagabend nach einem arbeitsreichen Wochenende?«

Unwillkürlich drehte Sergeant Fischgrät den Kopf nach der Wand mit den kleinen Séparées. Als er merkte, dass Trixie Musch ihm lächelnd dabei zusah, war ihm das unangenehm.

»Ihr fuchsiger Kleiner muss noch viel lernen«, stellte die schokoladenbraune Katze fest.

»Ach, wirklich?«, fragte Mouse mit einer Stimme, die Madame Musch aufmerken ließ. »Nur zu, Fischgrät«, wies er den Sergeant an, »walten Sie Ihres Amtes und sehen Sie nach, wer dort in den dunklen Ecken herumlümmelt. Lassen Sie sich die Personalien geben, falls Ihnen einer verdächtig vorkommt, und bringen Sie ihn her, auch wenn es sich kaum um den Schwarzen Ole handeln wird, sondern um eine ganz durchschnittliche Katznaille. Wir können in diesem Laden schließlich keine Wunder erwarten.«

Bereitwillig sprang Jerry von seinem Barhocker und machte sich schnurstracks auf den Weg.

»Ich schätze es nicht, Inspektor, wenn die Gäste unnötig gestört werden«, zischte die Chefin. Ihre Augen hinter den glitzernd umrandeten Brillengläsern versprühten sicher Funken.

»Was heißt hier unnötig?«, entgegnete Mouse. »Sie selbst haben mich auf die Idee gebracht, den Sergeant einmal nachsehen zu lassen.«

»Weiß ein Schnösel wie Sie eigentlich, dass Oberinspektor Murr in der Scharfen Kralle ein gern gesehener Gast ist?« Jetzt wurde ihr Ton niederträchtig.

»Was Sie nicht sagen!«, konterte Mouse ungerührt. »Allerdings verraten Sie mir damit über den erlesenen Geschmack meines Vorgesetzten nichts Neues. Wollen gleich mal hören, ob der Sergeant den guten Grobian nicht in einer Nische aufgestöbert hat.«

Nicht lange und Fischgrät kehrte von seiner Überprüfung zurück. »Vier besoffene Matrosen und zwei kuschelnde Pärchen, alle kaum ansprechbar«, zählte er auf. »Als ich allerdings bei Nr. 4 ankam, war sie leer. Es stand auch kein Glas da, obwohl ich den Eindruck hatte, dass sie zuvor besetzt war. Vielleicht hätte ich dort beginnen sollen.«

»Wer mag da bis eben gesessen haben?«, wandte sich Inspektor Mouse umgehend an die ihn belauernde Angorakatze.

Seine nächste Frage traf sie so unvorbereitet, als hätte er ihr den Rest ihres Miez Royal übers Dekolleté geschüttet. Für den Thai-Siam war es ein Schuss ins Blaue.

»Etwa ein furchterregender nachtschwarzer Kerl mit Löwentatzen und Krallen, an denen frisches Blut klebt?«

Treffer! Versenkt.

Die Ruhe der Spiegeldame bekam einen merklichen Sprung. Nervös betastete sie das Gestell der Schmetterlingsbrille, als könne der Strass herausfallen, dann fasste sie sich.

»Wir sind hier nicht in der Geisterbahn, sondern in einer Bar«, sagte sie kühl und laut genug, dass es in der näheren Umgebung jeder hören konnte. »Darf ich zwei hart arbeitenden Polizisten auf Kosten des Hauses noch etwas servieren lassen, das ihre Nerven beruhigt?«

Aus dem Augenwinkel bemerkte Mouse, dass sich der Barkeeper ganz in ihrer Nähe aufhielt, heftig mit dem Shaker beschäftigt, den er in einer dramatischen Drehung über seinen Ohren schwenkte. Allein daran mochte es liegen, dass Morpheus den Kopf schüttelte – oder es galt ihnen als Warnung, ihr baldiges Treffen nicht zu gefährden.

Der Inspektor dachte an die bedrohliche, geisterhafte Gestalt, die dem Wachmann Marusch während seines nächtlichen Martyriums erschienen war. Ein Gespenst, dessen reißerische Beschreibung die bebrillte Angorakatze soeben aus ihrer selbstgefälligen Ruhe gebracht hatte. Auch Sergeant Fischgrät war das nicht entgangen, dem Barkeeper wohl ebenso wenig. Ein Gespenst aus Fleisch und Blut ging in Kratzburgs Unterwelt um und Madame Musch schien es zu kennen. Mouse war gespannt, ob Morpheus ihnen dazu etwas berichten konnte, also war jetzt Rückzug angesagt.

»Besten Dank für das reizende Angebot, Gnädigste, wir werden ein andermal darauf zurückkommen«, lehnte er ihre herablassende Einladung ab und gab sich ebenfalls keine Mühe, die Stimme zu senken. »Gute Nacht und sicher auf bald. Es war schon jetzt ein aufschlussreicher kleiner Plausch.«

Darauf erwiderte sie nichts. Ihren gelb glühenden Blick spürten Mouse und Fischgrät so lange im Rücken, wie sie sich den Weg durch das proppenvolle Lokal bahnten. Die Dame des Hauses verschwand hinter dem Spiegel und nahm Morpheus mit sich. In seinem getigerten Gesicht wich die Müdigkeit der Angst, als ein anderer die Arbeit hinter dem Tresen aufnahm. Was nicht weiter auffiel, denn nachts sind alle Katzen grau und Barkeeper austauschbar.

10. Kapitel

Der Hinterhof mit den fünf Mülltonnen in einer Reihe war ein trostloser Ort, selbst für eine Zigarettenpause. In diesem Viertel wurde allenfalls *vor*, aber nicht *hinter* der Tür gekehrt. Abfall lag auch auf dem Boden, haufenweise leere Flaschen und Dosen, woraus sich die Ratten Reste wie abgenagte Gräten und Fischschwänze hervorkramten. Eben weil es so ungepflegt war, dass sich hier niemand länger aufhielt, hatte Morpheus sie vermutlich hierherbestellt – und ließ jetzt verdammt auf sich warten.

Inspektor Mouse sah auf die Leuchtziffern seiner Armbanduhr. Vor mehr als einer Viertelstunde waren sie an Carlo Koloss Putzig vorbei wieder auf die Gasse getreten. Der Türsteher hatte sich nicht groß um sie gekümmert, denn nach Mitternacht herrschte in der Bar zur Scharfen Kralle ein Kommen und Gehen, das dem Hüter der zerkratzten Ledertür volle Aufmerksamkeit abverlangte. Er schenkte den sich trollenden Schnüfflern nur ein kurzes Nicken, zum Zeichen, dass er ihren Abgang registriert hatte. Sowieso besser, wenn sie sich vom Acker machten, dann konnten alle umso ungezwungener ihren Vergnügungen und Geschäften nachgehen, je nachdem, was anlag.

»Scholle und Makrele, allmählich könnte der mixende Kamerad aufkreuzen«, maunzte Fischgrät verdrossen.

Trotz seines Eifers, bei Vorgesetzten und insbesondere dem Inspektor eine gute Figur zu machen, verspürte er in diesem tristen Ambiente einen Anflug von Sehnsucht nach seinem weichen Bett mit den nach Katzenminze duftenden Kissen. Kein Wunder, nach einem langen Tag wie diesem, der nun an einem Fleck mit dem Charme eines öffentlichen Katzenklos noch immer kein Ende fand.

»Ich glaube, da stimmt was nicht«, sagte Mouse und schnippte die Kippe seiner Maunzoli in hohem Bogen in eine der Tonnen, deren Deckel halb offen stand. »Diese Giftnatter von einer pelzigen Brillenschlange hat von unserer Verabredung mit dem Barkeeper wohl etwas mitbekommen. Sonst wäre er doch längst hier.«

»Sie meinen, die Eule hat Lunte gerochen, dass er uns etwas mitteilen wollte?«, fragte Sergeant Fischgrät nach. »Sie trägt ja bestimmt eine scharfe Brille, aber wie hätte sie hinter dem Spiegel, noch dazu bei all dem Lärm, verstehen können, was wir miteinander geredet haben? Nein, eher lässt dieser Morpheus die blöde Polente im Müll stehen, trinkt jetzt mit der Chefin einen drauf und beide lachen sich gehörig ins Pfötchen.«

»So einer ist der nicht«, entgegnete Mouse. »Der hält Abstand zu seinen sauberen Arbeitgebern. Natürlich könnte ihn sonst was aufhalten, aber plötzlich habe ich ein schlechtes Gefühl und das trügt mich leider nur selten.«

Sie standen in der düsteren Toreinfahrt, durch die man in die schäbigen Hinterhöfe der nächsten Häuserzeile gelangte, in der auch die Scharfe Kralle lag. Im Schatten verborgen behielten die beiden Kater die von einer trüben Funzel beleuchtete Tür im Blick, die auf der Rückseite der Bar und am Ende der Mülltonnenreihe über zwei Stufen in das verwahrloste Geviert hinunterführte, wo die Abfälle abtransportiert und die Getränke angeliefert wurden. Die Durchfahrt war hoch genug, dass ein kleinerer Lastwagen problemlos hineinfahren konnte.

›Und wieder hinaus, zum Beispiel mit einem Sack auf der Ladefläche, in dem statt Müll jemand steckt, für den das die letzte Fahrt wird‹, dachte Mouse mit finsterer Miene.

Seine Sorge um den verspäteten Barkeeper wuchs von Minute zu Minute. Fast war er so weit, unter einem Vorwand in die Bar zurückzukehren, um nach Morpheus zu sehen. Was natürlich auffallen würde und deshalb ein Fehler sein konnte, falls das Ausbleiben des grauen Tigers einen belangloseren Grund hatte, als dass es ihm an den Kragen gegangen war. Gerade als er Jerry ein Zeichen machen wollte, dass die Warterei nun ein Ende haben würde, zupfte ihn dieser am Mantel.

»Sehen Sie, Inspektor«, zischte Fischgrät, »jetzt kommt er doch noch.«

Sie starrten dorthin, wo sich die Hintertür langsam und mit äußerster Vorsicht einen schmalen Spalt öffnete. Wer dort hindurchschlüpfen wollte, musste äußerst schlank sein. Wie die dunkle Gestalt, die sich im spärlichen Lampenlicht von der Fassade kaum abhob. Dennoch erkannten sie auf den ersten Blick, dass es sich dabei nicht um den Barkeeper handelte. Wer hier nach allen Seiten sichernd die kurze Treppe hinunterschlich, erschien vor den Mülltonnen zierlich und klein wie ein Kätzchen.

»Das ist gar kein Kater«, flüsterte Jerry verblüfft.

Vielleicht hatte ihn das zarte Wesen gehört, denn im gleichen Moment duckte es sich und zischte los, als wäre ein Schuss gefallen. Ein Schemen raste auf die Toreinfahrt zu, dann stieß ein Bündel aus weichem Fell und raschelnden Kleidern frontal mit dem Inspektor zusammen. Geistesgegenwärtig legte der Thai-Siam seine Pfote vor das Gesicht der schwarzen Garderobenkatze, die sicherlich losgeschrien hätte. Sie zitterte, während er sie festhielt, am ganzen Leib. Erst als in ihre großen, verstörten Augen das Erkennen einzog, ließ Mouse sie behutsam los.

»Immer mit der Ruhe, Kleine«, schnurrte er in beruhigendem Ton.

Der junge Sergeant musterte die ebenso junge Katze mit besorgtem Blick. Offensichtlich schien sie ihm schutzbedürftiger als der noch immer vermisste Barkeeper.

»Morpheus! Der Einzige, der in diesem elenden Schuppen jemals gut zu mir war!«, brach es aus ihr hervor. Ihre feinen Schnurrbarthaare erbebten bei jedem Wort. »Sie haben ihn fortgebracht!«

Also doch! Aber hier war doch keiner durchgekommen?! Bestürzt sahen Mouse und Fischgrät einander an und dann auf die kleine Garderobenmieze hinunter. Beim Verlassen der Bar hatte sie ihnen mit einer so verschlossenen Miene hinterhergesehen, als würde sie das harmlose Flirten zur Begrüßung inzwischen bereuen.

»Wer hat den Barkeeper mitgenommen und wohin?«, fragte der Inspektor und zog die Katze tiefer in die Tordurchfahrt.

»*Sie!*«, wimmerte sie verängstigt. »Die Fieslinge, die sich seit einiger Zeit in der Bar die Klinke in die scharfkrallige Pfote geben. Allesamt bedrohliche Kerle, denen man nicht im Dunkeln begegnen will, aber leider geschieht genau das ständig. Plötzlich sind die überall, weil sie bei der Chefin in hohem Ansehen stehen – oder weil sich selbst Madame Musch vor ihnen fürchtet, besonders vor einem, glaube ich. Sie empfängt die Fremden hinter dem Spiegel, in ihrem allerheiligsten Chambre séparée, wo sonst bei Strafe niemand hindarf. Und dort ist vor einer halben Stunde, und zwar haarscharf nachdem Sie beide gegangen waren, auch der arme Morpheus verschwunden, bestimmt auf Nimmerwiedersehen. Oh, ich habe solche Angst um ihn!«

Schluchzend bedeckte sie ihr ebenholzschwarzes Gesicht mit den schmalen Pfoten.

»Was ist hinter dem Spiegel?«, fragte Fischgrät und reichte der weinenden Katze ein blütenweißes Taschentuch. Gebügelt, gestärkt und mit seinem Monogramm bestickt, J. F.

Trotz der angespannten Situation konnte sich Inspektor Mouse ein Grinsen nicht verkneifen, was dem jungen Kollegen zum Glück entging.

Die Garderobenmieze umklammerte das feine Schnupftuch, als sei es ein Rettungsanker aus einer besseren Welt. Für den rötlichen Tiger mit den freundlichen Augen bemühte sie sich schniefend um eine Antwort.

»Morpheus und die zwei anderen Barkeeper, die *vor* dem Spiegel arbeiten, haben erzählt, dass dahinter ein nichtssagender Gang liegt. An seinem Ende befindet sich die Tür zum Büro von Madame Musch. Davor eine Treppe, auf der es nach oben zur Wohnung der Chefin geht und nach unten in den Keller. Ich weiß es nur vom Hörensagen, denn sie lässt vom Personal niemanden hinein.«

Inspektor Mouse ließ sich das durch den Kopf gehen.

»Sie muss einen Grund dafür haben, sich so abzuschotten«, vermutete er. »In solcher Heimlichkeit könnte sie sonst wen bei sich verstecken oder zu geheimen Treffen durchwinken. Denn vermutlich gibt es einen direkten Weg in die Tiefe, hochinteressant. Wie heißen Sie überhaupt, Kleine?«, fragte er unvermittelt.

»Mitzi«, sagte die zarte Katze. »Mitzi Mutabor war mein Künstlername und zuerst sollte ich singen, aber dann haben sie mich bloß in die Garderobe gestopft. Eigentlich heiße ich Schnurre«, fügte sie fast trotzig hinzu.

»Aber das ist doch ein sehr netter Name«, rutschte es Fischgrät heraus. »Gefällt mir viel besser als Mu… Mubator.«

Der Inspektor bedachte ihn mit einem tiefblauen Blick voller Güte und Nachsicht. Dann wandte er sich wieder an Mitzi Schnurre. »Ist der Name Programm, scheinen Sie ja ehrgeizige Ziele zu verfolgen, auch wenn Sie sich statt in eine Sängerin vorerst in eine Garderobiere *verwandelt* haben. Aber was nicht ist, kann ja noch werden.«

Sie starrte ihn überrascht an und ihre Augen trafen sich, weil Mouse sie neugierig musterte. Die junge Dame sprach und gab sich ganz anders, als es in diesem sumpfigen Teil der Großstadt für gewöhnlich zu erwarten war. Ihre Geschichte musste eine besondere sein und falls nicht er selbst, würde sicher ein anderer bald Genaueres darüber herausfinden. Fischgrät war ja geradezu fasziniert.

»Was sind das eigentlich für Typen, mit denen sich Trixie Musch neuerdings umgibt?«, kehrte Mouse zum derzeit Wesentlichen zurück.

Schaudernd sah sich Mitzi zuerst um, als hätten auch draußen dunkle Wände Ohren und die pechschwarzen Ecken Augen, die sich öffnen, und grausame Klauen, die plötzlich daraus hervorschießen und sie packen könnten.

»Ich hab zum Glück mit keinem von diesen finsteren Kerlen näher zu tun«, antwortete sie leise. »Sie geben nicht mal ihr Zeugs bei mir ab, sondern verschwinden gleich mit der Chefin hinter dem Spiegel. Aber ein Widerling ist da, der wohl nicht zum inner circle, aber doch dazu gehört. Der stellt mir nach.« Jetzt schüttelte sie sich vor Empörung. »Obwohl ich ihn nicht ausstehen kann und ihm das deutlich zu verstehen gebe, jedes Mal, wenn er mich bedrängt. Ein grober Klotz mit schlechten Manieren und großer Klappe, dafür Ohren, die so platt an seinem dicken Kopf anliegen, als hätte sie jemand dran festgeklebt.«

Die Beschreibung war treffend und unverkennbar.

»MacSchlapp!«, sagte Inspektor Mouse und klang über den möglicherweise nützlichen Zusammenhang fast erfreut. »Sagen Sie mal, Mitzi, ist der heute Abend etwa schon da gewesen?«

Daraufhin wandte die Katze den Kopf und bedachte nicht ihn, sondern das ehrliche Tigergesicht des Sergeants mit einem langen, ernsthaften Blick. »Ja, er hockte in der letzten Nische, die der Garderobe am nächsten liegt, und feixte mir zu. Als Sie damit anfingen, zu überprüfen, wer in den Nischen saß, war er urplötzlich weg. So fix, dass ich nicht mitbekommen habe, dass er aufgestanden und verschwunden ist. Kann sein, nach draußen oder auch nur an einen anderen Platz in der Bar.«

Diesmal war es Fischgrät, der durch die Zähne pfiff.

»War mir doch gleich so, als hätte da einer gesessen«, sagte er unzufrieden. »Wenn ich gewusst hätte, wer, hätte ich mir den feinen Fritz selbstverständlich als Ersten gekauft.«

»Vielleicht können Sie das gleich nachholen«, meinte Mouse.

Der helle Trenchcoat des Inspektors leuchtete wie blasser Mondschein, als er aus der Toreinfahrt in den spärlich beleuchteten Hinterhof hinaustrat. Sein dunkles Gesicht blieb unsichtbar und nur ein bläuliches Glitzern darin verriet, dass der Thai-Siam sich nach seinen jungen Gefährten umsah. Es war allerhöchste Zeit, sich endlich um den ungewissen Verbleib des Barkeepers zu kümmern.

»Ich denke, Mitzi, Sie sollten in die Kralle zurückkehren, bevor man Sie dort vermisst. Wenn Ihr Fehlen auffällt, könnte Sie das in ähnliche Gefahr wie Morpheus bringen«, sagte Mouse. »Keine Angst, wir folgen Ihnen in zwei Minuten nach und zwar von hier aus. Der

Koloss an der Vorderfront muss nicht gleich mitbekommen, dass wir wieder da sind. Außerdem will ich mich auf der rückwärtigen Seite des Etablissements mal ein bisschen umsehen. Lassen Sie die Tür angelehnt. Gelangt man von dort direkt in die Bar?«

»So ziemlich.« Die zierliche Garderobiere nickte und war nun selbst auf dem Sprung. »Aber da gibt es nichts Besonderes, bloß den Flur, an dem die Toiletten liegen. Die Tür, durch die man geradeaus in die Bar kommt, steht offen. Ein Vorhang hängt davor, und rechts geht es ins Getränkelager und in eine Besenkammer«, erklärte sie und wollte an Inspektor Mouse vorbei. Dann war es Sergeant Fischgrät, der sie noch einmal aufhielt.

»Woher haben Sie gewusst, dass Sie uns hier finden würden?«, rief er ihr halblaut nach.

Ein Hauch von Misstrauen schwang in seiner Frage mit. Was Mitzi durchaus nicht entging, denn ihre Stimme klang gekränkt, als sie sich nach Jerry umdrehte.

»Morpheus hat mir ein Zeichen gegeben. Als Sie beide mit ihm sprachen, ahnte ich, dass es für ihn brenzlig werden könnte. Deshalb habe ich die Bar nicht aus den Augen gelassen, in der Hoffnung, dass der Kerl in der Nische davon nichts merken würde, der mich seinerseits im Blick behielt. Schließlich hat Morpheus den Shaker genau vor dem Spiegel über seinem Kopf heftig nach rechts und nach links geschwenkt. Es war bisher mehr zum Spaß unser geheimes Signal und bedeutet, dass wir uns in spätestens einer Viertelstunde auf eine Zigarette hier im Hof treffen. Zufrieden?«

Zu stolz, um abzuwarten, wie er ihre Worte aufnehmen würde, war sie schon auf und davon. Die Kater sahen ihr nach. Vor dem geistigen Auge des Inspektors tauchte der Barkeeper mit dem silberblitzenden Shaker auf. In jenem Moment, als er dachte, dass Morpheus' auffälliges Geschüttel ihm und Fischgrät galt, damit sie die Unterhaltung mit der zwielichtigen Chefin nicht länger fortsetzten. Der graugesichtige Tiger hatte längst gewusst, was ihm blühte. Da er sich selbst nicht mehr mit den Polizisten treffen konnte, war es ihm immerhin gelungen, ihnen seine Vertraute zu schicken. Während der Thai-Siam diese Zusammenhänge im Bruchteil von Sekunden überschlug, huschte die schwarze Mitzi die Treppenstufen empor. Lautlos öffnete sie die Tür und wurde eins mit dem Dämmer dahinter.

Sergeant Fischgrät verließ den Schatten der Toreinfahrt und schloss zum Inspektor auf.

»Nettes Kind«, befand er mit leisem Bedauern, als hätte er etwas verloren.

Mouse hüllte sich in Schweigen. In diesem Vexierspiel tauchten die diversen Teilnehmer so plötzlich auf, wie sie wieder verschwanden. Manche hinterließen einen bleibenden Eindruck.

Wenige Augenblicke später fanden sie den hinter der Tür zum Hof liegenden Korridor so vor, wie es das nette Kind eben beschrieben hatte. Eine Deckenlampe mit vor Fliegendreck starrendem Milchglasschirm erhellte ihn mehr schlecht als recht. Am jenseitigen Ende verdeckte ein schwerer Vorhang den weiteren Durchgang, außer vom eigenen Gewicht wurde er von einem Ledersaum am Boden gehalten. Aus vertikalen Schlitzen im filzigen Stoff schimmerte es rötlich wie in den Kiemen eines Fisches. Zusammen mit dem bisschen Licht drang kaum gedämpft der Lärm aus der Bar, doch trotz des Andrangs war gerade keiner unterwegs zur Toilette oder im Begriff, von dort ins Getümmel zurückzukehren.

Mouse nutzte die Gunst des Augenblicks. Vorsichtig öffnete er alle auf ihrem Weg liegenden Türen. Aus stillen Örtern schlug ihnen ein atemberaubender Ammoniakgeruch entgegen, sonst war da nichts außer einem leisen Rauschen. Gegenüber in der Putzkammer roch es nach feuchtem Aufnehmer und im Lagerraum für die Getränke schal nach verschüttetem Bier. Der Inspektor gab dem Sergeant einen Wink und beide Kater schlüpften hinein. Mouse zog eine Taschenlampe aus dem Mantel, ein kleines, leuchtstarkes Fabrikat.

Der helle Lichtstrahl huschte umher. An fensterlosen Wänden türmten sich hölzerne Bierkisten der Marke Duckmäuser. Auch hier erklang ein fernes Strömen und Seufzen, es war schwer zu lokalisieren, woher das kam. Der Thai-Siam trat an die der Tür gegenüberliegende Wand, griff sich nacheinander zwei Kisten und stellte sie lautlos auf dem Boden ab. Dann beugte er sich über den reduzierten Stapel und legte ein Ohr an die feuchtkalte Wand. Mouse hörte das eigene Blut pulsieren. Das andere Geräusch war nicht lauter geworden.

»Also kommt es von unten. Hab ich mir gleich gedacht.« Suchend sah er sich auf der freien Fläche des Bodens um. »Sollte hier irgendwo eine Luke sein, durch die es in die Kanalisation hinabgeht, ist die von Kisten verstellt. Wir werden das später untersuchen. Madame Glitzerbrille scheint das Exklusivrecht auf einen Zugang zum Keller zu haben, aber nicht mehr lange.«

Er wuchtete die Kisten zurück auf ihren vorherigen Platz.

»Prüfen Sie mal, ob draußen die Luft noch rein ist«, wies er Jerry über die Schulter an. »Falls ja, kehren wir in die Bar zurück, als wären wir nur mal eben auf dem Klo gewesen.«

Der Sergeant tat, wie ihm geheißen. Durch den winzigen Türspalt, auf den er sich beim Öffnen beschränkte, linste er in den Flur und stellte fest, dass sich noch immer niemand zu einer Pinkelpause aufgemacht hatte. Auf leisen Pfoten verließen sie den Lagerraum just in dem Augenblick, als hinter dem Vorhang eine Gestalt hevorkam. Mit unsicherem Gang und einem Schwall Licht und Lärm, als hätte jemand das Radio lauter gestellt.

Wer ihnen da entgegenwankte, roch nach Alkohol, Qualm und dem blumigen Billigduft einer leichten Mieze. Es war ein Matrose, ein schwarz-weiß gescheckter Hauskater, der die vor ihm auftauchenden Schatten versoffen, aber gutmütig angrinste. Mit übertrieben großzügiger Geste hielt er mit seiner dicken Pratze den geschlitzten Filz fest und deutete eine Verbeugung an, die ihn fast aus dem Tritt brachte.

»Nach euch, Kameraden«, maunzte er mit einer Stimme, die ebenfalls nicht mehr ganz sicher war. »Un' ich kannur sagen, beeilt euch!

Anner Bar wird gerade vonnen paar Malochern 'ne Runde nacher anneren geschmissen. Weil der Rubel bei Musculus donnoch rollt, auch wenn der dicke Zaster futschikatzo is. Aber wen kratzt datt schon, solang' die eigene Patte kommt, Schmollis un ahoi! Binnauch gleich wieder mit an Bord!«

Damit überließ es der Seekater dem Sergeant, den Vorhang offen zu halten, und verschwand nach einem Schlenker in die falsche Richtung hinter der Tür mit der Aufschrift Kate-. Wo einst ein *r* das Wort vervollständigt hatte, stach nur noch ein Nagel hervor.

»Dann werden wir bei dem frohen Umtrunk gleich mal mithalten«, knurrte Mouse und wollte an Fischgrät vorbei in die Bar, wo alle dicht an dicht standen. Der Durchgang zu den Toiletten lag durch zwei Stufen etwas erhöht, trotz des Gedränges ließ sich der Raum von hier aus gut überblicken. Noch auf der Schwelle erstarrte der Inspektor.

»Sehen Sie nur, Fischgrät! Wen haben wir denn da?!«, zischte er und wies mit dem Kopf zur Bar, an der es aktuell so hoch herging, als krachten Wellen in schwerer See an den Rumpf eines Schiffes. »Das ist keine optische Täuschung.«

Vor der im Spiegel gedoppelten, den Tresen belagernden Menge der Zecher zeichnete sich eine aufrechte Gestalt ab. Ein einsamer Maat, der statt des Steuerrades sich um sich selbst drehte, um all den Bestellungen nachzukommen, die man ihm wie Gischt um die Ohren klatschte. Es handelte sich um den Barkeeper Morpheus, dessen vormals indifferente Miene zu einer erstarrten Maske gefroren war. Als sei er ein anderer, hantierte der graue Tigerkater mit Gläsern und Flaschen so abgezirkelt wie eine schlecht gespielte Marionette.

»Nee, der ist echt«, staunte Jerry dem Inspektor ins Ohr. »Gut, den Knaben so schnell wiederzusehen. Allerdings ähnelt er von hier aus einem ramponierten Geist seiner selbst.«

»Bei dem wir aufs Neue etwas bestellen werden. Vielleicht verrät er uns dann, aus welcher Vorhölle er zurückgekehrt ist«, sagte Mouse. »Und mir ist schnuppe, ob der bebrillte Teufelsbraten wieder hinter dem Spiegel lauert. Soll Madame ruhig mitbekommen, dass ihr scharfer Laden nun unsere volle Aufmerksamkeit hat.«

»Was ist mit Mitzi Schnurre?«, fragte Fischgrät, der sich vergeblich bemühte, einen Blick in die Garderobe zu werfen.

»Wir statten ihrem Kabuff später einen Besuch ab«, versprach Mouse, »und sorgen dafür, dass die Kleine heute unbehelligt von plattohrigen Schwerenötern nach Hause kommt. Egal, wie spät es darüber wird. Vielleicht wollen Sie sich ja höchstpersönlich darum kümmern?«

Damit zog er los zur Bar. Der von der Unverblümtheit seines Vorgesetzten leicht verdatterte Sergeant versuchte, nicht den Anschluss zu verlieren. Fluchend und widerwillig machte man ihnen Platz, als sich die meisten der Bühne zuwandten, denn dort erstrahlte der Papiermond. Zum Gejammer eines Schifferklaviers begann er langsam zu rotieren und Sprenkel aus Licht zu versprühen. Irisierende Reflexe wischten über die vielen pelzigen Gesichter.

Fischgrät blieb stehen, auch Mouse sah zurück. Der flirrende Bühneneffekt ließ die beiden Saphire in seinem attraktiven dunklen Gesicht aufleuchten und an Tiefe gewinnen, als sei diese Beleuchtung extra für ihn gemacht. Eine beige Katze in einem knallengen burgunderfarbenen Kleid kam ihm plötzlich sehr nahe.

»He, Süßer, wie wär's mit uns beiden?«, rückte sie dem Inspektor auf den Pelz und pochte ihm mit krallenlackierter Pfote in Herzhöhe zweimal auf das Revers, als könne sich dort eine Tür für sie öffnen. »Bei mir liegste richtig mit som schmachtenden Blick. Bist ja direkt nen blaues Wunder!«

»Das Sie bei mir todsicher erleben könnten, kämen wir uns näher, Allerwerteste«, erwiderte Mouse.

Entschlossen schob er sie von sich. Zurück in die Pfoten einer drallen Glückskatze in ähnlich gewagtem Dress, die sich an einem Forellenflip festhielt. Ihre Miene wirkte so begehrlich wie die der Freundin in Dunkelrot, die den großen Thai-Siam notgedrungen ziehen ließ, aber mit einem beleidigten Fauchen bedachte, in das die

Glückskatze solidarisch einstimmte. Ihrer beider Verachtung erstarb im rundum aufbrandenden Applaus und johlenden Willkommensrufen. Zu einer schmachtenden Weise öffnete sich der Bühnenvorhang. Das Publikum wurde noch lauter.

Vor einem riesigen roten Pappmachéherz, in das eine Kralle geschlagen war, die in dieser Größe auch gut an der Kette eines Hafenkrans hätte hängen können, saß ein einäugiger Kater auf einem Barhocker. Gewandet in einen geckenhaften Matrosenanzug, entlockte er seinem Akkordeon so langgezogene quäkende Töne, als träte er einer Katze auf den Schwanz.

Hinter dem blutenden Herzen kam Trixie Belinda Musch höchstpersönlich in einem an allen entscheidenden Stellen geschlitzten Abendkleid aus schwarzem Satin hervor. Die Brille, die sie nun trug, war violett. Die schräg nach oben schwingenden Bügel ließen das Gesicht der braunen Angora dämonisch aussehen. Plingplong, plingpling. Sie spielte die Ukulele, deren gezupfte Akkorde sich über die Klagelaute ihrer Begleitung legten. Mit rauchiger Stimme begann sie zu singen:

»Wenn dich nachts die Sorgen plagen
und die Uhren zwölfe schlagen,
komm in die Bar zur Scharfen Kralle,
der verruchten Mäusefalle
und versenke deine Nöte
in einem Drink von tiefer Röte.«

»Bezaubernd.« Inspektor Mouse wirkte ein wenig perplex. »Auf jeden Fall ist die fesche Lola nicht hinter dem Spiegel oder an der Bar. Das sollten wir ausnutzen, Fischgrät. Beeilung!«

11. Kapitel

Ein paar Unentwegte der Belegschaft von Musculus hatten verabredet, den nun doch in naher Zukunft zu erwartenden Provisionssegen vorsorglich in verschiedenen Kiezkneipen zu begießen, ungeachtet dessen, dass sie am nächsten Morgen wieder zur Frühschicht antreten mussten. Endstation Sehnsucht des feuchtfröhlichen Abends war wie immer die Bar zu Scharfen Kralle. Bei den Feiernden handelte es sich um eine Gruppe von zehn Arbeitern. Ihrem spendablen Tross hatten sich unterwegs einige Schnorrer angeschlossen, denn die Aussichten auf weitere Runden für lau standen gut und besser, je später es wurde. Das hatten auch bereits anwesende Trunkenbolde, auf die sie in der Kralle trafen, schnellstens raus.

Aus dem Pulk der Gäste, die sich derzeit hingebungsvoll den Lustgesängen der Spiegellady widmeten, tauchten Mouse und Fischgrät wie aus tosender Brandung auf. Am Tresen ging es ebenfalls hoch her, besonders in Nähe derjenigen, die etwas springen ließen. Niemand wollte verpassen, wann der nächste generöse Ausschank eingeläutet wurde, denn die Barkeeper sorgten in Windeseile dafür, dass keiner auf dem Trockenen blieb. Einer der beiden sah allerdings aus, als ob er nicht mehr lange durchhalten würde – egal, dann musste ein anderer ran.

Bestellt wurde ausschließlich Duckmäuser und Schnaps, damit nicht etwa die Hälfte der Provision schon wieder für die Katz war, ehe man sie überhaupt im Sack hatte. Aber feiern wollte man diesen überraschenden Kantersieg, den sie nicht nur sich selbst und der eigenen Empörung zu verdanken hatten, sondern ausgerechnet einem Kerl aus den oberen Reihen der Ordnungsmacht. Obwohl er ganz und gar wie ein Schnösel aussah, schlug sein Herz offenbar auf dem richtigen Fleck.

Niemand anders als genau dieser geschniegelte Stutzer trat nun mit einem orangefarbenen Milchbart von Sergeant zu ihnen an die Bar. Just in dem Moment, als Jack Katzowski dem irgendwie krank aussehenden Barkeeper mit seinem blauen Auge zuzwinkerte, während er das grüne zudrückte. Er liebte diese ampelartigen Signale, die als Fanal für die nächste Bestellung in Lärm und Gedränge natürlich nicht ausreichten. Also donnerte der kernige Jack mit der muskulösen Pfote dreimal auf den Tresen, dass die leeren Gläser nur so herumsprangen und teilweise umfielen. Die Schlägermütze rutschte ihm in den Nacken. Gerade noch hielt er sie fest und amüsierte sich prächtig.

»Last order auf meine flotte Kappe, Genossen!«, rief der junge Vorarbeiter unter Beifallsbekundungen, die laut genug waren, die Sängerin und ihr Publikum zu stören. Andererseits war man in der Kralle Krawall gewohnt. »Getz kommt zum Höhepunkt des Abends aunnoch unser Wohltäter, der sich in die Niederungen vonnuns Gewöhnlichen verirrt hat! Wer hätte datt gedacht? Watt darf's für euch beide denn sein, Inspektor? Für Sie und den roten Grünschnabel?«

Mouse stieß Fischgrät an. »Machen wir mit«, zischte er. »Es ist die unauffälligste Art, sich Morpheus zu nähern. So wie der aussieht, hat man ihm hinter dem Spiegel das Fell gegerbt.«

Jerry nickte mit grimmig entschlossener Miene. »Von diesen angesoffenen Katznaillen lässt sich das eine oder andere sicher auch noch erfahren – ich bin dabei.«

Mit großem Hallo wurden sie begrüßt und umringt. Eine Flut aus Gesichtern drang auf sie ein, für gewöhnlich verschlossene Mienen, nun vom Alkohol und dem Sog der Gruppe enthemmt. Bereit, ein Späßchen mit den beiden Katerkerlen zu treiben, die sich ins falsche Revier oder in die Höhle der Löwin gewagt hatten.

Inspektor Mouse und Fischgrät entdeckten neben Katzowski den hageren, bräunlich-weißen Gewerkschaftler Luis Pelzig, der im Gegensatz zu den anderen ziemlich nüchtern wirkte. Auf Mouse machte er den Eindruck eines väterlichen Freundes, der zusah, dass es Jack in seinem jugendlichen Übermut nicht zu wild trieb. Andere waren dabei, die er in der Werkshalle vom Maunz'schen Podest aus in den Reihen der Arbeiter gesehen zu haben glaubte. Der Matrose, dem sie auf seinem Weg zum Klo begegnet waren, nahm soeben über den Tresen ein großes Bierglas in Empfang, dessen randvoller Inhalt ihn wohl bald wieder hinter den Vorhang schicken würde.

Mouse entging nicht, dass die graugetigerte Pfote zitterte, die dem Seekater das Duckmäuser über den Tresen anreichte. Der Inspektor sah in glasige Augen voller Angst und Schmerz. Dann fuhr er heftig zusammen, der Thai-Siam fühlte das Blut in den Adern erstarren, gleichzeitig stieg kalte Wut in ihm auf, denn was aus der Entfernung nicht zu erkennen gewesen war, wurde aus der Nähe offenbar. Vom rechten Ohr des müden Morpheus verlief ein dünner roter Faden durch sein struppig gewordenes Fell. Mittlerweile zu dunklem Purpur verkrustet, war der weiße Hemdkragen mit dem Lebenssaft des Barkeepers getränkt. Der große Fleck blühte dort wie Klatschmohn, während die Blutung aus der gespaltenen Ohrspitze wohl aufgehört hatte.

Mouse straffte sich unwillkürlich. In seinem Rücken klimperte die Ukulele unter Krallen, die für das aussagekräftige Wundmal des Barkeepers mitverantwortlich waren. Obwohl Trixie Musch bestimmt nicht selbst Pfote angelegt hatte, war sie dazu bereit gewesen, den eigenen Angestellten in ihr verdammtes Spiegelkabinett zu locken und ihn seiner grausamen Bestrafung zuzuführen. Hier wurde offenbar nicht lange gefackelt, wenn es darum ging, für nachhaltiges Stillschweigen zu sorgen. Eingedenk dessen, was man über die Methoden der Schlitzerbande wusste, kam dem Inspektor der unglückliche Morpheus schon fast wie ein Todeskandidat vor, markiert und zum Abschuss freigegeben. Oder doch noch für irgendetwas nützlich, dass sie ihn nicht gleich aus dem Verkehr gezogen hatten – so oder so befand sich der Barkeeper in größter Gefahr. Die helle Panik der kleinen Garderobenkatze mit Ambitionen und großem Herzen war nicht übertrieben gewesen: In der Bar zur Scharfen Kralle regierte ein System von Angst und Terror, das sich für Kratzburgs Unterwelt auszahlen musste. Von dort zogen finstere Gestalten ihre Fäden und spannten sie bis zur Oberfläche.

Nicht von ungefähr kam dem Inspektor sein eigener Vorgesetzter in den Sinn, der laut der hämischen Rhetorik Madame Muschs in ihrem Etablissement ein und aus ging. Weil Grobian Murr ihrem spinnenartigen Charme erlegen war? Oder weil der grobschlächtige Dickwanst hier auf eigene Pfote ermittelte, um einen Sumpf trockenzulegen, in dem er sich inzwischen womöglich selber suhlte, anstatt auf der sauberen Seite zu bleiben?! Konnte eins von beidem sein?

Selwyn Mouse musste vor sich zugeben, dass er diese Frage nicht entschlossen genug verneinen konnte. Allerdings auch nicht, ob das nicht an der herzlichen Abneigung lag, die ihn und Murr miteinander verband. Erst als er sich bewusst wurde, dass ihn der Anblick von Morpheus' geschlitztem Ohr inmitten des ihn umgebenden Gedröhnes in eine Gedankenblase der Stille und Abwesenheit entführt hatte, platzte deren schützende Hülle. Drei Dinge drangen mit Macht auf ihn ein und holten ihn in die lärmende Gegenwart zurück.

Erstens, Sergeant Fischgrät, der ihn mit spitzer Kralle anstieß und in sprachlosem Entsetzen über den Tresen wies, weil er das verletzte Ohr nun auch entdeckt hatte.

Zweitens, die lautstarke Nachfrage Katzowskis, »watt die Herrschaften denn nu verdammt noch ma saufen wollten?!« Oder müsse die Einladung erst schriftlich erfolgen? Ein Scherz, der rundum so viel Heiterkeit hervorrief, dass die Antwort darauf noch für einen Moment ausbleiben konnte.

Eine Verzögerung, die drittens der Barkeeper Morpheus ausnutzte, um dem Starren der Kriminaler mit einem stummen, aber nachdrücklichen Kopfschütteln zu begegnen. In ihren schockierten Mienen las er so viel Mitleid und Erbitterung, dass er fürchtete, die beiden ließen sich zu überstürzten Handlungen hinreißen, die ihn umso mehr in Gefahr bringen würden. Die Nacht war noch lang.

Aus der scheinbar geräumigen Distanz, die zwischen Bar und Bühne lag, spürte er die gelbäugige Wachsamkeit von Madame Musch so zwingend, als wäre er für sie zum Greifen nah. Erbarmungsloser war nur der eisige, nachtbleiche Blick in seinem Nacken, der ihn direkt aus dem Spiegel traf, wie zwei Dolche aus geschliffenem Eis.

Nein, er stand unter schärfster Beobachtung und die beiden ihm wohlgesonnenen Polizisten durften in dieser heiklen Lage nichts für ihn tun. Deshalb versuchte der geschundene Tigerkater alle Inbrunst in seine um Zurückhaltung flehenden Augen zu legen. Denn nur wenn er sich daran hielt, was man ihm und seinem rechten Ohr schmerzhaft eingeschärft hatte, gab es für ihn eine Chance, den nächsten Tag zu erleben und vielleicht den nachfolgenden, sowie den übernächsten.

Zeit würde verstreichen müssen, bis er bewiesen hatte, dass er schweigen konnte wie ein Grab, in das man ihn deshalb nicht hineinzulegen brauchte.

»Also, was möchten die Herren trinken? Geht natürlich aufs Haus, versteht sich«, hörte sich Morpheus mit erzwungener Unbekümmertheit sagen.

Er ahnte nicht, dass es die letzte Frage war, die er in seinem besiegelten Leben jemandem stellte, der es wirklich gut mit ihm meinte.

»Einen Drink von tiefer Röte.«

»Hahaha, großartig! Barkeeper, da lass dir ma' watt einfallen, olles Schlitzohr!«

Jack Katzowski wollte sich schier ausschütten vor Lachen. Dass der Inspektor mit einer Zeile aus Trixie Muschs Lied bestellte, stieß nicht nur beim jungen Vorarbeiter auf Begeisterung. Passend zur Stimmung, die längst so angeheizt war, dass es nur noch wenig gab, was man am Abend dieses legendären Montags nicht rasend komisch fand. Scheiß auf alles, sie kriegten ihr Geld. Da störte selbst die irgendwie besorgniserregende Blessur des Barkeepers nicht, der weder auf die sinnige Order noch die grobe Anrede anbiss.

Morpheus verzog keine Miene, auch nicht, als ihm der rostfarbene Sergeant »Für mich das Gleiche!« zurief. Dabei schaute ihn der Milchbart aus hellen, klugen Augen so verschwörerisch an, als läge in ihrer die Chefin zitierenden Bestellung der doppelte Hinweis, nicht nur zu wissen, dass er von ihr bedroht wurde, sondern gleichzeitig die dringende Aufforderung, sich endlich dem Schutz der Polizei anzuvertrauen.

Heiliger St. Katzetan, warum sahen diese Zecken nicht ein, dass sie ihm mit ihrer Hartnäckigkeit mehr schadeten als halfen?! Er konnte mit ihnen nicht reden. Nicht hier und nicht jetzt. Sprach man also in Rätseln und Zeichen, musste er versuchen, möglichst deutlich zu erwidern.

Für die beiden unverhofften Ehrengäste standen inzwischen zwei Hocker an der Bar bereit. Die Polizisten nahmen mit wachsamen Mienen Platz. Fünf Minuten später klatschte Morpheus die obligatorischen Filzdeckchen vor ihnen so laut auf den Tresen, als hätte er die geschlitzten Sets auch gern um ihre unversehrten Ohren geschlagen, dachte der Inspektor.

Stattdessen kredenzte er ihnen zwei Bloody Marys, deren Farbe so authentisch blutig war, dass Mouse und Fischgrät sich fragten, ob tatsächlich allein Tomatensaft für *die tiefe Röte* ihrer Drinks sorgte. Beklommen unterzog Jerry den Barkeeper einer weiteren Musterung. Der Sergeant spürte ein Kribbeln unter dem eigenen Pelz, wie zuvor im Krankenhaus beim Anblick des Wachmanns mit dem dicken Kopfverband.

»Schmollies!«, wünschte ihnen eine tonlose Stimme. »Und wohl bekomm's!«

Damit wandte sich der todmüde Morpheus endgültig ab. Zum anderen Barkeeper sagte er etwas, was dafür sorgte, dass sie die Plätze tauschten. Ohne abzukassieren, entschwand der graue Tiger ans entgegengesetzte Ende der langen Bar, während sein Kollege, ein wildfarbener Abessinierkater, das fette Trinkgeld einstrich, das Jack Katzowski der Zeche hinzufügte. Ein Extra, vor allem für die gelungene

Interpretation von Mouses Bestellung. Trübe Tasse, dieser Barkeeper, so mir nichts, dir nichts die Platte an anderer Stelle zu putzen, anstatt dort, wo die Mäuse locker saßen.

Ab da griff der unglückliche Zufall ins Geschehen ein – oder das Wirken einer dunklen Macht. Für Morpheus kam es am Ende aufs Gleiche raus. Sein Schicksal kündigte sich nicht allein durch das geschlitzte Ohr an, sondern auch in Gestalt eines grau-weißen Klotzkopfs, dessen platte Lauscherchen im Profil fast unsichtbar waren. Als Fritz MacSchlapps hämische Visage zwischen den bierseligen Gesichtern auftauchte, verzichtete Inspektor Mouse spontan darauf, dem Barkeeper sofort nachzugehen, um ihn zur Rede zu stellen, so, wie er es sich vor einer halben Minute noch vorgenommen hatte, während er die Bloody Mary probierte, vor der es nicht nur dem Thai-Siam dezent grauste.

»Diese Drinks sollen wohl eine Warnung für uns sein, dass es blutig ausgehen wird, wenn wir uns offen einmischen.« Sergeant Fischgrät war zu der gleichen Interpretation wie er selbst gekommen.

Dann erschien MacSchlapp.

»Nä, watt sehen meine entzündeten Augen? Sie hier unnich in irgendnem schwatten Loch!«, lachte er dreist und unangenehm. »Wär 'ne Kellerbar nich eher watt für euch zwei Experten? Wo Se doch so gern inner Tiefe stochern, nach verschwunnener Kohle un dicken rotzgrünen Klunkern.«

Mouse und Fischgrät erstarrten. Noch dazu an einem so auf Verschwiegenheit bedachten Ort wie der Scharfen Kralle bewahrheitete sich schon jetzt des Inspektors Voraussage, dass ein Angeber wie der halbe Schotte zu großmäulig war, um dichtzuhalten. MacSchlapp schien es nichts auszumachen oder gar nicht aufgefallen zu sein, dass er ihnen soeben verraten hatte, von dem geraubten Juwel zu wissen. Von den anderen Arbeitern und sonstigen Umstehenden verzog bei seinem Ausrutscher keiner die Miene. Entweder hatten sie sich gut im Griff oder wussten gar nicht, was er damit andeuten wollte.

Einen Klaren in der Pfote, schwadronierte MacSchlapp munter drauflos. »Schmollies auf fette Beute, aber nich für alle, hähähä, während unsereins mal ausnahmsweise 'nen guten Schnitt gemacht hat. Damit mein' ich natürlich nur die fünf Hunnies vom Direx, die Se ihm ausser Nase oder sonst woher gekitzelt haben, Inspektor. Nix anneres.«

»Schnauze!«, zischte hinter ihm eine eisige Stimme. Sie klang nach unterdrückter Wut.

Niemand, auch nicht Mouse und Fischgrät, hatten darauf geachtet, dass der Gesang auf der Bühne schon seit einiger Zeit verstummt war. Nur dem Schifferklavier wurden vom Einäugigen noch melancholische Töne entlockt. Als MacSchlapp sich umdrehte, um herauszufinden, wer es wagte, ihm so unverschämt in die Parade zu fahren, blieb ihm eine gepfefferte Entgegnung im Halse stecken. Er sah in funkelnde Brillengläser, die das gelbe Glühen von Madame Muschs vernichtendem Blick zu verdoppeln schienen. Inspektor Mouse war sich nicht sicher, ob die Dame seine Anspielung auf das Grüne Auge eben auch gehört hatte. Er vermutete es, denn sie wirkte in ihrem aufwallenden Zorn überraschend dünnhäutig.

»Ich werde nicht dulden, dass die Bar zur Scharfen Kralle durch hohles Gerede in Verruf gerät und in falsche Zusammenhänge! Schon gar nicht, nachdem sich letzte Nacht in Kratzburg ein spektakulärer Raub ereignet hat. Aktuell haben wir Gäste, die nur zu begierig sind, aus diesem versoffenen Unsinn verkehrte Schlüsse zu ziehen«, verkündete sie wie eine strenge Lehrerin dem verdatterten MacSchlapp und im gleichen Atemzug den beiden Polizisten.

Inzwischen war es dort, wo sie standen, ziemlich still geworden. Wie aus dem Nichts tauchte ein Schatten auf, so groß und bedrohlich, dass er sich nicht nur über die schokoladenfarbene Angorakatze im geschlitzten Kleid legte, sondern auch über das Objekt ihres Zorns.

»Spuck deine großen Töne für heute in den Rinnstein, MacSchlapp«, riet ihm der grollende Bariton von Carlo Putzig, »un danach verpfeif' dich zu Muddi ins Körbchen.«

Auf welch geheimes Signal hin der Türsteher seinen Außenposten verlassen hatte, blieb ein Rätsel. Wie ein aus der Flasche gerufener Geist war er für seine Chefin pünktlich zur Stelle. Dem plattohrigen Kater hatten sich bei so viel Gegenwind die Nackenhaare aufgestellt, neben Putzig wirkte MacSchlapp wie eine halbe Portion.

»Ach, leckt mich doch«, fauchte er dennoch versuchsweise, »will sowieso gerade abhaun.«

Im Bemühen, sich mit einem halbwegs würdigen Abgang zu verabschieden, nickte er seinen Kollegen zu. Er kippte den Klaren hinunter, beugte sich vor und knallte das leere Glas neben Mouse und Fischgrät auf den Tresen.

»Na denn Nacht, für mich isset spät geworden«, maunzte er betont lässig. »Datt war nur noch 'nen Absacker, nach der Schinderei heute Morgen im stinkigen Keller. Getz habbich die nötige Bettschwere. Man sieht sich.«

Mit erstaunlicher Geschmeidigkeit verschwand er in Richtung des Plüschtunnels, durch den es zur Tür ging.

Inspektor Mouse glitt vom Barhocker.

»Halt, MacSchlapp, auf ein Wort!«

Der Thai-Siam wollte ihm nach, desgleichen Fischgrät, als sich ihnen scheinbar aus Versehen Carlo, der Koloss, breit und bräsig wie eine Hafenmauer in den Weg stellte.

»Aus dem Weg, Putzig!«, schnauzte Mouse aufgebracht.

Als sich nichts tat, knallte er dem Riesen eine Pfote auf den eindrucksvollen Latz. Und verfluchte innerlich die Kraft der Maine Coon, denn der Türsteher hielt seinem Drängen locker und lange genug stand, um MacSchlapp einen ausreichenden Vorsprung zu sichern. Wer in diesen Kreisen mit der Polizei zu tun hatte, hielt zusammen wie Pech und Schwefel, egal, ob man sich gerade noch in der Wolle gehabt hatte.

Passend dazu sprach Madame Musch Inspektor Mouse von der Seite an. Sie gab sich keine Mühe, vor den Arbeitern von Musculus die Stimme zu senken.

»Lassen Sie diesen Proleten bloß Leine ziehen. Er ist ein elender Aufschneider«, schnurrte sie boshaft. »Und da die Herren so unerwartet zurückgekehrt sind, wie wär es denn nun mit einer *Malice hinter den Spiegeln*, Spezialität des Hauses?!«

»Könn'se sich ruhig noch genehmigen, Inspektor«, mischte sich jetzt Jack Katzowski ein. »Der ohrenlose Fritz is noch nich weit. Der verlässt nie datt Lokal ohne 'nen Abstecher in die Abteilung Mäntel und Hüte, zu der süßen schwatten Maus.«

Er verriet das ohne böse Absicht, aber Madame Musch spielte seine angetrunkene Arglosigkeit in die Pfoten. Sie zwinkerte Carlo Putzig zu.

»Aber sicher datt«, bestätigte der sogleich gemütlich. »Da hängt der getz bestimmt noch 'ne gute Weile rum. Inner Hoffnung auf'n kleines Betthupferl.«

Das war nun leider das falsche Stichwort.

»Wer uns für blöd verkauft und weiter aufhält«, sagte Mouse kalt, »den nehmen wir mit aufs Revier. Da können wir dann alle gemeinsam für den Rest der Nacht rumhängen, bei intensiven Gesprächen und greller Beleuchtung.«

Neben ihm straffte sich Sergeant Fischgrät mit angewiderter Miene, bereit, wenn nötig, Mitzi Schnurre mit Zähnen und Klauen zu verteidigen.

»Wer hält hier wen auf?«, fragte der schlammfarbene Mischling und rückte endlich zur Seite. »Nur schade, dasse schon gehen wollen.«

Inspektor Mouse sah den langen Tresen hinunter. Was hier ablief, war ein abgekartetes Spiel. Zuvor hatte er bemerkt, dass Morpheus, Gläser putzend, die Szene aus dem Hintergrund unauffällig, aber mit größtem Interesse verfolgte. Wie fast alle in der Bar, in der sich der Lärmpegel so weit gesenkt hatte, dass nun jeder mithören konnte, was sich am Tresen tat. Auf der Bühne war das Schifferklavier schon vor einer Weile mit einem letzten Quietscher verstummt. Flüchtig erkannte Mouse die eigene Silhouette im schimmernden

Dämmer des unergründlichen Spiegels. Ihn beschlich das unangenehme Gefühl, dass ihm daraus noch immer einer zusah, der hinter dem Glas hockte und sich daran ergötzte, dass es nicht mehr lange dauern konnte, bis die Polizei unverrichteter Dinge von dannen zog.

Gleich morgen Abend würde sie wiederkommen, nahm sich der Inspektor vor, und zwar mit genügend Leuten, die hier jede Scheibe, jeden doppelten Boden und jedes geschlitzte Filzdeckchen sorgfältig umdrehen würden, bis die Krallenbar so durchlässig war wie ein löchriger Schweizer Käse.

»Der da kommt jetzt gleich mit!«, rief der Thai-Siam und wies mit spitzer Kralle auf Morpheus. »Dieser Kater ist verletzt und nicht nur ein Arzt sollte sich dringend sein Ohr ansehen, sondern auch ein paar meiner Kollegen!«

Mouse hatte sich soeben entschieden, den malträtierten Tigerkater zu dessen eigenem Schutz in Gewahrsam zu nehmen.

»Los, Sergeant«, wies er Fischgrät an, der daraufhin mit einem geschmeidigen Sprung über den Tresen setzte, wobei nicht ein Glas umfiel.

Ihn zum Gehen auffordernd, trat Jerry an die Seite des Barkeepers, doch sollte es keine zehn Sekunden dauern, bis der junge Sergeant das Manöver in noch größerer Eile wiederholte, indem er auf die andere Seite des Tresens zurücksprang und in Richtung Garderobe davonhetzte. Niemand hinderte ihn daran. Ganz im Gegenteil wichen die Umstehenden auseinander, aufgeschreckt von einem unüberhörbaren Maunzen, so schrill und panisch, dass jeder wusste, dass sich eine Katze in großer Bedrängnis befand. Es hörte sich ganz nach der schwarzen Garderobenmieze an und deshalb wartete Fischgrät nicht erst eine Anweisung seitens des Inspektors ab, sondern eilte zu Mitzis Rettung.

»Sie rühren sich hier nicht vom Fleck!«, herrschte Mouse den Barkeeper an. Dann wandte er sich schon im Loslaufen an Madame Musch. »Und Sie, Gnädigste, haften mir genauso wie Ihr putziger Koloss persönlich für Morpheus' Wohlbefinden. Sowie dafür, dass er gleich noch da ist, wenn wir zurück sind. Wehe Ihnen, ihm wird noch ein Härchen gekrümmt!«

Ohne eine Antwort der beiden abzuwarten, machte er sich auf den Weg zur Garderobe. Trotz seiner Anweisung mit dem mulmigen Gefühl, Morpheus, nachdem er die Aufmerksamkeit auf ihn gelenkt hatte, bei denen zurückzulassen, die für seinen schlechten Zustand verantwortlich waren. Andererseits riskierte die bebrillte Halbweltdame nach seiner strengen Order wohl kaum, dem Barkeeper vor zig Zeugen etwas anzutun. Irgendwer unter den Gästen hatte sicher ein Hühnchen mit der scharfkralligen Hexe zu rupfen, bereit, sie zu verpfeifen, so die Polizei nur nachdrücklich genug auf den Busch klopfte. Aber vielleicht versuchte der bedrohte Tigerkater auf eigene Pfote zu entwischen. Gelang es ihm, begab er sich auf einen gefährlichen Alleingang, von dem ihn seine Chefin bestimmt nicht abhielt.

Doch der Inspektor konnte nicht warten, bis Sergeant Fischgrät irgendwann von seiner Mission als Retter herrenloser Katzen in Not zurückkehren würde. Jack Katzowski hatte nicht zu viel versprochen und der prollige Halbschotte wirklich Nerven, anstatt längst über alle Berge zu sein, noch in Mitzi Schnurres Garderobe aufzuschlagen. Die nun, wie zu erwarten, leer war, als Mouse dort ankam und sich über den Tisch beugte, hinter dem Mitzi ihres Amtes waltete. Auch von Fischgrät war natürlich nichts zu sehen. An der rückwärtigen Wand hingen die Klamotten der Gäste dicht an dicht. Darunter lag in einer Ecke der rote Samthocker, auf dem Fräulein Schnurre alias Mutabor saß, wenn sie gerade keine Mäntel und Jacken annahm oder zurückgab. Drum herum sprenkelte ein Haufen glänzender Garderobenmarken den abgewetzten Teppich.

Wie ihr Entsetzensschrei vermuten ließ, hatte sich die zarte Katze gewehrt. Sie war kaum freiwillig mit MacSchlapp gegangen und der im Beisein der Polizei eindeutig so weit, dass sie etwas gegen ihn in der Pfote hatten. Um ihn erst mal festzusetzen und beim Verhör so lange auszuquetschen, bis dem plattohrigen Klugscheißer der nächste Fehler unterlief und er sich in Sachen Raub bei Musculus weiter verquatschte. Ihn zur Rede zu stellen, dürfte sich, nach dem, was er heute bereits zum Besten gegeben hatte, als ergiebig erweisen. Falls sie ihn noch rechtzeitig vor den Schlitzern erwischten, denn dieser leichtsinnige Angeber war die eigentliche Plaudertasche und nicht der müde Morpheus.

Am Ende des flauschigen Tunnels landete Mouse vor dem geschlossenen Eingang. Er öffnete und trat nach draußen, nicht ohne die zerkratzte Tür unbeaufsichtigt vom Koloss für die Schlange der Wartenden offen zu lassen. Erfreut strichen sogleich zwei Pärchen an ihm vorbei. Sie mussten von auswärts stammen, denn die anderen warteten lieber weiter, voller Respekt vor dem stadtbekannten Türsteher, der bereits von innen anrückte.

12. Kapitel

Sie trafen dort aufeinander, wo die Gasse, in der die Scharfe Kralle lag, in die Rodelbahn einbog und schummriges Licht in grelle Beleuchtung überging. Inspektor Mouse hatte angehalten und versucht, den Sergeant in der um diese Zeit allmählich nachlassenden Flut der Flaneure zu entdecken – weil man nach Mitternacht irgendwo eingekehrt oder auch nach Hause gegangen war –, als Jerry plötzlich vor ihm auftauchte.

»Sie sind wie vom Erdboden verschluckt oder ich habe die Falschen verfolgt«, keuchte Fischgrät. Eine Pfote gegen die Wand des Hauses gestemmt, vor dem sie standen, versuchte er, zu Atem zu kommen, um dem Inspektor berichten zu können, warum er unverrichteter Dinge zu ihm zurückkehrte.

»Ich folgte ihnen in der Richtung, die zum Hafen führt«, sagte Jerry und wies die Rodelbahn hinunter. »Jedenfalls glaubte ich aus der Entfernung ein Paar zu sehen, das sich eilig gegen den Strom der Leute bewegte. In etwa zweihundert Metern zweigt rechts die Straße ab, durch die wir eben selbst gekommen sind, nachdem Sie den Wagen abgestellt hatten. Ungefähr auf dieser Höhe habe ich sie verloren und natürlich hat niemand, den ich fragte, etwas gesehen. Der elende Schuft kann mit der armen Kleinen sonst wohin verschwunden sein! In die nächstbeste Toreinfahrt oder irgendein dunkles Loch, statt gleich bis zum Hafen zu laufen.« Mit leerem Blick schüttelte der rötliche Tigerkater den Kopf. »Ich darf mir gar nicht vorstellen, was Mitzi auszustehen hat. Aber damit, dass MacSchlapp direkt vor unserer Nase so aufs Ganze geht, hätte ich trotz seiner Großmäuligkeit heute Morgen dann doch nicht gerechnet. Der Kerl muss völlig übergeschnappt sein. Vielleicht weil er inzwischen zur Schlitzerbande gehört.«

»Wenn das wirklich so ist, werden seine neuen Freunde, aber vor allem deren Anführer wohl schnellstens dafür sorgen, dass Fritzens platte Ohren rote Streifen kriegen, falls einem solchen Aufschneider nicht noch Schlimmeres blüht«, meinte der Inspektor grimmig.

Dann merkte er, dass ihn Fischgrät von der Seite ansah.

»Ich hab's vermasselt mit diesem spontanen Ritt, der nun auch noch nutzlos war«, vermutete der junge Sergeant niedergeschlagen.

»Dass Sie die beiden nicht erwischt haben, ist zwar nicht gut, kann aber jedem passieren«, sagte Mouse versöhnlich. »Alles geschah auf einmal. Als Mitzi schrie, hatte ich gerade verkündet, dass wir den Barkeeper mitnehmen, und für die eine wie die andere Aktion hätten uns zwei, drei unserer Leute gut zu Gesicht gestanden. Wir müssen jetzt schnellstens zurück zur Kralle, damit wenigstens Morpheus in Sicherheit ist. Wir bringen ihn aufs Revier und dann kehren wir mit Verstärkung zurück und suchen die Kleine.« Er bedachte den bedrückten Kollegen mit einem mitfühlend samtblauen Blick. »Sie würden jetzt gern hier allein herumstromern, um die vermeintliche Scharte gleich auszuwetzen, aber vor allem das wehrlose Fräulein Schnurre zu finden«, las er in dessen Gedanken. »Das halte ich für zu riskant. Glauben Sie mir, inzwischen laufen die Leitungen heiß und die Ratten kreuz und quer durch die Kanäle, denn nach einem solchen Coup wie gestern haben die Schlitzer ihre Augen und Ohren überall, um die Lage zu peilen. Die sind aus gutem Grund mehr als wachsam, wie schon das geschlitzte Ohr des Barkeepers zeigt. Nicht nur Mitwisser verschwinden klammheimlich in brackigen Hafenbecken, sondern auch waghalsige Polypen im Alleingang. Diese Typen schreckten schon früher vor nichts zurück, aber mit dem Schwarzen Ole an ihrer Spitze und wohl noch einem anderen Finsterling großen Kalibers meinen die endgültig Oberwasser zu haben. Beeilen wir uns lieber, Jerry!«

Dass er so vertraulich mit ihm sprach, beschwichtigte die aufwallende Empörung des Sergeants ein wenig. Wenn jemand geradezu notorisch ein *waghalsiger Polyp im Alleingang* war, dann Inspektor Selwyn Mouse, dachte Fischgrät und schickte sich an, hinter dem davoneilenden Thai-Siam nicht zurückzubleiben.

Sie liefen an einem Eingang vorüber, der so tief ins Gebäude stach, dass darin Platz für zwei Mülltonnen war. Diese standen gegenüber der von einer trüben Funzel beleuchteten Tür, die ein schmutziges Schild angesichts der Schäbigkeit der Umgebung großspurig und nur noch in abgeblätterter Schrift als *Bühneneingang* auswies. Wer in diesem Haus auftrat, dessen täglicher oder wohl eher nächtlicher Einsatz wurde nicht durch ein willkommen heißendes Entree gewürdigt. Im Vorbeigehen überlegte Mouse, welchen entsprechend stilvollen Tingeltangel wohl die Front barg, die zur Rodelbahn hin lag. Er kam nicht mehr darauf, weil er abrupt stehen blieb, genau wie der ihm nachfolgende Sergeant. Ihre Ohren hatten sie beide nicht getrogen.

»Pssssst!«, klang es leise, aber so durchdringend wie ein Reifen, der Luft verliert, von irgendwo hinter den Tonnen hervor.

Kaum dass die Kater anhielten und in den Gang starrten, entdeckten sie an dessen Ende das doppelte Glitzern eines Augenpaars.

»Hier herein«, bat die dazugehörige Stimme und erstarb dann mit einem seltsamen, möglicherweise tränenerstickten Laut. »Gehen Sie bloß nicht vorbei!«, setzte sie verzweifelt neu an. »Ich bin es, Mitzi Schnurre.«

»Vorsicht, Fischgrät! Das könnte eine Falle sein!«, konnte Inspektor Mouse nur noch in den Rücken seines Sergeants schicken, der an ihm vorbei in den schummrigen Gang hechtete.

»Sie ist es wirklich und sie ist allein!«, klang es ihm Sekunden später entwarnend entgegen, bevor der Thai-Siam selbst mit einem alarmierend kristallblauen Funkeln auf Jerry hinabsah, der im hintersten Winkel vor der zierlichen schwarzen Katze kniete und sie mit beiden Pfoten festhielt.

»Himmel noch mal, Sie Heißsporn! Das ist das letzte Mal, dass Sie einfach losspurten! Sonst schieben Sie ab nächster Woche wieder Innendienst unter Murr«, raunzte der Inspektor ihn an, ohne sich um das bebende Fräulein Schnurre zu kümmern, das ihm auf den ersten Blick ziemlich unversehrt vorkam. Instinkt und Erfahrung, eine Kombination, die Mouse selten trog, sagte ihm, dass sich die junge Katze ihrer Haut besser erwehren konnte, als es ihr rotbepelzter Paladin wahrhaben wollte.

»Sind Sie verletzt?«, fragte er. Da sie den Kopf schüttelte, setzte er gleich nach: »Wo ist MacSchlapp und wie sind Sie hierhergekommen, wenn mein Kollege Sie noch vor einer Viertelstunde mit dem Kerl in Richtung Hafen verschwinden sah?«

»Ich bin durch die Höfe zurückgeschlichen, die parallel zur Rodelbahn hinter den Häusern liegen«, beantwortete sie den zweiten Teil seiner Frage zuerst und sah mit großen Augen zu ihm auf. »Ich wollte von niemandem mehr gesehen werden, bis ich es zurück in die Bar geschafft haben würde, nachdem sie mich laufen ließen.«

Wieder diese akzentuierte Art sich auszudrücken, fiel es Mouse auf, dann fragte er: »*Sie*? Wieso *sie*? Waren da noch mehr als der plattohrige Schotte?«

Mitzi nickte und zitterte, als würde die bloße Erinnerung sie aufs Neue das Fürchten lehren. Unwillkürlich schmiegte sie sich in Sergeants Fischgräts schützenden Griff.

»Erzählen Sie mal eben, solange wir in dieser lauschigen Ecke unter uns sind«, forderte sie der Inspektor auf.

Entgegen seines Rufs als Katzenheld gab er sich gegenüber der Kleinen erstaunlich nüchtern, dachte Jerry vorwurfsvoll. Vielleicht lagen Mouse nur Damen der Gesellschaft.

»MacSchlapp ist plötzlich in der Garderobe aufgetaucht, schnaubend vor Wut, weil ihn Carlo Putzig im Auftrag von Madame Musch an die Luft gesetzt hat und das vor allen Leuten, seinen Kumpels und der Polente, wie er tobte. Zum Trost forderte er mich auf, mit ihm wegzugehen. Als ich nicht wollte, weil ich erstens meinen Arbeitsplatz nicht verlassen konnte und ihn zweitens ekelhaft fand, was ich ihm beides genau so sagte, packte er mich und drohte, dass er ein Messer in der Tasche hätte und mich damit kitzeln würde, wenn ich nicht mitkäme. Außerdem wollte er mich bei der Chefin anschwärzen, dass ich mit Ihnen beiden im Hinterhof geredet habe, was er angeblich gesehen hat. Ich weiß nicht, von wo aus, denn das hat er nicht verraten. Aber davor, dass er mich verrät, habe ich mich mehr gefürchtet als vor seinem Messer. Das er vielleicht gar nicht wirklich dabeihatte, denn der Kerl ist zwar ein Aufschneider durch und durch, aber wohl nicht mit scharfen Klingen, sondern nur mit seinem plumpen Plappermaul, das nie stillsteht.«

Mitzi schwieg einen Augenblick. Beide Kater zollten ihrer gedrängten Schilderung durchaus Respekt und warteten, dass sie fortfuhr.

»Also ging ich mit und hab nur geschrien, weil er mich grob anfasste. Er wollte mit mir ins Rubbel die Katz, einem Spielsalon auf der Rodelbahn, weiter runter zum Hafen hin.«

Mouse und Fischgrät nickten. Jeder Kratzburger Polizist kannte den üblen Laden, der spätestens alle zwei Jahre wegen Falschspiels und Geldwäsche ausgehoben und doch nie ganz geschlossen wurde. Außerdem stimmte die Richtung, die sie angab und in die sie der Sergeant verfolgt hatte.

»Dann tauchten plötzlich drei Kerle auf. Große und starke Kater, die wirklich zum Fürchten aussahen. Ich glaube, es waren Ausländer, womöglich Seeleute, jedenfalls sprach einer von ihnen mit Akzent. ›Lass die Puppe, es gibt was zu tun, du musst gleich mitkommen‹, meinte er zu MacSchlapp, der in ihrer Gegenwart kleinlaut und schüchtern wirkte. ›Und *du* hältst schön die Schnauze und kehrst in die Kralle zurück, als sei nix gewesen‹, schickte mich ihr Sprecher fort, der ergo wusste, wo ich arbeite. ›Wer dumm rumquatscht, geht mit den Kanalratten baden. Also husch, husch ins Körbchen!‹ Ich lief gleich los, heilfroh, dieser Truppe und MacSchlapp zu entkommen. Doch hatte ich das Gefühl, dass mir jemand folgte, lief deshalb über die Höfe und versteckte mich hier. Kurz darauf torkelte ein betrunkener Alter vorbei, genau vor dem Eingang hielt er an. Ich hatte schon Angst, er wolle sich zu einem Nickerchen zwischen den Tonnen verkriechen. Zum Glück zog er weiter und wenig später sah ich Sie auf der Gasse vorbeilaufen«, wandte sich die schwarze Katze zuletzt an Inspektor Mouse. »Ich überlegte noch, ob es besser gewesen wäre, Ihnen sofort nachzugehen, als sie plötzlich beide gemeinsam zurückkehrten.«

Sie verstummte und lehnte ihren Kopf erschöpft an Fischgräts Schulter. Mouse dachte nach und ließ Jerry derweil Mitzis Pfote tätscheln.

»Und Sie haben keinen der Typen, die MacSchlapp abfingen, schon einmal gesehen? Vielleicht in der Bar? Versuchen Sie sich zu erinnern«, forderte sie der Thai-Siam auf. Mit blau schimmernden Augen näherte sich sein dunkles Gesicht dem ihren. Was Mitzi nicht kaltließ, sie senkte den Blick.

»Nein, sie waren mir völlig unbekannt und ich bekomme von der Garderobe aus ganz gut mit, wer in der Scharfen Kralle ein und aus geht, bis auf jene, die zu Madame Musch hinter den Spiegel dürfen. Mit denen hatten sie vom Auftreten her einige Ähnlichkeit, muss ich zugeben.«

Mouse nickte, als könne er sich das bestens vorstellen.

»Können Sie jetzt aufstehen und uns zurück in die Bar begleiten? Dort wartet Ihr Freund Morpheus auf uns, der mit aufs Revier soll, zu seinem eigenen Wohl.«

Mit einem geschmeidigen Satz war Mitzi so schnell auf den Pfoten, dass sie den Sergeant im Aufspringen von sich stieß.

»Wissen das etwa die anderen?«, fragte sie mit einem bernsteinfarbenen Funkeln im Blick, das den Inspektor ungewollt beeindruckte.

Nur ungern nickend, wusste er, was jetzt kam.

»Wie konnten Sie ihn nur so bloßstellen und dann allein zurücklassen?«, erkundigte sich Mitzi entrüstet. Ihrem fassungslosen Ton nach hätte Mouse sich nicht gewundert, wenn sie den Satz mit ›Sie Stümper!‹ ergänzt hätte. »Egal, was die Ihnen zugesagt haben, verspreche ich Ihnen, dass Morpheus nicht mehr dort sein wird, nachdem Sie ihn im Stich gelassen haben«, fauchte die junge Garderobiere.

Sie war längst draußen auf der Gasse, bevor Mouse und Fischgrät ihr nachsprangen. Erst jetzt sahen sie, dass Mitzi einen langen schwarzen Mantel trug, der elegant wirkte.

Dass die junge Dame auf ihre Art erstaunlich war, dachten beide Kater. Doch während Jerry voller Bewunderung war, regte sich in Mouse etwas, das er noch nicht fassen konnte.

Vor der Scharfen Kralle war im Moment ihrer eiligen Rückkehr zu dritt kaum etwas los. Entweder waren die bei des Inspektors Aufbruch auf Einlass Wartenden vom Türsteher inzwischen sämtlich durchgewunken worden oder zu anderen Zielen aufgebrochen. Nur eine kleine Gruppe befand sich noch auf dem Sprung: In der Nähe des wieder verschlossenen Eingangs der Bar lungerten zwei Paare im müden Lichtkegel einer Gaslaterne herum. Nach den in der feuchten Luft herantreibenden Gesprächsfetzen zu urteilen, waren sie in die gereizte Diskussion vertieft, wie der Rest der Nacht zu verbringen sei. Als sanft mahnender Kommentar dazu schlug soeben die Glocke der drei Straßen entfernt gelegenen Seekaterkirche St. Nikomaus mit dumpfem Doppelklang halb zwei, was die Unentschiedenen unter der Laterne aber nicht weiterbrachte.

Um einiges lauter als ihr Streit war der vernehmliche Knall, mit dem die zerkratzte Tür einen knappen Meter vor Jerrys rosa Nase schon wieder zuklappte, kaum dass Mitzis Schwanz und die im Laufen aufwirbelnden Falten ihres langen Mantels nach kurzem Öffnen so rasch dahinter verschwunden waren, als hätte man von innen ihre Ankunft genau abgepasst. Erbost und zunächst vergeblich boxte Sergeant Fischgrät die Pfoten in die von unzähligen Krallenspuren aufgeraute Lederfläche. Er hatte die schwarze Katze um Haaresbreite verpasst, die sich allerdings, so anlehnungsbedürftig sie ihm vor wenigen Minuten noch erschienen war, nicht ein einziges Mal danach umgesehen hatte, ob ihr die offenbar nur zeitweilig benötigten Beschützer folgten. Sie schien sich dessen sicher zu sein oder es war ihr gleichgültiger als das Schicksal des Barkeepers, wie der Sergeant mit unprofessioneller Empfindlichkeit feststellte, die ihn ebenso erbitterte wie Mitzis wankelmütiges Verhalten.

Neben ihm schlug der Inspektor unmissverständliche Töne an. Mouse hielt die aus dem Pfotenknauf ragende Kralle gedrückt. Hinter der gepolsterten Tür hörte das schrille Klingeln nicht mehr auf. Ein drängelnder Alarm, mit dem auf sein Wohlwollen hoffende Gäste selbstverständlich niemals gewagt hätten, Carlo, den Koloss, zu nötigen.

»Öffnen Sie, Putzig, aber ein bisschen dalli!«, fauchte der Thai-Siam, als er den Krallenknopf für einen Moment losließ. »Oder ich verspreche Ihnen, dass Sie die nächsten Nächte hinter einer anderen Tür mit zuverlässigen Riegeln stehen können. So lange, bis ihr matschfarbener Pelz schwarz wird.«

»Watt denn, watt denn, Inspektor?!«

Grollend hing die Stimme in der muffigen Dunkelheit. Der Eingang hatte sich aufgetan und den matt beleuchteten Plüschgang freigegeben, in dem nicht einmal der Schatten von Mitzi ›Mutabor‹ Schnurre zu sehen war, wohl aber seitlich im Vordergrund der drohende Umriss des gewaltigen Mischlings.

»Sie und der rote Mausekater können in dieser Maiennacht wohl ga nich genuch kriegen vonner Krallenbar«, höhnte er.

»Wo ist der Barkeeper Morpheus?«, erkundigte sich Mouse in einem Ton, der die aufreizende Selbstgefälligkeit des Türstehers merklich abdämpfte. »Ich hoffe für Sie, noch hinter der Bar, wie ich es angeordnet hatte!«

Der putzige Carlo schüttelte das schlammfarbene Löwenhaupt so nachdrücklich, dass die Goldkette um seinen dicken Hals auf dem Ausschnitt des Unterhemds hin- und hersprang.

»Nää, der wollte nur noch nach Haus«, brummte er leutselig klingend. »Datt magere Kerlchen war nich mehr zu halten, kaum dasse wech waren. Watt sollten wer da machen?!«

Inspektor Mouse erstarrte, ohne dass er sich wunderte, und fühlte sich augenblicklich schuldig. Diese albtraumhaft zähe Nacht glich einer Partie Domino, in der die Steine in einer tückischen Kettenreaktion bis zum bitteren Ende hartnäckig zur falschen Seite umfielen. Sein Glaube, dass Morpheus tatsächlich daheim auf dem geschlitzten Ohr lag, um sich gesund zu schlafen, ging gegen null.

»Los, sehen Sie drinnen nach, Fischgrät. Ich komme sofort hinterher«, wies er den Sergeant an.

Schon sprintete Jerry an ihm vorbei, während er sich noch einmal den Türsteher vornahm.

»Wenn mit Morpheus etwas geschehen ist, sind Sie dran, Sie einfältiges Riesenbaby! Es wird sich am Ende für Sie nicht auszahlen, einer solchen Chefin nach der Schnur zu gehen.«

»Nacher watt geh ich?! Datt Riesenbaby nehm ich als Kompliment. ›Einfältig‹ will ich überhört haben.« In die orangefarbenen Augen des Mischlings trat ein verschlagenes Glitzern. »Sie selbst wollten doch, Mouse, datt wir uns gut um ihn kümmern, während Se watt Besseres zu tun hatten. Der Barkeeper fühlte sich krank un musste dringend in die Koje un sich ma richtich auspennen. Madame Musch hat ihm morgen soga freigegeben, sonne Chefin is die! Un weil der liebe Morpheus ganz inne Nähe wohnt, hab ich ihn selbst umme Ecke gebracht. Noch 'nen Befehl von Madame.«

In dem Versuch, mit der makabren Zweideutigkeit seiner Worte dessen Geduld auszureizen, grinste er dem Inspektor frech ins Gesicht. Der Koloss begegnete eisblauer Verachtung, die sein hämisches Feixen gründlich abkühlte.

»Ich gebe Ihnen ein letztes Mal den gut gemeinten Rat, es als williger Pfotenlanger in einer Angelegenheit nicht zu weit zu treiben, die Sie, wie mir scheint, wohl kaum überblicken«, sagte Mouse mit kalter Sachlichkeit. »Stecken Sie sich das hinter den eigenen Spiegel oder den ihrer herzensguten Madame, falls sie Sie lässt. Wo wohnt Morpheus? Los, seine Adresse, Putzig!«

Etwas an dem gut gemeinten Rat musste ins Schwarze einer Seele getroffen haben, der es, wenn es darauf ankam, zwar an komplexer Tiefe mangeln mochte, aber nicht am Instinkt eines in der

Welt weit herumgestreunten und dann an Land gegangenen Schiffskaters.

»Mauszartstraße 76, vierter Stock«, sagte der Türsteher in verändertem Ton. »Un ich hab den kleinen Mixer wirklich ins Körbchen gebracht, rauf bis vor de Wohnungsstür. Könn'se den Hausmeister dort fragen, der aus seinem Kabuff linste, und 'nen Nachbarn, der aunnoch die Schnüffelnase innen Flur steckte, als ich mit Morpheus oben ankam. Nur ins Heiabett habbich ihn nich selbs geleecht.«

Mouse nickte und wandte ihm ohne ein weiteres Wort den Rücken zu, um in die Bar zu gehen. Er war sich sicher, dass Carlo Putzig ihm nachstarrte. Fast glaubte er, die Gedanken des riesigen Katers rattern zu hören, in deren Getriebe er erfolgreich mehrere Körnchen Katzensand gestreut hatte.

»Madame Musch ist wieder hinter ihrem Spiegel verschwunden und die Arbeiter von Musculus sind auch nicht mehr da.«

Mit dieser Information kam Sergeant Fischgrät dem Inspektor am Ende des Plüschtunnels entgegen, während er nach links zur Garderobe hinüberschielte. Mouse folgte seinem Blick und entdeckte dort seine beiden aufdringlichen Freundinnen von eben, die beige Mieze in burgunderfarbenem Satin und die proppere Glückskatze. Gerade reichten ihnen zwei schwarze Pfoten ihre Mäntel an; offenbar hatte Mitzi Schnurre ihren Arbeitsplatz wieder besetzt. Die beiden Pussies schlüpften in dünne Fähnchen mit auffälligen Knöpfen und billigen Mausepelzkrägen. Mouse roch ihr penetrantes Parfum schon, bevor sie ihm im Vorbeigehen wieder unangenehm nahe kamen. Ohne ihn eines Blickes zu würdigen, waren sie an ihm vorbei, als sich die Burgunderbraut im letzten Moment noch einmal umdrehte, vorbeugte und ihm einen flüchtigen Kuss auf die Wange hauchte.

»Un getz darfste von uns träumen, Sweetheart. Davon watte verpasst hast, wirste ins Kissen weinen. Aus deinen schönen blauen Augen. Orewaa.«

Kichernd machten sie sich in Richtung Ausgang davon.

›Mit selbigen bin ich wohl gerade noch einmal davongekommen‹, dachte Mouse. Laut sagte er: »Kommen Sie, Sergeant. Die Scharfe Kralle samt Insassen und Hinterzimmern kann einstweilen warten, bis wir wissen, was mit Morpheus ist. Finden wir ihn nicht in seinem Bett bei guter Gesundheit bis auf das Ohr, nehme ich den Laden so gründlich auseinander, dass diesmal Madame Musch ihr blaues Wunder erlebt. Und die Kanalratten, die bei ihr ein und aus gehen«, fügte er hinzu und wandte den Kopf zur Garderobe. »Apropos, meine Beste, wie wäre es, wenn Sie für heute Nacht Schluss machten, damit wir Sie in ein Taxi setzen können? Zu einer sicheren Heimfahrt auf Kosten der Polizei.«

»Nein, danke.«

Die aparte Verwalterin der Mäntel, Jacken und Hüte beugte sich über ihre Theke. Mitzi Schnurre wirkte gefasst und beinahe ein wenig abweisend, so wie die meisten aus dem Hafenviertel, wenn sie es mit der Polizei zu tun bekamen. Ihre Zurückhaltung stand in deutlichem Kontrast zu ihrer Hilfesuche vor dem trüben Bühneneingang.

›Versteh einer die Katzen‹, ging es Sergeant Fischgrät durch den Kopf.

»Ich habe nicht vor, hier durch eine Sonderbehandlung aufzufallen, und, entschuldigen Sie bitte, schon gar nicht dank Ihnen. Ein Taxi kann ich mir später alleine nehmen. Heute Nacht werde ich mir das mal leisten«, fügte Mitzi eine Erklärung hinzu, die den jungen Tigerkater versöhnlicher stimmte, denn was sie anführte, erschien ihm logisch.

»Aber haben Sie denn keine Angst, dass Ihnen MacSchlapp vor der eigenen Haustür auflauert?«, fragte Jerry freundlich.

»Die Typen, die ihn auf der Rodelbahn abgefangen haben, sahen nicht danach aus, als würden sie ihn heute noch gehen lassen. Und außerdem: Ich habe mich eben zwar ziemlich erschreckt, kann mich aber trotzdem nicht die ganze Zeit vor MacSchlapp verstecken. Widerliche Kerle, die einer alleinstehenden Katze schöne Augen machen, kommen in diesem Umfeld leider haufenweise vor. Ich muss lernen, mich meines Fells zu wehren. Schauen Sie lieber nach Morpheus, ich passe schon auf mich auf.«

»Na gut«, sagte Inspektor Mouse.

Er bedachte die zierliche Garderobenmieze mit einem nachdenklichen Blick, dem sie so lange standhielt, bis er ihr seine Karte überreichte, die er mit einer geschmeidigen Pfotenbewegung aus der Innentasche seines Jacketts zog.

»Melden Sie sich, wenn Gefahr droht oder Ihnen etwas Verdächtiges auffällt. Jederzeit. Bis dahin gute Nacht, Mitzi Mutabor, und sehen Sie sich vor.«

»Das werde ich«, hauchte Mitzi.

Der Thai-Siam nickte ihr zu, als ein Schimmer des kitschigen Kronleuchters, der die Garderobe in violettes Licht tauchte, sich in des Inspektors Augen brach, die in dieser Umgebung die geheimnisvolle Tiefe eines dunkelblauen Gebirgssees angenommen hatten. Ein Hexenmeister im Trenchcoat, verschwand Mouse als bleicher Mondesschatten im Dämmer des Plüschtunnels. Dem rotgetigerten Zauberlehrling blieb nichts übrig, als seinem Herrn an zweiter Stelle zu folgen. Ein vergleichsweise jämmerlicher Abgang in Jerrys grünlichen Augen, die so wenig verführerische Bläue besaßen wie der junge Sergeant Visitenkarten und die Befugnis, das *ihn* bezaubernde Fräulein Schnurre anzuweisen, bei Bedarf Tag und Nacht anzurufen.

Um diesen hierarchischen und auch sonst wesentlichen Unterschied noch zwanghaft zu betonen, tippte sich Fischgrät mit der Pfote steif und dienstlich an eine nicht vorhandene Polizeimütze, als liefe er noch Streife und hätte gerade einer alten Dame den Einkauf nach Hause getragen. Weil er nichts sagte, sagte Mitzi auch nichts. Mit undeutbarer Miene sah sie den beiden Ermittlern nach.

Sich abermals verfluchend, heftete sich Jerry an die flinken Pfoten seines schneidigen Vorgesetzten; der eigenen gnadenlosen Einschätzung nach nicht länger ein souveräner Beschützer, sondern leicht bräsiger Untergebener mit durchschaubaren Ambitionen und herzlich wenig Chatritzma.

Zu zweit zogen sie an Carlo Koloss Putzig vorbei, der, ebenfalls wortlos, die Ledertür fast so eilfertig für sie aufhielt wie ein Portier des teuren Hotels Miezopol in der Kratzburger City. Er entließ sie in die mittlerweile vereinsamte Gasse und eine allmählich verstummende Nacht, die dank der vom Hafen herübertreibenden Feuchtigkeit kühl, abweisend und gemein wirkte.

13. Kapitel

Die Mauszartstraße lag einige Blocks hinter der Seekaterkirche St. Nikomaus im sogenannten Musikantenviertel, das sich eigentümlicherweise direkt an die verrufenen Teile des Hafens anschloss, als bräuchten diese ein Gegengewicht und die Stadt einen abmildernden Übergang aus den miesen in die besseren Gegenden. In fast vergessenen Kratzburger Tagen hatte hier ein katzedralenartiger Dom gestanden, aber Gottkater in seiner unergründlichen Weisheit nichts dagegen unternommen, dass dieses seiner Häuser in einem ebenfalls lange zurückliegenden Krieg bis auf die Grundmauern zerstört und bisher nicht wieder aufgebaut worden war, obwohl fromme Gemeindesammlungen immer wieder dazu aufriefen. Es standen aber noch viele der ehemals zum Domviertel gehörenden Häuser. Wo sich der auch an Land ständig vergrößernde Hafen mit Lager- und Abfertigungshallen bisher nicht weiter ins Viertel gefressen hatte, gab es, wenn auch in heruntergekommenem Zustand, noch mehrere aus solchen alten Gebäuden bestehende Straßenzüge, die Namen berühmter Komponisten und Kirchenmusiker trugen.

»Hier ist es«, stellte Sergeant Fischgrät fest.

Er wies auf die schlecht lesbare 76 in dem gesprungenen Emailschild neben einem Treppenaufgang, der über steile Stufen zu der in völliger Finsternis liegenden Haustür hinaufführte. Der Eingang war von keiner Lampe erhellt, die nächste Straßenlaterne stand meterweit entfernt. Das Miezhaus aus der Frühzeit des Musikantenviertels lag in völliger Stille, wie die ganze katzenleere Straße, zu der aus einiger Entfernung ein Nachhall der rund um die Rodelbahn herrschenden Betriebsamkeit als undefinierbares Brausen herüberklang.

Mouse und Fischgrät legten die Köpfe in den Nacken und sahen nach oben in den vierten Stock, der gleichzeitig der letzte war. Unter dem Dach und in der Fassade waren die Fenster nur als schwarze Löcher zu erkennen. Nirgends gab es Licht.

»Vielleicht liegt er ja wirklich im Bett und schläft«, sagte Fischgrät mit einem Anflug von Hoffnung, der erstens daraus bestand, dass es Morpheus leidlich gut ging. Zweitens, sich selbst am Ende dieser langen Nacht und eines umso längeren Tages noch kurz unter der eigenen Decke einrollen zu dürfen, bis der neue Morgen graute und es mit dieser verzwickten Ermittlung munter weiterging.

Wenn Jerry die letzten zwanzig Stunden seit dem spektakulären Raub überschlug, erschien es ihm beinahe unvorstellbar, dass er erst heute früh mit den Kollegen im verwüsteten Büro von Felix von Maunz vor dem klaffenden Loch in der Wand gestanden hatte und nur wenig später, dank der unerwarteten Zusammenarbeit mit Inspektor Mouse, im eindrucksvollen Ambiente der Maunz'schen Villa vor des Direktors Gattin und ihrer hinreißenden Nichte. Dazwischen galt es im gruftartigen Keller der Firma Musculus und unter Beisein dieser ruchlosen Katznaille MacSchlapp weitere mysteriöse Löcher zu begutachten sowie im Krankenhaus den Zustand des alten Wachmanns, Opfer der Schlitzerbande. Um am späten Abend desselben Montags in der Bar zur Scharfen Kralle auf ein Panoptikum zwielichtiger und verdächtiger Existenzen zu treffen, darunter wieder der plattohrige Halbschotte. Zu diesem abwechslungsreichen Defilee und dem persönlichen Ehrgeiz, sich zu beweisen, erschien als inspirierende Dreingabe das reizende Fräulein Schnurre.

Unterwegs zur Mauszartstraße hatte der bizarre Reigen, Mitzi an der Spitze, die Gedanken des jungen Sergeants durchtanzt und drehte sich immer weiter. Alles erschien ihm so obskur, als gäbe der Schwarze Ole darin höchstpersönlich den Takt an. Oder diese Stimmung lag nur an der ihn zeitweilig überwältigenden Müdigkeit, die Jerry verbissen zu verdrängen versuchte, als er mit dem auffallend schweigsamen Inspektor nun vor Nr. 76 stand.

Je weiter sie sich von der Rodelbahn entfernt hatten, desto leerer waren Straßen und Gassen geworden; selbst für Spätheimkehrer neigte sich die Nacht allmählich dem Ende zu. Nur einmal war Fischgrät über einen in einem Hauseingang liegenden Obdachlosen gestolpert, der, wie die veritable Fahne nach billigem Fusel vermuten ließ, unter Zeitungen seinen Rausch ausschlief. Als der Sergeant an den bis auf das Trottoir ausgestreckten Hinterpfoten hängen blieb, unterbrach der Schläfer, der dabei war, einen Wald Kratzbäume abzusägen, sein Schnarchkonzert mit einem kurzen Schnaufer. Ohne aufzuwachen, drehte er sich samt dem knisternden schwarz-weißen Bettzeug um und erwies dem Musikantenviertel mit seinen sonoren Intervallen weiterhin alle Ehre.

›Vielleicht ist das ja der besoffene Alte, den Kasimir Bart, der Wachposten vor der Fabrik, erwähnt hatte‹, fiel es Fischgrät im Vorbeilaufen ein. Genauso gut könnte es aber auch jener sein, der Mitzi in ihrem Unterschlupf im Bühneneingang aufschreckte. So oder so handelte es sich um irgendeinen armen Tropf, von denen es am Hafen mehr als genug gab, gestrandet auch im Leben.

»Nicht abgeschlossen, wenigstens etwas«, stellte Mouse fest, nachdem er versuchsweise die Klinke herunterdrückte.

Lautlos waren sie den dunklen Treppenaufgang hinaufgeschlichen. Lautlos wollten sie das alte Haus betreten, aber dann knarrte die Tür wie ein sich langsam öffnender Sargdeckel in einem Vampirfilm. Inzwischen hatte Mouse die Taschenlampe gezückt. Der Lichtkegel huschte über schmutzige Bodenfliesen und eine Wandverkleidung aus abgestoßenen Holzpaneelen, denen in Schulterhöhe eine abblätternde Tapete folgte. Ihr simpler Musterrapport schickte zahllose verblasste Fischschwärme durch ein trübes, graublaues Meer. Rechts hing am Holzsims eine Reihe zerbeulter Briefkästen, von denen mehrere keine Schlösser hatten und darum offen standen. Einer beinhaltete statt Post eine leere Flasche Duckmäuser.

Der Inspektor leuchtete die Namensschilder ab. Das Letzte auf einer noch intakten Klappe zeigte in unerwartet sorgfältiger Aufschrift *Morpheus C. Matt*.

»Wäre sein Nachname *Munter*, fände ich das ein weit besseres

Omen«, knurrte der Thai-Siam und richtete das Licht auf die Treppe, die hinter den Briefkästen mit hohen, abgetretenen Stufen ihren Aufstieg nahm. Mouse steuerte darauf zu.

»Sehen Sie, da ist doch noch jemand wach.« Fischgrät wies auf einen hellen Streifen in dem ansonsten düsteren Winkel links gegenüber der Treppe. Sogleich glitt der Taschenlampenstrahl über eine Tür, die sich im selben Moment öffnete. Sie gab den Blick auf einen engen Flur frei, in dem ein mit alten Klamotten überladener Garderobenschrank noch das Bemerkenswerteste war. Auf der Schwelle, im Licht einer nackten Glühbirne, stand ein dürrer schwarzer Kater in einem gestreiften Schlafanzug. Er trug eine asymmetrische weiße Blesse in seinem misstrauischen Gesicht und riss die rechte Pfote hoch, um seine geblendeten Augen abzuschirmen.

»Verfluchte Katzenscheiße noch ma!«, fauchte er mit der heiseren Stimme älterer Semester. »Hat man in dieser Nacht irgendwann ma seine Ruhe?« Dabei wirkte er nicht so, als würde man ihn gerade aus dem Tiefschlaf gerissen haben, sondern als hätte er hinter der verschlossenen Tür bereits darauf gewartet, dass sich draußen im Korridor etwas ereignen würde.

Mouse senkte die Taschenlampe und fischte die Marke aus seinem Mantel. Er hielt sie dem Kater entgegen, der ihn an eine radikal abgespeckte Ausgabe von Oberinspektor Murr erinnerte.

»Kriminalpolizei«, sagte er ohne Umschweife. »Sie sind der Hausmeister, nehme ich an?«

»Nääää, der gestiefelte Kater ganz privat in Pantoffeln und Pyjama«, gab dieser schlagfertig zurück. »Watt wolln' Se getz aunnoch? Hat der kolossale Carlo vonner Krallenbar watt ausgefressen oder etwa datt harmlose kleine Würstchen aussem vierten Stock?«

»Wenn Sie damit den Barkeeper Morpheus Matt meinen – wir sind gerade auf dem Weg zu seiner Wohnung«, entgegnete der Inspektor. »Und da Sie zufällig den unverkennbaren Türsteher erwähnen: Ich weiß von ihm selbst, dass Sie vorhin mitbekommen haben, wie er Herrn Matt nach Hause brachte. Ist das richtig?«

»Wenn er datt sacht, musset wohl stimmen«, antwortete der Hausmeister vage.

Aus blassgelben Augenschlitzen versuchte er, an ihnen vorbei in Richtung Treppe und Haustür zu spähen. Auf einmal vorsichtig geworden, beinahe ängstlich, als stünden dort noch andere im Schatten. Mouse lehnte sich zurück, um seinerseits in den engen Treppenschacht hinaufzuschauen. Er starrte in unterschiedslose Schwärze, bevor er sich wieder dem Hausmeister zuwandte. Den er mit einem seiner legendären stahlblauen Blicke bedachte, die selten bis nie ihre Wirkung verfehlten, damit ein verunsichertes Gegenüber etwas preisgab, wonach der Inspektor noch gar nicht gefragt hatte.

»Den Weg nach oben könn' Se sich sparen«, brach es aus dem mageren Schwarz-Weißen hervor, als müsse er nun dringend etwas loswerden. »Den Morpheus ham'se vor 'ner Weile abgeholt, kaum datt der Kraftmeier vonner Kralle sich wieder verzogen hatte.«

»Sind Sie sicher? Wer ist das gewesen? Haben Sie die gesehen?«

Der Hausmeister hatte noch nicht ganz zu Ende gesprochen, als Mouse mit drei Fragen und einem so entschlossenen Schritt auf ihn losging, als wolle er ihn am Schlafittchen des Schlafanzugs packen. Sein Träger schrak sichtlich zusammen. Dieser aalglatte Thai-Siam von einem Gesetzeshüter wirkte plötzlich unberechenbar und gefährlich, selbst der rotgoldene Bubi an seiner Seite sah sich nach dem aufgebrachten Chef um.

»Sachte, sachte, Meister. Ich hab' mit dem Scheiß doch nich' die Bohne zu tun.«

»Dann reden Sie endlich, Kater!«

»Die standen nur 'ne Viertelstunde später auffer Matte, nachdem der Koloss die Biege gemacht hatte. Als der zuerst mit dem Mixer hier aufkreuzte, habbich mir nix Besonderet gedacht, weil' se ja beide inner Kralle malochen un' also Kollegen sind. Hab' nur deswegen ausser Tür gekuckt, weil ich kurz auf'm Klo war und nich' pennte«, berichtete der Hausmeister mit unverlangter Detailfreude.

»Himmel, kommen Sie endlich zur Sache«, raunzte Fischgrät ihn an.

»Die danach kamen, waren echt finster«, fuhr der dürre Kater mit einem bösen Blick auf den Sergeant fort. »Die ham sich keine Mühe gemacht, leise zu sein. Also bin ich noch ma raus ausser Falle und hab umme Ecke innen Flur gespinkst. Un da sah ich sie, wie se gerade die Treppe hochstiegen. Drei Riesentypen in schwatten Klamotten un Schlägermützen und noch einer, der kleiner war, dafür aber breit wie lang. Hatte 'ne Fresse wie 'nen Pott ohne Griffe. Der waret auch, der sich nach mir umgedreht hat. ›Verpfeif dich, Oller!‹, hat der geschnauzt. ›Wenne keinen Ärger kriegen willst, hasse weder watt gesehen, noch gehört un weißt auch sonst von nix, falls dich einer fracht‹.«

»Dennoch erzählen Sie uns davon?«, hakte Inspektor Mouse nach.

»Sie würden ja doch nich lockerlassen. Macht die Polente nie, wenn se Blut geleckt hat«, sagte der Hausmeister resigniert und wohl aus Erfahrung. »Ich verrat' euch datt, weil der Morpheus einer der wenigen ruhigen Mieter in dieser Bruchbude gewesen is un seine Miete pünktlich gezahlt hat. Hat auch immer gegrüßt und war 'nen feiner Kerl.«

»Jetzt heißt es auf einmal *›war‹*?«

Wieder löcherte ihn das bohrende blaue Augenpaar und so senkte er die Stimme zu einem rauen Flüstern. Mouse und Fischgrät beugten sich vor.

»Wenn se mich fragen, waren datt welche vonner Schlitzerbande, jedenfalls drei von denen, so wie die aussahen. Wen die inner Nacht abholen, kommt nich' mehr heil zurück, wenn überhaupt. Datt weiß auf'm Kiez und am Hafen doch jeder. Morpheus lebt nich' mehr. Können' se einen drauf lassen. Wer weiß, watt der ausgefressen hat. Aber von mir hamm' se datt allet nich und mehr habbich nich' zu vertellen.«

»Auch nicht, wohin die mit Morpheus gegangen sein könnten?«, fragte Mouse, beharrlich wie eine Zecke im Pelz kurz vor dem Zubeißen. Dabei glaubte Fischgrät dem Inspektor schon jetzt die tiefe Erbitterung anzuhören. Alles deutete darauf hin, dass sie zu spät kamen. So, wie es zu fürchten stand, seit sie beide riskiert hatten, den Barkeeper in der Kralle schutzlos zurückzulassen.

»Wissense, ich bin kein Held und diesen Finsterlingen nich nachgegangen, auch wenn' se Morpheus abgeschleppt hamm.« Der Hausmeister hielt inne, als müsse er erst verarbeiten, soeben zugegeben zu haben, dass er rein gar nichts versucht hatte, um dem Mieter aus dem Dachgeschoss zu helfen.

»Sie hätten auf der Stelle die Polizei rufen können«, bemerkte Fischgrät und klang so vorwurfsvoll, wie es ihm das eigene schlechte Gewissen eingab.

»Sonst noch watt?«, fuhr ihn der schwarze Kater an. Dieser junge Klugscheißer ging ihm auf den Sack. »Hab kein Telefon und datt hat auch sonst kein Schwanz in dieser piekfeinen Hütte. Glaubste, datt is hier datt Ritz? Und wenne denkst, Jungchen, datt ich an den Schlitzern vorbei mitten inner Nacht bis zur nächsten Wache renne, musse noch bekloppter sein, als deine rosa Zuckerschnauze aussieht! Macht eure Arbeit ma schön allein.«

»Und Sie passen gefälligst auf Ihre Wortwahl auf! Schon gar nicht sind wir per Du!« Dem Sergeant sträubte es das rostrote Fell. Abfällige Bemerkungen über seine Nase ließ er in angespannten Situationen selten durchgehen. Er wollte noch mehr sagen, aber Inspektor Mouse hielt ihn davon ab.

»Geben Sie uns den Hauptschlüssel, falls es einen gibt«, wies er den Hausmeister an. Seinen verärgerten Kollegen schob er entschieden zur Treppe. »Wir gehen jetzt rauf in die Wohnung. Bis wir zurück sind, ist Ihnen vielleicht noch was eingefallen, das Sie uns sagen könnten.«

Nur eine knappe Viertelstunde später sprangen Mouse und Fischgrät schon wieder die Treppe hinunter. Jetzt brannte das Flurlicht. Übertriebene Heimlichkeit war nicht mehr nötig, denn für diese Nacht war die Vorstellung, was den Schauplatz Mauszartstraße 76 betraf, zu Ende. Auf dem Rückweg ins Erdgeschoss entging ihnen nicht, dass sich nun auch in den übrigen Etagen die Bewohner regten. Hier und da wurde der Verschluss eines Gucklochs verstohlen beiseitegeschoben und von innen das Ohr an die Wohnungstür gelegt. Dielen knarzten, die man sachte betrat, doch niemand öffnete und steckte den Kopf in den Flur. Wahrscheinlich hatten vorher noch andere außer dem Hausmeister von Morpheus' erzwungenem Abgang genug mitbekommen, um sich auf keinen Fall einmischen zu wollen.

Nur bei dem Nachbarn, der im vierten Stock gegenüber der Wohnung des Barkeepers wohnte, hatten die beiden Kriminaler darauf bestanden, dass er kurz mit ihnen sprach.

Ein sichtlich verängstigter Kater zeigte sich im Türspalt. Sein Fell sah ähnlich zerzaust aus wie der zerfranste Bademantel, in den er sich hüllte. Was Inspektor Mouse eben in der Bar von Carlo Putzig gehört hatte, bestätigte er mit furchtsamen Worten. Dass er in den Flur geschaut hatte, weil er von einem Geräusch auf der Treppe wach geworden sei, das sich als Knurren herausstellte. Wie üblich war Morpheus Matt zu nachtschlafender Zeit von der Arbeit zurückgekehrt, doch heute zusammen mit dieser Kiezgröße, dem unangenehmen Muskelkater aus der Krallenbar, dem die grollende Stimme gehörte. Mit der er den Barkeeper nicht gerade freundlich vor sich hertrieb, der wenig bis gar nix entgegnete und wohl sehr müde oder sogar betrunken war. Ihn selbst habe der Koloss angeblafft, sich gefälligst »inne Poofe zu verpissen und die Ohren auf Durchzuch zu stellen«, sagte Morpheus' Nachbar weiter aus.

Woraufhin er sich schnellstens zurückgezogen und ebenso an den zweiten Rat gehalten hatte, obwohl es nebenan, kurz nachdem der Türsteher gegangen war, noch einmal ziemlich laut wurde. Genau wie im Treppenhaus, als sich zum Glück auch die nächsten Rabauken bald wieder vom Acker machten. Ob mit oder ohne den Barkeeper, entzog sich seiner Kenntnis. Jedenfalls war es seitdem in dessen Wohnung mucksmäuschenstill. Herr Matt könne sich die Leute wohl nicht aussuchen, mit denen er beruflich zu tun hat, schloss der Kater im Bademantel indigniert und mit Leichenbittermiene. Leider sei die miese Gegend einfach zu nah und das Musikantenviertel nicht mehr das, was es einstmals gewesen war.

»Das ist es schon seit über zweihundert Jahren nicht mehr«, hatte sich der Inspektor in den Bart gemurmelt.

Der Nachbar, der auf ihn wie ein zimperlicher alter Klavierlehrer wirkte, dem sowohl die Schüler als auch das Geld ausgegangen waren, verschwand hinter seiner Tür, die er vernehmlich zweimal abschloss. Daraufhin waren sie nach nebenan gegangen, wo sich der Hauptschlüssel als überflüssig erwies. Morpheus' Tür war gewaltsam geöffnet worden. Das mürbe alte Schloss konnte nicht lange standgehalten haben; sie hatten es wohl einfach aufgedrückt.

Die winzige Wohnung gab auf den ersten Blick nicht viel her. Blieb der Barkeeper wirklich verschwunden, ein Gedanke, den weder der Inspektor noch Sergeant Fischgrät aktuell bis zu Ende dachten, war sein Zuhause ein Fall für den roten Charlie und die Techniker der KTU. Die schlichte und zweckmäßige Einrichtung verriet, dass der graue Tigerkater die Wohnung tagsüber vor allem als Schlafstätte genutzt hatte. Die Arbeit in der Scharfen Kralle diktierte ihm ein Leben in der Nacht. Außer einer kleinen Küche und dem Bad, diente das einzige, peinlich saubere Zimmer gleichzeitig als Wohn- und Schlafraum. Dort hatten Mouse und Fischgrät vor dem aufgeschlagenen Bett gestanden, das kaum benutzt worden war. So wie es aussah, war nach Putzig das finstere Kommando hier so schnell aufgetaucht, dass der müde, verletzte Morpheus noch nicht lange auf seinem Lager geruht haben konnte. Er hatte sich nicht dagegen wehren können, die Eindringlinge mit unbekanntem Ziel in die Nacht zu begleiten. Es gab keine Spuren von einem Kampf, nicht einmal ein Stuhl war umgefallen. Sie mussten ihn auf eine Weise bedroht haben, die keinen Widerspruch duldete.

»Sehen Sie nur! Sein Ohr hat wieder geblutet oder diese Schinder haben ihm noch mehr angetan, damit er ihnen gehorchte«, sagte

Fischgrät alarmiert und zeigte auf das blütenweiße Kopfkissen, das drei dicke Tropfen verunzierten, die zu dunklem Purpur antrockneten.

Inspektor Mouse, der sich vorgebeugt hatte, widmete seine Aufmerksamkeit nicht den Blutspuren, sondern einem Zeitungsausschnitt, der über dem Bett mit einer Stecknadel an die Wand geheftet war. Es handelte sich um einen Artikel aus der Kratzburger Chronik, der wichtigsten Tageszeitung der Stadt. Er datierte auf den Herbst letzten Jahres und befasste sich mit Bakrus Ole Tyvsons spektakulärer Flucht von der Festungsinsel St. Leonhart, die damals wochenlang die Schlagzeilen beherrschte.

»Vielleicht hat der müde Morpheus mal selber zu den Schlitzern gehört, dass er sich statt eines Kratzifix diese Meldung über das Bett hängt«, meinte Jerry. »Stille Wasser sind mitunter so tief wie die wilde See des Katzegatts, die der Schwarze Ole durchquert hat, als könne er übers Wasser gehen. Vielleicht ist noch eine alte Rechnung aus einer uns unbekannten Vergangenheit offen, die der Barkeeper jetzt teuer bezahlen muss.«

Unter dem Eindruck des verlassenen, aber aussagekräftigen Tatorts hatten sich die ungewöhnlichen Augen des Thai-Siams zunehmend verfinstert, bis sie so indigoblau und grundlos erschienen wie das offene Meer, von dem der junge Kollege gerade gesprochen hatte.

»Los, Fischgrät, gehen wir wieder nach unten! Hier oben gibt es für uns momentan nichts zu tun. Inzwischen könnte diesem Faktotum im Schlafanzug noch etwas eingefallen sein, das für uns eine Spur hergibt.«

»Die Tür von Herrn Matt braucht keinen Schlüssel, sondern einen Schlosser«, erklärte Inspektor Mouse dem Hausmeister und hielt ihm selbigen unter die magere Schnüffelnase.

In dessen verdrossenem Gesicht wirkte der quere weiße Fleck wie ein zur Seite kippendes Ausrufezeichen. Der ältliche Kater, der wieder oder noch immer auf der Schwelle seines Eingangs stand, mittlerweile mit einer Kippe im Mundwinkel, nahm den Hauptschlüssel an sich und stopfte ihn in die Tasche seiner Pyjamahose.

»Trotzdem gilt die Wohnung ab jetzt als versiegelt«, redete Mouse gleich weiter. »Sie sorgen mir dafür, dass sie keiner betritt, bevor nicht entweder ihr Bewohner zurückkehrt oder die Polizei. Und nun, Meister, wüsste ich gern, ob unsere kurzfristige Abwesenheit Ihrem Gedächtnis auf die Sprünge geholfen hat. Unter den gegebenen Umständen vielleicht ja auch die Tatsache, dass der Vermisste Sie immer so nett grüßte.«

Der Hausmeister zog nach dieser Bemerkung heftig an dem Rest seines Glimmstängels, dessen Glut aufblühte. Sein Mienenspiel verriet, dass es in ihm arbeitete, als er den Qualm an Mouse und Fischgrät vorbei in den Flur blies.

»Als die von oben wieder die Treppe runnerkamen, habbich hier anner Tür gelauscht«, gab er zögernd preis. »Datt'se den Morpheus dabeihatten, wusste ich da noch nich wirklich. Als die Haustür ging, bin ich nach vorn inne Küche, von wo man auffe Straße kucken kann. Wie ich so rauslinse, merk ich, datt die Truppe direkt unnerm Fenster steht. Die drei schwatten Halunken und der mit dem Plattkopf un dazwischen ganz klein, Morpheus, mit Ohren, die bluteten, weil se ziemlich zerfetzt waren.«

Er hielt in seinem erschreckenden Bericht inne, als bräuchte er selbst eine Pause und bückte sich, um den glühenden Stummel durch den Hals einer neben seiner Pfotenmatte stehenden Bierpulle in ein Aschegrab zu befördern, das die leere Flasche schon halb ausfüllte.

Mouse und Fischgrät sahen ihn fassungslos an. Womit dieser Katerkerl erst jetzt herausrückte, ließ ihnen in Hinblick auf das weitere Schicksal des Barkeepers das Blut in den Adern gefrieren. Schon redete der Hausmeister weiter, nun wie unter Zwang.

»Nää, nää, datt son Mickerling nich datt ganze Haus zusammengeschrien hatt, is mir nen Rätsel. Diese Aasgeier hatten ihm bestimmt datt Maul gestopft, als sie ihn sich vornahmen, unnu war er in ihren Fängen wie 'ne halbtote Maus, die nich ma mehr fiepte. Aber getz kommtet …« Wieder stoppte er, als hätte er sich für das Ende seines brutalen Berichts eine Pointe aufgehoben, die sein vorheriges Schweigen und Nichthandeln ein bisschen ausgleichen könnte. »Vom Küchenfenster datt Oberlicht stand auf Kippe. Darum habbich hören können, wie der größte der Ohrenschlitzer zu den anneren gesacht hat: ›Bringt ihn zum kleinen Leuchtturm. Ich komm mit dem Prussen gleich nach.‹«

»Und dann? Um Himmels willen, warum haben Sie das bloß nicht als Erstes gesagt?«, stieß Fischgrät atemlos hervor. »Vielleicht hätten wir die dann noch einholen können. Und das verletzte Opfer.«

»Dann nix mehr«, sagte der schwarze Kater, die letzten Worte des Sergeants geflissentlich übergehend. »Die ham sich getrennt, so wie der Kerl datt gewollt hat. Der hat sich, glaubbich, zum Hafen getrollt und die annern drei mit Morpheus in die annere Richtung, die Mauszartstraße runner. Zehn Minuten später standet ihr hier auffer Matte.«

Jerry stöhnte. Er sah den Inspektor fragend und mit einer gewissen Erleichterung an, für unterlassenes und weiteres Handeln nicht die Verantwortung zu tragen.

»Kleiner Leuchtturm? Ist mir völlig unbekannt«, meinte Mouse wie zu sich selbst. Dann wandte er sich so ruhig und versammelt an die beiden anderen, als erkundige sich ein ortsfremder Tourist nach einer Sehenswürdigkeit, die er nur vom Hörensagen kannte. »Damit könnte zwar der Leuchtturm an der Albis am Katzensteiner Ufer gemeint sein, denn der ist meines Wissens in Kratzburg und Umgebung der einzige. Steht aber von hier aus zehn Kilometer entfernt flussaufwärts auf einer Landzunge und was Sie da gehört haben«, er nickte dem Hausmeister zu, »klingt für mich, als ob sich alle schon in Kürze wiedertreffen würden. Also vermutlich ganz in der Nähe, obwohl sie den Barkeeper natürlich auch in einer Nebenstraße in ein Auto gezerrt haben können. Dennoch, etwas sagt mir, dass sie noch nicht weit weg sind. Hat schon mal einer von einer Kneipe gehört, die ›Kleiner Leuchtturm‹ heißt, oder von etwas, das damit gemeint sein könnte?«

Der Kater im Schlafanzug schüttelte wortlos den Kopf. Er sah aus, als ob er sein Pulver für diese Nacht komplett verschossen hatte, ohne auch nur das Geringste getan zu haben.

»Auf Anhieb fällt mir dazu nichts ein«, antwortete Fischgrät nach kurzer Überlegung. »Aber wir sollten einen von der Nachtwache vor der Fabrik fragen. Die Streifenpolizisten kennen alle Läden auf dem Kiez. Vielleicht weiß einer von denen, ob vor Kurzem unter diesem Namen was Neues aufgemacht hat.«

»Später«, entschied Inspektor Mouse. »Zuerst sehen wir uns hier in der Gegend um. Wenn die nicht einfach um die Ecke geparkt haben, sind sie mit Morpheus ins Musikantenviertel gezogen, das mit seinen engen Straßen und Gassen eine Menge erstklassiger Verstecke bietet, aber im Gegensatz zur Rodelbahn und dem Hafen weit weniger im Fokus der Polizei steht. Vielleicht ist das ein Fehler …«

Er sah dem Hausmeister scharf in das erschöpfte Gesicht, in dem sich, wie der Thai-Siam unschwer erkannte, bereits starke Zweifel regten, ob es schlau gewesen war, gegenüber der Polizei so mitteilsam zu sein.

»Sie halten sich über all das möglichst bedeckt und an die Anweisungen, die ich Ihnen zur Wohnung im vierten Stock gegeben habe«, sprach Mouse ihn an. »An Ihrer Stelle würde ich bis dahin keinem mehr die Tür öffnen und keine Sorge – außer den Kollegen erfährt niemand von uns, was Sie gehört und gesehen haben. Also hängen Sie es selber nicht an die große Glocke. Auch nicht hier im Haus.«

Schon im Weggehen drehte er sich noch einmal um, wodurch der Hausmeister für diese Nacht ein letztes Mal in den Genuss des strahlend blauen Blickes kam, der ihn jedes Mal aufmerken ließ, so als führe ihm ein frischer Wind in den schütteren Pelz.

»Verraten Sie uns Ihren Namen.« Dem Inspektor war aufgefallen, dass sie ihn gar nicht danach gefragt hatten.

»Manni Leisegang«, sagte der Kater mit der schrägen Blässe.

»Der Name ist Programm. Na denn, gute Nacht.«

Nach diesem Gruß verließen Mouse und Fischgrät das Haus Mauszartstraße 76, dessen Tür kaum ins Schloss gefallen war, als Hausmeister Leisegang schon herbeieilte, um ganz entgegen der üblichen Gepflogenheiten so oft abzuschließen, bis sich der Schlüssel nicht mehr umdrehen ließ.

14. Kapitel

»Womit hat es dieser Unglückswurm von Barkeeper wohl geschafft, die Bande so gegen sich aufzubringen?«, überlegte Fischgrät laut.

»Ich hoffe, dass wir das bald erfahren werden, am besten von Morpheus selbst«, meinte Mouse, ohne angesichts der Schilderung des Hausmeisters davon noch überzeugt zu sein. »Wobei ich vermute, dass es nach dem Raub bei Musculus nicht viel braucht, damit jemand zum Schweigen gebracht wird, der die Kreise der Schlitzer zu einem hochsensiblen Zeitpunkt stört. Mit abschreckendem Terror sind die immer gut gefahren, um unbehelligt ihren finsteren Geschäften nachzugehen.«

Den Rotlichtbezirk hinter sich lassend, liefen sie die Mauszartstraße hinunter, im spärlichen Schein vereinzelter Gaslaternen, die in großen Abständen nur auf dem linken Trottoir standen. Ab da, wo die nächste Querstraße einkreuzte, fehlten sie ganz, als stammten sie aus einem Restbestand, der für die rechte Seite nicht mehr gereicht hatte, geschweige denn dazu, die Umgebung komplett zu beleuchten. Derzeit übernahm das im lampenlosen Teil ein bleicher, abnehmender Mond, der wie ein wässriger, angebrochener Weichkäse über dem altertümlichen Dächergewirr hing. Vor dem von grauen Schlieren durchzogenen Nachthimmel bot das Durcheinander aus Giebeln, Firsten und Schornsteinen den Anblick eines gezackten Scherenschnitts, der vom unteren Teil der Mauszartstraße gut zu erkennen war, da die verwitterten Häuserzüge des Musikantenviertels wie eine steinerne Bittprozession den Hügel hinaufkrochen, auf dessen Kuppe die verschwundene Katzedrale einst gestanden hatte. Ihr ehemaliger Standort hoch über dem Hafen lag seit der Zerstörung brach und nur der trotz oder gerade wegen des umliegenden Niedergangs noch nicht verflogenen Heiligkeit des Ortes war es zu verdanken, dass die freie Fläche nicht wieder bebaut worden war. Kratzburger

Spekulanten, aber auch Immobilienhaie von auswärts liebäugelten mit dem der Stadt gehörenden Bauland in eigentlich reizvoller Lage, dessen Nutzung den Abriss des heruntergekommenen und vielerorts baufälligen Musikantenviertels einleiten würde. Doch bis jetzt hatte man im Stadtrat schützend die Pfote über den ehemaligen Kirchplatz gehalten, der den klangvollen Namen Georg-Friedrich-Pfotel-Platz trug.

Oder es war St. Katzetan selbst, der wollte, dass dieser Ort und die zu ihm führenden Straßen und Gassen für Besseres aufgespart würden, als bloß dem gewinnbringenden Nutzen skrupelloser Geldmacher zu dienen. Manch eine von ehrfürchtiger Frömmigkeit ergriffene Seele behauptete, dass der Heilige in dunklen Nächten den Grundriss des verlorenen Gotteshauses abschritt und danach vor einem unsichtbaren Altar das Weihwassergefäß schwenkte. Vielleicht hatten die weißlichen Schwaden, die den beiden im Schattenband der Häuser dahinschleichenden Katern entgegentrieben, ja jene geisterhafte Quelle zum Ursprung. Wahrscheinlicher war, dass Nebel von der Albis aufstieg.

Ein flüchtiger Gedanke an die alte Mär huschte Sergeant Fischgrät durch den Kopf, als es aus einiger Entfernung vom manifesten Turm der Seekaterkirche drei schlug.

›Bong, bong, bong‹, wiederholte Jerry innerlich, mechanisch und übermüdet – wie viele Stunden waren es mittlerweile her, dass der um Tausende souris d'or und den legendären Smaragd erleichterte Direktor von Maunz mit diesem lautmalerischen Triple seine murrende Belegschaft zum Arbeitsbeginn gemahnt hatte? ›Bong, bong, bong‹, dachte der junge rötliche Tiger abermals, als könne er sich damit selber anfeuern, und sprang über eine Pfütze. Dann schmiss er sich in der noch nicht vollendeten Bewegung geschmeidig herum. Mit einer Pfote kam er knapp im Nassen zu stehen, doch Fischgrät hatte nur Augen für den im Mondlicht hell leuchtenden Fetzen am Boden. Darauf blühten wie der Inhalt einer zerplatzten Zecke große rote Flecken. Es war ein glücklicher Umstand, dass das Taschentuch nicht in die Pfütze gefallen war und sich mit Wasser vollgesogen hatte, was das viele Blut zwar nicht ausgespült, aber unauffälliger gemacht hätte.

»Sehen Sie nur, Inspektor!«, rief der Sergeant und lenkte dessen Aufmerksamkeit auf das Stückchen Stoff im Rinnstein.

Mouse blieb sogleich stehen. Er bückte sich und spießte das blutige Fähnchen mit ausgestreckter Kralle zur Begutachtung auf. Sie wussten beide, worum es sich handelte, auch wenn dem Taschentuch ein Monogramm fehlte.

»Dass es hier liegt, könnte zwar Zufall sein«, knurrte der Thai-Siam düster. »Ich denke aber, er hat es absichtlich fallen lassen, weil sie hier abgebogen sind. Entweder nach links hügelabwärts oder rechts bergauf.«

Sie hatten soeben die nächste Wegscheide erreicht, wo die schmale Forellistraße beidseitig von der Mauszartstraße abzweigte, um mäandernd zum Hafen zurückzuführen oder sich den alten Domhügel hinaufzuwinden.

»Also glauben Sie auch, dass es Morpheus gehört?«, erkundigte sich Fischgrät.

Mouse hob den Kopf und musterte die Kreuzung mit den sich anbietenden Richtungen. Seine Augen reflektierten den Mondschein, zwei blaue Ampeln, die auf Rot sprangen.

»In Anbetracht der Tatsache, dass wir hier mutterseelenallein unterwegs sind, und dem, was wir wissen, spricht ein vollgeblutetes Taschentuch Bände.«

»Dann ist es als Zeichen gemeint?«

»Mit dem Mut der Verzweiflung hinterlassen, weil aus Todesangst. Das bedeutet, dass sie hier langgekommen sind, fragt sich nur, unterwegs wohin. Aber es würde Sinn machen, dass der unbekannte Treffpunkt Richtung Hafen liegt.«

Kaum dass er seine Vermutung ausgesprochen hatte, schnürte er, gefolgt von Fischgrät, die Forellistraße nach links hinunter. Unübersichtlich verschwand sie zwischen engen Häuserzeilen. Also verhielten sie sich noch vorsichtiger, darauf gefasst, dass jeden Moment jemand aus einem dunklen Eingang herauskäme.

Zunächst tat dies nur eine Ratte, ein außergewöhnlich fettes Exemplar mit langem, nacktem Schwanz. Das Tier sprang unter einem bröckelnden Treppenstein hervor, aufgescheucht von den nächtlichen Störenfrieden, die heute nicht die Ersten waren, die ihm begegneten. In der Mitte der Straße blieb es plötzlich stehen. Genau dort, wo das feuchtglänzende Pflaster von einem Streifen Mondlicht zerteilt wurde, der sich im Häuserschlund wie ein Rinnsal vergossener Milch verflüchtigte. Nicht so die Ratte, die ihnen aus bösen roten Äuglein missbilligend entgegenstarrte und erst dann nach rechts durch ein in den Angeln hängendes Kellerfenster entschlüpfte, als Mouse und Fischgrät ihr zum Greifen nahe kamen.

»Schätze, das Vieh könnte uns zum unterirdischen Versteck der Schlitzerbande führen. Auch bloß ein Rattenloch, mit dem Schwarzen Ole als König«, mutmaßte der Inspektor.

Geschmeidig und lautlos glitt er an den dunklen Fassaden entlang, auf der gegenüberliegenden Seite verhielt sich Fischgrät genauso. Die Forellistraße war hier nicht viel breiter als eine jener Gassen, die in diesem alten Teil Kratzburgs so schmal sein konnten, dass an die von Haus zu Haus gespannten Wäscheleinen nicht mehr als zwei Pfotentücher passten. Nur der Wind übernahm es, sie zu trocknen, denn in die Enge der gemauerten Klüfte drangen wärmende Sonnenstrahlen kaum vor. Aktuell gab es hier weder Wäsche noch Leinen und nicht ein einziges, einsames Licht. Fischgrät blickte, sah er zur Seite, auf verschlossene Fensterläden, oder, fehlten diese, durch staubige, gesprungene Scheiben. Die dahinterliegende Dunkelheit gab nichts preis.

Dank solcher Monotonie kam es dem Sergeant bald so vor, als führten die von abweisendem Schweigen und Schwärze durchtränkten Häuser ein von der pulsierenden Miezopole isoliertes, der Vergangenheit angehörendes Eigenleben, im Inneren nichts als Ratten und Gespenster. Die Gegenwart überließ das Musikantenviertel sich selbst, genau wie dessen unsichtbare Bewohner. Jerry staunte über die Intensität dieses albtraumhaften Eindrucks. Er fragte sich, ob der Inspektor wohl ähnlich empfand, unterließ es aber, ihn darauf anzusprechen.

›So wahr wie unsereins nicht nur über sieben Leben, sondern über ebenso viele Sinne verfügen soll, lauert in dieser Umgebung etwas Feindliches‹, dachte er. ›Ich bin mir sicher, dass gleich irgendetwas passiert.‹

Was tatsächlich im nächsten Moment geschah, war, dass Mouse abrupt stehen blieb. Fischgrät, der die Bewegung im Augenwinkel bemerkt hatte, hielt ebenfalls an. Im Ausschnitt eines unerwartet hellen Torbogens erhob sich die elegante Silhouette des Thai-Siams. Es war, als hätte die raffinierte Beleuchtung einer Bühne, die sie unbemerkt betreten hatten, den überraschenden Effekt ausgelöst. Die Lichtquelle musste auf der Rückseite des kleinen Hauses liegen, vor dem der Inspektor stand; ein sich mittig in der Front öffnender Gang durchstach es komplett. Das schiefe, an eine überdachte Brücke erinnernde Gebäude hinkte auf zwei ungleichen Standbeinen. Auf einer Seite hatte sich das Fundament gesenkt, vielleicht weil darunter in der Tiefe Tunnel der alten Kanalisation verliefen.

Mouse gab Fischgrät ein Zeichen. Schulter an Schulter verschwanden sie unter der Torwölbung, in der sie an einer verriegelten Pforte vorbeikamen, dem Eingang des seltsamen Hauses. Die Passage entließ die Polizisten auf einen leeren, rechteckigen Platz, vom Mond so unverstellt beschienen, dass es sie nach der vorherigen Dunkelheit blendete. Im Schattenbereich des Durchgangs verharrend, betrachteten sie die vor ihnen liegende freie Fläche. Nach dem klandestinen Entree war es ein Ort, wie er hinter der introvertierten Kulisse der Forellistraße nicht unbedingt zu vermuten war.

Dann pfiff Mouse durch die Zähne.

»Das ist der alte Engelbert-Munterflinck-Markt! Hier bin ich verdammt lange nicht mehr gewesen. Kommt mir bei dieser Beleuchtung wirklich wie eine geheimnisvolle Lichtung in einem verhexten

Wald vor. Aber wir sollten nicht darauf setzen, dass die Schlitzer mit ihrem Opfer hier durchgezogen sind und Morpheus obendrein nach dem blutgetränkten Taschentuch noch Kiesel und Krumen verstreut hat.«

In einer vom Himmelstrabanten versilberten Fassade zeigte ein zweiter Torbogen an, wo man diese intime Arena in gut hundert Metern Entfernung wieder verlassen konnte.

»Dafür etwas anderes«, knüpfte Mouse an seine eigenen Worte an und verstummte wieder, denn eine Erklärung war überflüssig.

Fischgrät hatte die grausige Spur auch entdeckt. Sie bedeutete, dass purer Zufall, der siebte Sinn oder die legendäre Treffsicherheit des Inspektors (was auf das Gleiche hinauslief) sie auf die richtige Fährte gelockt hatte, als gewährte das Schicksal dem unglücklichen Barkeeper noch eine letzte Chance. Im zynischen Zauberlicht, das mondmilde Friedfertigkeit nur vorgaukelte, glänzten auf dem Katzenkopfpflaster des Platzes in einer leicht kurvigen Linie rote Flecken. Der Thai-Siam musterte sie mit einem Blick, dessen frostiges Türkis der plötzlich schonungslosen Klarheit der Nacht entsprach.

»Blut. *Sein* Blut, da bin ich mir sicher«, sagte er. »Es ist noch nicht trocken. Schließlich hat er kein Taschentuch mehr, um die Blutung zu stillen und die Schlitzer werden ihm wohl kaum eins reichen. Wir sind ihnen näher, als es ihnen lieb sein kann.«

Mit dem Sergeant an seiner Seite trat Mouse aus dem Durchgang des Brückenhauses in die ungeschützte Offenheit. An den Tropfen entlang hielten sie auf eine auffällige Litfaßsäule zu, die den alten Markt dominierte. Wie eine monströse Schachfigur ragte sie aus der Mitte des Platzes, ein zinnenbekrönter Turm oder ein Läufer mit einem bizarren Helm. Ihr von Plakaten bedeckter Zylinder ruhte auf einem steinernen Sockel und trug ein verschnörkeltes, schmiedeeisernes Dach. Auf dessen Spitze prangte als manieriertes Zeugnis der Pracht einer verflossenen Epoche ein Tambour, der an zwei seiner vier Seiten eine Uhr fasste. Das den Katern zugewandte Zifferblatt doppelte die bleiche Mondscheibe, auf die von Westen kommend gespenstige Wolkenschiffe mit schwarzen, zerfetzten Segeln zutrieben.

Jerry hob den Blick von der purpurnen Spur, weil er plötzlich Wind im Pelz spürte, der hoch droben der von der Albis nahenden Himmelsarmada die Richtung wies. Da sah er ihn zum ersten Mal. Er stand vor dem zweiten Torbogen und starrte zu ihnen herüber. Der junge Tigerkater wollte den Inspektor warnend antippen, doch Mouse war schon stehen geblieben. Die Präsenz des anderen war spürbar wie die auflandige Brise und seine plötzliche Erscheinung auf der gegenüberliegenden Seite des katzenleeren Platzes so unheimlich, als sei der fliegende Wolländer just einer Brigg aus Dunst entstiegen, die neben dem Mond vor Anker lag.

Hatte der Thai-Siam als Schattenfigur vor der Helligkeit des ersten Tores gestanden, wirkte der Fremde vor dem zweiten finsteren Durchschlupf wie ein Negativ. Der Mond, vom Wolkengeschwader noch nicht verdeckt, goss Kaskaden quecksilbrigen Lichts über seine massige Gestalt, die in dieser Beleuchtung seltsam undeutlich blieb. Dennoch musste er riesig sein, auch wenn er den spitzohrigen Schädel zwischen hochgewölbten Schultern geduckt hielt, als sei er jederzeit angriffsbereit. Trotz der Helligkeit, die ihm von oben beschieden war, umgab ihn eine Finsternis, die nur aus der Unterwelt stammen konnte.

Sergeant Fischgrät merkte, dass auch der Inspektor bei diesem ebenso unwirklichen wie unheimlichen Anblick stutzte, doch nur für wenige Sekunden. Dann stürzte Mouse los und der laute Befehl, den er vorausschickte, klang auf dem verlassenen Munterflinck-Platz, als riefe er aus einem tiefen Brunnen. »Halt, Polizei! Bleiben Sie dort stehen!«

Mit panthergleichen Sprüngen ließ er die Litfaßsäule links liegen. Fischgrät hatte Mühe, mit ihm Schritt zu halten.

In gut zwanzig Metern erwartete der geisterhafte Kater die sich rasch nähernden Kriminaler so regungslos, als sei er tatsächlich nicht aus Fleisch und Blut. Den passionierten Operngänger Mouse erinnerte er nach dem durch die Ewigkeit reisenden Kapitän nun an eine besonders bedrohliche Version des steinernen Gastes. Wohingegen sich der Sergeant fragte, ob nicht der gestrenge St. Katzetan seinen heillosen Schutzbefohlenen außer Glauben gehörig das Fürchten lehrte, was jedenfalls zu Zeiten des existierenden Domes wohl auf das Gleiche herausgekommen war.

»Wenn es nicht Tyvson selbst ist, muss das der finstere Kerl sein, der den alten Marusch tödlich erschreckt hat. Kein Wunder!«, stieß Mouse zwischen zwei Atemzügen hervor.

Der Verdacht holte Fischgrät auf das harte Pflaster des Diesseits zurück, zusammen mit dem kalten Windstoß, der die Wolkenflotte vor den Mond schob. Sein bleiches Licht erlosch. Als sich am Himmel die nächste Lücke auftat, war die Stelle vor dem dunklen Tor verlassen.

»Hinterher!«, zischte Mouse, dort angekommen, wo der Fremde bis vor wenigen Sekunden noch gestanden hatte. »Auf die Gefahr hin, dass er uns bloß von hier fortlocken will, wäre es mir sehr recht, ihn zu fassen. Er weiß vermutlich, wo die Blutspur hinführt.«

In manchen der umliegenden Häuser blinkten inzwischen Lichter auf. Der Ruf des Inspektors musste den einen oder anderen Schläfer geweckt haben, was bewies, dass das Musikantenviertel nicht nur von Geistern bevölkert wurde. Bevor sie den Munterflinck-Markt verließen, sah Mouse über die Schulter noch einmal zurück. Den alten Platz bis auf die vereinzelt erleuchteten Fenster der Dunkelheit überlassend, nahm der Mond für diese Nacht Abschied und segelte mit den Wolkenschiffen davon, dem Morgengrauen entgegen. Flüchtig registrierte der Thai-Siam, dass die Zeiger und Ziffern der Uhren auf der Litfaßsäule schwach phosphoreszierend leuchteten, was in der vorherigen Helle nicht aufgefallen war. Sie standen auf kurz vor halb vier.

Der zweite Durchschlupf entließ Mouse und Fischgrät am jenseitigen Ende auf eine leere Straße, die der Forellistraße sehr ähnlich war. Gegenüber führte eine Gasse weiter geradeaus. In einiger Entfernung bewegte sich dort ein Schatten.

»Da läuft der Kerl!«, rief Jerry.

Pfeilschnell nahmen sie die Verfolgung auf und wurden dabei selbst zu wenig mehr als Schatten. Die Häuserzeilen, an denen sie vorbeiwischten, strebten in dieser Richtung wieder dem Hafen zu. Weitab von dem Teil, in welchem das Amüsierviertel lag, begegnete man um diese Zeit hier keiner Katzenseele. Die Distanz zu dem anderen verringerte sich kaum. Er musste über große Ausdauer verfügen und sich bestens auskennen. Indem er plötzlich abbog, drohte er unsichtbar zu werden und hätte bei seinem stetigen Vorsprung mit Leichtigkeit ungesehen in irgendeinem Eingang verschwinden können. Doch im nächsten Moment tauchte die dunkle Gestalt wieder vor ihnen auf.

Zähneknirschend gestand sich der Inspektor ein, dass der scheinbar Fliehende der Spielmacher war. Dennoch wollte Mouse jetzt nicht von ihm lassen, noch immer sah er seine spukhafte Erscheinung im bleichen Mondlicht vor sich. Ein schwarzer Dämon, Materia prima urtümlicher Ängste. Der Anblick hatte sein Innerstes berührt und der alte Marusch nicht von ungefähr Todesfurcht ausgestanden. Sein Peiniger schien vorzuhaben, die sich hartnäckig an seine Pfoten heftenden Kriminaler in die von Kanälen durchzogene Speicherstadt zu lenken, die Kratzburg wie ein vorgelagerter Befestigungsring vom großen Hafenbecken der Albis trennte. Schon tauchten die hohen Gebäude vor ihnen auf. In etwa dreißig Metern Entfernung betrat der Unbekannte eine der vielen Brücken. Gleich Stegen in eine Wasserstadt führten sie zu den Lagerhäusern hinüber und querten die in engen Ziegelschächten verlaufenden Fleete.

›Und dort werden wir ihn verlieren. Die Jagd ist vorbei, ohne dass wir jemals die Jäger waren‹, gab Mouse die Intuition ein, bevor er mit Fischgrät das Ende der Brücke erreicht hatte.

Es zeigte sich, dass er mit seiner Prognose richtiglag. Die Gasse, die sich dem Übergang anschloss, blieb im Vergleich zu vorher zu lange leer. Desgleichen die nächste Querstraße, ein hier und da von einer einsamen Gaslaterne beleuchteter schmaler Stieg im Schatten der Speicher. Geradeaus verriet der fahl werdende Himmel über der nächsten Brücke, dass der neue Tag nahte. In stiller Übereinkunft kamen die beiden Kater dort endlich zu stehen und der lange Lauf dieser Nacht nahm sein Ende. Außer ihrem keuchenden Atem war nichts zu hören, als der um die Ecken wehende Wind und Meter unter ihnen das träge an die Mauern des Fleetes klatschende Wasser.

»Hier kann der Kerl überall und nirgends stecken«, stieß Fischgrät hervor.

»Er hätte viel früher die Biege machen können, statt uns bis hierher zu bringen«, entgegnete Mouse. »Fragt sich, warum er das wollte.«

»Und trotzdem sind wir ihm einfach gefolgt? Womöglich in eine Falle.«

Im Nachhinein kam es dem Sergeant absonderlich vor, dem unheimlichen Kater, einem Angehörigen der Schlitzerbande, auch nur im Mindesten willfährig gewesen zu sein.

»Sich auf den Gegner bis zu einem gewissen Grad einzulassen, kann Aufschluss bringen.«

»In diesem Fall darüber, dass er uns an der Nase herumgeführt hat und fort von Morpheus.« Resigniert schüttelte Jerry den Kopf.

»Wir konnten ihn nicht einfach laufen lassen«, meinte Mouse. »Da oben gab es nichts als eine vage Spur, die wir wieder aufnehmen werden, wenn wir hier unten nichts finden.«

Sein junger Kollege stöhnte. Während der Inspektor bis auf die angespannte Miene so drahtig und entschlossen wirkte, als gehöre ein Minimum an Schlaf nicht zu seinen essenziellen Bedürfnissen, war der Sergeant todmüde. Dennoch bemühte er sich sofort wieder um Haltung. Es konnte nicht angehen, dass er gleich beim ersten gemeinsamen Einsatz schwächelte.

»Was schlagen Sie also vor?«, fragte Fischgrät in bemüht zackigem Ton.

Der Thai-Siam antwortete nicht, sondern ließ einen verschatteten Blick tiefsten Indigos über die aktuelle Umgebung schweifen. Sie hatten an der Schwelle der zweiten Brücke angehalten, von denen noch vier weitere diesen Fleet überwinden würden, bis er im Gitter der Wasserstraßen auf einen breiteren Zubringer traf. Vor dem Wochenende, das dem Jubiläum der Firma Musculus außer späteren Katastrophen schönstes Maiwetter beschert hatte, waren heftige Schauer auf Kratzburg niedergegangen. In den klammen Schluchten der Speicherstadt hielt sich die Feuchtigkeit länger, noch immer glänzten Pfützen auf dem schwarzen Asphalt. Wie Scheiben aus dunkelgrauem Glas spiegelten sie auf der Brücke den allmählich heller werdenden Himmel.

Und plötzlich kniff Mouse die Augen zusammen. Jerry entging nicht, dass er erstarrte. Angestrengt sah er sich danach um, was den Inspektor irritiert haben könnte.

Mouse schwieg beharrlich. Mit vorsichtigen Schritten betrat er die Brücke, als liefe er über Zerbrechliches. Der Sergeant schlich ihm hinterher, ratlos, was den älteren Kater so völlig in Anspruch nahm. Der Thai-Siam benahm sich, als folgte er aufs Neue einer Fährte. Sie musste nahe dem linken Brückengeländer enden, denn dort blieb er vor einer Pfütze stehen, die im Gegensatz zu den anderen sattes Dunkelrot reflektierte, das in den treibenden Wolken nirgends vorkam.

Mouse erhob sich zu seiner vollen Größe und legte die Pfoten auf die schmiedeeiserne Reling, deren ornamentales Gestänge kleine silberne Fische zierten.

»Wir sind also am Heringsfleet«, fiel Jerry bei ihrem Anblick ein.

Er nahm die Örtlichkeit bereits zu Protokoll, die, wie er wusste, obwohl er sich innerlich noch dagegen stemmte, in den nächsten Sekunden zum Tatort werden würde.

Der Inspektor beugte sich so weit vor, wie er es am Morgen im toten Heizungsschacht des Kontors getan hatte. Verflucht und drei Katerunser, der neue Tag begann so schlimm wie der kaum vergangene – nein, schlimmer. Abermals lehnte Mouse über einem düsteren Abgrund. Der hier war nur von *zwei* Wänden begrenzt und in der Tiefe gluckste es. Außerdem schwebte etwas, das ein helles Oberhemd trug, im schwarzen Ungefähr, dümpelte gegen die erste

Kaimauer und driftete wieder ein Stück davon ab. Was sanft in der leichten Strömung schaukelte, musste irgendwo festhängen, denn weder schwamm es davon, noch ging es unter.

Sorgsam darauf achtend, dass er nicht in die große Blutlache vor dem Brückengeländer trat, stellte sich der Sergeant neben den Inspektor und sah hinab. Dann brach er mit drei denkbar kurzen Worten das lastende Schweigen.

»Er ist es.«

Mouse nickte abwesend. Scheu sah ihn Fischgrät von der Seite an. Die Miene des Thai-Siams blieb so verschlossen wie ein Grab, das die Leiche im Fleet bald brauchen würde.

›So bald nun auch wieder nicht‹, ging es dem Sergeant durch den Kopf, als könne makaberer Sarkasmus den Schrecken lindern, den er tatsächlich empfand. Denn davor würde der soeben aufgefundene und vermutlich gewaltsam zu Tode gekommene Barkeeper Morpheus C. Matt von der Hafenwacht aus dem Wasser gezogen, als Mordfall der Kriminalpolizei offiziell übertragen und identifiziert werden, um ihn anschließend der kühlen Sachlichkeit und Expertise von Professor Lorenz Forens in der noch kühleren Gerichtsmedizin zu überantworten. Es würde also noch einige Zeit vergehen bis zu seiner Beerdigung.

15. Kapitel

»Was glauben Sie, Selwyn, warum er Sie beide hinter sich hergelockt hat? Doch ganz offensichtlich, um Ihnen am Ende wie zum Hohn das Opfer zu präsentieren. Treffer, aber mausetot, geschändet und versenkt. Bei allen Heiligen, welch ein perverses Spiel!«

Der sonore Bass des Polizeipräsidenten dröhnte über den Konferenztisch, an dem Ignatius Puschel vor Kopf saß. Freudlos zog er an einer teuren Katzhiba. Zusammen mit seinen Worten schickte der gravitätische Birmakater eine bläuliche Qualmwolke ans entgegengesetzte Ende, wo Inspektor Mouse und der Sergeant Platz genommen hatten. An der Längsseite sahen sich Kriminalrat Katerfreund und ein angriffslustig wirkender Murr der mageren Gestalt des roten Charlies gegenüber.

Neben dem konzentriert dreinblickenden Chef der KTU erhob sich der helle Oberkörper eines scheinbar alterslosen Norwegischen Waldkaters über der dunklen Tischplatte, dessen blendende Ausnahmeerscheinung tatsächlich von Kopf bis Pfote in Weiß daherkam. Das gepflegte halblange Fell war sahnefarben ohne jegliches Einsprengsel. Über einem Flanellanzug bester Qualität trug Professor Lorenz Forens einen schneeweißen Kittel, auf dem niemals auch nur der kleinste Fleck zu entdecken war, obwohl sich Kratzburgs leitender Gerichtsmediziner bei seiner einschneidenden Arbeit durchaus die Pfoten schmutzig machte. In seiner Nähe duftete es stets unaufdringlich nach Minze und Baldrian. Forens war passionierter Pfeifenraucher; auch jetzt hielt er ein kostbares Exemplar in der rechten Pfote, an dessen Stiel der geschnitzte Kopf eines Hermelins aus gischtfarbenem Meerschaum saß.

Inzwischen war es halb zehn, die Morgensonne schien im Besprechungszimmer strahlend durch die großen Bogenfenster. Deren geöffnete Oberlichter gestatteten einer frischen Brise, die Vorhänge sanft in Wallung zu versetzen. Sauerstoffzufuhr war dringend nötig. Unter der Stuckdecke hingen die Schwaden diversen Rauchwerks dick wie Novembernebel über der Albis. Ansonsten roch es nach gutem Kaffee, den Frau Fellreich, die Sekretärin des Präsidenten und seine rechte, wie eigentlich auch linke Pfote, soeben auf zwei Tabletts serviert hatte, die überdies mit belegten Frühstückspfötchen beladen waren. Nachdem die plüschige Ragdollkatze allen in die am Platz bereitstehenden Tassen eingeschenkt hatte, zog sie sich diskret ins Vorzimmer zurück und schloss lautlos die Tür.

Butler Hinze hätte an dem formvollendeten Service wohl seine Freude gehabt, doch niemand der Anwesenden kümmerte sich um die appetitliche Darreichung. Weder Mouse und Fischgrät mit einem über vierundzwanzig Stunden am Stück währenden Dienst auf dem Buckel noch die anderen Kater. Nach dem deprimierenden Tatort in der Speicherstadt war ihnen die Lust auf Frühstück vergangen.

Hingegen hatte jeder den unterschwelligen Vorwurf des Polizeipräsidenten mitbekommen. Dass sich Puschel mit seinem blauäugigen Alleskönner in eskalierender Lage offen unzufrieden zeigte, ließ allein Oberinspektor Murr innerlich frohlocken. Was äußerlich dazu führte, dass er den bulligen Kopf so tief zwischen die fettgepolsterten Schultern zog, als wäre er kurz vor dem Sprung auf eine todgeweihte Maus.

Den Thai-Siam brachten beide nicht aus der Ruhe. Ganz im Gegenteil machte Mouse einen fast somnambulen Eindruck, was möglicherweise auch bei ihm an dem übernächtigten Zustand lag, den man Sergeant Fischgrät deutlich ansah. Das Rosa von Jerrys sympathischer Nase war zu einem kalkigen Chamotteton verblasst. Die Art, wie er zusammengesunken auf dem Stuhl kauerte, zeugte von großer Erschöpfung, nachdem sie es vermasselt hatten, Morpheus zu retten. Nur der loyale, Selwyn Mouse unter allen Umständen wohlgesonnene Kriminalrat wusste, dass hinter dessen hartnäckigem Schweigen ein persönliches Schuldeingeständnis lag. Der Tod des Barkeepers lastete schwer auf dem ebenso eigenwilligen wie integeren Inspektor. Wer ihn nicht so genau wie Katerfreund kannte, mochte sein Benehmen für eine an Arroganz grenzende Zerstreutheit halten.

»Würden Sie sich bitte endlich äußern, Inspektor?«

Präsident Puschel klang ungeduldig. Sein prächtiger Backenbart sträubte sich, was das Löwenantlitz des Birmesen mit einem flauschigen Strahlenkranz umrahmte.

Der Angesprochene begegnete seinem ranghöchsten Vorgesetzten mit einem unergründlichen Blick aus dunklen Pupillen, schwarzblau wie die Albis bei Nacht. Mouse zerdrückte seine zu Ende gerauchte Maunzoli mit einer Inbrunst im nächsten Aschenbecher, als handelte es sich um etwas ganz anderes als eine Kippe.

»Es geht selbstverständlich allein auf mein Konto und lässt sich durch nichts entschuldigen, dass das beklagenswerte Opfer den Tod fand«, erklärte er mit klarer Stimme.

Die Schonungslosigkeit dieser Aussage beschämte seinen Mitstreiter auf der zurückliegenden Odyssee. Als Fischgrät, müde und gereizt wie er war, sich, aber vor allem den Inspektor, der feixenden Genugtuung Murrs ausgesetzt sah, stieg eine Welle erbitterter Wut in ihm auf. Sie brandete gegen die unumstößliche Tatsache von Morpheus' brutalem Ende sowie die ihres eigenen Scheiterns, ihn davor zu bewahren, um mit Wucht an Murrs Skrupellosigkeit zu zerschellen, daraus Kapital schlagen zu wollen. In diesem Moment kam Jerry das Leben dreckig und hundsgemein vor, was ihn jedwede taktische Zurückhaltung, die dem eigenen Fortkommen dienlich sein mochte, vergessen ließ. Er fuhr aus seinem geschockten Zustand, als wäre er mit kaltem Wasser übergossen worden, in das er sich gerade anschickte zu springen.

»Keiner von Ihnen hat den Kerl gesehen!«, legte der Sergeant los. Dass er selbst Zweifel an ihrem Vorgehen gehabt hatte, tat jetzt nichts mehr zur Sache. »So wie der aus dem Nichts vor uns auftauchte, hätte jeder, nach allem, was wir bisher wussten, unverzüglich, die Verfolgung aufgenommen.«

Für einen Augenblick herrschte überraschtes Schweigen. Insbesondere Murr machte ein Gesicht, als hätte er dank seines abgeknickten Ohrs nicht richtig gehört.

»Möglicherweise ist da jemand auf der Bildfläche erschienen, mit dem wir es bisher noch nicht zu tun hatten«, warf sich Kriminalrat Katerfreund in die Bresche. »Oder wenn doch, nicht so offen und unverdeckt.«

Der ruhige, sachliche Kommentar verfehlte seine Wirkung nicht. Murr, der sich zwar vornahm, Jerry Fischgrät wieder auf Streife zu schicken – in einem todlangweiligen Wohnviertel für wohlhabende Katzen und Kater im Ruhestand –, hielt sich einstweilen zurück, was den Karthäuser im gleichen Ton fortfahren ließ.

»Gestern früh klang die Beschreibung des verletzten Nachtwächters ganz ähnlich, so wirr er sich in seinem Zustand auch anhörte. Wie viel er von seinen Peinigern tatsächlich gesehen hat und was seiner Panik geschuldet bleibt, muss sich im Zuge der Ermittlungen erst zeigen. Dennoch, liebe Kollegen, stellt sich die Frage, ob es sich bei beiden Gelegenheiten nicht um den Schwarzen Ole höchstpersönlich gehandelt hat?«

Wohlweislich hatte sich Katerfreund an alle gewandt. Der legendäre Norweger war der Polizei schon oft durch die Lappen gegangen. Andere hatten vor seiner genialischen Schurkenhaftigkeit versagt. Selwyn Mouse stand mit diesem Dilemma keineswegs allein da. Und doch war er es, der zuerst antwortete.

»Wir alle hier kennen das Gerücht, das seit Jahren in Kratzburgs Unterwelt umgeht. Nämlich, dass sich Tyvson, solange er auf freier Pfote war, darin gefiel, in verschiedensten Aufmachungen dort zu erscheinen, wo man ihn weder vermutete noch erkannte, was für abtrünnige Singvögel entsetzliche Konsequenzen haben konnte. So verbreitete er Angst und Schrecken, denn die bloße Unsicherheit macht gefügig. Trotzdem halte ich den Kerl, den wir verfolgten, nicht für Tyvson. Um Nebenfiguren wie den alten Marusch oder Morpheus Matt zu quälen und beiseitezuräumen, hat er genug andere. Wobei der von heute Nacht, das muss ich zugeben, über eine ganz eigene Präsenz verfügt.«

»Und von sonner dollen Präsenz habt ihr zwei Experten euch so überrumpeln lassen, datt ihr ihm wie dem Rattenfänger hinterhergepest seid. Genau dahin, wo er euch haben wollte, um die fähige Polente mal so richtig vorzuführen – na, herzlichsten Glühstrumpf!«, interpretierte Oberinspektor Murr die einleitenden Überlegungen Ignatius Puschels mit unverhohlener Häme. »Hatte dieser Teufelskater auch noch den grünen Klunker ummen Hals hängen, womit er euch Knilche hypnotisiert hat, damit er direkt vor euren Hühneraugen einen abmurksen und ins Wasser schmeißen konnte?«

Zunächst sagte niemand etwas, als würde der unverschämte Ton, den der prollige Kriminaler bei einer internen Besprechung noch dazu im Beisein des Polizeipräsidenten anschlug, die düpierten Kollegen für den Augenblick sprachlos machen. Doch die konsternierte Schweigsamkeit hatte andere Gründe. Während die Leiter von KTU und Gerichtsmedizin mit Unverständnis auf Murrs merkwürdiges Gefasel reagierten und sich fragten, ob der bekanntermaßen mit allen Wässerchen gewaschene Oberinspektor heute betrunken zum Dienst erschienen war, merkten Puschel, Katerfreund und Mouse auf. Auch Fischgrät, der am Montagmorgen im Privatkabinett von Felix von Maunz genau wie Murr nicht mit dabei gewesen und erst später von Inspektor Mouse über das grüne Auge von Katzinopel als Teil der Beute informiert worden war, entging gerade deshalb nicht, dass ihr grobschlächtiger Vorgesetzter sich soeben um Kopf und Kragen gequatscht hatte, da er von dem geraubten Juwel gar nichts hätte wissen dürfen.

Aber Grobian Murr war ebenso dreist wie schlau und kaltblütig. Er hatte den Fehler schon bemerkt. Das Leck, das er mit seiner unbedachten Erwähnung offenbart hatte, war jetzt nur noch mit einer kühnen Flucht nach vorn zu stopfen.

»Watt glauben Se denn? Datt ich dat Knickohr auf Durchzuch geschaltet hab, wo ich seit gestern in un um Kratzburg pausenlos auf Achse bin? Mittlerweile hat sich verdammt nochma rumgesprochen, datt der Firma Musculus nich nur sattsam Mäuse flöten gegangen sind, sonnern noch watt anneres von weit größerem Wert.« Eine gewisse Aufregung zeigte sich lediglich darin, dass er vollends in die Mundart verfiel, die er im Gespräch mit Vorgesetzten eigentlich zu unterdrücken suchte. Genauso gegenüber diesem großkotzigen Schnösel mit seinem piekfeinen Hintergrund.

»Durch wen haben Sie von dem entwendeten Stein erfahren, Murr? Raus damit, aber dalli!« Kriminalrat Katerfreunds gemächliche Stimme hatte in einem Maße an Schärfe und Autorität gewonnen, dass der fette schwarz-weiße Kater neben ihm unwillkürlich Haltung annahm.

»Die Spatzen auffem Kiez pfeiffen et von allen Dächern, datt der Schlitzerbande mit wem auch immer als ihrem Führer datt ganz große Ding gelungen is«, behauptete Murr.

Mit jedem Wort merkte er, dass er wieder Oberwasser bekam. ›Frechheit siegt‹, dachte er und setzte noch einen drauf.

»Wie Sie alle wissen, bin ich auch in nicht so feinen Kreisen bestens vernetzt und mir dafür aus Berufsgründen durchaus nicht zu schade«, fügte er mit einem Seitenblick auf Mouse betont akzentuiert hinzu. »Seit vorgestern Nacht is man auf der anderen Seite von Recht und Gesetz mächtig stolz darauf, der Obrigkeit mal son richtig dickes Ei ins Nest gelegt, beziehungsweise aussem Nest geklaut zu haben. Aus Ganovensicht war datt 'ne echte Glanzleistung«, verfiel er wieder in Slang. »Würde mich gar nich wundern, wenn der Schwatte Ole dafür gesorcht hat, dattat schnellstens die Runde machte. Glaubt auch mein Informant.«

»Wer das wohl ist?! Ich wette, Murr hat seine Weisheit direkt aus der Scharfen Kralle«, sagte Mouse leise zu Jerry. »Als Sie überprüften, wer in den Nischen saß, hat mir Madame Musch stolz anvertraut, dass unser Tausendsassa in ihrem schicken Laden ein und aus geht.«

Inzwischen verlangten der rote Charlie und Professor Forens Aufklärung darüber, was sie als Uneingeweihte noch nicht wussten.

Ignatius Puschel selbst übernahm es, den beiden den Sachverhalt in aller Kürze auseinanderzusetzen, mit erstaunter Miene hörten sie zu. Als der Präsident geendet hatte, pfiff der Chef der KTU durch die Zähne.

»Alter Schwede oder besser gesagt, alter Norweger! Das ist allerdings ein im wahrsten Sinne des Wortes kapitaler Coup!«

Es klang so anerkennend, wie Dr. Karl Vogelfang es mit seiner grundsätzlichen Sympathie für die gesellschaftliche Umverteilung von Reichtum meinte. Daraufhin meldete sich zum ersten Mal Professor Forens zu Wort.

»Mäßigen Sie sich in Ihrer Begeisterung, Karl. So spektakulär der Fall schon ohne diese weiteren Hintergründe anmutet, lade ich Sie gerne in meine Katzakomben ein, damit Sie sich aus nächster Nähe davon überzeugen können, was das Opfer von heute früh zu erleiden hatte, bevor man es endlich wie eine tote Ratte in den Fleet warf.«

Der Gerichtsmediziner hatte eine leise, aber bemerkenswerte Stimme, die Mouse, wann immer er sie zu hören bekam – berufsbedingt selten zu erfreulichen Anlässen –, an das bedrohliche Zischen einer Schlange erinnerte. Vipernhaft starr und unterkühlt wirkten, wenn Forens es wollte, auch die blassgelben Augen, womit der elegante weiße Kater mühelos jeden an sich fesselte, dem er sich in dieser Manier zuwandte. Während für die Toten, die auf seinem Untersuchungstisch landeten, die Intensität des Pathologen nicht mehr von Belang war, verstand er sich solchermaßen bestens darauf, auch die Lebenden zu sezieren. Es kam daher vor, dass man den Pfeife rauchenden Professor aus seinem weitläufigen gekachelten Reich im Souterrain des Präsidiums in ein in einem höheren Stockwerk gelegenes Verhörzimmer beorderte, um mithilfe seiner irritierenden Persönlichkeit die eine oder andere Zunge zu lösen. Eine für ihn zur Abwechslung saubere und unblutige Methodik, bei der er keines seiner glänzenden Instrumente benötigte, sondern lediglich mit stechenden oder bohrenden Blicken einschneidende Fragen stellte.

Im Licht der Morgensonne erschien Mouse der Kollege in seiner klinischen Helligkeit wie ein gestrenger Todesengel, oder, der Inspektor schob es auf die Nachwirkungen der zurückliegenden Nacht, als weiße Variante eines Vexierbildes des Schwarzen Ole. Was auch immer der von Forens zurechtgewiesene Chef der KTU aktuell empfinden mochte, der rote Charlie verkniff sich eine Entgegnung und murmelte eine Entschuldigung.

Einmal am Ball, fischte der Professor einen Stapel Pfotos aus der Tiefe seiner Kitteltaschen und knallte ihn auf den Tisch, in geschmackvolle Nähe eines der Teller mit den unberührten, in der Sonne schwitzenden Frühstückspfötchen. Was auf den großformatigen Abzügen farblich in Ekel erregender Penetranz dem Wurstbelag ähnelte, hatte jeder der Anwesenden vor wenigen Stunden in natura gesehen – außer Murr, der von außerhalb Kratzburgs zur Besprechung dazugestoßen war. Gleich einem Schüler, der anstatt große Töne zu spucken, dringend etwas nachzuholen hatte, traf den Oberinspektor einer dieser professoralen Blicke, unter denen sich selbst Murr, hartgesotten wie er war, bis auf die Knochen entblößt fühlte.

»Dem Opfer war kein in seinem Fall gnadenvolles Ertrinken vergönnt«, erhob sich Forens' Stimme wie von verborgenen Gefahren lispelnder Wind. »Obwohl auf der Fleetbrücke viel Blut war, wurde er nicht *dort* so zugerichtet. Soweit ich das beurteilen kann, ist das mindestens eine Stunde zuvor geschehen und hat so viel Zeit gekostet, wie es die perverse Liebe zum Detail erfordert. Seine Ohren waren in einem Maße geschlitzt, dass, hätte er überlebt, für diese in blutigen Hautstreifen herabhängenden Fetzen nur noch die Amputation geblieben wäre. An allen vier Pfoten fehlen ihm sämtliche Krallen, wie auch die Hälfte seines Schwanzes und dass man dem bedauernswerten Kater zum Auftakt des Martyriums die Schnurrhaare ausgerupft hat, erscheint im Vergleich zu dem, was noch folgte, wie eine Lappalie. Gestorben ist er daran, dass sie ihm zuletzt die Kehle durchgeschnitten haben, gewissermaßen als finalem Höhepunkt aller Schlitze und Schnitte, die ihm beigebracht wurden.

Um anschließend an einer Stelle ins Wasser entsorgt zu werden, wo er am nächsten Tag garantiert entdeckt würde. Wenn Sie auf meine Einschätzung Wert legen«, schloss der Gerichtsmediziner rein rhetorisch, Letzteres sicher voraussetzend, »ist, wer das befohlen und ausgeführt hat, sadistisch, brandgefährlich, weil unberechenbar, und sehr selbstbewusst. Als Warnung und vor allem als Herausforderung scheint die an Grausamkeit kaum zu überbietende Tat unmissverständlich. Warum sonst wurden Inspektor Mouse und der Sergeant quasi auf direktem Wege dort hingelotst?«

Nach der eindrücklichen Schilderung lehnte er sich zurück und nahm einen tiefen Zug aus seiner Pfeife, die immer noch brannte. Weißer Rauch stieg auf, in dem Forens' helle Erscheinung wie hinter einem zarten Vorhang undeutlicher und wieder unnahbar wurde.

Rundum herrschte ein Schweigen, unter dessen Last sich der Heilige Bimbam vorbeugte, um mit seiner blütenweißen Birmesenpfote das furchtbare Bildmaterial wie Spielkarten auseinanderzuwischen, weg vom Teller mit den Pfötchen, deren rosa Belag sich wellte.

»Damit wäre Ihre anfängliche Frage beantwortet, Ignatius«, unterbrach Mouse am anderen Ende des Tisches die Stille. Dass er den Polizeipräsidenten plötzlich vor versammelter Mannschaft mit dem Vornamen ansprach, wirkte nach der krassen Schilderung des Gerichtsmediziners keineswegs respektlos. »Dennoch wäre Morpheus noch am Leben, hätte ich ihn rechtzeitig in Sicherheit gebracht. Gleich zu Anfang hat er uns etwas mitteilen wollen, wozu es dann nicht mehr kam. Außerdem machte er eine Andeutung über MacSchlapp, der ihn vermutlich bedrohte«, fuhr der Thai-Siam fort.

Langsam schüttelte er den Kopf, als sich sein dunkelblau verschatteter Blick abermals an die nun in der Mitte des Tisches liegenden Aufnahmen heftete. Sergeant Fischgrät, dem das nicht entging, wurde es mulmig zumute. Schließlich war *er* es gewesen, der mit seinem spontanen Losspurten entschieden hatte, dass sie sich zuerst um die reizende Mitzi kümmerten, statt um den Barkeeper, den man hinter Trixie Muschs vermaledeitem Spiegel bereits in die Mangel genommen hatte, wie das Alarmzeichen seines geschlitzten Ohrs unschwer erkennen ließ.

»Es galt, in aller Eile abzuwägen, ob sich die entführte Garderobiere durch MacSchlapp unmittelbar in größerer Gefahr befand als Morpheus«, fuhr indes Inspektor Mouse unbeirrt fort. »Und ich habe mich falsch entschieden, wie wir im Nachhinein wissen. Ein schrecklicher, unverzeihlicher Fehler, denn der ohrenlose Fritz ließ von Mitzi Schnurre ab und ging mit den drei Typen, die ich für Angehörige der Schlitzerbande halte, in die Mauszartstraße.«

Jerry schluckte, aber er wagte nicht, Mouses sehr persönlichen Bericht zu unterbrechen.

»Sie sind uns dort knapp zuvorgekommen. Eine halbe Stunde vor unserem Eintreffen haben sie Morpheus aus der Wohnung geholt und zu diesem geheimnisvollen *kleinen Leuchtturm* gebracht, von dem bis jetzt keiner weiß, um was für einen Ort es sich handelt. Was den Barkeeper zum Todeskandidaten gemacht hat, den man so kurz nach dem Raub vielleicht bloß zur Abschreckung über die Klinge springen ließ, wird auf einem in der Vergangenheit liegenden Ereignis beruhen. Denn es muss einen Grund dafür geben, dass sich Morpheus zu Hause als einzigen Wandschmuck ausgerechnet einen Zeitungsartikel, der sich mit Tyvson befasst, übers Bett hängte.«

»Bei der Durchsuchung der Wohnung hat sich dazu kein weiterer Hinweis gefunden. Nichts, was auf eine frühere Verbindung des Opfers mit den Schlitzern hindeutet«, schloss sich Charlie Vogelfang den Ausführungen des Inspektors an. »Alles in allem war es dort beinahe so unpersönlich und aufgeräumt wie in einem Hotelzimmer. Wüsste man nicht, durch wen er umgekommen ist, könnte man meinen, er hätte sich den Schnipsel ans Kopfende gepinnt wie andere ein Pfoto aus Catzablanca oder irgendeinem spannenden Streifen der Schwarzen Serie, zu der die Bande, die seinen Tod auf dem Kerbholz hat, ja bestens passt.«

»Morpheus Matt hat in seinem Vorleben niemals gesessen«, ergänzte Mouse. »Laut jetzigem Stand war er ein unbescholtener Bürger, der in einem Milieu gearbeitet hat, das für ihn aus einem uns noch unbekannten Grund lebensgefährlich wurde.«

Wieder verfiel er in Schweigen, während der rote Charlie noch ein paar genauere Auskünfte zum Fundort der Leiche gab. Insbesondere darüber, dass die linke Pfote des Opfers, war es Absicht oder Zufall, am grobmaschigen Gitter eines Abflussrohrs hängen geblieben und deshalb sein magerer Körper im Fleet weder untergegangen noch mit der Strömung der Albis ins offene Hafenbecken abgetrieben war. Die Flut der in routinierter Präzision vorgetragenen Fakten verebbte zuerst in den Ohren und dann im Hirn des Inspektors zu einem gleichmäßigen Säuseln, als er sich wie in einem durchlaufenden Film an irgendeiner Stelle aufs Neue in die zurückliegenden Stunden einklinkte.

Nach der Entdeckung des Toten hatte er den Sergeant auf der Brücke zurückgelassen und sich auf die Suche nach einem Telefon gemacht. Er fand es in einer in der Nähe gelegenen Frühstückskneipe, wo die über den verfrühten Gast in bestem Zwirn höchst erstaunte Wirtskatze sich darauf vorbereitete, für die in der Speicherstadt arbeitenden Schauerleute wie gewohnt gegen halb fünf zu öffnen.

Mouse rief sowohl im Präsidium als auch bei der Hafenpolizei an. Kaum eine halbe Stunde später fand sich am Heringsfleet zu Wasser und zu Land das ganz große Aufgebot ein. Sogar der Heilige Bimbam ließ sich vorfahren und blickte an der Seite von Kriminalrat Katerfreund mit sorgenvoller Miene über das Brückengeländer, worunter in etwa drei Metern Tiefe der leblose Schwimmer im glucksenden Nichts träge dahindümpelte und manchmal in Schichten von Frühnebel gnadenvoll unsichtbar wurde. Puschels Erscheinen gab Anlass zu Spekulationen, wie sehr selbst der Polizeipräsident in den höchsten Sphären der Hierarchie durch den spektakulären Raub bei Musculus unter Druck stand.

Sobald Mouse und Fischgrät die Kollegen über den bisherigen Verlauf der Nacht in Kenntnis gesetzt hatten und zu dem am Leichenfundort in Gang gesetzten Prozedere nichts mehr beitragen konnten, waren sie noch einmal in die Mauszartstraße 76 zurückgekehrt. Bis dort ein Team der Spurensicherung eintreffen würde, durchkämmten sie, als seien sie es ihm schuldig, erneut Morpheus' Wohnung, was für beide schwer erträglich war. Ergebnislos wie zuvor vom vierten Stock ins Erdgeschoss absteigend, hatten sie jeden Einzelnen der nun neugierig auf der Treppe herumlungernden Nachbarn über ihren verstorbenen Hausgenossen befragt, aber von keiner der ebenso heruntergekommenen wie verschlossenen Gestalten etwas Nennenswertes über den Nachtarbeiter Morpheus in Erfahrung bringen können.

Im Parterre zeigte der nach wie vor in seinen gestreiften Schlafanzug gewandete Hausmeister die stärkste Gefühlsregung. Manni Leisegang brach, als er von der Ermordung des stillen, für immer verstummten Mieters erfuhr, vor Entsetzen in Tränen aus. In der schonungslosen Helligkeit des Dienstagmorgens war für ihn die unabänderliche Tatsache nicht mehr so leicht zu verkraften, dass er tatenlos zugesehen hatte, wie der höfliche Herr Matt das Haus inmitten einer Eskorte verlassen musste, die ihn geradewegs zu seiner Hinrichtung geleitete.

Danach war Inspektor Mouse mit dem Sergeant ins Präsidium gefahren, um vor der für neun Uhr anberaumten Besprechung zu überprüfen, wer von den bisher an diesem düsteren Reigen beteiligten Herrschaften bereits aktenkundig war. Dass die immer wieder in den Fokus der Polizei geratende Scharfe Kralle samt Inhaberin und kolossalem Türsteher mehrere Ordner füllte, war allgemein bekannt. Brandaktuell hingegen die Tatsache, dass sowohl Madame Musch als auch Carlo Putzig seit kurz nach sieben zur Vernehmung in zwei schmucklosen Räumen im ersten Stock des Präsidiums saßen, wohin ihnen die Polizei einen ebenso frühen wie zügigen Transfer ermöglicht hatte.

Und wie sich schon in Morpheus' Wohnung nichts finden ließ, was auf kriminelle Verbindungen des Barkeepers hindeutete, führten die im Verlauf mehrerer Jahre von verschiedenen Beamten angelegten Berichte seinen Namen lediglich in einer Liste des in der Bar arbeitenden Personals. Überdies musste die letzte Razzia lange genug zurückliegen, dass in den Aufstellungen eine spätere Angestellte fehlte, die in Kürze einer gründlichen Befragung ebenfalls nicht entgehen würde: nämlich Mitzi Schnurre. Mouse hatte Fischgräts Vorfreude bemerkt, sie wiederzusehen, und sei es bei einem Verhör. Es stand dem Sergeant quer über das rötlich getigerte Gesicht geschrieben, obwohl er sich bei jeder Erwähnung der zierlichen schwarzen Katze bemühte, so amtlich wie möglich dreinzublicken.

Jerrys junge Stimme holte Mouse in die Gegenwart des Besprechungszimmers zurück, in dem es außer Qualm nun auch nach verschmähten Pfötchen müffelte.

»Matt arbeitete erst seit dem vorletzten Winter in der Scharfen Kralle. Davor ist er für einige Zeit zur See gefahren«, vermeldete der Sergeant soeben der Runde eine weitere Erkenntnis ihrer jüngsten Recherche. »Jedenfalls hat Morpheus bei einer früheren Kontrolle zu Protokoll gegeben, dass er zuletzt auf einem dieser luxuriösen Passagierschiffe nach Übersee als Barkeeper anmusterte und auf der Nordkatzlantikroute pendelte. Warum er vor zwei Jahren hier an Land ging und in einen solch halbseidenen Laden wie die Kralle abgerutscht ist, wissen wir noch nicht.« Er verstummte und seine Mundwinkel zuckten. Nur knapp schaffte er es, ein Gähnen zu unterdrücken.

»Hatte er Angehörige, die wir von seinem Tod in Kenntnis setzen müssen?«, erkundigte sich Kriminalrat Katerfreund.

»Hierzulande niemanden mehr«, erklärte Fischgrät, ohne zu zögern. »Es gab in Kratzburg allerdings einen jüngeren Bruder, der am Hafen als Packer gearbeitet hat und vor drei Jahren dabei tödlich verunglückte.«

Alle am Tisch sahen auf. Bis auf Inspektor Mouse, dem dies schon bekannt war, und Murr, der nicht einmal mit der Braue zuckte. Vielleicht weil er sich gerade entschlossen hatte, seine ganze Aufmerksamkeit einem mit glibberigem Corned Beef belegten Pfötchen zu schenken, in das er herzhaft hineinbiss.

»Und das war wirklich ein Unfall?«, hakte Katerfreund nach.

Der rote Charlie und der weiße Gerichtsmediziner nickten wie miteinander verabredet.

»Dem Vernehmen nach, ja«, erklang Forens' leise kompetente Stimme. »Ich hatte den Verunglückten damals auf dem Tisch und erinnere mich gut an ihn, weil er völlig zerquetscht war. Wenn ich es recht überlege, nun auch dunkel an Morpheus Matt, der den Toten oder, präziser gesagt, die Überreste seines Bruders identifizieren musste und am Boden zerstört war. Dieser Anblick war wirklich schwer zu ertragen.«

»Ja, der Junge war platt wie 'ne Flunder«, ergänzte Dr. Vogelfang wenig pietätvoll. »Da hatte sich 'ne schwere Kiste vom Haken des Ladekrans gelöst. Übrigens beinhaltete sie Dosenpaletten von Musculus, merkwürdiger Zufall. Wir haben die Sache routinemäßig untersucht. Der Kranführer war fix und fertig, nachdem das Seil vor seinen Augen riss. Eindeutig Verschleiß, obwohl der am Kai zuständige Truppführer beteuerte, das Material wäre frisch gewartet.«

»Wer hat damals die Untersuchung geleitet?«, erkundigte sich Mouse.

Charlie und Forens sahen sich an, als käme ihnen gleichzeitig eine Erleuchtung. Noch bevor sie diese der Allgemeinheit verkünden konnten, sagte jemand, der an etwas kaute, mit vernehmlichem Schmatzen:

»Ich war datt, wenn et recht is.«

»Genau«, meinte der Chef der KTU und der Professor nickte.

»Und?«, knurrte ihr bulliger Kollege drohend, als hätte ihre Bestätigung eine Art Vorwurf beinhaltet.

Murr bedachte den mageren roten Charlie mit einem verächtlichen Blick und gönnte sich dann, seine Kollegen und Vorgesetzten darauf warten zu lassen, dass er den letzten Bissen endlich herunterschluckte, bevor er fortfahren würde.

»Bei der Sache handelte es sich so watt von sonnenklar ummen Unfall, wie datt Opfer platt war. Lassen wer mal die ollen Kamellen und kümmern uns um datt, watt getz anliecht, aber vom zuständigen Ermittler leider versaubeutelt wurde, wie er et ja selbs gesacht hat.«

Unter Druck konnte einem die vornehme Ausdrucksweise schon mal zu viel werden. ›Dreimal dünn drauf geschissen un nich verscharrt‹, dachte Murr und verspürte innere Befreiung.

»Ich will, datt Sergeant Fischgrät ab sofort wieder *mir* unterstellt wird, um normalen Dienst bei der Überprüfung der Straßen zu tun, wower chronisch unterbesetzt sind«, sagte er laut und seiner Sache sicher. »Da kanner wirklich noch watt lernen.«

Jerry zuckte zusammen. Trotzdem er auf seinem sonnigen Platz immer stärker mit akuter Schläfrigkeit zu kämpfen hatte, verspürte er augenblicklich einen der Empörung über Murr geschuldeten Energieschub. Ohnehin konnte es nicht sein, dass der Heilige Bimbam und schon gar nicht Inspektor Mouse dessen fadenscheinige Ausflüchte zu seinem mysteriösen Wissen über das Grüne Auge von Katzinopel einfach durchgehen ließen.

Doch zunächst war es der alte Kriminalrat, der sich mit betont interessierter Miene an den darauf nicht vorbereiteten Murr wandte.

»*Watt getz anliecht*«, karikierte Katerfreund frohgemut dessen eigene Worte, »ist ja wohl die Meldung, die Sie mir anlässlich Ihrer eiligen Rückkehr nach Kratzburg wenige Minuten vor Beginn der Besprechung gemacht haben. Nämlich, dass statt nur *einem* schwarzen Rolls Royce Phantom noch ein zweiter aufgetaucht ist, vom Standort des ersten gut hundert Kilometer entfernt. Allerdings sind beide Wagen so leer wie das ausgeräumte Kontor von Musculus. Brauchen Sie etwa mehr Personal für die Verfolgung einer erkalteten Fährte? Bringen Sie uns auf den neuesten Stand, Grobian, was es mit dieser erstaunlichen Wendung auf sich hat. Wir sind alle ganz Ohr.«

16. Kapitel

»Dunnerlittchen! Ein zweiter Rolls Royce Phantom?«, fragte Ignatius Puschel in mildem Unglauben. Am Tisch ahnte jeder, dass Murr zumindest nicht sofort Rede und Antwort stehen musste. »Die Sache wird wahrhaftig von langer Pfote lanciert worden sein. Zu Zeiten, als der Schwarze Ole noch in St. Leonhart einsaß«, schloss der Heilige Bimbam mit umwölkter Miene.

Die bloße Vermutung führte die Inkompetenz einer Ordnungsmacht vor, die von der Vorbereitung der wie ein Uhrwerk ablaufenden, groß angelegten Aktion nicht ein Fitzelchen mitbekommen hatte, obwohl sie dem Meisterhirn, das all dies ersann, während der Planungsphase über Jahre Kost und Logis gab.

»Dass er dazu draußen einen äußerst fähigen und führungsstarken Komplizen haben musste, jemanden, auf den er sich blind verlassen konnte, macht immer mehr Sinn«, dozierte der Birmakater weiter und unterstrich seine Sätze mit dem glühenden Stummel seiner freudlos gerauchten Katzhiba. »Womöglich handelt es sich dabei um diesen neuen Finsterling der Extraklasse, dem es in vorderster Front diabolische Freude zu bereiten scheint, mit uns ein Spielchen zu treiben, das Folter und Mord beinhaltet. Die üblichen schweren Jungs der Schlitzerbande empfehlen sich für bis ins Letzte ausgetüftelte Nummern dieses Kalibers nicht, so hartgesotten die Burschen auch sind.« Der Polizeipräsident beendete den an alle gerichteten Exkurs. Nun wandte er sich direkt an den Oberinspektor. »Murr, bevor Sie uns über die beiden Wagen detailliert Bericht erstatten, was hat denn die Überprüfung ihrer Kennzeichen ergeben?«

»Die erste Karre, die wohl Tyvsons seine is, war auf jemanden zugelassen, der seit Jahren tot is, der nächste makabre Scherz dieser Spaßvögel«, spulte der fette schwarz-weiße Kater ab. »Der zweite hat 'nen ausländisches Kennzeichen. Da sin wer noch dran.«

»Bestimmt ist er längst als gestohlen gemeldet worden. Möglicherweise ein Diplomatenfahrzeug«, meinte Puschel fast hoffnungsvoll. »Einen Rolls Royce Phantom fahren schließlich nicht Hinz und Kunz, sondern nur ganz wenige.«

Nicht nur dem in sich hineingrinsenden roten Charlie fiel auf, dass sich der Heilige Bimbam in diesem Moment anhörte, als sehnte er sich inständig nach der sofortigen Korrektur der aus den Fugen geratenen Verhältnisse zu gesellschaftlich klarer Distinguiertheit. Er teilte dieses Gefühl sicherlich mit seinem Mizigolfpartner Direktor Felix von Maunz.

»Immerhin besitzt ein Gangster wie Tyvson seit Jahren eine Limousine dieser Marke, was dank der gelungenen PR-Aktion auf der Landstraße auch nicht in Vergessenheit geraten wird, sobald die Presse davon Wind bekommt und entsprechenden Wind macht«, bemerkte Mouse trocken und beraubte seinen obersten Chef damit jeglicher Illusion. »Aber bitte, Murr, eigentlich sollten *Sie* doch längst das Wort haben«, fügte er hinzu. Was im Prinzip höflich gemeint war, kam beim Oberinspektor so hochnäsig an, wie es sich bis zu einem gewissen Grad auch anhörte.

»Oh, besten Dank, Mouse«, grollte der schwarz-weiße Kater aus der Tiefe seiner wohlbeleibten Figur. »Hatte schon fast gedacht, getz käme noch nen Vortrag von *Ihnen*, Marke 'sach ich hätt et dir gesacht'. Sie Schlauberger haben ja schon gestern Morgen nich dran geglaubt, datt Tyvson mit dem Zaster und sonstigem Kram in der schwatten Karre dat Weite gesucht hat. Kann Ihnen getz 'nen inneres Laubhüttenfest sein, dasse mal wieder recht hatten, so wie et aussieht.«

Der Thai-Siam begegnete seinem gereizten Vorgesetzten mit nichts als einem abschätzigen eisblauen Blick. Dann erhob er sich lässig von seinem Stuhl, um den kalten Kaffee aus seiner unberührten Tasse in den Topf der auf einer Fensterbank stehenden Zimmerpflanze zu entsorgen. Mouse setzte sich wieder, nachdem er sich aus der von Frau Fellreich unter einer voluminösen Kaffeemütze in Form eines grinsenden Katzenkopfs versteckten Kanne mit heißem, dampfendem Nachschub versorgt hatte. Er trank in aller Seelenruhe und lehnte sich dann zurück, als sei er erst jetzt dazu bereit, dem Bericht des Oberinspektors zu folgen.

»Vielleicht noch 'nen Bütterken zum Käffchen, bevor et losgeht?«, ätzte dieser.

»Grobian! Wir warten!«, mahnte Katerfreund, was tatsächlich veranlasste, dass Murr sich endlich dazu bequemte, sachdienliche Auskunft zu geben.

»Der erste Rolls, von dem wir glaubten, et wäre der einzige, wurde heute früh in nem Waldstück wenige Kilometer vonner wolländischen Grenze gefunden. 'nen Jäger, der dort vor Tau und Tag unterwegs war, hat ihn entdeckt und darüber erst ne gute Stunde später Meldung gemacht. Abgeschlossen und nix an Bord als Kinkerlitzken wie ne leere Schachtel Zigaretten, nen bissken Proviant und olle Klamotten, als hätten se sich noch umgezogen, bevor se die Kutsche ham stehen lassen. Inner gottkaterverlassenen Gegend, kein Haus weit und breit. Reifenspuren ham gezeigt, datt, wer im Rolls saß, dort in nen anneres Fahrzeug umgestiegen is. Bestimmt wollte jemand die edle Karosse später abholen. Sonn teures Stück lässt man nich einfach so zurück.«

»Wenn man es sich leisten kann oder dazu gezwungen ist, womöglich doch«, mutmaßte Professor Forens, der einen etwas älteren, aber gut gepflegten Horch fuhr, von dem er sich unter keinen Umständen getrennt hätte. »Aber wo wurde denn nun das zweite Phantom gesichtet?«

»'nen Stück nördlich von Kratzburg und zwar schonn gestern am frühen Abend«, antwortete der Oberinspektor kleinlauter als gewohnt. »Mehrere motorisierte Streifen verfolgten die erste Karre seit Stunden, aber zwischendurch isse immer wieder spurlos verschwunden. Es hat 'ne Weile gedauert, biswer geschnallt hatten, dass et in Wirklichkeit zwei waren. Datt war in großem Stil Katz und Maus.«

»Wohl eher Hase und Igel«, präzisierte der schon als Katzenkind belesene Mouse die gewählte Spielart der Schlitzer.

Charlie Vogelfang konnte ein ironisches Kichern nicht länger unterdrücken, was Murr überging, indem er hastig weitersprach, um die unangenehme Beichte zu Ende zu bringen.

»Den zweiten Rolls hat 'ne Motorradstreife schließlich annem einsamen Strand der Albis entdeckt. Ebenfalls wie abgestellt un nich abgeholt. Hatte watt von blankem Hohn«, äußerte er sich so ehrlich, dass er ins Stocken kam. Und vor allem vermied er es, Mouse anzusehen. »Die beiden abgelegenen Standorte legen nahe, datt in den Karren nix von Bedeutung transportiert wurde, auch wenn die Insassen in irgend ne Eierkitsche wechselten. Die Polente durch die Gegend zu locken, is eine Sache, aber ne ganz annere, dabei zu riskieren, datt man samt der Beute erwischt wird. Datt wir uns nach dem Raub annen schwattes Phantom dranhängen würden, war klar wie Kloßbrühe«, kam Murr mit einer für seine Person entwaffnenden Selbsterkenntnis zum Schluss. »Insofern war et nich schwer, uns so richtig für doof zu verkaufen. Wenn Se mich fragen, wirkt die oberschräge Aktion so selbstbewusst, als wüssten se noch dazu, datt se die beiden Protzkutschen schonn irgendwie wiederkriegen. So sicher, wiewer den sauberen Brüdern auffen Leim gegangen sind.« Er verstummte und kratzte sich ausgiebig am Knickohr.

»Nicht kleckern – klotzen!«

Mouse spuckte die drei Worte geradezu in die nachdenkliche Stille, die sich der ungeschminkten Rede Murrs angeschlossen hatte. Auf der Stelle von seinem Ohr ablassend, nahm der es wie üblich als Fanal zu einem Angriff.

»Isset datt, wasse mir im Nachhinein empfehlen? Von wegen kleckern! Ruhm is et auch nich grade, womit Se sich im Fall des Barkeepers bedeckt haben!«

Stahlblaue Augen versprühten ein kaltes Gleißen. »Müssen Sie eigentlich penetrant immer alles auf sich beziehen, Grobian?«

»Ach nee? Dann war ich also gar nich gemeint? Wer's glaubt, wird selich! Hörte da watt von Klotzen ...« Der Oberinspektor wusste genau, wie man im Revier die Form seines dicken Kopfes umschrieb.

»Ich wollte damit andeuten, dass wir in größeren Dimensionen denken müssen.«

Mouse vermied es, auf Murrs Geknurre einzugehen, was den nur noch weiter anstachelte.

»Sicherlich ganz Ihr Stil, im Gegensatz zu uns Kleinkarierten.«

»Meine Herren – zur Sache!« Professor Forens' Empfehlung kam seidenweich daher, verfehlte aber nicht ihre Wirkung.

»Mit Kleckern und Klotzen war die Methode der Gegenseite gemeint und zwar nicht an diesem Tisch, sondern die von Tyvson samt Helfershelfern«, nahm der Thai-Siam konzentriert den Faden wieder auf, ohne sich den kleinen Seitenhieb auf Murr zu versagen. »Eine gesprengte Wand im Direktorenzimmer, durch die nicht nur der reichhaltige Inhalt, sondern gleich der ganze Geldschrank verschwindet, darunter ein überaus kostbares Juwel, an dem im befreundeten Ausland die Vergabe politischer Wertschätzung hängt. In diesem exklusiven Modus bleibend, dienen den Tätern zu ihrer lediglich fingierten Flucht nicht nur eine, sondern gleich zwei Luxuslimousinen. in Übereinstimmung mit nicht nur *einem* Kopf der Bande, der inzwischen vielleicht eine Art Hydra vorsitzt. Wer ein so großes Rad nicht nur am Steuer eines Rolls Royce Phantom dreht, kann meines Erachtens überall machtvolle Unterstützer haben, auf die wir noch gar nicht gekommen sind.«

»Und um sich warm zu laufen, wetzen sich diese Superganoven höchstpersönlich die Krallen an armen kleinen Fischen wie Marusch und Morpheus?«, warf der rote Charlie zweifelnd ein. »Oder rekrutieren unberechenbare Angeber wie MacSchlapp, dessen gewinnendes Wesen ich im Keller von Musculus echt genossen habe. Am Abend des gleichen Tages bringt der Kerl, wie wir gehört haben, nicht nur eine junge Katze in seine Gewalt, sondern ist wenig später auch an einem ruchlosen Mord beteiligt. Ich muss schon sagen, eine krasse Bilanz innerhalb weniger Stunden und ein Täterprofil, das sich in Hinblick auf den Schwarzen Ole nicht nach pfotenverlesenem Personal anhört, sondern nach einer tickenden Bombe.«

»Tyvson brauchte einen willigen Helfer innerhalb der Firma«, vermutete Mouse. »Jemanden wie den plattohrigen Fritz, der nichts zu verlieren, aber viel zu gewinnen hat und sich in den lokalen Gegebenheiten von Musculus gut auskennt. Außerdem durfte er keine Probleme damit haben, dass durch den Raub die eigenen Kumpel um ihr sauer verdientes Lohngeld gebracht würden. Für beides empfahl sich dieser geltungssüchtige Gernegroß, der allerdings Gefahr läuft, bald nicht mehr gebraucht zu werden und ähnlich zu enden wie der Barkeeper.«

»Wurde MacSchlapp inzwischen gefasst?«, erkundigte sich Puschel.

Der Kriminalrat schüttelte das rundliche Karthäuserhaupt. »Nein, natürlich ist er in der Fabrik nicht zur ersten Schicht erschienen und seit gestern flüchtig. Einer der für die nächtliche Überwachung zuständigen Posten, Kasimir Bart, hat von dort angerufen und das Fehlen MacSchlapps bestätigt, nachdem ein Vorarbeiter davon Meldung machte. Die Fahndung nach dem Halbschotten läuft seit der Auffindung des Toten.«

»Watt is mit der Garderobenmieze? Hamm Se die etwa nich im Visier, nur weil die kleine Schwatte sonne hübsche Figur hat?«, fragte Murr anzüglich und noch immer ruhelos auf der Suche nach einer weiteren Schwachstelle im Vorgehen seines erkorenen Rivalen.

»Man merkt, dass Sie die Krallenbar so gut kennen wie die Taschen Ihrer flotten Weste, Grobian.« Mouse erwiderte Murrs neuerliche Stichelei, indem er den schlecht sitzenden Dreiteiler des Oberinspektors einer Musterung unterzog. Der mokant blitzblaue Blick des Thai-Siams blieb dort hängen, wo sich erwähntes Kleidungsstück unter dem ausgebeulten Jackett über Brust und Bauch des Dickwansts spannte.

Ebenso straffte sich Sergeant Fischgrät, der bei der herablassenden Erwähnung Mitzis so zuverlässig, wie eine Forelle nach dem glänzenden Köder springt, aus seiner kaum mehr zu verbergenden Lethargie auftauchte. »Fräulein Schnurre hält sich zu unserer Verfügung, obwohl sie sich durch nichts verdächtig gemacht hat. Im Gegenteil ist sie ja selbst durch MacSchlapp in Gefahr geraten«, sprudelte Jerry unbedacht hervor.

Dafür fing er sich einen Seitenblick des Inspektors ein, der die Ironie, mit der Mouse zuvor Murrs Weste betrachtet hatte, noch um einiges übertraf. In dessen eigenem Interesse schnitt er dem jungen Catzanova das Wort ab.

»Mitzi Schnurre arbeitet noch nicht lange in Trixie Muschs Etablissement. Mit dem Barkeeper Morpheus pflegte sie einen lockeren, freundlichen Umgang zwischen Kollegen, der aber, so wie sie sich anhörte, über gemeinsame Zigarettenpausen im Hinterhof nicht hinausging. Fritz MacSchlapp hat ihr nachgestellt und sie laut ihrer Aussage immer mehr bedrängt. Noch interessanter scheint mir allerdings, was uns Mitzi über das Kommen und Gehen hinter Madames Spiegel zu berichten hatte, denn die Kleine ist clever und verfügt über eine scharfe Beobachtungsgabe. Offenbar hat die halbseidene Brillenschlange dem Wahrzeichen ihrer Bar entsprechend der Schlitzerbande eine Art Clublokal und, wie ich überdies vermute, eine geheime Durchgangsschleuse in die Kanalisation zur Verfügung gestellt. Mit von der Partie ist vermutlich der Finsterling, dem wir letzte Nacht folgten. Ich empfehle deshalb dringend, baldmöglichst durch das Looking-Glass der bösartigen Alice zu schauen, bin gespannt, was *wir* dort finden. Sobald wir hier fertig sind, werden Sergeant Fischgrät und ich zwei Treppen tiefer der Dame auf den Giftzahn fühlen, desgleichen ihrem putzigen Riesenbaby.«

»Sobald wir hier fertig sind, Selwyn, werden Sie und der Sergeant sich für mindestens vier Stunden nach Hause und ins Bett verfügen, um die Mütze Schlaf nachzuholen, die Sie beide dringend nötig haben«, erklärte Katerfreund mit herzlicher Unnachgiebigkeit, von der jeder, der mit ihm zu tun hatte, wusste, dass Widerstand dagegen zwecklos war.

»Aber wer übernimmt dann das Verhör?«, meldete Mouse dementsprechend nur schwachen Protest an. »Schließlich waren wir beide heute Nacht am Ort des Geschehens.«

»Worüber Sie und Fischgrät uns schon am Heringsfleet genauestens Bericht erstattet haben«, entgegnete der Karthäuser nun im nachsichtigen Ton eines Trainers gegenüber seinem hochbegabten, aber komplizierten Schützling, der sich unnütz verausgabt, anstatt mit Kräften und Talenten zu haushalten. »Ich zum Beispiel sehe mich dank Ihrer präzisen Angaben bestens instruiert, die Befragung von Trixie Musch zu übernehmen, und Oberinspektor Murr kann sich mit seiner unnachahmlichen und für ungeschliffene Mausekater bestens geeigneten Rhetorik dem Türsteher widmen. Bei beiden werden wir uns eingehend erkundigen, was sie über einen *kleinen Leuchtturm* wissen. Sollten wir nicht weiterkommen, würde ich aufgrund der Dringlichkeit des Falls Professor Forens bitten, uns an diesem Morgen einmal mehr mit seiner überzeugenden Investigationstechnik unterstützend zur Seite zu stehen. Noch Fragen, Inspektor?«

»Dann also derzeit keine, Cornelius«, sagte Mouse, unentschieden zwischen Resignation über die erzwungene Pause und einem nun auch ihn selbst anwehenden Anfall akuter Erschöpfung.

Was in der folgenden Viertelstunde an Organisatorischem noch besprochen werden musste, ging an Mouse und Fischgrät größtenteils vorbei, bis der Präsident die Versammlung aufhob.

»Das wäre für den Moment alles«, wählte der Heilige Bimbam dafür eine ebenso gängige wie unbestimmte Floskel. »Danke, meine Herren. Wir sprechen uns wieder, sobald sich etwas Neues ergibt. Allerspätestens heute um 17 Uhr beim nächsten Austausch zur aktuellen Lage, in der wir hoffentlich bald einen wegweisenden Durchbruch erleben.«

›Am besten noch so einen wie im Büro des Direktors‹, huschte es Mouse durch sein überanstrengtes Hirn. Laut sagte er: »Kommen Sie, Jerry, ich nehme Sie mit und setze Sie vor Ihrer Wohnung ab.«

Der Sergeant nickte nur und erhob sich tapsig wie ein Bär von seinem Platz an der Sonne.

»Ihr beiden ruht euch jetzt aus. Vor halb fünf will ich hier keinen wiedersehen«, gab ihnen der wohlmeinende Sandmann Katerfreund mit auf den Heimweg.

Soeben schlüpfte Frau Fellreich am Gegenverkehr der das Besprechungszimmer verlassenden Kater vorbei. Kopfschüttelnd betrachtete die Sekretärin die kaum abgetragenen Pfötchenstapel und fragte sich, weil sie Verschwendung hasste, wem im Haus sie die lädierte Kost wohl zum Mittagessen anbieten könne.

*

Die schattenhafte Gestalt hinter dem Tresen hatte auch mit beiden Pfoten größte Schwierigkeiten, das randvolle Glas zu umfassen, das sie ihm kredenzen wollte. Alles daran war rot, innen wie außen, denn zwischen dem Fell quoll Blut aus Löchern hervor, in denen einst Krallen gesteckt hatten. In der Tiefe der Wunden zeigte sich rohes Fleisch, während an der Oberfläche der purpurnen, leicht sämigen Flüssigkeit, die das Glas enthielt, etwas schwarz Behaartes schwamm, das wie der Fetzen von einem Ohr aussah.

»Wissen Sie eigentlich, was das wahre Geheimnis *eines Drinks von tiefer Röte* ist?«, wurde er von dem Kerl auf der anderen Seite der Bar gefragt, der, ohne eine Antwort abzuwarten, gleich weiterredete. »Man mixt Abwasser aus der Kloake der alten Kanalisation mit dem eigenen frischen Blut. Deshalb ist dieser Cocktail einfach einmalig und entsprechend teuer: fünfhundert Goldmäuse pro Kopf! Schmollies, nun nehmen Sie schon, schließlich muss ich noch mehr mixen.«

Überraschend ließ der Barkeeper das Glas los und er fing es reaktionsschnell auf, damit um des Heiligen Katzetans willen bloß kein Tropfen des kostbaren Inhalts verloren ging, vor dem er sich weitlichst ekelte. Schon fragte er sich, ob es ihm wohl gelingen könnte, das Zeug unauffällig in die einsame Topfpflanze zu gießen, die vor einer halbrunden Bühne herumstand, deren Vorhang noch geschlossen war. Der schwere glänzende Stoff war über und über mit Schlitzen verunziert, aus denen ebenfalls Blut sickerte. Darüber drehte sich an der Decke ein an einem violetten Strumpfband aufgehängter Kaffeewärmer, der gleich einem Januskopf vorne das unbeteiligte Gesicht des Butlers Hinze zeigte und auf der Rückseite eines, das er nicht erkennen konnte.

»Wünscht der Herr einen Kopi Luwak, eine Blue Lady oder etwas ganz anderes?«, erkundigte sich Hinzes silbrige Visage, die eine giftgrüne Schmetterlingsbrille trug.

Wieder schien eine Entgegnung nicht erwartet zu werden, denn die groteske Fratze verschwand, auf Gedeih und Verderb mit dem Kaffeewärmer verbunden, als dieser sich wie ein Kreisel erst langsam und dann immer schneller zu drehen begann, Garben von Lichtpunkten wie glühende Funken in den leeren Raum schießend. Der flirrenden Hektik entsprechend, schüttelte der Kater hinter dem Tresen den Cocktailshaker so wild, dass er dabei eine nach der anderen seiner krallenlosen Klauen verlor. Sie flogen wie die porösen Finger einer vertrockneten Mumie in hohem Bogen durch die Luft. Dennoch machte er weiter, bis auch die Pfoten abbrachen und nur noch die Stümpfe seiner Vorderläufe das schimmernde Gefäß so innig umklammerten, als sei es eine Monstranz aus dem alten Dom. Blutspritzer mischten sich in die Reflexe des wirbelnden Objekts an der Decke. Vor dessen Abbremsen fürchtete sich der einzige Gast der Bar so sehr, dass er dringend wünschte, nicht hinsehen zu müssen, wenn das Ding zuletzt anhalten würde, hätte er sich gegen den unwiderstehlichen, inneren Drang, es doch zu tun, auch nur im Mindesten durchsetzen können.

Jetzt war es so weit: Der Drehkörper arretierte mit einem Geräusch, das dem leisen Geklicker der Kugel in einem Roulettekessel ähnelte. Wie auf ein Signal erloschen rundum die irisierenden Flecken. Die lange Bar, an der er eben noch gestanden hatte, wurde zu einem ins Unbestimmte gerückten Schattenband. Starr vor Schrecken verharrte er in der Dunkelheit. Der verstümmelte Barkeeper war verschwunden, vielleicht gänzlich zerfallen und an ihn zu denken, bedeutete nichts als ein Wegducken vor dem Unausweichlichen. Also hob er den Blick, wobei er merkte, dass er am ganzen Leib zu zittern begann, in der bebenden Pfote das Glas mit der blutigsten Bloody Mary der Welt. Über ihm dräute das Grauen. Am Strumpfband baumelte nicht länger der Kaffeewärmer mit Hinzes bebrilltem Gesicht, sondern der verrottete Kopf des lange im Wasser gelegenen Leichnams eines graugetigerten Katers, soweit sich das an den vollgesogenen Fellresten über aufgedunsenem Fleisch noch feststellen ließ. Trotzdem erkannte er ihn sofort.

»'n Abend, Inspektor«, sprach ihn das gruselige Haupt an, das, wie er wusste, niemand anderem als Morpheus Matt gehörte. »Gnadenvolles Ertrinken war mir nicht vergönnt, weil Sie mich nicht gerettet haben. Meinen grausamen Tod haben allein Sie auf dem Gewissen, für immer und ewig. Amen und Schmollies.«

»Das tut mir sehr leid«, stammelte der Beschuldigte und nahm aus reiner Verlegenheit einen Schluck von seinem Drink, der nach Rost und Knochen schmeckte.

»Es tat höllisch weh«, peinigte ihn die heisere Stimme von oben weiter. »All das Blut, das mir die Ohren hinunterlief, mein Fell wurde immer nasser von meinem eigenen Blut! Sie verrichteten ihr Schlitzerwerk stumm und gründlich. Miauauaua, es war entsetzlich!«

»Sagen Sie ihm, dass er endlich die Schnauze halten soll. Schließlich beginnt jetzt die Vorstellung«, meinte jemand, der plötzlich neben ihm stand.

Er erschrak furchtbar, denn, ohne es vorher gemerkt zu haben, war ihm der andere ganz nah, viel zu nah! Groß und schwarz wie die Nacht, mit einem mächtigen, spitzohrigen Kopf zwischen hochgewölbten Schultern. Morpheus' hin und her schwingender Schädel verstummte mit einem letzten Gurgeln.

»Ich bin der Bürstenvertreter«, knurrte der unheimliche Gast, »führe aber auch messerscharfe Kämme und Klingen. Ich ziehe blutige Scheitel überall, wo Sie sie haben wollen.«

»Nein, danke!«

»Bong, bong, bong! Dring, dring, dring!«

Seltsam scheppernd hob sich der Vorhang, surrend sprang die Bühnenbeleuchtung an und beschien bleich wie der Mond eine Szene auf einem leeren Marktplatz. Dort stand eine riesige Ratte, die, statt roten, grüne Augen hatte und ein von Schlitzen übersätes Kleid trug, aus denen weißer Rauch quoll. Um ihren fetten Hals lag ein kostbares Perlencollier, in dessen Mitte der größte Smaragd prangte, den er je gesehen hatte. Madame Ratte entlockte der Ukulele schrille Töne, zu denen der über der Bühne hängende Kopf wieder rotierende Fahrt aufnahm, bis kein Gesicht mehr zu erkennen war, oder ganz viele.

»Dring, dring, dring! Drrrring, drrrrrrring, drrrrrring!!!!!«

Noch ganz unter dem Eindruck des Albtraums wachte Mouse auf. Schlaftrunken merkte er, dass er daheim auf dem Sofa lag und in unmittelbarer Nähe das Telefon klingelte, vermutlich nicht zum ersten Mal. Verwirrt stellte er fest, dass vor dem Panoramafenster sich der Himmel über Kratzburg bereits rötete. Es musste später als 17 Uhr sein. Zu seiner düsteren Benommenheit gesellte sich der gelindere Schrecken, die für den späten Nachmittag angesetzte Besprechung wie ein verpennter Oberschüler verpasst zu haben.

»Drrrring, drrrrrrring, drrrrrring!!!!!«

»Ja, doch!«, knurrte der Thai-Siam verdrossen.

Sich aufsetzend, angelte er sich den Hörer des drängelnden Apparats von einem neben dem Sofa stehenden Tischchen.

»Hallo?«, rief er mit belegter Stimme, im gleichen Moment verfluchend, sich vorher nichts zu trinken geholt zu haben. Wieder fiel ihm der Traum ein und er glaubte, Blut zu schmecken.

17. Kapitel

»Sollte ich Sie, so wie Sie sich anhören, um diese Zeit tatsächlich geweckt haben, schieben Sie in verantwortlicher Position eine verdammt ruhige Kugel, dass Sie sich während der laufenden Ermittlung zu einem bekömmlichen Nachmittagsschlummer zurückziehen können. Oder, entschuldigen Sie bitte die Störung, haben Sie sich etwa gerade erst hingelegt? Vermutlich tragen Sie nicht einmal den taubenblauen Morgenmantel Ihrer stilsicheren Frau Mutter. Wozu auch, in der Tiefe der Federkissen?!«

Die verführerische dunkle Stimme schnurrte die Worte so schlagfertig herunter wie bei einer pointierten Retourkutsche in einem beim Publikum aufgrund der scharfzüngigen Dialoge beliebten Boulevardstück. Ihr Text sah an dieser Stelle noch mehr vor, nämlich eine Frage, die sich bestens dem lasziven Auftakt der Szene anpasste.

»Sind Sie allein?«

»I wo, gerade genieße ich eine Thaimassage der besonderen Art, bei der mir zwei sanfte Miezen mit dennoch zupackenden Pfoten derart das Rückenfell gerben, dass mir zwischenzeitlich die Luft wegbleibt. Verzeihen Sie also die allein daher rührende Kurzatmigkeit. Und um Ihnen rein gar nichts vorzuenthalten: Selbstverständlich habe ich zur erholsamen Dämmerstunde den Ihnen so am Herzen liegenden Morgenrock weit von mir geworfen«, konterte Mouse.

Mit jeder Entgegnung wurde er wacher, während er an seinem zerknitterten Anzug herabsah. Offenbar war er bei seiner Rückkehr aus dem Präsidium so müde gewesen, dass er es nicht mehr ausgezogen ins Bett geschafft hatte.

»Sie sind und bleiben ein Flegel«, sagte Natascha Killmauski verdrossen, die wohl fand, dass ihr Antagonist aus der Rolle fiel, auch wenn sie an die Anwesenheit von Masseusen nicht zu glauben schien.

»Ich hatte versucht, Sie auf dem Präsidium zu erreichen, obwohl ich kaum zu hoffen wagte, dort ein derart beschäftigtes As der Polizei an die Strippe zu kriegen, wie Sie es wohl formulieren würden, schon gar nicht an seinem Privatanschluss. Mein zweiter Anruf war ein Schuss ins Blaue. Aber siehe da, der smarte Bursche ruht sich daheim aus.«

»Mit Blau in allen Schattierungen haben Sie es wohl, Gnädigste. Muss an Ihrer Herkunft liegen. Oder an meinem suggestiven Einfluss«, knurrte Mouse und prüfte, ob er mit einer Pfote an die Flasche mit Malt Whiskers heranreichen würde.

Das hochprozentige Präsent seines Onkels stand auf dem Sofatisch knapp außer Reichweite neben dem leeren Glas, aus dem er sich nach seiner Ankunft einen herzhaften Schluck genehmigt hatte, der die aufgewühlten Gedanken ein wenig beruhigen sollte. Inzwischen konnte er sich wieder an alles erinnern. Daran, dass er den schnarchenden Fischgrät nach Hause bugsiert hatte, der auf dem Beifahrersitz eingenickt war, kaum dass er in den Ozelot stieg. Immerhin hatte er den todmüden Burschen nicht die Treppe rauf und ins Bett tragen müssen, sondern mit dem Versprechen verabschiedet, ihn um halb fünf wieder abzuholen. Nach ein paar Stunden Schlaf für sie beide und einer heißen Katzenwäsche.

Aber bevor er selbst in schwere Träume gefallen war, hatte er Stunden vor Nataschas aktuellem Weckruf noch ein anderes Telefonat geführt, wie er nun mit aller Deutlichkeit wusste, die der Abstrusität entsprach, welche die ihm darin mitgeteilten Informationen enthielten. Das Telefon hatte schon einmal geklingelt, kurz nachdem er die Wohnungstür aufgeschlossen hatte, das strapazierte Hirn voller Selbstvorwürfe und den lebenden und toten Gespenstern der zurückliegenden Nacht. Außerdem mit knurrendem Magen, dem eines von Frau Fellreichs Frühstückspfötchen jetzt ganz gut getan hätte. Stattdessen traktierte er ihn mit morbid torfigem Malt, obwohl die Hoffnung gering war, dass sich damit alles ein bisschen besser verkraften ließe. Nicht zuletzt jene Neuigkeit, mit der ihn der erste Anrufer irritieren sollte, bei dem es sich um keinen anderen als Kriminalrat Katerfreund gehandelt hatte.

»Freu dich, Selwyn. Kannst länger schlafen als geplant. Nun rate mal, weshalb?«

»Spann mich nicht auf die Folter, Cornelius. Ich bin so gut wie hinüber.«

»Auf die Gefahr hin, dass dich das wieder hellwach machen wird: Madame Musch und ihr Bursche fürs Grobe von der gefurchten Ledertür sind schon wieder auf freier Pfote.«

»Bei allen Eiligen, das darf doch nicht wahr sein!«, empörte sich Mouse, obwohl ihn das Gesagte nicht wirklich vom Hocker, beziehungsweise vom Sofa riss, auf dem er seit seiner Ankunft, zu müde zum Schlafen, herumlümmelte.

Dass die gewiefte Inhaberin der Scharfen Kralle sich einen mit allen Wässerchen der Kanalisation gewaschenen Anwalt leisten konnte, der sie trotz erdrückender Beweislast freibekam, überraschte ihn nur bedingt, denn das war schon öfters vorgekommen und Trixie Belinda Musch leider immer ungeschoren davon. Doch im Zuge der intensiven Fahndung nach Tyvson und Konsorten stand diesmal zu hoffen, dass ihre seit Jahren auffällige Bar hochgehen würde. Inklusive der Spiegeldame, nachdem Madame kalt lächelnd zugelassen hatte und vermutlich sogar selbst daran beteiligt gewesen war, was man dem Barkeeper angetan hatte.

»Wieso habt ihr die beiden gehen lassen? Und das hat nicht einmal der Heilige Bimbam verhindert?«, fragte Mouse mit vor Müdigkeit mechanisch klingender Stimme.

»Nein, denn sie konnten sich auf einen gewichtigen Fürsprecher verlassen, gegen den selbst Puschel nichts auszurichten vermochte«, erklärte der Karthäuserkater, der sich ebenfalls geschafft anhörte.

»Welcher auf Kiezgrößen spezialisierte Rechtsverdreher hat die feinen Herrschaften denn rausgekloppt?«, hatte Mouse daraufhin gefragt, den Hörer in die Halsbeuge geklemmt, um nach Flasche und Glas zu greifen.

Am anderen Ende der Leitung erklang ein Stoßseufzer.

»Auf lokale Größen spezialisiert. Das schon, insbesondere auf eine ganz bestimmte, wenn auch alles andere als vom Kiez.«

»Spuck's endlich aus, Cornelius.«

»Es war Syndikus Seidig. Niemand anderes als der Leib- und Magenanwalt der vorgestern so schändlich beraubten Familie von Maunz.«

Jetzt wurde Katerfreund akustisch Zeuge, wie etwas klirrend auf einem harten Untergrund abgestellt wurde. Er nahm an, ein Glas auf einer Tischplatte.

»Wie bitte? Sag das noch mal!«

»Das ist wohl überflüssig, Selwyn. Du hast ganz richtig gehört und soviel ich weiß, scharfe Ohren. Dr. Tigerius Seidig höchstpersönlich hat vor anderthalb Stunden die in den Mordfall des Barkeepers Matt sowie möglicherweise auch in den Raub bei Musculus involvierten Verdächtigen aus der Untersuchungshaft befreit.«

Mouse war fassungslos. Diese neueste Absurdität erwischte ihn so kalt, als hätte jemand einen Eimer Wasser über ihm ausgeleert.

»Und ihr musstet sie wirklich gehen lassen?«

Der alte Kriminalrat fauchte in den Hörer. »Ja, weil der Syndikus uns klipp und klar damit kam, dass sich etwaige Verdachtsmomente gegen die vorschnell festgesetzten Individuen erst erhärten müssten. Es sei juristisch deshalb nicht statthaft, Musch und Putzig nur eine Minute länger festzuhalten. Überdies wäre der angeblich an einer schmerzhaften Ohreninfektion leidende Morpheus auf Geheiß seiner um die Angestellten stets besorgten Chefin quasi unter ihrem persönlichen Schutz in Person des Türstehers Carlo Putzig sicher nach Hause begleitet worden. Zur fraglichen Tatzeit wollen dann Madame Brillenschlange und der in die Kralle zurückgekehrte Koloss ein Gläschen auf die baldige Genesung des Barkeepers getrunken haben. Im Beisein von zig die rührende Szene bezeugenden Gästen, die allerdings das Blaue vom Himmel herunter beschwören würden, so man sie nur nachdrücklich genug darum bittet.«

»Da hört sich doch alles auf!«, rief Mouse. »Weiß Direktor von Maunz davon? Oder ist die hirnrissige Intervention etwa auf sein Betreiben hin geschehen?«

»Laut Seidig ja. Unter dem aberwitzigen Hinweis, dass die Vertretung von Madame Musch zu keinem Interessenkonflikt mit seinem langjährigen Mandat derer von Maunz führt.«

»Da lachen ja die Hühner! Das soll der gleiche Felix von Maunz veranlasst haben, für den wir im Interesse seiner Firma, aber vor allem seines untadeligen Rufs wegen in Windeseile Resultate bringen sollten?«, ereiferte sich der Thai-Siam vorübergehend putzmunter. »Das stinkt doch gen Himmel, oder genauer gesagt, aus der Tiefe der Kanalisation bis in die höchsten Kreise.«

»Da sagst du was, Junge«, stimmte Katerfreund zu und klang ungewohnt resigniert. »Tatsächlich hat sich der unterkühlte Bengale nach seiner Ansage mit schlüssigen Erklärungen vornehm zurückgehalten und gab sich so zugeknöpft wie sein teurer Tuchmantel. Er führte noch ein paar Mal die höchst merkwürdige Floskel an, dass er *im Interesse seines Mandanten* handeln würde – mittlerweile fragt man sich ja, wen genau er damit meinte. Die Legitimation dazu hat er Puschel auch noch schriftlich gegeben und ist dann wenig später mit den beiden frische Morgenluft witternden Schätzchen abgerauscht.«

»Was mag nur dahinterstecken? Behindern die feinen Herrschaften jetzt die Ermittlung, weil sich inzwischen, natürlich ohne dass wir einfältigen Kriminaler davon in Kenntnis gesetzt würden, ganz andere Größen in den Fall eingeschaltet haben und agieren als bloß die lokalen Mannen des Kratzburger Polizeipräsidenten?«, überlegte Mouse laut.

»Der sich das nicht gefallen lassen wird, schon gar nicht so kommentarlos von oben herab und das noch dazu von einem alten Golfpartner. Donner und Doria, wie hat der Heilige Bimbam eben vor Wut geschäumt und gebrüllt wie ein Löwe! Es flog ein Aschenbecher und die ach so schlüssige Legitimation Seidigs muss jetzt erst geklebt werden, bevor Frau Fellreich sie zu den Akten legen kann.«

Mouse war sicher, dass Katerfreund bei dieser Schilderung vor sich hin grinste, und musste das kurzfristig selber.

»Natürlich hat der gute Ignatius umgehend versucht, von Maunz telefonisch zu erreichen. Noch aus dem Vernehmungszimmer, deshalb waren Murr, Forens und ich auch dabei. Zuerst hat er sich zu Musculus durchstellen lassen und weil laut Sekretärin der Herr Direktor heute Morgen noch nicht in der Firma aufgetaucht sei, gleich danach in die Villa«, berichtete der Kriminalrat weiter. »Der zweite Anruf hat Puschel dann wieder richtig in Rage versetzt, weil ihm der Maunz'sche Butler völlig ungerührt, aber mehrmals und geduldig wie einem leicht begriffsstutzigen Großvater versicherte, dass der gnädige Herr derzeit für keinen zu sprechen sei. Bedaure, Exzellenz, nicht einmal für den Polizeipräsidenten von Kratzburg.«

Jetzt lachte der Inspektor leise und zynisch in sich hinein. Katerfreunds weiterem Vernehmen nach folgte ein tiefer Schluck, denn Mouse war es endlich gelungen, sich an ausgestreckter Pfote die Flasche zu angeln und den Korken mit den Zähnen herauszuziehen; großzügig hatte er sich eingeschenkt. Während er trank und dabei der Beschreibung seines Vorgesetzten lauschte, sah er den silbrigen Hinze direkt vor sich. Von beflissener Höflichkeit, aber unerbittlich, wenn es galt, die Herrschaft zu schützen und abzuschirmen.

»Nachdem er unverrichteter Dinge einhängen musste, war es, als hätte der Heilige Bimbam einen inneren Schalter umgelegt«, näherte sich Katerfreund der Schlusspointe. »Plötzlich wirkte er völlig versammelt und kalt entschlossen wie ein General, dem zur entscheidenden Schlacht zwar die versprochene Verstärkung ausgeblieben ist, der aber dennoch angreift. ›Auf irritierende Wendungen, durch die es schwer erkennbar wird, wer Freund oder Feind ist, reagiert man am besten mittels intensiver Nachforschung mit kompetenter Arbeit‹, verkündete Puschel wie auf einem Seminar für Polizeianwärter. ›Da wir uns über Musch und Putzig, sowie ihre mutmaßlichen Verbindungen zum gestrigen Mord und vorgestrigen Raub noch kein vollständiges Bild machen konnten, ordne ich für heute Abend,

23 Uhr, eine Razzia in der Bar zur Scharfen Kralle an. Da werden wir die Überraschung ganz auf *unserer* Seite haben.‹«

Der Kriminalrat schnappte nach Luft.

»Und deshalb, Selwyn, reicht es aus, wenn du mit Fischgrät, den ich jetzt auch noch benachrichtigen und vermutlich aus dem ersten Tiefschlaf holen werde, gegen acht ausgeruht im Präsidium erscheinst, um zur Einsatztruppe zu stoßen. Bis dahin ist alles bereit …«

»… als ich zu Hause eintraf, konnte ich mir auf sein absonderliches Verhalten absolut keinen Reim machen, bis ich das Schreiben selbst in den Pfoten hielt. Es lag offen auf meines Onkels Schreibtisch. Er muss sich über die Forderung den ganzen Tag den Kopf zerbrochen haben, bis er gestern nach dem Diner am späten Abend endlich damit herausrückte, was von ihm und uns verlangt wird. Bis dahin hatte er meine Tante um den letzten Rest ihrer seit dem Raub ohnehin angegriffenen Contenance gebracht, nun wurde es natürlich noch schlimmer. Immerhin ließ die Ärmste, obwohl es bereits kurz vor Mitternacht war, unverzüglich Syndikus Seidig rufen, von dem ich allerdings nicht angenommen hätte, dass ausgerechnet er raten würde, sozusagen kampflos die Waffen zu strecken.«

Abwartende Stille trat ein, als wäre hier eine Nachfrage zu erwarten, die Mouse unterließ. Noch während die verführerische Stimme weitersprach, hatte er festgestellt, dass seine Gedanken vollständig zu dem Stunden zurückliegenden Gespräch mit Katerfreund abgeschweift waren. Für einen weiteren unkonzentrierten Moment verwirrte es ihn doppelt, dass er statt mit Cornelius nun mit Natascha telefonierte, sie aber ebenso wie der Kriminalrat von Syndikus Seidig sprach.

Weil er nicht reagierte, fuhr sie gereizt fort: »Ich persönlich denke, dass man diesen Leuten keinen Millimeter Terrain zugestehen sollte. Wenn die Polizei nicht zum Einsatz kommen darf, müssen eben andere ran. Ich hoffe, Sie pflichten mir in dieser Hinsicht bei.«

»Gewiss«, bestätigte Mouse, »mit dem kleinen Schönheitsfehler, dass ich dem als Kompanie von untätigen Trotteln beleumundeten Verein selber angehöre. Auch ich bin die Polizei, falls Ihnen das entfallen ist, bevor Sie mich so dringend zu erreichen versuchten.«

»Aber Sie sind doch zum Glück nicht wie die anderen. Nur jemandem wie Ihnen kann ich mich anvertrauen, wenn mein Onkel auf Seidigs Rat hin gefährliche Alleingänge einschlägt.«

Sie hatte hastig weitergesprochen. Vielleicht um den einleitenden Satz, der sich in den samtigen Ohren ihres Gesprächspartners erfreulich aufrichtig anhörte, schnellstmöglich zu überspielen. Dabei war ihr seine volle Aufmerksamkeit längst sicher, denn so unverständlich ihre Worte zunächst auf Mouse auch wirkten, schienen sie in mancher Hinsicht zu dem zu passen, was er vor einigen Stunden von Katerfreund erfahren hatte.

»Jetzt mal von Anfang an«, verlangte er von ihr womöglich eine Wiederholung. »Was ist los und was hat es mit diesem Schreiben auf sich, von dem Sie sprechen?«

»Es klemmte heute Morgen hinter dem Scheibenwischer des Bentleys, was besorgniserregend ist, denn der Wagen stand in der Garage. Der Chauffeur will absolut nichts bemerkt haben. Das heißt also, dass sich einer von denen unbemerkt Zugang auf das Privatgrundstück der Villa verschafft hat. Am Ende jemand, der längst bei uns ein und aus geht.«

Sie hielt inne und Mouse stellte sich vor, dass sie plötzlich erschauderte. Davon abgelenkt gab er sich dem angenehmen Gedanken hin, wie er sie beschützend in den Arm nahm, schalt sich einen albernen Schwerenöter, riss sich zusammen und setzte sich gerade auf. Der Blick aus dem Fenster zeigte eine von der Abenddämmerung umflorte Vedute. Erste Lichter und Reklameleuchtschriften stachen aus den gedämpften Tönen hervor.

»Ist das Personal vertrauenswürdig?«

»Nun, es ist nicht mein eigenes«, entgegnete sie reflexhaft mit beeindruckender Arroganz, »aber meine Tante und mein Onkel scheinen etwas Gegenteiliges auszuschließen.«

»Was stand in dieser Nachricht?«

»Es handelt sich um ein Bekennerschreiben«, sagte Natascha so langsam und betont, als sei ihr mehr als bewusst, auf welch unsicheres Terrain sie sich mit so viel eigenmächtiger Offenherzigkeit begäbe. Über ihre Verwandten hinweg, sowie Syndikus Seidigs weiteres Vorgehen ignorierend. »Der Text ist von einem *Kommando Maikater* unterschrieben, neben einer Art Zeichen, das eine schwarze Pfote mit ausgefahrenen Krallen vor einer roten Sonnenscheibe zeigt. Darunter steht die Parole *Bis dass es morgenrötet*. Laut den wenigen Zeilen darüber wird von meinem Onkel verlangt, dass er mit der Polizei ab sofort nicht mehr kooperiert, sondern sich völlig passiv aus allem heraushält. Andernfalls drohen sie ihm und damit natürlich auch meiner Tante und der gesamten Familie Killmauski, das Grüne Auge von Katzinopel in wenigstens zwanzig Steine zu zerschneiden und einen davon der prussischblauen Regierung zu schicken.«

Natascha schwieg und er ließ ihr die Pause. Mouse bedachte die bemerkenswerte Wendung, über die er eigentlich umgehend das Polizeipräsidium informieren musste. Doch dass sie ihn eingeweiht hatte, ohne vorher auf sein Stillschweigen zu bestehen, besiegelte es im Vorfeld.

»Als Zeichen, dass mein Onkel die Bedingungen akzeptieren wird …«, setzte Felix von Maunz' Nichte wieder an.

»… werden Trixie Belinda Musch, die Inhaberin der Bar zur Scharfen Kralle, und ihr Türsteher und Rausschmeißer Carlo Koloss Putzig so bald wie möglich nach Erhalt des Schreibens vom Anwalt der Familie, Syndikus Tigerius Seidig, aus der Untersuchungshaft befreit«, vollendete der Inspektor Nataschas Satz so zügig wie eine schnurrende Nähmaschine.

Am anderen Ende der Leitung herrschte irritierte Stille. Mouse wusste, dass Natascha nun fieberhaft überlegte, ob sie nicht naiv einem Doppelspiel erlegen war und die Polizei, vielleicht sogar die Regierung ihres eigenen Landes, längst ähnliche Forderungen erhalten hatte. Ohnehin gab es etwas, das auf letzteren Umstand hinweisen mochte. Was die prussischblaue Katze als Nächstes sagte, zeugte davon, dass sie so klug wie schön war.

»Entweder, Inspektor, sind Sie dank Ihrer bemerkenswerten Augen ein Hellseher. Oder die beiden Inhaftierten sind schon auf freier Pfote. Damit hätte es der Syndikus sehr eilig gehabt, die Forderungen dieser Verbrecher stante pede zu erfüllen. Was wiederum dazu passt, dass er ganz in diesem Sinne auf Onkel und Tante einredete, als würde sich alles andere verbieten. Seidig führte immer wieder an, einzig und allein den Smaragd und damit die Ehre der Familie retten zu wollen. Und dennoch fand ich seine Dringlichkeit seltsam. Nach nur kurzem Zögern hat er dies als den einzig gangbaren Weg empfohlen und scheint auf die Fähigkeiten der Polizei keinen müden Heller zu setzen.«

»Sie hingegen haben mich angerufen«, stellte Mouse fest.

Die Hoffnung, dass es allein aufgrund seiner markanten Ausstrahlung sowie seines Rufs als ebenso wagemutiger wie erfolgreicher Ermittler geschehen war, wurde im Folgenden getrogen.

»Ja, so oder so drängte die Zeit«, meinte Natascha ernüchternd wie ein Glas Wasser, wenn auch in einem Kristallglas serviert. »Irgendetwas scheint den prussischblauen Geheimdienst aufgescheucht zu haben. Jedenfalls wird am kommenden Samstag, also bereits in vier Tagen, ein Attaché des katzarischen Konsulats der Villa Maunz einen informellen Besuch abstatten, um bei dieser Gelegenheit einen Blick auf das prächtige Collier und das grüne Juwel zu werfen. Und auf seine mutmaßliche Trägerin, falls ich dieser besonderen Ehre beim Empfang in zwei Wochen überhaupt noch gerecht werden kann.«

»Verdammt, das ist schneller, als die Polizei erlaubt, besser gesagt, es sich erlauben kann«, sagte Mouse und Natascha konnte hören, wie er danach durch die Zähne pfiff.

»Jetzt, da Sie Bescheid wissen, was werden Sie für uns tun?«, hauchte sie, dass es dem Inspektor wie eine sanfte Brise durchs Fell raschelte. »Für mich, wenn Ihnen das etwas bedeutet.«

Der Thai-Siam seufzte und erhob sich vom Sofa, den Hörer am

Ohr. Er blieb vor dem Fenster stehen und rief sich für einen Moment Nataschas betörende Erscheinung ins Gedächtnis. Dabei starrte er in den anbrechenden Abend. Das Wetter hatte sich entschieden verschlechtert und Kratzburg eine geschlossene Wolkendecke beschert. Passend dazu verdichtete sich in seinem Kopf mit jeder weiteren Minute die Erkenntnis, dass er gemeinsam mit Fischgrät heute Nacht auch ohne konkreten Plan in die Kanalisation einsteigen musste, um dort eine unterirdische Fährte aufzunehmen, die hoffentlich weder unauffindbar noch erkaltet war. Also durften Jerry und er bei der Razzia in der Scharfen Kralle nicht zu viel Zeit verlieren, falls sich dort trotz genauer Überprüfung kein Einstieg in die Unterwelt finden ließe, wovon Mouse nicht unbedingt ausging.

Trotz des unangekündigten Besuchs eines ganzen Polizeiaufgebots würde es die tückische Spiegeldame womöglich zu verhindern wissen, dass sie etwas Auffälliges entdeckten. Madame Musch war ebenso auf der Hut wie die Halunken, die bei ihr ein und aus gingen und durch die Bar in die Tiefe stiegen. Nicht zuletzt musste es einen triftigen Grund dafür geben, warum es dem ominösen Kommando Maikater, hinter dem Mouse den Schwarzen Ole und führende Köpfe der Schlitzerbande vermutete, so daran gelegen war, die schokoladenfarbene Angorakatze schnellstmöglichst wieder in Freiheit und hinter dem Spiegel zu wissen. Aber es existierten ja noch andere verdächtige Orte. Vermutlich in der Nähe von Musculus oder sogar auf dem Firmengelände, des Weiteren im Hafen- und Musikantenviertel, darunter irgendwo *der kleine Leuchtturm*, was auch immer sich hinter dieser harmlos klingenden Bezeichnung verbarg.

All das überschlug der Inspektor in seinen wie unter dem Eindruck einer treibenden Melodie dahinjagenden Gedanken, denen seit zwanzig Sekunden ein einziges sinnliches Motto unterlegt war: *»Für mich, wenn Ihnen das etwas bedeutet.«*

»Was ich tun werde?«, wiederholte Mouse, ohne dass sie sich noch einmal danach erkundigt hätte. »Das, was mich bislang in meinem Leben immer am schnellsten ans Ziel gebracht hat: eigene Wege einschlagen. Und ja, das tue ich auch für Sie, meine Schöne. Weil es mir durchaus etwas bedeutet, aber rein gar nichts mit der möglicherweise verlorenen Ehre der Killmauskis und ihren royalen Verbindungen zu tun hat.«

»Herzlichen Dank. Ein Individualist, wie er im Buche steht.«

»Lassen Sie uns gemeinsam darin lesen, sobald ich zurück sein werde. Was ein wenig dauern kann, aber auf jeden Fall noch vor dem Wochenende sein sollte, so wie ich Sie verstanden habe. Denn dann gibt es Tee und Canapés mit dem Attaché – der Dichter spricht.«

»Können Sie jemals ernst sein?«, fragte die dunkle Stimme, ohne darauf ein Ja zu erwarten.

»Ungern«, sagte Mouse. »Und jetzt muss ich mich für eine lange Nacht bereit machen. Es ist bereits halb sieben und …«

Er hatte die Zeit wie gewöhnlich, wenn er aus dem Wohnzimmerfenster sah, von der Uhr des naturkundlichen Museums abgelesen. Das Zifferblatt leuchtete von der Höhe des Turms in der von Dunst getrübten, fortschreitenden Dämmerung. Ein phosphoreszierender Wegweiser durch die Minuten und Stunden des Tages, aber besonders gut sichtbar in der Nacht, wenn die Museumsuhr über dem städtischen Raum schwebte wie die Signallampe eines *Leuchtturms*.

Mouse stockte der Atem und seine Pfote umkrallte den Telefonhörer mit einer Festigkeit, dass die Gelenke seiner Klauen knackten. Denn nun tauchte ein zweiter Turm vor ihm auf. Viel niedriger und gedrungen, ein mit bunten Plakaten bedeckter Zylinder auf einem leeren Platz, bekrönt von einem neugotischen Spitzgiebel mit einer ebenfalls die Dunkelheit in weißlichem Glanz ihrer Ziffern und Zeiger durchdringenden Uhr. Im Grunde zu viel Aufwand für eine simple Litfaßsäule, noch dazu an einem so wenig frequentierten Ort wie dem alten Munterflinckmarkt. Aber genau deshalb ein vortrefflich geeigneter geheimer Ein- und Ausstieg für einen, der es darum geschafft hatte, urplötzlich wie ein aus Höllentiefe entsprungener Dämon vor ihnen aufzutauchen. Aus der Hölle und dem kleinen Leuchtturm.

›Wer Augen hat, zu sehen, der sehe‹, erinnerte sich Mouse zerknirscht an einen seit seiner Kindheit oft gehörten Ratschlag Sir Willows, seinem einzigen lebenden Verwandten.

Gestern Nacht hatte er den kleinen Leuchtturm bereits vor Augen gehabt, ohne eins und eins zusammenzuzählen. Um ihn als das zu sehen und zu erkennen, was sich hinter der unschuldigen Fassade einer Plakatsäule auch noch verbarg: das Schlupfloch der Schlitzer und Mörder des Barkeepers Morpheus in die Tunnel der Kanalisation.

»Wo werden Sie anfangen?«, fragte Natascha.

»Dort, wo ich gestern zu früh aufgehört habe«, lautete die kryptische Antwort des Inspektors.

18. Kapitel

»Zweifellos ist dies ein sehr seltsamer Ort, der uns seine versteckten Geheimnisse nicht ohne Weiteres preisgibt, entsprechend seiner Bewohnerin. Sollte von hier aus tatsächlich ein direkter Weg ins alte Abwassersystem führen, sind wir wohl einfach zu blöd, ihn in diesem Panoptikum zu finden.«

Cornelius Katerfreund machte seiner Frustration Luft, während er auf der Schwelle von Trixie Muschs Büro stand, falls man das wunderliche Chambre séparée überhaupt als solches bezeichnen konnte.

Ein massiver Schreibtisch mit Löwenfüßen dominierte im Verein mit dem thronartigen Lehnstuhl, der dahinter stand, die Mitte des Zimmers. Dem Duo rückten von allen vier Wänden schwere, dunkle Möbel so nahe, als wollten sie den beiden den wenigen freien Platz streitig machen. Dabei bot die Umrundung des Tisches die einzige Möglichkeit, sich von einer Seite des Raumes zur anderen zu bewegen. Sollte Madame beabsichtigt haben, der Düsterkeit der Einrichtung mit einem farbenfrohen Dekor entgegenzuwirken, sah jedoch, was auf Schränken, Kommoden und Truhen massenweise herumstand, wie das schrille Angebot eines auf Exotika aus allen Häfen der Welt spezialisierten Trödelladens aus. Überall gab es Behältnisse, die Mögliches und Unmögliches enthielten. Kisten, Kästen und Schatullen.

Ins Auge stachen die über das ganze Mobiliar verteilte Flottille von Flaschenschiffen sowie folkloristische Statuetten aus Übersee, darunter unheimlich wirkende Katzengötter aus Ägypten, steinerne Ratten osteuropäischer Provenienz und fette asiatische Porzellanpuppen mit nickenden, grinsenden Köpfen. Es war im Überfluss vorhanden, was man sich in einem derart bizarren Ambiente vorzustellen vermochte, von der glitzernden Nixe mit Haifischschwanz bis zum ausgestopften Schwertfisch gleich darüber.

Nicht zu vergessen, Lampions in allen Größen, Farben und Mustern, die an staubigen Fäden unter der rauchvergilbten Decke wie ein skurriles Planetensystem schwebten, erfunden von einem verrückten Clown. Als sie bei ihrer Ankunft auf dieses Kuriositätenkabinett trafen, hatten die zur Durchsuchung abgestellten Polizisten entsetzt aufgestöhnt. Schicksalsergeben machten sie sich an eine Arbeit, die sie für den Rest der angebrochenen Nacht beanspruchen würde.

Soeben schlug es mit einem doppelten Ping halb eins. Die goldene Uhr befand sich unter einem Glassturz, der über einen kätzischen Schädel gestülpt war, vor dessen linker Augenhöhle der Zeitmesser wie ein Monokel saß. Zahlreiche Halbedelsteine zierten die bleichen, gewölbten Knochen dieses Liebhaberstücks. Als Hingucker der Extraklasse präsidierte es auf Madames wuchtigem Pult vor der Schreibgarnitur aus blutrotem Mäuseleder.

Kriminalrat Katerfreund ließ den bernsteinfarbenen Blick über diese einem bizarren Albtraum entlehnte Umgebung schweifen, durch die sich aktuell Hauptwachtmeister Stumpfkralle gemeinsam mit dem für diesen Ort entschieden zu breitschultrigen Toby Pratze Stück für Stück vorarbeiteten. Seit nunmehr anderthalb Stunden stöberten sie und die anderen Kollegen treppauf, treppab an wirklich jedem Fleck der vormaligen Tabuzone der Krallenbar, die sich über zwei Etagen und den Keller verteilte und deren Betreten die Inhaberin bislang, man wusste nicht wie, stets hatte verhindern können.

Tatsächlich sah es hinter dem Spiegel genauso aus, wie es Mitzi Schnurre im Hinterhof Inspektor Mouse und dem Sergeant in groben Zügen beschrieben hatte. Ebenerdig gelangte man ins Büro, besser gesagt, in das Raritätenkabinett der Chefin, wobei der kahle, holzgetäfelte Flur, von dem eine Treppe nach unten und oben führte, in keinster Weise auf den manieristischen Prunk vorbereitete, der sich hinter den Türen verbarg. Die Privatgemächer im ersten Stock, ein plüschiger Salon, ein Schlafzimmer und ein Bad waren in der Ausstattung sogar noch um eine Spur schwülstiger.

Der Keller, von dem sich die Ermittler hinsichtlich einer Verbindung zur Kanalisation am meisten versprochen hatten, stellte sich als Heizungsraum mit einem kohlebefeuerten Kessel heraus sowie zwei aufeinanderfolgende Gelasse, die mit Dingen vollgestopft waren, für die es oben erstaunlicherweise keinen Platz mehr gegeben hatte. Leider fehlten den Kammern die erhofften Pforten und Falltüren, auch wenn in ihnen um einiges lauter das hohle Glucksen zu hören war, das Mouse schon im Lagerraum mit den Bierkästen vernommen hatte.

Dabei schien es mehr als auffällig, dass ausgerechnet das Tiefgeschoss der zwielichtigen Krallenbar keinen Durchgang zu dem legendären Termitenbau besitzen sollte, der sich unter Kratzburg befand. Wo doch in nahezu allen Kellern eine ängstlich verschlossen gehaltene Tür in Gänge und Tunnel hinabführte, durch die man unterirdisch von einem Ende der alten Hafenstadt zum nächsten gelangen konnte. Oder in die Schlupflöcher schwer auffindbarer Verstecke mit ihren gefährlichen Hütern.

Bis vor zehn Minuten hatten sich Mouse und Fischgrät noch daran beteiligt, in Trixie Muschs Büro das Unterste zuoberst zu kehren. Selbst der fadenscheinige Orientteppich blieb von der Inspektion nicht verschont. Die Dielen darunter wurden nach Hohlräumen abgeklopft, auf der Suche nach doppelten Böden und Geheimfächern sowie verdächtigen Spuren an Pfote derer sich eine Verbindung zur Schlitzerbande, dem Schwarzen Ole oder eine Beteiligung an der Ermordung des Barkeepers nachweisen ließe.

Ein halbes Dutzend Aktenordner mit der Geschäfts- und Privatkorrespondenz der Spiegellady und Abrechnungen ihres Barbetriebs waren in Kisten gepackt worden, die zum Abtransport bereit auf dem wenigen Platz nun vor allem im Weg standen. Im Präsidium sollte das Material von einem weiteren Team gesichtet werden, das sich in jedes einzelne dieser Schriftstücke akribisch einlesen würde, was vor Ort auf die Schnelle natürlich nicht zu bewerkstelligen war.

Madame war bei alledem nicht zugegen. Als die zur Hausdurchsuchung abgestellte, zwanzigköpfige Crew der Kratzburger Polizei

Punkt elf mit zwei Mannschaftswagen und vier weiteren Dienstfahrzeugen vorfuhr, darunter Murrs Schmauch und ein cremefarbenes Coupé Marke Ozelot, hatte sich Carlo Putzig mit einem Blick durch den Spion dessen versichert, was ihm der Motorenlärm und das Quietschen der Bremsen, die durch das zerkratzte Lederpolster der Tür drangen, längst verraten hatten.

Zügig, aber ohne übertriebene Hast war er durch den Plüschtunnel nach hinten geschlurft. Er hatte vor, die anrückende Polente vor dem Eingang ein bisschen im Regen stehen zu lassen, der sich seit dem frühen Abend über Kratzburg ergoss. Eine Stunde vor Mitternacht zeigte sich der Laden bereits gut besetzt. Der Muskelkater drängte sich durch die Menge der aus der trübsinnigen Nässe ins warme Innere der Bar eingekehrten Nachtschwärmer, denen die Gemütlichkeit und Aussicht auf eine entspannte Auszeit allerdings bald vergehen würden.

Sobald Putzig sich bis zum Tresen vorgearbeitet hatte, an dem nun ein anderer Barkeeper als der für immer entschlafene Morpheus Dienst tat, bat er diesen, die unweit des Spiegels auf einem Regalbrett verschraubte Catzpariflasche um 180 Grad nach links zu drehen. Ihr knallroter Inhalt auf Basis der Rinde des Katzkarillabaums ging niemals zur Neige, erfüllte diese Flasche doch den einzigen Zweck, einen Mechanismus in Gang zu setzen, der hinter der Spiegeltür mit anhaltendem Surren sowohl ein akustisches als auch ein optisches Signal auslöste. Letzteres vermittels eines auf Trixie Muschs Schreibtisch aufleuchtenden Lämpchens, desgleichen in ihrem Boudoir. Sie warnten die Chefin, dass in den nächsten Minuten, wenn nicht unbedingt Gefahr, doch zumindest eine eklatante Ruhestörung zu erwarten sei.

Als kurz nach elf die kleine rote Birne in Madames Büro zu blinken begonnen hatte und sich das Lichtlein wie ein doppeltes Springteufelchen in den schrägen Gläsern ihrer Schmetterlingsbrille spiegelte, hatte sich die Angorakatze gelassen von ihrem pompösen Lehnstuhl erhoben und auf den Weg zur Spiegeltür gemacht.

Die Polizei würde nun zu einem Tanz auffordern, den sie, genau wie der gute Carlo, seit den Morgenstunden längst erwartet hatte. Selbstverständlich waren sie seit dem Raub bei Musculus auf diesen und alle weiteren Besuche der Ordnungskräfte bestens vorbereitet. Nach der erfreulich zeitigen Entlassung aus der Untersuchungshaft blieb für den Rest des Tages wenig anderes zu tun, als noch einmal pedantisch Vorsorge zu treffen, dass bei Eintreffen der Polizei nicht das Geringste zu finden sein würde, das die Herrin der Scharfen Kralle in Kalamitäten bringen könnte.

›Falls sie wirklich anrollen, sollen sie von mir aus so lange suchen, bis sie schwarz wie derjenige werden, den sie unbedingt schnappen wollen‹, hatte Madame Musch mit einer gewissen Vorahnung gedacht, während sie sich im Korridor ihres geheimen Reichs vor einem simplen Garderobenspiegel den schokoladigen Pelz geglättet und den perfekten Sitz ihres Abendkleids aus korallenroter Seide einer letzten Prüfung unterzogen hatte. ›Vielleicht hätte ich etwas Smaragdgrünes tragen sollen‹, ging es ihr durch den Kopf, während sie zufrieden ihr Spiegelbild musterte. ›Aber nein, das wäre eine zu offensichtliche Provokation und ein Hinweis, der diesen Rattenfängern nicht zusteht. Sollnse doch im Trüben fischen, aber bitte nicht hier, sondern an einer entlegenen Stelle, von wo aus sie vollends in die Irre geraten. In stinkige, unterirdische Sackgassen, in denen im Dunkeln leicht ein Unfall passieren kann, weil man sich dort an etwas Scharfkantigem das Polizistenfell oder gleich die Kehle aufreißt. Wobei es um den Inspektor mit den schönen blauen Augen schon ein Jammer wäre. Solch ein Adonis bei der behämmerten Polente und eben der, den Grobian, das fette Trampel, wie keinen anderen auf dem Kieker hat. Kein Wunder, denn so einem wird er niemals das Wasser reichen …‹

Der Tumult, der nun aus der Bar durch die Wände drang, unterbrach Madames tiefgründige Betrachtungen, bedeutete er doch, dass draußen ›angerichtet‹ war und die Sturmtruppen eintrafen. Mit einer korallenrot lackierten Kralle bediente sie den versteckten Hebel, der die Spiegeltür entriegelte, nach einem trockenen Knacken sprang sie auf. Sich rasch steigernder Lärm aus lauten Kommandos, die den ausschwärmenden Ordnungshütern erteilt wurden, vermischt mit dem entrüsteten Fluchen der Gäste, fegte durch den Spalt wie eine schwere Böe, die Abfall und Schmutz in einen stillen Garten trieb, in dem ganz eigene Sitten und Gebräuche herrschten, jenseits der Legalität der staatlichen Störenfriede. Weil sie nichts finden würden, wäre der Frieden bald wiederhergestellt.

›In diesem Fall die Ruhe *nach* dem Sturm und Grabesruhe, wann immer ich es für nötig halte‹, hatte Madame Musch mit einem grimmigen Lächeln gedacht.

Sie seufzte mit dem ihr eigenen Hang zur Theatralik und gab dann der Spiegeltür einen kräftigen Schubs. Weit schwang sie auf. In seitenverkehrter Wiedergabe huschte über die reflektierende Fläche für eine Sekunde das in der Bar ausgebrochene Chaos. Lässig wischte die Chefin mit einer Pfote einen Bierdeckel aus dickem Filz unter die Kante der Tür, der diese arretierte. Ganz Herrin der Lage, war die Löwin aus ihrer Höhle getreten und ließ den Eingang für die lästigen Eindringlinge hinter sich sperrangelweit offen.

»Immer hereinspaziert, meine Herren! Ich habe nichts zu verbergen, aber schön wäre es dennoch, wenn die Schnüffelnasen aus den unteren Abteilungen sich beim Durchstöbern ein bisschen vorsehen würden. Schließlich handelt es sich um die Privatsphäre einer Dame«, rief sie ihnen höhnisch entgegen.

Trixie Belinda Musch ließ sich von einem Angestellten einen Miez Royal reichen. Die Spiegeldame nahm den ersten Schluck vis à vis der Leiter der Aktion, die sie seit ihrem Erscheinen mit Argusaugen beobachteten, darunter ein Paar so strahlend wie zwei Saphire. Noch trennte sie die Barriere des Tresens, doch schon machten sich eifrige Burschen in Uniform auf Befehl des angegrauten Karthäuserkaters auf den Weg hinter die Bar. Die Weisungsbefugten folgten gemessenen Schrittes und nur dem Thai-Siam war es eingefallen, die Inhaberin mit einem unterkühlten »Guten Abend, Madame Musch« eines frostigen blauen Blickes zu würdigen.

»Ach, rutscht mir doch alle kreuzweise den Buckel runter«, entgegnete sie verächtlich und drehte selbigen den durch die Spiegeltür defilierenden Polizisten zu.

Die Angorakatze zündete sich eine Zigarette an, die sie in eine strassbesetzte Spitze steckte. Das hochmütige Gesicht zu einer verschlossenen Maske mit Brille erstarrt, widmete sie sich dem Rauchen und ihrem perlenden Aperitif und hoffte, dass der tobende Sturm bald vorbei sein würde.

»Wird parallel zu der Nummer hier allerhöchste Eisenbahn, der schwatten Zuckerpuppe ausser Garderobe 'nen nächtlichen Hausbesuch abzustatten. Könnt ich auf die Schnelle erledigen. Biswer hier komplett durch sind, binnich längs wieder zurück und bringe die Süße gleich mit. Auch wennet spät is, macht die sich, ohne uns Rede und Antwort zu stehen, nochma nämlich nich so einfach vom Acker.«

Murr gab die markige Ankündigung zum Besten, bevor er bei den beiden angekommen war, die in seinen Augen die energische Überprüfung besagter Mitzi Schnurre unterlassen und die Kleine mit Glacépfotenschuhen angepackt hatten. Typisch! Wahrscheinlich färbte das bei den Miezen beliebte Herumscharwenzeln des blauäugigen Stenz bereits auf den Knallkopp von Sergeant ab. Nun, er würde dazwischengehen.

Schon baute sich der schwarz-weiße Kater mit der ganzen Breite seiner untersetzten Statur vor Mouse und Fischgrät auf, die am Ende des Flurs gemeinsam mit Katerfreund den Eingang zu Trixie Muschs Allerheiligstem versperrten. Murr hatte es sich wohlweislich verkniffen, der ihm wohlbekannten Dame auch nur ein Augenzwinkern zuzuwerfen, als sie – das musste man ihrem eindrucksvollen Auftritt lassen – wie eine Kiezkönigin hinter dem Spiegel hervorgekommen war, gewandet in einen glänzenden Fummel, so rot wie fangfrischer Lachs.

Die ihr gegenüberstehenden Autoritäten der Polizei hatte sie dabei keines Blickes gewürdigt. Wobei sich Murr einzig bei Mouse dessen leider nicht ganz sicher war, denn es konnte sein, dass Madame dem notorischen Katzenbetörer einen Hauch von Aufmerksamkeit geschenkt hatte.

Warum sonst hätte sie der Schnösel anschließend im Vorbeigehen begrüßt, was Murr so entschieden unterlassen hatte, wie ihm seine alte Freundin die kalte Schulter, oder genauer gesagt, ihre Schokoladenseite zudrehte. Als würde er die sehenswerten Hinterstuben der Bar nicht viel besser kennen, als es einer der untadeligen Kollegen auch nur ahnte. Dank zunächst dienstlicher Besuche, aber schon kurz darauf Visiten privaterer Natur. Hinter der Spiegeltür hatte so manches unvergessliche Schäferstündchen stattgefunden. Zuerst hatte er sich in seiner Überraschung, dazu auserkoren zu sein, eingeredet, dass dies neben dem eigenen, dem Wohl einer besonders gründlichen Ermittlung dienen könne. An Stellen, zu denen bislang kein anderer Kratzburger Polizist vorgedrungen war. Bald hatte er diese Ausrede für eine angenehme Weile getrost verdrängt. Denn ja, welch eine Auszeichnung: Die grandios verruchte Spiegeldame gewährte ihm, Grobian Murr, ihre selten erteilte Gunst. Wenn er auch nicht blöd und eitel genug war, ernsthaft daran zu glauben, dass dies an seinem unverfälscht bodenständigen Charme und seiner barocken Figur liegen müsse, war er dem *ihren* kurzfristig so gründlich erlegen, dass er wenig später nicht nur ein, sondern gleich zwei Augen zugedrückt hatte. Anlässlich der nicht zu ignorierenden Tatsache, dass sich in dem stadtbekannten Etablissement Umtriebe zu regen begannen, die ein ehrlicher Polizist auf keinen Fall ungestraft durchgehen lassen konnte.

Deshalb war er geradezu dankbar gewesen, dass direkt nach dem fetten Einbruch bei Musculus die Meldung von dem offensichtlich auf der Flucht befindlichen schwarzen Phantom reinkam, Tyvsons feister Karre, sein protziges Markenzeichen auf vier Rädern. Sich an diese Fährte zu hängen, lenkte von der Krallenbar und ihrer Inhaberin in ihren geschlitzten Abendkleidern ab, die ihn ein wenig zu sehr um den sonst wie ein solider Treckermotor arbeitenden Verstand gebracht hatte. Er war nu ma kein weltgewandter Salonlöwe, sondern kam vom Bauernhof. Ein einfacher Landkater, der sich als stämmiger Jährling auf den Weg in die Großstadt gemacht hatte, fest entschlossen sich dort eine sehr urbane Existenz aufzubauen.

Niemand konnte leugnen, dass ihm das auch eindrucksvoll gelungen war: eine zielstrebige Karriere bei der Polizei, wo seine zupackenden Qualitäten nutzbringend zur Anwendung und Geltung kamen. Doch manchmal wurde er schwach und etwas geriet durcheinander. In Hinblick auf die Krallenbar galt es nun dringend, die Kurve zu kratzen. Weg von der brandgefährlichen Lady, die, sollte sie bei der Beseitigung des müden Morpheus tatsächlich mit drinhängen, entschieden zu weit gegangen war, als dass er sie noch hätte schützen können und wollen. Aber so sich aktuell die Möglichkeit ergab, die Aufmerksamkeit ein bisschen von ihr ab und auf andere zu lenken, die auch nicht ganz hasenrein wirkten, wie zum Beispiel die eingebildete Tussi aus der Garderobe, wollte er das gerne tun. Denn das konnte ihm bei der eigenen Rückkehr auf den Pfad der Tugend durchaus nutzen.

Vom ersten Tag ihrer Anstellung an hatte sich diese Mitzi Schnurre ein bisschen zu sehr für alles und jeden interessiert, wie ihm ihre Chefin beiläufig verraten hatte. Mit dem müden Morpheus war sie gleich ganz dicke gewesen.

Entsprechend oft ging Mitzi mit ihm bei den Mülltonnen eine rauchen, beide in dem naiven Glauben, keiner würde was merken. Das unkluge Gebaren vermasselte der Kleinen ihre Ambitionen auf einen Einsatz als Sängerin. Trixie Musch verpasste ihr einen Dämpfer, indem sie das neugierige Schätzchen in die Garderobe verbannte. Allerdings lief ab da irgendwas zwischen ihr und diesem Armleuchter von MacSchlapp, auch wenn Mitzi so tat, als fände sie den plattohrigen Fritz nur zum Kotzen.

Den hatte Murr auf dem Kieker, seit er selbst in der Scharfen Kralle verkehrte. Der Halbschotte war schon nüchtern ein Großmaul, doch wenn er genug intus hatte, brüstete er sich lauthals damit, die beschissene Maloche bei den ausbeuterischen Mäusemixern von Musculus bald gegen »watt echt Lukrativet« einzutauschen. Den neuesten Neuigkeiten zufolge war das jetzt wohl geschehen und MacSchlapp vollends auf die falsche Seite abgedriftet. Mit Haut und Haaren hatte er sich den Schlitzern angeschlossen, ein williges Werkzeug in ihren Krallen.

Hingegen würde sich ein Oberinspektor von Murrs Kaliber jetzt an anderer Stelle in den Fall einschalten, nachdem er dummerweise auf falscher Fährte ein bisschen an Terrain verloren hatte. Doch reibungslos, wie er feststellen musste, würde der taktische Richtungswechsel wohl nicht klappen.

»Was fällt Ihnen ein, auf einmal in meinem Revier zu wildern, Grobian?«, fragte Mouse süffisant, aber mit einem warnenden eisblauen Glitzern in seinen, wenn er wollte, einschüchternden Augen. »Nachdem es für Sie doch klar wie Kloßbrühe war, dass sich die Täter samt Beute über die Landstraße verdünnisiert haben. Nun finden Sie also auch, dass sich das echte schwarze Phantom wohl eher in der Tiefe verbirgt. Gut so, denn aus früheren Fehlern sollte man lernen. Dabei aber bitte den bereits ermittelnden Kollegen nicht ins Handwerk pfuschen. Will sagen: Selbstverständlich kümmern *wir* uns um die Garderobiere.«

Der Thai-Siam, der nicht im Mindesten im angemessenen Ton mit seinem unmittelbaren Vorgesetzten geredet hatte, wies mit einer Pfote zuerst auf einen erleichterten Sergeant Fischgrät und dann auf sich selbst. Mouse legte es darauf an, den Abschluss der bislang ergebnislosen Razzia anderen zu überlassen, weil sich ihnen beiden damit endlich die Gelegenheit bot, sich der Sache zuzuwenden, die ihm seit über zwei verlorenen Stunden nicht mehr aus dem Kopf ging: dem kleinen Leuchtturm, der in der Abgeschiedenheit des Musikantenviertels auf dem alten Munterflinckmarkt auf seinen und Jerrys Besuch harrte.

Das letzte Quäntchen Zweifel, ob er mit seiner Vermutung richtiglag, in der Litfaßsäule einen von den Verbrechern benutzten Zugang in die Tiefe entdecken zu können, hielt Mouse davon ab, wenn nicht seine Kollegen, doch wenigstens seinen alten Freund und Förderer Katerfreund einzuweihen. Zwar juckte es ihm in den Pfoten, Cornelius kurz beiseitezunehmen, aber dafür herrschte in der Bar entschieden zu viel Publikum. Darunter vor allem Murr, seltsam unausgelastet und ruhelos, nachdem die haarkleine Untersuchung der zwei nach Kratzburg überführten Limousinen beim roten Charlie und seinen Luchsen von der KTU gelandet war. Irgendetwas trieb den fetten Oberinspektor um, das über den zwanghaften Ehrgeiz, ihm eins auszuwischen, noch hinausging. Immerhin darüber war sich Mouse klar.

Deshalb hatte er vor, Murr schnellstmöglich hinter sich zu lassen, wie auch alle anderen, außer seinem fähigen rotgetigerten Adlatus. Denn nun hatte der Thai-Siam im wahrsten Sinne des Wortes Blut gewittert, gleich dem Tiger im Dschungel, der auch ein einsamer Jäger ist. Bis in jede Haarspitze seines dichten, glänzenden Fells verspürte Inspektor Mouse den elektrisierenden Drang, sich endlich auf einen seiner berühmt-berüchtigten Streifzüge zu begeben, die ihn in dieser begnadeten Verfassung fast immer zum Kern des Delikts vordringen ließen. Eine Fähigkeit, für die ihn Grobian Murr nahezu hasste.

»Fräulein Schnurre ist heute nicht zur Arbeit erschienen, da ihr der Tod des Barkeepers sehr zugesetzt hat. Habe ich von Carlo Putzig erfahren«, wandte sich Mouse erklärend an Katerfreund, der im Zweifelsfall darüber zu entscheiden hatte, wer sich um Mitzis Verhör kümmern sollte. »Vermutlich kämen Fischgrät und ich bei der jungen Dame schon deshalb weiter, weil sie uns bereits etwas genauer kennt.«

»Zwei waschechte Katzenkenner, nich wahr?«, kam Murr mit Gift in der Stimme einer Antwort des Kriminalrats zuvor.

Der hob drohend die Pfote. »Schluss jetzt«, knurrte Katerfreund, übernächtigt und mangels Resultaten genervt. »Es bleibt dabei: Mouse und Fischgrät werden zu der Kleinen gehen, die vor Schreck wohl kein Wort rausbringen würde bei Ihrer entzückenden Laune, Grobian. Die sich bei einer anderen Verdächtigen jedoch als wirksam erweisen könnte, obwohl wir heute früh auf Granit gebissen haben. Aber steter Tropfen höhlt den Stein, also bleiben Sie hier und befragen gemeinsam mit mir noch einmal die Dame des Hauses. Gehen wir aus ihrem irren Museum zurück in die Bar. Und Sie, Selwyn und Jerry, hauen ab durch die Mitte.«

Oberinspektor Murr stöhnte wie unter einer schweren Last. Dann fügte er sich notgedrungen.

Bereits auf der Fahrt zum Großeinsatz in der Scharfen Kralle hatte der Inspektor dem überraschten Sergeant berichtet, dass er nun zu wissen glaubte, um was es sich bei dem kleinen Leuchtturm handelte. Und obwohl Mouse ihm freimütig erzählte, wie er angesichts der beleuchteten Uhr eher zufällig auf die doppelte Funktion der Litfaßsäule gekommen war, konnte sich Fischgrät anschließend vor lauter Bewunderung über so viel unbewusst scharfe Beobachtungsgabe und clevere Schlussfolgerung kaum einkriegen. Einerlei, ob der Groschen nicht gerade schnell gefallen war, wie Mouse selbstkritisch fand. Den Anruf Nataschas und worüber Direktor von Maunz' faszinierende Nichte ihn hinsichtlich des Bekennerschreibens ins Vertrauen gezogen hatte, ließ er aus gutem Grund erst mal weg. Ohnehin war der aufgeregte junge Kollege ab da mit nichts anderem mehr beschäftigt gewesen, als sein Unverständnis zu äußern, warum sie den Termin in der Bar dennoch wahrnehmen sollten und nicht auf der Stelle dem Munterflinckmarkt den nächsten Besuch abstatteten.

»Ganz einfach: Weil wir beiden später erst mal auf eigene Pfote losziehen und deshalb vorher nicht auffallen wollen. Sind die Falschen dabei, wird das lichtscheue Wild davon möglicherweise vertrieben. Aber nicht von zwei einzelnen umsichtigen Spurenlesern wie uns.«

Die aus ›umsichtigen Spurenlesern wie uns‹ sprechende Anerkennung und Verbrüderung hatte Fischgrät in eine Art selige Trance versetzt, sodass ihn Mouse auch fraglos am Ufer der Albis hätte absetzen können. Aktuell schwankte der Sergeant wieder auf dem Beifahrersitz des Ozelots hin und her. Äußerlich aufgrund des auch zur Nachtzeit mehr als sportlichen Fahrstils seines unkonventionellen Kollegen. Innerlich zwischen seiner Sehnsucht, Mitzi anlässlich ihrer Befragung bald wiederzusehen, sowie dem misslichen Umstand, deshalb weiterhin davon abgehalten zu werden, den kleinen Leuchtturm zu inspizieren.

Dann stellte er durch die tropfengesprenkelte Windschutzscheibe fest, dass es zwar noch immer Bindfäden regnete, sie aber die Mauszartstraße entlangbrausten. Im Erdgeschoss von Nummer 76 war noch Licht. Vielleicht litt Hausmeister Leisegang ja seit gestern Nacht an akuter Schlaflosigkeit. Auch die Stimmungsschwankungen des Sergeants nahmen zu.

Dass Mouse ausgerechnet den guten Katerfreund betuppte, weil er anstatt Mitzi zu verhören nun etwas ganz anderes tun würde als das, was er eben dank der Unterstützung des Kriminalrats so entschieden gegen Murr verteidigt und durchgesetzt hatte, fand Fischgrät ein starkes Stück. Selbst von einem Individualisten wie Selwyn Mouse hätte er eine solche Skrupellosigkeit nicht erwartet. Scheu sah er den Thai-Siam von der Seite an, der an einer qualmenden Maunzoli eher kaute, als dass er sie rauchte.

»Nun kriegen Sie sich mal wieder ein, Jerry«, meinte der unberechenbare Inspektor, nachdem er seine Zigarette zwischen zwei Krallen geklemmt hatte. »Wir ändern lediglich den Ablauf, schauen uns die Litfaßsäule genauer an und fahren anschließend zu Mitzi, vielleicht schon mit neuen Erkenntnissen. Sollten wir die Ermittlung dadurch weiterbringen, wird Katerfreund der Erste sein, der sich darüber freut. Lassen wir der Kleinen ein bisschen wohlverdiente Nachtruhe, nachdem Murr sie nicht stören wird, denn der denkt ja, *wir* machten ihr unsere Aufwartung.«

Er gönnte sich einen weiteren Zug Nikotin und seinem Gefährten voll des Zweifels den aufmunternden Blick eines Verschwörers, getrübt von einer Qualmwolke.

»Aufgeschoben ist nicht aufgehoben. Wir beide haben jetzt Wichtigeres zu erledigen, als der süßen Mitzi auf die irgendwie spitzen Zähnchen zu fühlen. Trotzdem glaube ich nicht, dass sie in der Sache auf eine Weise mit drinsteckt, die sie ernsthaft in Verdacht bringen könnte.«

»Aber dennoch ein wenig?«, fragte Fischgrät, unter diesem beunruhigenden Aspekt durchaus zufrieden damit, die ausstehende Befragung noch aufschieben zu können. Obwohl es für ihn nichts daran änderte, dass sie Katerfreund hintergingen.

»Lass gut sein, Junge, wir sind fast da«, meinte Mouse ausweichend und lenkte das Coupé sanft an den Bordstein eines pfotentuchbreiten Bürgersteigs.

Sie parkten in der Forellistraße, unweit des in der Dunkelheit noch dunkleren Torbogens, durch den der Gang unter dem schiefen Haus auf den Munterflinckmarkt führte. Bevor er ausstieg, beugte sich der Inspektor vor und öffnete an Sergeant Fischgrät vorbeigreifend das Pfotenschuhfach. Er entnahm ihm eine Pistole, eine Mauser, und steckte sie in die linke Manteltasche.

»Ich nehme mal an, auch Sie haben für heute Nacht vorgesorgt, Jerry«, vergewisserte sich Mouse, die Pfote auf dem Hebel der Wagentür.

Der Sergeant nickte und klopfte auf sein Jackett, das sich in Brusthöhe über dem Halfter seiner Dienstwaffe wölbte.

»Dann also los«, knurrte der Thai-Siam, ein gefährliches indigofarbenes Funkeln in seinen Augen.

19. Kapitel

»*Die verlorene und wiedergefundene Katze*, komische Oper in einem Akt von Jean Benjamin de La Borde«, las Mouse laut auf einem von Wind und Wetter ramponierten Theaterplakat.

Verdrossen und fröstelnd hob er die Schultern, wodurch der hochgeklappte Kragen seines durchnässten Trenchcoats ihm fast bis zu den Ohren reichte.

»Wie sinnig. Ersetzen wir *Katze* durch *Spur*, ließe sich das vielleicht als gutes Omen auffassen, dass in den nächsten Minuten etwas passieren wird, was uns in unserem eigenen Mehrakter auf die Sprünge hilft.«

Die großformatige Ankündigung der Aufführung stammte aus der letzten Wintersaison, gleich anderen Aushängen, welche die auffällige Litfaßsäule wie ein vertikal verlegter Flickenteppich bedeckten. Meist handelte es sich um Bekanntmachungen zu längst stattgefundenen Veranstaltungen des gesellschaftlichen Kratzburger Lebens. Von beliebten Sportereignissen wie Ratten- und Mäuserennen über Flohzirkus, Katzenmusik, Schauspiel und Ballett bis zu Aufrufen diverser Parteien und Vereine war so ziemlich alles vertreten. Dazwischen Reklame, darunter mehrere Anzeigen farbenfroher Dosensortimente unter dem vertrauten Slogan »Musculus – welch ein Genuss!«, was in Anbetracht des komplizierten Falls auf Mouse und Fischgrät wie ein ironischer Kommentar zu ihrer aktuellen Lage wirkte.

Einigermaßen ratlos standen die beiden Kater in der Mitte des zu nachtschlafender Zeit wieder katzenleeren Platzes vor dem turmartigen Objekt ihrer Hoffnung und Begierde, darin auf der richtigen Fährte in die Tiefe zu steigen. Hoch über ihren Köpfen zeigte die ihnen zugewandte Uhr, dass es auf halb zwei zuging. Obwohl ihr matter Schein nicht wie der Lichtfinger eines Küstensignals über die umliegenden dunklen Fassaden des Karrees strich, wirkte die Interpretation des Inspektors auch in der Realität sehr schlüssig.

Kein Zweifel, der kleine Leuchtturm erhob sich als kryptisches Geheimnis auf dem abgelegenen Munterflinckmarkt, allerdings noch ungelöst und deshalb für sie verschlossen.

Seit ihrem letzten Besuch war es hier nahezu unverändert. Bis auf den beharrlich herabströmenden Regen, dessen graue Schleier in unregelmäßigen Abständen von den kräftigen Böen eines kalten Ostwinds aufgetrieben wurden. Die Güsse hatten die Blutstropfen des unglücklichen Morpheus vom Pflaster gewaschen wie die letzten Spuren einer unbeglichenen Schuld.

Außerdem befand sich in der Nähe der Litfaßsäule nun ein großer hölzerner Karren mit einem Aufbau und Schild, der ihn als Marktwagen eines unter »A. P. Fridolins frische Fische« firmierenden Händlers auswies. Von seinem Warenangebot war nichts mehr zu sehen. Mehrere leere Kisten türmten sich drum herum, als hätte A. P. Fridolin aus irgendeinem Grund keine Zeit gehabt, die rudimentären Aufbauten seines fahrbaren Stands zu entfernen, nachdem hier heute der dienstägliche Markt abgehalten worden war. Diese den Alltag der Anwohner betreffende Information hatten Mouse und Fischgrät auf der Litfaßsäule einem neu aussehenden Amtsblatt der Stadtverwaltung entnehmen können, das aus den morbiden Papierschichten herausstach und besagte, dass der Name des alten Platzes mit zwei Markttagen in der Woche tatsächlich noch immer seiner Nutzung entsprach.

»Vielleicht ist hier so etwas wie ›Sesam, öffne dich!‹ vonnöten«, meinte Jerry.

Missmutig musterte er die gewellte Fläche eines durchweichten Plakats zur Premiere des Weihnachtsmärchens vom Vorjahr. *Der gestiefelte Kater*, gegeben in der Aula des Miezeums an der Katzelmacherstraße, seiner alten Penne.

»Wohl kaum. Es sei denn, da drinnen stünde einer von den Schlitzern Schmiere, der auf ein Losungswort reagiert«, scherzte Inspektor Mouse grimmig.

Gerade hatte er damit begonnen, die Litfaßsäule ein weiteres Mal im Schneckentempo zu umrunden, den Zylinder Stück für Stück abtastend, ob unter der Tapete aus feuchtem Papier und mürbem Leim nicht irgendwo die Andeutung einer Tür aufzuspüren wäre. Dabei rann ihm Regenwasser in die Ärmel seines Mantels, der Sergeant hörte ihn leise fluchen.

Als Mouse erneut vor dem alten Opernplakat ankam, stutzte er plötzlich und wich ein Stück zurück. Er musterte die auf Augenhöhe hängende Fläche, deren Umfang in etwa einer halben Zimmertür entsprach, mit einem veränderten starren Blick, als hätte er ein vielversprechendes Mauseloch im Visier. Dann beugte er sich wieder vor. Vorsichtig fuhr er mit beiden Pfoten an den seitlichen Rändern des Hochformats entlang, den Kopf an die mittige Illustration gelehnt, auf der sich die schattenhafte Gestalt einer stilisierten Katze durch eine skizzenhaft angedeutete Tür verflüchtigte, in der sich ihre diffuse Kontur fast auflöste.

»Wie sinnig«, wiederholte der Inspektor seine Einschätzung von eben, ohne dass Fischgrät auf Anhieb nachvollziehen konnte, worauf sich diese Bemerkung bezog. Für ihn sah alles so undurchdringlich aus wie zuvor.

»Da sind Fugen! Unter dem Plakat befindet sich eine Tür!«, verkündete Mouse im nächsten Moment. »Die verlorenen und wiedergefundenen Schlitzer! Hier ist ihr Schlupf.«

Prüfend klopfte er gegen die Fläche, während er aufmerksam lauschte.

»Dort klingt es auch hohler. Fragt sich nur, wo der Mechanismus verborgen sein mag, der die Büchse der Pandora öffnet.«

Der Sergeant hatte jeden seiner Pfotengriffe fasziniert verfolgt. Mit spitzer Kralle setzte der Inspektor in der linken oberen Ecke an, um auf der Suche nach einem Riegel zunächst die von den Plakaträndern und anderen Papierschichten verdeckten Türritzen freizulegen. Doch dazu sollte es nicht mehr kommen.

»Warten Sie!«, zischte Jerry.

Genauso geistesgegenwärtig, wie Fischgrät auf irgendeine Störung reagiert haben musste, gefror Mouse in der Bewegung. Neben sich spürte er die Anspannung seines jungen Gefährten.

»Da vorne im zweiten Torbogen!«, stieß der Sergeant atemlos hervor. »Ein Stück dahinter, wo gestern dieses Monstrum stand, hat sich gerade etwas bewegt. Ein heller Fleck, der für einen Augenblick über die Wände huschte. Vielleicht der Schein einer Taschenlampe. Jemand nähert sich.«

»Werden wir unsichtbar, bevor man uns sieht«, entschied Mouse. »Ab jetzt kein Wort mehr.«

Fischgrät am Ärmel zupfend, zog er ihn mit sich fort, in Richtung der merkantilen Hinterlassenschaften A. P. Fridolins. Lautlos wichen sie zurück, bis ihre Schatten eins wurden mit der geballten dunklen Masse des Marktstands. Sie duckten sich hinter die aufeinandergestapelten Kisten, aus denen es für des Inspektors feinsinnige Nase zu aufdringlich nach Fisch roch. Durch die Gischt der Regennacht starrten die Kater zu der Stelle hinüber, die sie Hals über Kopf geräumt hatten. Dahinter verstellte die Litfaßsäule die Aussicht auf den Abschnitt des Marktes, wo Jerry etwas gesehen zu haben glaubte.

Für die Ewigkeit einer Minute passierte nichts. Die Zeit verrann mit den Tropfen, die unausgesetzt aus der Schwärze des Himmels fielen. Das einzige Licht, das sich milchig und verschwommen auf dem nassen Pflaster spiegelte, war das matte Leuchten der Uhr auf dem sogenannten Turm. Deren zweites Zifferblatt musste jener vor sich haben, der den Platz von der gegenüberliegenden Seite betreten hatte.

›Falls es den Kerl überhaupt gibt‹, kamen dem Sergeant erste Zweifel, ob er sich nicht getäuscht hatte. Am gleichen Fleck und fast zur selben Zeit wieder mit dem pünktlichen Auftauchen eines Verdächtigen zu rechnen, besaß den verwirrenden Effekt eines Déjà-vu.

Doch wahrhaftig, da kam er.

Löste sich aus der Finsternis, als er urplötzlich vor den pastelligen Farbfeldern der Litfaßsäule Gestalt annahm. Sollte er zuvor eine

Taschenlampe benutzt haben, hatte er das seit Betreten des Platzes nicht mehr getan. Die Art seines Auftritts legte nahe, dass er genauso heimlich unterwegs war wie die ihn belauernden Polizisten. Der schmalen Silhouette und geringen Größe nach zu urteilen, handelte es sich nicht um das Phantom der vergangenen Nacht. Unwillkürlich seufzte der Sergeant erleichtert auf.

›Nachts sind alle Katzen grau‹, erinnerte sich Mouse der Worte der Spiegeldame. Herauszufinden, ob sich das in etwa fünf Metern Entfernung befindliche Exemplar tatsächlich mit scharfen, spitzen Krallen zur Wehr setzen würde, war aktuell zu vernachlässigen. Viel interessanter war nicht nur die Tatsache, dass der Unbekannte zielstrebig die Litfaßsäule angesteuert hatte, sondern, Heiliger St. Katzetan, lass es wahr sein, nun damit anfing, sich an ihr zu schaffen zu machen. Was genau vor sich ging, konnten Mouse und Fischgrät nicht sehen, da er ihnen den Rücken zuwandte.

›Na bravo! Exakt vor de La Bordes komischer Tapetentür‹, frohlockte Mouse innerlich, während Jerry vor Spannung die Luft anhielt. Sollte ihnen das Glück endlich hold sein?

Wer vor dem kleinen Leuchtturm stand, in einer Haltung, als wolle er im nächsten Moment durch die Wand gehen, stemmte sich augenscheinlich ohne größeren Kraftaufwand gegen das Plakat der verlorenen und wiedergefundenen Katze.

Und dann geschah es: Selbst aus der Distanz war für Mouse und Fischgrät das Klirren deutlich zu hören, als spränge eine Feder, als schnappte ein Riegel auf. Derjenige, der den geheimen Verschluss zu betätigen wusste, lehnte sich weiter vor, worauf die sich in den Angeln drehende Geheimtür langsam nach hinten wegschwang. In der Litfaßsäule tat sich ein tintenschwarzes Rechteck auf.

Die Gedanken des Inspektors überschlugen sich. Im Bruchteil von Sekunden musste er eine Entscheidung treffen. Wie der Sergeant war er auf dem Sprung, als sie sich wie an Fäden gezogene Marionetten gleichzeitig hinter den Kisten erhoben. Hetzten sie auf der Stelle los, so rasend schnell, wie es ihnen gegeben war, konnten sie die in der Säule verschwundene Gestalt im letzten Moment zu fassen kriegen.

Verdammich, was gab es da noch zu überlegen?

Fischgrät straffte sich und …

… dann legte ihm Mouse die Pfote auf die Schulter und ließ sie dort ruhen. Mit unmissverständlich festem Griff hielt er den Sergeant zurück. Entsprechend tatenlos musste der konsterniert mit ansehen, dass die Geheimtür wieder zuschwang und das Plakat aus der Schwärze des Hohlraums wie ein Bild in seinen passgenauen Rahmen zurückkehrte. Als das Schloss einrastete, erklang abermals der metallische Ton, durchdringend und endgültig. Die Ränder des Opernplakats überlappten die Fugen einer Öffnung, die es scheinbar niemals gegeben hatte.

Wortlos kamen Mouse und Fischgrät aus der Deckung hervor. Ihr Schweigen hatte unterschiedliche Gründe. Vor ihnen stand die Litfaßsäule so unverändert wie aufs Neue hermetisch verschlossen. Der Sergeant stöhnte aus tiefstem Herzen. Kaum zu glauben, dass es nicht einmal zwei Uhr durch war! Seinem Empfinden nach hatte die sinnlose und nicht im Mindesten komische Tragikomödie mit dem Titel »Verpasste Gelegenheit« viel länger gedauert.

»Na, kommen Sie, Jerry«, forderte der Inspektor seinen jungen Kollegen auf, in einem Ton, als wäre gar nichts geschehen. Doch Fischgrät rührte sich nicht vom Fleck.

»Warum um alles in der Welt haben wir den Kerl einfach laufen lassen?«, fragte er, ohne sich Mühe zu geben, weniger vorwurfsvoll zu klingen.

»Haben wir nicht, wenn wir uns schlau anstellen«, entgegnete Mouse so gereizt, dass der Sergeant stutzig wurde. Sollte hinter diesem Kokolores etwa ein Plan stecken?

Der Inspektor ließ ihn im Regen stehen und kehrte zum kleinen Leuchtturm zurück. Fischgrät folgte ihm. Noch bevor er dort ankam, hatte er begriffen, dass Mouse versuchte, die Haltung des soeben darin entwischten Katers zu simulieren. Indem er sich so weit hinabbeugte, bis diese Höhe der weitaus geringeren Größe des anderen entsprach, nahm er mit erstaunlicher Übereinstimmung dessen vorherige Position ein. So konzentriert, als läse ein Blinder ein Buch in Braille-Schrift, tastete der Inspektor mit den Pfoten über die Oberfläche der Illustration auf dem Opernplakat. Als der Sergeant wieder an seiner Seite war, stellte er fest, dass der Thai-Siam die bemerkenswerten Augen geschlossen hatte. Mouse stand in Schrittstellung auf dem Sockel der Litfaßsäule. Dieser war von einem eisernen Ring ummantelt, den dort mehrere große Nieten fixierten. Auf einer ruhte eine samtige dunkle Pfote.

Mit wohldosiertem Krallenspitzengefühl übte der Inspektor Druck aus, oben wie unten. Und dann glaubte Fischgrät seinen Ohren nicht zu trauen: Ein unverkennbares Geräusch ertönte. Zum zweiten Mal gab die verlorene Katze nach und der Eingang war wiedergefunden. Mouse schob die Tür auf und sah ins Innere. Darin verflüchtigten sich Stufen in eine unterschiedslose Schwärze. Die Litfaßsäule war bodenlos.

Eine schmale Treppe wendelte in die Tiefe, worauf der unglückliche Barkeeper, wie der Inspektor nun dachte, inmitten seiner Henkersknechte dem sicheren Tod entgegengezogen war. Im Gedenken an Morpheus stieg Mouse über die Schwelle des kleinen Leuchtturms. Dahinter kam er auf dem pfotentuchbreiten Plafond zu stehen, von wo aus der Abstieg in den senkrechten Schacht seinen Ausgang nahm.

»Rasch!«, flüsterte er und gab dem Sergeant ein Zeichen.

Fischgrät zögerte keine Sekunde. Er zog den Kopf ein und tauchte unter der ausgestreckten Pfote hindurch, mit der Mouse die Tür offen hielt. In der Linken trug der Inspektor die Taschenlampe, die er aus seinem Trench hervorgezogen hatte. Noch brannte sie nicht, damit ihr Schein nicht kurz vor dem Abtauchen einem schlaflosen Anwohner auffallen würde. Sicher war das Licht ihres Vorgängers zur Vorsicht aus dem gleichen Grund ausgeschaltet geblieben, so lange, bis er sich allen etwaigen Blicken entzogen hatte. Ob er die beiden Kriminaler, die sich anschickten, ihm zu folgen, längst gehört hatte, würde sich bald genug herausstellen. Vielleicht erwartete er sie in der Tiefe schon mit anderen schwer bewaffneten Schlitzern, seit der Laut der abermals aufschnappenden geheimen Pforte dort meterweit durch die Gänge gehallt sein musste.

In der Litfaßsäule roch es nach Staub, Holz und Metall über einer dumpfen, brackigen Basisnote, deren Dunst von ganz unten aufstieg. Es war finster wie in einer Gruft, aber längst nicht so still. Ein durchdringendes Surren zeigte an, dass im oberen Teil des Hohlraums, der wie ein zylindrischer Klangkörper wirkte, die komplexe Mechanik versammelt war, welche die doppelseitige Uhr am Laufen und Leuchten hielt. Inwendig drang von dort nicht der Hauch eines Schimmers herab. Als Mouse und Fischgrät auf dem engen Treppenabsatz fellnah nebeneinander standen, in einer Dunkelheit, die sie trotz des noch geöffneten Durchschlupfs sogleich wie ein blickdichtes schwarzes Tuch umhüllte, wirkte das wenige Restlicht von draußen unverzichtbar. Nach wie vor entstammte es nichts anderem als den beiden den kleinen Leuchtturm bekrönenden Zifferblättern, denn die Nacht war nicht heller geworden und die Morgendämmerung noch fern. Doch eine pfotebreit vor seinem Gesicht meinte Fischgrät nun ein zweifaches bläuliches Funkeln zu entdecken.

»Bereit?«, fragte ihn der Thai-Siam und klang nach kühler Entschlossenheit.

Der Sergeant fügte einem unsichtbaren Nicken ein leises Ja an. Er wich nach links aus, suchte und fand Halt, indem er sich an die konkave Innenwand presste. Jerry merkte mehr, als dass er es sah, wie Mouse begann, behutsam die Tür zu schließen und ihren Rand erst losließ, als der winzige Spalt, der übrig blieb, ihn zwang, seine Pfoten zurückzuziehen. Die verborgene Schließvorrichtung rastete ein und verursachte in den wachsam gespitzten Ohren der Kater ein überlautes Geräusch. Selbst das kleinste Scharren besaß hier ein unheilvolles und nach unten wohl weit reichendes Echo. Fast im selben

Moment blendete Fischgrät ein greller Blitz. Schützend hob er die Pfote vor seine irritierten Augen, durch die ein Funkenreigen tanzte. Mouse hatte die Taschenlampe in Betrieb genommen, nachdem draußen das Opernplakat wieder an Ort und Stelle sitzen musste. Der Inspektor richtete den Lichtstrahl auf die Abwärtsspirale der metallenen Treppe.

Sie war alt, aber noch immer fest und verlässlich und stammte aus einer Zeit, bevor in Kratzburg zu Beginn eines modernisierungswütigen neuen Jahrtausends mit umfänglichen Erneuerungen der unterirdischen Ver- und Entsorgungssysteme begonnen worden war. Gemäß den Plänen ehrgeiziger Ingenieure im Dienste noch ehrgeizigerer Stadtväter wurde in den dafür vorgesehenen Abschnitten statt instand gesetzt, lieber gleich neu gebaut. Daneben existierten jene Areale, in denen sich aus vielerlei Gründen der Fortschritt nur langsam Bahn brach. Über Jahrzehnte entstand so ein unterirdisch weit verzweigtes, amorphes Gebilde, in dem sich Altes und Neues so nahe kamen, dass Schichten und Interessen ineinander diffundierten, die besser klar voneinander getrennt geblieben wären. Profiteure nisteten sich ein, die das weiter wachsende Transportnetz für ganz eigene Zwecke zu nutzen wussten. Die im Katatzeramt hinterlegten Lagepläne waren schon lange nicht mehr auf dem neuesten Stand. Es war gut möglich, dass darauf der Einstieg in die Kanalisation durch die einst entsprechend aufwendig gestaltete Litfaßsäule auf dem Munterflinckmarkt gar nicht mehr verzeichnet war.

›So oder so betreten wir unbekanntes Terrain. Und dass wir das tun, weiß niemand‹, dachte der Thai-Siam, während anderthalb Meter voraus der Lichtkegel seiner Lampe über die steilen, trapezförmigen Stufen huschte.

Je länger sich die Treppe in dem röhrenartigen Schacht um ihre Mittelachse nach unten drehte, desto stärker überkam Mouse das merkwürdige Gefühl, sich zusammen mit Fischgrät in einem gigantischen Bohrer in die Erde zu winden.

Das Aufsetzen ihrer Pfoten äußerte sich in einem dumpfen Klongklong, während von oben die Geräusche der Uhr leiser und immer leiser wurden, bis sie zuletzt ganz verstummten. Angestrengt horchten die Kater voraus, ob sich in den tieferliegenden Regionen verdächtige Laute regten. Allgegenwärtig wurde mit jedem abwärts führenden Schritt eine Art fernes Seufzen, was ebenso wenig zu lokalisieren war wie das gelegentliche Rauschen, das dem Klang nach durch hallendes Gemäuer fuhr. Kam es von oben, links, rechts, weiter unten, oder von ganz woanders?

Dem Sergeant richteten sich schaudernd die Nackenhaare seines rötlichen Fells auf. Lebhaft stellte auch er sich in dieser bedrückenden Umgebung den blutenden Morpheus auf seinem letzten Gang vor. Der Ärmste musste gewusst haben, was ihm blühte, doch sicherlich hatte er keine Vorstellung davon gehabt, wie schlimm seine Qualen tatsächlich wurden. Vielleicht war sein Peiniger ja wirklich der Finsterling gewesen, der sie gestern mit verächtlichem Hohn bis zum Fundort der Leiche geführt und mit seinen entsetzlichen Krallen schon dem Wachmann in der Fabrik so übel mitgespielt hatte. Doch da war noch mehr.

Beklommen erinnerte sich Jerry beim Hinabsteigen an all das, was er an gruseligen Spukgeschichten über die Abgründe der Hafenstadt gehört und verinnerlicht hatte. Es hieß, dass manche Gänge so alt waren, dass sie in Schichten einer Vergangenheit hinabreichten, worin noch immer Wesen undefinierbarer Gestalt und Herkunft hausten. Schon die eigenen unberechenbaren Schwestern hatten ihrem kleinen Bruder oft und gern von den Monstern erzählt, die von dort nach oben strebten und sich dazu durch unterirdische Hohlräume verschiedenster Zweckdienlichkeit arbeiteten, darunter Kratzburgs Katzakomben mit Massen- und Einzelgräbern quer durch die Zeiten. Aus aufgegebenen Stollen und Geröllgruben kroch dem Gerücht nach durch die Abwässerkanäle etwas Dunkles empor, bis in die höheren Lagen gemeinschaftlicher Keller der großstädtischen Miezhäuser. Fröstelnd fantasierte Fischgrät formlose Klumpen haarlosen Fleisches herbei, bleiche Haut über tastenden Gliedmaßen, fahle Augen in huschenden Schatten. Entsprechend streng rief er sich zur Ordnung.

Nach einer kleinen Ewigkeit endete die Treppe abrupt auf einem Balkon oberhalb eines dem Anschein nach waagerecht verlaufenden Tunnels. Die beiden Polizisten lehnten sich vor, ohne die glitschig aussehende Brüstung zu berühren. Von den gewölbten Wänden lief Feuchtigkeit in dunklen Rinnsalen trübsinnig bis auf die beidseitigen Trottoirs herab. Dazwischen schwappte ein bräunlicher Bach in einem flachen Becken, mit leichtem Sog und dem ekelerregenden Gestank nach Fäulnis. Eine steinerne Stiege führte vom Balkon auf das rechte Gesims des Kanals. Von ihrem erhöhten Standort leuchtete der Inspektor in die beiden einzigen Richtungen, die sich ihnen anboten.

»Achten Sie auf die Strömung, Jerry«, riet ihm Mouse. »Auch unterirdisch fließt alles Wasser zur Albis hinab. Genauer gesagt, zum großen Klärwerk am Hafen. Wenn wir uns daran halten, sollten wir uns hier unten nicht verirren.«

»Vielleicht auch dann nicht, wenn wir den roten Dreiecken folgen. Oder den Wegweisern der Schlitzer«, machte Fischgrät eine Bemerkung, die den Inspektor erstaunt aufblicken ließ. »Leuchten Sie dahinten noch einmal die Wand ab«, bat ihn sein junger Kollege und wies über die Brüstung.

Mouse beugte sich vor und tat, wie ihm geheißen. An der bewussten Stelle brachte das Licht auf dem Mauerwerk ein schwach erkennbares Zeichen zum Vorschein, einen gedrungenen rötlichen Pfeil, dessen Spitze nach rechts wies. In seiner Innenfläche standen die Überreste verwitterter Lettern und Ziffern.

»AK 13, PQ 8, 26,5 m«, las der Sergeant vor. »Vielleicht heißt das ja, dass wir uns hier in Abwasserkanal dreizehn auf Planquadrat acht in sechsundzwanzigeinhalb Metern Tiefe befinden. Eine gruselige Vorstellung, sofern man kein Maulwurf ist. Aber vor allem meinte ich das, was sich ausgehend vom Pfeil noch ein Stück weiter rechts befindet.« Denn von dort einen halben Meter versetzt, saß ein Ziegel in der Wand, auf dem vier helle Ritzungen allerdings nur dem auffallen konnten, der wirklich sehr genau hinsah.

»Donnerwetter, Jerry, gut gemacht!«, lobte Mouse. »Sie haben scharfe Augen. Sicher ist *diese* Markierung nicht städtischen Ursprungs. Das sehen wir uns aus der Nähe an!«

Sie verließen den Balkon und gelangten über die steinernen Stufen nach unten. Einen Moment später standen die Kater dem gekennzeichneten Mauerstein gegenüber, von der stinkigen Brühe auf Abstand gehalten. Erst da entdeckten sie, dass sich darauf außer den vier charakteristischen Schlitzen noch ein kleines Dreieck aus dünnen Linien befand, dessen Spitze in die gleiche Richtung wie der rote Pfeil zeigte. Beiden Wegweisern entsprechend, schickte Mouse den Strahl seiner Lampe nach rechts. Das Licht tanzte über erstaunlich hohe Tunnelwände und verlor sich in einer Schwärze, die sich in die Unendlichkeit fortsetzte. Oder bis in die Hölle. Der Inspektor erwog diese Aussicht mit einem unergründlichen Blick in düsterem Kobaltblau.

»Wer wagt gewinnt. Zumindest Erkenntnis«, erklärte er. »Gehen wir also nach rechts und probieren, was uns der Krallenhieb, genau wie der rote Pfeil, empfiehlt. Wir werden ja sehen, was wir davon haben.«

»Wenn wir uns beeilen, vermutlich bald nette Gesellschaft«, ergänzte Fischgrät in einem Ton, der dem Zynismus seines Vorgesetzten nur noch wenig nachstand.

Diesmal wies der Sergeant auf den Boden und wieder folgte ihm die Taschenlampe. Sie beleuchtete schlammige Pfotenabdrücke von jemandem, der, nachdem er ins seichte Abwasser getreten sein musste, sich ebenfalls für den rechten Weg entschieden hatte.

»Die Spur gehört einem, der klein und leicht gebaut ist«, bemerkte Mouse, »und deshalb mit größter Wahrscheinlichkeit dem durch die Wände gehenden Leuchtturmwärter. Offenbar hat er inzwischen ein ekliges Pfotenbad genommen.«

»Warum nur?«, fragte sich Jerry. »Der Kerl ist wohl kaum abgerutscht, weil er betrunken ist.«

»Bestimmt nicht. Vor der Litfaßsäule saß jedenfalls jeder Griff und Schritt. Genau wie hier, denn seine Spur verläuft nach dem Hopser in den Modder schnurgerade.«

Sergeant Fischgräts Miene sah aus, als ob er nicht recht wusste, warum die Lösung dieses Rätsels sie noch länger aufhalten sollte. Umso mehr erstaunte ihn daher die Schlussfolgerung des Inspektors.

»Schätze, das kleine Dreieck stammt von ihm«, meinte Mouse und richtete den Lichtstrahl noch einmal auf den markierten Ziegel. »Die Linien sehen frisch aus. Um sie dort anzubringen, musste unser Freund auf den anderen Sims springen. Oder, weil er ganz auf Nummer sicher gehen wollte, vorher oder nachher durch das Schlammwasser waten.«

»Um womit auf Nummer sicher zu gehen?«, erkundigte sich der junge Tigerkater verwirrt.

Die Gedanken des Thai-Siams vollzogen offenbar weite Sprünge, die sie beide nach Fischgräts Auffassung längst nach rechts hätten machen können.

»Damit, dass wir ihm hundertprozentig folgen werden«, verkündete Inspektor Mouse frohgemut dem verblüfften Sergeant. »Bitte schön, das kann er haben.«

20. Kapitel

Die unterirdischen Kilometer, die sie nun zurücklegten, erschienen beiden Katern wie eine schier endlose, in einem quälenden Albtraum zu überwindende Strecke. Denn auch der von einer solchen Strapaze heimgesuchte Schläfer weiß weder, ob er über die Geist und Körper auszehrende Distanz jemals sein Ziel erreichen kann, noch wie lange er dafür brauchen wird. Auf jeden Fall bis zur Gnade des jähen Erwachens.

Schon Abwasserkanal 13 schien kein Ende zu nehmen. Weil an den modrigen Wänden keine neuen Markierungen zu entdecken waren, war es wenigstens nicht notwendig, die Hauptrichtung zu verlassen und in eines der sich beidseitig hin und wieder auftuenden Löcher einzusteigen. Als der Inspektor dort hineinleuchtete, wurde der Schein der Taschenlampe von totaler Schwärze verschluckt. Gluckser und Seufzer drangen empor, als litte der Bauch der Erde an einer schweren Kolik. Hinter den Öffnungen lagen Ablaufrinnen, welche bei extremen Regenfällen oder Hochwasser der Albis die unterirdischen Kanäle entlasteten, indem sie die Fluten in noch tiefer gelegene Rückhaltebecken umlenkten. Sobald das Hauptnetz wieder aufnahmebereit war, kehrte das zwischengespeicherte Wasser entweder im freien Gefälle oder in den erneuerten Abschnitten durch Pumpen ins System zurück. Während sie ihren Weg durch Kratzburgs steinernes Gedärm fortsetzten, überschlug Mouse sein leider nur rudimentäres Wissen über die verschlungenen Bahnen, Röhren und Reservoirs, von denen eines statt Abwasser den Abschaum der Schlitzer in ihrem Hauptquartier enthalten mochte.

Er glaubte nicht, dass sie diesem mysteriösen Ort schon allzu nahe waren, aber zweifellos befanden sie sich auf einer Spur, die erstens die Gangster für eigene Zwecke ausgelegt und zweitens jemand sozusagen abgezeichnet hatte. Über dessen Identität und heikle Rolle in diesem Spiel auf Leben und Tod war sich der Inspektor noch nicht ganz im Klaren. Den Sergeant ließ er an seinen diesbezüglichen Spekulationen ebenso wenig teilhaben, wie er ihm auch noch nicht von Nataschas Anruf erzählt hatte. Während sie am Gestade des stinkigen Kanals entlangschnürten, gestattete sich der Thai-Siam für einen Moment, Chatnel N°5 ins olfaktorische Gedächtnis zurückzurufen, und dachte dabei an smaragdgrüne Augen und seidiges blaugraues Fell.

Bis zum Wochenende, an dem ein neugieriger Attaché in der Villa Maunz aufkreuzen würde und sich die Familie, falls das hier schiefginge, als saisonale Hüterin des kostbaren Juwels durch dessen Verlust vor der katzarischen Regierung krachend diskreditierte, war es nur noch absurd wenig Zeit. Eine Frist von drei Tagen, in denen nichts oder alles passieren konnte. Was Mouse selbst anging, brachte ihn der Fall Felix von Maunz' faszinierender Nichte entweder näher oder sie verlöre das Interesse an ihm, sollte er scheitern. Denn er war nicht so naiv, darauf zu hoffen, dass eine solch anspruchsvolle Dame auch Trostpreise verlieh.

Hätte Fischgrät gewusst, womit sich der Inspektor aktuell gedanklich befasste, wäre seine Beklommenheit wohl gesunder Empörung gewichen. Dem Sergeant machte die klaustrophobische Umgebung immer mehr zu schaffen. ›Heiligste Bartholomäuse, wer kann wissen, ob wir uns in diesem Labyrinth nicht demnächst heillos verirren werden‹, dachte Jerry besorgt.

Verbissen war er darum bemüht, hinter den raumgreifenden Schritten des Thai-Siams nicht zurückzubleiben. Seinem Tempo nach zu urteilen, musste Mouse davon überzeugt sein, dass sie auf der richtigen Fährte waren. Für Fischgräts Gefühl verhielt er sich etwas zu sehr wie ein Jäger, der sich lange und vergeblich in einem düsteren Wald herumgetrieben hat, nun endlich Blut wittert und deshalb loshetzt, einerlei ob er sich damit einem Abgrund nähert oder der Höhle des Löwen.

So stolz er auf der Hinfahrt noch darauf gewesen war, den Inspektor auf einem seiner legendären Alleingänge zu begleiten, hätte der Sergeant nun Verstärkung durch mindestens zehn schlagkräftige Kollegen von der Streife dieser solitären Ehre deutlich vorgezogen.

»Heute Nacht will ich das mörderische Pack nur auskundschaften und dazu sind wir zwei mehr als genug«, beschied ihn Mouse, als könne er Fischgräts Gedanken lesen. »Bevor wir hier Hundertschaften runterschicken, müssen wir absolut sicher sein, wo sich das Versteck der Schlitzer und vor allem der Schwarze Ole befindet.«

›Wenn man uns absichtlich hinlockt, kann es sein, dass wir erwartet werden und deshalb geliefert sind, sobald wir dort eintreffen‹, mutmaßte Jerry und schämte sich gleichzeitig seiner ihn überwältigenden Verzagtheit. Laut sagte er: »Taucht nicht bald mal die nächste Markierung auf, könnte das heißen, dass wir davor etwas übersehen haben.«

»Haben wir aber nicht«, gab Mouse über die Schulter zurück und bremste ab. Im Folgenden klang er fast mutwillig, so als fände er es angebracht, den jungen Kollegen ein wenig aufzumischen. »Kopf hoch, Fischgrät! Hier erwartet uns eine Abzweigung in einen finsteren Schlund. Darüber befindet sich wieder ein Zeichen der schlitzenden Kameraden, während etwas davon entfernt der nächste rote Pfeil Tunnel Nr. 13 hinabweist. Für uns nicht mehr von Interesse, denn wir müssen nun links abbiegen.«

Er war stehen geblieben und ließ den Lichtkegel der Taschenlampe über das träge Fließen am Boden und eine Szenerie tanzen, die er soeben in groben Zügen beschrieben hatte. Zuletzt lenkte er an der jenseitigen Wand das Licht wie einen Bühnenscheinwerfer auf die wichtigsten Details. Oberhalb der klaffenden Öffnung vom Durchmesser eines Gullideckels trug ein Mauerstein die offiziell aussehende Beschriftung TS VI. Bei den beiden letzten Lettern handelte es sich vermutlich um eine römische Sechs. Drei Pfotenbreit darüber war ein Ziegel so tief eingekerbt, dass das martialische Mal mit Krallen aus Eisen angebracht sein musste, falls es so etwas gab. Und wieder fehlte die zarte Ritzung nicht, die auf der brickfarbenen Oberfläche die groben Vertiefungen mit einem blassen Haken versah.

Mouse hörte, wie Fischgrät den Anblick der Röhre mit einem leisen Stöhnen quittierte. Sie lag um einiges höher als das Niveau des dreizehnten Kanals, in dem das Wasser erst hüfthoch ansteigen musste, um in den Überlauf abzufließen. Doch ab jetzt würden sie gezwungen sein, ihren Weg geduckt und auf allen vieren fortzusetzen.

›Egal. Da müssen wir im wahrsten Sinne des Wortes durch‹, dachte Mouse.

Mit einem geschmeidigen Satz landete er auf dem gegenüberliegenden Sims und kam, ohne mit den Pfoten ins Nasse abzugleiten, vor der Öffnung nach TS VI zu stehen. Bevor er in sie hineinkletterte, horchte der Thai-Siam aufmerksam in eine Stille, die dank des hohlen Nachhalls von jedem noch so winzigen Geräusch nur relativ war.

Fischgrät schüttelte sich angewidert.

»Was für eine Qual für den Barkeeper, wenn er hier noch durchkriechen musste. Dem armen Kerl ist vor seinem entsetzlichen Ende wirklich nichts erspart geblieben.«

Darauf erwiderte der Inspektor kein Wort, sondern schwang sich geschickt in die Röhre, die Lampe in die linke Pfote geklemmt. Der Sergeant folgte ihm widerstrebend, aber schnell genug, dass er nicht allein im Tunnel zurückblieb. Die nächsten Meter waren von qualvoller Enge bestimmt, von glitschiger Feuchtigkeit und dem ein befreites Durchatmen verhindernden, abgestandenen Geruch aus Bereichen, in die noch niemals frische Luft gedrungen war. Weil es merklich abwärts ging, krochen sie krallend vorwärts, bis sie nach mühsamen Minuten in einem Auffangbecken landeten. Zum Glück war es leer, bis auf eine große Pfütze, die an seinem Grund in einer Ecke im Lampenlicht glänzte. Den Katern kam es so vor, als wären sie über eine Rutsche in einem verrotteten Swimmingpool ausgekommen, den der Fürst der Finsternis nutzen mochte. Oder es tummelten sich darin jene Wesen, die Fischgrät einfielen, wenn ihn etwas im Dunkeln aufschreckte, das sich weder akustisch einordnen noch lokalisieren ließ.

Plötzlich packte ihn neues Grauen. Es entsprang der Vorstellung, dass im nächsten Moment unsichtbaren Kräften, den Schlitzern oder beiden zusammen gelänge, diese verfluchte Falle zu fluten. Wodurch Mouse und er wie räudige Kanalratten ersaufen mussten und keiner würde von ihrem Unterwassergrab je erfahren. Der Schein der Taschenlampe strich so geschwind durch die Dunkelheit, als bedrängten den Thai-Siam ähnliche Gedanken. Wer immer sich hier unten seinen Unterschlupf suchte, den musste ein längerer Aufenthalt in dieser entsetzlichen Tiefe nachhaltig prägen.

›Und seine schwarze Seele nähren‹, dachte Jerry in aufwallender Verzweiflung. ›Heiliger St. Katzetan, ich will hier raus.‹ Die Verheißung auf baldige Erlösung erreichte ihn wundersam prompt. Er musste über einen direkten Draht nach ganz oben verfügen.

»Da ist eine Leiter.«

Nach dem knappen Hinweis des Inspektors folgten Fischgräts Blicke hastig dem Lichtkegel, der einige Meter von ihrem Standort entfernt rostige, ins Mauerwerk geschlagene Sprossen erfasste. An einer hing, aus der Distanz deutlich erkennbar, etwas leuchtend Rotes. Die Kater durchmaßen das Becken mit leisen Schritten, die in der unwägbarer Leere und ihren eigenen Ohren noch immer entschieden zu laut klangen. Als sie vor der Leiter ankamen, richtete Mouse die Taschenlampe auf ein scharlachfarbenes Stofffetzchen, das in Augenhöhe an eine der Sprossen geknotet war.

»Fast wie bei einer Schnitzel-, aber doch wohl kaum einer Schlitzerjagd«, geruhte der Inspektor an diesem absurden Ort zu scherzen. Doch dem Sergeant entging nicht, dass er dabei weniger belustigt als argwöhnisch aussah.

»Ich kann mir kaum vorstellen, dass ein Schurke dem anderen zusätzlich zu den Krallenspuren solch überdeutliche Hinweise hinterlässt. Noch dazu in feinstem Katzmir«, sagte Mouse und ließ die ausgefransten Enden des Bändchens nachdenklich durch seine dunkle Pfote gleiten.

»Wer sollte das sonst getan haben?«, fragte Fischgrät und sah den Inspektor irritiert an. »Sollte es von dem stammen, der uns an der Litfaßsäule zuvorgekommen ist, muss ihm tatsächlich sehr daran gelegen sein, dass wir ihm auf der Spur bleiben. Genau wie der Dreckskerl, der uns zur Leiche im Fleet bugsiert hat. Vielleicht ist das ja die perfide Art der Schlitzer, mit ihren Opfern und Gegnern zu spielen.«

»Ja, ein Kräftemessen mit tödlichem Risiko und höchstem Einsatz würde dem Schwarzen Ole sicher gefallen. Aber vielleicht nicht nur ihm«, meinte Mouse ebenso vage wie unerklärlich.

Damit riss er das Katzmirstückchen mit einem Ruck von der Sprosse, stopfte es in eine Manteltasche und wies mit dem Licht weit über ihre Köpfe nach oben. Senkrecht stieg die Leiter an der feuchtglänzenden Wand in einem Schacht empor, aus dessen Tintenschwärze nicht ein winziger Schimmer versprach, dass man sich darin helleren Abschnitten oder sogar der Oberfläche nähern würde.

»Bei einem grünen Band wäre mir ein wenig wohler gewesen«, sagte Fischgrät. »Rot bedeutet womöglich: Stopp und auf gar keinen Fall dort hinauf.«

»Unsinn«, knurrte Mouse. »Oder sehen Sie einen anderen Ausweg? Ob rot oder grün, immer der Sonne entgegen, Junge. Selbst wenn sie unsichtbar ist.«

Sobald er die mit einem Haken ausgestattete Taschenlampe in einem Knopfloch seines Mantelrevers befestigt hatte, begann er gewandt wie eine Meerkatze an den Sprossen nach oben zu klettern. Der Sergeant folgte dem in der Bewegung unsteten Licht, dem Rascheln des Trench Coats und gelegentlichen Kratzen von Krallen über Metall. Dabei wurde Fischgrät den widerlichen Gedanken nicht los, dass, falls ihnen jemand nachkäme, er das erst merken würde, wenn von unten eklige Klauen nach ihm griffen. Um ihn zu packen und in das Gewimmel lichtloser Wesen hinabzuziehen, die sich inzwischen am Beckengrund gesammelt hatten. Vielleicht gab es gar kein Entkommen.

Als er sich nach einer gefühlten Ewigkeit endlich aufrichten konnte, stellte er fest, dass er hinter dem Inspektor am Ende der Leiter auf ebener Fläche angelangt war. Mouse hielt die Taschenlampe wieder in der Pfote und ließ den Lichtstrahl kreisen, der zu ihrer beider unausgesprochenen Erleichterung auf keine beengenden Wände mehr traf. Im Gegenteil befanden sie sich in einem erstaunlich geräumigen Kanal. Unwillkürlich suchte Fischgrät den Boden nach Gleisen ab, obwohl er nicht annahm, dass sie in einem U-Bahnschacht gelandet waren.

»Das ist sicher eine dieser modernen Abwasserchausseen«, vermutete Mouse. »In Hafennähe gibt es fünf Röhren von solcher Breite. Ich sah einen Teil ihres Verlaufs heute Morgen bei der Besprechung in den Unterlagen des roten Charlie. Er hatte einen Ausschnitt der Katatzeramtpläne dabei und zwar von der Umgebung des Firmengeländes von Musculus. Gut möglich, dass wir hier ganz in der Nähe sind. Die Schlitzer haben den Tresor schließlich mit einiger Zielgenauigkeit aus dem Direktorenbüro ins System befördert. Eine Trasse wie diese wäre groß genug, ihn darin entweder abzutransportieren oder an Ort und Stelle des Aufpralls zu knacken und auszuräumen. Tyvson ist meiner Meinung nach clever genug, Wasser hier unten umzuleiten, was lästige Verfolger wie uns daran hindert, ihm zu nahe zu kommen. Erinnern Sie sich an das Loch im Kohlenkeller, Jerry, durch das der Panzerschrank in den alten Kanal fiel. Danach haben sie diesen Tunnel geflutet.«

Erneut wurde es Sergeant Fischgrät mulmig zumute. Auch jetzt floss zu ihren Pfoten Wasser in der Mitte der breiten Röhre, viel klarer als die trübe Brühe in Kanal 13. Er dachte an Körper, die mit hellem Bauch nach oben in sanfter Dünung dahintrieben und sich träge um sich selbst drehten. Es handelte sich nicht um tote Fische, die er vor seinem geistigen Auge heraufbeschwor.

»Da ist wieder der Krallenhieb.« Der Inspektor wies mit der Lampe voraus und ein Stück nach links die Wand empor. »Beinahe unkenntlich auf den hellen neuen Steinen und nur für den, der danach sucht, überhaupt vorhanden.«

»Aber sonst nichts?«, erkundigte sich sein Gefährte.

»Doch«, entgegnete Mouse, »nur nicht auf dem gleichen Ziegel, sondern etwas weiter dahinter, wo es welche mit dunkleren Einschlüssen gibt. Und deshalb darauf erkennbare weiße Striche. Demnach geht es für uns links weiter …«

Im gleichen Moment riss er eine Pfote so abrupt nach oben, als hielte er einen Degen. Nach dem Hieb in die Luft landete sie mit einem gedämpften Ton auf dem Glas der Taschenlampe. Erst dann betätigte Mouse deren Schalter und löschte das Licht. Fischgrät war bei diesem unerwarteten Manöver heftig zusammengefahren, hielt sich aber sprungbereit und in höchster Aufmerksamkeit an der Seite des Inspektors.

Zwei scharfe Augenpaare, ein strahlendblaues und ein seegrünes, waren in völliger Dunkelheit von Blindheit geschlagen, woraufhin sich alle anderen ihrer empfindlichen Sinne auf den mutmaßlichen Auslöser von Mouses Reaktion ausrichteten. Fischgrät wusste, dass der Thai-Siam etwas gehört haben musste, entsprechend stumm lauschten sie mit aufgestellten Schnurrhaaren in die sie bedrängende perfekte Schwärze. Als Nächstes bemerkte der Sergeant ein Rascheln an seiner Seite, dann ein metallisches Klicken. Der Inspektor hatte die Mauser aus dem Trench gezogen und den Revolver entsichert. Fischgrät tastete nach der Dienstwaffe im Halfter unter seinem Jackett und tat es ihm gleich.

Dann vernahm er es selbst. Zuerst erinnerte es ihn an trockenes Laub, das der Wind vor sich hertreibt. Weder das eine noch das andere war an diesem Ort möglich. Ähnlich deplatziert wirkte, als was es sich tatsächlich herausstellte, verfremdet vom Glucksen des Wassers und dem jedes Geräusch vervielfältigenden Echo der unendlichen Röhren. Eine Erdorgel, ein endloses Requiem säuselnd. Nun modulierte sie kätzische Stimmen. Sie kamen aus der lichtlosen Unwägbarkeit der vor ihnen liegenden Meter und es war sehr schwer einzuschätzen, wie weit es bis zu der Stelle noch sein mochte, wo zwei offenbar miteinander verhandelten, wenn nicht stritten. Wie in einem Duett für hohe und tiefe Gesangslage war die eine Stimme hell und flink, die andere viel dunkler und langsamer. Doch was gesagt wurde, erreichte die Polizisten nur als unverständliche Laute.

»Ganz vorsichtig jetzt«, zischte Mouse über die Schulter zurück.

Immer den Ohren nach begann er, dem unterirdischen Disput entgegenzuschleichen, in der linken Pfote die Mauser, die ausgeschaltete Taschenlampe hatte er im Trench versenkt. Seine Rechte strich zur Orientierung leicht über die Tunnelwand zu ihrer Seite. Während er sich mit geschmeidiger Schnelligkeit vorwärtsbewegte, heftete sich Sergeant Fischgrät mit gezogener Waffe an die lautlosen Pfoten des Inspektors. Nicht lange und es schälte sich vor ihnen aus der Finsternis ein blasser Schein, als triebe Nebel am entfernten Ende des Tunnels. Zu den rasch lauter und klarer werdenden Stimmen gesellte sich ein Schattenspiel.

Zwei Gestalten, die dort gestikulierend aufeinander einredeten, taten das im Licht einer Lampe, die sie nicht gelöscht hatten. Entweder, weil sie hier unten mit niemandem rechneten, der ihnen nachkam, oder in der Absicht, dass ihrem Dialog jemand beiwohnen sollte. Die eine schmal und klein, der andere einen bulligen Kopf größer und von gedrungener Kompaktheit, rangen sie mit Worten statt Pfoten und Krallen um eine Entscheidung.

»Ein letztes Mal! Wenn du mir nicht auf der Stelle den Weg zum Hauptquartier zeigst, verpfeife ich dich bei denen, die wissen, wie man mit einem Aufschneider wie dir kurzen Prozess macht. Das wird mir schneller gelingen, als du blöde Katznaille ›Miez‹ sagen kannst, denn, wie du weißt, verfügt meine Chefin über beste Kontakte bis nach ganz unten!«

»Dann frach sie doch, du schlaues Schätzken! Machste aber nich, weilde vor Madame Schiss hast und dich damit nur an sonnen alten Freund wie mich ranzumachen traust. Watt hasse mit dem Schwatten Ole überhaupt zu schaffen? Pass ma bloß auf, so eine wie dich nimmt der sich mit Haut und Haaren zum Frühstück vor. Danach treibste inner Albis.«

»Da hab ich aber Angst! Nur keine Sorge um mein leibliches Wohl. Ich will Tyvson bloß sprechen. Was dir doch egal sein kann, denn wenn ich bei den Schlitzern ankomme, lassen sie mich entweder zu ihm durch oder murksen mich ab. Vorher kannst du gerne zu deiner eigenen Sicherheit behaupten, du hättest mich in den Tunneln gefangen genommen – vielleicht kriegste dann noch 'nen geschlitztes Fleischkärtchen für besondere Wachsamkeit.«

»Oder datt eigene Ohr auffem Silbertablett, weil ich dir ihr Versteck verraten hab. Nä, nä, lass uns lieber watt anneres machen. Zum Beispiel nen kleinen Mondscheinspaziergang bei Musculus. Dann zeich ich dir, wo die Stahlgranate von Panzerschrank durche Kellerdecke geschossen is. Habbich vorher allet für die Schlitzer erschnüffelt, denn wenn einer sich im Revier auskennt, bin ich datt. Die große Nummer von Sonntag beruht auf meiner Expertietze.«

»Expertise. Da du so gut Bescheid weißt, Schnäuzelchen, bring mich wenigstens weit genug, dass ich von dort allein weiterkomme. Oder ist etwa alles heiße Luft und du hast dich nur dicke getan, den Weg zum Herz der Finsternis zu kennen?«

»Mannomann, watt bisse hartnäckig, Süße! Un nie schnall ich, an watt ich bei dir dran bin. Neulich Nacht inner Bar haste gekreischt wie 'ne prügelnde Straßenmieze, als wolltste die beiden Heinis vonner Polente auf mich hetzen. Gehst dem Schönling mit den blauen Augen wohl ummen Bart, wie alle Katzen, die nich bei drei auffe Bäume sind, wenn sonn samtpelziger Schnösel daherkommt.«

»Bei Bastet! Wie oft soll ich dir eigentlich noch erklären, dass das alles nur Tarnung war und ich mit den beiden zumindest reden musste. Außerdem hat mir nicht das Veilchenauge, sondern der rothaarige Milchbubi die Pfoten geschleckt. Aber ich kann dir versichern: Alle beide sind mir schnurzpiepe. Wenn ich sie damals mit meinem Schrei nicht von Morpheus abgelenkt hätte, wäre der auf dem Revier gelandet. Und sicher bereit gewesen, über die Schlitzer auszupacken, nach dem, was mit seinem kleinen Bruder passiert ist. Schließlich hat Morpheus nur deshalb den Job in der Kralle angenommen, um etwas über dessen Tod herauszufinden. Nee, der hätte gesungen wie ein Rotkehlchen in der Abenddämmerung. Also seid ihr mir alle miteinander noch etwas schuldig. Sogar der Schwarze Ole!«

Abermals hörte Inspektor Mouse den bedauernswerten Sergeant neben sich nach Luft schnappen. Die Kater kauerten hinter der Mündung eines in den Kanal abzweigenden kleineren Tunnels. In der Wand, an der sie entlanggestrichen waren, hatte er sich so unversehens aufgetan, dass Mouse um ein Haar nach rechts in die schwarze Leere gefallen wäre. Jetzt waren sie dankbar für die sich bietende Deckung in Sicht- und Hörweite des dialogisierenden Paars nur noch wenige Meter voraus. Ein Minimum an Helligkeit kam von dort bei ihnen an, sodass sie wieder die Pfote vor Augen sehen konnten. Würde die dargebotene Szene aus einem Drama stammen, hätte es in Majuskeln geschrieben VERRAT heißen müssen, gemessen an Fischgräts bitterer Enttäuschung.

Seine konsternierte Miene sprach Bände, wie Mouse feststellte, als er zur Seite blickte, um sicherzugehen, dass Jerry auch wirklich kein Wort entrutschte. Was einem Profi wie dem jungen Sergeant nicht passierte, bis auf die Seufzer, das leise Stöhnen und tiefe Ein- oder Ausatmen, mit dem er quittierte, was keine andere als die ihn so entzückende Mitzi Schnurre mit dem gesuchten Fritz MacSchlapp in gereiztem, aber doch sehr vertrautem Ton zu besprechen hatte. Fischgräts romantische Vorstellungen über die Unschuld und Schutzbedürftigkeit der Garderobiere fielen mit dem, was sie von sich gab, in sich zusammen wie ein Kartenhaus. Ergeben in seine Kränkung und die Schlechtigkeit der Welt, wartete er nur noch darauf, dass der Inspektor Zugriff signalisierte. Der Moment der Überrumplung würde ganz auf ihrer Seite sein.

Stattdessen zupfte ihn Mouse am Ärmel, griff sich an den Kragen und wies danach auf Mitzi, die gerade zum dritten Mal verlangte, dass MacSchlapp sich ihrem Drängen, sie zum Versteck der Schlitzer zu führen, nicht länger widersetzen sollte. Fischgrät sah hin und betrachtete schwermütig den bezaubernden schlanken Hals, um den sie einen Wollschal geschlungen hatte. Seine Farbe war Rot und eines seiner Enden zerrissen. Lose Fäden hingen herab und ribbelten sich auf, wie im Licht der vor den Kombattanten auf dem Boden abgestellten Sturmlaterne gerade noch erkennbar.

›Donner und Doria, der Fetzen von der Leiter stammt von Mitzi‹, dachte Jerry perplex. ›*Sie* war die schmale Gestalt, die vor uns in der Litfaßsäule verschwand! *Sie* war es, die in der Tiefe schlammige Pfotenspuren hinterließ. Und demnach war sie es wohl auch, die die Markierungen der Schlitzer mit den schwächeren Zeichen versah. Warum bloß? Den schottischen Gauner hat sie definitiv erst hier unten getroffen. Es sieht also ganz danach aus, dass sie uns auf dem Munterflinckmarkt bemerkt hat und wollte, dass wir ihr folgen. Warum bloß, wenn sie gleichzeitig zu diesen Gangstern gehören will?‹

Als Fischgrät sich ratlos nach ihm umsah, wirkte die Miene des Inspektors ruhig und verschlossen wie eine Kirchentür. Doch keine Sekunde länger. Denn nun kündigte sich etwas an, mit dem offenbar niemand gerechnet hatte. Die Polizisten in ihrem Versteck merkten, dass Mitzi und MacSchlapp alarmiert innehielten.

»Getz bekommste die Eskorte nach Nirgendwo, aber vielleicht nich ganz so, wiede dir datt gedacht hast. Auweia«, entrutschte dem plattohrigen Kater eine Bemerkung, die unmissverständlich Angst verriet.

Der schlagfertigen schwarzen Katze fiel dazu nichts ein, oder sie war nicht mehr in Stimmung, ihren gedanklich schwerfälligen Begleiter zu schurigeln. Stattdessen hatte sie die Laterne aufgenommen und leuchtete in die Tiefe des sich ins Unbestimmte verlierenden Kanals. Daraus näherten sich Schritte. Sie klangen besorgniserregend dumpf und mussten zu jemandem gehören, der groß und schwer genug war, dass seine Pfoten solche Geräusche verursachten. Das boshafte Echo verstärkte seine gewaltige Ankunft. Mitzis Laternenschein tanzte dazu zitternd über die gewölbte Decke, die glatten Wände und die sich am Boden verflüchtigende Lache, die glitzerte, bis sich ihr Schimmern in der Schwärze auflöste.

Dieser entstieg ein Dämon. Er war riesig, finsterer als die Umgebung und dank seiner leicht geduckten Haltung bedrohlich wie einer, dem unvorstellbare Kraft innewohnt, was bisher bloß die raumgreifenden Bewegungen seines muskulösen Körpers andeuteten. Über die Identität des Finsterlings bestand für Mouse und Fischgrät kein Zweifel. Es war derjenige, der sie zu Morpheus' Leiche gelockt hatte.

Als er bei Mitzi und MacSchlapp angekommen war, sah der fremde Kater für einen Moment in die entgegengesetzte Richtung, so als wüsste er, dass dort noch zwei andere steckten. Unwillkürlich wich der Sergeant zurück, bevor ihn ein abschätziger Blick aus blassgelben schrägen Augen traf, die durch Wände zu sehen schienen.

Sein Haupt war entsetzlich. Mit luchsartigen Ohren saß es schwarz und mächtig auf einem wirren Mähnenkranz, der aus einer dunklen Lederjacke hervorquoll. Das breite Kreuz, das sie bedeckte, ließ sie fast aus den Nähten platzen. Doch den nachdrücklichsten Eindruck hinterließen die voluminösen Pratzen, aus denen Krallen ragten, die Stahlkappen tragen mussten. Anders war ihr Aufblitzen im düsteren Fell nicht zu erklären.

Er war ein Maine Coon in einem Farbspektrum von schwarzem Rauch bis grauem Nebel und selbst für diese hünenhafte Rasse von außerordentlicher Statur. Eine albtraumhafte Erscheinung, wie sie selbst in den übelsten Kreisen von Kratzburg bisher nicht aufgetaucht war, was Inspektor Mouse sicher wusste. Selbst ihm, der schon so einiges und darunter viel Böses gesehen hatte, rieselte es für einige angespannte Atemzüge kalt durch den Seidenpelz.

21. Kapitel

»Wohl völlig den Verstand verloren, wie? Was soll die Puppe hier unten, Plattohr? Mitkommen und zwar alle beide. Ein bisschen dalli!«

Die Stimme grollte durch den gewölbten Gang wie Donner in der zum Bersten angespannten Atmosphäre vor Entladung eines schweren Gewitters. Aus der Distanz schmeckte Mouse dem Klang der Worte nach. Irgendwo in den hintersten Kammern seiner Erinnerung begann sich etwas zu regen. Als hätte er diesen befehlsgewohnten Tonfall schon einmal gehört, in einem längst vergangenen Leben und unter völlig anderen Voraussetzungen. Aber nein, der Einfall war geradezu absurd, dennoch saß er ab jetzt in seinem Hinterkopf wie eine Zecke im unerreichbaren Nackenfell.

»Allet klar, Räudig! Hab mir die Kleine vorm Leuchtturm geschnappt, wo se 'nen bissken zu auffällig herumschnüffelte, wie schonn inner Scharfen Kralle. Dachte, ich brächte die neugierige Tussi mal besser zum Meister.«

Wie der grau-weiße Kater den Kugelkopf beugte und vor dem düsteren Riesen katzbuckelte, war selbst aus der Entfernung schwer erträglich mit anzusehen. Mitzis zierliche Gestalt erhob sich im hellen Schein der Laterne ruhig und kerzengerade neben dem Halbschotten, der sie schamlos im Stich ließ. Der Schatten des mit Räudig angesprochenen Katers lag über ihr wie ein verhängnisvoller Fluch, dem sie sich beherzt stellte. Falls die schwarze Katze nervös war, ließ sich das nur daran ablesen, dass sie mit einer Pfote an ihrem roten Schal nestelte. Ansonsten griff sie in die lügnerische Rede ihres feigen Verehrers nicht ein und wartete einfach ab.

»Schnauze, MacSchlapp, du elender Kriecher.«

Die Zurechtweisung ließ diesen leise wimmern, als hätte ihm der unheimliche Maine Coon bereits einen mit der gefährlich glitzernden Tatze übergezogen. Die drei anderen, die es mitanhörten, konnten MacSchlapp sogar verstehen. In dem harschen Anmaunzer hatte eine so abgrundtiefe Verachtung gelegen, als wäre der plattohrige Fritz schon Fischfutter.

»*Ich* bringe euch zu Tyvson«, sagte Räudig.

Er schnappte sich die Laterne aus Mitzis Pfoten und wies mit dem Licht in die Richtung, aus der er gekommen war. Bizarre Schattengebilde jagten über die Wände. »Davor pfotigt ihr mir eure Waffen aus. Wer weiß, ob du wirklich noch zu uns gehörst, Kriecher. Lass dir von ihr geben, was sie im Strumpfband oder sonst wo versteckt hat. Her mit dem Frühstücksbesteck und dann los. Und glaubt ja nicht, dass ich euch nicht in der mir ganz eigenen Art und Weise durchsuche, sollte ich mit dem nicht zufrieden sein, was ich jetzt in null Komma nichts von euch bekommen werde.«

MacSchlapp blieb stumm und wollte nur noch gehorchen. Vor Mitzi hielt er die plumpe Pfote auf, als bäte er um ein barmherziges Almosen. Er erhielt es in Form einer kleinen Pistole. Und steuerte wohl selbst noch einiges an Artillerie bei, denn es dauerte, bis er sich Räudig in gebeugter Haltung näherte, ein einziges Flehen um Vergebung in furchtsam gesträubtem Pelz.

Der Maine Coon billigte die Abgabe der Waffen mit einem Knurren. Er steckte alles ein und schwenkte die Laterne zum Zeichen des Aufbruchs. Mitzi und MacSchlapp trotteten an ihm vorbei. Als er mit ihnen von dannen zog, verschwanden sie hinter dem mächtigen Lederrücken und aus dem Blickfeld der Polizisten. Räudig hatte eine Waffe nicht einmal erwähnen müssen, um seine eindrucksvolle Autorität durchzusetzen.

»Hinterher!«, befahl Mouse im Flüsterton, kaum dass es ihm geboten schien, das lange Schweigen zu brechen. Er schlüpfte aus dem Tunnel und starrte dem Lichtschein nach, der in der Ferne rasch schwächer wurde. »Wir halten uns wieder dicht an der Wand. Sollten sie uns entdecken, kommt es eben zum Kampf. Lieber wäre mir, der Kerl brächte uns diesmal zum Versteck der Schlitzer.«

»Das hätte ich niemals von Mitzi gedacht«, stöhnte Jerry, die Flut seiner Gefühle nur noch mühsam zurückhaltend. »Was für ein hinterhältiges kleines Luder.«

»Über Fräulein Schnurres Beweggründe können wir uns später den Kopf zerbrechen, Junge. Los jetzt!«

Verschmolzen mit der Dunkelheit machten sie sich daran, dem weit voraus entschwebenden Unstern zu folgen. Ohne anzuhalten, zeigte Mouse über das meterbreit in der Mitte fließende Wasser bis zu der Stelle, wo die drei gerade noch gestanden hatten.

»Geben Sie der Kleinen noch eine Chance. Dort liegt ihr Schal!«, wisperte er nach hinten gewandt.

»Heiliger St. Katzetan, sie will noch immer gefunden werden!« Fischgräts Erstaunen war in seinem Geflüster nicht zu überhören.

»Lebendig oder tot«, gab der Thai-Siam knapp zurück. »Mutige Kleine!«

Damit erhöhte er das Tempo. Der Sergeant passte sich ihm an, den Kopf voll wild umherwirbelnder Gedanken. Kaum einem konnte er sich widmen, denn nun gab es nichts mehr, als sich auf die Jagd zu konzentrieren. Ihr Sinnen und Trachten, das Trio nicht zu verlieren, wurde eins mit dem Rhythmus des zähen Laufs. Wieder war der finstere Maine Coon im Vorteil, denn er schien sich hier unten auf vertrautem Gebiet zu befinden, im Gegensatz zu seinen Verfolgern.

Es potenzierten sich die sie umgebenden Laute. Keuchen, Scharren, Rauschen, Glucksen und der Nachhall von alledem verbanden sich zu einer betäubenden Melange, die von überall und nirgends aus dem unterirdischen Labyrinth auf die beiden Kater eindrang. Entweder waren diese Klänge real oder steigerten sich aus purer Einbildung in ihren Gehörgängen und drangen von dort ins Hirn, bis sie davon ganz wirr wurden. Trotzdem verringerte sich der Abstand zu den anderen. Vielleicht hatte der plattohrige Fritz eine schlechte Kondition oder Mitzi bremste heimlich ab, in der Hoffnung, dass von hinten tatsächlich Hilfe nachkam.

Die für alle Beteiligten ermüdende Szene endete damit, dass urplötzlich der Vorhang fiel. Die Sturmlaterne erlosch, als ein Brausen am unsichtbaren Ende des Kanals übermächtig wurde. Sich aber nicht über *alle* Geräusche legte, denn durch die komplette Dunkelheit drang höhnisches Gelächter. Für den Inspektor und den Sergeant klang es, als erlitte einer von Fischgräts unterirdischen Dämonen einen hysterischen Anfall. Das Echo vereinnahmte die teuflischen Töne, klatschte sie an Wände und Decke und um die malträtierten Ohren der Polizisten, die sich in der Finsternis nicht zurechtfanden.

Es gab kein Entrinnen aus dem desorientierenden Chaos, bis Mouse die Taschenlampe zückte. Ihr Licht blendete auf und traf im Vordergrund auf ein den Kanal abschließendes Gitter. Ein filterndes Sieb, hinter dem die breite Abwasserrinne wie über eine schroffe Klippe um einige Meter in die Tiefe stürzte. Das Tosen war überwältigend, desgleichen die sich offenbarende Leere. Von MacSchlapp und Mitzi war nichts mehr zu sehen, auch nicht der sie vorhin alle miteinander verlachende Dämon. Statt seiner ertönte ein durchdringender Schlag, als fiele eine massive Tür ins Schloss.

Mouse und Fischgrät stürmten heran. Vorn ging es nicht weiter, aber in der linken Wand neben dem Gitter entdeckten sie eine Öffnung. Der Inspektor watete durch das Wasser, das mit einiger Strömung auf das Gefälle zueilte, und kam vor einer hermetisch verschlossenen Stahltür zu stehen, die weder über Griffe noch Riegel verfügte. Wutentbrannt beleuchtete der Thai-Siam die matte graue Fläche. Räudig hatte die Hatz zum zweiten Mal locker gewonnen. Der Weg war versperrt und kein Muckser drang von dort hervor, wohin er mit Mitzi und MacSchlapp entschwunden war.

»Verfluchtnocheins! Das darf doch nicht wahr sein!«

Sergeant Fischgrät war dem Inspektor hinterher geplatscht. Mouse hörte ihn in seinem Rücken fluchen. Jetzt dämpfte Jerry nicht mehr die Stimme. »Da ist kein Durchkommen, nicht mal für Abwasser. Aus die Maus!«

Das Morgengrauen eines feuchtkalten und windigen Mittwochs fand sie wenig später an einer anderen trübsinnigen Stätte. Zumindest lag diese wieder oberhalb des Pflasters einer schmutzigen Straße unweit des Firmengeländes von Musculus und dem großen Klärwerk am Hafen. Noch immer war der in der Luft liegende Gestank atemberaubend. Die Kanalisation hatte sie nach der unheimlichen Odyssee an einem vergleichsweise banalen Ort ausgespien, denn sie waren in einer öffentlichen Bedürfnisanstalt an die Oberfläche gekommen.

Der Sergeant sah sich um und rümpfte angewidert die Nase.

›Diese Kloake hätte längst gereinigt werden müssen‹, befand er eingedenk verflossener Pisse und Zeiten, als er noch Streife gelaufen war. Damals hatte er in der hehren Absicht, in seinem Zuständigkeitsbereich für ein rundum sauberes Kratzburg zu sorgen, alle möglichen Inspektionen an sich gerissen. Mechanisch machte er sich im Geiste eine Notiz. ›Das gibt einen saftigen Anmaunzer bei der Stadtverwaltung.‹

Danach überfielen ihn Müdigkeit, Resignation und die nicht zu unterdrückende Angst um eine, der er sich künftig eigentlich nur noch mit ausschließlich professionellem Abstand widmen wollte.

›Heilige Gertrud, beschütze sie!‹, dachte Jerry.

Was Mitzi in den Fängen der Schlitzer erwartete, wagte er sich nicht vorzustellen. Zwanghaft tat er es deshalb immer wieder und wieder.

Auch Inspektor Mouse wirkte mitgenommen. Rötlicher Staub lag auf den Schulterklappen und dem Kragen seines Trench Coats, seitdem er die rostige Luke aufgestemmt hatte, durch die sie im schäbigen Waschraum der Toilette dem Kratzburger Untergrund entstiegen waren. Wiederum am Ende einer Nottreppe, die in einem Schacht steil nach oben führte. Den Zugang dazu hatten sie entdeckt, als sie in der unterirdischen Sackgasse nach einem Ausweg gesucht hatten, der nicht wie die Metalltür undurchdringbar versiegelt war. Nach dem neuerlichen Debakel, dass ihnen Räudig mit Mitzi und MacSchlapp entkommen war, wollten sie unverrichteter Dinge nur noch hinaus und wieder die Weite des Himmels über sich spüren. Aus der dumpfen Toilette traten sie in den Regen. Es war geradezu angenehm, dass eine steife Brise saubere Nässe in ihre erschöpften Gesichter fegte.

Fischgrät sah zur Seite und in ein Augenpaar, dessen Bläue ihm nach dem Gang durch die Lichtlosigkeit geradezu exotisch vorkam.

»In spätestens drei Stunden könnten wir mit genügend Leuten und der nötigen Spezialausrüstung zurückkehren, um den Korken von Stahltür aus der Flasche zu sprengen«, sprach Mouse ihn an. »Auch wenn wir eben nicht durchdringen konnten, noch einmal lacht uns dieser Kerl nicht aus. Jetzt rücken wir der elenden Bande auf den räudigen Pelz.«

Eingangs der Rede war dem Sergeant der Konjunktiv nicht entgangen. »Sobald wir mit einem Großaufgebot anrücken, ist Mitzis Leben keinen Pfifferling mehr wert. Wenn sie nicht schon längst dran glauben musste«, entgegnete er traurig.

Des Inspektors verhangener Blick schweifte in das Sfumato einer inneren Ferne. Dort bedachte er Fischgräts Einwand, genau wie Nataschas Hoffnung, die sie bei ihrem letzten Telefonat auf seinen persönlichen Einsatz gesetzt hatte.

»Okay, Jerry. Genehmigen wir uns besagte drei Stunden plus zwei weitere, um noch etwas allein auszurichten, bevor wir offiziell Meldung machen«, entschied er.

Nun wirkte der rötliche Tigerkater, als hätte er etwas eminent Stärkendes verkasematuckt. Etwaige Dankesäußerungen abwehrend, hob Mouse die Pfote und sah auf seine Armbanduhr.

»Viertel nach fünf. Wir nehmen uns ein Taxi und kehren in die Bar zurück, wo meines Erachtens oberirdisch alle Fäden zusammenlaufen. Vermutlich sind die Kollegen erst gerade damit fertig, sich durch die Hinterzimmer zu wühlen.«

»Auf ein Wort, Inspektor«, hielt ihn der Sergeant zurück.

»Was denn noch?«

Fischgrät sah zu Boden, um dort das Stillleben eines Kronkorkens zwischen fünf Kippen zu studieren. Dann hob er den Kopf und wirkte sehr jung und verloren.

»Es geht um die Kleine.« Mouse eröffnete mit exakt den Worten, die sich Fischgrät zurechtgelegt hatte.

Jetzt gab es für den kein Halten mehr.

»Sie treibt ein doppeltes Spiel!«, legte er los. »Wieso will sie zum Schwarzen Ole und lockt gleichzeitig die Polizei hinterher? Das ergibt keinen Sinn.«

»Es sei denn, sie wäre eine von uns. Schon mal an diese Option gedacht, Sergeant?«

»Eine von uns?« Fischgräts Nase wurde um mindestens zwei Nuancen blasser. »Gottkater im Himmel! Damit wollen Sie doch wohl nicht andeuten, dass Mitzi verdeckt für die Polizei arbeitet?!«

»Andeuten will ich gar nichts«, entgegnete Mouse, »was Sie nicht selbst trotz oder wegen aller Verzückung hätten bemerken können. Dass diese Katze mit dem, was sie sagt und tut, etwas Besonderes sein muss, ist Ihnen ja immerhin aufgefallen.«

»Wissen Sie denn Genaueres?« Der von der eigenen Ignoranz gebeutelte Sergeant stürzte von einer extremen Gefühlslage in die nächste. »Gehört Mitzi etwa einer geheimen Abteilung an, die nur ganz oben Bericht erstattet?«

»Ich muss Sie enttäuschen, Jerry. Über den professionellen Hintergrund der Gnädigsten weiß ich nichts. Aber ich habe Augen und Ohren im Schädel, von denen Erstere weder aus Liebe mit Blindheit geschlagen noch die Lauscher durch geraspeltes Süßholz verstopft sind.«

Für einen Moment verstummte Mouse, weil er sich innerlich prüfte, ob er mit dieser abgeklärten Behauptung überhaupt der Wahrheit entsprach. Ergebnislos fuhr er fort.

»Jedenfalls ist Ihre Mitzi für eine einfache Mieze aus dem Milieu eine Spur zu gewieft, zielgerichtet und vor allem todesmutig. Außerdem mit einer Beretta bewaffnet, einer Armee- und Polizeiwaffe, die sich nur selten in der Handtasche einer Dame egal welcher Couleur befindet.« Ein letztes Mal drehte er sich nach dem indignierten Fischgrät um. »Zur Hölle! Ganz egal, zu welchem Lager Mitzi gehört, verdient sie es nicht, dass wir sie den Schlitzern und ihrem gewissenlosen Führer überlassen. Schon gar nicht, nach dem, was mit Morpheus passiert ist, und das durch unser Versagen.«

»Wenn Ihre Vermutung stimmt«, knurrte der Sergeant in einer Art grimmiger Begeisterung – Töne, wie sie Mouse von dem jungen Polizisten noch nie gehört hatte, »bekommt das außergewöhnliche Fräulein Schnurre entweder ein paar Jährchen warm und trocken im Bau oder einen Orden. Und so oder so mit der Polizei zu tun, denn wir müssen sie retten! So kommen Sie doch endlich, Inspektor!«

Im Pfotenumdrehen war er Mouse um einige blasse Nasenlängen voraus. Wie der geölte Blitz schoss Fischgrät an verschlossenen Toreinfahrten und davor geparkten Automobilen vorbei, bis die unbelebte Straße dort auskam, wo gegen halb sechs der Frühverkehr verschlafen und mürrisch durch die triste, verregnete Dämmerung kroch. Darunter ein einsames Taxi, dessen von der Nachtschicht übermüdeter Fahrer die beiden ramponiert aussehenden Kater als allerletzte Fuhre aufnahm. Er beförderte sie Richtung Rodelbahn zurück, von wo er mit seinen vorherigen Fahrgästen just gekommen war.

»Na, datt hat aber gedauert! Habtet euch mit der Süßen wohl gemütlich gemacht und euch zu ’ner dollen Geschichte dat eine oder andere Schnäpsken kredenzen lassen.«

Feixend lehnte Grobian Murr am Tresen, vor sich, je nach Sicht des Betrachters, ein extrem spätes oder extrem frühes, inzwischen halb ausgetrunkenes Duckmäuser auf einem geschlitzten Filzdeckchen. Hinter ihm stand die Spiegeltür noch immer sperrangelweit offen. Im Gegenlicht war der Umriss eines Uniformierten zu sehen, der am Ende des schummerigen Korridors vor dem Eingang zu Madame Muschs Arbeitszimmer Posten bezogen hatte.

»Und warum habter die Kleine nu nich dabei? Herrscht immer noch Schonzeit für clevere Miezekatzen, die einfältige Knilche wie euch umme Kralle drehen?« Der Oberinspektor taxierte Mouse und Fischgrät mit einem bösartigen Zwinkern. Mit einer seiner dicken Pfoten wies er über die Schulter zurück. »Hier is die Party fast vorbei und nix dabei rausgekommen. Ich würde euch Helden daher empfehlen, zu einem Schönheitsschläfchen nach Hause zurückzukehren, oder ihr genehmigt euch als Schlummertrunk noch schnell 'nen Frühstücksbierchen aufs Haus. Worauf Se aber Gift nehmen können, Verehrtester von und zu Mouse, is, datt ich mir Mitzi Schnurre in circa drei Stunden persönlich vorknöpfe. Und daran werden weder Sie noch ihr tattriger Gönner Katerfreund watt dran ändern.«

Der denkwürdige Augenblick, in dem Selwyn Mouse die kühle Contenance verlor, sollte für Murr und Fischgrät in Erinnerung bleiben. Mit einem pantherartigen Sprung aus dem Stand kam der Thai-Siam so schnell an der Bar an, als hätte er sich dort aus dem Luftzug materialisiert, den die rasende Vorwärtsbewegung mit sich brachte. Sie haute nicht Murr, aber dessen Bier um; als der schwarz-weiße Kater unwillkürlich zurückwich, brachte er sein Glas zu Fall. Mouse beugte sich über den Tresen und packte seinen Vorgesetzten mit beiden Pfoten an den speckigen Revers. In seinen gletscherblauen Augen brannte das St. Elmsfeuer eiskalter Wut.

»Sie kleinkarierter Stänkerer!«

Der Klang seiner Stimme war so verächtlich wie die Blicke, unter denen Murr zusehends schrumpfte. Fürs Erste vermochte er sich aus dem rigorosen Klammergriff, der ihm den stämmigen Hals und damit die Luft abschnürte, nicht zu befreien.

»Sparen Sie sich ein für alle Mal Ihre geringschätzigen Kommentare, wenn sie auf nichts als krankhafter Eifersucht beruhen. Darüberhinaus sind Sie verständlicherweise in Sorge, dass man Ihnen auf die Schliche kommen könnte, und zwar in diesem Fall auf eine der öligen Touren, die Sie stets im Hintergrund laufen haben, wie ein

Tête-à-tête mit Trixie Belinda Musch!«, fauchte Mouse in seltener Tagesform nach einer weiteren langen Nacht. »Macht sich nicht gut vor Ignatius Puschel, wenn man gleichzeitig vorgibt, die unbestechlichste kalte Schnauze im ganzen Revier zu sein. Schon unter normalen Umständen eine lächerliche Rolle, so man sie nicht ausfüllt. Einen Polizisten mit Ihrer Macht und Verantwortung, Murr, führt Inkompetenz verbunden mit Geltungssucht zu tragischen Fehlern. Doch in unserem Metier geht es bekanntlich um Leben und Tod.«

Schwer atmend ließ er die Jackenaufschläge des Oberinspektors los und riss beide Pfoten empor, als hätte er zuvor etwas Ekliges angefasst.

Murr keuchte ebenfalls, kam aber angriffslustig wieder auf Touren. Er stemmte die Pfoten in die Bierlache auf dem Tresen. Mit dem dicken Kopf näherte er sich dem trotz unterirdischer Strapazen und seiner Rage noch immer elegant und abgehoben wirkenden Mouse wie ein Dampfhammer.

»Watte nich sachs, du aufgeblasener Plüschkater! Nich ich hab den aufgeschlitzten Barkeeper auffem Kerbholz, sondern du mit der x-ten Extratour. Die aktuelle haste bisher gründlich vermasselt und watt den Verschleiß an Miezen angeht, Blaubart, würd ich mich an deiner Stelle völlich bedeckt halten.«

»Seit wann sind wir beide eigentlich per Du? Anstatt dass wir uns als die gewissenlosen Idioten erweisen, zu denen wir uns gerade machen, gilt es, einen Fall aufzuklären und eine weitere unschuldige Katze zu retten.« Der Zorn des Thai-Siams hatte sich so schnell abgekühlt, wie er gekommen war. Nun focht er verbal mit glatt schneidendem Florett, dem der grobe Hammer auf die Schnelle nichts entgegenzusetzen hatte.

»Mitzi Schnurre haben wir mitnichten in ihrer Wohnung angetroffen, sondern durch die halbe Kanalisation verfolgt. Wie wir ist sie den Schlitzern auf der Spur und befindet sich nun in ihrer Gewalt, genauer gesagt in den Klauen des skrupellosen Täters, der für den Mord an Morpheus und die Misshandlung des Nachtwächters

Marusch verantwortlich ist. Vermutlich handelt es sich bei dem monströsen Kerl um den zweiten Anführer der Bande. Sein Name ist Räudig. Klingelt da nicht etwas in Ihrem abgeknickten Ohr, Oberinspektor?«

Dieser konnte nicht verhindern, irritiert aufzusehen. In Murrs breitem Gesicht verzog sich die schräge Blesse, was ihm ein noch verschlageneres Aussehen verlieh.

»Garstigmann Räudig«, knurrte er heiser. »Ein Brutalo, wie er im Buche steht, und fast 'ne größere Legende als der Schwatte Ole. Denn im Gegensatz zu Tyvson isser seit Jahren abgetaucht oder sogar in irgendnem politischen Krawall bei den Prussischblauen umgekommen. Soll ursprünglich aber gar kein Prusse sein, sondern aus bester Familie vonner Insel und 'nen ähnlich feiner Pinkel wie Sie, Mouse. Aber mit radikalen Ideen inner verwöhnten Birne, wie man datt Leben der armen Willis entscheidend verbessern könnte. Als das nich auf Anhieb so klappte, wie et sich Robin Hood gedacht hat, sind bei dem die Sicherungen völlich durchgebrannt und er wurde zu 'ner Unterweltgröße mit 'nem Ruf wie Donnerhall. War vor Ihrer Zeit, Mouse, und ich wüsste nich, watt so einer getz in Kratzburch verloren hätte.«

»Zum Beispiel Bakrus Ole Tyvson bei einem Coup von internationalen Dimensionen zu unterstützen, mit dem Grünen Auge von Katzinopel als Pfand«, antwortete sein alter Rivale sachlich und konstruktiv. »Insofern könnte es durchaus sein, dass London eine Agentin auf Räudig angesetzt hat, ohne die hiesige Polizei über ihre Indentität zu informieren.«

»Heiliges Kanonenrohr! Mitzi! Jetzt ist alles klar!«

Erst durch Fischgräts bestürzten Ausruf wurden sich die beiden Inspektoren bewusst, dass der junge Sergeant aus dem Hintergrund ihren zuweilen wenig vorbildhaften, aber stets lehrreichen Disput die ganze Zeit über verfolgt hatte.

»Datt is getz nich Ihr Ernst, sondern die fixe Idee dieses verknallten Milchbarts, oder nich?«, erkundigte sich Murr bei Mouse, dem nicht entgangen war, dass der schwarz-weiße Kater auf einmal seltsam verunsichert wirkte.

»Wenn ich eins und eins zusammenzähle, wird die Sache für mich immer klarer: Die angebliche Garderobiere arbeitet für den kittischen Geheimdienst«, sagte der Thai-Siam. »Heute Nacht hat sie im Abwassersystem eine Spur für uns gelegt, als ihre letzte Rückendeckung, falls etwas schiefgeht. Und das ist es leider, denn nachdem Mitzi Schnurre vergebens versucht hat, dieses miese Individuum MacSchlapp zu überreden, sie zum Hauptquartier der Schlitzer zu führen, tauchte Garstigmann Räudig alias Sandyman Krauley auf, ein international gesuchter Verbrecher. Oh ja, Murr, obwohl ich etwas jünger bin, habe ich meine Hausaufgaben gemacht, kenne die Verbrecherkartei und außerdem Krauley aus früheren Zeiten sogar persönlich. Ich gebe zu, dass ich ihn nach all den Jahren in seiner finsteren Aufmachung nicht gleich erkannt habe. Jedenfalls müssen wir uns verdammt beeilen, wollen wir Mata Haarig noch lebend erwischen. Deshalb, Murr, beschwöre ich Sie, endlich damit herauszurücken, was Sie aus falscher Rücksicht auf Trixie Musch in der Hinterpfote haben. Lassen Sie die Katze aus dem Sack und arbeiten wir notorischen Einzelgänger dies eine Mal zusammen. Wo geht es in der Scharfen Kralle in die Unterwelt? Wo ist der Einstieg in den Geheimgang der Schlitzer? Wenn Sie das wissen, halten Sie es nicht länger zurück, sonst sorge ich dafür, dass der Heilige Bimbam Sie so sicher über die Klinge springen lässt, wie ich Ihnen sämtliche Auszeichnungen überlassen werde, falls es uns gemeinsam gelingt, Mitzis Tod zu verhindern.«

Murr sollte Mouse die Antwort auf seinen flammenden Appell schuldig bleiben, denn in diesem Moment kam der Posten aus dem Korridor hinter der Spiegeltür hervor. Respektvoll hob der breitschultrige Toby Pratze eine Kralle an die Mütze.

»Guten Morgen, Inspektor Mouse. Mojn, Sergeant.«

Mit dem Anflug eines Lächelns auf seinem freundlichen Tigergesicht begrüßte er die neu hinzugekommenen Kollegen. Erst dann machte er Oberinspektor Murr Meldung.

»Gerade hat Hauptwachtmeister Stumpfkralle von Musculus aus durchgerufen, ich habe im Büro von Madame Musch abgenommen. Auf dem Firmengelände wurde ein Toter gefunden. Die Presse ist schon vor Ort, die Drapierung der Leiche soll spektakulär sein, es handelt sich um einen Arbeiter. Außerdem ist er einer der Gesuchten, nämlich der plattohrige Halbschotte Fritz MacSchlapp.«

22. Kapitel

Der kompakte tote Körper hing im Gestänge der Riesenmausefalle, die zum feierlichen Auszahlungstermin die siebenhundertfünfzig Bündel Provisionsgeld hätte beinhalten sollen. Stattdessen wartete das schon vor der geplatzten Veranstaltung absurd wirkende Objekt seit nunmehr drei Tagen am Seiteneingang von Werkshalle 7 auf seinen Abtransport. Nun hatte der vergoldete Käfig doch noch eine unfassbar grausige Verwendung gefunden. Zuoberst verkündete eine unter der lorbeerbekränzten Jahreszahl des Jubiläums angebrachte Plakette *Musculus dankt seinen treuen Arbeitern.* In Verbindung mit dem neuen schockierenden Inhalt der Falle wirkte die simple Zeile makaber und obszön. Höhnischer und schwerlich blutrünstiger hätten die Schlitzer ihre Dominanz nicht inszenieren können.

Als Mouse, Fischgrät und Murr auf dem Fabrikgelände ankamen, hatte sich das Blitzgewitter der Pressepfotografen längst gelegt. Gemeinsam mit den Journalisten, von denen niemand sagen konnte, wer sie in aller Herrgottskaterfrühe zugleich mit der KTU eintreffend zum Tatort bestellt hatte, waren sie in ihre Redaktionen zurückgeeilt, wo das aufsehenerregende Bildmaterial entwickelt und die Sensationsmeldung für eine mittägliche Sonderausgabe in die Tasten gehauen wurde.

Inzwischen war Halle 7 geräumt und abgesperrt. Rund um die Mausefalle hielt sich nur noch das zuständige Team der Ermittler und Techniker auf, angeleitet von einem erprobten Dreigespann. Kriminalrat Katerfreund stand mit dem roten Charlie und Professor Lorenz Forens vor dem filigranen Gitterwerk, worin die sterblichen Überreste Fritz MacSchlapps Schauerliches über sein langes und qualvolles Hinscheiden verrieten. Mit angeekelten Mienen hielten sich Direktor von Maunz und Syndikus Seidig sowie Prokurist Kralle zwar in nächster Nähe auf, schienen sich dem weiteren Studium des

Leichnams aber aus gutem Grund zu verweigern. Stoisch schauten sie in die andere Richtung und deshalb den drei neu auf der Szene erscheinenden Beamten entgegen.

Murr hatte Mouse und den Sergeant in seinem Schmauch mitgenommen; das Coupé des Inspektors parkte noch immer in der Forellistraße. Die kurze Fahrt von der Bar zur Fabrik war in schweigsamer und angespannter Atmosphäre verlaufen. Weder hatten die beiden Inspektoren die aktuelle Wendung des Falls diskutiert noch sich abschließend zu ihrer hitzigen Auseinandersetzung geäußert. Niedergedrückt und zugleich hochnervös saß Sergeant Fischgrät im geräumigen Fond des plumpen, senfgelben Wagens. Er zerbrach sich Hirn und Herz darüber, was Mitzi bevorstehen mochte.

Zum ersten Mal in seiner Berufslaufbahn fürchtete er sich davor, auf einen Toten zu treffen, dessen Zustand den des mutmaßlich nächsten Opfers der blutigen Serie vorwegnahm, falls der Polizei nicht schleunigst ein Durchbruch gelänge. Eine Viertelstunde später konnte er sich seiner Pflicht nicht verweigern. Nach einer kurz angebundenen Begrüßung, deren ernste Einsilbigkeit dem zum selben Fall gehörenden zweiten Leichenfund innerhalb von vierundzwanzig Stunden geschuldet war, nahm nach Katerfreund, Vogelsang und Forens sowie den drei Herren von Musculus das dritte Trio die blutbespritzte Falle in Augenschein.

Wie in einem Horrorzoo auf Abstand gehalten, betrachtete der merklich geschockte Sergeant zusammen mit Mouse und Murr den im Käfig aufgeknüpften, zerfetzten Balg, dem nichts mehr innewohnte, was noch an das dreiste Auftreten und großspurige Wesen des plattohrigen Fritz hätte erinnern können. Das blutige grau-weiße Fell hatte entsetzlich viele Löcher und Schlitze. Scharfe Krallen waren wie durch Butter in den billigen Anzug gefahren, dann durch Pelz, Haut und Fleisch. Gleich einem überdimensionierten Preisschild lugte ein blutverschmiertes Kuvert aus den Überresten seiner maltraitierten Weste. Zuletzt sah der Halbschotte danach aus, als hätte ihn eine der Mischmaschinen ausgespien, die am Anfang der Abfertigungskette in den anderen Werkshallen standen. Die Blutspur am Boden führte durch die Seitentür hinaus auf den Hof, auf dem sich zahlreiche Arbeiter versammelt hatten. Der Trupp der Frühschicht hatte den Toten entdeckt. Nun wollten sie ihm die letzte Ehre erweisen und deshalb nicht weichen. Im Leben ein unbeliebter und großmäuliger Kerl, aber einer von ihnen.

»Seine Ohren boten fürs Schlitzen keine Fläche«, bemerkte Professor Forens mit professionell distanzierter Stimme. »Also haben sie sich an allem Übrigen schadlos gehalten und nicht mehr viel davon übrig gelassen. Durch die unzähligen Wunden ist er verblutet, nachdem ihn die Täter perfiderweise an den eigenen Hosenträgern an die oberen Querstangen gehängt hatten.«

»Bitte um Verzeihung. Ich glaube, mir wird schlecht«, keuchte Prokurist Kralle und zückte ein großes blütenweißes Taschentuch, mit dem er sich in hektischen Bewegungen über sein fix und fertiges Gesicht wischte. Feinste Härchen aus Kralles Unterfell wirbelten in die Luft. In diesem Zustand verlor er sie büschelweise.

»Sehen Sie zu, dass Sie an die frische Luft kommen«, schnauzte Felix von Maunz, der nach dem schweren Raub nun mit Mord in seinem Unternehmen umzugehen hatte.

Erleichtert, aber bereits an seinem Frühstück würgend, entwich der Prokurist durch die Seitentür, die ihm der davor wachende Uniformierte für einen kurzen Moment offen hielt.

»Das sind keine Schlitzer, sondern Metzger«, meinte der rote Charlie. »Insofern ist der Ort der Präsentation für dieses Häufchen rohen Elends recht passend gewählt.«

»Ich muss doch sehr bitten.«

In der Kürze der Zurechtweisung teilte sich die kühle Arroganz des Syndikus mit. Sein hellbrauner Gabardineanzug korrespondierte stimmig mit seinem feinen, gesprenkelten Fell. Am Revers prangte eine rote Nelke. Tigerius Seidigs ausgesprochen eleganter Aufzug besaß angesichts der brutalen Szene etwas ungewollt Spöttisches, so als hätte sich ein durchreisender Tourist aus dem Frühstückssalon des vornehmen Hotels Miezopol per Zufall in die Niederungen eines mordlüsternen Molochs begeben. Vielleicht hatte seine Stimme deshalb einen von innerer Unruhe getriebenen Unterton.

»Der Tote ist eine unappetitliche Warnung, wie sie deutlicher wohl kaum ausfallen könnte«, verkündete der Bengale, als wäre seine Einschätzung dringend gefragt.

Hingegen wirkte sein langjähriger Mandant Felix von Maunz trotz seiner wie immer untadeligen Erscheinung mitgenommen und, wenn man den willensstarken Fabrikanten näher kannte, zutiefst getroffen, ja, eingeschüchtert. Sein Anwalt behielt sich weiter das Wort vor.

»Sollte dieser entsetzliche Anblick noch nicht ausreichen, spricht das an den Leichnam geheftete Bekennerschreiben womöglich eine noch klarere Sprache. Dieses *Kommando Maikater,* von dem uns die Herren von der Polizei soeben berichtet haben, droht vermutlich mit weiterem Terror.«

Seidig warf einen provokanten Blick in Richtung des blutbefleckten Umschlags, den Charlie in eine durchsichtige Cellophantüte hatte gleiten lassen. Auf dem Kuvert befand sich die krallende schwarze Pfote vor roter Sonne, das Zeichen, das Natascha am Telefon genauso geschildert hatte. Mouse war das ebenso wenig entgangen wie das merkwürdige Manöver des Syndikus.

»Und was wollen Sie Direktor von Maunz und der Polizei mit Ihrem Hinweis bedeuten, Dr. Seidig? Etwa, dass wir uns mit unseren Ermittlungen ein bisschen zurückhalten sollten?«

Es war ein Schuss ins Blaue. Mit seiner provokanten Bemerkung riss der Thai-Siam die Aufmerksamkeit der Runde sofort an sich. Der geschliffene Klang seiner Worte stand der Rede des Anwalts in nichts nach, noch mangelte es ihnen an Schärfe. Der bengalische Kater merkte auf, als hätte ein Schwall kaltes Wasser seinen glänzend gebürsteten Pelz getroffen.

»Im Interesse der Firma Musculus muss ich auf umsichtiges Vorgehen bestehen, Inspektor. Herr Direktor von Maunz hat schließlich einen Ruf zu verlieren«, äußerte er sich vage.

»Und ein wirklich bedeutendes Vermögen«, ließ Mouse nicht locker, ohne das Grüne Auge von Katzinopel expressis verbis genannt zu haben.

»Dem Sie in keinster Weise näher zu sein scheinen«, behielt sich Seidig das letzte Wort vor.

Der Thai-Siam verzichtete auf eine Replik. Ihm reichte, was er gehört hatte. Für sein Empfinden hing dem knappen Fazit des Syndikus ein irritierend zufriedener Ton an.

›Meine kluge Schöne hat recht‹, dachte Mouse. ›Der aalglatte Advokat hat etwas zu verbergen. Und wenn mich nicht alles täuscht, mit den Schlitzern näher zu tun, als es Nataschas Onkel in seinem hochwohlgeborenen Standesbewusstsein jemals annehmen würde.‹

Nach dem Schlagabtausch mit dem Inspektor redete Seidig wieder auf seinen Mandanten ein. Der rauchgraue Perserkater lauschte seinem Berater mit verschlossener Miene, die nicht preisgab, ob er dessen Suada nun misstraute.

»Haben Sie etwas für mich, Selwyn?«, hörte Mouse eine leise Stimme neben seinem Ohr.

Sie gehörte Cornelius Katerfreund, der ihn beiseitenahm und ein paar Schritte von den Umstehenden fortführte.

»Abermals ausgesprochen scheußliche Sache«, sagte der Kriminalrat und wies mit dem Kinn in Richtung Mausefalle. »Die Schlitzer gehen auch mit den eigenen Leuten alles andere als zimperlich um, besonders wenn es sich um verzichtbare und deshalb lästige Zuträger handelt. MacSchlapp wurde eiskalt beseitigt. Darüber hinaus gebe ich dem Syndikus recht, dass diese Machtdemonstration auch an die Polizei gerichtet ist. Entsprechend tobt der Heilige Bimbam und verlangt endlich Fortschritte.« Entnervt schüttelte der Karthäuserkater den rundlichen Kopf und gönnte Mouse den nächsten erwartungsvollen Blick. Der ahnte schon, was jetzt kommen würde. »Was hat Ihr Besuch bei der Garderobiere ergeben? Ich hoffe wesentlich mehr als das zweite Verhör von Trixie Musch. Murr wird Ihnen inzwischen berichtet haben, dass nach wie vor rein gar nichts aus ihr herauszubekommen ist. Aktuell sitzt sie allerdings wieder in einer Zelle, genau wie ihr putziger Rausschmeißer. Ein paar unserer akribischen Jungs sind zum Glück auf eklatante Unregelmäßigkeiten in ihren Geschäftsbüchern gestoßen, die diesmal ausreichen, um beide einzubuchten, bis sie uns dazu Rede und Antwort stehen. Doch über eine Verbindung zu den Schlitzern schweigt sich die Bardame so stur aus, wie es Todesangst ihr wohl gebietet. Verständlich, wenn man diesen Anblick vor Augen hat«, brummte Katerfreund. Angewidert sah er noch einmal zum Corpus Delicti hinüber. »Also was war nun mit der kleinen Schnurre?«

Mouse schwankte zwischen seiner Loyalität und den Notwendigkeiten der vielschichtigen Lage. Die brennende Frage war, was er wagen sollte preiszugeben. Zuerst bedurfte es in Windeseile einer schlüssigen Auslegung der Ereignisse in der Kanalisation. Dann bot sich ihm ein anderer Ausweg.

»Professor Leichenfledderer fragt nacher Freigabe. Forens will datt Opfer endlich inne Katzakomben haben«, wurde Katerfreund in diesem Moment von Murr angesprochen. »Watt Se getz ma eben entscheiden müssten, Herr Kriminalrat.«

Mouse wusste sofort, dass es sich bei der punktgenauen Unterbrechung um einen Vorwand handelte. Mit einem »Bin gleich zurück, Selwyn!« zog sein alter Gönner von dannen. Während Murr wartete, bis der gemeinsame Vorgesetzte außer Hörweite war, taxierte er den Thai-Siam mit einem von purem Misstrauen getrübten Blick, als müsse der fette Kater für sich noch einmal etwas überprüfen. Nach einem letzten inneren Ringkampf reckte er den schwarz-weißen Klotzkopf, entschlossen und aggressiv.

»Wenn wer noch watt ausrichten wollen, müssen wer hier auffer Stelle die Platte putzen und inne Bar zurückkehren«, wandte er sich mit gedämpfter Stimme an den vermeintlichen Konkurrenten. »Keine Sorge, Mouse, datt nehm' ich auf meine Kappe. Sie waren et doch, der watt von mir wollte, als Se ebent so große Töne gespuckt hamm. Bitteschön, getz kommt die einmalige Gelegenheit, mich inne Pfanne zu hauen! Denn möchlicherweise habbich tatsächlich 'ne Ahnung, wo et inner Scharfen Kralle in verschwiegene Tunnels geht. Kommen Se, schnappenwer uns diesen Chorknaben Fischgrät und dann nix wie los. Der Verein hier kommt auch allein zurecht.«

»Holy shit!«, entfuhr dem überraschten Mouse ein Fluch aus der kittischen Jugendzeit. »Darf ich mir die Entscheidung zur Kooperation im Kalender vermerken, bester Murr?«

»Ach, rutschen Se mir doch den Buckel runter«, knurrte der Oberinspektor.

Der unerprobten Zweckgemeinschaft gelang es erstaunlich versiert, sich unbemerkt von den anderen dem Seitenausgang zu nähern. Dabei stellten sie fest, dass der Sergeant nirgends zu sehen war.

»Ist Fischgrät eben kurz rausgegangen?«, erkundigte sich Mouse bei dem Posten an der Tür, der sich als Kasimir Bart herausstellte. Dessen schildpattfarbenes Gesicht erhellte sich spontan zu einem seltenen Grinsen.

»Der Sergeant musste ganz dringend zu 'ner öffentlichen Toilette. Konnte absolut nich mehr warten«, erklärte Bart konzentriert, als gäbe er etwas wieder, was man ihm aufgetragen hatte. »Genauso sollte ich Ihnen das bestellen, Inspektor. Vielleicht war es ihm so übel wie dem Kralle, der sich hier vorhin die Seele aus dem Leib gekotzt hat, und Fischgrät wollte deshalb nich inner Firma aufs Klo.«

»Himmelnocheins, dieser verknallte Trottel! Jetzt ist er auf eigene Pfote losgezogen und begibt sich damit in tödliche Gefahr!«

»Na, kommt Ihnen datt nich bekannt vor?«, quittierte Murr den Ausruf des besorgten Inspektors. »Hat 'nen schnittiger Solist wie Sie etwa geglaubt, 'nem jungen Kollegen Gehorsam und Disziplin beizubiegen? Zumindest scheinen Se ja zu wissen, wo der Penner hin is.«

Mouse nickte düster. Nachdenklich sah er Murr von der Seite an. Zum x-ten Mal fragte er sich trotz seines vorherigen Plädoyers für Zusammenarbeit, wie weit er tatsächlich jemandem vertrauen sollte, der ihn jahrelang mit Neid und Missgunst verfolgt hatte. Um Fischgräts und Mitzis Willen schien er keine Wahl mehr zu haben, sich dagegen zu entscheiden.

Draußen auf dem Hof fanden sie unter dem vorspringenden Dach einer Baracke Schutz vor dem strömenden Regen. Mouse erzählte Murr von dem in der Nähe des Firmengeländes gelegenen Abort, zu dem der Sergeant jetzt wieder zurückgekehrt war, um auf der Suche nach Mitzi so schnell wie möglich in die Kanalisation zu gelangen.

»So wie die schlitzenden Brüder derzeit auf Krawall gebürstet sind, isset wahrscheinlich, dasse ihn abfangen, nachdem der Idiot ihnen geradewegs in die Pfoten läuft. Vielleicht kümmert sich Räudig höchstpersönlich um ihn. Datt hatt unser Heißsporn nun davon und weiter will ich gar nich denken. Hätte gefälligst auf einen seiner Vorgesetzten warten solln«, meinte Murr und klang gehässig. »Die Route, die inner Krallenbar beginnt, führt vermutlich direkter zum Ziel. Also nix wie hin.«

Er hatte den Schmauch in der Nähe des Hoftors abgestellt. Als sie dort ankamen, waren sie nass wie die Katz oder die vor Werkshalle 7 noch immer versammelten Arbeiter; traurige Gespenster, die vor den zwei davoneilenden Inspektoren auseinanderwichen. Selbstverständlich erkundigte sich keiner der am Eingang zum Firmengelände postierten Polizisten, was das ungleiche Gespann vorhatte, so selten man die beiden, im ganzen Revier als ausgesprochene Widersacher bekannt, auf solch engem Raum wie Murrs Wagen miteinander vereint sah. Rauchend und ins Gespräch vertieft, denn Mouse berichtete Murr, was er und Fischgrät seit dem Einstieg in den kleinen Leuchtturm erlebt hatten. Der Oberinspektor zermalmte auf der kurzen Fahrt einen Zigarrenstummel, den er im Aschenbecher des Armaturenbretts abgelegt hatte, unterbrach den Thai-Siam aber allenfalls durch ein Grunzen, von dem Mouse nicht wusste, ob es Zustimmung oder Missfallen bekundete. Minuten später war der Report beendet.

Murr parkte vor der Scharfen Kralle, die verschlossen aussah wie eine Auster. Statt Koloss Putzig stand wie dessen gutes Alter Ego die nicht minder eindrucksvolle Gestalt Toby Pratzes vor der zerschrammten Ledertür, die er den ankommenden Kriminalern eilfertig öffnete.

»Sie halten hier weiter die Stellung, Pratze«, wies ihn Murr im Vorbeigehen an. Mouse war schon im Plüschgang verschwunden. »Sindwer in anderthalb Stunden nich zurück, rufense Kriminalrat Katerfreund an. Der dann unverzüglich herkommen soll und zwar mit allen Sturmtruppen, die er auftreiben kann. Und die müssen dann die Treppe nehmen, die so sicher wie datt Amen inner Kirche irgendwo hinter Trixie Muschs Schreibtisch ins alte Kanalsystem runterführt.« Da er zu spüren glaubte, dass ihm der kantige Posten verständnislos nachsah, fügte er, ohne sich umzudrehen hinzu: »Wo et langgeht, werden Se in Madames Büro in nen paar Minuten nich verfehlen können, Pratze. Wovon Se allerdings nich die Bohne wissen, falls ich mit Mouse rechtzeitig wieder zurück bin. Capito?«

Zurück im Allerheiligsten der abwesenden Angora fühlte sich Mouse, angespannt wie er war, von dem überladenen Ambiente auf eine Weise bedrängt, als würde ihm der absonderliche Nippes und exotische Trödel wie eine verhexte Miniaturarmee auf den Pelz rücken. Der stilsichere Thai-Siam konnte nur mutmaßen, wie stark die Wirkung der bizarren Wunderkammer erst auf Grobian Murr gewesen sein musste, bis der nach wiederholten Besuchen für die Reize der schillernden Spinne in ihrem mit Ködern und Trophäen vollgehängten Netz so empfänglich gewesen war, dass sein nüchternes Polizistenhirn ausgesetzt hatte. Jetzt schien es wieder zu funktionieren, denn Murr war dabei, die verehrte Strippenzieherin auffliegen zu lassen, was sie ihm nie verzeihen würde. Allerdings konnte ihr Zorn dem hartgesottenen Don Juan anschließend egal sein, denn, was er zu offenbaren hatte, brächte sie so sicher ins Kittchen wie Murr mit Glück an der Suspendierung vorbei, wenn Kollege Mouse dichthielt.

Aber so weit war ihre Allianz noch nicht gediehen. Aktuell nahm der Oberinspektor Trixie Muschs Schreibtisch ins Visier, darauf insbesondere die morbide Schädeluhr unter dem Glassturz. Mouse hatte die Bürotür geschlossen. Außen stand ein Milchbart von Polizeianwärter davor, der es nicht wagen würde, die ranghöheren Kollegen in ihrem Tun zu stören. Die Bar war wie ausgestorben gewesen, bis auf die Reinigungskraft, die sich mit Schrubber, Eimer und Lappen bewaffnet am Tresen zu schaffen machte. Eine verlebte Glückskatze in schmuddeligem Kittel, die trotz des in der Scharfen Kralle herrschenden Ausnahmezustands sich offenbar nicht davon abhalten ließ, ihren täglichen Dienst zu verrichten. Weder von Murr noch von Mouse hatte sie groß Notiz genommen, als sie an ihr vorbei durch die Spiegeltür stürmten, obwohl sich die verfluchte Polente zum wiederholten Mal dort Zutritt verschaffte, wo bis vor kurzer Zeit niemand vom Personal gewagt hätte, auch nur eine Pfote hineinzusetzen, so er nicht zu den Auserwählten gehörte, denen Madame dies gestattete.

Auf einem Vertiko an der Wand hinter dem Schreibtisch brannte eine Lampe mit einem blutroten Schirm. Ihr Weltuntergangslicht steigerte die rundum lastende Atmosphäre einer aus der Zeit gefallenen Oppulenz. Wie von einer Grablaterne, die ihren trüben Schein auf dem Friedhof über vor sich hin gammelnden Laubschichten ausbreitet, wurde das von einem gewissen Grad des Zerfalls gezeichnete Sammelsurium der Spiegellady mit rötlichem Dämmer umflort. Der blanke Schädel in seiner gläsernen Monstranz stach eigentümlich daraus hervor. Die in den Knochen eingelassenen Schmucksteine schimmerten zusammen mit seiner Blässe, als gäbe es in der rosig beleuchteten Fülle wenig anderes, worauf ein aufmerksamer Betrachter zu achten hätte. Der sich in diesem Moment der Wahrheit in der kompakten Gestalt von Grobian Murr näherte, dem Eindringling, der sich anschickte, endlich zu tun, was er sich vorgenommen hatte, seit Madame Muschs tickendes Memento Mori seinen Argwohn erregte.

Inspektor Mouse, der merkte, worauf sich das Sinnen und Trachten des fetten Katers konzentrierte, glaubte in dessen Miene einen vertrauten brachialen Zug zu erkennen. Der Thai-Siam kam Murr zuvor, indem er rechtzeitig vortrat und den Glassturz behutsam mit beiden Pfoten aufnahm. Er hob ihn empor und sah den anderen Kater dabei so eindringlich an, als zöge ein Oberkellner die Cloche von einem exquisiten Hors d'œuvre. Vorsichtig setzte Mouse die fragile Glocke neben der Uhr ab. Erst jetzt stellte er fest, dass der unter ihrem beinernen Gehäuse befindliche Marmorsockel wie zur Sicherheit mit der Schreibtischplatte verschraubt war, als stünde das Möbelstück und damit die Uhr in der Kabine eines Hochseeschiffes, dessen fixierte Einbauten hohem Wellengang trotzten.

»Watt soll's!« Geringschätzig kommentierte Murr das vorsorgliche Tun seines alten Rivalen. »Hier geht getz mehr zu Bruch als Glas.«

Das Zifferblatt in der linken Augenhöhle zeigte kurz vor halb acht, als die ausgefahrene Kralle des Oberinspektors in das leere Loch rechts daneben stach. Murrs plumpe Pfote ruhte auf der Grimasse des Totenschädels, verdeckte sie halb und kam nicht zum Ziel. Unter nutzlosem Herumstochern wandte er sich schließlich nach Mouse um und empfing den nächsten stahlblauen Blick voller Skepsis. Nach kurzem Zögern zog Murr seine Tatze tatsächlich zurück. Er rückte wortlos beiseite, damit statt seiner der Thai-Siam die weitaus schlankere dunkle Rechte ausstrecken konnte, mit der es ihm möglich war, so tief in die unausgefüllte Höhlung zu greifen, bis er darin etwas fühlte.

»Ich glaube, da ist ein Schalter«, stellte Mouse fest, was Murr mit einem grimmigen Nicken quittierte.

»Wie ich mir datt gedacht hatte«, knurrte er. »Immer hattse um den ollen Wecker 'nen riesen Gewese gemacht und mir watt von wertvollem Kristallglas erzählt, damit ich dem albernen Dingen bloß nich zu nahe komme. Los, betätigen Se schon den Hebel! Und sagen Se dabei ›Sesam öffne dich‹. Beidet zusammen wird die Tür zur Räuberhöhle schonn knacken.«

Der Inspektor verzichtete auf die magische Formel aus *Tausend und einer Nacht* und drückte seine Kralle gegen den Widerstand, den er darunter verspürte. Etwas gab nach. Kurz darauf ertönte ein leises Knirschen, gleichzeitig wurde die nähere Umgebung von einem leichten Beben ergriffen, dessen Ursprung nicht spontan zu lokalisieren war. Angespannt lauschend verharrten Mouse und Murr auf der Stelle. Trotz der kribbelnden Vibrationen unter ihren Pfoten tat sich nirgends am Boden eine Luke auf, schob sich weder eine Wand noch ein schwerer Schrank wie von Geisterhand beiseite, um einen Durchgang freizugeben.

Spätestens ab jetzt hätten die Blicke der Inspektoren ihrer Intensität nach die Stärke von Röntgenstrahlen besitzen müssen. Sie spähten nach allem, das sie plötzlich in Bewegung glaubten, bereit, sofort darauf zu reagieren, was ihnen der in Gang gesetzte Mechanimus der Uhr den verstohlenen Geräuschen und sanften Erschütterungen nach eigentlich längst eröffnen sollte. An einem Abend mit Hochbetrieb und vollem Haus wäre jenseits der Spiegeltür davon nichts zu hören gewesen. Und nicht einmal in Madames Büro war das ab jetzt noch möglich, denn nun begann eine ebenfalls im Schädel verborgene Spieluhr mit glockenhellem Klang die ersten Akkorde von Chopins Katzenwalzer anzustimmen.

Ein Schaudern durchfuhr das gesträubte Fell des Thai-Siams wie Wind über einem Ährenfeld. Die das Ächzen im Umfeld des Schreibtischs übertönende Melodie wirkte an dem sonderbaren Ort so ätherisch wie gruselig. Mouse war sicher, dass der abergläubische Fischgrät, den er sich so dringend wieder an seine Seite wünschte, sie als Begräbnismusik empfunden hätte. Der Inspektor hielt den sich wiederholenden Walzer für ein Signal, das gleichzeitig dazu diente, das Schaben und Scharren zu übertönen. Dann kam alles zur Ruhe. Was sich im Unsichtbaren vollzogen hatte, war vollendet. Für einen kurzen Moment war es so still, dass man eine Stecknadel hätte fallen hören können, bis die Uhr in der linken Augenhöhle mit einem hämischen Plingpling die halbe Stunde anschlug.

»Ja, leckt mich doch, wo et lecker schmeckt! Getz stehnwer wieder da wie die Gelackmeierten«, begann Grobian Murr eine vor Erbitterung unflätige Tirade, da es ganz danach aussah, dass ihm Madames nicht zu leugnende Cleverness ein letztes Schnippchen geschlagen hatte.

»Halten Sie verdammt noch mal die Luft an!«, forderte Inspektor Mouse den sich echauffierenden Vorgesetzten entnervt auf.

Seine elegante Silhouette erhob sich dunkel neben dem ins Rotlicht getauchten Schreibtisch, vor dem er in die Hocke ging, nachdem er den thronartigen Lehnstuhl der Spiegeldame zur Seite gerückt hatte. Dann klopfte er zuerst gegen die linke der neben dem Knieraum befindlichen Türen, bevor er sie mit einem Ruck öffnete. Gemeinsam mit Murr, der dicht hinter ihm stand, musterte der Thai-Siam vier übereinanderliegende Schubladen, welche die Tür verdeckt hatte.

»Pustekuchen!«, kommentierte Murr aus alter Gewohnheit so schadenfroh wie immer.

Mouse sagte nichts. Ohne zu klopfen, zog er die rechte Tür so entschieden auf, als wäre er sich seiner Sache ganz sicher. Tatsächlich erwarteten sie dahinter keine weiteren Schubladen, sondern ein klaffendes schwarzes Loch. Dessen doppelte Rahmung fasste für gewöhnlich eine hinter der eigentlichen Schreibtischtür verborgene massive Holzfläche. Aktuell befand sie sich nicht am vorgesehenen Platz. Die Polizisten betrachteten die mit einer Messingleiste beschlagene Oberkante. Zentimeterbreit ragte sie aus dem Schlitz hervor, in dem sich die Falltür aus dem Schreibtisch in den Boden versenkt hatte, nachdem die Mechanik in der Schädeluhr ausgelöst worden war. Final wurde durch Chopin angezeigt, wann der Vorgang beendet war und der in Madame Muschs Büro gut verborgene Schacht denjenigen offen stand, die durch ihn ins alte Kanalsystem einsteigen wollten.

»Hol mich der Teufel!«, staunte der dem Thai-Siam im Nacken sitzende Oberinspektor über die Flucht der sich in der düsteren Öffnung zeigenden Stufen.

Sie führten aus dem Innersten der Scharfen Kralle in eine Tiefe hinab, aus der modrige Kälte emporstieg. Ein weit entferntes Brausen verriet Mouse und Murr, dass sie den geheimen Durchschlupf der Schlitzer doch noch gefunden hatten.

23. Kapitel

Einmal mehr ging es fast senkrecht abwärts; die steilste Kratzburger Kellertreppe hatte einen weniger halsbrecherischen Neigungswinkel. Um nicht zu fallen, stützten sich die Kater an den sie bedrängenden Wänden ab. Plötzlich endeten die Stufen und kamen in einem sich nur noch leicht senkenden Tunnel von klaustrophobischer Enge aus. Mouse fragte sich, wie es sein konnte, dass ein solcher Schacht unterhalb eines gewöhnlichen Hauses im Hafenviertel verlief, doch die Glätte des abgetretenen Bodens kündete davon, dass hier seit Jahren reger Verkehr herrschen musste. Im Dunkeln und Abseitigen agierende Entrepreneure nahmen solch lange und unheimliche Wege bevorzugt in Kauf, um ihre zwielichtigen Unternehmungen abzuwickeln. Immer hatte in Hafenstädten der Schmuggel geblüht. In Kratzburg war das nicht anders und der geheime Gang aus der Scharfen Kralle vermutlich eine alte Passage zu den Hauptschlagadern und Kammern des Systems, mit naher Anbindung an die Kais zwecks Ex- und Import der Konterbande oder der Ausschiffung von Raubgut. Irgendwo an ihrem Ende musste die unterirdische Schaltstelle der Schlitzer liegen, von wo aus sie ihre Geschäfte so unbehelligt dirigieren und abwickeln konnten, wie es dort unten finster und abgeschieden war.

Unruhig huschte der Schein von Mouses Taschenlampe über schwarzes Gemäuer. Bis jetzt strebte die steinerne Röhre, in der sie sich befanden, in geradliniger Monotonie immer weiter hinab. Dank seiner Korpulenz hatte der Oberinspektor schon nach kurzer Zeit zu schnaufen begonnen, doch blieb er hinter dem flinken Mouse nicht zurück. Murr war viel ausdauernder, als seine untersetzte Figur annehmen ließ, und hatte er einmal die richtige Witterung aufgenommen, wurde der fette Polterer geradezu zäh. Dem vor ihm laufenden Thai-Siam kam zu Ohren, was Murr selbstvergessen mit heiserem Gemurmel an sich befeuernden Selbstgesprächen raushaute.

»Sach, ich hättes dir gesacht, Grobian, alter Kratzer! Haste doch gewusst, datti Süße schwer watt zu verbergen hatte. Zu früh gefreut, Schätzken, getz kriggich dich am Schlawittchen und die anderen Kerle mit dazu!« Oder auch: »Wenn datt wirklich Tyvson is, den wer gleich in seinem Rattenloch aufstöbern, gibt datt 'ne eins mit Sternchen vom Heiligen Bimbam persönlich.«

Mouse enthielt sich jeglichen Kommentars. Jetzt würde sich erweisen, wie viel Verlässlichkeit in dem alten Egozentriker steckte, wenn es wirklich darauf ankam, zu kooperieren. Er konnte um Fischgräts und Mitzis Willen nur hoffen, dass Murr nicht in üble Gewohnheiten verfiel, indem er sein Hauptaugenmerk auf das eigene Fortkommen richtete.

Der Blick nach vorn riss Mouse aus seinen Gedanken und ein Anfall von Raumangst begann ihn zu würgen. Der Lichtkegel seiner Lampe war drei Meter voraus auf ein Gitter getroffen. Falls es nicht zu öffnen sein sollte, würde das für sie unweigerlich den Rückmarsch bedeuten. Die sich ankündigende Vergeblichkeit des gemeinsamen Abstiegs, der nun schon eine gute Viertelstunde andauerte, überkam den Inspektor wie eine schwarze Welle. Wäre der Weg versperrt, würden sie zur Rettung des Sergeants und der kittischen Agentin auf jeden Fall zu spät kommen. Mouse stöhnte auf und erhöhte das Tempo. Im Nu erreichte er das wie vor einem Zellenfenster matt schimmernde Gestänge. Von Wand zu Wand reichte es bündig vom Boden bis zur Decke. Weder Riegel noch Griff waren zu sehen, hingegen zwei dicke Scharniere zur Linken.

»Verdammte Scheiße!« Murr drängte sich an dem schlanken Mouse vorbei. Mit beiden Pfoten und aller ihm innewohnenden Kraft rüttelte er an den Stangen, denn auch dem Oberinspektor wurde es mulmig. Sich in den düsteren Gängen in Bewegung zu halten und vorwärtszukommen, wohin auch immer, nahm noch am ehesten das lähmende Gefühl, in einer tödlichen Falle gelandet zu sein.

»Datt hälste doch am Kopp nich aus«, stieß er hervor und gleichzeitig gegen das Hindernis. Als sich nichts rührte, drehte er sich zu seinem Gefährten um. »Geben Se mir datt Licht!« Ungeduldig übernahm Murr die Lampe, um noch einmal alles abzuleuchten.

»Das Gitter sieht ziemlich neu aus«, kommentierte Mouse. »Es hat an dieser Stelle die Funktion, jemanden außen vor zu lassen, der hier nichts zu suchen hat – nach den Begriffen der sich hier behauptenden Kräfte. Aber bei dem Geheimgang aus der Bar handelt es sich kaum um eine Sackgasse. Also muss man hier irgendwie hindurchkönnen.«

»Dann quatschen Se keine Opern, sondern sondieren lieber das Terrain nach dem nächsten versteckten Schalter, der die schwedischen Gardinen zur Seite zieht«, ordnete Murr an und lockerte sich die Krawatte, während er das Licht erneut über die eiserne Barriere kreisen ließ. Dahinter setzte sich der Gang in unbestimmte Dunkelheit fort.

»Warten Sie!«, zischte Mouse und packte den Oberinspektor so grob an der Schulter, dass Murr die Lampe fast fallen ließ. Fluchend bekam er sie noch gerade zu fassen.

»Himmel noch ma, Sie Armleuchter, watt soll datt denn?«

»Richten Sie den Lichtstrahl durch die Stangen und dann ein Stück weiter nach rechts oben«, wies ihn der Thai-Siam ungerührt an.

»Sonst noch watt?«, knurrte Murr, tat aber sogleich, wie ihm geheißen.

»In ungefähr anderthalb Metern Höhe gibt es einen Stein, der markiert ist«, verkündete Mouse, noch bevor sein Begleiter sich davon selbst überzeugen konnte. »Mit parallelen Ritzungen wie von einem Tatzenschlag. Fischgrät und ich haben das schon unten in den Tunneln gesehen. Es handelt sich um das Zeichen der Schlitzer. Wahrscheinlich liegt hinter diesem Stein der Mechanismus verborgen, mit dem sich das Gitter öffnen und schließen lässt.«

»Lecko mio! Wieso nich auf dieser Seite, datt macht doch keinen Sinn! Von hier aus kommenwer da nich dran. Also kehrt marsch! Watt hammwer schonn für kostbare Zeit verloren!«

Fieberhaft überlegend ging Inspektor Mouse auf das Lamento nicht ein. Stattdessen verlegte er sich Augenblicke später auf knappe Kommandos, denn ihm war ein Einfall gekommen.

»Was haben Sie in Ihren Taschen, Murr? Für gewöhnlich schleppen Sie doch immer ein mobiles Waffenarsenal mit sich herum. Diesmal nix dabei, womit wir den Stein erreichen könnten? Dalli, sehen Sie nach!«

Wortlos gab ihm der andere Kater die Lampe zurück und begann seinen massigen Körper abzutasten, über dem Anzug und Mantel spannten. Außen wie innen voller ausgebeulter Taschen, woraus Murr nun so einiges ans Licht beförderte, was der Kollege nicht zu Unrecht darin vermutet hatte. Die Überprüfung der Bestände vollzog sich in Windeseile. Sobald ein Gegenstand hervorgezogen wurde, der sich auf den ersten Blick als untauglich disqualifizierte, ließ Murr ihn in den Tiefen seiner Kleidung auch schon wieder verschwinden. Mouse bekam kurzfristig Etliches zu sehen. Nach stinknormalen Dingen wie einer speckigen Geldkatze, der Polizeimarke, diversen Schlüsseln, einer Packung Roth-Pfotle, halbleer, und einem schmuddeligen Taschentuch wurde es mit Murrs Dienstpistole, einer Spalther PPK, zwei Paar Pfotenschellen, einem Klappmesser, drei Schlagringen und einer Dose Reizgas interessanter.

Doch nichts kam zutage, das lang und schwer genug war, um dem geschlitzten Mauerstein einen entscheidenden Schlag zu versetzen. Als praktisch alles durchgesehen war, ließ Murr die molligen Pfoten sinken. Die schräge Blesse auf seinem pelzbäckigen Vollmondgesicht unterstrich den Zweifel, der sich in seinen Zügen niederschlug. Er zeigte sich mit den Resultaten der eigenen Leibesvisitation noch nicht zufrieden. Mouse setzte zu einer Bemerkung an, der Oberinspektor winkte ab.

»Moment ma«, maunzte er ungehalten.

Erneut griff er ins Innenfutter seines zerknitterten Wettermantels. Rechts tastete er die senkrechte Seitennaht ab. Mouse fiel auf, dass sie steif abstand, darunter schien etwas verborgen zu sein. Mit spitzen Krallen kratzte Murr in Hüfthöhe an einem kleinen Riss im Futterstoff.

»Komm schonn raus, du Scheißteil!«

Vor sich hin fluchend strengte er sich beharrlich an, bis er etwas zu fassen bekam. Es musste lang und dünn sein und dennoch einiges Gewicht haben. Der Oberinspektor hatte Mühe, das der Form nach vielversprechende Ding aus dem engen Abnäher zu ziehen. Endlich hatte er einen massiven Metallstab aus dem Futter genestelt. Triumphierend schwang Murr ihn durch die Luft und fuhr dabei den teleskopartigen Schlagstock mit einer gekonnten Bewegung zur vollen bedrohlichen Länge von drei stählernen Segmenten aus. Mouse sah, dass dieser raffinierte Knüppel aus dem Sack seinen Zweck erfüllen würde.

»Hagel und Granaten! Und was haben Sie noch gleich im Hosensaum eingenäht? Rasierklingen und Glasscherben?«, erkundigte er sich angelegentlich, hielt aber schon die Pfote auf, um die Taschenlampe gegen die fast meterlange Waffe einzutauschen. Murr verweigerte sie ihm nicht, wusste er doch, dass die eigenen Pratzen viel zu plump dafür waren, um zwischen den Stangen hindurchreichen zu können.

Ein »Schnauze, Sie Klugscheißer!« musste er dennoch loswerden. »Sein Se bloß froh, datt ich mich an datt Dingen erinnert hab. Trag et in dieser Kutte schon so lang mit mir rum, datt ich fast vergessen hatte, datti Lakritzstange dort steckt. Getz kommt'se endlich zum Einsatz.«

»Wenn auch zweckentfremdet in deinen Augen«, murmelte sich Mouse unhörbar in den Bart, da er sich bildlich vorstellen konnte, wie der wenig zimperliche Kollege diesen hammerharten Zahnstocher auf anderes als auf Steine niedersausen ließ, wie er selbst es nun vorhatte.

Der Thai-Siam zog Trench und Jackett aus. Er stopfte sich seine Mauser in den Hosenbund und löste am linken Hemdsärmel den teuren silbernen Manschettenknopf, begleitet von Murrs höhnisch generwten Blicken. Nä, nä, watt war der Kerl doch für'n Lackaffe! Ihn ignorierend krempelte Mouse den Stoff hoch, um ungehindert möglichst weit in den Abstand zwischen zwei Stangen zu passen. Zuerst steckte er den Schlagstock hindurch, dessen Hartgummigriff ihm gewichtig in der Pfote lag. Die er, schlank wie er war, mit dem Körper ans Gitter gepresst, so weit vorschob, dass er aus dem Gelenk ausholen konnte, um mit dem kugelförmigen Ende der Waffe den markierten Stein zu treffen. Ein kniffliges Manöver, das, selbst wenn es gelänge, vielleicht gar nichts bewirken würde – dann stünden sie vor der verfluchten Schranke so schlau wie zuvor. Auf einen Versuch kam es an. Mouse machte sich bereit, während Murr hinter ihm die vorbereitenden Maßnahmen mit der Lampe beleuchtete.

Der Thai-Siam schloss die konzentriert kobaltblauen Augen, dachte an unzählige souverän gewonnene Partien Mizigolf und verordnete sich trotz der absurden Ausgangsposition einen gewohnt lockeren Abschwung. Ohne Ball, aber mit Schmackes. Mouse riskierte wieder einen Blick, seine Pfote übte Druck aus, ohne jedoch zu verkrampfen. Murr sog hörbar den Atem ein. Dann zischte der Schlagstock jenseits der Stangen durch die tunneldumpfe Luft; er teilte sie wie der Degen eines Korsaren. Eigentlich ein Ding der Unmöglichkeit, landete die Kugelspitze punktgenau auf dem anvisierten Ziel. Mit einem trockenen, schussähnlichen Knall wurde der markierte Stein von dem offenbar perfekt sitzenden Schlag erschüttert, der ihn weit genug in die Wand schob, um darin etwas auszulösen. Ebenso klapperte es auf Höhe von Murrs Standort irgendwo links im Gemäuer, als gäbe es tatsächlich auch *vor* der Tür einen von ihnen noch unentdeckten Schalter zum Öffnen und Schließen. Murr konnte sich darum nicht kümmern, nun ging alles ganz schnell. Das schlosslose Gitter sprang auf und schwang nach links. Mouse hatte kaum Zeit, seine Pfote aus dem Gestänge zu ziehen. Der Ruck entriss dem Golfer den Schläger. In hohem Bogen landete Murrs Geheimwaffe mit einem kalten, metallischen Aufprall auf dem Boden.

»Erste Sahne! Datt hat gesessen und hingehauen! Nich von schlechten Eltern die Nummer!«

Mouse kam von der Tür los und drehte sich um. Er glaubte seinen Ohren nicht zu trauen. Nach dem gerade gelungenen Coup war das die nächste Premiere: Er hörte ein spontanes und noch dazu *ihm* geltendes Lob seines chronisch missgünstigen Vorgesetzten! Ob der obendrein lächelte, war im blendenden Strahl der Taschenlampe nicht zu erkennen. Murrs breite Silhouette füllte den Gang im Gegenlicht fast aus, dennoch entdeckte Mouse in den spärlichen Zwischenräumen plötzlich eine Bewegung im Hintergrund.

Von dort, woher sie gekommen waren, rauschte aus der Finsternis etwas heran. Begleitet von einem seltsamen hohlen Scheppern hielt es auf den fetten, schwarz-weißen Kater zu, in dessen Knickohr gleichzeitig der warnende Ausruf seines Kollegen gellte:

»Passen Sie auf, Murr! Hinter Ihnen!«

Dieser fuhr erst in den letzten Sekunden vor dem Angriff herum, da spürte er schon den Sog, der von einem brachialen Abstoß stammte. Ein aus Lumpen, Fell und Metall bestehender Springteufel fiel Murr mit einer solchen Wucht in den Rücken, dass er trotz seiner massiven Statur strauchelte und dann auf die Knie sank. Die Taschenlampe entglitt ihm und schlitterte zur Seite. Ihr Strahl fräste ein solitäres, grellweißes Loch in die Mauer, während der Rest der Umgebung im Dunkeln lag. Hysterisches Kreischen erhob sich und wurde dumpf, als Murr zu allem Überfluss so etwas wie eine Glocke über den Kopf gestülpt wurde. Sie schlug ihn mit Blindheit und betäubte seine übrigen Sinne mit der olfaktorischen und taktilen Mischung von nassem Zink, Putzmittel und Schmutzwasser.

›Ein Eimer!‹, dachte er ehrlich verwundert.

Der Bottich saß ihm so fest auf den Schultern wie derjenige, der ihm den ollen Helm verpasst hatte. Panik ergriff ihn. Ohne etwas sehen zu können, bäumte er sich fauchend auf und versuchte mit ausgefahrenen Krallen hinter sich und unter den Eimer zu greifen, doch weder der ließ sich abschütteln noch sein Druckgeist. Murr glaubte, über dessen schrillem Geschrei die dunkle Stimme des Thai-Siams zu erkennen.

Himmel Arsch, watt machte der Vollpfosten, anstatt ihm längst zu Hilfe zu kommen?!

Zuletzt schrie er selber vor Grauen und Schmerz. Messerscharfe Krallen drückten den Zinkrand hoch, um darunter durchs weiche Fell und Fleisch seiner speckigen Nackenfalten zu fahren. Sie hinterließen klaffende Wunden, aus denen ihm das Blut warm und sämig in den Kragen zu rieseln begann. Sein unsichtbarer Peiniger hätte noch tiefer gewühlt. Stattdessen wurde er mit großer Kraft fortgerissen, was Murr endlich von ihm und dem Eimer befreite.

Letzteren verlor er, als er sich ächzend vornüberbeugte. Der Aufschlag von Metall auf Stein klang so dröhnend, als wäre ein Ritter in Rüstung enthauptet worden. Zum Glück befand sich sein Kopf noch auf seinen Schultern, wenn auch am Ansatz angeritzt. Schwerfällig kippte er zur Seite. Da lag er und hatte ein ungebremstes Rieseln am Hals. Murr wurde es schwarz vor Augen, entweder weil eine Ohnmacht drohte oder weil in dem heftigen Pfotengemenge, das in seiner Nähe tobte, der Taschenlampe ein weiterer Schlag versetzt worden war. Sie rutschte bis an die Wand und kam mit dem Glas ungünstigerweise so dicht davor aus, dass sich der Lichtschein auf einen kleinen Strahlenkranz reduzierte, als würde ein Mauseloch ausgeleuchtet.

›Watt geht mich datt an?‹, fühlte Murr mehr, als dass er es dachte, die wattige Schwärze seiner Benommenheit für einen Moment beinahe genießend, denn mit dem Denken klappte es gerade nicht so gut. Hatte das Scheusal Gift in seinen schlitzenden Krallen gehabt, oder watt war los?

Die Hölle und einer ihrer Insassen.

Mouse hatte sich mit einem Hechtsprung auf den Angreifer gestürzt, der seinem Opfer im Nacken saß. Er hörte einen spitzen Aufschrei, als er aufs Geratewohl in kurzes Fell über einem drahtigen Körper krallte. Der Thai-Siam pflückte ihn von dem langsam zu

Boden gehenden Oberinspektor wie eine reife Zecke. Erstaunt registrierte er aus dem Augenwinkel den davonpolternden Eimer. Die Überraschungen, die ihnen das heimtückische Wesen bescherte, sorgten bis jetzt für dessen Vorteil, doch schließlich gelang es Mouse, die unter seinen Pfoten wild um sich schlagende Megäre niederzudrücken.

Erst jetzt bemerkte er, dass es sich nicht um einen Kater, sondern um eine Katze handelte. Ein lederzähes Geschöpf, zähnefletschend, kratzend und reißend. Genau genommen ein mörderischer Wischmopp, wie er ein paar Tatzenhiebe und Kinnhaken später erkennen sollte, als es Murr geschafft hatte, sich im Liegen die Taschenlampe zu schnappen. Ihr Lichtstrahl huschte umher und blieb an dem Knäuel hängen, das aus Mouse und der dreifarbigen Reinigungskraft aus der Bar bestand. Allmählich ging ihr die Kraft aus.

»Ich fress 'nen Besen! Die Putz-Olle!«, stöhnte der von seiner Verletzung sichtlich geschwächte Kater, als er sah, wen Mouse endlich überwältigt hatte.

Welch eine Schmach! Ein wild gewordener ältlicher Feger hatte Grobian Murr wie einem blutigen Anfänger ein ziemlich blutiges Loch in den Pelz gerissen. Der Thai-Siam hockte auf der flach auf dem Rücken liegenden Unglückskatze und drückte ihr die ausgestreckten Pfoten auf den Boden. Tunlichst wich er dabei den rasiermesserscharfen Krallen aus, deren stählernes Glitzern keines natürlichen Ursprungs sein konnte. Murr entdeckte, dass sie damit auch den smarten Kollegen erwischt haben musste. An dessen zerschlitztem Hemdsärmel breitete sich unterhalb der linken Schulter ein großer Fleck aus, rot wie Klatschmohn.

»Los, Murr!«, rief Mouse ihm zu. »Falls Sie noch genug Kraft dazu haben, schieben Sie mir einen Satz Pfotenschellen rüber, damit wir diesen Satansbraten aus dem unterirdischen Verkehr ziehen und an die Tür ketten können.«

Die Putzteufelin quittierte das Ansinnen mit einem gefährlichen Fauchen und dem nutzlosen Versuch, sich aufzubäumen – der große

Siamkater sorgte mit seinem ganzen Gewicht dafür, dass sie unten blieb. Ein schlitterndes Geräusch signalisierte ihr außerdem, dass der blutende Fettsack das von ihrem blauäugigen Bezwinger Bestellte soeben über den Boden schickte. Noch einmal wand sie sich unter seinem unnachgiebigen Griff, bis sich ein stählerner Ring klickend um ihre Linke schloss. Mouse griff in die rechte, noch leere Schelle und zerrte die sich sträubende Katze mit einem Ruck auf die Hinterpfoten. Für einen Moment kam ihr wutverzerrtes Gesicht mit den Funken sprühenden giftgrünen Augen dem seinen unangenehm nahe. Da sie außer ihrem Gezeter noch kein Wort gesagt hatte, fragte er sich, ob sie ihn stattdessen anspucken wollte. Um solchen Mätzchen zuvorzukommen, zwang er sie, ihre stahlberingte Pfote fest am Wickel, sich langsam, aber sicher umzudrehen, als sei er dabei, mit der sauberen Dame ein Tänzchen zu wagen. Ihr Schwanz peitschte hektisch über den Boden. Zur Beruhigung drückte ihr Mouse die Mauser in den mageren, muskulösen Rücken. An dem mittlerweile aufrecht sitzenden Murr vorbei, dirigierte er sie dorthin, wo er sie haben wollte.

Die Kanone zwischen ihren Schulterblättern wirkte Wunder. Fügsam geworden, leistete sie keinen Widerstand, als Mouse sie mit beiden Pfoten an die Gitterstangen heftete. Geschafft! Absichtlich hatte er die Pfotenschelle tief genug fixiert, damit sie sich hinsetzen konnte. Bis man sie wieder losmachte, gab es für ihn keinen vertretbaren Grund, dass sich die alte Hexe die Beine in den Bauch stand. Sadistische Rachegefühle waren Mouse fremd. Nicht so Grobian Murr.

›Auge um Auge, Zahn um Zahn und immer feste druff‹, datt war seine Devise. Bevor et einen selbs erwischte, watt aktuell leider der Fall war. Wenn sich der zahnlose Thai-Tiger nich langsam bequemte, aus der Ollen ’nen paar sachdienliche Informationen rauszukitzeln, würde er das selbst übernehmen, zur Not mit dem Klappmesser. ›Dazu und für allet Weitere wäre et verdammt hilfreich, wenn getz ma datt elende Geblute aufhören täte‹, ging es ihm durch den schwindligen Kopf.

Der geschlitzte Kater drückte sich sein Taschentuch in den pochenden Nacken, als müsse er ein Leck in einem Fass verschließen. Zusammen mit seiner feuchten Krawatte lag die Lampe in seinem Schoß und leuchtete sonst wohin, doch als er sich seine schmutzige Rotzfahne wieder ansah, erkannte er unschwer, dass sie dunkelrot war.

»Nehmen Sie meines statt dieses hochinfektiösen Fetzens und lassen Sie sehen«, hörte er eine ruhige Stimme über sich.

An die Tunnelwand gelehnt blickte Murr mit trüben Augen auf. Vor ihm stand der Thai-Siam und hielt ihm ein blütenreines, zart nach Katzenminze duftendes Muschoir hin.

»Die eklige Kratzbürste hat wohl 'ne oberflächliche Ader erwischt«, ächzte der Verletzte und versuchte, gewohnt grimmig zu klingen. »Bestimmt nur 'nen Kinkerlitzchen, aber ich hab' hinten keine Augen.«

»Eben«, sagte Mouse. »Geben Sie mir die Taschenlampe.«

Er erhielt sie und hob dann, ohne dessen Einwände abzuwarten, vorsichtig Murrs Jackett- und Hemdkragen an. Mouse pfiff durch die Zähne. Was er sah, war alles andere als oberflächlich. In dem vor purpurner Nässe struppigen Fell klafften als rosige Furchen mehrere zentimetertiefe Fleischwunden mit zerfetzten Rändern, die dringend genäht werden mussten. Der großmäulige Oberinspektor hatte viel Blut verloren und noch war es nicht zu stillen. Also blieb da bis auf eines wohl nichts weiter zu machen.

»Na, watt is? Wird Ihnen etwa schlecht?«, blaffte ihn Murr an, weil Mouse überlegte, anstatt draufloszuquatschen.

»Wir müssen zurück und Sie schnellstens zu einem Arzt«, sagte er und ließ sich nicht anmerken, dass seine Hoffnung schwand, Jerry und Mitzi rechtzeitig zu Hilfe zu kommen.

Murr gab ein Knurren von sich. Aufs Neue begann er in den Innentaschen seines Mantels herumzukramen, diesmal fand er auf Anhieb, wonach er suchte. Er hielt einen mit dunklem Rattenleder bezogenen Flachmann in der Pfote, vom häufigen Gebrauch fettig glänzend.

»Vattis kleiner Helfer in Notzeiten«, maunzte Murr. »Habbich eben getrost stecken lassen. Manchet is und bleibt Privatsache.«

Schon war er dabei, den Verschluss aufzuschrauben, danach legte er mit schmerzverzerrtem Gesicht den Kopf zurück und gönnte sich glucksend einen kräftigen Schluck. Seufzend unterbrach er sich und nahm dann gleich noch einen. Zuletzt kippte er sich den Rest des Inhalts treffsicher in den verletzten Nacken, zuckte heftig zusammen und quiekte laut.

»Verfluchte Schitte, wie datt zwiebelt!«, stöhnte Murr und atmete hechelnd. Mit geschlossenen Augen steckte er sein Medizinfläschchen wieder ein. Seine Lider flatterten, bevor er aufblickte. »Geben Se mir 'ne Minute. Danach weiß ich, ob ich vor oder zurück will, und datt is dann allein meine Entscheidung. Sie befragen inzwischen die Olle. Allet zusammen is 'nen Befehl, denn ich bin immer noch Ihr Vorgesetzter.«

»Besten Dank für den Hinweis und ganz, wie Sie meinen«, sagte Inspektor Mouse und wandte sich ab.

Murr rauchte eine Roth-Pfotle, während er nicht groß überlegte, sondern nur darauf wartete, dass es ihm besser ging. Natürlich wollte er weiter und dem Stutzer getz nich allein das Terrain überlassen – würde dem sicher bestens innen Kram passen. Der starke Tabak der Ungefilterten biss ihm in die Lunge und machte ihn zuerst noch schwindliger. Aber dann wirkten die Stimulanzien, die er sich einverleibt hatte, und er fühlte sich klarer und besser.

»Wer sind Sie? Auf wessen Anweisung handelten Sie, als Sie uns aus der Bar folgten? Gab Ihnen Ihre Chefin diesen Befehl oder arbeiten Sie in Wirklichkeit für jemand ganz anderen?«, hörte er die professionell beherrscht klingende Stimme des Thai-Siams.

Mouse beugte sich über die angekettete Glückskatze; mit der Taschenlampe leuchtete er ihr ins Gesicht. Er bekam keine Antwort. Bloß der Anflug eines hämischen Lächelns wischte durch die verlebten Züge der Kittelträgerin, die nicht nur körperlich auf Zack zu sein schien. Der Lichtstrahl tanzte über ihre gefesselten Pfoten. Mit einem leichten Schaudern betrachtete Mouse genauer, was er während des Kampfes nur flüchtig gesehen, aber seine Schulter umso konkreter zu spüren bekommen hatte. Jede einzelne ihrer Krallen trug einen Metallüberzug mit der Härte und Schärfe geschliffener Dolchspitzen, an denen vor allem Murrs Blut klebte.

»Sie gehören zur Schlitzerbande«, stellte Mouse fest.

Ihre garstige Genugtuung vertiefte sich zu Stolz.

»Sie wissen selbstverständlich, wohin dieser Gang führt?«, versuchte er es weiter.

Die Befragte blieb bei ihrem hartnäckigen Schweigen, während sie mit maliziöser Miene an dem blauäugigen Gesetzeshüter vorbeisah. In der linken Pfote hielt Mouse noch immer seine Pistole. Er schob der Katze die Mündung unter das Kinn und zwang sie damit, ihn anzusehen. Zumindest verging ihr das Lächeln.

»Ich rate Ihnen dringend, mir Auskunft zu geben, falls Sie an Ihrer prekären Lage noch etwas ändern wollen«, sagte er mit einem beredten Seitenblick auf Murr. »Los, reden Sie! Dass Sie nicht stumm sind, konnten wir Ihrem schneidenden Falsett ja eben entnehmen.«

»Schnauze, Schmalzbacken-Ede! Verpfeif dich ins Dunkle!«, fauchte sie plötzlich. »Von mir hörste nüscht, außer datter getz tief inner Patsche sitzt. Selbs wennste den blutenden Fettsack zurückbringen wolltest – zu schade: datt könnter vergessen. Hab oben nämlich die Spiegeltür zugezogen, bevor ich hier runner bin. Da kommt getz keiner mehr durch, denn wie die aufgeht, wissen nur Madame und 'nen paar pfotenverlesene Vertraute, zu denen ich leider nich gehöre. Sonn Pech auch für die Verstärkung, auf dieer sicher gehofft habt. Die Pforte kricht so schnell keiner auf – Spezialanfertigung von Schlitzer & Söhne – et sei denn, mit 'nem ordentlichen Wumms und datt braucht seine Zeit. Bis dahin is der hier schonn ausgelaufen.«

Als sei dies sein Stichwort, kam Murr auf die Pfoten. Er wankte ein wenig, fing sich, indem er sich an die Tunnelwand gestützt vorwärtsbewegte, und tauchte dann neben Mouse und der Gefangenen auf, als sei ein untotes Monster aus einem martialischen Albtraum entwichen. Verfügte Murr unversehrt und im Vollbesitz sämtlicher Kräfte nicht gerade über ein gewinnendes Wesen, war er nun blutüberströmt und durch seine Verletzung aufs Äußerste gereizt zu einem gefährlichen Raubtier geworden. Die bunt gescheckte Katze hielt auf der Stelle ihr schadenfrohes Maul. Sie starrte den übel zugerichteten Kater zweifelnd an, als wäre sie für seinen mitgenommenen Zustand nicht verantwortlich. Seine Kippe hatte er weggeworfen, mit einer Pfote presste er das längst nicht mehr weiße Taschentuch seines kultivierten Kollegen auf seine Wunden, mit der anderen kramte er wieder in seinen vermaledeiten Taschen herum.

Die abgehalfterte Glückskatze glaubte zu wissen, was zum Vorschein kommen würde. »Wennste mich massakrierst, Fettsack, is datt glatter Mord und du biss nich besser als unsereins«, fauchte sie und versuchte, vor dem angestochenen Ordnungshüter zurückzuweichen.

»Wer sacht dir denn, datt ich datt sein will, Putzi?«, fragte Murr.

Mit einer pfeilschnellen Geste zog er etwas aus seinem Mantel hervor, das er der am Boden Kauernden wie eine Peitsche um die Ohren zischen ließ. Es war feucht und sie kreischte erschreckt auf, als sie den leichten Blutgeruch in die Nase bekam, ohne zu erkennen, womit sie dieser unberechenbare Irre traktierte.

»Kleiner Scherz, denn Spaß muss sein. Da, Mouse«, wandte sich Murr mit scheelem Grinsen an den Kollegen und hielt ihm nichts Gefährlicheres als die eigene zerknüllte Krawatte entgegen. »Benutzen Se Ihr feines Taschentuch als Druckverband und nehmen Se am besten noch nen Stück von meinem Oberhemd dazu. Machn Se beides mit dem Schlips fest, indem Se ihn mir um den Hals wickeln und dann ab die Post. Getz, wo oben die Luken dicht sind, is die Marschrichtung entschieden und da Putzi uns ja nix verraten will, lassen wer se hier gut behütet zurück. Kannse in sich gehen.«

Damit schnappte er sich den Eimer, der in Reichweite neben der Tür lag. Er stülpte ihn der Katze mit grober Härte über den Kopf und drückte ihr das schwere Behältnis tief über die hageren Schultern, was bei seiner eigenen Korpulenz unmöglich gewesen war. Gefesselt würde sie sich ohne Hilfe davon nicht befreien können.

»Schnauze, Mouse, datt is nich verhandelbar«, knurrte Murr vorsorglich. »Der Deckel bleibt druff.«

Er kassierte dafür einen Blick voller indigofarbener Verachtung. Nur weil die Zeit drängte und Mouse wusste, dass der ebenfalls nicht zimperlichen Alten davon wenig mehr als ein brummender Schädel bleiben würde, ließ er Murr seinen rachsüchtigen Willen.

24. Kapitel

Sie hetzten weiter den Gang hinab. Mouse übernahm die Führung und deshalb die Taschenlampe. Ihr Lichtkegel brach in die vor ihnen liegende Dunkelheit und fraß davon einen stets gleichbleibenden Happen.

Murr bemühte sich erbittert darum, den Abstand zwischen ihnen nicht größer werden zu lassen. Als der Thai-Siam aus Rücksicht zuerst ein langsameres Tempo vorgab, war augenblicklich der Anmaunzer von hinten gekommen: »Schneller, Sie Penner! Watt soll datt Geklüngel?! Wenn mir die Puste ausgeht, watt noch lang nich der Fall is, lass ich et Sie schonn früh gennuch wissen.«

Also legte Mouse einen Zahn zu. Bitte sehr und von Herzen gern! Vor allem den beiden Gefangenen in den Pfoten der Verbrecher sollte es mehr als recht sein, dass sich die zweiköpfige Rettungsmannschaft nach dem Intermezzo von eben beeilte. Dabei konnte es sein, dass der seine herkulischen Kräfte möglicherweise überschätzende Oberinspektor demnächst auf der Strecke blieb und dann zum Bremsklotz der gewagten Aktion würde. Die, wie es aussah, gründlich schiefzugehen drohte, denn der Lärm des Kampfgetümmels musste hier unten wie ein Alarmsignal funktionieren, das die Warnung vor feindlichen Eindringlingen durch sämtliche Kanäle trug.

Achtung, hier kommt die Polizei! Allerdings nur im Doppelpack und bereits auf halber Strecke von einem schrubbenden und schlitzenden Wachposten aus dem Tritt gebracht. Vielleicht vermittelte die bloße Akustik der im Verborgenen lauernden Bande, dass nicht gerade ein großes Aufgebot im Anmarsch war. Oder die Wände hatten auch Augen.

Der Inspektor fühlte sich wie beim Mäuserennen auf dem Jahrmarkt. Ein ungewohntes und widerliches Gefühl von Ausgeliefertsein bemächtigte sich seiner. Er und Murr waren zwei angezählte Renner in einer Röhre unter vielen. Der Einzug in die Zielgerade wurde mit Kennerblicken verfolgt, am Ende des Parcours würde eine wie auch immer geartete Falle zuschnappen. Und dennoch lief er, die Mauser im Anschlag, so schnell, wie es ihm mit dem Verletzten im Schlepptau gerade noch ratsam erschien.

Mouse spürte den Druck des Jacketts auf seiner angeritzten Schulter. Den Trenchcoat hatte er zurückgelassen und zum Verbinden von Murrs Wunden den eigenen, in Fetzen hängenden Hemdsärmel benutzt. Der Kratzer, den er selber davongetragen hatte, war glücklicherweise nicht besonders tief, weil ihn Putzis Stahlkrallen nur gestreift hatten. Sie hatte ihnen zum Abschied ein unter ihrem plumpen Helm dumpf hervorgrollendes »Verdammte Dreckskerle, die kriegen euch!« gegönnt, was Murr mit einem erschreckten Ausruf quittierte: »Und damit wäre dann allet im Eimer! Nä, ich mach' mir direkt inne Buxe!«

Die murrmäßig subtile Anspielung war in hämisches Gelächter übergegangen. Das Lebewohl des fetten Katers hatte darin bestanden, dass er seine zur Faust geballte linke Pfote mehrmals auf den nach oben weisenden Eimerboden sausen ließ, um die Glocke über dem Kopf der wehrlosen Katze noch einmal so richtig zum Klingen zu bringen. Bong, bong, bong!

Außer einem Wimmern war sie ab da still geblieben, ob vor Angst, aus Schwäche oder Klugheit war derzeit nicht ersichtlich. Aber vielleicht war ihr die angewiderte Stimme des Thai-Siams bis an die klingelnden Ohren gedrungen: »Um Himmels willen, Murr! Lassen Sie endlich Ihre brutalen Spielchen! Sie kotzen mich an!«

Die abschließende doppeldeutige Bemerkung konnte sich sowohl auf dessen verabscheuungswürdiges Tun als auf Murr selbst bezogen haben. Der war gerade damit beschäftigt gewesen, seinen Schlagstock vom Boden aufzuheben. Wie zufällig hatte er den Prügel in Richtung des ihn rügenden Inspektors schnacken lassen, was sich allerdings als eine für Murrs aktuellen Zustand zu heftige Drohgebärde erwies. Mit einiger Befriedigung hatte Mouse registriert, dass sich die schwarz-weiße Fratze vor Schmerzen verzog und bei ihrem Aufbruch gedacht: ›Wer nicht hören will, muss fühlen. Fragt sich nur, wie lange er noch durchhält.‹

Jetzt fragte er sich das wieder.

»Alter Schwede, datt müssen wer uns ausser Nähe ansehn«, keuchte Murr.

Der Thai-Siam bedachte ihn mit einem abschätzenden Blick. »Ich werde gehen und Sie warten hier.«

»Könnte Ihnen so passen!«, kam es prompt zurück. »Ich steige sogar als Erster da runner und zwar getz gleich.«

»Sind Sie sicher, dass Sie das schaffen? Wie es aussieht, suppen Ihre Wunden immer noch.«

»Lassen Se datt meine Sorge sein. Halten Se hier oben die Stellung, bis ich sage, datti Luft in dem schummrigen Planschbecken rein is. Dann kommen Se nach.«

Skeptisch sah Mouse, wie sein prolliger Vorgesetzter die Zähne zusammenbiss, als er sich mit seiner feisten Statur und dem durchgebluteten Kragen in den kurzen Schacht stemmte, der einer abwärts gerichteten Abschussrampe glich. Wie bei Tunnel TS VI, der das Duo Fischgrät/Mouse in die unwägbaren Tiefen der Kratzburger Vorhölle entlassen hatte, handelte es sich wohl wieder um einen der vielen Sicherheitsabläufe, durch die bei Hochwasser die von oben eindringenden Fluten in ein Auffangreservoir umgeleitet wurden. Die Öffnung im Mauerwerk zeigte einen Ausschnitt der unwirklichen Szenerie etwa drei Meter tiefer.

Jetzt wurde sie von Murr verdeckt, der die Beine voraus wie auf einer Kinderrutsche hockte, mehr oder minder bereit, hinabzugleiten. Wodurch er gezwungen sein würde, zuerst ins Leere und dann in das am Boden schwappende Wasser zu springen. Dieser Sprung musste einen veritablen Platscher verursachen, was letztlich egal war, denn wie es aussah, wurden sie längst erwartet.

Minuten zuvor hatte Mouse warnend die Pfote gehoben und war dann, die Taschenlampe gesenkt, aber mit entsicherter Pistole in Erwartung einer diesmal von vorne geführten Attacke weitergeschlichen. Die Spucke war ihm weggeblieben, als er in den steilen Schacht gespäht hatte, um nach der Lichtquelle zu suchen, deren geisterhaftes Flackern seit einer Weile vor ihnen aufgetaucht war. Er entdeckte sie in einer tabernakelhaften Nische, aus der es schwach aus der Tiefe emporleuchtete sowie über die von einem Luftzug gekräuselte Oberfläche der Kloake. Im alten Gängesystem unter der Stadt drängte sich Mouse bei diesem Anblick die sakrale Feierlichkeit einer Katzakombe auf. Weihevoll wachte die einsame Kerze in dem gewaltigen schwarzen Schrein. Während winzige Wellen gegen seine weit offen stehende Tür dümpelten, spiegelte sich die kleine Flamme in einem mystischen Augenpaar, blau wie der Schutzmantel einer Madonna. Bis auf ein einzelnes weißes Blatt, das neben der Kerze lag, war der einst hermetisch verschlossene, weil einbruchsichere Tresor der Firma Musculus so leer wie eine ausgeraubte Krypta an einer von der Sintflut der Kratzburger Abwässer umspülten wüsten Stätte.

Der Nachhall von Murrs lautem Aufprall im knietiefen Wasser klang noch durch den Tunnel und Mouse in den Ohren, als er für sich beschloss, die Arbeitsteilung während ihres gemeinsamen Manövers ab sofort ausgeglichener zu gewichten und somit das zu tun, was er für richtig hielt. Er steckte die Lampe in seine Jacke, schwang sich mit einem eleganten Sprung in den Schacht und rutschte, die Pistole in der hoch erhobenen Pfote, nach unten, wo er um einiges geschmeidiger und leiser zu stehen kam als der Oberinspektor.

Das Wasser, das Mouse um die Hosenbeine schlug, war eisig und das Becken, in dem er und Murr kurz hintereinander gelandet waren, offenbar größer, als es von oben den Eindruck gemacht hatte. Das Übel der vorherigen Enge tauschten sie gegen ein anderes ein; die plötzliche Weitläufigkeit hatte nichts Erholsames an sich, denn ihre Schattenregionen konnten alles Mögliche enthalten. Die Kerze leuchtete aus dem Inneren des Panzerschranks nur nach vorn. Hinter der Rückwand des Tresors war es schwarz wie in einem Walfischbauch.

Bevor er zu Murr hinüberwatete, zückte Mouse die Taschenlampe und ließ ihren Strahl durch die neue Umgebung schweifen. Flüchtig schälten sich Konturen aus der Finsternis. Die geziegelte Decke, ein Tonnengewölbe, war ohne jede Luke oder gar ein Loch, wodurch der zentnerschwere Brocken herabgefallen sein könnte. Auf gleichem Niveau gelegen wie jene, durch die sie gerade hinuntergerutscht waren, gab es in der gegenüberliegenden Mauer weitere Einmündungen von Schächten und Röhren, doch sämtlich zu beengt, dass etwas noch wesentlich Voluminöseres als ein beleibter Kater wie Murr hindurchpasste. Links ruhte das Fundament der Wand auf einer flachen Arkade. Unter ihren zwei nebeneinander liegenden Bögen hätte das trübe Wasser abfließen können, anstatt sich wie in einem überschwemmten Keller zu stauen, wofür es einen Grund geben musste.

Als der Inspektor seine Untersuchung nach rechts fortsetzte, pfiff er durch die Zähne, denn auf dieser Seite befand sich ein Fluttor, fugenlos verschlossen wie der Sarkophag eines Pharaos. Wie, bei allen Katzen Thebens, war das stählerne Monstrum hierher gelangt? Blieb nur das Tor. Was mochte dahinter liegen?

»Lassen Se die Glotzerei und kommen Se her, wenn Se schon da sind«, blaffte Murr.

Seine heisere Stimme übertönte für einen Moment die Geräusche des Wassers und das hohle Brausen, das in der brackig riechenden Luft hing.

Mit dem unbestimmten Gefühl, nicht nur von seinem Kollegen beobachtet zu werden, knipste Mouse die Lampe aus und steckte sie weg. Als er zu Murr hinüberwatete, der schwer gegen den Tresor lehnte, ließ er sich vom Kerzenschein leiten. Der strahlte die knickohrige Visage des Oberinspektors von unten an und verlieh ihm die zwielichtige Aura eines angeschlagenen Kittboxers. Die schlimme Verletzung machte Murr zu schaffen. Seine Augen waren glasig und er hechelte leicht. Ohne eine Silbe über seinen Zustand zu verlieren, beeilte er sich, die stahlblaue Aufmerksamkeit des Thai-Siams auf den Wisch zu lenken, der mit Wachs auf dem Boden des Fachs festgeklebt gewesen war, in welchem die Kerze brannte.

»Schonn wieder Kommando Maikater«, sagte Murr verdrossen.

Mit leicht zittriger Pfote wies er auf das Emblem des letzten Papiers, das der geknackte Safe noch enthielt.

Mouse nickte. Er erkannte die schwarze Tatze vor der Sonnenscheibe. *Bis dass es morgenrötet,* hieß es darunter.

»Steht sonst noch was drauf?«

»Nur datt da.«

Sich zu einer betont ruppigen Geste aufraffend, wodurch die Flamme gefährlich blakte und beinahe auszugehen drohte, riss Murr die mutmaßliche Nachricht an sich und hielt sie dem Thai-Siam unter die Nase. Im wieder zu Ruhe kommenden Flackern las Mouse:

»*Wenn der Wirrwarr stille schweigt, wer der Sieger ist, sich zeigt.*«

Er war ehrlich erstaunt.

»*Das ist, eh der Tag sich neigt*«, vollendete er den Vers mechanisch.

»Watt is los?«, schnauzte Murr entnervt. Dass sein alter hochgestochener Rivale auf Anhieb mit der kryptischen Mitteilung etwas anzufangen wusste, stank ihm trotz ihrer extremen Lage gewaltig. »Is datt etwa 'ne allgemein bekannte Parole?«

»Sozusagen. *Catbeth*, erster Akt, erste Szene«, kam die umgehende Antwort des Schnösels. »Der ohne Zweifel gebildete Hexenmeister der Schlitzerbande versteht das Ganze offenbar als ein finsteres Spiel auf Leben und Tod, mit entsprechend hohem Einsatz. Befremdlich.«

Das Drama, das der Schwarze Ole seit dem Raub bei Musculus zu inszenieren vermochte, hatte eine nicht von der Pfote zu weisende verstörende Wirkung. Mouse machte eine Pause und starrte in die sie belauernde Dunkelheit. Jetzt wähnte er sich auf einer einsamen Insel aus Kerzenlicht, in deren Mitte sich ein stählerner Monolith erhob.

»Zu viel überflüssiges Theater muss Tyvsons ausgeklügelten Operationen eigentlich schaden«, sagte er nachdenklich. »Nichtsdestotrotz scheint er in den langen Jahren in St. Leonhart so selbstgefällig und eitel geworden zu sein, dass er es nötig hat, uns auf diese manierierte Weise herauszufordern. Seit dem spektakulären Auftakt im Chefbüro kommt mir der verdammte Fall wie ein aus den Fugen geratenes Schauerstück vor. Bizarr, aber leider brillant.«

»Himmelarsch und Zwirn, nu kriegen Se sich mal wieder ein! Wenn Se die schräge Nummer so gelungen finden, watt sacht uns datt Geschwurbel auf dem Fetzen? Is datt ne Einladung der schlitzenden Genossen zu ner sportlichen Wette oder hammdi die Sache selbs nich mehr völlich im Griff, datt da watt von Wirrwarr steht? Nä, nä, von wegen Schauerstück! Datt is ne mörderische Schmierenkomödie und ausgerechnet mit Ihnen steck ich da bis zur zerfetzten Halskrause drinne!« Er stöhnte, ob vor Erbitterung, Schmerzen oder Schwäche blieb unklar.

Mouse hörte seinem Gemoser kaum noch zu. Doch auch für sein Empfinden umwehte die Verwendung des Zitats ein Hauch von Schicksalsergebenheit. Hier sprach einer, der einräumte, dass es noch nicht entschieden war, wie ausginge, was an langer Pfote von ihm vorbereitet und ins Rollen gebracht worden war. Ein egozentrischer Fatalist, dem es in einer alles aufs Spiel setzenden Anwandlung egal zu sein schien, ob sich das eingegangene Risiko am Ende auszahlen würde oder eben nicht. Vielleicht war der Schwarze Ole seiner grobschlitzenden Mitstreiter überdrüssig geworden. Vielleicht saß er nicht mehr unangefochten an der Spitze des Sündikats, sondern musste sich gegen jemanden durchsetzen, der selbst einem Bakrus Tyvson die Macht streitig machte.

Vor Mouses geistigem Auge materialisierte sich sogleich die bedrohliche Gestalt Garstigmann Räudigs alias Sandyman Krauley, während sein blitzblaues Umherspähen am Grund der trüben Lagune an etwas hängen blieb, das er vorher übersehen hatte. Was bei der unzureichenden Beleuchtung kein Wunder war. Der Kerzenschimmer streifte die Ecke einer hellen Fläche unter Wasser, deren Größe in etwa den Maßen eines Garagentors entsprach. Das Ding befand sich auf halber Strecke zwischen dem Tresor und dem Fluttor. Mouse zog die Taschenlampe aus dem Jackett und schaltete sie mit einer mulmigen Vorahnung ein. Er hatte noch immer das Gefühl, dass sie nicht mehr lange allein sein würden.

»Watt is getz wieder?«, rief ihm Murr hinterher.

Es sprach für dessen sich verschlechternden Zustand, dass er keinerlei Anstalten machte, dem Thai-Siam über die geringe Distanz nachzukommen. Den kümmerte das gerade nicht, weil er sich mit Lampe und Mauser an das unbekannte Objekt heranpirschte; seine behutsamen Schritte schickten leichten Wellenschlag voraus. Im grell aufgeblendeten Licht stellte Mouse fest, dass dort eine massive Plattform aus Holz im Wasser lag und ein Stück davon entfernt, im Rücken des Tresors, ein bräunliches Gekröse aus knüppeldicken Tauen, wie sie als Seilzug für schwere Lasten verwendet wurden, vor allem im Hafen. Der Inspektor bückte sich und richtete den Lampenstrahl auf das hölzerne Karree. Dabei entdeckte er die langen Kufen, die auf zwei Seiten unter dem Viereck angebracht waren, zusätzlich blinkten in ihre Gleitkanten versenkte Rollen hervor. Trotz dieser technischen Raffinesse war es Mouse sofort klar, was er da vor sich hatte.

Bei Bastet, einen Schlitten, worauf wie beim Pyramidenbau im alten Ägypten gewaltige Lasten transportiert werden konnten! Und dies an Seilen und durch die Zugkraft so vieler zupackender Pfoten, wie es brauchte, um die steinerne Statue einer Katzengöttin oder den stählernen Geldschrank eines Mäusemix produzierenden Fabrikanten an den jeweiligen Bestimmungsort zu schleppen.

Im letzteren Fall weit genug von der unterirdischen Stätte seines Aufpralls entfernt, nachdem der kapitale Trumm bei Musculus durch Wände und Decken und in einen danach gefluteten Abschnitt der Kanalisation geschossen war und damit außer Reichweite der angenehm zögerlich und meist auf falscher Fährte ermittelnden Ordnungskräfte. Im weiteren Verlauf dieser effizienten Logistik hinter dicke Tore in ein sicheres Versteck verbracht (das noch dazu bequem von der Scharfen Kralle aus zu erreichen war), konnten sich dort die nächsten versierten Fachkräfte, Panzer- und Codeknacker, ungestört an die Arbeit machen. Zum Abschluss waren wieder Logistiker gefragt, nun in Sachen Wertetransporte, denn jetzt galt es, sich mit der fetten Beute endgültig abzusetzen.

Mouse überschlug in Windeseile, wie der geniale Coup vonstattengegangen sein musste. Dessen Aus- und Aufführung war ja noch monumentaler, als er es für möglich gehalten hätte. In diesem schmerzhaften Moment der Erkenntnis erschienen ihm die drei Zeilen aus Catbeth wie blanker Hohn über die nutzlosen Bemühungen einer allenfalls als Komparserie agierenden Polizei. Dann riss er sich zusammen.

Wenn auch das melodramatische *bis dass es morgenrötet* ein etwas größeres Zeitfenster zu eröffnen schien, konnte die Vorgabe *eh der Tag sich neigt* nur bedeuten, dass geplant war, das Ding bis heute Abend erfolgreich über die Bühne zu bringen – einschließlich der Beseitigung störender, weil noch lebendiger Geiseln. Ein Kollateralschaden, den der Abschluss eines solchen Unternehmens eben erforderte.

Die Schlitzer, allen voran ihre Führer, schienen sich entgegen der vorherigen Annahme des Erfolgs ihrer Sache so gewiss zu sein, dass sie sich den Scherz erlaubten, der hinterherhechelnden Polente im leeren Tresor ein kleines Kirchenlicht aufzustecken.

›Der einzige Wirrwarr, den sie stillschweigend zurückgelassen haben, sind die Taue‹, dachte Mouse in den Sekunden, die er brauchte, um sich zu Murr umzudrehen.

Dabei bemerkte er aus dem Augenwinkel, dass sich Schatten aus der gegenüberliegenden Wand zu lösen begannen. Unter den Öffnungen, die darin klafften, musste es Leitersprossen geben; dicht am Gemäuer klebend enterten dunkle Gestalten zu ihnen ab.

»Achtung, Murr!«, schrie Mouse und schwenkte die Taschenlampe in der Hoffnung, dass der Oberinspektor so reaktionsschnell sein würde, zu wissen, wovor er ihn warnte.

Der Thai-Siam knipste das Licht aus und sah, dass sein Gefährte noch genug auf dem Quivive war, um angesichts der nahenden Gefahr unverzüglich das Gleiche zu tun. Die Kerze erlosch und die sie umgebende Dunkelheit wäre vollkommen gewesen, wäre aus den Löchern in den Wänden nicht auf einmal ein mattes Leuchten gedrungen. Als würden in den dahinterliegenden Röhren und Tunneln nun Lampen brennen, auch in dem engen Gang, der sie von der Krallenbar bis hierher geführt hatte. Vielleicht war die putzende Schrappnell den Eimer schon längst wieder los.

Der letzte Akt des albtraumhaften Dramas kündigte sich unter dieser unheimlichen Lichtregie so fulminant an, wie der Anfang es hatte erahnen lassen. Mouse sah sich nach einem Ausweg um. Erst jetzt wurde ihm bewusst, wie groß das Risiko gewesen war, das Murr und er damit eingingen, sich durch den glatten Schacht herunterzulassen, ohne den Rückzug zu sichern. Die Sprossen waren ihnen vorher nicht aufgefallen, weil sie, auf den bedeutenden Fund des Tresors fixiert, gar nicht danach Ausschau gehalten hatten. Kaltblütig überschlug Mouse ihre aktuellen Chancen, ohne sich etwas vorzumachen. Theoretisch bestand zwar die Möglichkeit, sich am anrückenden Feind vorbei bis zu einer der Öffnungen durchzukämpfen, um ebenfalls die Leitern zu benutzen. Doch zweifelte er daran, dass ein solches Husarenstück mit dem verletzten Murr noch gelingen konnte; kein Mucks war von ihm zu hören.

Der Thai-Siam wich in Richtung Tresor zurück, der einzigen Deckung, die sich ihnen bot. Was überlebensnotwendig war, wie sich mit dem nächsten Atemzug zeigte. Das Projektil zischte pfeifend an seinem rechten Ohr vorbei, noch bevor der Knall die von Glucksen und Rauschen getränkte Stille mit einer Kaskade trockener, harter Töne durchbrach, zu der das Echo an den Wänden zersplitterte. Mouse riss die Mauser hoch und erwiderte den bleihaltigen Gruß mit einer dreiteiligen Schussfolge ins Dunkle. Das Crescendo, das über alle hereinbrach, erhöhte seinen rasenden Pulsschlag und wurde mit ihm eins. An die gruftkalte rechte Seitenwand des ehemaligen Prestigeobjekts von Schleicher & Söhne gepresst, schnappte Mouse nach Luft. Seine Garbe war von den Schlitzern zwar nicht erwidert worden, doch jetzt hörte er sie im Wasser näher rücken, das davon leise plätscherte. Plötzlich dachte er an die unheimlichen Wesen, die Fischgräts unterirdische Ängste bevölkert hatten, und die verstohlenen Laute ließen ihn schaudern. Er schob es auf die nasse Kälte, von der er fror.

»Murr?«, fragte er flüsternd.

»Gleich neben Ihnen und hinter der Tür«, hörte er aus nächster Nähe ein unkätzisches Ächzen, das mit Murrs gewohntem Gepolter nicht mehr viel zu tun hatte.

»Wir müssen hier weg.«

»Können vor Lachen!« Dem folgte ein röchelnder Husten. »Teufel auch und scheiß drauf«, würgte der fette Kater hervor. »Sie machen die Biege und versuchen wie geplant, den Sergeant und die Kleine zu retten. Ich geb Ihnen Deckung, bisse aus diesem Pissoar raus sind.«

»Schnauze, Sie Held!«, kam es wenig gentlecatlike hinter dem sie trennenden dicken Metall hervor. »Wir schießen uns den Weg frei. Aber zusammen«, bestimmte Inspektor Mouse.

Murr sah sich einem blaue Funken versprühenden Blick ausgesetzt. Das musste das aufkommende Fieber sein oder wirklich und wahrhaftig der Thai-Siam, der sich plötzlich neben ihm auf der anderen Seite der Tür befand. Er griff ihm mit einer Kraft unter die Achseln, die er dem schlanken Stutzer nicht zugetraut hätte.

»Bei drei zischen wir los und zwar ab nach links in das zweifache Mauseloch, das leider halb unter Wasser steht. Doch darein müssen wir uns flüchten, denn ich sehe Sie nicht mehr mit der bei Bleiregen empfohlenen Eile steile Wände raufklettern. Auf dem Weg dorthin sparen Sie nicht an Munition. Sind wir erst mal untergetaucht, geht es entweder weiter oder wir verschanzen uns und brennen den nachkommenden Brüdern so lange eins auf den Pelz, bis uns die Kugeln ausgehen.«

»Selber Held«, knurrte Murr. »Und wennich da nich unten durchpasse?«

»Notfalls rollen Sie sich hinein, mit der Ihnen gegebenen Wucht und Naturgewalt. Fertig? Also los. Eins, zwei …«

»Drei!«, grunzte Murr.

Damit schnellte sein korpulenter Körper aus der Deckung wie eine Kanonenkugel, die noch dazu mit Schrot geladen war. Der Oberinspektor schoss wild um sich, desgleichen der elegante Schatten, der dem sich mit letzter Kraft aufschwingenden Berserker nicht von der Seite wich. Querschläger prallten von den Wänden. Einer drang in Fell und Fleisch eines Ganoven, dessen erstickter Schrei zu hören war, bevor etwas Schweres ins Wasser fiel und nicht wieder aufstand. Das Spektakel, welches das gehaltvolle Duett von Spalther und Mauser entfachte, war für die Gegenseite offenbar überwältigend genug, so lange innezuhalten, bis sich vor den Fliehenden die bedenklich niedrige Arkade in der Finsternis des Bodenbereichs auftat. Der doppelte Schlund in Kniehöhe gab von außen nicht preis, wie sein innerer Verlauf aussah.

Murr graute es davor, dort abzutauchen. Vor seinen getrübten Blicken tanzten Punkte aus glühendem Schmerz und auf dem Wasser irrisierende Reflexe, verursacht durch das bleiche Licht, das weit über ihnen mit einem Mal aus der Schwärze brach. Unwillkürlich bremsten sie ab. Ihre Blicke fuhren an der Wand empor und registrierten die Sprossen, welche auch hier die Verbindung zu einer in dreieinhalb Metern Höhe gelegenen Metalltür schafften, die dort oben offen stand. Im nächsten Moment wurde der helle Ausschnitt von jemandem verdunkelt, der groß und breit genug war, um ihn auszufüllen.

»Garstigmann Räudig!«

Mouse wusste nicht, ob er es sagte oder nur dachte. In jedem Fall konnte er sich sicher sein, dass Murr begriffen hatte.

Der Truppe, die sich hinter ihnen zusammenrottete, mochte das Erscheinen eines ihrer hochrangigen Anführer signalisieren, die beiden Polizisten endlich abzumurksen. Zumindest der Fette war waidwund und zum Abschuss freigegeben, der sich ungewollt verzögert hatte. Interessanter war für Räudig hingegen die Anwesenheit des anderen, penetrant gut aussehenden Kerls mit der Mauser. Einem Wiedergänger aus der abgelegten Vergangenheit voller arroganter Privilegien und dekadenter Vergnügungen, der offensichtlich glaubte, einen kompromisslosen Klassenkämpfer aufhalten zu können. Einen wie ihn, der außerdem die durchgreifende Pfote des Grauens für den großen Bakrus Ole Tyvson war, aber längst aus eigenen Motiven handelte.

Sich einzumischen, würde dem azuräugigen, blaublütigen Samtpelz nicht gut bekommen. Eine Einladung zum letzten Tanz bestand ja schon länger. Genau genommen seit der Nacht auf dem schäbigen alten Markt in dem bröckelndem Vergessen anheimgegebenen Viertel. Ob Selwyn Reginald Mouse, der Erbe von Mouse Hall, die Herausforderung annahm, war seine Sache. Der riesige Maine Coon wandte sich um. Ohne die Tür zu schließen, hinterließ er eine beleuchtete Leerstelle, so als wäre er nie da gewesen.

Von allen Seiten kamen die Schlitzer heran, große brutale Kater in schwarzen Klamotten. Einige hatten lange Klingen in den Pfoten, doch die Überzahl verließ sich auf ihre Krallen, die rasiermesserscharfe Stahlkappen trugen. Grobian Murr, stadtbekannte, korrupte Polizeiprominenz, war nun reif für eine letzte Rasur, die sich nach dem speckigen Nacken der gut gepolsterten Kehle widmen würde. Die in ihrer dramatischen Dichte wie in Zeitlupe ablaufende Szene nahm wieder an Fahrt auf und beschleunigte auf dreifache Geschwindigkeit.

»Die Leiter ruff, Mouse, nu machen Se endlich!«, brüllte Murr. »Schnappense sich die elende Hundsfott! Ich komm schon klar. Mach dich vom Acker, Junge, und mach et jut!«

Das war das Letzte, was Inspektor Mouse von seinem Vorgesetzten hörte. Da er es als finalen Befehl auffasste, der zynischerweise seinen eigenen Absichten entsprach, trennte er sich tatsächlich von ihm und begann zu klettern. Murrs Worte, aber vor allem sein Wechsel in einen völlig ungewohnten Ton ließen ihn nicht los und er sah noch einmal nach unten. Murr war verschwunden, aber mehrere Schüsse hallten unter der Arkade hervor und mähten zwei Schlitzer in den vorderen Reihen um. Die Schattengestalten spritzten auseinander, was Mouse die Möglichkeit gab, heil oben anzukommen.

Sobald er die Öffnung erreichte, entdeckte er auf der Schwelle eine brennende Grubenlampe. Daher das auffällige Licht. Räudig musste eine zweite mit sich fortgenommen haben, als er in dem dahinterliegenden Gang verschwand. Mouse zog die Tür zu, griff sich die Lampe und machte sich auf den Weg. Zum ersten Mal in seinem Leben hoffte er auf ein baldiges Wiedersehen mit dem kaltschnäuzigsten Prollizisten von Kratzburg.

25. Kapitel

Der Gang verlief schnurgerade und fiel leicht ab. Mouse verließ ihn nicht, obwohl er an mehreren Abzweigungen in andere Tunnel vorbeikam. Sie sahen tintenschwarz und wenig einladend aus; in jedem konnte Räudig verschwunden sein.

Der Inspektor hielt die Mauser im Anschlag, deren Magazin er gewechselt hatte. Sobald er sich den Öffnungen näherte, erwartete er zum Zerreißen gespannt eine tödliche Tatze daraus hervorschnellen zu sehen – nichts dergleichen geschah.

Der Schein des hellen Grubenlichts tanzte ihm schwankend voraus. Mouse vermutete, dass er sich auf den Hafen zubewegte. Der Tresor war auf dem Lastenschlitten von dort, wo er bei seinem Absturz aufgeschlagen war, durch das Fluttor gezogen worden; ergo befand sich über dieser Stelle der ehemalige Kohlenkeller des Kontors. Vom Firmengelände war es nicht mehr weit bis zu den Kais, an denen die ein- oder auswärts zu befördernden Frachten gelöscht oder verladen wurden. Bestimmt ging dort demnächst ein Schiff ab, das Passagiere mitnahm, für die es sich dringend empfahl, die nationalen Hoheitsgewässer inkognito zu verlassen.

›Womöglich eh der Tag sich neigt‹, brachte sich Mouse Catbeth in Erinnerung.

Ein Blick auf seine Armbanduhr zeigte ihm, dass es – kaum zu glauben – erst kurz nach halb neun war. Sein ansonsten so verlässliches Zeitgefühl kam ihm hier abhanden, langsam trieb er sich ja mehr unter- als oberirdisch herum. Vermeintlich blieben also noch viele Stunden, um ›siegreich‹ aus der Sache hervorzugehen. Doch der Inspektor war sich dessen bewusst, dass diese Annahme ein grausamer Trugschluss sein mochte, weil in jeder Minute, die er ahnungslos und verspätet durch die Gänge tappte, die Schlitzer mit Fischgrät und Mitzi längst kurzen Prozess gemacht haben konnten. Dann würde es keinen Sieg mehr geben, der noch etwas wert war, selbst wenn ihm der Schwarze Ole den verdammten grünen Klunker samt geraubtem Zaster auf dem Silbertablett kredenzte, mit sich und Räudig als Dreingabe.

›Reiß dich am Riemen, alter Knabe‹, beschied sich Mouse angesichts dieser Vorstellungen. ›Einmal hast du es schon vermasselt.‹

Quälend deutlich sah er den toten Morpheus und außer diesem nicht nur zwei, sondern gleich drei weitere zerfetzte Leichname in einem trüben Kanal dümpeln, einer davon ein Berg in der Dünung, denn Fett schwimmt bekanntlich oben.

Ob Murr überhaupt noch am Leben war? Auf jeden Fall würde das alte Knickohr es mit einem so hohen Blutzoll wie möglich verkaufen.

Der Inspektor zwang sich zur Konzentration auf das Hier und Jetzt. Zur Linken tauchte eine Metalltür neueren Datums auf. Sie verschloss etwas, aus dem ein Rauschen drang, das an Geräusche in einem Heizungskeller erinnerte. Mouse blieb stehen. Neben der Tür hatte er etwas entdeckt, das er schon länger nicht mehr gesehen hatte. Einen Stein, in den die unverkennbare Krallensignatur der Schlitzer geritzt war. Mucksmäuschenstill stellte er die Grubenlampe ab und legte prüfend die Pfote auf den Türgriff, ohne besondere Hoffnung, dass es so einfach sein sollte. In der anderen hielt er die Waffe, bereit, jedem ein Loch in den Pelz zu brennen, dem er sich womöglich gleich gegenübersah.

Als er die Klinke hinunterdrückte, bemerkte Mouse, dass die Tür tatsächlich unverschlossen war und sich nach außen auf den Gang öffnete.

Just in diesem Moment geschah das mit dem Drall eines Katapults, denn der breitschultrige Posten hatte direkt dahinter gelauert. Fauchend schoss er heraus, dem Inspektor prallte ein richtig schwerer Junge vor die Brust. Auch wenn es nicht Garstigmann Räudig war, reichte der muskulöse, schwarz gestromte Kater vollkommen aus, um sie beide aus dem Gleichgewicht zu bringen. Der Kerl fuhr die Krallen aus. Fallend mit ihm vereint, sah Mouse im Bruchteil von

Sekunden ein metallisches Funkeln auf sein Gesicht zukommen. Die rasiermesserscharfen Spitzen verfehlten die stressgeweiteten Pupillen der dunkelblauen Iris nur um Haaresbreite, als der Thai-Siam von seinem Angreifer loskam und sich in einer fließenden Bewegung zur Seite rollte. Dabei ließ er den Griff seiner Pistole mit aller Kraft auf den kantigen Schädel des Schlitzers sausen, dem davon augenblicklich die Lichter ausgingen. Er blieb auf der Türschwelle liegen wie ein nasser Sack.

Bevor Mouse über den Bewusstlosen hinwegstieg, beugte er sich zu ihm hinab, um sich zu vergewissern, dass der Ganeff noch für eine Weile außer Gefecht gesetzt sein würde. Es handelte sich um einen echten Brocken und grundsympathischen Typen, dem nicht nur das halbe rechte Ohr fehlte, sondern so viel Fell wie sein Klotzkopf dank zahlreicher martialischer Narben eingebüßt hatte. Erst jetzt stellte Mouse fest, dass der Kerl mit einer Pfote ein Klappmesser umklammerte. Der Inspektor bog ihm die metallkappenbewehrte Tatze auf, ließ die Klinge einschnappen und steckte sich den so gesicherten Zachel ins Jackett. Desgleichen den katzarischen Armeerevolver, den ein inwendiges Abtasten der speckigen Rattenlederjacke zutage förderte.

Mouse überließ den Gestromten einem voraussichtlichen Fünfminutennickerchen. Vorsichtig betrat er den hinter der Tür liegenden Raum, der wie ein Korridor zu etwas Größerem wirkte. Der Schein der im Gang zurückgelassenen Grubenlampe fiel über den schweren Körper im Eingang, ohne dass die Beleuchtung nötig gewesen wäre.

Nach wenigen Schritten traf der Thai-Siam auf einen hölzernen Schemel. Daneben standen zwei leere und eine halbvolle Flasche Duckmäuser sowie die nächste dem Bergbau entstammende, hell strahlende Laterne. Der Ausgeknockte schien an diesem muckeligen Plätzchen eine gewisse Zeit verbracht zu haben, was den Verdacht erhärtete, dass er etwas bewacht hatte. Jetzt stellte Mouse fest, dass sich vor ihm ein schmaler Übergang eröffnete.

Die Passage überbrückte dicht unter der Deckenwölbung den Hohlraum einer gewaltigen Röhre und führte auf deren rechter Seite auf einen vorgebauten Sims mit einem Geländer. Dieser zog sich an der Längsseite des Tunnels entlang, der mittig in zwei Becken geteilt war, die auf stark unterschiedlichem Niveau verliefen. Die Brücke, auf der sich der Inspektor befand, überschlug zuerst den hoch gelegenen, aufgemauerten Kanal, durch den das Abwasser mit rascher Geschwindigkeit strömte. Es verursachte das Rauschen, das Mouse zuvor gehört hatte; die bräunlichen Fluten flossen in Richtung des Klärwerks am Hafen. Parallel zum oberen Becken und von diesem in kaskadenhafter Abstufung durch eine wallartige Mauer getrennt, erstreckte sich sein darunter befindlicher Zwilling. Stieg das Wasser über den Rand des höheren Kanals, würde es anderthalb Meter tiefer in den zweiten und durch Öffnungen im rechtsseitigen Sims ablaufen.

Aktuell lag dieser zweite Kanal trocken; von irgendwoher drang noch mehr Licht hervor. Wer dort unten für Helligkeit sorgte, rechnete offenbar nicht in allernächster Zeit mit einer Überschwemmung. Dem Thai-Siam kam es so vor, als befände er sich in der verwinkelten Kulissenarchitektur einer avantgardistischen Kellerbühne. Soeben hatte er eine Leiter entdeckt, die von außen am Geländer angebracht war, um ins tiefere Becken abzusteigen. Mouse begann sich zu fragen, ob er sich dem Schlupfwinkel des Schwarzen Oles näherte. Der sich hier ziemlich sicher fühlen musste, wenn er die Wache einem einzigen biersaufenden Posten überließ; bis jetzt hatte sich kein anderer gezeigt.

Die Pistole wies in seiner ausgestreckten Pfote voraus, als sich Mouse der Leiter näherte. Am Geländer angekommen, lehnte er sich weit darüber und versuchte, das darunterliegende Terrain zu sondieren. Der Schein drang gebündelt aus einer der Öffnungen im Sims; offenbar befand sich dahinter eine weitere Kammer.

Der Inspektor verspürte ein elektrisierendes Kribbeln im Nacken. Von dort durchströmte es seinen ganzen Körper und entlud sich in türkisblauen Funken, die seine spähenden Blicke versprühten. Hörbar sog er den Atem ein. Sein Seelenheil hing davon ab, in welchem Zustand sich jene befänden, um die er sich sorgte und auf die er vermutlich bald träfe.

›Heiliger St. Katzetan, lass mich nicht zu spät gekommen sein und eine Gruft betreten‹, beschwor Mouse aus höllischer Tiefe überirdische Kräfte.

Dass der Zugang zu diesem Ort bewacht worden war, galt ihm nicht als Garant, dass sich die Schlitzer an ihren Gefangenen noch nicht vergriffen hatten. Von ihrem Standpunkt aus gesehen, gab es weit Wertvolleres zu schützen als zwei junge Leben. Mouse kletterte über das Geländer. Ob sich der K. o.-Geschlagene auf der Schwelle nächstens wieder berappelte oder andere nachkämen, war ihm erst mal schnurz. Am Ende der Sprossen angelangt, dröhnte ihm das wie in einem steinernen Resonanzkasten verstärkte Rauschen der Wässer in den Ohren. Falls sich jemand oder auch mehrere von oben ranpirschten, würde das unten nicht zu hören sein.

Doch Mouse hatte jetzt nur noch eines im Sinn. Er tauchte durch den niedrigen Rundbogen neben der Leiter. Die Mauser in der Linken, schützte er seine Augen mit der anderen Pfote vor dem abrupten Lichtwechsel. Geduckt schlich er durch einen kurzen Gang; ihm kam der absurde Gedanke, in einem von Scheinwerfern ausgeleuchteten Studio auszukommen.

Dann gewöhnten sich seine schmal gewordenen Pupillen an die neue Helligkeit. Abermals fand er sich in einem geräumigen Auffangbecken wieder. An dessen jenseitigem Ende klaffte eine Öffnung zum nächsten röhrenartigen Abfluss ins weitverzweigte System. Dazwischen waren auf der freien Fläche in der Mitte mindestens ein Dutzend Bergbaulampen im Halbkreis aufgestellt. Sie warfen ihr bleiches Licht auf das, was sich in gut zwei Metern Abstand im Vordergrund befand, unweit der aktuellen Position des Inspektors.

Das angestrahlte Objekt, das sich ihm nur von hinten und als dunkler Schattenriss präsentierte, sollte offenbar auf Platte gebannt werden. Hinter dem improvisierten Rampenlicht stand eine Kamera auf einem dreibeinigen Stativ.

Der Thai-Siam biss die Zähne zusammen, dass die Kiefer knackten, und umrundete das zu pfotografierende Motiv mit entschlossenen Schritten. Flüchtig registierte er eine weitere Metalltür in der ihm auf der linken Seite zunächst liegenden Wand. Einen Atemzug später war er gezwungen, die beiden alarmierend unbeweglichen und optisch zu einer Einheit verschmolzenen Modelle frontal zu betrachten und ihnen und somit der grausamen Wahrheit ins Gesicht zu sehen.

Sie hingen wortwörtlich in den Seilen. Mit Grauen bemerkte Mouse, dass sie trotz der straffen, tückisch geführten Fesseln schlaff in sich zusammengesunken waren, als wären es nur noch die festen Stricke, die sie aufrecht hielten. Die Vertäuung lief den Gefangenen quer über Brust und Taille und von ihrer Körpermitte nach oben und unten bis zu den Pfoten. Verschnürte alles drakonisch miteinander und fixierte die zwei jeweils an die Lehnen der beiden einfachen, wie in einem Wartezimmer dicht nebeneinander stehenden Holzstühle, auf die man sie gesetzt hatte.

Zur Linken eine zierliche schwarze Katze in burschikosen Manchesterhosen und einem Seekaterpullover, der an mehreren Stellen zerrissen war. Als Mouse sie zuletzt gesehen hatte, trug sie über ihrer Drillichjacke einen roten Katzmirschal, den sie in der Kanalisation verlor. Jetzt zierte ihren zarten Hals ein Perlencollier, in dessen Mitte der größte Smaragd prangte, den das prussischblaue Katzarenreich und nach diesem die ganze staunende Welt je gesehen hatte. Selbst ein abgebrühter Kriminaler wie Selwyn Mouse brauchte einen Moment, um die makabre und psychopathisch anmutende Inszenierung in sich aufzunehmen. Was wurden hier für sadistische Spielchen getrieben, anstatt zumindest mit dem Prunkstück der Beute längst über alle Berge zu sein?!

Während das legendäre Grüne Auge von Katzinopel ein kurzfristiges Duell mit zwei nicht minder strahlenden Saphiren ausfocht, hielt Mitzi Schnurre die Lider fest geschlossen. Sie saß ganz regungslos, als wäre alles Leben aus ihr gewichen. Desgleichen der getreue Paladin an ihrer Seite, ein zweiter Morpheus, denn das linke Ohr des roten Tigerkaters war so tief geschlitzt, dass sich die brutal voneinander getrennten Zipfel wie dünnes Pfotenschuhleder aufrollten. Fischgräts Marzipannase war hingegen doppelt so dick wie sonst und sein rechtes Auge wäre, selbst wenn er hätte aufsehen können, derzeit unbrauchbar gewesen, denn es war völlig zugeschwollen. Der Sergeant hatte furchtbare Prügel bezogen. Der hübsche Rostton seines Fells zeigte sich auf der linken Hälfte seines zerschundenen Gesichts zu ungesunder, struppiger Nässe verdunkelt. Noch war nicht alles Blut, das der Ärmste vergossen hatte, getrocknet.

Der Thai-Siam fühlte Hass und Verzweiflung in sich aufsteigen. Die Stille, von der sie zu dritt umgeben waren, erschien ihm unerträglich laut, brüllte aber nur *einen* von ihnen vorwurfsvoll an, und das war er, der brillante Inspektor Mouse, vis à vis zweier unnötiger Opfer, die er nicht hatte retten können. Ebensowenig den Barkeeper – und zu vermuten stand, dass auch Murr dran glauben musste.

Alles umsonst! Du kommst wieder zu spät! Sie sind tot! Mousetot!

Er löste sich aus den Schrecksekunden, war mit einem Sprung bei ihnen und legte die Pfote prüfend an Jerrys Hals. Schwach, aber unverkennbar spürte er den Puls. Das Wechselbad extremer Gefühle verpasste Mouse einen kräftigen Schuss Euphorie: Fischgrät war bewusstlos, aber er lebte, und die Erleichterung des Inspektors verdoppelte sich, als er gleich darauf feststellte, dass es sich mit Mitzi Schnurre genauso verhielt. Ihr hübscher, unversehrt aussehender Kopf neigte sich, mitgefangen, mitgehangen, ihrem Leidensgenossen so weit zu, wie es die Fesseln erlaubten, als hätte die schwarze Katze sich gerne an ihn gelehnt, wäre es möglich gewesen. Das verschwenderische Funkeln und Gleißen des phänomenalen Smaragds wirkte inmitten der dreireihigen Perlen an ihrem Hals surreal und überaus fehl am Platz. Ähnlich dem unangenehm scharfen und gleichzeitig süßlichen Geruch, der Mouse aus nächster Nähe in die Nase stieg und in einen klinisch weißen Operationssaal gehörte, anstatt in die punktuell illuminierte, aber ansonsten dumpfe Schwärze der Kanalisation.

Aether!

Man hatte die Agentin nicht durch Schläge ins Reich der Träume geschickt, die um einiges besser und entspannter sein mochten als die Realität. Weggetreten wie sie war, schien sie mit einer ordentlichen Dosis betäubt worden zu sein. Um ihren verhinderten Beschützer ruhigzustellen, hatte seine rabiate Spezialbehandlung gereicht.

Und trotzdem begann jetzt das heile Augenlid des Sergeants zu flattern; dann öffnete es sich langsam, als hätte er die Anwesenheit des Thai-Siams gespürt. Mit einäugiger Ungläubigkeit starrte er ihn an.

»Heiliger Strohsack, Inspektor, Sie sind es wirklich!«, brachte Fischgrät gequält hervor. »Tut mir leid, dass ich auf eigene Pfote … Verflucht, die hatten leichtes Spiel … Bin ihnen direkt ins Messer gelaufen …« Stöhnend brach er ab.

»Ssscht!«, machte Mouse. »Sparen Sie sich das bisschen Atem, das Sie noch haben.«

Er legte die Mauser griffbereit neben sich auf den Boden. Desgleichen den schweren Revolver des Schlitzers, zog dann das Klappmesser aus dem Jackett und ließ die scharfe Klinge aus dem Schaft schnellen. Es musste ihm unbedingt gelingen, die Gefangenen aus ihrer sorgfältigen Verschnürung zu lösen, bevor der Zernarbte wieder auf dem Posten war. Und das höchstwahrscheinlich in netter Begleitung von Räudig, der seine Gründe hatte, ihn hierherzulocken. Mouse suchte sich eine Stelle, an der die Fessel zwischen den Stühlen stramm gespannt war, und begann wild auf die Fasern einzusäbeln.

»Sind Sie noch da, Jerry?«, erkundigte er sich, ohne aufzublicken.

»Weitestgehend anwesend. Wie lautet der Befehl?«, hörte er den Verwundeten über sich.

»Halten Sie, so gut es geht, nach dem Durchgang Ausschau, ob wir Gesellschaft bekommen. So sich nur ein Schatten regt, geben Sie Alarm.«

Von da an würde nur noch zählen, dass er selbst wieselflink sein musste, um sich schützend vor die beiden zu stellen und das Feuer zu eröffnen, bevor das die Gegenseite tat und ihn niederschoss. Immerhin hatte er nun zwei Waffen und kam mit dem Messer gut voran. Doch der Strick war widerstandsfähig genug, ihn Zeit zu kosten, die sie nicht mehr hatten.

»Glauben Sie, Sie können laufen?«, fragte er weiter. »Die Kleine trage ich zur Not.«

»Werd's versuchen. Wird schon gehen. Muss einfach.«

»In Ordnung, Sie Optimist. Haben Sie eine Ahnung, was das irre Arrangement mit Ihnen beiden und dem dicken Klunker hier soll? Modeaufnahmen für Schlitzers Bazaar?«

»Schätze, ein besonders krasses Erpresserpfoto für Direktor von Maunz«, sagte Fischgrät rau, aber seine Stimme gewann an Festigkeit. So wie sie ihn zugerichtet hatten, war der zähe Bursche hart im Nehmen. »Ist auf Räudigs Mist gewachsen. Für den scheint die ganze Sache vorrangig politisch zu sein, was den anderen nicht in den Kram passt, aber sie fürchten ihn womöglich mehr als Tyvson. Als mich die schlitzenden Brüder schnappten, hörte ich sie untereinander reden. Dann haben sie mich so gründlich verplättet, dass ich nix mehr mitkriegte, nicht mal die Sache mit dem Ohr, hol der Teufel das brutale Pack! Als ich das nächste Mal wieder zu mir kam, hing ich hier mit Mitzi und dachte, sie sei tot.«

»Kam mir auch so vor«, knurrte Mouse und durchtrennte die Fessel mit einem letzten Ruck. »Was ist mit dem Schwarzen Ole und dem Zaster?«

Er fragte das, während er sich bemühte, die Stricke zu lockern. Fischgrät half nach Kräften mit und ruckte hin und her, als wolle er Ketten sprengen.

»Tyvson verschanzt sich tief im System und wartet auf seinen finalen Absprung am heutigen Abend, wenn endlich das Schiff ablegen wird, das ihn außer Landes bringt.«

Unerwartet traf die wiedervereinten Partner der Klang der noch wackeligen, aber kompetent und entschlossen anmutenden Stimme. Mitzi Schnurre wand sich, während sie sprach, wie ein Fisch am Haken, als wolle sie die nachgebende Fixierung unbedingt aus eigener Kraft abstreifen. Dank ihrer Bewegung sandte das funkelnde Juwel an ihrem flauschigen Hals grün blitzende Reflexe in die Runde.

»Hinsichtlich der Aufteilung der Beute haben sich Tyvson und Sandyman Krauley, nennen wir ihn weiter Räudig, von vornherein den Löwenanteil gesichert, vor Auszahlung der Bandenmitglieder. Wie der kittische Geheimdienst weiß, nimmt Räudig bei den Schlitzern schon seit Längerem eine führende Position ein«, berichtete die junge Agentin hastig weiter, als wäre ein solcher Rapport genau das, was jetzt von ihr erwartet würde. Mouse hütete sich davor, sie zu unterbrechen. »Allmählich wächst er dem Schwarzen Ole wohl über den genialen Kopf; sie verfolgen unterschiedliche Ziele. Zwischen beiden ist nicht nur ein Machtkampf ausgebrochen, sondern vor allem der erbitterte Streit, wer das Grüne Auge bekommt. Der aufrechte Genosse Räudig will das Juwel so oder so zerschneiden, einerlei, ob die Familie von Maunz, die Polizei und in letzter Instanz Regierungen verschiedener Staaten auf seine Forderungen eingehen werden. Der ideelle Wert des legendären Steins bedeutet ihm nichts. Er hat vor, die aus ihm gewonnenen Stücke und die Perlen so schnell wie möglich für seine Sache zu barer Münze zu machen. Der Schwarze Ole plant hingegen, den kostbaren Schmuck erst mal verschwinden zu lassen, um ihn später, wenn genug Katzengras über die Sache gewachsen ist, unter Nutzung verschwiegener Kanäle zu auktionieren und den Smaragd für eine astronomische Summe an irgendeinen stinkreichen und selbstverständlich anonymen Liebhaber seltener Preziosen meistbietend zu verkaufen. Es muss da einen Verbindungskater aus den höchsten gesellschaftlichen Kreisen geben, der die entsprechenden Fäden zieht und dafür reichlich entlohnt wird. Aber den kennen wir leider noch nicht. Lieber Himmel, was ist mir schlecht …«, unterbrach sie sich stöhnend.

»Das ist der Aether, davon wird einem furchtbar übel«, beeilte sich Fischgrät mitfühlend zu erklären.

Erstaunt hatte er Mitzis präzisen Ausführungen gelauscht und dabei nicht aufgehört, den Inspektor zu unterstützen, sie beide endlich freizubekommen. Wer sie so sachkundig verschnürt hatte, musste ein wahrer Verpackungskünstler sein – oder ein im Knoten- und Ösenschlagen erfahrener Seekater. Dank nicht nachlassender Anstrengungen zu dritt fiel die Last schließlich von ihnen ab, von Mouse mit einem trockenen »Leinen los!« kommentiert. Er ließ das Messer einschnappen und steckte es ein.

»Wir müssen machen, dass wir hier wegkommen«, sagte er, während sich Fischgrät und Mitzi wankend von ihren Stühlen erhoben. »Sind dazu alle sicher genug auf den Beinen? Und Sie, Gnädigste, darf ich bitten, noch rasch das kleidsame Geschmeide abzulegen und es mir auszupfotigen, bevor wir uns auf die Socken machen, auch wenn es Sie ungemein ziert. Kaum zu fassen, wie nachlässig diese erfahrenen Gangster damit umgehen, dass sie das Collier hier quasi unbeaufsichtigt zurücklassen wie ein im Garten verlorenes Spielzeug. Ihre leichtsinnige Arroganz kommt sie nun teuer zu stehen. Also, Miss Mutabor, darf ich bitten? Nicht, dass es doch noch verloren geht. Da wir uns inzwischen über Ihre wahre Identität und Profession ja im Klaren sind, gehe ich davon aus, dass Sie absolut nichts dagegen haben, das Grüne Auge diskret an seine derzeitigen Besitzer zurückzugeben.«

»Fragt sich nur, wer das in Wirklichkeit ist«, kam es grollend wie aus dem Bauch der Erde aus der diffusen Dunkelheit jenseits der am Boden aufgestellten Grubenlichter.

Mouse, sich reaktionsschnell die beiden Schusswaffen schnappend, Fischgrät und Mitzi fuhren herum. Jenseits der Kamera materialisierte sich ein gewaltiger Schatten, als nähme der Rauch aus Aladins Wunderlampe Gestalt an. Doch dieser Dschinni war ihnen nicht wohlgesonnen. Er hielt eine Brauning in der rechten Pfote, während er mit der linken jemandem winkte. Ob die Geste der vor ihm stehenden Gruppe galt oder anderen, die hinter ihm kamen, ging daraus nicht hervor, nur die Bedrohung war unmissverständlich. Stählerne Krallenspitzen fuhren aus dem grau-schwarz melierten Fell der entsetzlichen Pratze; der Pelz des riesigen Maine Coon machte den Eindruck, als sei er von Raureif durchzogen. Über das erbarmungslose Gesicht wischte ein sardonisches Lächeln.

»Schön die Bleispritzen unten lassen, Inspektor!«, gebot die herrische, dabei seltsam vertraute Stimme. »Ich warne Sie, andernfalls fließt auf der Stelle eine Menge Blut. Keine Sorge, zunächst nicht das Ihre, sondern der ölige Lebenssaft von einem ähnlich maßgeschneiderten Pinkel, wie ich sie seit jeher ganz besonders gerne habe. Es hat ihn quasi zu uns hinuntergespült, aus dieser öffentlichen Pissbude, die sich heute Morgen ausgesprochener Beliebtheit erfreut. Zuvor haben wir den rothaarigen Milchbubi dort aufgegriffen und später am Öhrchen gezaust. Er hat uns ein heulendes Liedchen gesungen und nach Ihnen geschrien, Mouse.«

»Das ist nicht wahr, Sie eklige Kanalratte!«

Fischgräts empörter Aufschrei brach sich an den Wänden, als der Thai-Siam ihn davon abhielt, dem Feind vor Schwäche torkelnd entgegenzuziehen.

»Geschenkt, Mouse, aufgrund alter Bekanntschaft und dem Fluch unserer Herkunft«, dröhnte des räudigen Krauleys unangenehmer Bass. »Schieben Sie die beiden Wummen brav in den Halbkreis der Lichter. Ein inniges Dankeschön für Ihre Kooperation. Los, Leute, zeigt dem berühmten Polypen, wen wir da Feines haben.«

Mouse bewegte sich nicht, doch er zögerte zu schießen, weil er sich bei diesen Worten urplötzlich ein betörendes Wesen in einem mitternachtsblauen Mantel vorstellte, das sich in einem ebenso verwegenen wie idiotischen Alleingang in Sachen Familienehre auf den Weg in die Kanalisation gemacht hatte. Zwar hörte sich der Maine Coon eher so an, als spräche er von einem Kater. Aber konnte es nicht sein, dass er ihn damit nur täuschte, Natascha jedoch inzwischen vom Kommando Maikater ein weiteres erpresserisches Schreiben erhalten hatte, das sie hierher bestellt und in die Falle gelockt hatte?!

›Weil sie sich nicht wirklich auf mich verlassen hat‹, dachte Mouse noch. Dann innerhalb einer weiteren Sekunde, dass er sich darin nicht geirrt hatte, weil nun tatsächlich eine schlanke, äußerst elegante Gestalt an Räudig vorbei in den Freiraum zwischen den Lampen vorstolperte.

Der Inspektor schickte wie verlangt die Mauser und den Armeerevolver über den glatten Boden.

Der Lichtschein fiel wahrhaftig auf eine Persönlichkeit von Rang und Namen, die mit dem bestohlenen Direktor von Maunz denkbar vertrauten Umgang pflegte. Nur handelte es sich dabei nicht um dessen wunderschöne Nichte, wie Mouse erleichtert feststellte. Statt ihrer stand dort kein anderer als Syndikus Tigerius Seidig in seinem edlen Gabardineanzug mit der leuchtend roten Nelke am Aufschlag des exquisit geschneiderten Jacketts. Als wäre der vornehme Anwalt mit dem Aufzug vom mörderischen Tatort in Werkshalle 7 ein paar Etagen tiefer in Kratzburgs Unterwelt eingefahren, kam es Mouse vor und er stutzte, weil ihm hier etwas ganz gewaltig gegen den Strich zu gehen begann.

Was nicht an der bedrohlichen Präsenz Räudigs noch an den Schlitzern lag, die vor und hinter ihnen immer zahlreicher aus den beiden Eingängen hervorquollen und ihre mutmaßlichen Opfer in die Zange nahmen. Drei, nicht vier, wie Mouse sicher wusste, noch bevor der feine Bengale sich bückte, die ihm vor die Pfoten geschlitterten Revolver aufnahm, sich geschmeidig wieder erhob und in einem abschließenden Schwung die Mauser auf den Inspektor und seine jungen Gefährten richtete.

»Pfoten hoch, alle drei, wenn ich bitten darf«, ging es Seidig so glatt über die Zunge, als würde bei Gericht aufgefordert, sich vor dem Richter zu erheben.

»Das kann doch nicht wahr sein …«, hörte Mouse den völlig verdatterten Sergeant neben sich stammeln und dachte ungefähr das Gleiche, ohne dem Syndikus zu gehorchen.

»Elender Verräter!«

Der Ruf der kittischen Agentin schallte über alle hinweg; hoch und klar wie die Fanfare eines zerzausten Racheengels. Auch Mitzi ließ die Pfoten unten.

»Sie, Syndikus, sind die direkte Verbindung zwischen der Villa Maunz und den Schlitzern«, übernahm Mouse die Anklage. »Ihre Position als langjähriger Anwalt der Firma und Familie war perfekt, aber diese exponierte Stellung scheint Begehrlichkeiten in Ihnen geweckt zu haben. Offenbar so stark, dass Sie die Seiten, oder besser gesagt, oben und unten gewechselt haben. Und den Briefträger gespielt, denn kein anderer als Sie, Seidig, hat die Nachrichten des ominösen Kommandos Maikater in die Villa geschmuggelt. Was kein Problem war, denn Sie gingen dort ein und aus und wussten wie kein anderer über die Maunz'schen Vermögensverhältnisse Bescheid; nicht zuletzt über die sehr spezielle Beziehung zwischen den Killmauskis und der katzarischen Krone. Sie haben Felix von Maunz suggeriert, dass es ratsam sei, nicht zu sehr mit der Polizei zu kooperieren, wobei es zuvor besonders schlau war, weil es so authentisch wirkte, mit der Wahrheit über den kostbaren Stein nur scheibchenweise und scheinbar zögernd herauszurücken. Schon deshalb wäre niemand darauf gekommen, dass ausgerechnet Sie mit Tyvson und Räudig gemeinsame Sache machen. Darum lag es Ihnen auch so am Herzen, Trixie Musch schnellstmöglich aus der Untersuchungshaft freizubekommen. Erstens hätte sie in den Fängen der Polente etwas ausplaudern können und war zweitens an Ort und Stelle hinter dem Spiegel dem gewissenlosen Triumvirat weit mehr von Nutzen als hinter Schloss und Riegel.«

»Und jetzt fällt ausgerechnet so ein oberschlauer, schneidiger Bursche wie Sie, Inspektor, auf den abgelutschten Ganoventrick herein, ein vermeintlich bedrohtes Opfer vorzuschicken und Sie auf diese lässige Weise zu entwaffnen, ohne sich die Pfoten schmutzig zu machen! Bei all Ihrer Erfahrung ist das wirklich dumm gelaufen. Aber ich muss sagen, dass es mir Freude macht, denn seit dem Morgen in von Maunz' schwülstigem Hinterstübchen im Kontor fällt mir Ihre Überheblichkeit ganz ungeheuerlich auf die Nerven, Mouse. Und wieso eigentlich ›Mouse‹? Haha, wohl ärmliche Vorfahren in Mausetanien, die irgendwann zu Geld gekommen sind, was?«

»Halten Sie endlich die gottverdammte Fresse, Sie seidiger Parvenu, sonst polier' ich Ihnen zuerst die geschniegelte Visage und ziehe Ihnen anschließend einen neuen Scheitel oder auch mehrere durch den glatt gebürsteten Balg!«

Der ordinäre Schnauzton ließ den Bengalen herumfahren, als hätte er sich verhört, zumal es sich dabei nicht um eine rüde Replik des Inspektors handelte, wie sie von Mouse allerdings nur jemand hätte erwarten können, der ihn nicht genauer kannte. Unwillkürlich duckte sich Seidig vor dem wuchtigen Maine Coon, der ihm mit seinen stahlblitzenden Krallen irritierend dicht auf den Pelz gerückt war. Dass Räudig mitunter völlig unberechenbar reagierte, hatte der Syndikus während ihrer monatelangen Mesalliance des Öfteren erlebt; gewöhnt hatte er sich daran nicht. Jetzt schien es, als würde dem Finsterling sein Spott über den impertinenten Thai-Siam auf einmal gegen den Strich gehen.

»Einem schmierigen Judas wie Ihnen, dabei ein Würstchen vom Kontinent, steht es nicht zu, solch große Töne zu spucken«, verbreitete sich sein eigentlicher Partner weiter.

Die fein gebogene Nase des Anwalts wurde weiß vor Wut; seine akkurat geschwungenen Schnurrhaare zitterten.

»Verräter wie wir, in verschiedenen Klassen der Verderbtheit!«, brach es erbittert aus ihm hervor. »Ich habe meinen Klienten und langjährigen Vertrauten verraten und Sie, Räudig oder Mr Krauley, sogar Ihr Land, Ihre gesellschaftliche Stellung, Ihre Familie.«

Wie ein Blitz aus düsterem Himmel schoss die Pfote des Gangsters vor und harkte dem Bengalen quer durchs Gesicht. Über dessen Nase und linker Wange öffnete sich das zart gesprenkelte Fell wie eine pelzige, reife Frucht. Aus drei tiefen Schlitzen begann es stark zu bluten. Der Syndikus schrie entsetzt auf und wich in Richtung der bei den Stühlen ausharrenden Dreiergruppe zurück. Dabei presste er ein Batisttaschentuch gegen seine frischen Wunden.

Zuvor hatte ihm Räudig die beiden Revolver in so autoritärer Manier abgeknöpft, wie man einem ungezogenen Katzenkind ein Spielzeug abnimmt. Die Mauser des Inspektors versenkte er in seiner Lederjacke, die zweite Waffe reichte er an einen Schlitzer weiter. Dass der Anwalt auf ihn hätte schießen können, schien der Maine Coon von vornherein als etwas verworfen zu haben, das so wahrscheinlich war wie ein Schlitzer mit Skrupeln. Seidig war zwar kein Schlitzer, aber als versierter Jurist wendig genug, um auf der Stelle zu wissen, was die Stunde geschlagen hatte.

Bong, bong, bong.

Urplötzlich, aber vermutlich von Räudig seit Längerem genauso geplant, zählte er zu den Opfern und nicht mehr zu den Tätern, die den ausgeleuchteten Platz in der Mitte mit Unheil verkündenden Mienen umstanden. Verschlagene Blicke ließen grüngelbe Augenschlitze funkeln; an jeder Pfote bezeugte ein bedrohliches Schimmern die spezielle Aufrüstung der Krallen.

»Und weil ich das doppelzüngige Metier des Verrats so gut beherrsche, Sündikus«, verkündete Räudig alias Krauley auch schon, »disponiere ich jetzt um und bin so flexibel, wie es die Situation und aktuell die Freigabe der in St. Leonhart einsitzenden Genossen erfordert.«

Mouse merkte bei diesen Worten auf, während neben ihm Mitzi Schnurre bestätigend nickte. Das also war das politische Ziel, das jemand verfolgte, dem offenbar jedes Mittel recht war, es zu erreichen.

»Es braucht extreme Maßnahmen, um der Gegenseite unmissverständlich vor Augen zu führen, wie ernst ich es meine«, fuhr der unheimliche Kater fort und schwenkte die Brauning von einem zum anderen seiner Gefangenen. »Ein im wahrsten Sinne des Wortes gestochen scharfes Pfoto eines stadtbekannten, toten Pinkeladvokaten wirkt sicher Wunder. Da ich außerdem als wahlweise blutige Verhandlungsmasse einen berühmten Kriminaler, seinen leicht lädierten Sergeant, eine schnucklige Agentin, sowie last not least ein Kronjuwel der Katzaren in der Hinterpfote habe, sollte etwas davon, oder auch alles zusammen, hermetisch verschlossene Gefängnistüren mit tödlicher Sicherheit öffnen.«

Als sei dies ein Stichwort für jemanden, der sich sorgsam versteckt und dabei vielleicht allzu lange im Hintergrund gehalten hatte, weshalb er am Ende Gefahr lief, die Fäden seines komplizierten Marionettenspiels aus der Pfote zu geben, begann die unscheinbare Metalltür in der linksseitigen Wand aufzugehen. Sie kündigte dies mit einem dumpfen Scheppern an; es entriegelte sich ein Schloss, das nur selten aufgesperrt wurde.

Die versammelten Schlitzer schienen zu wissen, wer sich zeigen würde. Fast ehrerbietig wichen sie davor auseinander, was Mouse, Fischgrät, Mitzi und Seidig die Aussicht auf einen dahinterliegenden dunklen Gang ermöglichte.

Auf dessen Schwelle erhob sich ein Kater, groß und breitschultrig wie Räudig, und dennoch wirkte er vollkommen anders. Seine spitzohrige, den Türrahmen zur Gänze ausfüllende Gestalt schien von einem geisterhaften Licht umgeben, dessen Quelle nicht auszumachen war, sodass es aussah, als leuchte seine geheimnisvolle Erscheinung aus sich selbst heraus. In seinem langhaarigen schwarzen Pelz hing ein irisierender Schein; aus dem von einer wallenden Mähne umgebenen Haupt strahlten beryllgrüne Augen, Fenster einer unzugänglichen Seele. Er trug einen anthrazitfarbenen Anzug und ein ebensolches Hemd mit einer lackschwarzen Krawatte, als sei sie aus Lakritz. Details, die sichtbar wurden, nachdem er weiter aus dem Gang herausgetreten sein musste. Er schwebte gleichsam auf der Dunkelheit und verlieh ihr den Glanz seiner markanten Präsenz.

Heiliger St. Katzetan, wie hatte es jemals gelingen können, jemanden festzusetzen, dessen dunkle Energie vor keiner noch so dicken

Tür, ja nicht einmal vor Wänden haltmachte, so er sich vornahm, sie zu durchdringen!? Versammelte er doch Kraft und Unwiderstehlichkeit einer Intelligenz, die sich Bahn brach, wenn er es schließlich und endlich wollte. Er war Bakrus Tyvson, genannt der Schwarze Ole, und jetzt hatte er genug.

26. Kapitel

›Wahrlich, auf seine Art ein düsterer König der Unterwelt‹, dachte Inspektor Mouse ungewollt beeindruckt von Tyvsons nicht zu leugnender Ausstrahlung.

Er hörte, dass Sergeant Fischgrät ein atemloses »Alter Schwede!« herausrutschte, was Mitzi Schnurre, ohne den Blick von der seitlichen Tür abzuwenden, in ehrfürchtig klingendem Flüsterton korrigierte: »Norweger! Er ist Norweger.«

Ausnahmslos niemand vermochte sich der Wirkung dieses unvermuteten Auftritts zu entziehen, nicht einmal des Schwarzen Oles eigene Verbündete Räudig und Seidig, und schon gar nicht die schlitzenden Befehlsempfänger, die ihnen in drei Teufels Namen folgten. Bereit, jederzeit in die Handlung einzugreifen, scharte sich die verruchte Komparserie um die Protagonisten wie in der alles entscheidenden Massenszene eines dem Ende zustrebenden Dramas. Schon war der Deus ex Machina wie aus dem Nichts auf der Bühne aufgetaucht.

›Der aktuell jeglichen Wirrwarr stille schweigen lässt und damit der Sieger wäre‹, folgerte Mouse eingedenk der prophetischen Zeilen aus Catbeth. Doch der vorausschauende Blick des Thai-Siams glomm in hoffnungsvollem Lapislazuli. Er interpretierte die Lage anders: Die Tragödie des legendären Skatzinaviers wollte es, in den eigenen Reihen den furchtbarsten Gegenspieler zu haben.

Dieser kam seinem Anführer nun zuvor. Selbstbewusst unterbrach er das andächtige Schweigen als Erster.

»Fein, dass Sie da sind, Tyvson«, knurrte Räudig.

Mouse registierte das in Gangsterkreisen seltene ›Sie‹, was nach außen hin noch immer von Respekt zeugte.

»Bin gerade im Begriff, ein Exempel zu statuieren, das seine Wirkung nicht verfehlen wird«, fuhr der Maine Coon in Unterwerfung heischender Bedrohlichkeit fort. »Entledigen wir uns des überflüssigen Ballasts und mischen die Karten neu – nach dieser unerquicklichen Partie zu dritt ist mir entweder nach einem forschen Räuberskat oder einem anspruchsvollen Piquet, denn bei dem einen wie dem anderen gibt es nur zwei Mitspieler. Einen Durchgang, der wenig einbringt und dessen Reiz sich verbraucht hat, beendet man mit dem entscheidenden Stich, also ist jetzt Schluss mit Seidig. Auch bei der Pik-Dame mache ich einen Schnitt und gleich danach ein ausdrucksvolles Pfoto.«

Er untermalte seine Ankündigung, die einem Todesurteil gleichkam, mit einem Rasseln der martialischen Krallen, als würde ein schlitzender Schnitter mit Katzagnetten aus Metall zum letzten Tanz bitten. Sofort stellten sich Mouse und Fischgrät schützend vor Mitzi, die in professioneller Ruhe ihrem Peiniger mit abschätzenden Blicken entgegensah. Im Gegensatz zu dem in Panik geratenen Anwalt wirkte sie ganz und gar nicht verängstigt oder wie eine Katze, die schon seit einer Weile in der tödlichen Falle festsaß, die sich nun endgültig zuzog.

»Haben Sie völlig den Verstand verloren, Räudig?«, kreischte der verletzte Bengale und wedelte mit dem blutbesudelten Taschentuch, das er sich gleich darauf wieder an sein derangiertes Gesicht presste. Syndikus Seidigs kühl distanzierte Stimme hatte sich in das fiepende Falsett einer gefolterten Maus verwandelt.

Der Ex-Partner schenkte ihm ein Grinsen, das luchsgroße Reißzähne eindrucksvoll zur Geltung brachte sowie seine abgrundtiefe Verachtung für den geschassten Salonlöwen, der drauf und dran war, den teuren Gabardineanzug einzunässen.

»Schnappt euch die beiden!«, wies Räudig die Schlitzer an, die der bedrängten Gruppe am nächsten standen. »Setzt den maunzenden Rechtsverdreher und das hübsche Kind auf die Stühle. Nicht loslassen und bringt sie schön in Positur, denn nun werde ich sie mir vornehmen.« Ihm reichten ein paar seiner federnden Schritte, um im Zentrum des sich anbahnenden Geschehens zu den vieren zu stoßen und sich drohend über sie zu erheben. Mouse hatte die hünenhafte Gestalt direkt vor sich und gleichzeitig eine aus der Vergangenheit stammende Vision vor Augen:

Sandyman Krauley, ein junger, auffallend athletischer Maine Coon aus einem der höheren Semester inmitten eines erfolgreichen Rugbyteams. Die sich zu einem kämpfenden Knäuel zusammenballenden Spieler in grellbunten Trikots auf einem leuchtend grünen Rasen, wie es ihn nur hinter den berühmten Colleges von Catsbridge gab. Und er selbst, Selwyn Mouse, unter den anfeuernden Zuschauern am Spielfeldrand, mit bewundernden Blicken für den Sieger auf dem Vormarsch, der sich im Wirrwarr des Wettkampfs so skrupellos durchsetzte, dass er den Gegner stillschweigen ließ, bevor er über ihn triumphierte. Räudig hätte das Zitat aus Catbeth nicht passender wählen können. Noch schien er nicht jegliche Erinnerung an eine Welt eliminiert zu haben, die er in seinem Fanatismus inzwischen völlig ablehnte, weil er, wie er fand, unverdient in sie hineingeboren war, mit einem silbernen Dosenöffner in der Schnauze.

Mouse wischte die Erinnerung aus dem brisanten Hier und Jetzt. Er tastete nach dem Messer in seiner Jacke. Nach der Abgabe der Revolver war niemand mehr auf die Idee gekommen, ihn zu durchsuchen. Die Beseitigung des Anwalts und der Agentin bahnte sich unter den Blicken des Schwarzen Oles an, was zur Folge hatte, dass dem Befehl des Maine Coon diesmal nicht sofort entsprochen wurde. Die zum brutalen Zupacken aufgeforderten Schlitzer standen zwar bereit, doch ihre Blicke wanderten zwischen den beiden Führern hin und her und blieben zuletzt an Tyvson hängen, als bräuchte es dessen Bestätigung, um loszulegen. Sein plötzliches Auftauchen ließ Räudigs System des fraglosen Kadavergehorsams, der den perfekten Ablauf bisher garantiert hatte, in diesem entscheidenden Augenblick ins Wanken geraten. Zuvor hatte das eigentliche Hirn der genialen Operation im Verborgenen rastlos ersonnen und geplant, während in höheren Schichten der Hydra mit Räudig ein Kopf zu wachsen begann, der sich am Ende gegen das Oberhaupt wendete.

›Letztlich kann es unter solchen Kerlen nur einen geben, der das Sagen hat‹, dachte Mouse.

Als hätte der Norwegische Waldkater seine Gedanken gelesen, erhob sich Tyvsons Stimme leise, kalt und voller Verachtung. »Wenn wir schon spielen, Garstigmann: Der König zu dritt macht trotzdem seinen Stich, Sie Lusche.«

Kurzfristiges Erstaunen huschte über die finstere Miene des so geringschätzig Angesprochenen wie eine von einem Sturm vorausgeschickte Gewitterwolke. Doch dann erhellte sich Räudigs Gesicht, als hätte er es darauf angelegt, dass sich die Machtfrage endgültig klärte. Er nahm die Dinge selbst in die stahlkrallenbewehrten Pfoten, packte den schrill aufschreienden Anwalt mit schmerzhaftem Griff im seidigen Nacken, während er in der anderen statt der Brauning plötzlich die Mauser hielt und Mouse nun mit der eigenen Waffe bedrohte.

»Halten Sie sich gefälligst zurück, Inspektor«, wies er seinen ehemaligen fellow student an. »Um einen wie den ist es nicht schade. Das wissen wir beide!«

Der riesige Kater zerrte den wimmernden Bengalen zu den beiden Stühlen hinüber; inzwischen wirkte seine Bedrohlichkeit, als gelte sie allen. Er zwang Seidig durch zunehmenden Pfotendruck, Platz zu nehmen. Frische rote Rinnsale rieselten dem Syndikus über den gestärkten Hemdkragen und tränkten seine Revers. Wie zwischen Scylla und Charybdis in arge Bedrängnis geraten, sah Inspektor Mouse von einem Bandenboss zum anderen. Tyvson verfolgte das selbstherrliche Gebahren seines monströsen Adlatus mit teilnahmsloser Ruhe. So oder so war das Leben des auf die schiefe Bahn geratenen Juristen keinen Pfifferling mehr wert, also warf sich der Thai-Siam in die Bresche und kam der Mündung seiner Mauser gefährlich nahe.

»Zum Henker, Krauley, komm zur Besinnung, falls deine schwarze Seele noch nicht ganz verloren ist!«, sprach er Räudig in beschwörendem Ton mit seinem alten Namen an und fasste das Messer in seiner Tasche unbemerkt fester. »Bei allem, was dir heutzutage so eminent wichtig ist, was bringen weitere schäbige Morde? Du hast schon den harmlosen Barkeeper auf dem Gewissen und vermutlich auch MacSchlapp und noch viele andere, die dir im Wege oder nicht deiner hehren Überzeugung waren! Zu welch brutalem Schlächter einer verkommen kann, weil er sich ursprünglich selbst nicht erträgt. Und Sie, Tyvson, lassen es zu, dass Ihnen so jemand die clevere Tour vermasselt!«, wandte sich der Inspektor zuletzt an die düstere Silhouette in der seitlichen Tür. »Das ist unter Ihrem Niveau, lassen Sie sich das von einem von der anderen Seite gesagt sein.«

Als Mouse verstummte, reagierte keiner der Angesprochenen unmittelbar. Der Schwarze Ole hielt sich noch im Schatten; Räudig im vollen Licht starrte den schlanken Thai-Siam mit undeutbarer Miene an. Vielleicht hatten dessen Worte blitzartig eine verödete Abteilung seiner fanatischen Überzeugung durchzuckt. Ein unheilvolles Schweigen hing für einen Moment über der bedrohlichen Szene, dann begann sich Unruhe in den Reihen der abwartenden Schlitzer auszubreiten. Der eindringliche Appell des kaltblütigen Polypen, der mit seiner großen Schnauze ohne Zweifel Kopf und Kragen riskierte, stellte sie alle miteinander auf die Probe, denn er zwang ihnen die Entscheidung ab, zu welchem der beiden Alphakater sie zu halten gedachten. Die brachiale Gewalt von Garstigmann Räudig fühlte sich überwältigend an. Unter seiner Knute geriet man in einen Macht- und Blutrausch, der alles mit sich fortriss, was sich ihnen widersetzte. Der Schwarze Ole war Legende. Der geheimnisvolle Norweger besaß die Aura eines mit überkätzischen Fähigkeiten ausgestatteten kriminellen Masterminds. Ihm zu dienen, stellte die höchste Stufe der Ganovenehre dar, die jemand erreichen konnte, der keine Ambitionen besaß, sich selbst an die Spitze zu setzen.

Wer würde sich in den nächsten Minuten durchsetzen? Wem galt es, rechtzeitig seine Loyalität zu bekunden, ohne sich damit auf die falsche Seite zu schlagen, ein danach wohl nicht mehr zu korrigierender Fehler? Die Chemie hatte zwischen Tyvson und Räudig nie gestimmt und nicht nur weil er die Drecksarbeit übernahm, trieb es Letzteren schon eine Weile um, allein das Sagen zu haben.

»Ruhig Blut, alle miteinander, und keine falsche Bewegung! Das gilt für jeden der anwesenden Herrschaften! Ihr zwei da, vortreten«, fauchte Räudig zwei Schlitzer an und unterstrich seine nächsten Befehle mit der Mauser. »Nehmt der Mieze den grünen Klunker ab! Auf ihrem letzten Pfoto muss sie nicht mehr gut aussehen; ganz im Gegenteil. Desgleichen der da.«

Ohne den Blick von der bedrohlichen Gestalt im Türrahmen abzuwenden, wies der Maine Coon mit kantigem Kinn zu dem auf seinem Stuhl zu einem Häufchen Elend zusammengesunkenen Syndikus. Die hartgesottenen Kerle, die Räudig zu sich befohlen hatte, wussten, was von ihnen erwartet wurde, und gehorchten nun aufs Wort. Mit gezogenen Messern näherten sie sich zuerst Mouse, Fischgrät und Mitzi. Schweren Herzens ließ die schwarze Katze das funkelnde Collier in eine ausgestreckte Krallenpfote sinken, begleitet vom zustimmenden Nicken des die Lage abwägenden Inspektors. Nachdem einer der beiden Schlitzer Räudig die katzarischen Kronjuwelen übergeben hatte, stopfte dieser den kostbaren Schmuck betont gleichgültig wie ein benutztes Schnupftuch in eine Außentasche seiner Lederjacke.

Jetzt packten die Schurken den Syndikus von links und rechts, der sich als Todeskandidat unter ihren stahlharten Griffen auf der Sitzfläche verzweifelt, aber aussichtslos zu krümmen begann. Über dem blutigen Kopf des Anwalts hob sein furchtbarer Henker langsam die linke Pfote empor, als brächte er ein Fallbeil in Position. Ein Klicken wie von einem aufspringenden Klappmesser wurde in der atemlosen Stille für alle hörbar und gleich darauf sichtbar, woher das Geräusch stammte: die Länge der aus Räudigs Tatzen ragenden Stahlkrallen hatte sich soeben verdoppelt.

Noch immer sah er nicht auf sein Opfer hinab, sondern blickte herausfordernd zum Schwarzen Ole hinüber. Ein seltsames Lächeln glitt über Räudigs finsteres, in seiner Bedrohlichkeit beeindruckendes Gesicht. Maliziös, kühn und überlegen, egal wie es ausgehen würde. Die bernsteinfarbenen Augen glitzerten in einem nicht zu löschenden Feuer, als sie wie zu einem letzten Gruß auch die alarmierten Züge des Thai-Siams streiften.

»*Wann kommen wir drei uns wieder entgegen, im Blitz und Donner, oder im Regen*?«, zitierte der Maine Coon grollend die bekannten ersten beiden Zeilen aus Catbeth.

Die an Tyvson und Mouse gerichtete Frage beschloss er mit einem zynischen Lachen. In der nächsten Sekunde würde die grauenvolle Krallenpfote niedersausen und den panisch zuckenden Leib des Bengalen von der Kehle bis zur Taille aufschlitzen. Nicht einmal eine schusssichere Weste könnte einem solchen Schlag Widerstand bieten; schon gar nicht Gabardine.

Sergeant Fischgrät schloss die Augen, doch in seiner Vorstellung sah er die aus der tödlichen Wunde hervorquellenden Gedärme nur umso deutlicher hervortreten. Gleichzeitig hörte er Mitzi schrill aufschreien und dann auch Mouse aufgeregt neben sich rufen.

»Sandyman, um Himmels willen zeig Erbarmen!«

So verpasste Jerry den Blitz, aber nicht den Donner, denn dieser äußerte sich mit einem überwältigend lauten Knall. Der rötliche Tigerkater hob den Blick und starrte in die Runde. Inspektor Mouse war, jegliche Vorsicht hinter sich lassend, nach vorne gehechtet. Zu seinem Glück kam er um Schnurrhaaresbreite zu spät, als die Kugel einschlug, die nicht etwa aus der Mauser abgefeuert worden war.

Räudig strauchelte plötzlich, weshalb, war für die zuerst fassungslosen Zuschauer nicht auszumachen, obwohl sich bereits in ihr Bewusstsein einzuprägen begann, dass es mit dem Schuss zusammenhängen musste. Von der Detonation noch wie betäubt, registrierten sie, was geschah, ohne auf der Stelle reagieren zu können.

Statt des jämmerlichen Syndikus war völlig unerwartet der gewaltige Maine Coon in Herznähe aufgeplatzt. Ein taubeneigroßes, randzerfetztes Loch klaffte im schwarzen Leder seiner Jacke, ein Schwall dunklen Blutes drang aus dem Raureifpelz der breiten Brust. Das schwere Kaliber würde den Thai-Siam getroffen haben, hätte der sich den Bruchteil einer Sekunde früher zum Sprung entschlossen.

Jetzt drehte sich Mouse sprachlos um. Er hatte das Messer nicht mehr gezückt, als er als Erster begriff, wer geschossen hatte. Ihm folgten Dutzende schräger Augenpaare, in denen sich Furcht, Ungläubigkeit und dann hochkochende Wut widerspiegelten. Die Schlitzer hatten den Ausgang des Machtkampfs offenbar anders erwartet, obwohl es Bakrus Ole Tyvson war, der eine große Schmiss & Wesson in der rechten Pfote hielt, die andere umfasste den Griff eines Aktenkoffers.

Mit der durchschlagkräftigen Waffe, die es schon brauchte, um einen wie Räudig umzunieten, hatte der Norwegische Waldkater sich seines früheren Partners entledigt, noch bevor dieser das Gleiche am Syndikus vollzog. Der Koffer enthielt zwei Drittel der pekuniären Beute und damit sämtliche Anteile der drei Führer. Nach einem ersten Abschlag kurz nach dem Raub sollten die Mitglieder der Schlitzerbande am heutigen Tag endgültig ausgezahlt werden; wenn es nach ihm, Tyvson, gegangen wäre, viel früher.

Aber dann hatte Räudig mit dem alles aufs Spiel setzenden erpresserischen Heckmeck um das Grüne Auge begonnen. Von seinen brutalen Methoden fasziniert, waren so einige Unterlinge bereit, ihm auch darin zu folgen. Zusammen mit dem Schleimbeutel von Anwalt war der Maine Coon am Morgen im innersten Versteck aufgetaucht. Zu dritt hatten sie erbittert darum gerungen, wie die gemeinsame Sache beendet würde, bevor sich ihre Wege am Abend ein für alle Mal trennen sollten – *das ist, eh der Tag sich neigt.*

Schon da hatte er geahnt, dass es ohne Gewalt wohl nicht entschieden werden konnte, und weil das so war, persönliche Vorsorge getroffen. Er wollte den Gesinnungseiferer so lange machen lassen, wie es ihm selber nützte. Dazu gehörte, dass Räudig, wie zu erwarten, den Syndikus beiseiteräumte und danach selber dran war. Hinsichtlich der Reihenfolge der Abgänge seiner so unterschiedlichen Kompagnons hatte Tyvson jetzt kurzfristig umdisponiert und sich seines einzigen ernst zu nehmenden Rivalen entledigt. Was mit dem angezählten seidigen Mickerling passierte, war zu vernachlässigen.

Die der Schlitzerbande zustehenden hundertfünfundzwanzigtausend souris d'or hatte der Schwarze Ole in dem verhassten Rattenloch zurückgelassen. Da blieb er fair, er wollte nicht ausgerechnet die über den Tisch ziehen, die am schwersten für den Erfolg seiner Sache geschuftet hatten. Der Weg zu dem geheimen Ort in der Tiefe der Kanalisation war manchen von ihnen bekannt; sollten sie sehen, wie sie die Pinke unter sich aufteilten. Vermutlich würde sich die Anzahl derer, die ihren Lohn am Ende tatsächlich erhielten, noch reduzieren. Da biss die Goldmaus keinen Faden ab, denn die Gier war groß und die Schlitzer aufs Hauen und Stechen spezialisiert.

Nur bitter und eigentlich unverzeihlich, dass der berühmte Smaragd, das wertvolle pièce de résistance des grandiosen Fischzugs, für ihn verloren war. Das Collier steckte in des räudigen Krauleys Jacke, doch der Weg dorthin war nach dessen Tod von einer aufgebrachten Menge verstellt, durch die sich sein Mörder nicht durchzukämpfen gedachte.

Tyvson empfand über beide Verluste nur wenig Bedauern, stattdessen eine Leichtigkeit, die ihn sich umdrehen ließ, bevor noch jemand die nur von innen zu öffnende Tür erreicht hatte. Der Norwegische Waldkater schlug sie allen vor der Nase zu und zog sich in den Gang zurück. Das Grüne Auge von Katzinopel wäre auf der bevorstehenden Reise ein gewichtiges Unterpfand für lang anhaltende Sorglosigkeit gewesen, aber der Verzicht darauf würde ihn nicht ohne Mittel aus früheren Unternehmungen zurücklassen, die er vor seiner Haft in Banken dreier Kontinente deponiert hatte.

Alles, was er in den kommenden Stunden brauchte, stand in einem Karton hinter der nächsten Ecke bereit: abgetragene Klamotten, bessere Lumpen, darunter ein grauer Fedora, zerbeult und mit zerschlissener Krempe und ein mit Rattenfell bespannter Tornister aus dem großen Krieg, in den er den Inhalt des Koffers umpacken würde.

Nicht einsam, aber wohltuend allein machte der Schwarze Ole die Biege.

Derweil begann sich der Ring der Schlitzer um Mouse, Fischgrät und Mitzi sowie Syndikus Seidig bedrohlich enger zu ziehen. Als Räudig getroffen zusammenbrach und die zwei den Anwalt bewachenden Schlitzer Deckung suchend auseinanderspritzten, war der Bengale mit einem hysterischen Maunzer vom Stuhl gerutscht und auf allen vieren zu den Polizisten zurückgekrochen. Die Erbitterung der kopflos gewordenen Bande konzentrierte sich nun ungebremst auf die ihnen ausgelieferten Gefangenen. Das Machtvakuum, das entstanden war, verlangte mit Taten ausgefüllt zu werden, wie sie der furchtbare Maine Coon von denen, die ihm folgten, erwartet hätte.

Mouse wusste sofort, dass die Stimmung in keinster Weise zu ihren Gunsten umkippte und nach dem plötzlichen Verlust ihrer Führer auch nur einer der Gauner die Flucht angetreten hätte. Ganz im Gegenteil, die Bande war hart und brutal; mehr Blut und nicht mehr ihr eigenes musste fließen, um die unerträgliche Spannung zu lösen.

Obwohl nach dem Schuss kaum eine Minute vergangen war, hatte in der unübersichtlichen Kammer inzwischen jeder begriffen, dass niemand anderes als der Schwarze Ole Garstigmann Räudig niedergestreckt hatte. Die Schlitzer spürten, dass ihnen die Sache entglitt und sie mit Tyvsons Abgang womöglich auch die Kohle verlieren würden. Aber noch steckte ja der fette Klunker in der Lederjacke ihres toten Chefs, dem sie ein Massaker schuldig waren, wodurch sich vielleicht entschied, wer ihm nachfolgte.

Mouse, Mitzi und der Sergeant standen Rücken an Rücken. An Fischgräts Hosenbeine presste sich das gesträubte, blutende Fellbündel, das von dem distinguierten Maunz'schen Anwalt übrig geblieben war. Die Todesangst hatte Seidig jegliche Würde ausgetrieben. Nachdem er Räudig knapp entkommen war, zeigte sich, dass in ihm weniger Tapferkeit steckte als in einem flüchtenden Nager.

Ohne Zweifel erschien die Lage hoffnungslos; rundum erfüllte metallisches Klicken die nach Eisen, Abwasser, Angst und Zorn riechende dicke Luft. Von allen Seiten kamen mordlüsterne Gestalten auf sie zu, vor Aufregung hechelnd, als sie die grausigen Pfoten hoben, deren Krallen in doppelter Länge schimmerten. Noch griffen sie damit drohend ins Leere, um in wenigen Augenblicken in Fell, Haut und Fleisch zu hacken. Doch eben diese perverse Freude an Grausamkeit sollte dem Inspektor und seinen Gefährten einen allerletzten Aufschub verschaffen. Denn das Einfachste wäre für die Schlitzer gewesen, sie ohne Umstände einfach niederzuschießen. Stattdessen trafen sie auf Gegenwehr.

Mouse hatte einen der Stühle an der Lehne gepackt und hielt ihn, die vier hölzernen Beine voraus, wie einen stacheligen Schild. Fischgrät schnappte sich den anderen und tat es ihm schwankend nach. Einem aggressiven Angriff in Überzahl würde er in seiner Verfassung nicht standhalten, dennoch reckte der Sergeant knurrend das Kinn. Sein rechtes Ohr legte sich kampfbereit an, während das linke, tief geschlitzte den Reflexen der Muskeln nicht mehr gehorchte. Fieberhaft suchten die eisblauen Blicke des Thai-Siams den Boden in der Nähe von Räudigs Leiche nach der Mauser ab. Da er sie dort nirgends entdecken konnte, vermutete er, dass der Getroffene die Waffe im Fallen entweder unter sich begraben hatte oder sie bei seinem Sturz außer Reichweite geschlittert war. Der Maine Coon war auf den Rücken gefallen; noch immer quoll aus seiner schrecklichen Wunde ein ungestillter Blutstrom, der sich in einer purpurnen Lache um ihn ausbreitete.

»Rasch, Mitzi, holen Sie das Juwel aus der Jacke des Toten«, zischte Mouse der kittischen Agentin über die Schulter zu, »sowie alle Waffen, die Ihnen dabei in die Pfoten fallen.«

Er hatte noch nicht ganz zu Ende gesprochen, da robbte Mitzi schon zu dem schweren, lang ausgestreckten Körper hinüber. Vorsichtig, aber ohne jegliche Scheu begann sie die Lederjacke abzutasten. Dann stutzte sie, beugte sich tiefer über die zerstörte Brust. Aufgeregt richtete sie sich auf.

»Ich glaube, der Kerl lebt noch«, rief Mitzi entgeistert.

Nur Seidig, der auf gleicher Höhe wie sie herumkroch, hörte ihre Worte. Mouse hatte anderes zu tun, als auf die beiden zu achten. Gerade war es Fischgrät gelungen, mit seinem Stuhl einem der frontal auf sie zukommenden Schlitzer in voller Wucht auf die Pfoten zu hauen. Ein hässliches Kratzen von Metall auf splitterndem Holz und das Knacken von Knochen gingen dem Schmerzensgeheul des Katers voraus, der sich mit gebrochenen Vorderläufen zurückzog. Umso wütender drängten seine Kumpane vor, während Jerry nach dieser Anstrengung in die Knie ging.

»Bleiben Sie unten, Junge!«, rief der Inspektor.

Denn ohne den Sergeant an seiner Seite bekam er freie Bahn, sich rasend schnell um die eigene Achse zu drehen und dabei den Stuhl zu schwenken; rundum senste er den Ansturm nieder. Doch Mouse machte sich trotz der durchschlagenden Wirkung seiner brachialischen Pirouette keine Illusionen. Den Schlitzern blieb gar nichts anderes übrig, als endlich auf ihn anzulegen.

Der Thai-Siam merkte, dass der Riss an seiner Schulter wieder zu bluten begonnen hatte. Viel schlimmer war, dass der armselige Stuhl den säbelnden Krallenhieben nicht mehr lange standhalten würde. Fauchen, Knurren und Geklirr von rasiermesserscharfem Metall wie von gekreuzten Degen. Über den Kampfeslärm legte sich eine helle Stimme.

»Schnappen Sie sich die Mauser, sobald Sie können, Mouse!«

Mitzi hatte drei Dinge von eminenter Bedeutung entdeckt. Erstens das Collier, das auch sie respektlos in die Hosentasche steckte; zweitens die Waffe des Inspektors, die sie am Lauf unter dem gefällten Riesen hervorgezogen hatte. Und zuletzt die Brauning des Maine Coon.

Ob der inzwischen wirklich das Zeitliche gesegnet hatte, war vorläufig zu vernachlässigen. Geschmeidig schnellte die schwarze Katze empor. Sie warf die Mauser dem Thai-Siam zu, der seine Drehung pünktlich wie bei einem vorher geprobten Manöver einstellte und den Revolver geschickt auffing. Zuvor hatte er den Stuhl wie eine Diskusscheibe in die feindliche Rotte geschleudert. In einiger Entfernung stürzten mehrere Ledernacken und standen erst mal nicht wieder auf.

Mit einem blitzblauen Funkeln seiner unwiderstehlichen Augen sandte Mouse Mitzi ein Dankeschön. Gleichzeitig schwangen sie herum; der Inspektor nach links und die kittische Agentin nach rechts und eröffneten in perfekter Übereinstimmung das Feuer. Keine Sekunde zu früh, denn auch die Schlitzer hatten sich entschlossen, die Waffen zu wechseln, und zogen ihre Wummen.

Unmittelbar vor Mouse waren drei Gangster nach seiner treffsicheren Schussfolge zu Boden gegangen. Mitzi hatte mit der Brauning die Reihen im Hintergrund um zwei Finsterlinge dezimiert. Doch was würde geschehen, wenn die Bande mit dem nächsten Atemzug erwiderte? Hier gab es keine Deckung.

›Uns werden unzählige Kugeln durchsieben‹, dachte Mouse grimmig und ohne Angst.

Geistesgegenwärtig sprang er mit einem Satz vor, schnappte sich eine der Grubenlampen und katapultierte sie hoch in die Luft. Er riss die Mauser empor und schoss. Die mit Benzin betriebene Lampe explodierte meisterlich getroffen und wurde zu einer auf die Schlitzer niedergehenden Brandbombe. Auseinanderfetzende Metallteile flogen nach allen Seiten. Wütendes Knurren, aber auch Schmerzenslaute erklangen unmittelbar danach. Es mochte gefährlich sein, in der abgestandenen Tiefe einen solchen Knalleffekt zu wagen, aber besser das Risiko eingehen, als sich nicht bis zum Letzten erbittert zu wehren. Während vor ihm ein infernalisches Chaos aufflammte, fielen aus Richtung des ersten Eingangs die Salven der Gegner. Mouse warf sich schleunigst zu Boden. Er hatte nicht mehr viele Kugeln im Magazin.

»Haben Sie noch Munition?«, zischte er Mitzi zu.

Sie kauerte neben ihm; die Pfote schützend über Fischgrät gelegt, der keine Anstalten machte, sich zu erheben. Die zierliche Katze schüttelte den Kopf, aber ihr Mut wirkte unerschütterlich.

»Der da ist uns jedenfalls vorausgegangen. Vermutlich sogar seinem grausamen Partner, der dank seiner Bärennatur den finalen Atemzug noch gar nicht getan hat«, flüsterte sie dem Inspektor zu.

Nur mit Blicken deutete sie an, was sie damit meinte. Zwei indigofarbene Augen, in denen sich Feuerschein spiegelte, folgten ihr und blieben an der zusammengekrümmten Gestalt hängen, die regungslos neben Räudig lag.

Syndikus Tigerius Seidig würde die ihm gewisse langjährige Haftstrafe in St. Leonhart nicht mehr antreten müssen. Totenstarre bestimmte sein zerstörtes Gesicht, aber auch ein letztes Erstaunen, dass für ihn alles so ausgegangen war, wie es ihm in seiner selbstgewissen Hybris niemals in den Sinn gekommen wäre. Dem Bengalen lief ein dünner Blutfaden aus dem Maul. Ein Geschoss der ehemaligen Verbündeten hatte ihn mitten ins Herz getroffen und seiner bis in die Tiefe der stinkigen Kanalisation steil abwärts führenden Karriere ein drastisches Ende gesetzt.

Der Thai-Siam musterte den Leichnam ohne großes Bedauern. Schon wurde er von einer Bewegung im Hintergrund abgelenkt, wohin der Radius seines improvisierten Flammenwerfers nicht gereicht hatte. Trotzdem wichen die Schlitzer dort vor etwas aus, das wie eine geballte Ladung Einzug hielt. Eine massige Gestalt drängte sich Bahn brechend zur Mitte. Über einem unverwechselbaren schwarz-weißen Klotzkopf mit abgeknicktem Ohr kreiste ein Prügel von effektiver Durchschlagskraft.

»Ich werd' nicht mehr … Grobian Murr!«

Mouse nannte die auf sie zukommende Urgewalt fassungslos beim Namen, kaum dass er den aus dem Reich der Schatten wiederkehrenden Oberinspektor erkannt hatte. Dem Sergeant wäre bei dessen Anblick der Schreck in die Glieder gefahren, hätte Fischgrät nicht ohnmächtig in Mitzis behutsamen Pfoten gelegen, was er bestimmt sehr gerne in vollem Bewusstsein genossen hätte. Murr war patschnass und struppig und sah in dem mit dunklen Purpurflecken besudelten Anzug wie ein in den Gängen unter Kratzburg wandelnder Grabunhold aus. Dennoch war er ohne Zweifel am Leben und schien sich von seiner Verletzung sogar so weit erholt zu haben, dass er den bedrängten Kollegen wie ein Retter in der Not zu Hilfe eilen konnte. Dazu schwang er den auf volle Länge ausgefahrenen Schlagstock und ließ ihn nach allen Seiten so manifest auf Köpfe, Buckel und Pfoten der Schlitzer niedersausen, dass der Thai-Siam glaubte, Funken sprühen zu sehen. So willkommen die unverhoffte Verstärkung auch war, reichte sie nicht, um das Blatt zu wenden; auch Murr schien die Munition ausgegangen zu sein. Indes entdeckten scharfe kobaltblaue Augen, dass ein Bandenmitglied aus dem Halbdunkel auf den breiten Rücken des Oberinspektors anlegte. Ein ausladendes Ziel, das kaum zu verfehlen war.

»Sofort runter, Murr! Verdammt noch mal! Hinter Ihnen!«, brach es im Stakkato aus Mouse hervor.

Er brüllte, so laut er konnte, obwohl er wusste, dass es sinnlos war. Dann fiel der Schuss – und ging ins Leere. Irritiert hatte der Schütze im letzten Moment die Parabellum hochgezogen, denn seinem Standort gegenüber blendete auf der anderen Seite der Kammer grelles Scheinwerferlicht auf.

»Achtung! Hier spricht die Polizei! Stellen Sie das Feuer ein! Pfoten hoch und lassen Sie die Waffen fallen!«

Trotz des scheppernden Dröhnens reinster Balsam für seine Ohren, hörte Mouse die vertraute Stimme von Cornelius Katerfreund durch eine Flüstertüte über ihrer aller Köpfe hinwegbrausen. Vor einer Weile war die Frist abgelaufen, die Murr dem Posten in der Scharfen Kralle bis zu ihrer Rückkehr gesetzt hatte. Als sie endete, ohne dass aus der Tiefe jemand zurückgekehrt war, hatte Toby Pratze sofort an höchster Stelle Alarm geschlagen, was seine Wirkung nicht verfehlte. Offenbar musste es sogar gelungen sein, die verschlossene Spiegeltür zu öffnen. Eingerahmt von Polizeihauptwachtmeister Stumpfkralle und dem energisch vorpreschenden Pratze hatte sich der Kriminalrat wie ein alter General an die Spitze der uniformierten Scharen gesetzt, die sich nun als dunkelblaue Flut aus dem Eingang ergossen, durch den Inspektor Mouse die Kammer vor einer gefühlten Ewigkeit selbst betreten hatte.

Immer noch fielen Schüsse. Mehrere Schlitzer strebten dem jenseitigen Ausgang zu oder machten sich in den Schatten unsichtbar. Später sollte sich herausstellen, dass es zwei weitere Löcher in den Wänden gab, die in Röhren führten, durch die einigen der Gangster in letzter Minute die Flucht gelang.

So schnell stellte kein Schlitzer das Kämpfen ein, auch wenn er sich von den verhassten Ordnungskräften umzingelt und zuletzt ausweglos in die Ecke gedrängt sah. Auf Anhieb war niemand von ihnen Katerfreunds Aufforderung nachgekommen; er wiederholte sie deshalb dreimal wie den Refrain eines Schlachtengesangs.

Da die Polizei das Feuer erwiderte, ging der Schusswechsel für kurze Zeit hin und her, was überflüssigerweise zu einem Schwerverletzten aufseiten des Gesetzes führte, sowie vier weiteren Bandenmitgliedern das Leben kostete. Selbst als ihnen die Munition knapp und knapper wurde, wehrten sie sich mit scharfen Messern, Zähnen, Klauen und langen Krallen.

Dann kam der Moment, an dem sie endgültig aufgaben. Es brauchte dazu eine zweite Auferstehung.

27. Kapitel

Murr war bei seinem vorherigen Gefährten angekommen. Trotz seines schlechten Zustands pinnte ihm dessen Anblick ein triumphierendes Grinsen ins abgekämpfte Gesicht.

»Bin donnonich abgekratzt, Mouse! Der Tunnel, in dem ich ohne Sie untergetaucht bin, führte direkt hierher. Nachdem ich ausser Deckung den Brüdern genuch auf den Pelz gebrannt hatte, datt se mir nich mehr nachkommen wollten, brauchte ich nur dem Radau zu folgen. Datt Geblute am Hals hat sich auch gegeben. Katzenkraut vergeht eben nich«, keuchte er Mouse einen atemlosen Redeschwall entgegen.

Der erinnerte sich daran, die abschließenden Worte vor Kurzem schon einmal gehört zu haben. Am Bett eines alten Katers mit bandagierten Ohren, dem ersten Opfer dieses gravierenden Falls. Auch Fischgrät und Murr würden zu ihrem eigenen Besten hoffentlich bald im Krankenhaus landen. Womöglich in der Abteilung der heilsam pfotenfesten Pflege von Oberschwester Kratzig, die zu diesem unverwüstlichen, todesmutigen Haudrauf von einem Oberinspektor ein durchaus passendes Pendant sein mochte.

Erst jetzt wurde sich der Thai-Siam dessen bewusst, dass er mit Murr in der Mitte eines Schlachtfelds stand, auf dem noch gekämpft wurde. Zwar konnten sich immer weniger Schlitzer dem Zugriff der sie in Überzahl bedrängenden Polizisten widersetzen; sie wurden überwältigt, entwaffnet und mit Pfotenschellen dingfest gemacht. Doch noch gab es hier und da Grüppchen, die hartnäckig Widerstand leisteten und Beamte vor den Ausgängen in letzte blutige Pfotengemenge verwickelten.

Unter Verlusten entschied sich der Kampf allmählich zugunsten von Recht und Ordnung. Im Eifer des Gefechts hatte Mouse nicht mehr wirklich daran geglaubt.

Auch Mitzi setzte sich vorsichtig auf. Sie hatte Jerrys malträtierten Kopf sanft in ihrem Schoß gebettet. Der Sergeant öffnete sein gesundes Auge und blinzelte fragend um sich. Als er in all seinem Elend das schmale schwarze Katzengesicht über sich schweben sah, lächelte er und glitt wieder zurück ins Reich der wahren Träume.

Da erhob sich hinter Grobian Murr ein Schatten. Ein Wiedergänger, ein schwarzer Geist aus der Unterwelt, dem überkätzische Kräfte zur Verfügung standen, dass er sich dank eines ungeheuren Willens und seines austrainierten Körpers gegen die Endgültigkeit des Todes aufzulehnen vermochte. Heiliger St. Katzetan!

Die Pfote mit den dolchartigen Krallen schnellte nach oben – in ungebrochener Gefährlichkeit kehrte Garstigmann Räudig ins Leben zurück. Alle erstarrten und hielten ungläubig inne, als seine mächtige Gestalt völlig unerwartet noch einmal die Szene beherrschte.

Einzig Mouse reagierte und stürzte vor, ohne nachzudenken. Hart drängte er Murr zur Seite, der noch gar nicht begriffen hatte, was über seinem knickohrigen Haupt dräute. Im Sprung ließ der Thai-Siam das Klappmesser aufspringen. Mit Schmackes stieß er die Klinge durch die grauenvolle Klaue, bevor sie den Oberinspektor erwischen konnte. Dem Maine Coon entfuhr ein entsetzliches Fauchen, dabei kam Mouse dem zu einer schmerzerfüllten Fratze entstellten Gesicht so nahe, dass ihm Räudigs nach Blut riechender Atem in die Nase stach. Er sah das Glitzern in seinen kalten Augen, dann brach der zornerfüllte Blick. Mouse stürzte mit dem endlich geschlagenen Krieger zu Boden. Die Schlitzer, die das Wunder seines letzten Aufbäumens als einen Appell zur fortgesetzten Gegenwehr hätten auffassen können, gaben endgültig auf und jeglicher Tumult erstarb.

Vom Lebenssaft seines ehemaligen Kommilitonen besudelt, rollte sich der Inspektor von dem zum zweiten Mal gefällten Riesen ab, beugte sich aber gleich wieder über den stillgewordenen Körper. Er legte die Pfote an Krauleys Kehle, ganz schwach war noch immer der Puls zu spüren. Falls er durchkam, würde diesem Partner Tyvsons der Prozess gemacht werden. Mouse erhob sich; wie durch wattigen Nebel stellte er fest, dass Kriminalrat Katerfreund bei Mitzi und Fischgrät verweilte. Weit deutlicher war der pfotenfeste Schlag, den ein verdatterter Murr anerkennend auf seiner Schulter landete, zum Glück auf der unverletzten.

»Alle Achtung! Datt kam keine Sekunde zu spät, Sie oller Fatzke!«, murmelte der schwarz-weiße Kater verlegen. Er sah so fertig aus, als wolle er neben Räudig niedersinken. »Wär datt Monstrum mit sonnem Prankenhieb durchgekommen, hätt ich getz wohl nen Spalt im Schädel, der nich mehr zu klammern wär. Danke, Mouse.«

Der machte eine abwehrende Geste mit der Pfote, die noch krampfhaft das blutige Messer umkrallte. Die Klinge war im Schaft verschwunden, bevor er es angeekelt wegwarf. Erschöpfung überkam endlich auch ihn, im selben Maß wie die Anspannung nachließ.

»Geschenkt, Murr«, sagte Mouse. »Ihr Auftritt eben war auch nicht von schlechten Eltern.«

»Herkunft ist doch eigentlich pillepalle«, bemerkte eine ruhige, erleichtert klingende Stimme.

Die ungleichen Kater drehten sich um und blickten in das von der extremen Belastung gezeichnete Gesicht von Cornelius Katerfreund. Ihr gemeinsamer Vorgesetzter hatte sich schon so weit gefasst, dass ihm eine feine ägyptische Fluppe unter dem Schnurrbart hing. Einladend hielt ihnen der Kriminalrat ein ornamentiertes Etui entgegen. Sphinx, seine bevorzugte Marke. Während Murr zugriff, war Mouse noch nicht so weit, sich mit Tabak beruhigen zu wollen.

Sein alter Gönner musterte ihn scharf, dann wandte sich der Karthäuser an beide. »Meine Herren, ich kann nur sagen: gut gemacht! Auch wenn uns der Schwarze Ole mal wieder wie Fantokatz durch die Lappen gegangen ist, hat der Fall trotzdem eine erstaunliche Lösung gefunden. Und was für mich die Hauptsache ist: Genau wie Fischgrät und die mutige ausländische Agentin sind Sie am Leben! Hilfe für die Verwundeten ist unterwegs. Ich hatte angeordnet, dass uns die Sanikater nachfolgen, sobald keine Schüsse mehr zu hören sind. Sie müssten jeden Moment eintreffen. Zum Stand der Dinge habe ich von dem verwegenen Fräulein Schnurre gerade schon so einiges erfahren können. Zum Beispiel, dass ein Teil der Provisionsgelder hier unten noch irgendwo versteckt sein muss. Und peinlich, peinlich, eine der für den ganzen Schlamassel verantwortlichen Läuse saß von Anfang an im feinen Pelz des Direktors von Maunz. Der schuldige Syndikus liegt in seinem Blute, immerhin ist Mordskater Räudig in unserem Gewahrsam. Aber vor allem – sei es getrommelt und gepfiffen – wir haben den dicken, fetten Klunker, will sagen: das Kronjuwel!«

Triumphierend hielt er plötzlich das Grüne Auge von Katzinopel in seiner Pfote. Das Gleißen des riesigen Smaragds inmitten sanften Perlenschimmerns leuchtete in der bizarren Umgebung so fremd und unwirklich wie ein vom Himmel gefallener Stern. Bei dem, was er als Nächstes tat, gab sich Katerfreund nicht die mindeste Mühe, es vor Oberinspektor Murr zu verbergen. Mouse spürte, wie ihm etwas von einigem Gewicht in die Außentasche seines lädierten Jacketts gestopft wurde. Und damit war das glänzende Geschmeide wie durch einen Zaubertrick verschwunden.

Die Augen des Thai-Siams vertieften sich zu einer Bläue stillen Wassers unter schwerer See. »Was soll das heißen, Cornelius?«

»Dass es dir aufgrund der Tatsache, dass du mal wieder den richtigen Riecher gehabt hast, vergönnt sein sollte, den Überbringer, oder besser gesagt, den Kurier zu spielen, Junge. Auch wenn das eigentlich unter deiner blaublütigen oder blauäugigen Würde sein mag, dürfte es dir wohl Spaß machen. Der Heilige Bimbam hat die Sache bereits abgesegnet, sollte es der Kratzburger Polizei, was nun glücklicherweise eingetreten ist, gelingen, den entwendeten Schmuck sicherzustellen. Natascha Killmauski hat heute früh Puschel höchstpersönlich angerufen – kleiner machen es die feinen Leute wohl nicht. Die wunderschöne Dame setzt ein so absolutes Vertrauen in die Fähigkeiten eines gewissen Inspektors, dass sie darum bittet, ihn diskret, aber unverzüglich mit dem vermissten Objekt ihrer Zierde in der Villa Maunz vorsprechen zu lassen, zur wünschenswerten Vermeidung internationaler Verstimmungen. Auch die nach Sandyman Krauley fahndende kittische Regierung hat bereits ihr Plazet gegeben, dass die Sache, was das Juwel betrifft, nicht an die große Glocke gehängt wird und für die Öffentlichkeit unter den Tisch fällt. Also ab die Post, Selwyn! Nimm dir meinen fahrbaren Untersatz, dein Ozelot parkt meines Wissens noch immer im Musikantenviertel.«

Über des Inspektors abgekämpftes attraktives Gesicht breitete sich ein ironisches Grinsen, als er die ihm zugeworfenen Wagenschlüssel mit einer lässigen Geste auffing. Trotz flirrender Gedanken fühlte sich sein Kopf so betäubt wie leer an. Mouse wandte sich um, nachdem er sich grüßend an die Stirn getippt hatte. Damit verließ er den Schauplatz des Geschehens, den Polizei und Sanis nun mit Beschlag belegten und trat den langen Rückweg an, der ihn an den Stationen seiner unterirdischen Odyssee vorbeiführte:

Im Vorbeigehen traf ein blauer Blick den leeren Tresor, vor dem zwei Posten im Wasser standen, als bewachten Fischer einen gestrandeten Wal. Kurz darauf begegnete Mouse in den Gängen dem roten Charlie mit seinen Helfershelfern und später der selbst in der Kanalisation distinguierten Erscheinung von Professor Forens. Der Thai-Siam passierte ein Gittertor, von dem Kasimir Bart gemeinsam mit einem Kollegen eine zerzauste Glückskatze loskettete. Mit knappem Nicken zollten sie dem Inspektor Respekt, während sie die Alte von einem Putzeimer befreiten, der ihr über den Kopf gestülpt worden war. Kaum, dass sie Mouse sah, keifte sie los, doch der schnappte sich nur seinen am Boden liegenden Trench, hängte ihn sich über die Schulter und ging eiligst weiter.

Nach einer Viertelstunde entstieg er Madame Muschs Schreibtisch. In ihrem pompösen Panoptikum und der Bar wimmelte es aufs Neue von Polizisten. Mouse hielt sich mit nichts und niemandem auf und verließ die Scharfe Kralle durch den plüschigen Tunnel. Tief durchatmend stand er in der Gasse zwischen den anlässlich des Großeinsatzes kreuz und quer geparkten Polizeifahrzeugen. Der Thai-Siam schaute in den betörend hohen Himmel, an dem dank einer leichten Frühlingsbrise faserige Schleierwolken im hellen Blau dahintrieben, das sich in seinen Augen widerspiegelte und deren Veilchenton vertiefte. Katerfreunds weiß-braune Privatkutsche, ein verlässlicher Wanderer, blitzte hinter einer Ambulanz und einem Leichenwagen hervor. Mouse schleuderte die Autoschlüssel aus Jux und Dollerei in die Luft und fing sie wieder. Bei dieser aufstrebenden Bewegung hielt das Collier in seiner Anzugtasche hochkarätig dagegen. Bevor er losfuhr, zog er es hervor und legte die frivol glitzernde Preziose neben sich auf den Beifahrersitz. Er rangierte den flüssig reagierenden Wanderer frei und startete durch. Seine Laune hob sich rascher als die Qualität der Viertel, die er hinter sich ließ, während er pfeifend den Quartieren der Haute Volaute entgegenkurvte.

Gegen Mittag des ereignisreichen Tages kam ein heruntergekommener Alter in Hafennähe aus einer öffentlichen Toilette. Möglicherweise hatte er versucht, sich den Bart zu glätten, oder auch nur ein wenig Wasser aus einem rostigen Hahn geschlapft. Von niemandem beachtet, denn es gab in Kratzburg zu viele Existenzen dieser Art, trollte er sich in Richtung Rodelbahn, lange bevor das schmuddelige Pissoir von der Polizei abgesperrt wurde. Der groß gewachsene Alte, den ein schweres Leben gebeugt haben mochte, trödelte auf dem Kiez bis zum Nachmittag so lange herum, bis es Zeit wurde, sich wieder in Richtung der Überseekais aufzumachen.

An einem lag die Sultana, ein Frachter auf der Handelsroute Kratzburg-Lateinamerika/Katzibik. Das Schiff würde am frühen Abend auslaufen und vorher der verlodderte Halunke die Gangway hinaufschlenzen. Vielleicht wollte es das Schicksal, dass er sich zu einem Nickerchen unbemerkt unter der Persenning des Beiboots ablegen und dort so lange verstecken konnte, bis er als blinder Passagier in ein neues Dasein hinausschipperte, das sich in einer anderen Hafenstadt zumindest in wärmeren Gefilden fortsetzen ließ. Wahrscheinlicher war, dass ihn jemand von der Besatzung früh genug vor dem Ankerlichten mit einem Tritt in die Fott von Bord gejagt hatte.

Am nächsten Morgen schaukelte ein grauer Filzdeckel, der schon bessere Tage gesehen hatte, in Nähe des verlassenen Kais auf dem Wasser. Eingehegt von den Mauern des Hafenbeckens suppte die Albis träge dagegen. Der alte Hut kam bei auflandigem Wind von dort nicht los.

Anders sein letzter Träger, der zur gleichen Zeit seemeilenweit entfernt in einem dicken Seekaterpullover und neuen Marinehosen auf dem Achterdeck der Sultana stand. Er rauchte eine Catzhiba mit dem cubanischen Kapitän, dessen mahagonifarbenes Fell und die großen Ohren verrieten, dass mehrere waschechte Havanas seine Ahnenreihe gekreuzt haben mussten. Er hatte ihn für eine lange, leidlich komfortable Reise im Voraus großzügig bezahlt, bis er vielleicht in La Habana, Catzacas oder auch Katergena von Bord gehen würde. Ein mächtiger Norwegischer Waldkater in einem leichten Leinenanzug und einer Segeltuchtasche voller knuspriger Goldmäuse.

Einstweilen war es ihm mehr als genug, an der Reling zu lehnen. Der geschäftstüchtige Capitano hatte ihn inzwischen allein gelassen, um sich seinen täglichen Pflichten zu widmen. Bakrus Ole Tyvson hatte derzeit keine, nicht einmal Pläne. Statt Enge fühlte er Seewind im Pelz, sein müßig umherschweifender Blick balancierte schließlich in der fernen Bläue über die Horizontlinie. Im Kielwasser hinter dem Heck Sonnengeflirr auf der Gischt kleiner Wellenkronen und sein abgelegtes Leben.

*

Mouse trug den taubenblauen Morgenmantel. Der fließende, seidige Stoff umschmeichelte sein frisch geputztes Fell wie weiches Wasser. Der Thai-Siam durchquerte das Wohnzimmer, ein gut gefülltes Glas torfigen Single Malt in der Pfote (das Präsent Sir Willows). Er steuerte auf die offen stehende Tür seines Schlafzimmers zu, sah im Vorbeigehen durchs Fenster und blieb dabei wie gewohnt an der Uhr des Naturkundlichen Museums hängen. Das leuchtende Zifferblatt stand auf kurz vor halb elf. Zu spätabendlicher Stunde bestand die untere Hälfte des Kratzburger Panoramas aus dem glitzernden, sich allmählich verdunkelnden Lichtermeer der großen Stadt. Darüber schimmerten am samtigen Himmel unzählige Sterne wie verstreute – nein, Mouse verstieg sich nicht, an Juwelen und Edelsteine zu denken. Von allem, was verführerisch funkelte, glaubte er für eine Weile genug zu haben, es sei denn, es handelte sich um ein kristallgeschliffenes Whiskersglas mit flüssigem Korngold.

Jedenfalls war ihm nach dem Termin in der Villa Maunz so zumute gewesen. Die Rückgabe des Grünen Auges von Katzinopel an seine durch das Kapitalverbrechen geschädigten, saisonalen Besitzer hätte, gemessen am glimpflichen, aber spektakulären Ausgang der Affäre nicht prosaischer ausfallen können. Offenbar war es Direktor von Maunz aus gutem Grund unangenehm, dass sich Syndikus Seidig, bis gestern noch sein persönlicher Ratgeber in allen geschäftlichen, aber auch privaten Belangen, als einer der Hauptschuldigen entpuppt hatte. Bei einem so gewieften und erfolgreichen Kaufmann wie Nataschas Onkel, Firmenoberhaupt des Traditionsunternehmens Musculus, wirkte vollkommene Ahnungslosigkeit über die wahren Machenschaften seines engsten Vertrauten entweder unglaubwürdig oder erschreckend naiv.

Im Nachhinein wusste Mouse selbst nicht zu sagen, was er sich eigentlich vorgestellt hatte, nachdem er, zugegeben, mit einer gewissen Erwartungshaltung zu der absonderlichen Mission aufgebrochen war, mit der ihn der gute Katerfreund nach geschlagener Schlacht betreut hatte. Anschließend fühlte sich der weltgewandte Inspektor wie ein dummer Junge, dem man nach aufopferndem Einsatz gönnerhaft die Pfote gedrückt und dann eiligst entlassen hatte, um sich vornehm und sphinxhaft hinter edelhölzerne Pforten zurückzuziehen.

›Scheiß drauf‹, dachte Mouse gemütlich.

Der warme Schein, der aus seinem Schlafzimmer fiel, spiegelte sich als rötliche Lichtbahn auf dem Flurparkett im Visier eines indigofarbenen Blicks tiefer Ruhe. Schon am Nachmittag, der im

Polizeipräsidium für eine erste Berichterstattung vor den obersten Beamtenrängen unter Leitung des Heiligen Bimbams draufgegangen war, schon da war dem erfolgreichen Ermittler das ganze Brimborium um das aristokatzische Schmuckstück nach dem aufreibenden, blutigen Morgen plötzlich herzlich egal gewesen.

In der noblen Kühle der Maunz'schen Halle hatte ihn der tadellose Hinze in Empfang genommen, ohne angesichts seines ungewohnt abgerissenen Aufzugs auch nur mit der Braue zu zucken. Diesmal führte er Mouse auf kürzestem Weg durch eine hohe Katzettentür in die Bibliothek. Der Butler hieß ihn dort auf die Herrschaften warten und hatte es nicht versäumt, dem augenscheinlich erschöpften Gast den Moment bis zu ihrem Eintreffen mit einer Tasse starken Kaffees angenehm zu gestalten. Sogar ein aufmunterndes Zwinkern war über Hinzes respektvoll verschlossene Miene gezuckt, nachdem der silbergraue Kater das Tablett auf einem der zahllosen Beistelltischchen abgestellt hatte und ihn dann allein ließ.

Der Besucher schlürfte den brühend heißen Mocca vor den ernsten Reihen goldgeprägter Lederrücken. Und überlegte, ob es Natascha wohl schätzte, sich an verregneten Nachmittagen in diese feierliche Bücherkatzedrale zurückzuziehen. Ebenso, ob er sie nach ihrem informellen morgendlichen Anruf bei Puschel in den nächsten Minuten überhaupt zu Gesicht bekäme. Vermutlich nicht, denn längst dämmerte ihm, dass die schöne Prussin die Fäden im Einsatz für die Familie nur besonders geschickt gezogen hatte, um ihre Ziele zu erreichen. Dafür schien dem gnädigen Fräulein jedes Mittel recht zu sein und so manche nicht ernst gemeinte Schmeichelei. Seiner desillusionierten Annahme entsprechend kam Felix von Maunz in Begleitung von Gemahlin Anastasia, aber ohne Natascha.

Mouse hatte Guten Morgen gewünscht, was höflich erwidert wurde. Der Anlass seines Erscheinens war den Eheleuten fraglos bekannt. Also hatte er den Smaragd ohne weitere Umstände neben der leeren Kaffeetasse auf dem Tischchen abgelegt, wo der edle Stein, Lichtreflexe versprühend, seinen an jedem Ort verschwenderischen Glanz verbreitete. Bei seinem Anblick war Anastasia von Maunz dann doch ein damenhafter kleiner Aufschrei des Entzückens entfahren. Ihre nicht zu unterdrückende Begeisterung veranlasste Nataschas Tante, in einem der frühen Tageszeit angemessenen legeren Ensemble aus mauvefarbenem Chiffon auf Mouse zuzusegeln und dem tapferen Herrn Inspektor bei der Pfote fassend mit bewegter Stimme im Namen der Killmauskis zu danken. Fast hatte sich Mouse versucht gefühlt, sie nach ihrer Nichte zu fragen, unterließ dann aber vor dem rauchfarbenen Paar wohlweislich jegliche Vertraulichkeit, zumal sich Felix von Maunz betont zurückhaltend und reserviert gab, als müsse er erst an höherer Stelle ausloten, wie man sich offiziell am besten zu der verworrenen Angelegenheit zu verhalten habe.

Kaum zehn Minuten später hatte Mouse das Anwesen schon wieder verlassen. Mit einem zu blauem Kristall verhärteten Blick in den Rückspiegel von Katerfreunds Wanderer bescheinigte der volkstümlich ›angepisste‹ Thai-Siam den tanzenden Mäusen auf den Pylonen am Toreingang eine überzeugendere Herzlichkeit als ihren Haltern im Herrenhaus. Ebenso Butler Hinze, der ihm zum Abschied in der großen Halle ein aufrichtiges Lob ausgesprochen hatte.

»Großartige Leistung, wenn ich mir die persönliche Bemerkung erlauben darf, Herr Inspektor. Sie dürfen sich der tiefen Dankbarkeit und Bewunderung der *ganzen* Familie von Maunz versichern.«

So und nicht anders hatte er seine Worte betont und Mouse sich auf dem Weg zum Wagen verdrossen gefragt, ob es sich dabei um eine indirekte Botschaft handelte – Scheiß drauf.

Sein Part in dieser Tragikomödie sollte sich ab heute hinsichtlich der hochgestochenen Fabrikantenfamilie so ziemlich erledigt haben. Auf der Schoßallee hatte er aufs Gaspedal gedrückt, um schleunigst ins Krankenhaus zu kommen und sich dort nach dem Zustand von Fischgrät und Murr zu erkundigen. Von der jungen Schwester in der Notaufnahme, einer niedlichen Abessinierkatze, erfuhr er, nachdem er seine Marke vorgezeigt hatte, dass sich beide Patienten aktuell noch im OP befänden. Genau wie der schwer verletzte Kriminelle, für den von der Polizei vorsorglich eine ganze Etage gesperrt worden war. Im Gegensatz zu den beiden Beamten ginge es bei diesem um Leben und Tod. Ein Bulletin der Doctores sei am frühen Nachmittag zu erwarten.

Nach einem besorgten Blick aus ihren hübschen Mandelaugen auf den zerfetzten blutigen Riss an der Schulter seiner Anzugsjacke ließ sie sich von einer pummeligen Kollegin vertreten, um den ebenfalls verwundeten Inspektor, diesen selten gut aussehenden Kerl mit dem verwirrenden blauen Blick, ihre sachkundige Pflege angedeihen zu lassen. Sie verband Mouse mit äußerst zarten Pfoten. Wenn er später anriefe, solle er nach Schwester Millicent fragen …

Mouse tauchte in die wohlige Wärme des von einem behaglichen Prasseln begleiteten Feuers. Sein Schlafzimmer verfügte über den außergewöhnlichen Luxus eines offenen Kamins, den er aus Zeitmangel und Bequemlichkeit selbst im Winter kaum nutzte. Doch wenn er es tat, schwor er sich jedes Mal, von nun an öfters in diesen entspannenden Genuss zu kommen, dessen Qualität nach Tagen wie jenen, die aktuell hinter ihm lagen, gar nicht zu überschätzen war. Seufzend ließ er sich vor der flackernden Glut auf einem aus den üppigen Beständen von Mouse Hall stammenden Orientteppich nieder. Der Thai-Siam nippte am Malt und starrte gedankenverloren in die Flammen. Er war zu müde, um sich müde zu fühlen.

Vermutlich träumte er also nicht, dass an der Wohnungstür kurz die Glocke anschlug. Wer davorstand, ließ seinem dezenten Klingeln ein leises, intimes Kratzen folgen. Dem Vernehmen nach öffnete der späte Gast, ohne Zeit zu verlieren, die Tür. Mit einem verstohlenen Knarren ging sie auf; wie so oft hatte Mouse nicht abgeschlossen. Auf lautlosen Pfoten kam jemand herein, der sich nach seinem eigenmächtigen Eindringen nun denkbar diskret mit einem zarten Hauch Chatnel N°5 ankündigte. Wieder war es nicht der Vertreter für Bürsten und Fusselrollen, sondern die Fee der Nacht, wie der Thai-Siam wusste, bevor er ihrer überirdischen Erscheinung ansichtig wurde. Mouse lehnte lässig und provokant in der Schlafzimmertür, den hellen Feuerschein im Rücken, das Whiskersglas in der Pfote und schmelzenden Glanz in den ultramarinblauen Augen. Ihr Blick sollte auf die Schöne schon bald umwerfend wirken.

Noch stand sie auf langen schlanken Beinen: Natascha Killmauski trug den dunklen Abendmantel, der ihr soeben mit einem verheißungsvollen Rascheln von dem perfekt geformten Körper gerutscht war; die kostbare Hülle blieb auf dem Parkett in der feurigen Lichtbahn liegen. Die prussischblaue Katze war in eine hauchdünne Robe gewandet, die aus gesponnenem Mondlicht bestehen musste. Zart wie Spitze hing der silbrige Stoff über ihrem dichten, seidigen Pelz, ohne ihn wirklich zu bedecken. Mouse verfing sich in schimmernden Weben, als ihm Natascha in den nächsten knisternden Sekunden so nahe kam, dass ihnen beiden nichts anderes übrig blieb, als eng umschlungen vor den Kamin zu tänzeln.

»Heute Morgen konnte in der Villa Maunz ein Attaché des katzarischen Konsulats das Grüne Auge von Katzinopel in seiner ganzen unversehrten Pracht bewundern … Liebling, ich bin gekommen, um Danke zu sagen. Und wohl leider auch Adieu«, hauchte die Fee der Weißen Nächte von St. Grätenburg.

Damit ließ sie sich in die dunklen Samtpfoten des Thai-Siams fallen.

»Ssschht …«, schnurrte Selwyn Mouse. »Schau mir lieber in die Augen, Kleines.«

Natascha, die Wunderschöne, tat dies lange genug, um seinem diamantblauen Charme vollends zu erliegen. Mit zärtlich ineinander verbissenen Nacken sank das Paar vor dem lodernden Feuer auf den weichen Teppich aus Tausend und einer Nacht. Und nur der Mond, der von Osten kommend inmitten der glitzernden Sterne gemächlich über die Himmelsbahn zog, sah ihnen durch das geöffnete Oberlicht dabei zu.

Epilog

Zwei Wochen später fand an einem strahlenden Sonntag im Konsulat des prussischblauen Katzarenreichs ein glanzvoller Morgenempfang statt. Das herrliche Wetter gestattete es, dass das festliche Lever wie geplant im parkähnlichen Garten der großen weißen Villa im Kratzburger Diplomatenviertel begangen werden konnte. Zu diesem Zweck waren Festzelte unter den alten Bäumen aufgestellt worden, in denen sich die zahlreichen Gäste der Kratzburger und internationalen Gesellschaft an einem luxuriösen Buffet erfrischten. Aufmerksame Kellner in fescher silbrigblauer Livree eilten mit ihren Tabletts zwischen den in Sonne und Schatten Plaudernden hin und her und boten Chatpagner und andere Aperitifs in funkelnden Gläsern an. Das geladene Publikum bestand durchweg aus eleganten und würdevollen Erscheinungen; die Katzen in teuren Cocktailkleidern und Seidenkostümen, die Kater in Cutaways und Galauniformen. Auf einem überdachten, mit Fähnchen und Wimpeln in Landesfarben geschmückten Podium, das auf dem Rasen unterhalb der weitläufigen Terrasse im Hochparterre aufgebaut war, spielte eine Kapelle abwechselnd schmissige Märsche und leichte Sinfonik. Die Zusammensetzung der Musiker bestand symbolträchtig aus prussischblauen Militärs und Mitgliedern des Kratzburger Polizeikorps.

Eine plumpe schwarz-weiße Pfote, in welcher der schmale Chatpagnerkelch ein wenig fremd aussah, schwenkte in die Richtung, aus der mit der frischen Frühlingsbrise eine launige instrumentale Interpretation von »Mein kleiner süßer Cattus« herüberwehte.

»Junge, Junge, piekfeine Sache datt mit allem Kommvor und Zurück! Watten Tamtam!«, meinte Oberinspektor Murr in rauer Anerkennung, aber unbeeindruckt. »Könnte watt Stärkeres als dieset Gesöff für verwöhnte Poussierstängel vertragen …«

Zum wiederholten Mal ließ der in seine nagelneue, silberbetresste Polizeiuniform eingezwängte Kater mit angestrengter Miene das Kinn kreisen, was anzeigte, dass ihm der Kragen ungewohnt eng um den speckigen Hals saß. Gleichzeitig versuchte er, die ausgefahrenen Krallen seiner Rechten zwischen den steifen dunkelblauen Stoff und das große Pflaster zu bekommen, das ihm im ausrasierten Nacken klebte und fürchterlich juckte. Die zentimetertiefen Kratzwunden hatten mit über dreißig Stichen genäht werden müssen; noch waren die Fäden nicht gezogen worden.

Murr machte seine Bemerkung ins Blaue eines amüsierten Blickes hinein, mit dem ihn Selwyn Mouse über den geeisten Rand einer Coupette interessiert musterte, bevor er einen weiteren Schluck seines perfekt gemixten Martinez-Cocktails zu sich nahm. Sein bulleriger Vorgesetzter kam ihm trotz der herausgeputzten Aufmachung in dieser Umgebung so fremd vor wie ein Preisboxer bei einem Tanztee. Der Thai-Siam nahm es sich wie selbstverständlich heraus, insbesondere zu diesem Anlass in tadellosem Zivil zu erscheinen. Mouse trug einen maßgeschneiderten schiefergrauen Cut aus der berühmten Serval Row im Londoner Miezfair.

»Verlangen Sie in einem der Zelte nur, wonach Ihnen der Sinn steht, Murr. Ich bin mir sicher, man wird es umgehend möglich machen, Ihnen das Gewünschte in Kürze zu servieren«, riet der Inspektor dem schon wieder leicht gereizt dreinblickenden Kollegen.

Murr war keineswegs zu dickfellig, um nicht zu merken, dass einer wie er in der Welt der feinen Leute keine Schnitte machte und bei allem Ehrgeiz legte er darauf auch absolut keinen Wert. Ihm reichte die ausdrückliche Anerkennung, die ihm für seinen mutigen Einsatz, genau wie Mouse und Fischgrät, vor gut einer Woche vom Heiligen Bimbam vor versammelter Mannschaft ausgesprochen worden war. Während einer vergleichsweise bescheidenen polizeiinternen Zeremonie, ohne den zu verbuchenden Erfolg an die große Glocke zu hängen. Denn schließlich war Bakrus Ole Tyvson flüchtig; trotz international ausgeweiteter Fahndung verlor sich seine letzte Spur im lateinamerikanischen Katergena.

Den wahren Skandal sah Polizeipräsident Ignatius Puschel aufgrund seiner großen beruflichen Erfahrung und der privaten Bekanntschaft mit Felix von Maunz allerdings in dessen völliger Fehleinschätzung von Syndikus Seidig. Ein Umstand, der dem Heiligen Bimbam ganz gut in den nur leidlich abgeschlossenen Fall passte. Verhaltene Schuldzuweisungen über beiderseitige Versäumnisse tarierten sich zwischen Puschel und von Maunz, den beiden alten Mizigolfpartnern, nach Abschluss der letzlich rasch geführten Ermittlung nahezu aus.

Der Schwarze Ole war mit dem Großteil des geraubten Geldes zwar entkommen, doch ohne das Grüne Auge von Katzinopel. Das Juwel hatte die Fabrikantenfamilie noch am selben Morgen so diskret zurückerhalten, als wäre der unersetzliche Stein nie verschwunden gewesen. Zudem war unmittelbar nach dem finalen Zugriff in der Kanalisation ein Drittel der Beute in einem stillgelegten Tunnel sichergestellt worden. Bei dem bemerkenswert annehmlich ausgestatteten Versteck handelte es sich ohne Zweifel um die Schaltzentrale des Schwarzen Ole, in der er nach Einschätzung der Spurenermittlung wochenlang ausgeharrt haben musste. Bis die Laus in seinem eigenen Pelz zu einem wahren Monstrum erwachsen war: Sandyman ›Räudig‹ Krauley, ein Gangster und Terrorist, der sich als bloßer Pfotenlanger einem ihm vorgesetzten Entscheider nicht hatte unterordnen wollen. Nun lag er unter strengster Bewachung im Kratzburger Krankenhaus. Drei komplizierte Operationen waren notwendig gewesen, um das an einem Katzenhaar hängende Leben des Maine Coon zu retten. Wie und wo es mit ihm weiterging, sobald der Gefasste vernehmungs- und transportfähig sein würde, erstritten momentan die Regierungen mehrerer Staaten, in denen er gesucht wurde.

Bei Musculus galt es innerhalb der noch andauernden Wiederherstellung der Ordnung nunmehr, vernünftige Maßnahmen zu treffen, die einerseits einen Sinn fürs Machbare, sowie anspornende Perspektiven für die Zukunft der im Prinzip auf Erfolgskurs segelnden

Firma verrieten, wovon am Ende alle nur profitieren konnten. Eine gemeinsame Übung in Solidarität war nach den verstörenden Ereignissen vonnöten. Vorausschauend und wirtschaftlich, wie die effektive Leitung eines erfolgreichen und konkurrenzfähigen Unternehmens unter allen Umständen agieren sollte.

Entsprechend Inspektor Mouses Vorschlag war der mäusemixenden Arbeiterschaft die aus dem Junilohn generierte Prämienzahlung zwar inspirierend in Aussicht gestellt, dann aber doch nicht geleistet worden. Den intervenierenden Gewerkschaftsführer Luis Pelzig hatte man damit vertröstet, dass alles auf dem Wege sei, und sich mit den Auktionären auf eine bekömmliche Umleitung verständigt. Mit dem übrigen Drittel der entwendeten Summe würde nicht nur ein neuer Tresor angeschafft, sondern für dessen einbruchsicheren Standort ein geeigneter Raum im Kontor umgebaut werden. Angesichts erlittener Verluste und kommender Ausgaben seien Sonderzahlungen an die Belegschaft derzeit nicht möglich. Dennoch bliebe nichts beim Alten, da künftige Boni sichere Verwahrung erhielten, bevor sie an verdiente Angestellte vergeben werden konnten. Immer vorausgesetzt, dass dies ihr fleißiger Einsatz, aber vor allem der Gewinn der Firma Musculus hergäbe.

Als Mouse eine Woche vor dem Konsulatsempfang von dieser sinnigen Lösung erfuhr, beschwerte er sich angewidert zuerst bei Katerfreund und eine knappe Stunde später beim Heiligen Bimbam. Dieser versprach zwar seinem Inspektor mit dem großen Gerechtigkeitssinn bei der nächsten Partie Mizigolf für die um ihre Provision gebrachten Arbeiter noch einmal ein gutes Wort einzulegen. Garantieren könne er ihm allerdings nichts, hatte sich Puschel in den prächtigen Bart gebrummelt. Denn schließlich habe Mouse im Vorfeld ja selbst das Maul reichlich voll genommen. Ob er ihn etwa daran erinnern müsse, in Werkshalle 7 vor der Belegschaft von Musculus das gewagte Verprechen abgegeben zu haben, dem Schwarzen Ole allein aus sportlichen Gründen die *gesamte* Beute wieder abzujagen?! Was dann ja leider nicht ganz geklappt hatte.

Nein, dies bittere Versäumnis hatte ihm Puschel durchaus nicht ins Gedächtnis zurückrufen müssen, denn es war Mouse mehr als bewusst. So sehr, dass er sich zuerst gefragt hatte, ob er an diesem Sonntag der exklusiven Einladung ins katzarische Konsulat überhaupt folgen sollte. Für die besondere Ehre, die außer an den selbstredend geladenen Polizeipräsidenten an die erfolgreich ermittelnden Beamten Katerfreund, Mouse, Murr, Fischgrät sowie die kittische Agentin Mitzi Schnurre und stellvertretend für die wackeren Einsatzkräfte an die Polizisten Toby Pratze und Kasimir Bart erging, hatte sich Frau Anastasia von Maunz starkgemacht. Wie man hörte, auf Betreiben von keiner anderen als ihrer reizenden Nichte. Im hellblauen Seidenfutter des Kuverts, in dem Mouses Einladung gesteckt hatte, hing unverkennbar ein Hauch Chatnel N°5. Nach dem unvergesslichen Besuch der Fee der Nacht wirkte dies auf den Thai-Siam wie süchtigmachender Baldrian und so war er dem süßen Duft gefolgt und gekommen.

Murr hatte sich zu den Festzelten aufgemacht, auf der Suche nach einer ihm entsprechenderen Stärkung. Mouse blieb mit seinem zur Neige gehenden Cocktail und einer nach Abschied schmeckenden Maunzoli allein zurück. Soeben verstummte die Musik, in der prunkvollen Beletage der Villa öffnete sich eine Flügeltür und Seine Exzellenz, der katzarische Konsul, ein hochgewachsener prussischblauer Kater in der Paradeuniform eines berühmten St. Grätenburger Regiments trat an der Spitze seines Gefolges auf den Balkon hinaus. Über die mit Blumenranken geschmückte Balustrade wandte sich der Gastgeber mit einem Lächeln an seine Gäste. Diese strömten etwa fünf Meter tiefer auf dem Rasen zusammen, in gespannter Erwartung der kommenden Ansprache.

Der Thai-Siam, der die leere Coupette auf dem Tablett eines Kellners abgestellt hatte, ließ sich ein kurzes Stück in der schlendernden Menge treiben und blieb dann in einigem Abstand unter einer ausladenden Platane stehen. Von hier aus genoss er den Blick auf die den

Konsul begleitende Schar. Bei der eleganten silbrigen Burmilla musste es sich um dessen Gattin handeln; das Diplomatenehepaar war von mehreren Attachés in Zivil und Uniform umgeben. Neben den der Gesandschaft angehörenden Herrschaften waren der Kratzburger Bürgermeister, Polizeipräsident Ignatius Puschel und Direktor Felix von Maunz anwesend. Dieser in Begleitung seiner Gemahlin Anastasia, die zu einem Chatnelkostüm in Pastell einen mit Maiglöckchen geschmückten, verspielten kleinen Hut trug. Die Erscheinung, die ihren Verwandten aus dem Hintergrund folgte, war so klar und hinreißend wie eine marmorne Göttin von Miezeangelo. Natascha hatte für den Anlass ein schlichtes elfenbeinfarbenes Kleid aus japanischer Rohseide gewählt. Zwischen ihren wohlgeformten Ohren saß die kecke Andeutung einer glänzenden Kappe im selben zurückhaltenden Ton. Außer der anbetungswürdigen Schönheit seiner Trägerin konnte jedoch nichts von dem großen Smaragd ablenken, der von einem sanft schimmernden, dreireihigen Perlencollier gefasst, den schlanken Hals der jungen prussischblauen Dame zierte. Ein bewunderndes Raunen erfasste die Zuhörer, obwohl der katzarische Konsul schon mit der Rede begonnen hatte.

An den geschliffenen Facetten des Grünen Auges von Katzinopel brach sich das Sonnenlicht; kühle Funken flirrten über Nataschas glänzendes blaugraues Fell und die helle japanische Seide. Ihre smaragdgrünen Augen glitten über die sich unterhalb des Balkons ausbreitende Szene, das vornehme Publikum, den gepflegten Villengarten, die weißen Zelte.

Der scharfe Blick der schönen Katze blieb am Stamm einer dicken, alten Platane hängen, fror dort ein und wurde seltsam melancholisch. Unterdessen war an die Seite des Fräuleins ein schneidiger junger Oberst getreten. Der blendend aussehende dunkle Karthäuser wurde vom Konsul soeben als der neue Chef des katzarischen Geheimdienstes vorgestellt. Dem Lob von dessen hervorragender Eignung zu diesem wichtigen Posten schloss Seine Exzellenz eine längere, diplomatisch verwickelte Ausführung über gute bilaterale

Beziehungen an. Der Kratzburger Bürgermeister strahlte und Mouse hörte nicht mehr zu, denn er befand sich im Bann der Venus mit dem blutenden Herzen.

Bong, bong, bong. Der Thai-Siam merkte erst wieder auf, als der sonore Bass des rauchgrauen Persers erklang.

Nataschas Onkel dankte für die große Ehre, an einem so wunderbaren Morgen das Wort erheben zu dürfen, noch dazu in überaus erfreulichen, persönlichen Angelegenheiten. Das pfotenverlesene Publikum hielt den Atem an. Würde Felix von Maunz etwa ausgerechnet in diesem Rahmen eine Erklärung zu den unerhörten Vorkommnissen abgeben, von denen das Traditionsunternehmen Musculus und seine Familie in jüngster Zeit so schwer getroffen worden waren?

Den neugierig Lauschenden blieb dieses endlich interessante Vergnügen leider versagt. Der Herr Direktor fand keine verbindlichen Worte für das erlebte Dilemma. Es war privat, zu peinlich und eigentlich schon Schnee von gestern. Stattdessen gab er seine und seiner Frau übergroße Freude zum Ausdruck, die Verlobung ihrer geliebten Nichte Natascha mit dem jungen katzarischen Oberst bekannt zu geben. Selbstverständlich wurden nun dessen wohlklingender Name und eine Reihe von Rängen und Titeln genannt, die der zukünftige Bräutigam qua Geburtsrecht bekleidete, denn er entstammte einer alten St. Grätenburger Familie, die über großen Reichtum verfügte. Auf ihn wartete eine glänzende Karriere in den höchsten Kreisen – und wie sich nun erwies, die hinreißende Natascha Killmauski. Die Verbindung erschien so passend, dass spontan applaudiert wurde. Dabei hatten sich die Augen der gerührten Braut kurz verschleiert, als sie ein letztes Mal zu der Platane hinübersah. Doch der Platz vor dem gescheckten Stamm war leer.

Das Geplätscher von dezentem Beifall im Rücken kehrte Mouse zu den Zelten zurück. Dort ließ er sich von einem der Kellner, die aktuell müßig hinter den mit weißem Damast bedeckten Tischen herumstanden, ein Glas Chatpagner reichen sowie Feuer für eine neue Maunzoli geben. Er nahm einen Schluck, der erfrischend auf seiner Zunge perlte, und dann einen tiefen Zug Nikotin. Der Inspektor schlug den geharkten Weg ein, der in einer sanften Kurve über den gepflegten Parkrasen auf ein Rondell aus Eichen und Blutbuchen zuführte. Die Bank darunter versprach ein lauschiges Plätzchen.

Weit genug entfernt, dass sie sein Kommen nicht bemerkten, traten Sergeant Fischgrät in bester Dienstuniform und Mitzi Schnurre in einem aparten korallenfarbenen Kleid aus dem Schatten der Bäume hervor. Wenig hätte sie abzulenken vermocht, als sich die beiden eng umschlungen auf der Bank niederließen. Jerrys unbekümmertes Lachen war zu hören, nachdem Mitzi etwas mit einem Stöckchen in zackiger Geste auf den Boden vor ihren Pfoten geschrieben hatte.

Mouse fragte sich, ob es der Bewegung nach wohl die stilisierten Krallenspuren sein konnten, die sie in der Kanalisation neben den Schlitzerzeichen an den Wänden hinterlassen hatte, damit ihr der Inspektor und der Sergeant folgten. Vielleicht galt das Signet den beiden verliebten Schmusern nun als Glücksbringer, denn die kittische Agentin schien Mouse nicht unbedingt der Typ, der Herzen in den Sand malte. Mit größter Vorsicht strich sie soeben zärtlich über Fischgräts versehrtes Ohr, das trotz aller Sorgfalt der Chirurgen nicht mehr die alte Form zurückerhalten hatte.

›Noch ein fähiges Knickohr im Revier‹, dachte Selwyn Mouse freundlich.

Dann bog er nach links über den Rasen ab. Er nippte an seinem Chatpagner, der ihm mit jedem Schritt besser schmeckte. Das strahlende Blau seiner Augen stand dem satten Ton des Frühlingshimmels in nichts nach.

ENDE

© privat

Caroline Ronnefeldt studierte Kunstgeschichte in München und Illustration in Hamburg, wo sie heute noch wohnt. Mit ihrer »Quendel«-Trilogie schuf sie eine hochgelobte literarische Fantasywelt.

Die Inspiration für ihre Bücher findet sie auf dem Land, in dem verwunschenen Garten ihrer Familie. Immer an ihrer Seite: ihr Siamkater Selwyn, mit dem sie sich den Platz am Schreibtisch teilt.

TRIXIE BELINDA MUSCH

CARLO »KOLOSS« PUTZIG

FRITZ MACSCHLAPP

BAKRUS TYVSON